ALTIN
KİTAPLAR

KİTABIN ORİJİNAL ADI INFERNO

YAYIN HAKLARI © 2013 DAN BROWN
ALTIN KİTAPLAR YAYINEVİ
VE TİCARET AŞ

ÖN KAPAK HENRY STEADMAN

KAPAK UYGULAMA SELÇUK ÖZDOĞAN

BASKI 1. BASIM / MAYIS 2013 / İSTANBUL
ALTIN KİTAPLAR YAYINEVİ
VE TİCARET AŞ
Göztepe Mah. Kazım Karabekir Cad.
No: 32 Mahmutbey - Bağcılar / İstanbul
Matbaa Sertifika No: 10766

ISBN 978 - 975 - 21 - 1683 - 2

ALTIN KİTAPLAR YAYINEVİ
Göztepe Mah. Kazım Karabekir Cad.
No: 32 Mahmutbey - Bağcılar / İstanbul
Yayınevi Sertifika No: 10766

Tel.: 0.212.446 38 88 pbx
Faks: 0.212.446 38 90
http://www.altinkitaplar.com.tr
info@altinkitaplar.com.tr

ALTIN KİTAPLAR

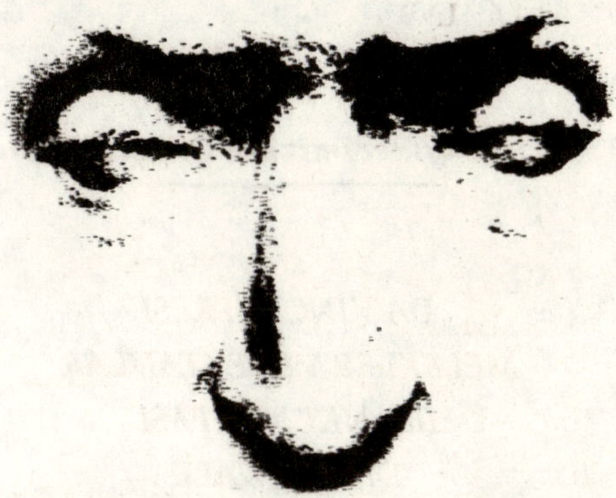

DAN BROWN

Cehennem

Türkçesi
PETEK DEMİR - İPEK DEMİR

ALTIN KİTAPLAR

Yazarın Yayınevimizden Çıkan Kitapları

DA VINCI ŞİFRESİ
MELEKLER VE ŞEYTANLAR
İHANET NOKTASI
DİJİTAL KALE
KAYIP SEMBOL

Anne babama...

TEŞEKKÜR

Her zamanki gibi öncelikle, editörüm ve yakın arkadaşım Jason Kaufman'a, kendini işine adayışı ve yeteneği, ama en çok da güler yüzlü yaklaşımı için teşekkür ederim.

Olağanüstü eşim Blythe'a, romanın yazım sürecinde gösterdiği sevgi, sabır ve ayrıca ön editör olarak olağanüstü önsezileri ve samimiyeti için teşekkür ederim.

Yorulmak nedir bilmeyen ajanım ve güvenilir dostum Heide Lange'ye, birçok ülkede tahmin edemeyeceğim kadar çok konuda ustalıkla yürüttüğü görüşmeler için teşekkür ederim. Yeteneği ve enerjisi için sonsuza dek minnettarım.

Doubleday'deki tüm ekibe coşkuları, yaratıcılıkları ve tüm kitaplarım için gösterdikleri çabalar için teşekkür ederim. Suzanne Herz'e (bu kadar çok şapka giydiği ve onları böylesine iyi taşıdığı için), Bill Thomas'a, Michael Windsor'a, Judy Jacoby'ye, Joe Gallagher'a, Bob Bloom'a, Nora Reichard'a, Beth Meistor'a, Maria Carella'ya ve sonsuz desteği için Sonny Mehta'ya, Tony Chirico'ya, Kathy Trager'a, Anne Messitte'ye ve Markus Dohle'ye teşekkür ederim. Ayrıca, Random House satış bölümündeki muhteşem insanlara teşekkür ederim.

Bilge danışmanım Michael Rudell'e küçük veya büyük her konudaki önsezileri ve dostluğu için teşekkür ederim.

Yeri doldurulamaz asistanım Susan Morehouse'a zarafeti ve enerjisi için teşekkür ederim. O olmasaydı her şey kaosa dönüşürdü.

Transworld'deki tüm dostlarıma, özellikle de yaratıcılığı, desteği ve neşesi için Bill Scott-Kerr'e, liderliği için Gail Rebuck'a teşekkür ederim.

İtalyan yayıncım Mondadori'ye, özellikle Ricky Cavallero, Piera Cusani, Giovanni Dutto, Antonio Franchini ve Claudia Scheu'ya teşekkür ederim. Türk yayıncım Altın Kitaplar'a, özellikle Oya Alpar, Erden Heper ve Batu Bozkurt'a bu kitapta geçen yerlerle ilgili sağladıkları özel hizmetlerden ötürü teşekkür ederim.

Dünyanın dört bir tarafındaki yayıncılarıma tutkuları, yoğun çalışmaları ve bağlılıkları için teşekkür ederim.

Bizimle Floransa'da bu kadar çok zaman geçirdiği ve şehrin sanatına, mimarisine hayat getirdiği için Dr. Marta Alvarez González'e teşekkür ederim.

İtalya gezimizi zenginleştirmek adına tüm yaptıkları için eşsiz Maurizio Pimponi'ye teşekkür ederim.

Floransa ve Venedik'te bana zaman ayırarak uzmanlıklarını paylaşan tüm tarihçilere, rehberlere ve uzmanlara; Biblioteca Medicea Laurenziana'dan Giovanna Rao ve Eugenia Antonucci'ye, Palazzo Vecchio'dan Serana Pini ve personeline, Uffizi Galerisi'nden Giovanna Giusti'ye, vaftizhane ve Il Duomo'dan Barbara Fedeli'ye, San Marco Bazilikası'ndan Ettore Vito ve Massimo Bisson'a, Dükalar Sarayı'ndan Giorgio Tagliaferro'ya, tüm Venedik için Isabella di Lenardo, Elizabeth Carroll Consavari ve Elena Svalduz'a, Biblioteca Nazionale Marciana'dan Annalisa Bruni ve personeline, ayrıca yukarıdaki listeye eklemeyi unuttuğum birçok kişiye en içten teşekkürlerimi sunarım.

Sanford J. Greenburger Associates'tan Rachael Dillon Fried ve Stephanie Delman'a burada ve yurtdışında yaptıkları her şey için teşekkür ederim.

İstisnai beyinler Dr. George Abraham, Dr. John Treanor ve Dr. Bob Helm'e bilimsel uzman görüşleri için teşekkür ederim.

Yazım sürecinde fikirlerini sunan ilk okuyucularım; Greg Brown, Dick ve Connie Brown, Rebecca Kaufman, Jerry ve Olivia Kaufman ve John Chaffee'ye teşekkür ederim.

Web dâhisi Alex Cannon'a, Sanborn Media Factory'deki ekiple birlikte internet dünyasında harıl harıl çalıştığı için teşekkür ederim.

Bu kitabın son bölümlerini yazarken bana Green Gables'ta sessiz bir sığınak sağladıkları için Judd ve Kathy Gregg'e teşekkür ederim.

Mükemmel internet kaynakları Princeton Dante Project'e, Columbia Üniversitesi Digital Dante'ye ve World of Dante'ye teşekkür ederim.

Cehennemin en karanlık yerleri,
buhran zamanlarında
tarafsız kalanlara ayrılmıştır.

GERÇEKLER

Bu romanda bahsi geçen tüm sanat ve edebiyat eserleri ile bilim ve tarih gerçektir.

"Konsorsiyum" yedi farklı ülkede şubeleri bulunan özel bir kuruluştur. Güvenlik ve mahremiyetini korumak için ismi değiştirilmiştir.

Cehennem, Dante Alighieri'nin epik şiiri *İlahi Komedya*'da betimlenen yeraltı dünyasıdır. Eserde cehennem, "Gölge" denilen varlıkların, yani yaşamla ölüm arasındaki bedensiz vücutların bulunduğu, çok ayrıntılı bir dünya olarak tasvir edilir.

ÖNSÖZ

B*en Gölge'yim.*
Acılar kentinden kaçarım.
Sonsuz kederin içinden uçarım.

Arno Nehri kıyısında nefes nefese sürünüyorum... Via dei Castellani'ye doğru sola dönüyor, kuzeye yöneliyor, Uffizi'nin gölgelerinde koşturuyorum.

Hâlâ peşimden geliyorlar.

Şimdi, tükenmez bir kararlılıkla avlanırken ayak sesleri daha da yükseliyor.

Yıllarca peşimi bırakmadılar. Onların bu ısrarcılığı, yeraltında kalmama... arafta yaşamama... khthonik bir canavar gibi toprağın altında çabalamama sebep oldu.

Ben Gölge'yim.

Burada, yerin üstünde, gözlerimi kuzeye dikiyor ama doğruca kurtuluşa giden yolu bulamıyorum... Çünkü Apennin Dağları, şafağın ilk ışıklarını karartıyor.

Mazgal siperli kulesi ve tek kollu bir saati bulunan meydanı geçiyorum. Sabahın erken saatlerinde, nefesleri *lampredotto*[1] ve fırınlanmış zeytin kokan sokak satıcılarının arasından Piazza di San Firenze'ye kıvrılıyorum. Bargello'ya gelmeden karşıya

---

(1) Büyükbaş hayvanların işkembesinden yapılan bir İtalyan yemeği.

geçerek Badia Kulesi'ne doğru batıya yöneliyor ve merdivenlerin dibindeki demir kapıyla karşılaşıyorum.

Burada tüm tereddütler geride bırakılmalı.

Kapı kolunu çeviriyor ve dönüşü olmadığını bildiğim pasaja adımımı atıyorum. Kurşun gibi ağır bacaklarımı dar merdivenlerden yukarı çıkmaya zorluyorum... Yıpranmış, çukurlu, yumuşak mermer basamaklardan yukarı, gökyüzüne doğru dönerek çıkıyorum.

Sesler aşağıdan yankılanıyor. Arıyorlar.

Durup dinlenmeden peşimdeler, yaklaşıyorlar.

Neyin yaklaştığını da... onlara ne yaptığımı da anlamıyorlar!

Nankör dünya!

Ben tırmanırken görüntüler belirginleşiyor... Şehvetli bedenler kızgın yağmurda kıvranıyor, açgözlü ruhlar dışkı içinde yüzüyor, hainler şeytanın buzlu ellerinde donuyor.

Son basamakları sendeleyerek çıkıp yukarıya vardığımda, sabahın nemli havasında neredeyse öleceğim. Başımın hizasındaki duvara doğru koşuyor, aralıklardan dışarı bakıyorum. Çok aşağılarda, beni sürgün edenlerden yaptığım kendi mabedim, o kutsanmış şehir var.

Ardımdan yaklaşan sesler bağırıyor. "Senin yaptığın delilik!"

Delilik deliliği körükler.

"Tanrı aşkına," diye sesleniyorlar. "Nereye sakladığını bize söyle!"

Ben de tam olarak Tanrı aşkına, söylemeyeceğim.

Şimdi, sırtımı soğuk taşa vermiş, köşeye sıkıştırılmış öylece duruyorum. Bakışlarını yeşil gözlerime dikmişler; ifadeleri sertleşiyor, artık aldatıcı değil tehdit ediciler. "Biliyorsun, kendi yöntemlerimiz var. Yerini söylemen için seni zorlayabiliriz."

Ben de bu yüzden, cennete giden yolu yarıya kadar tırmandım.

Sonra bir anda arkamı dönüp uzanıyor, yüksek çıkıntıya parmaklarımla tutunuyor, kendimi yukarı çekiyor, dizlerime dayanıyor ve ayağa kalkıyorum... Uçurumun başında dengesizce duruyorum. *Boşlukta rehberim ol sevgili Vergilius.*

Ayaklarımdan yakalamak için şaşkınlık içinde ileri atılıyorlar ancak dengemi bozup beni düşürmekten de korkuyorlar. Şimdi çaresizlik içinde yalvarıyorlar ama arkamı döndüm. *Yapmam gerekeni biliyorum.*

Aşağılarda, baş döndürecek kadar aşağılardaki kırmızı tuğla çatılar bir alev denizi gibi yayılmış. Bir zamanlar devlerin gürlediği toprakları aydınlatıyor... Giotto, Donatello, Brunelleschi, Michelangelo, Botticelli.

Ayak parmaklarımı iyice kenara getiriyorum.

"İn aşağı!" diye bağırıyorlar. "Henüz çok geç değil!"

Sizi cahiller! Geleceği görmüyor musunuz? Yaratımın ihtişamını anlamıyor musunuz? Peki ya gerekliliğini?

Bu son fedakârlığı severek yapacağım... ve aradığınız şeyi bulma ümidinizi yok edeceğim.

Asla zamanında bulamayacaksınız.

Parke taşlı meydan, onlarca metre aşağıdaki sessiz bir vaha gibi beni çağırıyor. Daha fazla zamana nasıl da ihtiyacım var... ama zaman, geniş servetimin bile satın alamayacağı bir şey.

Bu son saniyelerde meydana bakıyor ve beni şaşırtan bir manzarayla karşılaşıyorum.

Yüzünü görüyorum.

Bana karanlığın içinden bakıyorsun. Gözlerin kederli ama başardığım şey sebebiyle bakışlarında bir saygı seziyorum. Başka seçeneğim olmadığını anlıyorsun. İnsanlık aşkına, başyapıtımı korumalıyım.

Şimdi bile büyüyor... bekliyor... yıldızları yansıtmayan lagünün kan kırmızı sularının altında kaynıyor.

Gözlerimi seninkilerden ayırıyor ve ufku seyre dalıyorum. Bu ağır yüklü dünyanın üstünde son kez yakarıyorum.

Sevgili Tanrım, dünyanın beni günahkâr bir canavar olarak değil, bir kurtarıcı olarak hatırlaması için dua ediyorum. Öyle olduğumu biliyorsun. Ardımda bıraktığım hediyeyi insanlığın anlaması için dua ediyorum.

Hediyem, gelecektir.

Hediyem, kurtuluştur.

Hediyem, cehennemdir.

Bundan sonra fısıltıyla âmin diyerek... boşluğa son adımımı atıyorum.

1. BÖLÜM

Hatıralar... dipsiz bir kuyunun karanlığından yüzeye çıkan kabarcıklar gibi yavaşça canlandı.

Peçeli bir kadın.

Robert Langdon kan kırmızısı suların köpürerek aktığı bir nehrin karşı kıyısından ona baktı. Kadın, kıyının uzak bir yerinde, örtüsünün altına gizlenmiş yüzü ve vakur tavrıyla karşısında kıpırdamadan duruyordu. Elinde, ayağının dibindeki ceset denizinin onuruna kaldırdığı, mavi bir *tainia* bezi tutuyordu. Her yerde ölüm kokusu vardı.

Kadın, *"Ara,"* diye fısıldadı. *"Bulacaksın."*

Langdon, kadın sanki bu sözleri kafasının içinde söylüyormuş gibi duydu. "Kimsin sen?" diye bağırdı ama sesi çıkmadı.

Kadın, *"Zaman daralıyor,"* diye fısıldadı. *"Ara ve bul."*

Langdon nehre doğru bir adım attı ama suyun, dibi görünmeyecek kadar derin ve kan kırmızısı olduğunu gördü. Bakışlarını yeniden kadına çevirdiğinde, ayaklarının altındaki cesetlerin iki katına çıkmış olduğunu fark etti. Şimdi yüzlercesi vardı, belki de binlercesi... Bazıları hâlâ hayattaydı; acıyla kıvranıyor, akla gelmeyecek ecellerle ölüyorlardı... Ateşlerde yanıyor, dışkının içine gömülüyor, birbirlerini yiyorlardı. Langdon karşı kıyıdan gelen acı dolu feryatları duyabiliyordu.

Kadın sanki yardım ister gibi, narin ellerini uzatarak ona doğru yaklaştı.

Langdon, "Kimsin sen?!" diye bağırdı.

Kadın, bunun karşılığında uzanıp yavaşça peçesini kaldırdı. Çarpıcı derecede güzel olmasına rağmen, Langdon'ın tahmin ettiğinden daha yaşlıydı; altmışlarında olabilirdi, tıpkı zamansız bir heykel gibi vakur ve güçlüydü. Sert bir çene yapısı, anlamlı gözleri, omuzlarına bukleler halinde dökülen uzun, gümüş grisi saçları vardı. Boynunda lacivert renkli bir nazarlık taşıyordu: sütuna sarılmış tek bir yılan.

Langdon, kadını tanıdığını hissetti. Ona güvendiğini. *Ama nasıl? Neden?*

Şimdi kadın, yerden tepetakla çıkarak, kıvranan bir çift bacağı işaret ediyordu. Beline kadar baş aşağı gömüldüğü anlaşılan zavallı bir ruha ait olmalıydı. Adamın solgun uyluğunda çamurla yazılmış tek bir harf vardı: *R*.

R mi, diye düşündü, emin olamıyordu. *Robert'taki gibi mi?* "Bu... *ben* miyim?"

Kadının yüzünden hiçbir şey anlaşılmıyordu. *"Ara ve bul,"* diye yineledi.

Kadın birdenbire beyaz bir ışık yaymaya başladı... gittikçe parlaklaşıyordu. Tüm vücudu sarsılarak titreşti ve sonra şiddetli bir patlamayla binlerce ışık parçasına ayrıldı.

Langdon haykırarak uyandı.

Oda aydınlıktı. Yalnızdı. Havada keskin bir ilaç kokusu vardı ve bir yerlerdeki makine, kalbinin ritmiyle bipliyordu. Langdon sağ kolunu hareket ettirmeye çalıştı ama derin bir sancı ona engel oldu. Bakışlarını indirdiğinde, koluna serum bağlandığını fark etti.

Nabzı hızlanınca makineler de daha hızlı biplemeye başladı.

Neredeyim? Ne oldu?

Başının arkası korkunç bir ağrıyla zonkluyordu. Baş ağrısının kaynağını bulmak için dikkatlice uzanıp tepesine dokundu. Keçeleşmiş saçlarının dibinde, kurumuş kanla kaplı yaklaşık bir düzine dikiş, kabarıklar halinde eline geldi.

Geçirdiği kazayı hatırlamak için gözlerini kapattı.

Hiçbir şey. Tam bir hiçlik.

Düşün.

Sadece karanlık.

Langdon'ın hızlanan kalp monitörünün harekete geçirdiği doktor üniformalı bir adam telaşla içeri girdi. Gür bir sakalı, posbıyığı ve kalın kaşlarının altında, derin ve şefkatli bakan gözleri vardı.

Langdon, "Ne oldu?" diyebildi. "Kaza mı geçirdim?"

Sakallı adam parmağını dudağına götürdü ve aceleyle dışarı çıkıp koridordan birine seslendi.

Langdon başını çevirdi ama bu hareketi tüm kafatasına yayılan bir ağrıyı tetikledi. Derin nefesler alarak ağrının geçmesini bekledi. Sonra çok yavaş ve sistemli bir şekilde içinde bulunduğu steril ortamı inceledi.

Hastane odasında tek yatak vardı. Çiçek yoktu. Kart yoktu. Eşyaları şeffaf bir plastik torba içinde, yanındaki tezgâhın üstüne konmuştu. Her yerinde kan vardı.

Tanrım. Çok kötüydü herhalde.

Daha sonra başını yavaşça yatağının yan tarafındaki pencereye çevirdi. Dışarısı karanlıktı. Geceydi. Camda tek görebildiği kendi yansımasıydı: kül rengi bir yabancı, solgun ve yorgun, tüplere ve kablolara bağlanmış, tıbbi cihazlarla çevrelenmiş.

Koridordaki ses yaklaşınca bakışlarını odaya çevirdi. Doktor, yanında bir kadınla dönmüştü.

Kadın, otuzlu yaşlarının başındaydı. Üzerinde mavi doktor üniforması vardı, sarı saçlarını yürürken arkasında sallanan bir atkuyruğu şeklinde toplamıştı.

İçeri girerken Langdon'a gülümseyerek, "Ben Dr. Sienna Brooks," dedi. "Bu gece Dr. Marconi'yle birlikte çalışıyorum."

Langdon hafifçe başını evet anlamında salladı.

Uzun boylu ve çevik bir kadın olan Dr. Brooks, bir atlet gibi kendinden emin adımlarla yürüyordu. Üzerindeki biçimsiz üniforma ince bedeninin zarafetini saklayamıyordu. Langdon'ın görebildiği kadarıyla yüzünde makyaj olmamasına rağmen cildi, dudağının üstündeki minik ben dışında pürüzsüzdü. Açık kahverengi gözleri, kendi yaşındaki birinin nadiren karşılaşabileceği derin bir tecrübe edinmiş gibi, alışılmışın dışında etkileyiciydi.

Yanına otururken, "Dr. Marconi İngilizceyi pek konuşamaz," dedi. "Kabul formunuzu benim doldurmamı istedi." Yeniden gülümsedi.

Langdon hırıltılı bir sesle, "Teşekkürler," dedi.

Dr. Brooks bir işkadını edasıyla, "Pekâlâ," dedi. "İsminiz nedir?"

Biraz düşündü. "Robert... Langdon."

Dr. Brooks, Langdon'ın gözüne ışıklı kalemini tuttu. "Mesleğiniz?"

Langdon bu bilgiyi daha yavaş hatırladı. "Öğretim üyesi. Sanat tarihi... ve simgebilim. Harvard Üniversitesi."

Dr. Brooks şaşkınlıkla bakarken ışığı indirdi. Kalın kaşlı doktor da onun kadar şaşkın görünüyordu.

"Siz... Amerikalı mısınız?"

Langdon, Dr. Brooks'a anlam veremeyen gözlerle baktı.

"Sadece..." Brooks tereddüt etti. "Bu akşam geldiğinizde üstünüzde kimlik yoktu. Harris tüvit ceket ve Somerset mokasenler giyiyordunuz, bu yüzden İngiliz olduğunuzu düşündük."

Langdon bir kez daha, "Amerikalıyım," diyerek durumunu açıklamaya çalıştı. Kıyafet seçimine yorum getiremeyecek kadar yorgundu.

"Ağrınız var mı?"

Langdon, "Başım," diyerek cevap verdi. Işıklı kalem, zonklayan başının ağrısını daha da artırmıştı. Neyse ki doktor onu artık cebine atmış, Langdon'ın bileğinden nabzını ölçüyordu.

Dr. Brooks, "Haykırarak uyandınız," dedi. "Sebebini hatırlıyor musunuz?"

Langdon yeniden, etrafı kıvranan vücutlarla çevrilmiş peçeli kadının tuhaf görüntüsünü hatırladı. *Ara, bulacaksın.* "Kâbus görüyordum."

"Neyle ilgili?"

Langdon gördüklerini anlattı.

Defterine not alırken Dr. Brooks'un ifadesi hiç değişmedi. "Böyle korkutucu rüyalara neyin sebep olabileceği hakkında bir fikriniz var mı?"

Langdon hafızasını yoklayıp başını iki yana sallayınca, bu hareketinin karşılığı yine zonklama oldu.

Genç doktor yazmaya devam ederken, "Pekâlâ Bay Langdon," dedi. "Size birkaç rutin sorum olacak. Hangi gündeyiz?"

Langdon biraz düşündü. "Cumartesi. Günün erken saatlerinde kampusta yürüdüğümü hatırlıyorum... Akşamüstü derslerine gidiyordum, sonra... son hatırladığım şey bu. Düştüm mü?"

"O konuya geleceğiz. Nerede olduğunuzu biliyor musunuz?"

Langdon bir tahmin yürüttü. "Massachusetts Hastanesi mi?"

Dr. Brooks başka bir not aldı. "Aramamızı istediğiniz biri var mı? Eşiniz? Çocuklarınız?"

Langdon alışkın olduğu üzere, "Kimse yok," diye cevap verdi. Seçmiş olduğu bekâr hayatının ona sağladığı yalnızlık ve özgürlüğün keyfi tartışma götürmezdi ama itiraf etmeliydi ki, içinde bulunduğu durumda, yanında tanıdık bir yüzün olmasını tercih ederdi. "Arayabileceğim bazı iş arkadaşlarım var ama iyiyim."

Genç doktor not almayı bitirdikten sonra daha yaşlı olan Dr. Marconi yaklaştı. Kalın kaşlarını düzelterek cebinden küçük bir ses kayıt cihazı çıkarıp Dr. Brooks'a gösterdi. O da başını, anladığını belli eder şekilde sallayıp yeniden hastasına döndü.

"Bay Langdon bu akşam geldiğinizde üst üste aynı şeyi mırıldandınız." Dijital kayıt cihazının düğmesine basan Dr. Marconi'ye bir göz attı.

Kayıt çalmaya başladığında Langdon, aynı sözleri tekrarlayan kendi hırıltılı sesini duydu. *"Ve... sorry. Ve... sorry."*[1]

---

(1) Kitabın ilerleyen bölümlerinde söz konusu ifadeyle ilgili bir kelime oyunu olduğundan, İngilizceden çevrilmeyerek olduğu gibi bırakılmıştır.

Genç kadın, "Bana sanki *'Very sorry. Very sorry'*[1] diyormuşsunuz gibi geldi," dedi.

Langdon da onunla aynı fikirdeydi ama hiçbir şey hatırlamıyordu.

Dr. Brooks gözlerini, huzurunu kaçıracak şekilde Langdon'a dikti. "Bunu neden söylediğinize dair bir fikriniz var mı? Bir şeye mi üzülüyorsunuz?"

Langdon zihninin karanlık köşelerini yoklarken yeniden peçeli kadını gördü. Etrafı cesetlerle çevrili kan kırmızısı bir nehrin kıyısında duruyordu. Ölüm kokusu geri gelmişti.

Langdon birden içgüdüsel bir tehlike sezinledi... Sadece kendisi için değil, herkes için. Kalp monitörünün biplemesi hızlandı. Kasları gerildi ve yatağında doğrulmaya çalıştı.

Hemen Langdon'ın göğsüne elini koyan Dr. Brooks, onu yerine yatırdı. Yanındaki tezgâha doğru yürüyüp bir şeyler hazırlayan sakallı doktora şöyle bir baktı.

Dr. Brooks, Langdon'ın üzerine eğilerek fısıldadı. "Bay Langdon, beyin sarsıntısı geçirenlerde endişe sık rastlanan bir durumdur ama nabzınızın hızlanmaması gerekiyor. Hareket etmeyin. Heyecanlanmayın. Yatıp istirahat edin. İyileşeceksiniz. Hafızanız zamanla tazelenecek."

Geri gelen sakallı doktor, elindeki şırıngayı Dr. Brooks'a uzattı. O da Langdon'ın serumuna enjekte etti.

"Sizi yatıştıracak hafif bir sakinleştirici," diyerek açıkladı. "Ağrınıza da iyi gelecek." Gitmek üzere ayağa kalktı. "İyileşeceksiniz Bay Langdon. Siz uyuyun. Bir şeye ihtiyacınız olursa yatağınızın yanındaki düğmeye basın."

Işığı kapatıp sakallı doktorla birlikte dışarı çıktı.

Karanlıkta yatan Langdon, ilacın sistemine hemen yayılarak vücudunu, içinden çıktığı o derin kuyuya sürüklediğini hissetti. Gözlerini odanın karanlığında açık tutarak bu hisle mücadele etti. Doğrulmaya çalıştı ama bedeni adeta taş kesmişti.

---

(1) "Çok üzgünüm, çok üzgünüm."

Dalmadan önce kendini pencereye bakarken buldu. Işıklar kapalıydı ve karanlık camdaki kendi görüntüsü yavaş yavaş yok olurken yerini uzaktaki ışıklı şehir manzarasına bırakıyordu.

Şimdi Langdon'ın görüş alanında, kuleler ve kubbelerin arasında görkemli cephesi olan tek bir yapı görünüyordu. Bu muazzam taş kalenin yukarı doğru yükselip dışa doğru çıkıntı yapan doksan metrelik kulesinin mazgallı siperleri göze çarpıyordu.

Başı ağrıdan patlayacakmış gibi olan Langdon yatağında doğruldu. Zonklamayla mücadele ederken bakışlarını kuleye çevirdi.

Bu ortaçağ yapısını iyi tanıyordu.

Dünyada bir eşi yoktu.

Ne yazık ki, aynı zamanda Massachusetts'ten altı bin beş yüz kilometre uzaktaydı.

Langdon'ın penceresinin dışında, Via Torregalli'nin gölgeleri arasına saklanmış güçlü yapılı bir kadın, BMW motosikletinden çevik hareketlerle indi ve avının peşindeki bir panter gibi ilerledi. Delici bakışları ve kirpi gibi saçları vardı. Üzerine giydiği siyah deri motosiklet ceketinin yakasını yukarı kaldırmıştı. Susturuculu silahını kontrol etti ve başını kaldırıp Robert Langdon'ın ışıklarının kapandığı pencereye baktı.

Akşamın erken saatlerindeki görevi inanılmaz derecede ters gitmişti.

Tek bir kumrunun ötüşüyle her şey değişti.

Şimdiyse bu işi düzeltmeye gelmişti.

2. Bölüm

Floransa'da mıyım?

Robert Langdon'ın başı zonkluyordu. Hastanedeki yatağında dikilmiş sürekli çağrı butonuna basarken, vücut sistemine yayılmış sakinleştiricilere rağmen kalbi hızla çarpıyordu.

Dr. Brooks atkuyruğu şeklindeki saçlarını sallayarak telaşla içeri girdi. "İyi misiniz?"

Langdon sersemlemiş bir ifadeyle başını iki yana salladı. "Ben... İtalya'da mıyım?"

Dr. Brooks, "Çok iyi," dedi. "Hatırlıyorsunuz."

"Hayır!" Langdon pencereden görünen uzaktaki büyük binayı işaret etti. "Palazzo Vecchio'yu tanıdım."

Dr. Brooks ışıkları yakınca Floransa manzarası bir anda kayboldu. Langdon'ın yatağının yanına gelip sakin bir sesle konuşmaya başladı. "Bay Langdon endişelenmenize gerek yok. Küçük çaplı bir hafıza kaybı yaşıyorsunuz, ama Dr. Marconi beyin fonksiyonlarınızın normal olduğunu söyledi."

Çağrı butonunu duyan sakallı doktor da aceleyle içeri girmişti. Dr. Brooks hızlı ve akıcı bir İtalyancayla bir yandan Langdon'ın İtalya'da olduğunu öğrenince ne kadar *agitato* olduğundan bahsediyor, bir yandan da kalp monitörünü kontrol ediyordu.

Langdon öfke içinde, *heyecanlanmak mı,* diye düşündü. *Daha çok, şok oldum!* Salgılamakta olduğu adrenalin, bedenine yayılmış olan sakinleştiricilerle savaşa girmişti. "Bana ne oldu?" diye sordu. "Bugün günlerden ne?!"

Dr. Brooks, "Her şey yolunda," dedi. "Sabahın erken saatleri. 18 Mart Pazartesi."

Pazartesi. Langdon ağrıyan başına rağmen kendini en son yaptığı şeyleri hatırlamaya zorladı; soğuk ve karanlıktı. Cumartesi sabahı akşamüstü derslerine girmek için Harvard kampusunda tek başına yürüyordu. *Bu, iki gün önce miydi?!* Derslere veya sonrasına ait bir şey hatırlamaya çalışırken içini büyük bir telaş sardı. *Hiçbir şey hatırlamıyorum.* Kalp monitörünün biplemesi hızlandı.

Yaşça büyük olan doktor, sakalını kaşıyarak makineleri ayarlarken Dr. Brooks tekrar Langdon'ın yanına oturdu.

Yumuşak bir sesle, "İyi olacaksınız," diyerek onu sakinleştirmeye çalıştı. "Size geçici hafıza kaybı teşhisi koyduk ki, bu da kafa travmalarında çok yaygındır. Son birkaç güne ait hatıralarınız bulanık veya eksik olabilir ama bu kalıcı bir durum değil." Duraksadı. "İsmimi hatırlıyor musunuz? İçeri girdiğimde size söylemiştim."

Langdon kısa bir süre düşündü. "Sienna." *Dr. Sienna Brooks.*

Dr. Brooks gülümsedi. "Gördünüz mü? Şimdiden yeni hatıralar oluşturmaya başladınız."

Langdon'ın başındaki ağrı dayanılmazdı, yakın görüşü ise hâlâ bulanıktı. "Ne... oldu? Buraya nasıl geldim?"

"Bence dinlenmelisiniz ve belki de..."

Langdon tekrar, "Buraya nasıl geldim?!" diye sordu, kalp monitörü yeniden hızlanmıştı.

Dr. Brooks endişeli bir ifadeyle meslektaşıyla bakışıp, "Tamam, yavaşça nefes alın," dedi. "Size anlatacağım." Sesi fark edilir derecede ciddileşmişti. "Bay Langdon, üç saat önce sersemlemiş bir halde acil servise geldiniz, başınız kanıyordu ve o an olduğunuz yere yığıldınız. Kim olduğunuz veya buraya nasıl geldiğiniz hakkında kimsenin bir fikri yoktu. İngilizce bir şeyler mırıldanıyordunuz. Bu yüzden Dr. Marconi benim yardımcı olmamı istedi. Buraya İngiltere'den geldim, araştırma iznindeyim."

Langdon kendini bir Max Ernst tablosunun içinde uyanmış gibi hissediyordu. İtalya'da ne işim var? Genellikle her yıl sanat konferansı için haziran ayında İtalya'ya gelirdi ama şimdi mart ayındaydılar.

Yatıştırıcılar Langdon'ı iyice etkisi altına almaya başlamıştı. Yerçekimi sanki her geçen saniye daha da güçleniyor ve onu yatağın içinden aşağı çekmeye çalışıyormuş gibi hissetmesine neden oluyordu. Kafasını kaldırıp uyanık kalmaya çalışarak yerçekimiyle savaştı.

Dr. Brooks havada duran bir melek gibi üzerine doğru eğildi. "Lütfen, Bay Langdon," diye fısıldadı. "Kafa travmalarında ilk yirmi dört saat çok önemlidir. Dinlenmeniz gerekiyor, yoksa kendinize ciddi zararlar verebilirsiniz."

Odanın dahili haberleşme sisteminde çatallı bir ses duyuldu. *"Dr. Marconi?"*

Sakallı doktor duvardaki bir düğmeye basarak cevap verdi. *"Sì?"*[1]

Dahili telefondaki ses hızlı bir İtalyancayla konuşuyordu. Langdon bu konuşmaların ne anlama geldiğini yakalayamasa da iki doktorun birbirlerine şaşkınlık içinde bakışmalarını yakaladı. *Yoksa, dehşet içinde mi bakışıyorlardı?*

Marconi, *"Un minuto,"*[2] diyerek konuşmayı bitirdi.

Langdon, "Ne oldu?" diye sordu.

Dr. Brooks'un gözleri kısılmıştı. "Arayan yoğun bakım resepsiyonistiydi. Bir ziyaretçiniz varmış."

Bu umut ışığı Langdon'ın sersemliğini üzerinden atmasını sağladı. "Bu iyi haber! Belki de bu kişi, başıma ne geldiğini biliyordur."

Dr. Brooks şüphelenmiş gibiydi. "Buraya birinin gelmiş olması biraz tuhaf. İsminizi bilmiyorduk ve henüz sisteme kaydınız bile yapılmadı."

---

(1) "Evet?"
(2) "Bir dakika."

Langdon güçlükle yatağında doğrulmaya çalıştı. "Eğer birisi burada olduğumu biliyorsa, o zaman başıma ne geldiğini de biliyordur!"

Dr. Brooks, Dr. Marconi'ye bakınca, adam anında başını iki yana sallayarak parmağıyla kol saatine vurdu. Dr. Brooks tekrar Langdon'a döndü.

"Burası yoğun bakım ünitesi," diye açıkladı. "Sabah dokuzdan önce içeri kimse alınmıyor. Birazdan Dr. Marconi dışarı çıkıp ziyaretçinin kim olduğunu ve ne istediğini öğrenecek."

Langdon, "Peki, ya *benim* isteklerim?" diye sordu.

Dr. Brooks anlayışla gülümsedi ve hastasına biraz daha yaklaşarak alçak sesle konuşmaya başladı. "Bay Langdon, dün geceyle... ve başınıza neler geldiğiyle ilgili bilmediğiniz birtakım şeyler var. Ve biriyle konuşmadan önce gerçekleri öğrenmeye hakkınız olduğunu düşünüyorum. Ne yazık ki, henüz bunları öğrenecek kadar güçlü..."

Langdon kendini iyice doğrultmaya çalışırken, "Hangi gerçekleri?!" diye sordu. Koluna bağlanan serumun iğnesi canını yakıyor, vücudu ona birkaç yüz kilo gibi geliyordu. "Tek bildiğim, Floransa'da bir hastanede olduğum ve buraya sürekli 'Çok üzgünüm...' diye sayıklayarak geldiğim."

Bir anda aklına korkunç bir fikir geldi.

Langdon, "Trafik kazası mı geçirdim?" diye sordu. "Birini mi yaraladım?!"

Dr. Brooks, "Hayır hayır," dedi. "Öyle olduğunu sanmıyorum."

Langdon öfke dolu gözlerle iki doktora da bakarak, "O zaman *ne*?!" diye zorladı. "Neler olduğunu bilmeye hakkım var!"

Uzun bir sessizlikten sonra Dr. Marconi, çekici genç meslektaşına gönülsüz bir şekilde başıyla onay verdi. Dr. Brooks nefes verip Langdon'ın başucuna iyice yaklaştı. "Pekâlâ, size bildiklerimi anlatacağım... ve siz de sakin bir şekilde dinleyeceksiniz, anlaştık mı?"

Langdon başını salladı ve bu hareket kafatasının içine ani bir ağrının yayılmasına neden oldu. Cevapları bir an önce duymak istediği için ağrıya aldırmadı.

"Bilmeniz gereken ilk şey şu ki... başınızdaki yaranın sebebi bir kaza değil."

"Tamam, bu bir teselli oldu."

"Pek sayılmaz. Aslına bakarsanız, başınızdaki yaranın sebebi bir kurşun."

Langdon'ın kalp monitörü daha hızlı biplemeye başladı. "Efendim!?"

Dr. Brooks sakin ama hızlı bir şekilde konuşmaya devam etti. "Bir kurşun kafatasınızın tepesini sıyırıp geçmiş ve büyük ihtimalle bir beyin sarsıntısı geçirmenize neden olmuş. Hayatta kaldığınız için çok şanslısınız. Birkaç milim daha aşağıya gelmiş olsaydı..." Başını iki yana salladı.

Langdon şaşkınlık içinde ona baktı. *Biri bana ateş mi etmiş?*

O sırada koridorda çıkan bir tartışmanın öfkeli sesleri odayı doldurdu. Langdon'ı ziyarete gelen kişinin beklemek istemediği anlaşılıyordu. Langdon neredeyse aynı anda, koridorun diğer ucundaki ağır bir kapının hızla açıldığını duydu. Yaklaşan kişiyi görene kadar bakışlarını kapıdan ayırmadı.

Kadın baştan aşağı siyah deri kıyafetler giymişti. Çevik ve güçlü bir görüntüsü; koyu renk, kirpi gibi kısa saçları vardı. Hiç zorlanmadan, ayakları sanki yere basmıyormuş gibi yürüyordu ve doğrudan Langdon'ın odasına yönelmişti.

Dr. Marconi vakit kaybetmeden kapı aralığına gidip ziyaretçinin girişini kapattı. Elini bir polis gibi uzatarak, *"Fermati qui!"*[1] dedi.

Yabancı, Dr. Marconi'ye gittikçe yaklaşırken susturuculu bir tabanca çıkardı. Doktorun göğsüne nişan alıp ateş etti.

Kısa ve net bir tıslama duyuldu.

Langdon, Dr. Marconi'nin geri geri odanın içine doğru sendeleyişini, yere düşüp göğsünü tutuşunu ve beyaz laboratuvar önlüğünün kana bulanışını dehşet içinde izledi.

---

(1) "Burada dur!"

3. BÖLÜM

İtalya kıyılarının beş mil açığında, yetmiş metrelik *The Mendacium* isimli lüks bir yat, Adriyatik'in yavaşça kabaran sularından yükselen şafak öncesi sisinin arasında ilerliyordu. Gemi, dikkat çekmeyen gri gövdesi yüzünden askeri bir geminin sıkıcı havasını taşıyordu.

Üç yüz milyon doların üzerinde bir fiyatı olan teknede her tür konfor mevcuttu: spa, havuz, sinema, özel denizaltı ve bir helikopter pisti. Ancak, teknenin sahip olduğu bu özellikler, onu beş yıl önce satın alan ve bu alanların büyük bir kısmını askeri seviyede kurşun kaplı bir elektronik kumanda merkezi kurmak için anında dönüştüren sahibinin pek de umurunda olmamıştı.

The Mendacium'un üç özel uydu bağlantısı ve yer üstü röle istasyonlarıyla desteklenen kumanda odasında, gemide yaşayan ve teşkilatın karada üslenmiş operasyon merkezleriyle sürekli iletişim halinde olan; teknisyenler, analistler ve operasyon koordinatörlerinden oluşan yaklaşık yirmi dört kişilik personeli bulunuyordu.

Geminin güvenliği askeri eğitim almış küçük bir birlik, iki füze tespit sistemi ve en yeni silahların bulunduğu bir cephanelikten oluşuyordu. Aşçılar, temizlik ve hizmet elemanları gibi yardımcı personelle birlikte gemide kırktan fazla kişi çalışıyordu. *The Mendacium,* aslında sahibinin imparatorluğunu yönettiği portatif bir ofis binası gibiydi.

Çalışanlarının sadece "Amir" olarak bildikleri bu adam; ufak tefek, bodur, yanık tenli ve çukur gözlü biriydi. Etkileyici olmayan fiziği ve dolaysız tarzı, sunduğu gizli hizmetlerden oluşan özel mönüsüyle büyük servet yapmış birine çok uyuyordu.

Ondan farklı pek çok şekilde bahsedilirdi; ruhsuz, paragöz, günah yöneticisi, suç ortağı, şeytanın adamı... Ama o bunlardan hiçbiri değildi. Amir, müşterilerine tutkularının ve arzularının peşinden gitme fırsatı sunuyordu. İnsanlığın doğuştan günahkâr olması onun sorunu değildi.

Aleyhinde konuşanlara ve onların etik itirazlarına rağmen Amir'in ahlaki pusulası sabitti. Şöhretini ve Konsorsiyum'u iki altın kural üzerine kurmuştu.

Asla tutamayacağın bir söz verme.

Ve asla bir müşteriye yalan söyleme.

Asla.

İş yaşamı boyunca sözünü tutmadığı hiç olmamış veya bir anlaşmayı bozmamıştı. Sözünün eri oluşu kesin bir garantiydi ve bazen pişman olduğu anlaşmalar yapsa da bozmayı asla aklından geçirmezdi.

O sabah, yatının lüks kamarasının balkonuna çıktığında, köpüren denize bakarak içine yerleşen endişeyi def etmeye çalışıyordu.

Geçmişte verdiğimiz kararlar geleceğimizin mimarıdır.

Amir'in geçmişte verdiği kararlar onun her mayın tarlasında pazarlık yapabilmesini ve her zaman başarılı olmasını sağlamıştı. Ancak, o gün pencereden İtalya topraklarının uzak ışıklarına bakarken kendini hiç olmadığı kadar gergin hissediyordu.

Bir yıl önce tam da bu yatta, sonuçları şimdi kurmuş olduğu her şeyi tehdit eden bir karar vermişti. *Yanlış adama hizmet etmeyi kabul ettim.* Amir'in bunu o sırada bilmesine imkân yoktu, ancak şimdi bu yanlış hesap beklenmedik sorunları beraberinde getirmiş ve batmakta olan gemisini alabora olmaktan kurtarmak için en iyi ajanlarından bazılarını "ne gerekiyorsa" yapma emriyle sahaya yollamak zorunda kalmıştı.

Amir şu anda özellikle bir ajandan haber almayı bekliyordu. Güçlü, kirpi saçlı ajanını düşündü: *Vayentha*. Bu göreve kadar kendisine mükemmel bir şekilde hizmet veren Vayentha, geçen akşam korkunç sonuçlara neden olan bir hata yapmıştı. Son altı saat, durumun kontrolünü yeniden ele geçirmek için faydasız bir çabaya girmişlerdi.

Vayentha hatasına bir şanssızlığın sebep olduğunu söyledi, zamansız öten bir kumrunun.

Ne var ki Amir, şansa inanmazdı. Her şeyi, şansı ve tesadüfleri ortadan kaldırmak üzerine kurmuştu. Kontrol, Amir'in uzmanlık alanıydı; her ihtimali önceden düşünmek, her tepkiyi tahmin etmek ve gerçeği, arzu edilen sonuca doğru yönlendirmek. Kusursuz bir başarı ve gizlilik sicili vardı. Bu da milyonerler, politikacılar, şeyhler ve hatta hükümetlerden oluşan muazzam bir müşteri listesi anlamına geliyordu.

Doğuda beliren sabahın ilk ışıkları ufuktaki alçak yıldızları soldurmaya başlamıştı. Amir güvertede durmuş, sabırla Vayentha'dan görevini planlandığı şekilde tamamladığı haberini almayı bekliyordu.

4. BÖLÜM

Langdon, bir an için zamanın durduğunu sandı.

Yerde hareketsiz yatan Dr. Marconi'nin göğsünden kanlar fışkırıyordu. Langdon bakışlarını doktordan, koridordan odasına doğru ilerlemekte olan kirpi saçlı suikastçıya dikti. Kadın, kapı eşiğine yaklaşınca Langdon'a baktı ve hemen silahını ona doğrultarak kafasına nişan aldı.

Langdon, *öleceğim,* diye düşündü. *Şimdi, burada.*

Küçük hastane odasındaki silah sesi sağır ediciydi.

Vurulduğundan emin olan Langdon kendini geriye çekti ama ses saldırganın silahından gelmemişti. Dr. Brooks, kendini ağır metal kapıya doğru atarak kapıyı kapatmış ve kilidi çevirmişti.

Genç doktor korku dolu gözlerle hemen arkasına dönüp kanlar içindeki meslektaşının yanına çömeldi ve nabzını kontrol etti. Dr. Marconi öksürünce ağız dolusu kan yanağından gür sakalına doğru aktı. Sonra hareketsiz kaldı.

Dr. Brooks, *"Enrico, no! Ti prego!"*[1] diye haykırdı.

Dışarıda, metal kapının arkasına kurşunlar yağıyordu. Alarm sesleri koridorda yankılanmaya başlamıştı.

Langdon'ın bedeni bir şekilde harekete geçmiş, panik ve hayatta kalma içgüdüsü yatıştırıcıları etkisiz bırakmıştı. Güçlükle yatağından kalkmaya çalışırken kolunda yakıcı bir acı hissetti.

---

(1) "Enrico, hayır! Lütfen!"

Bir an için bir kurşunun kapıdan geçip kendisine isabet ettiğini düşündü ama aşağı bakınca serumun kolundan çıktığını gördü. Plastik kateterin ucundan sıcak kan dışarı akıyordu.

Langdon artık tamamıyla ayılmıştı.

Dr. Marconi'nin yanına çömelmiş olan Dr. Brooks yaşlı gözlerle hâlâ nabız arıyordu. Sonra, sanki içinde bir ışık yanmış gibi ayağa kalkıp Langdon'a döndü. Genç doktorun ifadesi Langdon'ın gözleri önünde bir anda değişiverdi. Genç hatları, krizle karşılaşan tecrübeli bir acil servis doktorunun kararlılığıyla sertleşti.

"Beni izle," dedi.

Dr. Brooks, Langdon'ın kolunu tutarak onu odada yürüttü. Langdon güçsüz bacaklarıyla sendeleyerek ilerlerken, koridorda silah sesleri ve kargaşa devam ediyordu. Zihni açıktı ama uyuşturulmuş bedeni tepki vermekte zorlanıyordu. *Hareket et!* Ayaklarının altındaki seramik zemin soğuktu ve ince hasta önlüğü bir seksenlik bedenini örtecek kadar uzun değildi. Kolundan damlayarak avucunun içine dolan kanları hissedebiliyordu.

Kurşunlar ağır kapı tokmağına çarpmaya devam ediyordu. Dr. Brooks, Langdon'ı sertçe küçük bir tuvalete doğru itti. Peşinden içeri girecekken durup arkasına baktı ve tezgâha doğru koşup Langdon'ın kanlı Harris ceketini kaptı.

Lanet ceketimi boş ver!

Ceketle birlikte geri dönüp çabucak banyo kapısını kilitledi. Tam o sırada, dışarıdaki odanın kapısı kırılarak açıldı.

Genç doktor minik banyonun içinden ikinci bir kapıya doğru ilerleyip açtı ve Langdon'ı bitişikteki ayılma odasına aldı. Silah sesleri arkalarında yankılanırken, Dr. Brooks kafasını koridora doğru uzatıp Langdon'ı kolundan tuttu ve koridorun karşısındaki merdivene doğru sürükledi. Bu ani hareket profesörün başının dönmesine sebep oldu, her an bayılabileceğini hissediyordu.

Sonraki on beş dakika bulanıktı. Aşağı inen merdivenler... sendeleme... düşme. Langdon'ın kafasındaki zonklama dayanılmaz bir hale gelmişti. Görüşü artık daha da bulanık, kasları uyuşuktu; her hareketi ertelenmiş bir tepki gibiydi.

Ve sonra hava soğudu.

Dışarıdayım.

Genç kadın onu binanın uzağındaki karanlık bir ara sokakta sürüklerken, Langdon keskin bir şeyin üzerine basıp kaldırıma sertçe düştü. Adama yatıştırıcı verdikleri için yüksek sesle küfreden Dr. Brooks, onu ayağa kaldırmaya çalıştı.

Ara sokağın sonuna yaklaştıklarında Langdon yine tökezledi. Dr. Brooks bu kez onu yerde bırakıp caddeye doğru koştu ve uzaktaki birine seslendi. Langdon hastanenin önüne park etmiş bir taksinin belli belirsiz yeşil ışığını gördü. Arabada hiçbir hareketlilik yoktu, şoför büyük ihtimalle uyuyordu. Dr. Brooks bağırarak kollarını salladı. Sonunda taksinin farları yandı ve ağır ağır onlara doğru ilerledi.

Ara sokakta Langdon'ın arkasında bir kapı sertçe açıldı; ardından, hızla yaklaşan ayak sesleri duyuldu. Arkasını dönünce kendisine doğru ilerleyen karanlık bir şekil gördü. Ayağa kalkmaya çalıştı ama doktor onu çoktan tutmuş, bekleme halindeki bir Fiat taksinin arka koltuğuna oturtmaya çalışıyordu. Genç kadın üzerine doğru abanıp kapıyı kapatırken, bedeninin yarısı koltukta yarısı yerdeydi.

Uyku sersemi şoför, arkasını dönüp taksisine doluşan tuhaf ikiliye baktı. Karşısında atkuyruklu, ameliyat üniformalı genç bir kadınla kolu kanayan ve yarısı yırtık hasta önlüğü giymiş olan bir adam vardı. Yan ayna havaya uçarken büyük ihtimalle onlara arabasından inmelerini söylemek üzereydi. Siyah deri ceketli kadın ara sokaktan çıkıp silahını doğrulttu. Dr. Brooks, Langdon'ın kafasını tutup aşağı doğru bastırırken tabanca yine ateş aldı. Arka pencere patlayınca bir anda cam yağmuruna tutuldular.

Şoföre daha fazla açıklama yapmaya gerek kalmamıştı. Gazı kökledi ve taksi hızla ileri atıldı.

Langdon baygınlığın eşiğinde düşünmeye çalıştı. *Biri beni öldürmeye mi çalışıyor?*

Dr. Brooks köşeyi döndüklerinde doğrulup profesörün kanayan kolunu tuttu. Kateterin ucu garip bir şekilde etindeki delikten dışarı fırlamıştı.

"Pencereden dışarı bak," dedi Sienna

Langdon söyleneni yaptı. Dışarıda, hayaletimsi mezar taşları karanlıkta akıp gidiyordu. Bir mezarlığın yanından geçmelerini nedense duruma uygun bulmuştu. Langdon, doktorun parmaklarıyla kateteri yokladığını hissetti, sonra genç kadın bir anda çekip çıkardı.

Yakıcı bir acı doğrudan Langdon'ın beynine doğru ilerledi. Gözlerinin kaydığını hissetti ve sonra her şey karardı.

5. BÖLÜM

Telefonunun tiz ziliyle Amir, gözlerini Adriyatik'in sakinleştirici sisinden ayırdı ve hızla kamarasındaki ofisine doğru ilerledi.

Sabırsızlık içinde, *nihayet*, diye düşündü.

Masasının üzerindeki bilgisayar ekranı hareketlenmişti. Aramanın, bu gemiye bağlanmadan önce izi sürülemeyen dört yönlendirici tarafından yeniden yönlendirilerek bir İsveç Sectra Tiger XS özel ses şifreleyen telefonundan geldiğini bildiriyordu.

Kulaklığını taktı. "Ben Amir," diye cevapladı, yavaş ve özenle konuşuyordu. "Konuşun."

Ses, "Ben Vayentha," diye karşılık verdi.

Amir, kadının sesinde alışılmadık bir tedirginlik sezdi. Saha ajanları çok nadir Amir'le doğrudan konuşurlardı ve daha da nadir olarak dün akşamki gibi bir fiyaskodan sonra onun için çalışmaya devam ederlerdi. Yine de Amir'in krizi çözmek için sahada bir ajana ihtiyacı vardı ve Vayentha bu iş için en iyi kişiydi.

Vayentha, "Yeni bir haberim var," dedi.

Amir sessiz kaldı. Bu, kadının devam etmesini gösteren bir işaretti.

Kadın duygusuz bir ses tonuyla konuşuyordu, profesyonelliğini göstermeye çalıştığı çok açıktı. "Langdon kaçtı," dedi. "Nesne yanında."

Amir masasına oturdu ve bir süre sessiz kaldı. "Anlaşıldı," dedi. "Sanırım, en kısa sürede polise gidecektir."

Amir'in iki güverte aşağısında, geminin güvenli kumanda merkezinde, kıdemli yönetici Laurence Knowlton özel bölmesinde oturuyordu. Amir'in görüşmesinin bittiğini fark etti. Haberlerin iyi olmasını umuyordu. Son iki gündür Amir fazla gergindi ve gemideki tüm çalışanlar çok önemli bir operasyonun söz konusu olduğunu hissediyorlardı.

Çıta tahmin edilemeyecek kadar yüksek ve Vayentha bu defa işi becerse iyi olur.

Knowlton dikkatli bir şekilde hazırlanmış oyun planlarını yönetmeye alışkındı ama bu senaryo kaosa dönüşmüştü ve Amir yönetimi bizzat ele almıştı.

Meçhul bir bölgeye girdik.

O sırada dünya çapında devam eden altı farklı görev, Konsorsiyum'un diğer saha ofislerinden hizmet alıyor, bu şekilde Amir ve *The Mendacium*'daki personel sadece bu işe odaklanabiliyordu.

Müşterileri birkaç gün önce Floransa'da intihar etmişti ama listesinde Konsorsiyum'un hâlâ sunması gereken bir sürü hizmet vardı. Bunlar, sonuçları ne olursa olsun adamın bu organizasyona emanet ettiği özel görevlerdi ve Konsorsiyum her zamanki gibi hiç sorgulamadan aldığı işi bitirmek niyetindeydi.

Knowlton yerine getirmek amacıyla, *ben emirlerimi aldım,* diye düşündü. Ses geçirmez cam bölmesinden çıkıp bazıları şeffaf, bazıları da mat olan yarım düzine başka bölmenin yanından geçti. Nöbetçi subaylar içeride aynı görevin başka aşamalarıyla ilgileniyorlardı.

Knowlton ana kumanda odasında ilerlerken başıyla teknik ekibi selamlayıp içinde on iki sağlam kutu bulunan küçük bir kasaya girdi. Kutulardan birini açıp içindekini çıkardı; bu seferki, sadece parlak kırmızı bir harici bellekti. İlişikteki görev kartına göre, harici belleğin içinde, müşterinin ertesi sabah belirli bir saatte önemli medya kuruluşlarına gönderilmesini istediği uzun bir kayıt dosyası vardı.

Yarınki isimsiz yükleme hayli kolay olacaktı ama akış çizelgesinde; bu dosyayı belirli bir saatte yüklemeden önce Konsorsiyum'a şifre çözümlerinin, derlemelerin veya gerekli olabilecek diğer hazırlıkların yapılabilmesi için yeteri kadar zaman tanımak amacıyla *bugün,* yani teslimden yirmi dört saat önce yeniden incelenecek diye işaretlenmişti.

Hiçbir şey şansa bırakılmaz.

Knowlton şeffaf bölmesine döndü ve ağır cam kapıyı kapatıp dış dünyayla ilgisini kesti.

Duvardaki bir düğmeyi çevirince bölmesini çevreleyen camlar anında matlaştı. Mahremiyet için *The Mendacium*'daki bütün ofisler "asılı partikül düzen" tekniğine göre imal edilmiş, "akıllı cam" da denilen camlardan yapılmışlardı. APD camının şeffaflığı, panelin içinde asılı duran çubuk benzeri milyonlarca minik parçacığı bir araya getiren veya rasgele dağıtan bir elektrik akımının uygulanması ya da kesilmesiyle kolaylıkla kontrol edilebiliyordu. Bölümlere ayırma, Konsorsiyum'un başarısının temel taşıydı.

Sadece kendi görevinle ilgilen. Hiçbir şey paylaşma.

Artık özel alanında rahat bir şekilde oturan Knowlton, harici belleği bilgisayarına takıp dosyayı tıkladı ve görevine başladı.

Ekranı anında karardı... ve hoparlörlerden yumuşak bir su çırpıntısı duyuldu. Ekranda yavaş yavaş bir resim belirdi... belirsiz ve karanlık. Karanlıkta bir sahne şekil almaya başladı... Bir mağaranın içiydi veya büyük bir oda. Mağaranın zemini suyla kaplıydı, bir yeraltı gölüne benziyordu. Tuhaf bir şekilde, su... sanki içeriden aydınlatılmış gibiydi.

Knowlton daha önce hiç böyle bir şey görmemişti. Tüm mağara esrarengiz bir şekilde kırmızı tonunda parlıyordu. Soluk duvarlar dalgalanan suyun damarlı yansımalarıyla kaplıydı. *Burası... neresi?*

Çırpıntı sesi devam ederken, kamera aşağı doğru inmeye ve dikey olarak alçalmaya başladı. Suya doğru inip aydınlatılmış yüzeyi deldi. Çırpıntı sesleri kayboldu, yerini suyun altındaki ürkütücü sessizlik aldı. Suyun altındaki kamera alçalmaya devam etti, kısa bir süre sonra durdu, mağaranın kum ve çamur kaplı zeminine odaklandı.

Yerde, parlak titanyumdan dikdörtgen bir plaka duruyordu. Plakanın üzerinde bir yazı vardı.

BURADA, BU TARİHTE,
DÜNYA SONSUZA DEK DEĞİŞTİ.

Plakanın altında bir isim ve bir tarih yazıyordu.
İsim, müşterilerine aitti.
Tarih... ertesi gündü.

6. Bölüm

Langdon şimdi güçlü ellerin kendisini kaldırdığını hissediyordu. Onu hezeyandan uyandırıyor, taksiden inmesine yardım ediyorlardı. Ayaklarının altındaki kaldırımın soğukluğunu hissetti.

Dr. Brooks'un narin yapısıyla biraz olsun destek kazanan Langdon, iki apartman arasındaki boş yaya yolunda sendeleyerek ilerledi. Şafak rüzgârıyla şişen hastane önlüğünün altında her yerinin üşüdüğünü hissedebiliyordu.

Hastanedeyken verilen yatıştırıcı, zihnini de görüşü kadar bulanıklaştırmıştı. Sualtında, akışmaz, loş ışıklı bir dünyada yolunu bulmaya çalıştığını hissediyordu. Dr. Brooks'un ileri doğru çekiştirip durması ona şaşırtıcı bir kuvvetle destek veriyordu.

"Basamak var," dediğinde, binanın yan girişine vardıklarını anladı.

Tırabzana tutunan Langdon, yukarı doğru güçlükle adım atarken, Dr. Brooks şimdi onu gerçekten itiyordu. Sahanlığa vardıklarında genç kadın, paslanmış eski bir tuş takımına bazı rakamları girdi ve kapı vınlayarak açıldı.

İçerideki hava daha sıcak değildi ama dışarıdaki kaba kaldırımla kıyaslandığında, ayağının altındaki seramik zemin Langdon'a yumuşak bir halı gibi geldi. Langdon'ı küçük bir asansöre götüren Dr. Brooks, katlanan bir kapıyı açarak onu telefon kulübesi boyutundaki bir kabine soktu. İçerisi MS sigarası kokuyordu; İtalya'da taze espresso kokusu kadar yaygın olan acı-tatlı bir koku. Bu koku, yavaşça Langdon'ın zihin bulanıklığının geçmesine yardımcı oldu. Dr. Brooks bir düğmeye basınca üstlerinde bir yerdeki çarklar tıkırdayarak harekete geçti.

Yukarı...

Gıcırdayan kabin, yukarı çıkmaya başlarken yalpalayıp titredi. Duvarlarda sadece metal kaplamalar olduğu için asansör ritmik bir biçimde önlerinden kayarken, Langdon kendini seyrettiğini fark etti. Bu yarı bilinçli halinde bile, ömrü boyunca duyduğu kapalı yerde kalma korkusu son derece güçlüydü.

Bakma.

Duvara yaslanarak soluklanmaya çalıştı. Kolu ağrıyordu. Bakışlarını indirdiğinde, Harris ceketinin kolunun etrafına bandaj gibi sarıldığını gördü. Ceketin boşta kalan kısmı arkasından sarkarak yere değiyor, aşınıp pisleniyordu.

Zonklayan başı yüzünden gözlerini kapattı ama karanlık bir kez daha onu içine aldı.

Tanıdık bir görüntü belirdi: Nazarlığı ve bukleli gümüş rengi saçları olan, endamlı ve peçeli kadın. Tıpkı daha önceki gibi, etrafında kıvranan vücutlarla kan kırmızı nehrin kıyısında duruyordu. Yalvaran bir sesle Langdon'la konuştu. *"Ara, bulacaksın!"*

Langdon, onu kurtarması gerektiği hissine kapılmıştı... Hepsini kurtarması gerekiyordu. Yarıya kadar gömülmüş, baş aşağı bacaklar teker teker gevşiyordu.

Ses çıkarmadan, *"Kimsin sen?"* diye seslendi. *"Ne istiyorsun?!"*

Peçeli kadının gümüş rengi gür saçları sıcak rüzgârla dalgalanmaya başladı. Nazarlık kolyesine dokunurken, *"Zaman daralıyor,"* diye fısıldadı. Sonra aniden, nehrin üstünde dumanlar çıkararak, her ikisini birden yutan kör edici bir ateş sütununa dönüştü.

Langdon haykırarak gözlerini aniden açtı.

Dr. Brooks endişeyle ona baktı. "Ne oldu?"

Langdon, "Halüsinasyonlar görüyorum!" diye söylendi. "Aynı görüntü."

"Gümüş rengi saçları olan kadın mı? Ve cesetler?"

Başını evet anlamında sallayan Langdon'ın alnında boncuk boncuk ter birikmişti.

Dr. Brooks kendinden emin görünmeye çalışarak, "Bir şeyiniz kalmayacak," dedi. "Tekrarlayan görüntülere amnezide sık rastlanır. Hatıraları düzenleyip dosyalayan beyin fonksiyonunuz geçici olarak etkilendi. Bu yüzden her şeyi aynı resmin altına atıyor."

"Pek güzel bir resim değil," diyebildi Langdon.

"Biliyorum, ama iyileşene kadar hatıralarınız karışacak ve dosyalanmayacak; geçmiş, bugün ve hayal, hepsi birbirine karışacak. Aynı şey rüyalarda da olur."

Asansör yalpalayarak durunca Dr. Brooks katlanan kapıyı açtı. Bu kez karanlık, dar bir koridorda yürüyorlardı. Floransa çatılarının kasvetli siluetinin şafak öncesi ışığında belirmeye başladığı bir pencerenin yanından geçtiler. Dr. Brooks koridorun en sonunda çömelip, susuz kalmış gibi görünen bir bitkinin altından aldığı anahtarla bir kapının kilidini açtı.

Küçük bir daireydi ve içerdeki hava vanilya kokulu mumla eski halı kokusunun arasında geçen savaşın haberini veriyordu. Mobilyalar ve diğer eşyalar en iyi kelimeyle yetersizdi. Ev, ikinci el eşyalarla döşenmiş gibiydi. Dr. Brooks termostatı ayarlayınca kaloriferler ses çıkararak çalışmaya başladı.

Genç doktor sanki toparlanmaya çalışıyormuş gibi bir süre durup gözlerini kapattı, derin nefesler alıp verdi. Daha sonra dönüp Langdon'ı formika masayla iki eğreti sandalyenin bulunduğu mütevazı mutfağa götürdü.

Langdon oturmak niyetiyle sandalyelerden birine doğru hamle yaptı ama Dr. Brooks tek eliyle onu kolundan tutarken, diğer eliyle bir dolabı açtı. Dolabın içi neredeyse boştu... krakerler, birkaç paket makarna, bir kutu Cola ve bir şişe NoDoz.

Dolaptan bir şişeyi çıkarıp Langdon'ın avucuna altı kapsül döktü. "Kafein," dedi. "Bu geceki gibi nöbete kaldığım zamanlar için."

Langdon hapları ağzına götürüp biraz suyla çalkaladı.

Dr. Brooks, "Çiğne," dedi. "Böylece sistemine çabuk karışır ve yatıştırıcıya karşı daha hızlı etki gösterir."

Langdon çiğnemeye başladığı anda yerinde büzüldü. Hapların tadı berbattı, aslında yutulmaları en iyisiydi. Dr. Brooks buzdolabını açtı ve Langdon'a yarım şişe San Pellegrino uzattı. Profesör şükranla koca bir yudum aldı.

Genç doktor, onu kolundan tutup, ceketinden yaptığı üstünkörü bandajı çıkardı ve mutfak masasının üstüne bıraktı. Sonra dikkatle yarasını inceledi. Kolunu tutarken, Langdon onun narin ellerinin titrediğini hissetti. Dr. Brooks, "Yaşayacaksın," dedi.

Langdon içinden onun da iyileşmesini diledi. Birlikte neyi atlattıklarını kavramakta güçlük çekiyordu. "Dr. Brooks," dedi. "Birini aramamız gerek. Konsolosluk... polis. Birini."

Sienna ona hak vererek başını salladı. "Artık bana Dr. Brooks demeyi bırakabilirsin. İsmimin Sienna olduğunu biliyorsun."

Langdon başını salladı. "Biliyorum. Sen de benim ismimin Robert olduğunu biliyorsun." Birbirlerine ilk isimleriyle hitap etmeleri aralarındaki bağın güçlendiğini gösteriyordu. "İngiliz'im mi demiştin?"

"Evet, orada doğdum."

"Aksanını duyamıyorum?"

"Güzel," diye cevap verdi. "Kurtulmak için çok uğraştım."

Langdon tam nedenini soracakken, Sienna ona peşinden gelmesini işaret etti. Onu dar bir koridordan küçük, iç karartıcı bir banyoya götürdü. Langdon hastane camında gördüğünden bu yana ilk defa, lavabonun üstündeki aynada kendi yansımasını gördü.

İyi değil. Sık, koyu renk saçları matlaşmış, gözleri kanlanmıştı ve halsiz görünüyordu. Uzamış sakalları çenesini kaplamıştı.

Sienna musluğu açtı ve Langdon'ın yaralı kolunu buz gibi soğuk suyun altına soktu. Langdon acımasına rağmen, yüzünü buruşturarak kolunu altında tuttu.

Sienna aldığı temiz bir bezi antibakteriyel sabunla köpürttü. "İstersen başka tarafa bak."

"Önemli değil. Ben pek..."

Sienna bezi bastırarak sürtmeye başlayınca, Langdon'ın koluna şiddetli bir ağrı girdi. Bağırmamak için dişlerini sıktı.

Şimdi daha da bastıran Sienna, "Enfeksiyon kapmasın," dedi. "Ayrıca, eğer yetkilileri arayacaksan, şimdikinden daha hazırlıklı olmalısın. Adrenalin üretiminde acıdan daha etkili bir şey yoktur."

Langdon kolunu geri çekinceye kadar, bezin baskısına dolu dolu on saniye kadar dayandı. *Yeter!* Kendini daha güçlü ve daha uyanık hissettiğini itiraf etmeliydi; artık kolunun acısı baş ağrısını bastırıyordu.

Sienna, "Güzel," diyerek suyu kapattı ve kolunu temiz bir havluyla kuruladı. Daha sonra koluna küçük bir sargı bağladı, ama o bunu yaparken, Langdon'ın, fark ettiği başka bir şey yüzünden dikkati dağıldı. Onu sinirlendiren bir şey.

Langdon yaklaşık kırk yıl boyunca, anne babasının hediye ettiği, koleksiyonerler için üretilmiş antika bir Mickey Mouse saati takmıştı. Mickey'nin gülümseyen yüzü ve neşeyle salladığı kolları, ona gün içinde daha sık gülümsemesini ve hayatı daha az ciddiye almasını hatırlatıyordu.

Langdon, "Saatim..." diye kekeledi. "Yok olmuş!" O olmadan kendini eksik hissediyordu. "Hastaneye geldiğimde kolumda mıydı?"

Sienna ona kuşkulu gözlerle baktı, böyle önemsiz bir şey için endişelendiğine inanamıyordu. "Ben herhangi bir saat hatırlamıyorum. Sen biraz temizlen. Birkaç dakika sonra döneceğim, sana nasıl yardım bulacağımızı düşünürüz." Gitmek üzere arkasını döndü ama kapı eşiğinde durarak aynada gözlerini Langdon'ınkilere dikti. "Ben yokken sana önerim, birinin seni neden öldürmek isteyebileceğini düşünmen. Yetkililerin soracağı ilk soru bu olacaktır."

"Bekle, nereye gidiyorsun?"

"Polisle yarı çıplak konuşamazsın. Üstüne kıyafet bulacağım. Komşum seninle aşağı yukarı aynı bedende. O şimdi yok, ben de kedisine bakıyorum. Bana borçlu."

Genç kadın bunu söyledikten sonra gitmişti.

Robert Langdon lavabonun üstündeki küçük aynaya doğru döndüğünde, karşısında kendisine bakan yüzü tanımakta güçlük çekti. *Biri beni öldürmek istiyor.* Zihninin içinde yeniden o hezeyanlı sayıklamaları duydu.

Çok üzgünüm. Çok üzgünüm.

Birkaç şey hatırlamak için hafızasını yokladı ama hiçbir şey yoktu. Sadece boşluk görüyordu. Langdon'ın tüm bildiği, Floransa'da bulunduğu ve başında bir kurşun yarası olduğuydu.

Yorgun gözlerine bakarken bu işin sonunda, sırf Bombay Sapphire ile Gogol'u birbirine karıştırdığı için elinde boş bir martini bardağı ve *Ölü Canlar* kitabıyla evdeki okuma koltuğunda uyanıp uyanmayacağını merak etti.

7. Bölüm

Langdon kanlı hastane önlüğünü çıkarıp attı ve beline bir havlu sardı. Yüzünü yıkadıktan sonra yavaşça başındaki dikişlere dokundu. Derisi sızlıyordu ama keçeleşmiş saçlarını üzerine yatırınca yara tamamıyla gözden kayboldu. Kafein hapları etkisini göstermeye başlamıştı, sonunda bulanıklığın yok olduğunu hissediyordu.

Düşün Robert. Hatırlamaya çalış.

Penceresiz banyo aniden klostrofobik gelmeye başlamıştı. Langdon koridora çıkıp karşısındaki yarı açık kapıdan yayılan doğal ışığa doğru ilerledi. Burası ucuz bir masa, yıpranmış bir döner sandalye, yerde duran çeşitli kitaplar ve çok şükür... bir *pencere*den oluşan eğreti bir çalışma odasıydı.

Langdon gün ışığına doğru ilerledi.

Uzakta yükselen Toscana güneşi, uyanan şehrin en yüksek kulelerine –çan kulesi, Badia, Bargello– vurmaya başlamıştı. Langdon alnını serin cama dayadı. Kuru ve soğuk mart havası yamaçlardan yükselen güneş ışığı tayfını güçlendiriyordu.

Buna, *ressam ışığı* derler.

Ufuk çizgisinin tam ortasında, kırmızı tuğlalardan dev bir kubbe yükseliyordu; zirvesindeki yaldızlı bakır top, bir fener gibi parlıyordu. Il Duomo. Brunelleschi, bazilikanın muazzam kubbesini inşa ederken mimaride tarih yazmıştı ve şimdi, beş yüz yıldan uzun bir süre sonra, yüz on dört metre yüksekliğindeki yapı hâlâ Pazza del Duomo'da sabit bir dev gibi sapasağlam yerinde duruyordu.

Neden Floransa'dayım?

Floransa, İtalyan sanatına her zaman çok meraklı olan Langdon'ın Avrupa'da en sevdiği yerlerden biriydi. Burası, Michelangelo'nun atölyelerinde İtalyan Rönesansı'nın doğduğu ve sokaklarında çocukken oynadığı şehirdi. Galerilerinde milyonlarca gezginin Botticelli'nin *Venüs'ün Doğuşu*'nu, Leonardo'nun *Beşaret*'ini, şehrin gururu ve neşesi olan *Davut* heykelini hayranlıkla izlediği Floransa'ydı.

Langdon, Michelangelo'nun *Davut* heykelini ilk kez bir delikanlıyken... Accademia delle Belle Arti'ye girip, Michelangelo'nun dizi dizi duran *Prigioni*'si arasında yavaşça ilerledikten sonra, bakışları beş metrelik başyapıta doğru kaydığında görüp büyülenmişti. *Davut*'un muazzamlığı ve belirgin kas yapısı, ilk kez gelen ziyaretçileri hayrete düşürüyordu ama Langdon için büyüleyici olan, *Davut*'un pozundaki deha olmuştu. Michelangelo, *Davut*'un sağ tarafına yaslandığı, sol bacağında hiç ağırlık olmadığı göz yanılgısını sağlamak için klasik *contrapposto* geleneğini uygulamıştı ama aslında, sol bacağı tonlarca mermer taşıyordu.

Davut, Langdon'ın büyük heykellerin gücünü takdir etmeye başlamasını sağlamıştı. Langdon şimdi, son günlerde bu başyapıtı ziyaret edip etmediğini düşünüyordu ama hatırlayabildiği tek şey, hastanede uyandığı ve masum bir doktorun gözlerinin önünde öldürülüşünü izlediğiydi. *Çok üzgünüm. Çok üzgünüm.*

Hissettiği vicdan azabı onu hasta ediyordu. *Ben ne yaptım?*

Pencerenin karşısında dururken gözucuyla yanındaki masanın üzerinde duran dizüstü bilgisayarı gördü. Aniden, geçen akşam başına her ne geldiyse, bunun haberlerde çıkmış olabileceğini düşündü.

İnternete girebilirsem, birtakım cevaplar bulabilirim.

Langdon kapıya doğru dönüp seslendi. "Sienna?!"

Sessizlik... Hâlâ komşunun dairesinde giysi arıyordu.

Sienna'nın, bilgisayarını izinsiz kullanmasını anlayışla karşılayacağını düşünerek açtı.

Bilgisayarın ana ekranı aydınlandı: Windows'un standart "mavi bulutlu" arka planı. Langdon hemen Google İtalya'nın arama sayfasına girip *Robert Langdon* yazdı.

Aramaya başlarken, *eğer öğrencilerim şimdi beni görseydi,* diye düşündü. Langdon sürekli öğrencilerine kendilerini Google'da aramamalarını tembihlerdi, çünkü bu da Amerikan gençliğini ele geçirdiğini düşündüğü, ün takıntısını yansıtan tuhaf bir yeni eğlenceydi ona göre.

Arama sonuçları ekrana döküldü. Langdon'a ait yüzlerce bağlantı vardı; kitapları, dersleri. *Şimdi, ne arıyorum?*

Langdon haber butonuna tıklayarak aramayı sınırlandırdı.

Yeni bir sayfa açıldı: *"Robert Langdon" için haber sonuçları.*

İmza günleri: Robert Langdon imza için...

Robert Langdon'dan mezuniyet konuşması...

Robert Langdon, ***Sembol*** *kitabını yayımladı....*

Liste birkaç sayfa boyunca uzayıp gidiyordu ama Langdon son günlere ait bir şey bulamadı; içinde bulunduğu durumu açıklayabilecek hiçbir şey yoktu. *Dün akşam ne oldu?* Langdon, Floransa'da yayımlanan İngilizce gazete *The Florentine*'in web sitesine girerek şansını zorladı. Başlıkları, son dakika haberlerini, polis blogunu taradı ama bir daire yangını, hükümetteki yolsuzluk skandalı ve ufak çaplı suçlarla ilgili haberler dışında bir şey bulamadı.

Hiçbir şey yok mu?!

Bir polis memurunun önceki akşam katedralin önündeki meydanda kalp krizinden öldüğü ile ilgili son dakika haberinde duraksadı. Memurun adı henüz açıklanmamıştı ama cinayetten şüphelenilmiyordu.

Sonunda, aklına yapacak başka bir şey gelmeyen Langdon, birtakım cevaplar bulabileceğini düşünerek Harvard e-posta adresine girip mesajlarını kontrol etti. Tek bulabildiği, meslektaşlarından, öğrencilerinden ve arkadaşlarından gelen alışıldık e-postalardı, çoğu bir sonraki haftanın randevularıyla ilgiliydi.

Sanki kimse orada olmadığımı bilmiyor.

Belirsizlik artınca Langdon bilgisayarı kapattı. Tam odadan çıkmak üzereyken gözüne bir şey ilişti. Sienna'nın masasının köşesinde, eski tıp dergileri ve kâğıt yığınlarının üzerinde polaroit bir fotoğraf duruyordu. Fotoğrafta Sienna Brooks ve sakallı meslektaşı vardı, hastane koridorunda durmuş gülüşüyorlardı.

Langdon fotoğrafı eline alıp incelerken vicdan azabıyla, *Dr. Marconi*, diye düşündü.

Fotoğrafı kitap yığınlarının üzerine bırakırken, tepede duran sarı bir broşür fark etti. Bu, Londra'daki bir tiyatro oyununa ait yırtık bir ilandı. Kapakta yazdığı kadarıyla bu, Shakespeare'in *Bir Yaz Gecesi Rüyası* temsiliydi ve neredeyse yirmi sekiz yıl önce sahnelenmişti.

Broşürün kapağına ispirtolu kalemle ve elyazısıyla bir not yazılmıştı: *Canım, bir mucize olduğun gerçeğini asla unutma.*

Langdon broşürü eline alırken içinden bir yığın gazete kupürü masanın üzerine döküldü. Hızla onları yerlerine koymaya çalıştı ama kupürlerin durduğu solmuş sayfayı açınca donup kaldı.

Sheakespeare'in afacan perisi Puck'ı oynayan çocuk oyuncunun resmine bakıyordu. Fotoğraftaki küçük kız ancak beş yaşlarındaydı ve sarı saçları atkuyruğuyla tanıdık bir şekilde toplanmıştı.

Fotoğrafın altında, "BİR YILDIZ DOĞUYOR" yazıyordu.

Son derece dolu olan biyografi, çocuk tiyatrosunun üstün yeteneği Sienna Brooks hakkındaydı. Standartların dışında bir zekâsı olan küçük kız, bir gecede bütün karakterlerin repliklerini ezberlemiş ve provalar sırasında oyunculara sık sık sufle vermişti. Beş yaşındaki bu küçük kızın hobileri keman çalmak, satranç oynamak, biyoloji ve kimyaydı. Londra'nın banliyösü Blackheath'te yaşayan varlıklı bir ailenin kızı olan Sienna, bilim çevrelerinde şimdiden bir şöhretti. Dört yaşındayken bir satranç ustasını yenmişti ve üç dil konuşabiliyordu.

Langdon, *Tanrım*, diye düşündü. *Sienna. Bu, bazı şeyleri açıklıyor.*

Langdon, Harvard'ın en ünlü mezunlarından biri olan dâhi çocuk Saul Kripke'yi hatırladı. Altı yaşında kendi kendine İbranice öğrenmiş ve on iki yaşında Descartes'ın bütün eserlerini okumuştu. Langdon kısa bir süre önce de Moshe Kai Cavalin adında genç bir fenomenle ilgili bir haber okumuştu. On bir yaşında 4.0 not ortalamasıyla üniversiteden mezun olmuş, dövüş sporlarında ulusal madalya almış ve on dört yaşında *Yapabiliriz* adında bir kitap çıkarmıştı.

Langdon başka bir gazete kupürünü eline aldı. Bu, Sienna'nın yedi yaşındaki fotoğrafının olduğu bir gazete haberiydi:

DÂHİ ÇOCUĞUN IQ'SU 208 ÇIKTI.

Langdon zekâ seviyelerinin bu kadar yüksek olabileceğini bilmiyordu. Habere göre, Sienna Brooks bir keman virtüözüydü, yeni bir dili bir ayda öğrenebiliyordu ve kendi kendine anatomi ile fizyoloji öğreniyordu.

Bir tıp dergisinden kesilmiş başka bir kupüre baktı:

GELECEĞİN DÜŞÜNCESİ: BÜTÜN BEYİNLER EŞİT YARATILMAMIŞTIR.

Bu makaledeki fotoğrafta Sienna on yaşlarındaydı, sarı saçlarıyla büyük bir tıbbi cihazın yanında duruyordu. Makalede, Sienna'nın beyincik PET taramalarının, diğer beyinciklerden fiziksel açıdan farklı olduğunu anlatan bir doktorla yapılmış röportaj vardı. Sienna'nın beyinciği, görsel uzamsal içerikleri çoğu insanın idrak edemeyeceği yöntemlerle kullanabilen daha büyük, daha gelişkin bir organdı. Doktor, Sienna'nın fizyolojik avantajını, beyninde alışılmadık hızla büyüyen hücrelerle açıklıyordu. Bu durum kansere benziyordu; farkı, tehlikeli kanser hücreleri yerine faydalı beyin dokusu büyümesinin hızlanmasıydı.

Langdon küçük çaplı bir kent gazetesinin kupürünü buldu:

ZEKÂNIN LANETİ

Bu kez fotoğraf olmasa da haberde, normal okullarda okumaya çalışmış ama uyum sağlayamadığı için diğer öğrenciler tarafından ezilmiş olan genç deha Sienna Brooks'tan bahsediliyordu. Haberde, sosyal becerileri zekâlarına yetişemeyen yetenekli gençlerin hissettiği yalnızlıktan ve dışlanma duygusundan bahsediliyordu.

Habere göre, Sienna sekiz yaşında evden kaçmış ve tek başına on gün yaşamayı başarmıştı. Londra'daki lüks bir otelde bulunmuştu. Burada misafirlerden birinin kızı gibi davranmış, bir anahtar çalmış ve başkası hesabına yiyecek sipariş etmişti. Haftayı *Gray's Anatomy*'den bin altı yüz sayfa okuyarak geçirmişti. Polis ona neden tıp metinleri okuduğunu sorduğunda, beynindeki sorunun ne olduğunu öğrenmek istediğini söylemişti.

Langdon küçük kıza acıdı. Bu kadar farklı olmanın bir çocuk için ne kadar sıkıntı verici olabileceğini tahmin bile edemiyordu. Makaleleri katlarken, Puck rolünü oynayan beş yaşındaki Sienna'nın fotoğrafına tekrar baktı. Sienna'yla bu sabahki gerçeküstü karşılaşması düşünülürse yaramaz, uyku getiren peri rolünün ona tuhaf bir şekilde uyduğunu kabul etmek zorundaydı. Langdon oyundaki karakterler gibi birden uyanıp son yaşadıklarının bir rüya olduğunu görmeyi çok isterdi.

Tüm kupürleri doğru sayfanın arasına dikkatle koyup broşürü kapattı. Kapaktaki notu tekrar görünce tuhaf bir melankoliye kapıldı: *Canım, bir mucize olduğun gerçeğini asla unutma.*

Gözleri, tiyatro ilanının kapağındaki tanıdık sembole doğru kaydı. Dünyadaki çoğu tiyatro ilanını süsleyen aynı eski Yunan

Le maschere.

piktogramı; iki bin beş yüz yıllık sembol, dramatik tiyatroyla özdeşleşmişti.

Langdon, Komedi ile Trajedi'nin ikonik yüzlerine baktı ve birdenbire kulaklarında tuhaf bir uğultu hissetti, sanki kafasının içinde yavaş yavaş bir tel çekiliyordu. Aniden başına bir ağrı saplandı. Bir maske görüntüsü gözlerinin önünden geçti. Nefessiz kalıp ellerini kaldırdı, çalışma masasına oturup gözlerini sımsıkı kapattı ve saçlarını çekiştirdi.

Langdon'ın karanlığında tuhaf görüntüler öfkeyle geri döndüler... şiddetli ve canlıydılar.

Nazarlık takmış gümüş saçlı kadın, kan kırmızısı bir nehrin karşısından yine ona sesleniyordu. Çaresiz haykırışları kokuşmuş havayı deliyor, işkence çekerek ölenlerin, acı içinde göz alabildiğine kıvrananların sesleri arasında net bir şekilde duyuluyordu.

Kadın, Langdon'a, *"Ara ve bul!"* diye sesleniyordu. *"Zaman daralıyor!"*

Langdon yine ona... *herkese* yardım etmenin çaresiz zorunluluğunu hissetti. Çılgına dönmüş bir halde kan kırmızısı nehrin karşısından ona seslendi. *"Kimsin sen?!"*

Kadın bir kez daha uzanıp peçesini kaldırdı ve Langdon'ın daha önce gördüğü o çarpıcı yüzü gösterdi.

"Ben yaşamım," dedi.

Aniden kadının tepesinde, gökyüzünde kocaman bir görüntü belirdi. Uzun, gagaya benzeyen bir burnu ve korkunç yeşil gözleri olan ürkütücü bir maske boş gözlerle Langdon'a bakıyordu.

Ses, *"Ve... ben de ölümüm,"* diye gürledi.

8. Bölüm

Langdon birden gözlerini açtı. Ürperti içinde birkaç nefes aldı. Başını ellerinin arasına almış, kalbi hızla çarparken hâlâ Sienna'nın masasında oturuyordu.

Bana neler oluyor?

Aklında gümüş rengi saçları olan kadınla, gagalı maskenin görüntüsü kalmıştı. *Ben yaşamım. Ben de ölüm.* Görüntüyü aklından silmeye çalıştı ama zihnine kazınmış gibiydi. Önündeki masada duran broşürün kapağındaki iki maske de kendisine bakıyordu.

Sienna, *"Hatıralarınız karışacak ve dosyalanmayacak,"* demişti. *"Geçmiş, bugün ve hayal, hepsi birbirine karışacak."*

Langdon başının döndüğünü hissetti.

Dairenin bir yerinde telefon çalıyordu. Mutfaktan gelen kulak tırmalayıcı, eskiden kalma bir telefonun sesiydi.

Ayağa kalkan Langdon, "Sienna?!" diye seslendi.

Cevap yoktu. Henüz dönmemişti. Sadece iki kez çaldıktan sonra, telesekreter cevap verdi.

Karşılama mesajında Sienna'nın sesi neşeyle, *"Ciao, sono io,"*(1) diyordu. *"Lasciatemi un messaggio e vi richiamerò."*(2)

---

(1) "Merhaba, benim."

(2) "Mesajınızı bırakın, sizi arayacağım."

Bip sesinin ardından panik içindeki bir kadın, Doğu Avrupa aksanıyla mesajını bırakmaya başladı. Sesi koridorda yankılanıyordu.

"Sienna, ben bu Danikova! Nerede sen? Bu fena! Arkadaşın Dr. Marconi ölü! Hastane çılgın oldu! Polis geldi buraya! İnsanlar söylüyor sen *hastayı* kurtardın kaçırdın?! Niye?! Tanımıyorsun onu! Şimdi polis seninle konuşmak ister! Çalışan dosyanı aldılar! Biliyorum bilgi yanlış; adres kötü, numara yok, çalışma vize sahte. Şimdi seni bugün bulamadılar ama yakında bulurlar! Seni uyarmak isterim. Çok üzgünüm Sienna."

Arama sona ermişti.

Langdon bir pişmanlık dalgasının benliğini kapladığını hissetti. Mesajdan anladığı kadarıyla Dr. Marconi, Sienna'nın hastanede çalışmasına izin vermişti. Langdon'ın varlığı, Marconi'nin hayatına mal olmuştu. Sienna'nın bir yabancıyı kurtarma içgüdüsü geleceğini tehlikeye atıyordu.

Tam bu sırada evin uzak bir yerinde kapı gürültüyle kapandı.

Döndü.

Bir saniye sonra telesekreter konuşmaya başladı. "Sienna, ben bu Danikova! Nerede sen?"

Langdon, Sienna'nın duyacaklarını bildiğinden, yüzünü buruşturdu. Mesaj kaydı çalarken, masayı düzelterek tiyatro broşürünü kaldırdı. Sonra, Sienna'nın geçmişine kulak kabartmaktan rahatsız olduğu için koridordan geçip yeniden banyoya girdi.

On saniye sonra banyo kapısı tıklatıldı.

Hissettikleri yüzünden çatallaşmış sesiyle, "Giysilerini kapının koluna asıyorum," dedi Sienna.

Langdon, "Çok teşekkür ederim," diyerek karşılık verdi.

"İşin bitince lütfen mutfağa gel," diye ekledi. "Birilerini aramadan önce sana göstermem gereken önemli bir şey var."

Sienna bitkin bir halde koridordan geçerek, evin mütevazı yatak odasına gitti. Şifoniyerden mavi bir blucin ile kazak alıp banyoya götürdü.

Gözlerini aynada kendi bakışlarına kilitledi, uzanıp atkuyruğunu eliyle kavradı ve aşağı doğru kuvvetle çekerek peruğu çıplak başından sıyırdı.

Aynadan kendisine bakan otuz üç yaşında, saçsız bir kadındı. Sienna'nın şimdiye dek sıkıntı çekmek konusunda çok da rahat bir hayatı olduğu söylenemezdi. Kendisini, zorlukları aklıyla üstesinden gelmek konusunda eğitmiş olsa da, içinde bulunduğu durum duygusal açıdan onu sarsmıştı.

Peruğu kenara koyup ellerini ve yüzünü yıkadı. Kurulandıktan sonra giysilerini değiştirdi ve peruğunu yeniden takarak dikkatlice düzeltti. Sienna, insanın kendine acımasına pek tahammül edemeyen biriydi ama şu anda derinden gelen gözyaşlarına engel olamayacağını biliyordu.

O da öyle yaptı.

Denetiminden çıkan hayatı için ağladı.

Gözlerinin önünde ölen akıl hocası için ağladı.

Kalbini dolduran derin yalnızlık için ağladı.

Ama her şeyin ötesinde, gelecek için ağladı... Çünkü artık fazlasıyla belirsizdi.

9. Bölüm

Lüks gemi *The Mendacium*'un güverte altında, müşterinin bıraktığı kaydı az önce izlemiş olan yönetici Laurence Knowlton, kapalı cam bölmesinin içinde oturmuş, bilgisayar ekranına hayretle bakıyordu.

Bunu yarın sabah medyaya mı dağıtacağım?

Konsorsiyum'da geçirdiği on yıl içinde Knowlton, yalancılıktan tutun da yasadışı eylemler arasında bir yerlere denk gelen pek çok tuhaf iş yapmıştı. Etik açıdan gri bir alanda çalışmak, Konsorsiyum'da olağan sayılırdı. Tek etik kuralı, müşteriye verdiği sözü tutmak olan bir organizasyonda çalışıyordu.

Biz işimizi yaparız. Soru sorulmaz. Her ne olursa olsun.

Ama nedense bu kaydı yüklemek Knowlton'ı rahatsız etmişti. Geçmişte yerine getirdiği görev ne kadar tuhaf olursa olsun mantığını, dürtüyü... İstenen sonucu hep anlamıştı.

Ama bu kayıt aklını karıştırıyordu.

Bir şey ona farklı geliyordu.

Çok farklı.

Yeniden bilgisayarının başına oturan Knowlton, ikinci bir kaydın kendisini daha fazla aydınlatacağı ümidiyle dosyayı baştan başlattı. Sesi açıp on dakikalık gösteriye hazırlanarak yerine yerleşti.

Daha önceki gibi görüntü, içindeki her şeyin huşu veren kırmızı bir ışığa boyandığı, ürkütücü mağaradaki suyun çırpıntısıyla başladı. Kamera yeniden mağaranın kum ve çamur kaplı zeminini göstermek üzere, ışıklandırılmış suyun yüzeyinden aşağı daldı. Ve Knowlton yeniden suyun altındaki tabelayı okudu:

BURADA, BU TARİHTE,
DÜNYA SONSUZA DEK DEĞİŞTİ.

Parlak tabelanın Konsorsiyum'un müşterisi tarafından imzalanmış olması rahatsız ediciydi. Tarihin *yarın* olması Knowlton'ın endişesini artırıyordu. Fakat asıl bunun ardından gelen, Knowlton'ı gerçekten evhamlandırmıştı.

Sola dönen kamera, tabelanın hemen yanındaki parlak bir nesneyi gösteriyordu. Burada, ince plastikten, dalgalanan bir küre, zemine kısa bir sicimle bağlanmıştı. Kocaman bir sabun baloncuğu gibi titreşen şeffaf şekil, sualtındaki bir balon gibi yüzüyordu. Helyumla değil, bir çeşit sarı-kahverengi jölemsi sıvıyla doldurulmuştu. Şişirilmiş bu şekilsiz torba, otuz santim çapında görünüyordu. Şeffaf zarının içindeki koyu sıvı bulutu, yavaşça büyüyen bir fırtınanın gözü gibi, sanki yavaşça dönüyordu.

Soğuk terler döktüğünü hisseden Knowlton, *Tanrım,* diye düşündü. İkinci kez baktığında, asılı duran torba çok daha tekinsiz göründü.

Görüntü yavaşça karardı.

Yeni bir görüntü ortaya çıktı. Mağaranın nemli duvarında, ışıklandırılmış gölün çırpıntılı yansımaları dans ediyordu. Duvarda bir gölge belirdi... bir erkeğin gölgesi... mağarada duruyordu.

Fakat bu adamın kafasının şekli bozulmuştu... çok kötü biçimde.

Adamın burun yerine uzun bir gagası vardı... sanki yarı kuş gibiydi.

Konuşurken sesi boğuk çıkıyordu... Ayrıca ürkütücü, süslü sözlerle, ölçülü bir ahenkle konuşuyordu... sanki bir klasik koronun anlatıcısı gibiydi.

Gagalı gölge konuşurken, Knowlton adeta nefes bile almadan, hareketsiz oturdu.

"Ben Gölge'yim.

Eğer bunu seyrediyorsanız, ruhum sonunda huzura kavuşmuş demektir.

Yeraltına çekilmiş olan ben, dünyayla yerin altından konuşmalıyım; kan kırmızısı suların, yıldızları yansıtmayan lagünde biriktiği, bu karanlık mağaraya sürgün edildim.

Ama burası benim cennetim... kırılgan çocuğum için mükemmel bir rahim.

Cehennem.

Yakında geriye ne bıraktığımı öğreneceksiniz.

Ama şimdi, burada bile peşimden gelen cahil ruhların ayak seslerini sezinliyorum... yapacaklarımı engellemek niyetindeler.

Onları affet diyebilirsiniz, ne yaptıklarını bilmiyorlar. Ama tarihte, cehaletin artık affedilemeyecek bir saldırıya dönüştüğü bir an gelir... O an, sadece bilgeliğin affetme gücü vardır.

Temiz bir vicdanla size Ümit, Kurtuluş ve Yarınlar hediyesini miras bırakıyorum.

Ne var ki yine de bir köpek gibi peşimden gelenler var, benim bir çılgın olduğum inancına kendilerini kaptırmışlar. Bana canavar diyen gümüş saçlı bir güzel var! Kopernik'in ölmesi için kumpas kuran din âlimleri gibi, gerçeği anlamamdan dehşete kapılan o kadın da beni bir şeytan olarak görüyor.

Ama ben peygamber değilim.

Sizin kurtuluşunuzum.

Ben Gölge'yim."

10. Bölüm

Sienna, "Otursana," dedi. "Sana birkaç sorum var."

Langdon mutfağa girerken ayakta daha dengeli durabildiğini fark etti. Üstüne gayet iyi oturan, komşunun Brioni takımını giyiyordu. Mokasenler bile rahattı. Langdon eve dönünce bundan sonra İtalyan ayakkabısı giymeyi aklının bir köşesine yazdı.

Eğer dönebilirsem, diye düşündü.

Üstüne oturan bir blucin ve krem rengi kazak giyen genç kadın doğal bir güzelliğe dönüşmüştü. Saçları yine atkuyruğu şeklinde toplanmıştı ama doktor üniformasının otoriter havası kaybolduğundan, artık daha bir narin görünüyordu. Langdon, Sienna'nın gözlerinin sanki ağlamış gibi kızardığını fark edince içini yeniden bir suçluluk hissi kapladı.

"Sienna üzgünüm. Telefondaki mesajı duydum. Ne diyeceğimi bilemiyorum."

"Teşekkürler," diyerek karşılık verdi genç kadın. "Ama şimdi *sana* odaklanmalıyız. Lütfen otur."

Onun zekâsı ve vaktinden erken gelişmiş çocukluğuyla ilgili okuduğu makaleleri hatırlayan Langdon'a genç kadının sesi şimdi daha sağlam geliyordu.

Ona oturmasını işaret eden Sienna, "Düşünmeni istiyorum," dedi. "Bu eve nasıl geldiğimizi hatırlıyor musun?"

Langdon içinde bulundukları durumla bunun ne ilgisi olduğunu anlayamamıştı. Masaya otururken, "Taksiyle," dedi. "Biri bize ateş ediyordu."

"*Sana* ateş ediyorlardı profesör. Bu konuda anlaşalım."

"Doğru. Üzgünüm."

"Peki, taksideyken silah sesi duyduğunu hatırlıyor musun?"

Tuhaf soru. "Evet, iki kere. Biri yan aynaya isabet etti, diğeri arka camı kırdı."

"Güzel, şimdi gözlerini kapat."

Langdon, onun hafızasını test ettiğini anlamıştı. Gözlerini kapattı.

"Ben ne giyiyorum?"

Langdon, genç kadını zihninde mükemmel bir şekilde canlandırabiliyordu. "Siyah düz ayakkabılar, blucin ve V yaka krem rengi bir kazak. Saçın sarı, omuz hizasında ve atkuyruğu şeklinde toplanmış. Gözlerin kahverengi."

Gözlerini açıp genç kadını inceledi. Zihinde canlandırma yeteneğinin normal çalıştığına memnun olmuştu.

"Güzel. Görsel bilişsel tanımlaman mükemmel, ki bu da amnezinin gerilediğini ve hatıra oluşturma işleyişinin kalıcı bir hasar almadığını doğruluyor. Son birkaç güne dair yeni bir şey hatırladın mı?"

"Ne yazık ki hayır. Ama sen yokken yine bazı hayaller gördüm."

Langdon ona peçeli kadının tekrarlayan hayalinden, ceset yığınlarından ve *R* harfi ile damgalanmış, yarıya kadar gömülü kıvranan bacaklardan bahsetti. Sonra da gökyüzünde duran gagalı, tuhaf maskeyi anlattı.

Sienna tedirgin bir tavırla, "Ben ölüm müyüm?" diye sordu.

"Böyle söyledi, evet."

"Pekâlâ... Sanırım bu, 'Ben Vişnu, dünyaların yok edicisiyim,' söylemini alt eder."

Genç kadın ilk atom bombasını test ettiği sırada Robert Oppenheimer'ın söylediklerinden alıntı yapıyordu.

"Ve şu gaga burunlu... yeşil gözlü maske?" diyen Sienna meraklanmıştı. "Zihninin bu hayali neden oluşturduğuna dair bir fikrin var mı?"

"Hiç fikrim yok. Ama bu tür maskeler ortaçağda yaygındı." Langdon duraksadı. "Buna veba maskesi denirdi."

Sienna kuşkuyla bakıyordu. "Veba maskesi mi?"

Langdon semboller dünyasında uzun gagalı maskenin Kara Ölüm'le neredeyse eşanlamlı olduğunu hemen açıkladı. Bazı bölgelerde nüfusun üçte birini öldüren veba, 1300'lerde Avrupa'yı silip süpürmüştü. Çoğu kişi Kara Ölüm'e , kurbanların cildi kangren ve deri altındaki kanama yüzünden karardığı için "kara" dendiğine inanırdı ama aslında *kara* kelimesi, vebanın tüm nüfusa yayılacağı korkusuna bir atıftı.

Langdon, "Uzun gagalı maskeyi, hastalık bulaşan kişileri tedavi ederken vebayı burun deliklerinden uzak tutmak için ortaçağ hekimleri takardı. Bugünlerde maskeyi sadece Venedik Karnavalı'nda kostüm olarak görüyoruz, İtalya tarihindeki amansız bir dönemi hatırlatan ürkütücü bir anı," dedi.

Sienna titrek bir sesle, "Hayalinde bu maskelerden birini gördüğüne emin misin?" diye sordu. "Ortaçağ hekimlerinin taktığı bir maske?"

Langdon evet anlamında başını salladı. *Gagalı bir maske konusunda yanılmak zordur.*

Kaşlarını çatma biçimi Sienna'nın Langdon'a kötü haberi nasıl vereceğini kafasında ölçüp biçtiğini düşündürmüştü. "Ve bu kadın sana sürekli 'ara ve bul' mu diyordu?"

"Evet. Tıpkı deminki gibi. Ama sorun şu ki, ne aramam gerektiğine dair hiçbir fikrim yok."

Sienna ciddi bir ifadeyle yavaşça derin bir nefes verdi. "Sanırım ben biliyorum. Ve ayrıca... sanırım ne olduğunu çoktan buldum."

Langdon ona bakakalmıştı. "Neden bahsediyorsun?!"

"Robert dün akşam hastaneye geldiğinde, ceketinin cebinde değişik bir şey vardı. Ne olduğunu hatırlıyor musun?"

Langdon başını iki yana salladı.

"Yanında bir hesne vardı... ilginç bir şey. Seni temizlerken tesadüfen buldum." Langdon'ın masanın üstünde duran, kanlı Harris tüvit ceketini işaret etti. "Bakmak istersen hâlâ cebinde."

Kararsız kalan Langdon ceketine baktı. *En azından bu, ceketimi almak için neden döndüğünü açıklıyor.* Kan içindeki ceketini alıp teker teker ceplerini aradı. Hiçbir şey yoktu. Bir daha baktı. Sonunda omuzlarını silkerek Sienna'ya döndü. "Burada bir şey yok."

"Peki ya gizli cebinde?"

"Ne? Ceketimin gizli bir cebi yok ki."

"Yok mu?" Sienna şaşırmış görünüyordu. "O zaman bu ceket... başkasının mı?"

Langdon'ın aklı yine karışmıştı. "Hayır, bu benim ceketim."

"Emin misin?"

Eminim işte, diye düşündü. *Hem de en sevdiğim Camberley bu.*

Ceketin astarını çevirip Sienna'ya moda dünyasında en sevdiği etiketi gösterdi: Harris Tweed'in düğmeye benzer on üç mücevherle süslenmiş ve bir Malta haçıyla taçlandırılmış simge küresi.

Çizgili kumaşa Hıristiyan askerleri işlemeyi İskoçlara bırakmak lazım.

Etikete eklenen el işlemesi *R. L.* baş harflerine işaret eden Langdon, "Şuna bak," dedi. Daima Harris Tweed'in elde dikilmiş modellerinden alırdı, bu yüzden de isminin baş harflerini işletmek için fazladan para öderdi. Yemekhane ve sınıflarda yüzlerce tüvit ceketin giyilip çıkarıldığı bir okul kampusunda, onu zarara sokacak bir değiştokuş yapmaya niyeti yoktu.

Ceketi elinden alan Sienna, "Sana inanıyorum," dedi. "Şimdi de *sen* bak."

Ceketi biraz daha açıp ensenin hemen bitimindeki astarı gösterdi. Burada, astarın içine iyice gizlenmiş ve düzgünce şekil verilmiş büyük bir cep vardı.

Bu da ne?!

Langdon bunu daha önce hiç görmediğine emindi.

Gizli dikiş yapılan cep, mükemmel bir şekilde dikilmişti.

Langdon, "Daha önce orada yoktu," diye üsteledi.

"O halde sanırım... bunu da daha önce hiç görmedin?" Sienna cebin içinden ince, metal bir nesne çıkardı ve Langdon'ın eline nazikçe bıraktı.

Langdon nesneye tam bir şaşkınlık içinde baktı.

Sienna, "Bunun ne olduğunu biliyor musun?" diye sordu.

"Hayır..." diye kekeledi. "Daha önce hiç böyle bir şey görmedim."

"Şey... sanırım ben ne olduğunu biliyorum. Ve o kişinin seni bu yüzden öldürmek istediğine eminim."

The Mendacium'daki özel bölmesinde aşağı yukarı dolanan yönetici Knowlton'ın, yarın dünyayla paylaşması gereken görüntüleri düşündükçe huzursuzluğu artıyordu.

Ben Gölge'yim mi?

Bu müşterinin, önceki aylarda psikoz geçirdiğine dair söylentiler vardı ve o kayıt da bu söylentileri sonuna kadar destekliyordu.

Knowlton'ın iki seçeneği vardı: Ya söz verdiği gibi kaydı yarın iletmek üzere hazırlayacak ya da danışmak için yukarıdaki Amir'e götürecekti.

Daha önce müşteriye verdiği söze sadık kalmaktan başka bir şey yaptığına şahit olmayan Knowlton, *onun fikrini zaten biliyorum,* diye düşündü. *Bana bu kaydı tüm dünyayla paylaşmamı ve hiçbir soru sormamamı söyleyecek... üstelik sorduğum için de bana kızacak.*

Knowlton dikkatini yeniden, özellikle rahatsız edici bulduğu bir yerini izlemek için geri sardığı kayda verdi. Görüntüde, su çırpıntısı sesinin eşlik ettiği, ürkütücü biçimde aydınlatılmış mağara belirdi. İnsanımsı karaltı, ıslak duvarda göründü: Uzun, kuş gibi gagası olan uzun boylu bir adam.

Şekli bozuk karaltı boğuk sesiyle konuştu:

"Yeni bir Karanlık Çağ'dayız.

Yüzyıllar önce, Avrupa sefalet ve açlık içindeydi; halk bir araya sıkışmış, günaha batmış ve ümitsizdi. Tıpkı Tanrı'nın yıldırım göndermesini bekleyen, ölü ağaçların boğduğu sık bir orman gibiydiler. Bu kıvılcım sonunda ateşi yakacak, alevler yayılarak ölü ağaçları temizleyecek ve sağlıklı köklere bir kez daha gün ışığını getirecekti.

Ayıklama Tanrı'nın doğal emridir.

Kara Ölüm'ün ardından ne geldiğini kendinize sorun.

Cevabı hepimiz biliyoruz.

Rönesans.

Yeniden doğuş.

Her zaman böyle olmuştur. Ölümün ardından doğum gelir.

Cennete ulaşmak için insanın cehennemden geçmesi gerekir.

Usta bize bunu öğretti.

Buna rağmen gümüş saçlı cahil bana canavar mı diyor? Geleceğin matematiğini hâlâ anlamıyor mu? Getireceği felaketleri?

Ben Gölge'yim.

Ben sizin kurtuluşunuzum.

Ve o yüzden bu mağaranın derinliklerinde durmuş, yıldızları yansıtmayan lagünün üstünden dışarı bakıyorum. Bu batık yerde, cehennem suların altında yanıyor.

Yakında alev alacak.

Ve bu gerçekleştiğinde, yeryüzündeki hiçbir şey onu durduramayacak."

11. BÖLÜM

Langdon'ın elindeki nesne, boyutuna göre şaşırtıcı derecede ağırdı. Yaklaşık on beş santim uzunluğundaki cilalı düz metal silindirin her iki ucu da yuvarlaktı; minyatür bir torpile benziyordu.

Sienna, "İncelemeye başlamadan önce diğer tarafına bak istersen," dedi. Gergin bir ifadeyle ona gülümsedi. "Simgebilim profesörü olduğunu söylemiştin, değil mi?"

Langdon tüpe odaklanarak elinde evirip çevirdi. Sonunda, yan tarafına işlenmiş parlak kırmızı simgeyi gördü.

Anında tüm vücudu gerildi.

Langdon ikonografi öğrencisiyken birkaç simgenin insan beynine korku yerleştirdiğini öğrenmişti... Önündeki simge kesinlikle listedekilerden biriydi. Tepkisi içgüdüsel ve ani oldu; tüpü masaya bırakıp sandalyesine yaslandı.

Sienna başını sallayarak, "Evet, benim tepkim de böyle oldu," dedi.

Tüpün üzerindeki işaret üç kenarlı basit bir ikondu.

Kötü ünü olan bu simge, Langdon'ın bir zamanlar okuduğu kadarıyla, 1960'larda Dow Chemical tarafından, daha önce kullanımda olan etkisiz uyarı grafiklerinin yerine geliştirilmişti. Tüm başarılı simgeler gibi bu da basit, orijinal ve kolayca çoğaltılabilir türdendi. Yengeç kıskaçlarından Ninja fırlatma bıçaklarına, her

şeyle bağdaştırılan bu modern "biyolojik tehlike" sembolü her dilde tehlikeyi ifade eden global bir işaret olmuştu.

Sienna, "Bu küçük metal kutu bir biyotüp," dedi. "Tehlikeli maddelerin transferinde kullanılır. Bunları ara sıra tıp alanında görürüz. Numune tüpünü güvenle taşımak için, içine yerleştirebileceğin köpükten bir yuva bulunur. Bu durumda..." Biyolojik tehlike işaretini gösterdi. "Sanırım, ölümcül bir kimyasal ajan... belki de... bir virüs." Duraksadı. "İlk Ebola örnekleri Afrika'dan buna benzer bir tüpün içinde getirilmişlerdi."

Langdon'ın duymak istediği kesinlikle bu değildi. "Ceketimin içinde bunun ne işi var! Ben, sanat tarihi profesörüyüm. Bu şeyi neden üzerimde taşıyorum?!"

Aklına kıvranan bedenlerin ve onların üzerinde duran veba maskesinin korkunç görüntüsü geldi.

Çok üzgünüm... Çok üzgünüm.

Sienna, "Bu, her nereden geldiyse," dedi. "İleri bir teknoloji ürünü. Kurşun kaplı titanyum. İçine hiçbir şey işlemez, radyasyon bile. Bence hükümetle ilgili bir mesele." Biyolojik tehlike işaretinin yanındaki posta pulu boyutundaki biyometrik siyah alanı gösterdi. "Parmak izi tanıma. Çalınıp kaybolmaya karşı güvenlik. Bunun gibi tüpler sadece belirli bir kişi tarafından açılabilir."

Langdon zihin akışının artık normale döndüğünü fark etmiş olsa da kendini hâlâ söylenenleri yakalamaya çalışıyormuş gibi hissediyordu. *Üzerimde biyometrik olarak mühürlenmiş metal bir kutu taşıyormuşum.*

"Bu kutuyu ceketinde bulduğumda, Dr. Marconi'ye gizlice göstermek istedim ama sen uyanmadan önce fırsatım olmadı.

Biyometrik alanın üzerinde başparmağını denemeyi düşündüm ama tüpün içinde ne olduğu hakkında fikrim yoktu ve..."

"BENİM başparmağımı mı?!" Langdon başını iki yana salladı. "Bu şeyin *benim* açmam için programlanmış olması mümkün değil. Ben biyokimya hakkında hiçbir şey bilmem. Bende böyle bir şey olması mümkün değil."

"Emin misin?"

Langdon son derece emindi. Uzanıp başparmağını siyah alanın üzerine yerleştirdi. Hiçbir şey olmadı. "Gördün mü? Sana söylemiş..."

Titanyum tüp gürültülü bir şekilde tıkırdadı ve Langdon elini sanki yanmış gibi geri çekti. *Lanet olsun.* Kendi kendine açılıp ölümcül bir gaz yayacakmış gibi duran tüpe baktı. Tüp üç saniye sonra tekrar tıkladı, belli ki kilidini açıyordu.

Nutku tutulan Langdon, Sienna'ya baktı.

Güveni sarsılmış gibi görünen genç doktor, derin bir nefes verdi. "Evet, görünüşe bakılırsa beklenen kurye senmişsin."

Langdon için bu senaryo çok saçmaydı. "Bu imkânsız. Öncelikle, o metal parçasını havaalanı güvenliğinden nasıl geçirmiş olabilirim?"

"Belki de özel bir jetle uçmuşsundur? Belki de bu şey, sana İtalya'ya geldiğinde verilmiştir?"

"Sienna, konsolosluğu aramam gerekiyor. Hemen."

"Önce kutuyu açmamız gerektiğini düşünmüyor musun?"

Langdon'ın daha önce düşüncesizce hareket ettiği zamanlar olmuştu ama tehlikeli madde içeren bir tüpü bir kadının mutfağında açmak bunlardan biri olmayacaktı. "Bu şeyi yetkililere teslim ediyorum. Şimdi."

Sienna dudaklarını büzerek seçenekleri düşündü. "Tamam, ama bu aramayı yaptığın andan itibaren tek başınasın. Ben karışamam. Onlarla kesinlikle burada buluşamazsın. İtalya'daki göçmenlik durumum... biraz karışık."

Langdon, genç kadının gözlerinin içine bakarak samimiyetle konuştu. "Tek bildiğim Sienna, hayatımı kurtarmış olduğun. Bu durumu nasıl halletmemi istiyorsan o şekilde halledeceğim."

Sienna minnettar bir ifadeyle başını sallayıp pencereye doğru gitti. Sokağa baktı. "Tamam, şöyle yapacağız."

Çabucak bir plan yaptı. Basit, akıllıca ve güvenliydi.

Cep telefonunun arayan numarayı gizleme özelliğini açıp 411'i tuşlarken Langdon onu izledi. Parmakları çok zarif ama kararlılıkla hareket ediyordu.

Sienna kusursuz bir İtalyancayla konuşmaya başladı. *"Informazioni abbonati? Per favore, può darmi il numero del Consolato Americano di Firenze?"*[1]

Biraz bekledikten sonra hızla bir telefon numarası yazdı.

"Grazie mille,"[2] dedikten sonra telefonu kapattı.

Sienna telefon numarasını cep telefonuyla birlikte Langdon'a verdi. "Kendi başınasın. Ne söyleyeceğini hatırlıyor musun?"

Kâğıdın üzerindeki telefon numarasını çevirirken gülümseyerek, "Hafızam iyi," dedi. Hat çalmaya başladı.

Bir şey olduğu yok.

Langdon telefonun hoparlörünü açıp Sienna'nın da duyabilmesi için masanın üzerine bıraktı. Konsolosluk hizmetleri ve çalışma saatleri hakkında bilgi veren bir telesekreter mesajı cevap verdi. Mesai 08.30'da başlıyordu.

Langdon cep telefonunun saatine baktı. Saat henüz 06.00'ydı.

Otomatik kayıt, "Eğer acil bir durum söz konusu ise nöbetçi memurla görüşmek için 77'yi tuşlayabilirsiniz," dedi.

Langdon hemen dahili numarayı tuşladı.

Hat yine çalıyordu.

Yorgun ses, *"Consolato Americano,"*[3] diye cevap verdi. *"Sono il funzionario di turno."*[4]

Langdon, *"Lei parla Inglese?"*[5] diye sordu.

---

(1) "Abone bilgi servisi mi? Lütfen bana Floransa'daki Amerikan Konsolosluğu'nun telefon num rasını verir misiniz?"

(2) "Çok teşekkürle

(3) "Amerikan Kons osluğu."

(4) "Ben nöbetçi mem ır."

(5) "İngilizce biliyor usunuz?"

Adam, Amerikan İngilizcesiyle, "Tabii ki," dedi. Uyandırıldığı için biraz sinirlenmiş gibiydi. "Size nasıl yardımcı olabilirim?"

"Floransa'yı ziyarete gelmiş olan bir Amerikalıyım ve saldırıya uğradım. İsmim Robert Langdon."

"Pasaport numaranız lütfen." Adam duyulacak şekilde esnedi.

"Pasaportum kayboldu. Sanırım çalındı. Başımdan vuruldum. Hastanedeydim. Yardıma ihtiyacım var."

Memur aniden uyandı. "Efendim!? *Vuruldum* mu dediniz? İsminizi tekrar alabilir miyim?"

"Robert Langdon."

Hattaki hışırtının ardından Langdon adamın parmaklarının klavyede bir şeyler tuşladığını duydu. Bilgisayar bipledi. Bir duraksamadan sonra klavye tuşlarının sesi duyuldu. Bir bipleme daha. Sonra üç tiz bipleme sesi.

Daha uzun bir sessizlik.

Adam, "Bayım?" dedi. "İsminiz Robert Langdon mıydı?"

"Evet, doğru. Ve başım dertte."

"Tamam bayım, isminizin üzerinde sizi hemen başkonsolos vekiline bağlamam gerektiğini gösteren bir uyarı bayrağı var." Adam sanki kendi söylediklerine inanamıyormuş gibi duraksadı. "Lütfen hatta kalın."

"Bekleyin! Bana ne olduğunu..."

Hat çalmaya başlamıştı bile.

Dört kez çaldıktan sonra bağlandı.

Boğuk bir ses, "Ben Collins," diye cevap verdi.

Langdon derin bir nefes alıp elinden geldiğince sakin bir sesle konuştu. "Bay Collins, ismim Robert Langdon. Floransa'yı ziyaret eden bir Amerikalıyım. Vuruldum. Yardıma ihtiyacım var. Derhal Amerikan Konsolosluğu'na gelmek istiyorum. Bana yardımcı olur musunuz?"

Karşıdaki ses hiç tereddüt etmeden cevap verdi. "Tanrıya şükür hayattasınız Bay Langdon. Biz de sizi arıyorduk."

12. Bölüm

Konsolosluk burada olduğumu biliyor mu?

Bu haber Langdon'ın içine su serpti.

Kendisini başkonsolos vekili olarak tanıtan Bay Collins, Langdon'la sert ve profesyonel bir tonla konuşsa da sesindeki telaş seziliyordu. "Bay Langdon derhal konuşmamız gerekiyor. Ama telefonda olmayacağı çok açık."

Langdon için şu anda hiçbir şey açık değildi ama itiraz etmedi.

Collins, "Hemen sizi alması için birini göndereceğim," dedi. "Neredesiniz?"

Sienna telefonun hoparlöründen duyulan konuşmayı dinlerken huzursuz bir şekilde yerinde kıpırdandı. Langdon planını uygulamaktan vazgeçmediğini ifade etmek için güven verici bir ifadeyle başını salladı.

Langdon, Sienna'nın birkaç dakika önce kendisine göstermiş olduğu sokağın karşısındaki kasvetli otele bakarak, "Pensione la Fiorentina adında küçük bir oteldeyim," deyip Collins'e adresi verdi.

Adam, "Tamamdır," dedi. "Hiçbir yere ayrılmayın. Odanızda kalın. Hemen birini gönderiyorum. Oda numaranız nedir?"

Langdon bir numara uydurdu. "Otuz dokuz."

"Pekâlâ. Yirmi dakika." Collins sesini alçattı. "Bay Langdon, yaralanmışsınız ve kafanızın karışık olduğu belli ama şunu bilmem gerekiyor... Hâlâ elinizde mi?"

Elinizde mi? Gizli kapaklı olsa da Langdon soruyu anlamıştı. Mutfak masasının üzerindeki biyotüpe baktı. "Evet efendim. Hâlâ elimde."

Collins duyulur bir şekilde nefes verdi. "Sizden haber alamayınca biz düşündük ki... şey, en kötüsünü düşündük. İçim rahatladı. Bulunduğunuz yerde kalın. Bir yere ayrılmayın. Yirmi dakika sonra birisi kapınızı çalacak."

Collins telefonu kapattı.

Langdon hastanede uyandığından beri ilk defa rahatladığını hissediyordu. *Konsolosluk neler olduğunu biliyor, ben de yakında her şeyi öğrenirim.* Gözlerini kapatıp yavaş bir nefes verdi, kendini yeniden bir insan gibi hissediyordu. Başındaki ağrı geçmişti.

Sienna şaka yollu, "Evet, her şey fazla MI6 havasında ilerliyordu," dedi. "Sen ajan mısın?"

Langdon'ın o anda ne olduğu hakkında hiçbir fikri yoktu. İki günlük anılarını hatırlamıyor olması ve kendini anlaşılmaz bir durumun içinde bulması ona akıl almaz geliyordu ama sonuçta buradaydı... Yirmi dakika sonra Amerikan Konsolosluğu'ndan bir memurla köhne bir otelde buluşacaktı.

Burada neler oluyor?

Ayrılmak üzere olduğu ama yarım kalmış işleri varmış gibi hissettiği Sienna'ya baktı. Gözlerinin önünde ölen sakallı doktoru düşündü. Alçak sesle, "Sienna," dedi. "Arkadaşın... Dr. Marconi... çok üzgünüm."

Sienna boş bir ifadeyle başını salladı.

"Ve seni bunun içine sürüklediğim için çok üzgünüm. Hastanede farklı bir durumun olduğunu biliyorum ve eğer bir soruşturma olursa..." Sesi kesildi.

Sienna, "Sorun değil," dedi. "Yer değiştirmeye alışkınım."

Langdon, genç kadının gözlerinden, bu sabah onun için her şeyin değiştiğini okuyabiliyordu. Langdon'ın kendi hayatı şu anda tam bir kaostu ama bu kadına daha çok acıyordu.

O benim hayatımı kurtardı... ben onunkini mahvettim.

Bir dakika boyunca sessizce oturdular, aralarındaki hava gittikçe ağırlaştı. İkisi de konuşmak istiyor ama söyleyecek bir şey bulamıyor gibiydiler. Ne de olsa yabancıydılar. Birlikte çıktıkları kısa ve tuhaf yolculukta bir yol ayrımına gelmişlerdi ve artık ikisinin de kendi yollarını bulmaları gerekiyordu.

Langdon sonunda, "Sienna, konsoloslukla bu işi halledince eğer senin için yapabileceğim bir şey olursa... lütfen," dedi.

Sienna alçak sesle, "Teşekkür ederim," diyerek bakışlarını pencereye doğru çevirdi.

Dakikalar ilerlerken Sienna Brooks boş gözlerle pencereden dışarı bakarak günün kendisine neler getireceğini düşünüyordu. Ne getirirse getirsin, gün biterken kendi dünyasının çok daha farklı olacağından emindi.

Her ne kadar adrenalinden kaynaklandığını bilse de Amerikalı profesörü tuhaf bir şekilde çekici buluyordu. Yakışıklılığının yanı sıra, gerçekten iyi kalpli biri olduğu belliydi. Farklı bir hayatta Robert Langdon, onun birlikte olabileceği biriydi.

Beni asla istemezdi, diye düşündü. *Ben hasarlıyım.*

O anda pencerenin dışında bir şey gözüne takıldı. Yüzünü cama yaslayıp sokağa baktı. "Robert bak!"

Langdon sokağa bakınca Pensione la Fiorentina'nın önünde duran gösterişli siyah BMW motosikleti gördü. Siyah deri kıyafetli ve kask takmış olan sürücü, ince ve güçlü görünüyordu. Zarifçe motosikletinden inip parlak siyah kaskını çıkarınca Sienna, Langdon'ın nefesinin kesildiğini duydu.

Kadının kirpi gibi saçlarını fark etmemek imkânsızdı.

Tanıdık bir silah çıkarıp susturucusunu kontrol ettikten sonra tekrar ceketinin cebine soktu. Ardından, ölümcül bir zarafetle yürüyerek otele girdi.

Sienna korkudan gerilmiş bir sesle, "Robert," diye fısıldadı. "Amerikan hükümeti seni öldürmesi için birini göndermiş."

13. Bölüm

Robert Langdon pencerenin gerisinde durmuş sokağın karşısındaki otele bakarken içini bir panik dalgası kapladı. Otelden içeri giren kirpi saçlı kadının adresi nasıl bulduğunu anlayamıyordu.

Vücudunda dolaşan adrenalin, düşüncelerini yeniden dağıttı. "Kendi hükümetim beni öldürmesi için birini mi göndermiş?"

Sienna da onun kadar etkilenmiş görünüyordu. "Robert bu, hastanedeki ilk öldürme teşebbüsünü de hükümetinin ayarladığı anlamına geliyor." Ayağa kalkıp daire kapısının kilidini kontrol etti. "Eğer Amerikan Konsolosluğu'nun seni öldürmeye izni varsa..." Cümlesini tamamlamadı, zaten buna gerek yoktu. İması çok ürkütücüydü.

Ne yaptığımı sanıyorlar? Kendi hükümetim neden peşimde?!

Langdon hastaneye sendeleyerek girdiğinde mırıldandığı iki kelimeyi bir kez daha duydu.

Çok üzgünüm... Çok üzgünüm.

Sienna, "Burada güvende değilsin," dedi. "Burada güvende *değiliz.*" Sokağın karşısını gösterdi. "O kadın bizi birlikte kaçarken gördü. Hükümetinin ve polisin beni aradıklarına eminim. Dairem başka birinin adına tutuldu ama beni eninde sonunda bulacaklar." Masanın üstündeki biyotüpe baktı. "Bunu açmalısın, hemen."

Langdon tüpe bakarken sadece biyolojik tehlike işaretini gördü.

Sienna, "Bu tüpün içinde büyük ihtimalle bir kimlik kodu, ajan etiketi, telefon numarası, *herhangi bir şey* vardır," dedi. "Bilgiye ihtiyacın var. Bilgiye ihtiyacım var! Hükümetin arkadaşımı öldürdü!"

Sienna'nın sesindeki acı, Langdon'ı kendine getirdi. Sienna'nın haklı olduğunu düşünerek başını salladı. "Evet, ben... çok üzgünüm." Langdon bu kelimeleri bir kez daha duyunca irkildi. Masanın üzerinde duran metal tüpe bakarak içinde ne gibi cevaplar barındırabileceğini düşündü. "Bunu açmak çok tehlikeli olabilir."

Genç kadın biraz düşündü. "İçindeki şey büyük ihtimalle çok iyi muhafaza edilmiştir, kırılmayan pleksiglas bir test tüpünün içindedir. Bu biyotüp sadece nakliye sırasında ekstra güvenlik sağlayacak bir kabuk."

Langdon pencereden dışarıya, otelin önünde duran siyah motosiklete baktı. Kadın henüz dışarı çıkmamıştı ama kısa süre sonra orada olmadığını öğrenecekti. Suikastçının bir sonraki hamlesinin ne olacağını... ve dairenin kapısını ne zaman yumruklamaya başlayacağını merak ediyordu.

Kararını verdi. Titanyum tüpü kaldırıp başparmağını isteksizce biyometrik alanın üzerine yerleştirdi. Birkaç saniye sonra metal kutudan bir vızıltı duyuldu ve sonra yüksek sesle tıkırdadı.

Langdon tüp kendini tekrar kilitlemeden önce, iki parçayı tutup birbirinin ters yönünde çevirdi. Çeyrek dönüşten sonra metal kutu ikinci kez vızıldadı ve Langdon o an bu işten geri dönüş olmadığını anladı.

Tüpü çevirerek açmaya devam ederken elleri terliyordu. Parçalar mükemmel bir mekanizmanın üzerinde kolayca dönüyordu. Sanki kıymetli bir Rus matruşkasını açıyormuşçasına çevirmeye devam etti; ancak bu durumda içinden ne çıkacağı hakkında hiçbir fikri yoktu.

Beş dönüş sonunda parçalar serbest kaldı. Langdon derin bir nefes alıp nazik bir şekilde parçaları birbirlerinden ayırdı.

Parçaların arasındaki boşluktan bir sünger çıktı. Langdon onu masanın üzerine koydu. Koruyucu yastık, ince uzun bir Nerf futbol topuna benziyordu.

Bir şey olduğu yok.

Langdon koruyucu süngerin tepesini nazikçe geriye katlayınca içindeki nesne göründü.

Sienna içindekine bakıp şaşırmış bir ifadeyle Langdon'a baktı. "Bunu kesinlikle beklemiyordum."

Langdon fütüristik görünüşlü bir tür ilaç şişesi çıkmasını beklemişti ama biyotüpün içindeki hiç de modern bir şey değildi. Süslü bir şekilde oyulmuş nesne, fildişinden yapılmışa benziyordu ve yaklaşık olarak bir Life Savers şeker paketi büyüklüğündeydi.

Sienna, "Eski bir şeye benziyor," diye fısıldadı. "Bir tür..."

Langdon sonunda nefes vererek, "Silindir mühür," dedi.

Sümerliler tarafından MÖ 3500 yılında keşfedilen silindir mühürler, baskı resimde oymacılığın habercisiydiler. Dekoratif şekiller oyulan bir mühürde, içine aks başının yerleştirildiği bir oluklu mil bulunurdu. Bu sayede, oyulmuş silindir; tekrar eden semboller, şekiller veya yazılar şeridinin "basılabilmesi" için ıslak kil veya pişmiş çamur üzerinde modern bir boya fırçası gibi yuvarlanabilirdi.

Langdon'ın tahminlerine göre, bu mühür kesinlikle çok nadide ve değerliydi ama yine de sanki bir tür biyolojik silahmış gibi neden titanyum bir kutunun içine kilitlenmiş olduğunu anlayamıyordu.

Langdon mührü parmakları arasında evirip çevirirken tüyler ürpertici bir oyması olduğunu fark etti. Burada üç başlı ve boynuzlu bir şeytan, üç farklı adamı üç ağzıyla aynı anda yiyordu.

Çok hoş.

Langdon, şeytanın altına kazınmış yedi harfe baktı. Süslü kaligrafi, tüm silindir mühürlerde olduğu gibi tersten yazılmıştı ama Langdon harfleri okumakta zorlanmadı: SALIGIA

Sienna gözlerini kısarak yazıya bakıp yüksek sesle okudu. *"Saligia?"*

Langdon başını salladı. Kelimenin yüksek sesle söylenişi tüylerini ürpertmişti. "Ortaçağda, Hıristiyanlara Yedi Ölümcül Günah'ı hatırlatmak için Vatikan'ın türettiği bir anımsatıcıydı. Saligia; *superbia, avaritia, luxuria, invidia, gula, ira* ve *acedia* kelimelerinin baş harflerinden oluşan bir akronimdir."

Sienna kaşlarını çattı. "Kibir, hırs, şehvet, kıskançlık, açgözlülük, öfke ve tembellik."

Langdon etkilenmişti. "Latince biliyorsun."

"Katolik olarak yetiştirildim. Günahı bilirim."

Langdon gülümsedikten sonra mühre bakarak sanki tehlikeli bir şeymiş gibi neden bir biyotüpün içine yerleştirilmiş olduğunu kendi kendine sordu.

Sienna, "Fildişi olduğunu sanmıştım," dedi. "Ama kemikmiş." Nesneyi güneş ışığına tutarak üzerindeki çizgileri gösterdi. "Fildişi, yarı şeffaf çizgileri olan elmas biçimindeki kesit taramalardan meydana gelir; kemik ise paralel çizgiler ve koyu renkli oyuklardan oluşur."

Langdon mührü yavaşça eline alıp oymaları yakından inceledi. Orijinal Sümer mühürlerindeki oymalarda basit figürler ve kama işaretleri olurdu. Ama bu mührün çok daha ince bir işçiliği vardı. Langdon elindeki mührün ortaçağdan esinlendiğini tahmin etti. Üzerindeki süslemelerin, gördüğü halüsinasyonlarla tedirgin edici bir bağlantısı vardı.

Sienna endişeli gözlerle ona baktı. "Ne oldu?"

Langdon keyifsizce, "Tekrar eden tema," deyip mührün üzerindeki oymalardan birini gösterdi. "İnsan yiyen üç başlı şeytanı görüyor musun? Bu, ortaçağda yaygın bir semboldür: Veba ile bağdaştırılan bir ikon. Ağızlar, vebanın nüfusu nasıl yok ettiğinin sembolüdür."

Sienna huzursuz bir ifadeyle tüpün üzerindeki biyolojik tehlike işaretine baktı.

Sabahtan beri vebayla ilgili öyle çok atıfta bulunmuşlardı ki bu, Langdon'ı rahatsız etmeye başlamıştı. O nedenle, bu konuyla ilgili kurması gereken her bağlantıyı gönülsüzce yapıyordu. "*Sa-*

ligia, insanoğlunun toplu günahlarının bir temsilcisidir ki, bu da ortaçağdaki din doktrinlerine göre..."

Sienna, "Tanrı'nın dünyayı veba salgını ile cezalandırmasının nedeniydi," diyerek onun cümlesini tamamladı.

"Evet." Düşünce bağı kopan Langdon bir anlığına duraksadı. Silindirde ona tuhaf gelen bir şey fark etmişti. Normalde, silindir mührün deliğinden, boş bir borudan bakıldığı gibi bakılabilirdi ama bunda aks kapalıydı. *Bu kemiğin içine bir şey yerleştirilmiş.* Silindirin ucu, ışığı yakalayınca parladı.

Langdon heyecanlanmıştı. "İçinde bir şey var ve cama benziyor." Diğer ucunu kontrol etmek için silindiri baş aşağı çevirdi ve bununla birlikte minik bir nesne içeride tıkırdayarak kemiğin bir ucundan diğerine, tüpün içinde dönen bir top gibi yuvarlandı.

Langdon donmuştu. Sienna'nın, yanında yavaşça nefesini bıraktığını duydu.

Bu da neydi?!

Sienna, "Sesi duydun mu?" diye fısıldadı.

Langdon başını evet anlamında sallayıp dikkatle metal kutunun dibine baktı. "Girişi kapalı görünüyor... metal bir şeyle kapanmış." *Belki de test tüpünün kapağıyla?*

Sienna geriye çekildi. "Kırılmış gibi mi görünüyor?"

"Sanmıyorum." Langdon cam ucu incelemek için kemiği tekrar hafifçe yan yatırınca tıkırtı yeniden duyuldu. Bir saniye sonra silindirin içindeki camda hiç beklenmedik bir şey oldu.

Parlamaya başladı.

Sienna'nın gözleri fal taşı gibi açıldı. "Robert dur! Kıpırdama!"

14. Bölüm

Havada duran eliyle kemik silindiri sımsıkı tutan Langdon, kıpırdamadan durdu. Tüpün ucundaki cam, hiç şüphesiz ışığı emiyor, içindekiler sanki canlanmış gibi parlıyordu.

Bir anda içindeki ışık karardı.

Sienna sık nefesler alarak yaklaştı. Başını yana eğip kemiğin içindeki, görünen kısmı inceledi.

"Bir daha eğ," dedi. "Çok yavaş."

Langdon kemiği nazikçe baş aşağı çevirdi. Küçük bir nesne, bir kez daha kemiğin içinde tıkırdayıp durdu.

"Bir daha," dedi. "Nazikçe."

Langdon aynı işlemi tekrarlayınca tüp bir kez daha tıkırdadı. Bu kez, içindeki cam zayıf bir ışıkla kısa bir süre parlayıp tekrar söndü.

Sienna, "Deney tüpü olmalı," dedi. "İçinde karıştırıcı bilye var."

Langdon sprey boyalardaki karıştırıcı bilyelere aşinaydı; bu tür kutularda, sallandığında boyanın karışmasına yardımcı olan bilyeler bulunurdu.

Sienna açıklamaya çalıştı. "İçinde fosforlu kimyasal bileşenler olmalı veya tetiklendiğinde parlayan biyoluminesans bir organizma."

Langdon'ın aklına başka şeyler geliyordu. Daha önce kimyasal ışık çubukları ve bir tekne, yaşam alanını çalkaladığında parlayan biyoluminesans planktonları görmüş olsa da elindeki silindirin içinde bunlardan birinin bulunmadığından neredeyse emindi. Tüpü, parlayıncaya kadar nazikçe birkaç kez daha eğdi ve parlayan ucunu avucuna koydu. Tahmin ettiği gibi, zayıf bir kırmızı ışık hafifçe parıldayarak cildine yansıdı.

208'lik zekâların da bazen yanılabileceğini öğrenmek güzel oldu.

"Şuna bak," diyen Langdon, tüpü sertçe sallamaya başladı. İçindeki bilye, ileri geri hızla tıkırdıyordu.

Sienna hemen atıldı. "Ne yapıyorsun?"

Tüpü sallamaya devam eden Langdon, ışık düğmesinin yanına gidip kapattı ve mutfağı karanlığa gömdü. Var gücüyle sallarken, "İçindeki deney tüpü değil," dedi. "Bir işaretçi."

Öğrencilerinden biri Langdon'a buna benzer bir cihaz vermişti: AAA pillerini harcamaktan bıkan ve kendi kinetik enerjilerini elektriğe dönüştürmek için birkaç saniye sallama zahmetine girmeyi umursamayan öğretmenler için bir lazer işaretçi. Cihaz tetiklendiğinde içindeki metal bilye bir dizi çark üzerinde ileri geri hareket ediyor ve minik bir jeneratöre güç veriyordu. Anlaşılan birisi, bu işaretçiyi çukur oyulmuş kemiğin içine yerleştirerek, modern bir oyuncağa antika görünümü vermek istemişti.

Artık elindeki işaretçinin ucu yoğun derecede parlıyordu. Langdon, Sienna'ya kaygılanmasına neden olacak biçimde sırıttı. "Gösteri zamanı."

Kemik kılıflı işaretçiyi mutfağın boş bir duvarına tuttu. Duvar aydınlanınca Sienna hayretle içini çekti. Fakat, şaşkınlık içinde geri çekilen Langdon oldu.

Duvarda beliren ışık, küçük bir lazer noktası değildi. Eski moda bir slayt projektöründen çıkar gibi tüpten yansıyan, yüksek çözünürlüklü, canlı bir fotoğraftı.

Tanrım! Langdon karşılarındaki duvara yansıyan dehşetli manzarayı anladığında, eli hafifçe titredi. *Ölüm hayalleri gördüğüme şaşırmamak gerek.*

Yanında duran Sienna ağzını kapatıp ileri doğru çekingen bir adım attı. Gördüklerinden büyülendiği belli oluyordu.

Cihazdan yansıyan manzara, ıstırap içindeki insanları gösteren korkunç bir yağlıboya tabloydu: Binlerce ruh, cehennemin farklı seviyelerinde işkence görüyordu. Yeraltındaki dünya, çeşitli seviyelerden oluşan, huni şeklindeki dipsiz bir çukur olarak betimlenmişti. Bu cehennem çukuru, her bir katmanı türlü günahkârlarla dolu, işkenceleri artarak aşağı inen teraslara ayrılmıştı.

Langdon görüntüyü hemen tanıdı.

Karşısındaki başyapıt –*La Mappa dell'Inferno*–[1] İtalyan Rönesansı'nın gerçek ustalarından biri olan Sandro Botticelli tarafından yapılmıştı. Yeraltı dünyasının detaylı bir planını gösteren *La Mappa dell'Inferno,* ölümden sonraki hayatın şimdiye dek yapılmış en korkutucu resmiydi. Karanlık, kasvetli ve dehşet verici resim karşısında insan bugün bile donakalıyordu. Canlı ve renkli *Primavera* ve *Venüs'ün Doğuşu*'nun aksine, Botticelli *La Mappa dell'Inferno*'yu kırmızılar, sepyalar ve kahverengilerle boyamıştı.

Langdon'ın başını çatlatan ağrı bir anda yeniden saplandı. Yabancı bir hastanede uyandığından beri ilk defa, bulmaca parçalarından birinin yerine oturduğunu hissetti. O korkunç halüsinasyonlara, bu ünlü tabloyu görmüş olması yol açmış olmalıydı.

Sebebini hiç hatırlamasa da, *herhalde Botticelli'nin La Mappa dell'Inferno'sunu inceliyordum,* diye düşündü.

Resim başlı başına rahatsız edici olsa da Langdon'ın huzursuzluğunun artmasına sebep olan, tablonun kaynağıydı. Langdon bu başyapıta Botticelli'nin kendi zihninin değil, ondan iki yüzyıl

(1) Cehennem Haritası

önce yaşamış başka birinin zihninin ilham kaynağı olduğunu iyi biliyordu.

Bir diğerine ilham veren büyük bir sanat eseri.

Botticelli'nin *La Mappa dell'Inferno*'su aslında tarihin en çok bilinen eserlerinden biri haline gelen, on dördüncü yüzyılda yazılmış bir edebi eseri canlandırıyordu. Bugüne dek yankıları süren korkunç bir cehennem görüntüsü...

Dante'nin *Cehennem*'i.

Sokağın karşısındaki Vayentha, sessizce merdivenleri çıktı. Sakin ve küçük Pensione la Fiorentina'nın çatıdaki terasında gizlendi. Langdon konsolosluktaki kişiye, var olmayan bir numara ve uydurma bir buluşma yeri vermişti; Vayentha'nın işinde buna "ikiz randevu" denirdi. Bu, gizli kapaklı operasyonlarda kullanılan ve kendi bulunduğu yeri açık etmeden durum değerlendirmesini sağlayan bir ajanlık tekniğiydi.

Vayentha çatıda, tüm alanı kuşbakışı görebileceği, bakınca kendisinin görülemeyeceği bir yer bulmuştu. Yavaşça bakışlarını sokağın karşısındaki binada yukarı doğru kaydırdı.

Sıra sizde Bay Langdon.

Bu sırada, *The Mendacium*'daki Amir, güverteye çıkarak Adriyatik'in tuzlu havasını iyice içine çekti. Bu gemi yıllardır onun evi olmuştu ama şimdi, Floransa'da cereyan eden olaylar inşa ettiği her şeyi yok edecekti.

Saha ajanı Vayentha her şeyi tehlikeye atmıştı. Bu görev bittikten sonra bir sorguyla karşılaşacak olmasına rağmen Amir'in şimdilik ona ihtiyacı vardı.

Bu karışıklığı yeniden denetimi altına alsa iyi eder.

Ardından sert ayak sesleri yaklaştı. Arkasına dönüp baktığında, kadın analistlerden birinin koşarak geldiğini gördü.

Nefes nefese kalan analist, "Efendim," dedi. "Yeni bilgiler edindik." Sesi, sabahın serin havasını yarıyordu. "Anladığımız kadarıyla Robert Langdon, Harvard e-posta hesabına, maskelenmemiş bir IP adresinden erişmiş." Durup, gözlerini Amir'inkilere kilitledi. "Artık Langdon'ın bulunduğu yeri tam olarak saptayabiliriz."

Amir bir insanın nasıl bu kadar aptal olabileceğini düşündü. *Bu her şeyi değiştiriyor.* Ellerini birleştirip olası etkilerini düşünerek kıyı şeridine baktı. "TTD[1] ekibinin mevkiini biliyor muyuz?"

"Evet efendim. Langdon'ın bulunduğu yere üç kilometre uzaklıkta."

Amir, tereddütsüz kararını verdi.

---

(1) Teftiş ve Tepki Desteği

15. BÖLÜM

Mutfak duvarına yansıyan yeraltı dünyasının resmine yaklaşırken dalgın bir ifadeyle Sienna, *"L'inferno di Dante,"* diye fısıldadı.

Langdon, *Dante'nin cehennem hayali burada canlı renklerle betimlenmiş*, diye düşündü.

Dünya edebiyatının seçkin eserlerinden biri olarak göklere çıkarılan *Cehennem*, Dante Alighieri'nin *İlahi Komedya*'sını oluşturan üç kitabın ilkiydi. 14.233 dizelik epik şiir, Dante'nin vahşi yeraltı dünyasına inişini, araftaki yolculuğunu ve sonunda cennete varışını anlatıyordu. *Komedya*'nın üç bölümünden biri olan *Cehennem; Araf* ve *Cennet* bölümlerinden daha çok okunan ve hatırlananıydı.

1300'lerin başında Dante Alighieri tarafından kaleme alınan eser, ortaçağ anlayışını yeniden şekillendirmişti. Daha önce cehennem kavramı insanları hiç bu şekilde etkisi altına almamıştı. Dante'nin eseri bir gecede soyut cehennem kavramını, anlaşılır ve dehşet verici bir hayalle somutlaştırmıştı; açık, somut ve unutulmaz. Şiirin yayımlanmasının ardından, Dante'nin yenilediği yeraltı dünyasından kaçınan günahkârların Katolik Kilisesi'ne kitleler halinde gitmeye başlaması şaşırtıcı değildi.

Botticelli'nin burada betimlediği Dante'nin yeraltında acı çekilen korkunç cehennem hayali, bir huni şeklinde tasarlanmıştı; cehennem ateşi, lağım, canavarlar ve merkezinde bekleyen şeytanla, lanetli bir yeraltı dünyası. Çukur dokuz farklı seviyeden, cehennemin dokuz dairesinden oluşuyordu. Günahkârlar işledikleri günahın büyüklüğü ölçüsünde seviyelere ayrılıyorlardı. En üste yakın yerdeki *şehvet düşkünleri* veya "cinsel suçlular", heveslerini denetleyememelerini sembolize eden sonsuz bir fırtınanın içine atılmışlardı. Onların altındaki *oburlar,* iğrenç bir lağım balçığının içinde, yüzükoyun yatmaya zorlanmışlardı. Daha aşağılardaki *sapkınlar,* yanan kefenlere sarılmış, sonsuz ateşle lanetlenmişlerdi. İşkenceler böylece, aşağıya indikçe daha da kötüleşerek devam ediyordu.

Yayımlandığından bu yana geçen yedi yüzyıl içinde, Dante'nin cehennem hayali methiyelere, çevirilere ve tarihin kimi en yaratıcı zekâlarının çeşitlemelerine ilham vermişti. Longfellow, Chaucer, Marx, Milton, Balzac, Borges ve hatta bazı papalar, Dante'nin *Cehennem*'i üzerine kurulu eserler yazmışlardı. Monteverdi, Liszt, Wagner, Çaykovski ve Puccini; Dante'nin eserine dayanan besteler yapmışlardı. İçlerinden biri, Langdon'ın en sevdiği sanatçı Loreena McKennitt'tı. Modern dünyanın video oyunlarıyla iPad uygulamalarında bile Dante'den yana kıtlık çekilmiyordu.

Dante'nin hayalinin sembolik zenginliğini öğrencileriyle paylaşmaya bayılan Langdon, bazen hem Dante hem de ondan ilham alan eserlerde tekrarlayan görüntüler üzerine ders verirdi.

Duvardaki resme yaklaşan Sienna, "Robert," dedi. "Şuna bak!" Huni şeklindeki cehennemin aşağı kısmındaki bir yeri işaret ediyordu.

İşaret ettiği yer Malebolge olarak bilinir ve "kötü hendekler" anlamına gelirdi. Burası cehennemin sekizinci ve sondan bir önceki dairesiydi; her farklı hile için on farklı hendeğe ayrılmıştı.

Sienna şimdi daha heyecanlı görünüyordu. "Baksana! Hayalinde bunu gördüğünü söylememiş miydin?"

Langdon onun gösterdiği yere gözlerini kısarak baktı ama bir şey göremedi. Küçük projektörün gücü tükenmek üzereydi, resim belirsizleşmeye başlamıştı. Cihazı ışığı artıncaya kadar salladı. Sonra da resmi daha büyük göstermesi için duvardan uzağa, küçük mutfağın karşı tarafındaki tezgâhın kenarına koydu. Sienna'ya yaklaşarak ışıktan haritayı incelemek için yana doğru bir adım attı.

Sienna yine cehennemin sekizinci dairesini gösteriyordu. "Bak. Halüsinasyonlarında, yerden tepetakla çıkan *R* harfiyle damgalanmış bir çift bacak gördüğünü söylememiş miydin?" Duvarda, tam bulunduğu yere dokundu. "İşte buradalar!"

Langdon'ın bu tabloda daha önce defalarca gördüğü gibi, Malebolge'nin dokuzuncu hendeği, bacakları topraktan dışarı doğru çıkan, yarıya kadar tepetakla gömülmüş günahkârlarla doluydu. Ama karşısında duran resimde, tam da hayalinde gördüğü gibi, bacaklardan birinde çamurla yazılmış bir *R* harfi vardı.

Tanrım! Langdon minik detaya daha dikkatli baktı. "Şu R harfi... bu Botticelli'nin orijinal resminde kesinlikle *yok!*"

Sienna eliyle işaret etti. "Bir tane daha var."

Onun, Malebolge'deki on hendekten başka birine uzattığı parmağını takip eden Langdon, başı tersine döndürülmüş sahte bir peygambere *E* harfinin yazıldığını gördü.

Bu da ne böyle? Resim değiştirilmiş.

Şimdi, Malebolge'deki on hendeğin tümünde birden günahkârlara yazılmış harfleri seçebiliyordu. Şeytanların kamçıladığı bir tecavüzcünün üstünde *C* harfini gördü... Yılanlar tarafından durmadan ısırılan hırsızda başka bir *R* harfi... Kaynayan zift gölüne batmış bir siyasetçide *A* harfi.

Langdon kendinden emin bir şekilde, "Bu harfler Botticelli'nin yaptığı orijinal resimde kesinlikle yer almıyorlar. Bu resim dijital ortamda değiştirilmiş," dedi.

Bakışlarını yeniden Malebolge'nin en üstteki hendeğine çevirdi ve on hendeğin her birinde yazan harfleri yukardan aşağı okumaya başladı.

C... A... T... R... O... V... A... C... E... R...

Langdon, "*Catrovacer* mi?" dedi. "Bu İtalyanca mı?"

Sienna başını iki yana salladı. "Latince de değil. Tanıyamadım."

"Bir... isim olabilir mi?"

"Catrovacer mi?" Sienna kuşkulu görünüyordu. "Bana bir isim gibi gelmedi. Ama şuraya bak." Malebolge'nin üçüncü hendeğindeki karakterlerden birini işaret etti.

Langdon figürü bulduğunda, aniden ürperdiğini hissetti. Üçüncü hendekteki günahkâr topluluğunun arasında, ortaçağın ikonik görüntülerinden biri yer alıyordu: kuş gibi uzun gagalı bir maskesi ve donuk gözleri olan, pelerinli bir adam.

Veba maskesi.

Sienna, "Botticelli'nin orijinal resminde veba hekimi var mıydı?" diye sordu.

"Kesinlikle yok. Bu figür sonradan eklenmiş."

"Peki Botticelli orijinal resmi imzalamış mıydı?"

Langdon hatırlayamıyordu ama normalde imzanın bulunması gereken sağ alt köşeye gözlerini kaydırınca neden sorduğunu anladı. İmza yoktu ama *La Mappa*'nın koyu kahverengi çerçevesi boyunca minik harflerle yazılmış bir satır göze çarpıyordu: *la verità è visibile solo attraverso gli occhi della morte.*

Langdon'ın ne dendiğini anlayacak kadar İtalyancası vardı. "Gerçek, yalnızca ölümün gözlerinden görülebilir."

Sienna başını salladı. "Garip."

Karşılarında duran ürkütücü görüntü yavaşça solana kadar ikisi de konuşmadan durdular. Langdon, *Dante'nin Cehennem'i,* diye düşündü. *Yedi yüzyıldır sanat eserlerine ilham veriyor.*

Langdon'ın, verdiği Dante derslerinde daima, *Cehennem*'den ilham almış ünlü sanat eserlerinin tümü yer alırdı. Botticelli'nin ünlü *La Mappa dell'Inferno*'sundan başka, Rodin'in *Cehennem Kapıları*'ndaki heykeli *Üç Gölge,* Stradanus'un Styks Nehri'ne batmış cesetler üzerinde kürek çeken *Phlegyas* resmi, William Blake'in ebedi bir fırtınanın içinde dönen şehvet günahkârları, Bouguereau'nun, iki çıplak adamın dövüşünü seyreden Dante ve Vergilius'un erotik bir tasviri, Bayros'un gökten dolu gibi yağan kızgın toplarla ateş damlaları altında işkence çeken ruhları, Salvador Dalí'nin acayip suluboyalarıyla gravürleri ve Doré'nin,

Hades'in tünel şeklindeki girişinden şeytana kadar her şeyi betimleyen siyah beyaz oyma baskı koleksiyonu.

Görünüşe bakılırsa Dante'nin şiirsel cehennem hayali, yalnızca insanlık tarihinin en saygın sanatçılarını etkilemekle kalmamıştı, başka birini de etkilediği anlaşılıyordu: Botticelli'nin ünlü tablosunu dijital ortamda değiştirerek, on harfin yanına bir de veba hekimi ekleyen ve gerçeği ölümün gözlerinden görmekle ilgili bir yazıyla imzalayan sapık bir ruh. Bu sanatçı daha sonra, tuhaf anlamlar yükleyerek elde ettiği görüntüyü oyulmuş bir kemiğin içine yerleştirdiği ileri teknoloji projektöre saklamıştı.

Langdon böylesi bir eseri kimin yarattığını tahmin edemiyordu ve şu anda bu bilinmez, daha sinir bozucu başka bir soru sebebiyle ikinci sıradaydı.

Bunu neden taşıyorum?

Sienna mutfakta Langdon'la durmuş, bundan sonra ne yapacağını düşünürken dışarıdan, beygir gücü yüksek bir motorun gürültüsü duyuldu. Lastiklerin ötüşüyle araba kapılarının çarpma sesi peş peşe geldi.

Şaşıran Sienna hemen pencereye koşup dışarıya baktı.

Plakasız siyah bir minibüs, sokakta kayarak durmuştu. Minibüsten aşağı, sol omuzlarında yuvarlak, yeşil rozetleri olan siyah üniformalı bir grup adam indi. Ellerinde otomatik silahlar olduğu halde askeri bir çeviklikle hareket ediyorlardı. Dört asker hiç beklemeden apartmanın girişine koştu.

Sienna kanının donduğunu hissetti. "Robert!" diye bağırdı. "Kim olduklarını bilmem ama bizi buldular!"

Aşağıda, Ajan Christoph Brüder, binadan içeri giren adamlarına emirler yağdırıyordu. Bu güçlü adama, sahip olduğu askeri geçmiş duygusuz bir görev bilinci ve emir zincirine saygı aşılamıştı. Görevin ve beraberinde getirdiği tehlikelerin farkındaydı.

Çalıştığı organizasyonun pek çok bölümü vardı ama Brüder'in bölümü, yani Teftiş ve Tepki Desteği "kriz" durumunda çağrılırdı.

Adamları binada gözden kaybolurken Brüder, ön kapıda nöbet bekleyip sorumlu kişiyi aramak için haberleşme cihazını çıkardı.

"Ben Brüder," dedi. "Bilgisayarının IP adresinden sonunda Langdon'ın yerini tespit ettik. Ekibim içeri giriyor. Ele geçirdiğimizde size haber vereceğim."

Brüder'in çok yukarısında, Pensione la Fiorentina'nın çatı terasındaki Vayentha, apartmandan içeri dalan ajanlara dehşet ve hayret içinde baktı.

BUNLARIN burada ne işi var?!

Ellerini kirpi gibi saçlarının arasında gezdirirken bir anda önceki akşam batırdığı görevin dehşetli sonucunu kavradı. Tek bir kumrunun ötüşüyle her şey kontrolden çıkmıştı. Basit bir görev gibi başlayan iş, tam bir kâbusa dönüşmüştü.

TTD ekibi buradaysa işim bitmiş demektir.

Sectra Tiger XS haberleşme cihazını çaresizce eline alan Vayentha, Amir'i aradı.

"Efendim," derken sesi tereddütlüydü. "TTD ekibi burada! Brüder'in adamları karşı binaya akın ediyor!"

Cevap bekledi ama karşılık olarak sadece hattan gelen tıkırtıları duydu; ardından elektronik bir ses sakince, "Ret protokolü başlıyor," dedi.

Telefonu indiren Vayentha, ekrana baktığı sırada haberleşme cihazının kapandığını gördü.

Adeta kanı çekilen kadın, kendini gerçekleri kabul etmeye zorladı. Konsorsiyum onunla bağlarını kesmişti.

Bağlantı yok. İlişki yok.

Reddedildim.

Şaşkınlığı sadece bir an sürdü.

Ardından korku yerleşti.

16. Bölüm

Sienna, "Acele et Robert!" diye bağırdı. "Beni izle!"

Langdon kapıdan apartman koridoruna çıkarken zihni hâlâ Dante'nin yeraltı dünyasındaki vahşi görüntülerle meşguldü. Sienna Brooks o ana kadar sabahki stresini kendine hâkim olarak idare etmeyi başarmıştı ama artık o sakin tavrı, Langdon'ın şimdiye dek onda görmediği bir duyguyla yer değiştiriyordu; gerçek korkuyla.

Sienna koridorda önden koşarak asansörün yanından geçti. Aşağıya inen asansörü, lobiye giren adamların çağırdığına hiç şüphe yoktu. Koridorun sonuna kadar koştu ve arkasına bakmadan merdiven sahanlığında kayboldu.

Langdon ödünç mokasen ayakkabılarının pürüzsüz tabanları üzerinde kayarak peşinden gitti. Brioni marka takım elbisesinin göğüs cebindeki minik projektör, koşarken göğsüne çarpıyordu. Aklından cehennemin sekizinci dairesini süsleyen tuhaf harfler geçiyordu: CATROVACER. Veba maskesini ve tuhaf imzayı düşündü: *Gerçek, sadece ölümün gözlerinden görülebilir.*

Langdon birbirine hiç benzemeyen bu öğeleri birleştirmeye çalıştı ama o sırada hiçbir şey ona anlamlı gelmiyordu. Sonunda, merdiven sahanlığında durdu. Genç kadın orada dikilmiş dikkatle etrafı dinliyordu. Langdon merdivenleri tırmanan ayak seslerini duyabiliyordu.

Langdon, "Başka bir çıkış var mı?" diye fısıldadı.

Sienna kısaca, "Beni izle," dedi.

Genç doktor bugün hayatını kurtarmıştı, bu yüzden ona güvenmekten başka şansı olmayan Langdon, derin bir nefes alıp arkasından merdivenleri inmeye başladı.

Bir kat indiklerinde iyice yakınlaşan bot sesleri, bir ya da iki kat aşağıdan geliyor gibiydi.

Neden onlara doğru koşuyor?

Langdon'ın itiraz etmesine fırsat kalmadan Sienna onun elini tutup, merdiven sahanlığından daire kapıları boyunca uzayan ıssız bir koridora doğru çekti.

Saklanacak hiçbir yer yok!

Sienna elektrik düğmesine dokununca birkaç lamba söndü ama loş koridor onları gizlemeye yetmiyordu. Sienna ve Langdon rahatça görülebiliyorlardı. Gürültülü ayak sesleri onlara yetişmek üzereydi. Langdon saldırganların her an merdivende belirip bu koridoru göreceklerini biliyordu.

Sienna, "Ceketine ihtiyacım var," diyerek Langdon'ın ceketini üzerinden çıkardı. Sonra, girintili bir kapı eşiğinde, Langdon'a tam arkasında yere çömelmesini söyledi. "Kıpırdama."

Ne yapıyor? Ortalık yerde duruyor!

Merdivende beliren adamlar yukarı doğru koşarken karanlık koridorda Sienna'yı görünce durdular.

Sienna dokunaklı bir ses tonuyla, *"Per l'amor di Dio!"*(1) diye seslendi. *"Cos'è questa confusione?"*(2)

Adamlar gözlerini kısarak neye baktıklarını anlamaya çalıştılar.

Sienna onlara bağırmaya devam etti. *"Tanto chiasso a quest' ora!"*(3)

Langdon, Sienna'nın ceketi bir şal gibi başına ve omuzlarına sarmış olduğunu fark etti. Kamburunu çıkarmış, karanlıkta çömelmiş olan Langdon'ı görmemeleri için pozisyon almıştı.

---

(1) "Tanrı aşkına!"
(2) "Nedir bu karışıklık?"
(3) "Bu saatte bu ne gürültü!"

Tamamıyla değişime uğramış olan Sienna, onlara doğru bir adım atmış, yaşlı bir kadın gibi bağırıyordu.

Askerlerden biri elini kaldırıp ona dairesine dönmesini işaret etti. *"Signora! Rientri subito in casa!"*(1)

Sienna sarsak bir adım daha atarken öfkeyle yumruğunu sallıyordu. *"Avete svegliato mio marito, che è malato!"*

Langdon hayretle dinliyordu. *Hasta kocanı mı uyandırdılar?*

Diğer asker makineli tüfeğini kaldırıp ona doğru nişan aldı. *"Ferma o sparo!"*(2)

Sienna olduğu yerde kaldı, topallayarak onlardan uzaklaşmaya çalışırken küfürler yağdırıyordu.

Adamlar aceleyle merdivenleri tırmanmaya başlayıp gözden kayboldular.

Langdon, *Shakespearevari bir oyunculuk sayılmaz,* diye düşündü, ama *etkileyici*. Tiyatro geçmişi bazen işe yarar bir silah olabiliyordu.

Sienna ceketi kafasından çıkarıp Langdon'a attı. "Tamamdır, beni izle."

Langdon bu kez hiç tereddüt etmeden onu izledi.

Lobinin üzerindeki sahanlığa indiler. İki asker daha yukarı çıkmak için asansöre biniyordu. Dışarıda siyah üniforması, kaslı vücudu yüzünden üzerine sıkı sıkıya oturmuş başka bir asker de minibüsün yanında nöbet tutuyordu. Sienna ile Langdon sessizce bodruma doğru ilerlediler.

Yeraltındaki karanlık garaj idrar kokuyordu. Sienna skuter ve motosikletlerin durduğu köşeye doğru koştu. Gümüş rengi bir Trike'ın yanında durdu. Bu, üç tekerlekli yetişkin bisikletiyle İtalyan Vespa'nın biçimsiz bir karışımı olan üç tekerlekli bir mopetti. Zarif elini üç tekerleklinin ön tamponunun altına götürüp mıknatıslı küçük bir çanta çıkardı. İçinden motoru çalıştıran bir anahtar belirdi.

---

(1) "Hanımefendi! Hemen eve girin!"
(2) "Dur yoksa ateş ederim!"

Saniyeler sonra Langdon, motosikletin arkasında oturuyordu. Küçük selenin üzerine eğreti tüneyen profesör kendini dengede tutabilmek için tutunacak bir şeyler aradı.

Sienna, Langdon'ın ellerini tutup ince beline sararak, "Kibarlığın sırası değil," dedi. "Tutunman gerekecek."

Sienna, Trike'ı çıkıştaki rampada gazlarken Langdon da aynen dediğini yaptı. Motosiklet tahmin ettiğinden daha güçlüydü: garajdan ana girişin elli metre uzağındaki gün ışığına çıkarlarken yerden havalandılar. Binanın önündeki iriyarı asker Langdon ve Sienna'nın kaçtıklarını gördü. Sienna klapeyi açarken Trike'tan gelen tiz vınlamayı duymuştu.

Arkada oturan Langdon omzunun üzerinden askere baktı. Silahını kaldırıp onlara doğru nişan almıştı. Langdon tutundu. Trike'ın arka tamponundan seken kurşun neredeyse omurgasına isabet ediyordu.

Tanrım!

Sienna bir kavşakta sertçe sola dönünce Langdon kaydığını hissetti ve dengesini sağlamakta zorlandı.

Sienna, "Bana yaslan!" diye bağırdı.

Sienna, Trike'ı daha büyük bir caddede hızla sürerken Langdon öne doğru yaslanıp dengesini bulmaya çalıştı.

O adamlar da kimin nesiydi?!

Sienna yola odaklanmış, açık sabah trafiğinde zikzaklar çizerek hızla ilerliyordu. Birkaç yaya onlar geçerken iki kez dönüp baktı. Anlaşılan, Brioni takım elbise giymiş bir adamı, narin bir kadının *arkasında* görmek onları şaşırtmıştı.

Langdon ve Sienna üç blok ilerlemiş, büyük bir kavşağa yaklaşıyorlardı ki ileriden yükselen korna sesleri duyuldu. Bir minibüs iki tekerleği üzerinde köşeyi döndü ve kuyruğu savrularak kavşağa girdi. Sonra, hızla onlara doğru ilerledi. Minibüs apartmanın önündekinin aynısıydı.

Sienna hemen sağa dönüp frene bastı. Park halindeki bir nakliye kamyonunun arkasında aniden durunca Langdon'ın göğsü sertçe Sienna'nın sırtına çarptı. Genç kadın, Trike'ı kamyonun arka tamponuna yaklaştırarak motoru kapattı.

Bizi gördüler mi?

Sienna ve Langdon gizlenip beklediler... nefes almadan...

Minibüs onları görmeden hızla yanlarından geçip gitti. Ama araç hızla geçerken Langdon, içindeki kişiyi bir anlığına da olsa görmüştü.

Arka koltuktaki çekici yaşlı kadın, iki askerin ortasında tutsak gibi oturuyordu. Gözleri kapalıydı ve sanki baygınmış ya da uyuşturulmuş gibi kafası sallanıyordu. Boynunda bir nazarlık taşıyordu ve gümüş rengi, bukleli, uzun saçları vardı.

Langdon'ın boğazı düğümlendi, hayalet görmüş gibiydi.

Bu, hayallerinde gördüğü kadındı.

17. Bölüm

Kumanda odasından hışımla dışarı çıkan Amir, *The Mendacium*'un uzun sancak güvertesinde sert adımlarla yürürken aklını toparlamaya çalışıyordu. Floransa'daki binada yaşananlar akıl almazdı.

Ofisine girip bir şişe elli yıllık Highland Park çıkarmadan önce tüm gemiyi iki kez dolaştı. Bardağa boşaltmadan şişeyi masaya koydu ve sırtını döndü; bu, denetimi hâlâ elinde tuttuğunu ona hatırlatan bir şeydi.

Gözleri, kendiliğinden kitap rafındaki yıpranmış, ağır, kalın kitaba kaydı. Bir müşterisinin hediyesiydi... hiç tanışmamış olmayı dilediği bir müşterinin.

Bir yıl önce... bilmeme imkân var mıydı?

Amir genellikle müşteri adaylarıyla görüşmezdi ama bu müşteri güvendiği bir kaynaktan geliyordu; o yüzden bir istisna tanıyabilirdi.

Müşteri, özel helikopteriyle yatına geldiğinde, denizde sakin bir gündü. Kendi sahasında tanınan bir şahsiyet olan ziyaretçi kırk altı yaşında, temiz giyimli, oldukça uzun boylu, delici yeşil gözleri olan biriydi.

Adam, "Bildiğiniz gibi," diye başlamıştı. "Hizmetlerinizi bana ortak bir tanıdığımız tavsiye etti." Oturduğu koltukta bacaklarını öne doğru uzatan ziyaretçi, Amir'in lüks ofisinde kendi evindeymiş gibi rahat davranıyordu. "Size neye ihtiyacım olduğunu söyleyeyim."

"Aslında söylemeyin," diyerek adamın sözünü kesen Amir, iplerin kimin elinde olduğunu göstermişti. "Protokole göre bana hiçbir şey söylememeniz gerekiyor. Ben size sunduğum hizmetleri açıklayayım, siz de eğer varsa, hangisinin ilginizi çektiğini söylersiniz."

Ziyaretçi şaşırmış gibi görünse de itaat ederek dikkatle Amir'i dinlemişti. Sonunda, uzun boylu misafirin istediği şeyin Konsorsiyum için hayli standart bir iş olduğu ortaya çıkmıştı: İşini tamamlayabilmesi için bir süreliğine "görünmez" olacaktı.

Çocuk oyuncağı.

Konsorsiyum, ona sahte bir kimlik ve işini –bu iş her ne ise– tam bir gizlilik içinde yapabileceği, insanlardan uzak, güvenli bir yer temin edecekti. Konsorsiyum, müşterinin bir hizmeti hangi maksatla istediğini sorgulamaz, iş yaptığı kişiler hakkında mümkün olduğunca az şey bilmeyi yeğlerdi.

Amir sonradan ideal bir müşteri olduğu ortaya çıkan yeşil gözlü adama bir yıl boyunca güvenli bir barınak sağlamıştı. Onunla hiç iletişim kurmuyor, faturaları tam zamanında teker teker ödeniyordu.

Sonra, iki hafta önce her şey değişti.

Müşteri beklenmedik bir şekilde iletişim kurmuş ve Amir'le özel bir görüşme yapmak istemişti. Müşterinin toplamda ödediği parayı göz önünde bulunduran Amir, buna mecbur kalmıştı.

Amir'in bir önceki yıl iş yaptığı sağlam, temiz giyimli kişiyle kıyaslandığında, yata gelen bu pejmürde adam neredeyse tanınmaz haldeydi. Bir zamanlar keskin bakan gözleri şimdi vahşi bakıyordu. Hatta... hasta gibiydi.

Ne olmuş buna? Ne yapıyordu ki?

Amir, sinirli adamı ofisine aldı.

Müşteri, "Gümüş saçlı şeytan," derken kekeledi. "Her gün biraz daha yaklaşıyor."

Müşterisinin dosyasına bir göz atan Amir, gümüş saçlı, çekici kadının fotoğrafını gördü. "Evet," dedi. "Gümüş saçlı şeytanınız. Düşmanınızı biliyoruz. Ne kadar güçlü olursa olsun, onu bir yıl boyunca sizden uzak tuttuk ve tutmaya devam edeceğiz."

Yeşil gözlü adam, kaygılı bir halde yağlı saç tutamlarını elleriyle çekiştirdi. "Güzelliğinin sizi aldatmasına izin vermeyin, tehlikeli bir düşmandır."

Doğru, diye düşünen Amir, müşterisinin böylesine nüfuzlu biriyle ilgilenmiş olmasından memnun değildi. Gümüş saçlı kadının inanılmaz irtibatları ve kaynakları vardı. Amir'in üstüne çekmek isteyeceği türden bir düşman değildi.

Müşteri, "Eğer o veya şeytanlarından biri yerimi bulursa..." diye başladı.

Amir, "Bulamayacaklar," diyerek onu temin etti. "Sizi şimdiye dek saklamadık mı? İstediğiniz her şeyi sağlamadık mı?"

Adam, "Yaptınız," dedi. "Ama yine de daha rahat uyuyabilmem için..." Durup söyleyeceklerini toparladı. "Eğer başıma bir şey gelirse, son isteklerimi yerine getireceğinizi bilmem gerek."

"Bu istekler nedir?"

Adam bir çantaya uzanıp küçük, mühürlü bir zarf çıkardı. "Bu zarfın içindekiler, Floransa'daki bir emanet kasasını açıyor. Kasanın içinde ufak bir nesne bulacaksınız. Eğer bana bir şey olursa nesneyi benim yerime göndermenizi istiyorum. Bir tür hediye."

"Tamam." Amir not tutmak için kalemini eline aldı. "Peki kime göndereceğim?"

"Gümüş saçlı şeytana."

Amir başını kaldırıp baktı. "İşkencecinize hediye mi vereceksiniz?"

"Onun açısından bakarsanız daha çok eziyet sayılır." Gözleri ürkütücü bir şekilde parıldadı. "Kemikten yapılmış küçük bir diken diyebiliriz. Ona her baktığında bir haritayı... kendi Vergilius'unu, onu kendi cehenneminin merkezine götüren rehberini görecek."

Amir uzunca bir süre adamı inceledi. "İstediğiniz gibi olsun. Olmuş farz edin."

Adam, "Zamanlama çok önemli," diyerek uyardı. "Hediyenin hemen gönderilmemesi gerekiyor. Saklamanız gerekiyor, ta ki..." Düşüncelere dalarak sustu.

Amir, "Ne zamana kadar?" diyerek devam etmesini istedi.

Birden ayağa kalkan adam, Amir'in masasının arkasına yürüyüp, kırmızı keçeli kalemi alarak, masanın üzerindeki takvimde bir tarihi isterik hareketlerle daire içine aldı. "Bu tarihe kadar."

Adamın davranışı karşısında duyduğu memnuniyetsizliği göstermemeye çalışan Amir, derin bir nefes verdi. "Anlaşıldı. İşaretli güne kadar hiçbir şey yapmayacağım, bundan sonra emanet kasasındaki nesne her ne ise, gümüş saçlı kadına gönderilecek. Söz veriyorum." Takvimde garip şekilde daire içine alınmış tarihe kadar kalan günleri saydı. "İsteklerinizi bundan on dört gün sonra yerine getireceğim."

Müşteri, "Bir gün bile önce değil," diye sıkıca tembihledi.

Amir, "Anlıyorum," diyerek ona güvence verdi. "Bir gün bile önce değil."

Zarfı alan Amir, adamın dosyasının içine soktu ve müşterinin isteklerinin tam olarak yerine getirilmesi için gerekli notları aldı. Müşterisinin emanet kasasının içindeki nesneyi tam tarif etmemiş olması Amir'in tercih ettiği bir durumdu. Tarafsızlık, Konsorsiyum felsefesinin temeliydi. *Hizmetini sun. Soru sorma. Yargıya varma.*

Müşterinin omuzları gevşedi ve derin bir nefes verdi. "Teşekkür ederim."

"Başka bir şey var mıydı?" diye soran Amir, tamamen başkalaşmış müşterisinden kurtulmak niyetindeydi.

"Evet, doğrusu var." Cebine uzanıp kırmızı renkli küçük bir harici bellek çıkardı. "Bunun tüm dünya medyasına dağıtılmasını istiyorum."

Amir, adamı merakla inceledi. Konsorsiyum, müşterileri için toplu dağıtım yapardı ama bu adamın isteği bir şekilde şaşırtıcı geliyordu. Takvimde işaretli güne işaret etti. "Aynı günde mi?"

Müşteri, "Aynı günde," diye cevap verdi. "Bir an bile önce değil."

"Anlaşıldı." Amir harici belleği, gerekli bilgileri yazarak etiketledi. "Başka bir şey var mıydı?" Görüşmeyi bitirmek üzere ayağa kalktı.

Müşterisi yerinde oturuyordu. "Hayır. Son bir şey daha var."
Amir yeniden oturdu.

Müşterinin yeşil gözleri şimdi adeta öldürecek gibi bakıyordu. "Bu kaydı ilettikten hemen sonra, ben çok ünlü bir adam olacağım."

Müşterisinin başarılı geçmişini hatırlayan Amir, *sen zaten ünlü bir adamsın,* diye düşündü.

Adam, "Bu başarıdan sizin de payınızı almanız gerekir," dedi. "Sunduğunuz hizmet, başyapıtımı yaratmamı sağladı, bir anlamda dünyayı değiştirecek olan yapıtı. Oynadığınız rolle gurur duymalısınız."

Amir giderek büyüyen bir sabırsızlıkla, "Başyapıtınız her ne ise, bunu yaratmak için gerekli olan mahremiyete kavuştuğunuza sevindim," dedi.

"Teşekkürümü göstermek için size bir veda hediyesi getirdim." Adam çantasına uzandı. "Bir kitap."

Amir, müşterisinin bunca zamandır üzerinde çalıştığı yapıtın bu olup olmadığını merak etti. "Kitabı siz mi yazdınız?"

"Hayır." Adam masanın üstüne kalın ve ağır kitabı bıraktı. "Tam tersine... bu kitap *benim için* yazılmış."

Şaşıran Amir, müşterisinin masaya bıraktığı kitaba bir göz attı. *Bunun kendisi için mi yazıldığını sanıyor?* Kitap, bir edebiyat klasiğiydi... On dördüncü yüzyılda yazılmıştı.

Müşteri ürkütücü bir gülümsemeyle, "Okuyun," dedi. "Yaptıklarımı anlamanıza yardımcı olacaktır."

Sonra ayağa kalkıp vedalaştı ve hemen yattan ayrıldı. Amir, adamın helikopterinin güverteden havalanıp İtalya kıyılarına yönelmesini ofisinin penceresinden izledi.

Daha sonra dikkatini önünde duran kalın kitaba verdi. Tereddütlü parmaklarla deri kapağını kaldırıp ilk sayfayı açtı. Eserin açılış kıtası, tüm sayfayı kaplayan büyük kaligrafiyle yazılmıştı.

CEHENNEM

Yaşam yolumuzun ortasında
Karanlık bir ormanda buldum kendimi,
Çünkü doğru yol yitmişti.

Müşterisi karşı sayfayı imzalamış ve elyazısıyla bir mesaj yazmıştı:

"Sevgili dostum, bu yolda bana yardım ettiğin için teşekkür ederim. Dünya da sana teşekkür ediyor."

Bunun ne anlama geldiğine dair Amir'in en ufacık bir fikri yoktu ama yeterince okumuştu. Kitabı kapatıp rafa kaldırdı. Neyse ki bu garip dünyayla olan ilişkisi yakında sona erecekti. Bakışlarını takvimde hararetle daireye alınmış olan tarihe çevirirken, *on dört gün daha,* diye düşündü.

Takip eden günlerdeyse, kendini bu müşteriyle ilgili daha önce hiç olmadığı kadar gergin hissetti. Adam sanki aklını oynatmıştı. Amir'in sezilerine rağmen zaman, olay çıkmadan ilerledi.

Sonra, işaretli günden hemen önce, Floransa'da bir dizi felaket meydana geldi. Amir krizi yönetmeye çalışsa da bir anda kontrolden çıktı. Kriz, müşterinin Badia Kulesi'ne çıkmasıyla doruk noktasına ulaşmıştı.

Aşağıya... kendi ölümüne atladı.

Bir müşteriyi, özellikle de böyle tavırlar içerisinde olan birini kaybetmenin dehşetine rağmen, Amir sözünün eriydi. Hemen, ölen kişiye verdiği son sözü tutmak için gerekli hazırlıklara başladı. Floransa'daki bir emanet kasasının içindekileri gümüş saçlı kadına gönderecekti ve tembihlendiği gibi, zamanlaması çok önemliydi.

Takviminde işaretli günden önce gönderme.

Emanet kasasının şifrelerini içeren zarfı Vayentha'ya vermiş, o da içindeki nesneyi, müşterisinin deyimiyle "diken"i almak için Floransa'ya gitmişti. Ama Vayentha aradığında, verdiği haberler hem şaşırtıcı hem de tedirgin edici olmuştu. Emanet kasasının içindekiler çoktan gitmiş, adamı gözaltına alınmaktan da son anda kurtulmuştu. Gümüş saçlı kadının bir şekilde hesaptan haberi olmuş ve hem emanet kasasına ulaşmak hem de kasa için gelen başka biri olursa tutuklatmak için nüfuzunu kullanmıştı.

Bu, üç gün önceydi.

Müşterinin gümüş saçlı kadına son olarak bu çalınmış nesneyle hakaret etmek niyetinde olduğu açıktı; mezardan gelen sesi taciz edici olacaktı.

Ve şimdiden konuşmaya başladı.

Konsorsiyum o günden beri hummalı bir kargaşa içindeydi: Müşterinin son isteği kadar kendini de korumak için tüm kaynaklarını kullanıyordu. Bu süreçte Konsorsiyum, Amir'in dönüşün zor olduğunu bildiği pek çok çizgiyi geçmişti. Şimdi Floransa'da bunca olay yaşanırken, Amir masasına baktı ve gelecekte kendilerini neyin beklediğini merak etti.

Müşterinin daire içine aldığı tarih, takvimden kendisine bakıyordu: özel olduğu anlaşılan bir günün etrafına çizilmiş kırmızı mürekkep halkası.

Yarın.

Amir, önündeki masada duran İskoç viskisine istemeden baktı. Sonra, on dört yıldır ilk defa, bardağa döktü ve tek dikişte bitirdi.

Güverte altındaki yönetici Laurence Knowlton küçük, kırmızı harici belleği bilgisayarından çıkardı ve önündeki masanın üzerine koydu. Bu kayıt, hayatında gördüğü en tuhaf şeylerden biriydi.

Ve tam olarak on dakika sürüyor, son saniyesine kadar.

Kendini alışık olmadığı kadar tedirgin hissederek ayağa kalktı ve garip görüntüleri Amir'le paylaşıp paylaşmaması gerektiğini düşünerek küçük bölmesinin içinde adımlamaya başladı.

Knowlton kendine, *sadece işini yap,* dedi. *Soru sorma. Yargıya varma.*

Aklından görüntüleri zorla uzaklaştırıp, görev defterine kendinden emin bir şekilde notunu aldı. Yarın müşterinin istediği gibi, kayıt dosyasını medyaya iletecekti.

18. Bölüm

Viale Niccolò Machiavelli, Floransa'nın en zarif caddelerinden biri olarak bilinirdi. Çalılar ve zengin ağaçlardan oluşan manzaranın arasında yılan gibi kıvrılan S şeklindeki geniş virajlarıyla bisikletçiler ve Ferrari tutkunlarının gözdesiydi.

Kasvetli mahalleyi arkalarında bırakıp şehrin lüks batı yakasının temiz, sedir ağacı kokulu havasına girerlerken Sienna, Trike'ı keskin virajlarda ustalıkla kullanıyordu. 08.00'i vuran bir şapel saatinin önünden geçtiler.

Dante'nin cehenneminin kafa karıştırıcı görüntüleri ve minibüsün arka koltuğunda iki iri askerin arasında oturan gümüş saçlı güzel kadının gizemli yüzü Langdon'ın gözünün önünden gitmiyordu.

Langdon, *her kimse*, diye düşündü. *Onu ele geçirdiler.*

Sienna, Trike'ın motorunun sesini bastırmaya çalışarak, "Minibüsteki kadın," dedi. "Onun, hayallerinde gördüğün kadın olduğuna emin misin?"

"Kesinlikle."

"O zaman, onunla son iki gün içinde bir şekilde tanışmış olmalısın. Sorulması gereken, neden sürekli onu gördüğün... ve neden sana sürekli arayıp bulmanı söylediği."

Langdon da aynı fikirdeydi. "Bilmiyorum... Onunla tanıştığımı hatırlamıyorum ama ne zaman yüzünü görsem ona yardım etmem gerektiğini hissediyorum."

Çok üzgünüm. Çok üzgünüm.

Aniden gümüş saçlı kadından böyle tuhaf bir özür dileyip dilemediğini merak etti. *Onu bir şekilde hayal kırıklığına mı uğrattım?* Bu düşünce yüzünden boğazı düğümlendi.

Langdon, kendini cephaneliğinden hayati bir silah çalınmış gibi hissediyordu. *Hiçbir şey hatırlamıyorum.* Çocukluğundan beri sahip olduğu fotoğrafik belleği, Langdon'ın zekâsının en çok güvendiği tarafıydı. Etrafında gördüğü her ince detayı hatırlayan bir adam için hafızası olmadan yaşamak, bir uçağı karanlıkta radarsız indirmeye benziyordu.

Sienna, "Birtakım cevaplar bulabilmek için *La Mappa*'yı çözmekten başka çaremiz yok," dedi. "İçinde nasıl bir sır gizliyorsa... peşine düşmelerinin sebebi bu olmalı."

Langdon, Dante'nin *Cehennem*'indeki kıvranan bedenlerin üzerine yazılmış *catrovacer* kelimesini düşünerek başını salladı.

Aniden aklına bir fikir geldi.

Floransa'da uyandım...

Dünyada hiçbir şehir Dante'yle Floransa kadar bağlantılı olamazdı. Dante Alighieri, Floransa'da doğmuş, büyümüş, anlatılanlara göre Beatrice'ye Floransa'da âşık olmuş ve Floransa'daki yuvasından acımasızca sürgün edilip, İtalyan kırsalında yuva özlemi çekerek yıllarca yaşamak zorunda bırakılmıştı.

Dante, *en sevdiğin ne varsa hepsini bırakacaksın,* diye bahsetmişti sürgünden. *Bunun, gurbet yayının attığı ilk ok olduğunu anlayacaksın.*

Langdon, *Cennet*'in On Yedinci Kanto'sundaki bu sözleri düşünürken sağa, Arno Nehri üzerinden eski Floransa'ya doğru baktı.

Eski Floransa'nın ünlü katedral, müze, şapel ve alışveriş bölgeleri çevresindeki dar sokaklarda yürüyen turistler, kalabalıklar ve trafikten oluşan o labirent görüntüsünü hayal etti.

"Gitmemiz gereken yer eski şehir," dedi. "Cevaplar ancak orada olabilir. Eski Floransa, Dante'nin tüm dünyasıydı."

Sienna ona hak vererek başını salladı ve omzunun üzerinden, "Ayrıca, daha güvenli olur, saklanacak bir sürü yer var. Porta Romana'ya doğru gideceğim, oradan da nehri geçeriz," dedi.

Langdon hafifçe ürpererek, *nehir,* diye düşündü. Dante'nin cehenneme yaptığı ünlü yolculuk da bir nehri geçerek başlamıştı.

Sienna gaza bastı, etraflarındaki manzara hızla kayarken Langdon zihninde cehennemin, ölmüş ve ölmek üzere olanların, Malebolge'nin on hendeğinin, veba hekiminin ve o tuhaf kelimenin –CATROVACER– görüntülerini taradı. *La Mappa dell'Inferno*'nun altına yazılmış kelimeleri düşündü: *Gerçek, sadece ölümün gözlerinden görülebilir...* Bu ürkütücü sözün Dante'den bir alıntı olup olmadığını merak etti.

Hatırlamıyorum.

Langdon, Dante'nin eserleri konusunda bilgi sahibiydi. İkonografide uzmanlaşmış bir sanat tarihçisi olarak şöhreti, Dante'nin çizdiği manzarayı dolduran sembolleri yorumlamak üzere ara sıra konferans vermek için çağrılmasına neden oluyordu. Tesadüfen veya belki de değil, iki yıl önce Dante'nin *Cehennem*'i üzerine bir konferans vermişti.

İLAHİ DANTE: CEHENNEM SEMBOLLERİ

Dante Alighieri, tarihin gerçek kült ikonlarından birine dönüşmüş, tüm dünyada Dante derneklerinin doğuşuna neden olmuştu. En eski Amerikan şubesi 1881'de Cambridge, Massachusetts'te Henry Wadsworth Longfellow tarafından kurulmuştu. New England'ın ünlü Şöminebaşı Şairi *İlahi Komedya*'yı tercüme eden ilk Amerikalıydı. Tercümesi en çok saygı duyulan ve okunan çalışmalardan biri olarak günümüze kadar gelmiştir.

Dante'nin eseri üzerinde çalışan en tanınmış kişi olan Langdon'dan dünyanın en eski Dante derneklerinden birinin, Viyana Dante Alighieri Derneği'nin düzenlediği büyük bir etkinlikte konuşması istenmişti. Etkinliğin Viyana Fen Bilimleri Akademisi'nde yapılması önerilmişti. Varlıklı bilimadamı ve Dante Derneği üyesi olan bir kişi, etkinliğin ana sponsoru olarak akademinin iki bin koltuklu konferans salonunu tutmayı başarmıştı.

Langdon etkinlik yerine vardığında, konferansın direktörü tarafından karşılanıp aceleyle içeri sokulmuştu. Lobiden geçerlerken dev gibi harflerle duvara boyanmış üç kelimeyi görmüştü: YA TANRI YANILDIYSA?

Direktör, "Bu bir Lukas Troberg," diye fısıldamıştı. "En yeni sanat eserimiz. Ne düşünüyorsunuz?"

Langdon nasıl cevap vereceğini bilemeyerek dev yazıya bakıp, "Hımm... boyayı bol kullanmış ama şart kipini yerinde kullanamamış gibi," demişti.

Direktör kafası karışmış bir ifadeyle ona baktı. Langdon seyirciyle daha iyi iletişim kurabilmeyi ümit etti.

Sonunda katılımcıların karşısına çıktığında bir salon dolusu insandan içten bir alkış aldı.

Yüksek sesli hoparlörlerden, *"Maine Damen und Herren,"* diyerek söze başladı. *"Willkommen, bienvenue, welcome."*

Cabare'nin ünlü repliği kalabalığın kahkahalarıyla karşılandı.

"Bu akşamki dinleyiciler arasında sadece Dante Alighieri Derneği üyelerinin değil, aynı zamanda Dante'yi ilk kez inceleyen misafir bilimadamları ve öğrencilerin de bulunduğunu öğrendim. Bu yüzden, ortaçağ İtalyan destanlarını okuyamayacak kadar çok çalışan misafirlerimiz için Dante'ye; hayatına, eserlerine ve neden tarihteki en etkileyici figürlerden biri olarak kabul edildiğine kısaca değinerek başlamayı uygun buldum."

Daha çok alkış.

Langdon elindeki minik uzaktan kumandayı kullanarak, Dante'nin birkaç resmini gösterdi. İlki Andrea del Castagno'nun çizdiği tam boy portreydi. Şair, elinde bir felsefe kitabıyla kapı aralığında duruyordu.

Langdon, "Dante Alighieri," diye başladı. "Floransalı olan yazar ve filozof, 1265 ila 1321 yılları arasında yaşamıştır. Bu portrede, tüm tasvirlerde olduğu gibi, başında kırmızı bir *cappuccio*, yani dar, kulaklıklı, kıvrımlı bir başlık var. Koyu kırmızı Lucca cüppesiyle Dante'nin en çok taklit edilen resmidir."

Langdon, Botticelli'nin Uffizi Galerisi'nden alınan Dante portresinin slaytlarını gösterdi. Dante'nin en çarpıcı hatları olan keskin çenesini ve kemerli burnunu vurgulayan bir resimdi. "Resimde Dante'nin benzersiz yüzü yine kırmızı *cappuccio* ile çerçevelenmiş ama burada, Botticelli başlığına, ustalığın sembolü olan defne yapraklı taç eklemiş. Şiir sanatında ustalığı temsil ediyor. Antik Yunan'dan alınan geleneksel sembol, günümüzde bile şiir ödülü ve Nobel kazananları onurlandırmak için kullanılıyor."

Langdon hızla birkaç resim gösterdi. Hepsi Dante'yi kırmızı başlık, kırmızı tunik, defne yapraklı taç ve kemerli burnuyla tasvir ediyordu. "Ve Dante imajınızı güçlendirmek için işte Santa Croce Meydanı'ndan bir heykel... ve tabii ki, ünlü Bargello Şapeli'nde Giotto'ya atfedilmiş fresk."

Langdon, Giotto freskinin slaytını ekranda bırakıp sahnenin ortasına yürüdü.

"Hepinizin çok iyi bildiği gibi Dante, muazzam edebi başyapıtı *İlahi Komedya* ile tanınır. *İlahi Komedya*'nın komik bir tarafı yoktur. Bambaşka bir nedenden ötürü komedya olarak adlandırılmıştır. On dördüncü yüzyılda İtalyan edebiyatı usulen iki kategoriye ayrılmıştı: Yüksek zümre edebiyatını temsil eden trajedi, resmi İtalyanca ile yazılıyordu; aşağı zümre edebiyatını temsil eden komedi ise günlük dilde yazılıyor ve halka hitap ediyordu."

Langdon, Dante'yi Floransa surlarının dışında, elinde bir *İlahi Komedya* baskısını tutarken gösteren Michelino'nun ikonik freskinin slaytlarına geçti. Geri planda teraslı Araf Dağı cehennem kapılarının üzerinde yükseliyordu. Tablo şimdi, daha çok Il Duomo olarak bilinen, Floransa'daki Santa Maria del Fiore Katedrali'nde asılıydı.

Langdon, "Başlıktan tahmin edebileceğiniz gibi," diye devam etti. "*İlahi Komedya* günlük dilde, yani halk dilinde yazılmıştı. Buna karşın din, tarih, politika, felsefe ve sosyal yorumu o kadar akıllıca kaynaştırmıştır ki, fazlasıyla ilmi olmasına rağmen geniş kitlelere hitap edebilmiştir. Eser, İtalyan kültürünün temel taşlarından biri sayıldığı için Dante'nin yazı şeklinin, modern İtalyan dilini oluşturduğunu söylemek yanlış olmaz."

Langdon etki yaratması için bir saniye bekledikten sonra, "Dostlarım, Dante Alighieri'nin eserinin etkisinin abartılması söz konusu değildir. Tarih boyunca, tabii ki İncil dışında hiçbir yazı, resim, müzik veya edebiyat eseri, *İlahi Komedya* kadar alıntılanmamış, taklit edilmemiş, dönüştürülmemiş ve onurlandırılmamıştır."

Langdon, Dante'nin epik şiiri üzerine eserler yaratmış ünlü bestekârları, ressamları ve yazarları sıralarken kalabalığı taradı. "Bu akşam aramızda hiç yazar var mı?"

Ellerin neredeyse üçte biri havaya kalktı. Langdon şok içinde ellere baktı. *Vay canına! Ya buradakiler dünyanın en usta dinleyicileri ya da e-yayın işi gerçekten de karşılığını bulan bir sektör.*

"Evet, siz yazarların da bildiği gibi, bir yazarın övgü yazısından, bir başka deyişle insanların kitabınızı almak istemelerini sağlamak için önemli bir kişi tarafından yazılmış tek satırlık onaylardan daha çok takdir ettiği bir şey yoktur. Ortaçağda da övgü yazıları vardı. Ve Dante için bunlardan pek çok yazılmıştı."

Langdon slaytları değiştirdi. "*Bunun* kitap kapağınızda yazmasını ister miydiniz?"

Yeryüzüne ondan büyük bir adam gelmemiştir.
–Michelangelo

Kalabalıktan şaşkınlık mırıltıları yükseldi.

Langdon, "Evet," dedi. "Sistine Şapeli ve *Davut* heykeliyle tanıdığınız aynı Michelangelo. O, usta bir ressam ve heykeltıraş olmanın yanı sıra, yaklaşık üç yüz şiir yazmış mükemmel bir şairdi. Dante adındaki şiirini, korkutucu cehennem tasvirleriyle *Son Hüküm*'e ilham veren Dante'ye ithaf etmişti. Eğer bana inanmıyorsanız, Dante'nin *Cehennem*'inin Üçüncü Kanto'sunu okuyun ve Sistine Şapeli'ni ziyaret edin. Mihrabın tam üzerinde bu tanıdık resmi göreceksiniz."

Langdon korkudan sinmiş insanların üzerine dev bir kürek sallayan, adaleli bir canavarın korkutucu slaytına geçti. "Bu, Dante'nin öfkeli sandalcısı Kharon, ayrılan yolcuları küreğiyle dövüyor."

Langdon yeni bir slayta geçmişti. Çarmıha gerilmiş bir adamı gösteren, Michelangelo'nun *Son Hüküm*'ünün başka bir detayıydı. "Bu, Kitabı Mukaddes'e göre, asılarak öldürülen Haman. Ama Dante'nin şiirinde çarmıha geriliyor. Resimde gördüğünüz gibi Michelangelo, Sistine Şapeli'nde, Kitabı Mukaddes yerine Dante'nin anlatımını seçmiş." Langdon fısıltıyla konuştu. "Kimseye söylemeyin."

Kalabalıktan kahkahalar yükseldi.

"Dante'nin *Cehennem*'i, insanların daha önce hayal ettiklerinin ötesinde, acı ve ıstırap dolu bir dünya yaratmıştı ve onun yazdıkları, bugün hayalimizde canlanan cehennemi belirledi." Sustu. "Ve inanın bana, Katolik Kilisesi bu konuda Dante'ye teşekkür borçlu. Onun *Cehennem'i* inananları yüzyıllarca korkuttu ve korkan kişilerin kiliseye gitmesini sağlayarak sayılarını üçe katladı."

Langdon slaytı değiştirdi. "Ve bu da bizi, bu akşam burada toplanışımızın sebebine getiriyor."

Ekranda şimdi konuşma başlığı yazıyordu:

İLAHİ DANTE: CEHENNEM SEMBOLLERİ

"Dante'nin *Cehennem*'i, sembolizm ve ikonografi açısından öyle zengindir ki, genellikle bir sömestri ona ayırırım. Bu akşam, Dante'nin *Cehennem*'indeki simgelerin gizemini kaldırmanın en güzel yolunun cehennemin kapılarından... onunla yan yana geçmek olduğunu düşündüm."

Langdon sahnenin kenarında yürüyüp kalabalığı inceledi. "Şimdi, eğer cehennemde bir yürüyüş yapmak niyetindeysek, bir harita kullanmayı tavsiye ederim. Ve Dante'nin cehennemini, Sandro Botticelli'nin tablosundan daha ayrıntılı ve net bir şekilde açıklayan başka bir harita yoktur."

Uzaktan kumandaya dokununca, Botticelli'nin ürkütücü *La Mappa dell'Inferno*'su belirdi. Langdon yeraltındaki huni şeklindeki çukurda betimlenen dehşeti fark ettikçe, insanlardan homurtular yükseldiğini duyabiliyordu.

"Başka ressamların aksine Botticelli, Dante'nin metnine son derece sadık kalmıştı. Aslına bakarsanız, o kadar çok Dante okuyordu ki, büyük sanat tarihçisi Giorgio Vasari, onun bu tutkusunun 'yaşamında ciddi bozukluklara' sebep olduğunu söylemişti. Botticelli, Dante'nin diğer çalışmalarıyla ilgili iki düzineden fazla eser verdi ama bu harita, içlerinde en ünlü olanıdır."

Resmin sol üst köşesini işaret eden Langdon, arkasını dönmüştü. "Yolculuğumuz burada başlayacak. Yerin üstündeki bu noktada Dante'yi, yanında rehberi Vergilius ile birlikte cehennem kapılarının önünde, kırmızılar içinde görüyorsunuz. Buradan, Dante'nin cehenneminin dokuz dairesinden geçerek aşağı ineceğiz ve sonunda karşılaşacağımız şey..."

Langdon hemen yeni bir slayta geçmişti. Bu tablo da Botticelli tarafından tasarlanmış, şeytanın büyütülmüş bir resmiydi. Üç başlı, dehşet verici şeytan, üç ağzının her biriyle üç farklı kişiyi yiyordu.

Kalabalıktan uğultular yükseldi.

Langdon, "Gelecek programa bir bakalım," dedi. "Bu akşamki yolculuğumuz bu korkutucu karakterle son bulacak. Burası, şeytanın yaşadığı, cehennemin dokuzuncu dairesidir. Ama..." Biraz duraksadı. "Oraya gitmek bir bakıma eğlencelidir. Bu yüzden biraz geri saralım... Yolculuğumuzun başladığı cehennem kapılarına gidelim."

Langdon sonraki slayta geçti: dik bir yamacın yüzüne oyulmuş, tünel şeklindeki karanlık bir girişi betimleyen Gustave Doré taşbaskısı. Kapının üstündeki yazı şöyle diyordu:

İÇERİ GİRENLER, DIŞARIDA BIRAKIN HER UMUDU.

Langdon gülümseyerek, "Şimdi," dedi. "Girelim mi?"

Bir yerlerde lastikler gürültüyle ötünce, kalabalık kaybolup gitti. Trike, Viale Niccolò Machiavelli'nin ortasında aniden dururken Langdon, Sienna'nın sırtına sertçe çarptı.

Sersemleyen Langdon'ın aklında hâlâ gözünün önünde beliren cehennem kapıları vardı. Kendine gelince nerede olduğunu anladı.

"Neler oluyor?" diye sordu.

Sienna yaklaşık üç yüz metre ilerideki Porta Romana'yı gösterdi. Burası eski Floransa'ya geçmek için hâlâ kullanılmakta olan antik bir kapıydı. "Robert bir sorunumuz var."

19. BÖLÜM

Mütevazı dairede dikilmekte olan Ajan Brüder, gördüklerine anlam vermeye çalıştı. *Burada kim yaşar ki?* Kısıtlı bütçeyle, adeta bir yurt odası gibi az ve karmakarışık mobilyalarla döşenmişti.

Adamlarından biri koridorun aşağısından, "Ajan Brüder?" diye seslendi. "Şuna bir bakın isterseniz."

Brüder koridordan yürürken, yerel polisin Langdon'ı gözaltına alıp almadığını merak etti. Brüder bu krizi "içerden" çözmeyi yeğlerdi ama profesörün kaçması, yerel polis desteğini alıp yolları kapattırmaktan başka bir seçenek bırakmamıştı. Floransa'nın labirenti andıran sokaklarındaki çevik bir motosiklet, Brüder'in kalın, polikarbon camlı, delinmez lastikli, kurşun geçirmez ve bir o kadar hantal olan minibüslerini kolaylıkla atlatırdı. İtalyan polisi, yabancılarla işbirliği yapmamasıyla tanınırdı ama Brüder'in organizasyonunun önemli bir nüfuzu vardı: polis, konsolosluklar ve büyükelçilikler. *Biz talep ettiğimizde, kimse soru sormaya cesaret edemez.*

Adamlarının açık bir dizüstü bilgisayarın başında durup, lateks eldivenlerle klavyesine tuşladığı küçük ofise girdi. Adam, "Kullandığı makine bu," dedi. "Langdon e-posta hesabına girmek ve bazı aramalar yapmak için bunu kullanmış. Dosyaların izi hâlâ duruyor."

Brüder masaya doğru yürüdü.

Teknisyen, "Langdon'ın bilgisayarı gibi görünmüyor," dedi. "Baş harfleri *S.B.* olan birine kayıtlı. Birazdan tam ismini bulurum."

Brüder beklerken, gözü masadaki kâğıt yığınına takıldı. Eline alıp desteyi incelemeye başladı. Londra'daki bir tiyatronun broşürü ile bir dizi gazete kupürü. Brüder okudukça gözleri daha da büyüdü.

Kâğıtları eline alarak koridora döndü ve patronunu aradı. "Ben Brüder. Sanırım Langdon'a yardım eden kişinin kimliğini buldum."

Patronu, "Kimmiş?" diye karşılık verdi.

Brüder yavaşça nefesini bıraktı. "Buna inanamayacaksınız."

Üç kilometre ötedeki Vayentha, BMW'nin üzerinde iyice eğildi. Sirenlerini bağırtarak aksi istikamete giden polis arabaları yanından geçti.

Reddedildim, diye düşündü.

Normalde, motosikletin dört stroklu motorunun yumuşak titreşimi sinirlerini yatıştırırdı, ama bugün değil.

Vayentha on iki yıl boyunca Konsorsiyum için çalışmış, saha desteğinden strateji koordinasyonuna basamakları tırmanarak saha ajanı olmuştu. *Tek sahip olduğum şey kariyerim.* Saha ajanları, dış dünyada gerçek bir yaşam sürmeyi veya ilişki kurmayı imkânsızlaştıran bir gizlilik, uzun yolculuk ve görevlerle yaşamak zorundaydılar.

Amir'in tetiği çekip onu aniden reddedişine inanmakta güçlük çekerken, *bir yıldır bu görevdeydim,* diye düşündü.

Vayentha, on iki aydır rakipleri ve düşmanları tarafından rahatsız edilmeden, sadece bir süreliğine "ortadan kaybolmak" isteyen, yeşil gözlü garip bir dâhi için destek hizmeti veriyordu. Nadiren seyahate çıkıyor ve görünmeden ama sürekli çalışıyordu. İş anlaşmasına göre, müşteriyi yalnızca onu bulmaya çalışan nüfuzlu insanlardan saklayacak olan Vayentha, adamın yaptığı işi bilmiyordu.

Mükemmel bir profesyonellikle hizmet vermiş ve her şey yolunda gitmişti.

Mükemmel... ta ki, dün geceye kadar.

O andan beri Vayentha'nın duygusal durumu ve kariyeri hızlı bir inişteydi.

Şimdi açıkta kaldım.

Ret protokolüne göre, ajanın mevcut görevini hemen bırakması ve "alandan" bir an önce çıkması gerekiyordu. Eğer ajan yakalanırsa Konsorsiyum ajanla ilgili tüm bilgileri reddedecekti. Konsorsiyum'un, gerçekleri kendi ihtiyaçlarına göre çarpıtabildiklerine ilk elden şahit olan ajanlar, organizasyonda şanslarını zorlamamaları gerektiğini iyi bilirdi.

Vayentha şimdiye dek reddedilen iki ajan tanıyordu. Ne tuhaftır ki, onları bir daha hiç görmemişti. Değerlendirme için çağrılıp, işten atıldıklarını ve Konsorsiyum çalışanlarıyla bir daha iletişim kurmamalarının istendiğini düşünürdü.

Ama artık o kadar emin değildi.

Kendi kendini, *aşırı tepki veriyorsun,* diyerek telkin etmeye çalıştı. *Konsorsiyum'un soğukkanlı cinayet işlemekten daha seçkin yöntemleri var.*

Buna rağmen, vücudunu soğuk bir ürpertinin kapladığını hissetti.

Brüder'in ekibinin geldiğini gördüğünde, otel çatısında gizlenmesini söyleyen sezgileriydi ve sezginin hayatını kurtarıp kurtarmadığını merak ediyordu.

Şimdi yerimi kimse bilmiyor.

Viale del Poggio'nun dar yollarından kuzeye doğru hızla yol alırken, son birkaç saatte ne kadar çok şeyin değiştiğini düşündü. Dün geceki kaygısı işini korumaktı. Şimdiyse hayatını korumak için endişe duyuyordu.

20. Bölüm

Floransa bir zamanlar duvarlarla çevriliydi. Şehrin ana girişi olan Porta Romana, 1326'da inşa edilmişti. Şehri çevreleyen duvarların büyük bir kısmı yüzyıllar önce yıkılmış olmasına rağmen Porta Romana günümüze dek ayakta kalmıştı. Trafik, kalın duvarların içindeki kavisli tünellerden akarak şehre giriyordu.

Giriş kapısı tuğla ve taştan oluşan on beş metre yüksekliğinde bir duvardı ve ana geçidindeki büyük sürgülü tahta kapılar hâlâ yerinde duruyordu. Bu kapılar trafiğin geçmesi için sürekli açık tutuluyordu. Altı büyük cadde kapıların önünde birleşerek bir döner kavşağa doğru akıyordu. Döner kavşağın ortasındaki çimenlik alanda, şehrin kapılarından kafasının üzerinde bir kadını taşıyarak ayrılan başka bir kadının betimlendiği büyük Pistoletto heykeli bulunuyordu.

Günümüzde bir trafik kâbusu haline gelmiş olan Floransa'nın sade şehir kapısı bir zamanlar Fiera dei Contratti'nin[1] yani, babaların kızlarını bir anlaşma karşılığında sattıkları ve daha yüksek drahomalar alabilmek için tahrik edici bir şekilde dans etmeye zorladıkları yerdi.

O sabah girişe birkaç yüz metre kala Sienna patinaj çekerek durmuş, endişeyle bir şeyi gösteriyordu. Trike'ın arkasında oturan Langdon ileri bakar bakmaz genç kadının endişesine

(1) Anlaşma Fuarı

katıldı. Önlerinde, kıpırdamadan duran uzun bir araba konvoyu uzanıyordu. Döner kavşaktaki trafik, bir polis barikatıyla durdurulmuştu ve sürekli yeni polis arabaları geliyordu. Silahlı polisler araba araba dolaşıp sorular soruyorlardı.

Langdon, *bu bizim için olamaz,* diye düşündü. *Yoksa olabilir mi?*

Terli bir bisikletçi Viale Niccolò Machiavelli'den onlara doğru geliyordu. Yatay bir bisikletin üzerindeydi ve pedal çevirirken çıplak bacakları öne çıkıyordu.

Sienna ona seslendi. *"Cos'è successo?"*[1]

Adam endişeli bir ifadeyle, *"E chi lo sa?"*[2] diye bağırdı. *"Carabinieri."*[3] Bir an önce bölgeden uzaklaşmak istiyormuş gibi hızla yoluna devam etti.

Sienna endişeli bir ifadeyle Langdon'a döndü. "Barikat var. Askeri polis."

Arkalarında sirenler çalıyordu. Sienna selenin üzerinde dönüp korku dolu gözlerle Viale Niccolò Machiavelli'ye baktı.

Langdon bir çıkış; ara yol, park, garaj yolu arayarak etrafa bakındı. Sol taraftaki özel mülkleri ve sağ taraftaki yüksek taş duvarı görünce, *kapana kısıldık,* diye düşündü.

Siren sesleri yaklaşıyordu.

Langdon otuz metre ilerideki ıssız bir inşaat alanını göstererek, "Şuraya," dedi. Seyyar beton karıştırıcısının biraz olsun kendilerini gizleyebileceğini düşünmüştü.

Sienna motosikleti kaldırıma çıkararak hızla inşaat alanına doğru ilerledi. Çimento karıştırıcısının arkasına park edip motosikletten indiklerinde karıştırıcının Trike motorunu bile ancak gizleyebildiğini fark ettiler.

Sienna taş duvarın önündeki çalıların arasına yerleştirilmiş portatif alet dolabına doğru koşarak, "Beni izle," dedi.

Langdon yaklaşırlarken burnunu kırıştırarak, *bu, alet dolabı değil,* diye düşündü. *Portatif tuvalet.*

---

(1) "Ne oldu?"
(2) "Kim bilir?"
(3) "Jandarma."

Langdon ve Sienna inşaat işçilerinin kimyasal tuvaletine vardıklarında arkalarından yaklaşan polis arabalarını duyabiliyorlardı. Sienna kapı kolunu çekti ama kapı hareket etmedi. Ağır bir zincir ve asma kilitle tutturulmuştu. Langdon, Sienna'yı kolundan tutup tuvaletle taş duvar arasındaki dar alana çekti. İkisi dar boşluğa zar zor sığıyorlardı ve havada yoğun bir idrar kokusu vardı.

Üzerine yazılmış CARABINIERI yazısıyla simsiyah bir Subaru Forester belirdiğinde Langdon, Sienna'nın hemen arkasına saklanmaya çalıştı. Araç yanlarından yavaşça geçip gitti.

Langdon şüpheyle, *İtalyan askeri polisi,* diye düşündü. Bu memurların kendilerini gördükleri yerde vur emri alıp almadıklarını merak etti.

Sienna, "Birinin bizi bulma konusunu oldukça ciddiye aldığı belli," diye fısıldadı. "Ve bir şekilde de buldular."

Langdon, "GPS mi?" diye yüksek sesle düşündü. "Belki de projektörün içinde bir izleme aygıtı vardır?"

Sienna başını iki yana salladı. "İnan bana, eğer o şey, izlenebilir olsaydı polis tepemizde olurdu."

Langdon sıkışık mekânda rahat bir pozisyon bulabilmek için uzun bedenini çevirince seyyar tuvaletin arka tarafına özenle yapılmış bir grafiti kolajıyla yüz yüze geldi.

Bu işi İtalyanlara bırakın.

Birçok Amerikan seyyar tuvaleti büyük göğüslere veya penislere benzetilmeye çalışılmış çocuk işi karikatürlerle dolu olurdu. Ama buradaki graffiti bir güzel sanatlar öğrencisinin çizim defterinden çıkmış gibiydi; bir insan gözü, detaylı çizilmiş bir el, bir adamın profili ve fantastik bir ejderha.

Sienna aklını okuyarak, "Mülke verilen zarar İtalya'nın her yerinde böyle görünmüyor," dedi. "Istituto d'Arte di Firenze[1] bu duvarın tam arkasında."

Bir grup öğrenci Sienna'nın sözlerini doğrulamak ister gibi kollarının altında resim dosyalarıyla uzakta belirdiler. Sohbet

(1) Floransa Sanat Enstitüsü

ediyor, sigaralarını içiyor ve Porta Romana'daki bariyere meraklı gözlerle bakıyorlardı.

Langdon ve Sienna öğrencilere görünmemek için eğilirken, Langdon aklına gelen tuhaf düşünceyle sarsıldı.

Bacakları havada bellerine kadar gömülmüş günahkârlar.

Belki de bunu hatırlamasının nedeni, insan dışkı kokusu ya da yatay bisikletçinin pedal çevirirken öne çıkan çıplak bacaklarıydı ama nedeni ne olursa olsun Langdon, Malebolge'nin kokuşmuş dünyasını ve topraktan çıkmış baş aşağı duran çıplak bacakları hatırlamıştı.

Aniden, Sienna'ya doğru döndü. "Sienna, bizim *La Mappa* versiyonumuzda, baş aşağı duran bacaklar onuncu hendekteydi, öyle değil mi? Malebolge'nin en alt seviyesinde?"

Sienna ona tuhaf bir şekilde baktı. "Evet, dipteydi."

Langdon bir an için Viyana'daki konferansına geri gitti. Sahnede duruyordu, finalden saniyeler önce izleyicilere Doré'nin Geryon oymasını göstermişti. Çalışmada Malebolge'nin tam üzerinde yaşayan, zehirli bir kuyruğa sahip kanatlı canavar betimlenmişti.

Langdon hoparlörlerden yankılanan boğuk sesiyle, "Şeytanla karşılaşmadan önce," dedi. "Malebolge'deki hilecilerin, başka bir deyişle bilerek kötülük yapanların cezalandırıldığı on hendekten geçmeliyiz."

Langdon, Malebolge'nin detayını göstermek için slaytları ilerletti ve sonra izleyicileri teker teker hendeklerden indirdi. "Tepeden dibe kadar, şeytanlar tarafından kamçılanan baştan çıkarıcılar... İnsan dışkısında sürüklenen dalkavuklar... Bacakları havada bellerine kadar gömülmüş fırsatçı rahipler... Başları arkaya doğru çekilmiş büyücüler... Kaynar zifte atılmış rüşvetçi politikacılar... Ağır kurşun pelerinler giymiş riyakârlar... Yılanlar tarafından ısırılan hırsızlar... Ateşte yakılan sahtekâr danışmanlar... Şeytanlar tarafından parçalara ayrılan fitneciler... ve son olarak, tanınmayacak hale getirilerek öldürülen yalancılar." Langdon seyircilere döndü. "Dante'nin bu son hendeği yalancılara ayırmasının sebebi, büyük ihtimalle bir dizi yalan yüzünden çok sevdiği Floransa'dan sürgün edilmiş olmasıdır."

"Robert?" Ses Sienna'ya aitti.

Langdon şimdiki zamana geri döndü.

Sienna soran gözlerle ona bakıyordu. "Ne oldu?"

Langdon heyecanla cevapladı. "Bizim *La Mappa* versiyonumuzda resim değiştirilmiş!" Ceketinin cebinden cihazı çıkarıp o dar alanda elinden geldiğince iyi sallamaya çalıştı. Karıştırıcı bilye yüksek sesle çatırdasa da siren sesleri onu bastırıyordu. "Bu resmi kim yaptıysa Malebolge'deki hendeklerin sıralamasını değiştirmiş!"

Alet parlamaya başlayınca Langdon onu önlerinde duran düz yüzeye doğrulttu. *La Mappa dell'Inferno* loş ışıkta parıldadı.

Langdon mahcup bir halde, *kimyasal tuvalette Botticelli,* diye düşündü. Burası, bir Botticelli'nin sergilendiği en kötü yer olmalıydı. Gözleriyle on hendeği taradıktan sonra heyecanla başını sallamaya başladı.

"Evet!" diye haykırdı. "Bu yanlış! Malebolge'nin son hendeğinde ölü insanlar olmalı, tepetakla duran insanlar değil! Onuncu seviye yalancılar için, fırsatçı rahipler için değil!"

Sienna şaşırmıştı. "Ama... biri bunu neden değiştirsin ki?"

Langdon her seviyeye eklenmiş küçük harflere bakarak, "Catrovacer," diye fısıldadı. "Söylemek istediği şeyin bu olduğunu sanmıyorum."

Son iki güne ait anılarını silen yaralanmaya rağmen hafızasının mükemmel bir şekilde çalıştığını hissedebiliyordu. Gözlerini kapadı ve *La Mappa*'nın iki versiyonunu gözlerinin önüne getirip aralarındaki farkı analiz etmeye çalıştı. Malebolge üzerinde yapılan değişiklikler Langdon'ın tahmin ettiğinden daha azdı... Yine de bir perdenin kalktığını hissediyordu.

Aniden her şey berraklaştı.

Ara, bulacaksın!

Sienna, "Ne oldu?" diye sordu.

Langdon'ın ağzı kurumuştu. "Neden Floransa'da olduğumu biliyorum."

"Biliyor musun?!"

"Evet ve nereye gitmem gerektiğini de biliyorum."

Sienna onun koluna yapışarak, "Nereye?" diye sordu.

Langdon hastanede uyandığından beri ilk kez ayaklarının yere bastığını hissediyordu. "Bu on harf," diye fısıldadı. "Aslında, eski şehirdeki bir yeri işaret ediyor. Cevaplar da orada."

Sienna, "Eski şehirde neresi?!" diye sordu. "Ne buldun?"

Portatif tuvaletin diğer tarafından gülme sesleri yükseldi. Bir grup öğrenci daha çeşitli dillerde şakalaşıp konuşarak oradan geçiyorlardı. Langdon kabinin arkasından gizlice bakıp gidişlerini izledi. Sonra etrafta polis olup olmadığını kontrol etti. "Gitmemiz gerekiyor. Yolda açıklarım."

"Yolda mı?!" Sienna başını iki yana salladı. "Porta Romana'dan asla geçemeyiz!"

Langdon, "Otuz saniye burada kal," dedi. "Sonra, beni izle."

Bunu söyledikten sonra yeni arkadaşını şaşkınlık içinde yalnız bırakıp oradan ayrıldı.

21. BÖLÜM

"*Scusi!"*[1] Robert Langdon öğrencilerin arkasından koştu. *"Scusate!"*[2]

Hepsi birden dönüp baktığında, Langdon yolunu şaşırmış bir turist gibi etrafına bakındı.

Bozuk İtalyancasıyla, *"Dov'è l'Istituto Statale d'Arte?"*[3] diye sordu.

Sigarasından bir nefes çeken dövmeli bir oğlan, alay eder gibi, *"Non parliamo Italiano,"*[4] diye yanıt verdi Fransız aksanıyla.

Kızlardan biri dövmeli arkadaşını azarlayarak Porta Romana'ya doğru uzanan uzun duvarı işaret etti. *"Più avanti, sempre dritto."*

Langdon, *düz ileride,* diye tercüme etti. *"Grazie."*[5]

Peşindeki Sienna, seyyar tuvaletin arkasından görünmeden yaklaştı. Otuz iki yaşındaki narin kadın gruba yaklaştığında, Langdon onun omzuna dostane biçimde sarıldı. "Bu benim kız kardeşim Sienna. Resim öğretmenidir."

Dövmeli çocuk, "T-I-L-F,"[6] diye mırıldanınca arkadaşları güldü.

---

(1) "Affedersiniz!"
(2) "Affedersiniz!"
(3) "Devlet Sanat Enstitüsü nerede?"
(4) "İtalyanca konuşmuyoruz."
(5) "Teşekkürler."
(6) "Teacher I would Like to Fuck."

Langdon onlara aldırış etmedi. "Yurtdışında öğretmenlik yapabileceğimiz yerleri bulmak için Floransa'ya geldik. Sizinle yürüyebilir miyiz?"

İtalyan kız gülümseyerek, *"Ma certo,"*(1) dedi.

Grup, Porta Romana'daki polise doğru ilerlerken, Sienna öğrencilerle konuşuyor, görünmemeye çalışan Langdon da grubun orta yerinden başını alçaltarak yürüyordu.

Ara, bulacaksın, diye düşünen Langdon, Malebolge'nin on hendeğini düşünürken yeniden heyecanlanmaya başladı.

Catrovacer. Langdon bu on harfin, sanat dünyasının en muammalı gizlerinden birinin, hiç çözülememiş olan yüzlerce yıllık bir bulmacanın merkezinde yer aldığını fark etti. 1563'te bu harfler, Floransa'da bulunan ünlü Vecchio Sarayı'ndaki duvarın üstüne bir mesajı yazmak için kullanılmıştı. Yerden on iki metre yükseğe yazıldığından, dürbünsüz görmek neredeyse olanaksızdı. 1970'lere kadar kimsenin dikkatini çekmeyen yazı; anlamını çözmek için on yıllarını harcayan ünlü bir sanat danışmanı tarafından fark edilmişti. Ortaya atılan sayısız teoriye karşın, mesajın anlamı bugün bile bir muammaydı.

Langdon'a şifre tanıdık geliyordu; bu yabancı ve çalkantılı denizde onun için güvenli bir limandı. Ne de olsa sanat tarihi ile antik sırlar, biyolojik tehlike taşıyan tüplerle ateşli silahlardan daha çok uzmanlık alanına giriyordu.

Porta Romana'ya akın etmiş olan polis arabalarını fark eden dövmeli çocuk, "Tanrım," dedi. "Aradıkları kişi çok yanlış bir şey yapmış olmalı."

Grup, Istituto d'Arte'nin sağ tarafındaki ana kapıya vardığında, bir öğrenci topluluğu Porta Romana'daki hareketliliği izliyordu. Okulun güvenlik görevlisi, sıradaki öğrencilerin kimliklerine istemeye istemeye baksa da polisin ne yaptığıyla hayli ilgilendiği belliydi.

(1) "Tabii ki."

Fazlasıyla tanıdık bir siyah minibüs Porta Romana'ya patinaj yaparak girerken, meydandan gelen tiz fren sesleri duyuldu.

Langdon'ın bir daha bakmasına gerek yoktu.

Durumu kavrayarak, Sienna ile tek kelime konuşmadan, yeni arkadaşlarıyla birlikte kapıdan içeri girdiler.

Istituto d'Arte'nin giriş yolu şaşılacak kadar güzel, hatta soylu görünüyordu. Dev meşe ağaçları her iki yandan yaptıkları kavisle uzakta geniş, oval bir bahçesi bulunan; üç revaklı, rengi solmuş büyük bir binayı çevreleyerek kubbe oluşturuyorlardı.

Langdon bu binanın, şehirdeki pek çokları gibi on beş, on altı ve on yedinci yüzyıllarda Floransa siyasetini elinde tutan ünlü bir hanedan tarafından yaptırıldığını biliyordu.

Medici'ler.

İsim, Floransa'da tek başına bir sembol haline gelmişti. Hüküm sürdüğü üç yüzyıl boyunca dört papa, iki Fransa kraliçesi ve Avrupa'daki en büyük finans kurumunu çıkaran Medici hanedanı, akıl almaz bir servet ve nüfuz sahibi olmuştu. Modern bankalar bugün bile Medici'lerin icat ettiği muhasebe yöntemini kullanıyorlardı: çift girişli borç-alacak sistemi.

Bununla birlikte Medici'lerin en büyük mirası finans veya politika değil, sanattı. Sanat dünyasının gördüğü belki de en savurgan patron olan Medici'ler, Rönesans'ı gerçek anlamda tetikleyen cömert bir sipariş akışı sağlamışlardı. Medici'lerin patronluğunda sipariş alan ünlüler listesi Vinci'den Galileo'ya ve Botticelli'ye kadar uzanıyordu. Botticelli'nin ünlü *Venüs'ün Doğuşu* tablosu, kuzenine yatağının başına asacağı, cinsel açıdan tahrik edici bir düğün hediyesi vermek isteyen Lorenzo de'Medici'nin siparişiyle yapılmıştı.

Cömertliği sebebiyle Muhteşem Lorenzo diye tanınan Lorenzo de'Medici, usta bir ressam ve şairdi; iyi bir gözü olduğu söylenirdi. 1489 yılında Lorenzo, Floransalı genç bir heykeltıraşın eserlerini beğenip onu Medici sarayında yaşamaya davet etmişti. Burada güzel sanatlar, muhteşem şiirler ve yüksek kültürle çevrili bir ortamda sanatını icra edebilecekti. Medici himayesi altındaki delikanlı, kendini geliştirip tarihin en ünlü iki heykelini oymuştu: *Pietà* ve *Davut*. Michelangelo ismiyle tanınan bu yaratıcı dev, kimi zaman Medici'lerin insanlığa en büyük hediyesi olarak anılır.

Medici'lerin sanat tutkusunu göz önüne alan Langdon ailenin, karşısında duran binanın hayat dolu bir sanat enstitüsüne dönüştürüldüğünü görmekten memnun olacağını düşündü. Bugün genç sanatçılara ilham veren bu sakin mekân, Floransa'da at binmek için en güzel yerlerden birine yakın olduğu için Medici'lerin ahırı olarak düşünülmüştü.

Boboli Bahçeleri.

Langdon yüksek duvarın ardında, ağaç tepelerinin oluşturduğu ormanın göründüğü sol tarafa göz gezdirdi. Geniş bir alana yayılan Boboli Bahçeleri şimdi turistlerin uğrak yerlerinden biriydi. Langdon, Sienna ile birlikte bahçelere girebileceğinden neredeyse emindi. Porta Romana'yı fark edilmeden atlayarak bahçeden geçip gidebilirlerdi. Ne de olsa bahçe arazisi genişti ve saklanacak çok yer vardı: ormanlar, labirentler, mağaralar, nimfalar. Daha da önemlisi, Boboli Bahçeleri'nden geçerek, yüz kırk odasıyla Floransa'ya gelen turistlerin en uğrak yerlerinden biri olan, bir zamanlar Medici grandükünü barındırmış Pitti Sarayı'na varacaklardı.

Langdon, *Pitti Sarayı'na varabilirsek, eski şehre giden köprüye bir adım mesafede olacağız*, diye düşündü.

Langdon bahçeyi çevreyelen duvarı elinden geldiğince sakin bir şekilde işaret etti. "Bahçelere nasıl gireceğiz?" diye sordu. "Istituto d'Arte'de dolaşmadan önce kardeşime göstermek istiyorum."

Dövmeli genç, başını iki yana salladı. "Bahçelere buradan giremezsiniz. Giriş, Pitti Sarayı'nın oradan. Porta Romana'dan geçip etrafından dolaşmanız gerekir."

Sienna, "Hay lanet," diye ağzından kaçırdı.

Langdon da dahil herkes dönüp ona baktı.

Sarı atkuyruğunu sallarken, öğrencilere cilveyle sırıtarak, "Yapmayın," dedi. "Yani siz şimdi ot içip aylaklık etmek için bahçelere gizlice girmiyor musunuz?"

Birbirlerine bakan öğrenciler kahkahalarla güldüler.

Dövmeli genç şimdi can evinden vurulmuş gibiydi. "Bayan, bence siz mutlaka burada öğretmenlik yapmalısınız." Sienna'yı binanın yan tarafına yürütüp arka taraftaki park yerinin köşesini işaret etti. "Soldaki şu kulübeyi görüyor musunuz? Arkasında eski bir platform var. Çatıya tırmanın, duvarın öbür tarafından aşağı atlayabilirsiniz."

Sienna yola koyulmuştu bile. Arkasını dönüp Langdon'a buyurgan bir edayla gülümsedi. "Haydi Bob abi. Tahta çitten atlayamayacak kadar yaşlanmadın değil mi?"

22. Bölüm

Minibüsteki gümüş saçlı kadın başını kurşun geçirmez cama yaslayıp gözlerini kapattı. Dünya, altında dönüyormuş gibi hissediyordu. Verdikleri ilaçlar onu hasta etmişti.

Tıbbi bakıma ihtiyacım var, diye düşündü.

Buna karşın, yanındaki silahlı koruma sıkı emirler almıştı: Görev başarıyla tamamlanana kadar kadının ihtiyaçlarına aldırış edilmeyecekti. Etrafındaki kargaşa seslerinden anladığı kadarıyla, yakın gelecekte de böyle bir şey olmayacaktı.

Şimdi başı daha çok dönüyor, nefes almakta güçlük çekiyordu. Yeni bir bulantı dalgasına karşı koymaya çalışırken hayatın kendisini bu gerçeküstü dört yol ağzına nasıl getirdiğini düşündü. Cevap, şu baygın haliyle başa çıkamayacağı kadar karmaşıktı ama her şeyin nasıl başladığına dair hiç şüphesi yoktu.

New York.

İki yıl önce.

Cenova'dan uçakla Dünya Sağlık Örgütü'nde direktörlük yaptığı Manhattan'a gitmişti. Herkesin imrendiği bu prestijli işi yaklaşık on yıldir sürdürüyordu. Bulaşıcı hastalıklar ve epidemolojik epidemi uzmanı olarak, Birleşmiş Milletler tarafından üçüncü dünya ülkelerindeki salgın hastalıklar üzerine bir konuşma yapması için davet edilmişti. Pek çok yeni erken tespit sisteminden, Dünya Sağlık Örgütü ve diğerlerinin tedavi planlarından bahsettiği konuşması iyimser ve endişe gidericiydi. Coşkulu bir alkış almıştı.

Konuşmanın ardından, bazı akademisyenlerle koridorda laflarken, üst düzey diplomasi nişanı taşıyan bir Birleşmiş Milletler çalışanı yanına gelip sohbeti böldü.

"Dr. Sinskey, az önce Dış İlişkiler Konseyi bizimle irtibata geçti. Sizinle görüşmek isteyen biri var. Bir araba dışarıda sizi bekliyor."

Şaşıran ve hafif de olsa sinirleri gerilen Dr. Elizabeth Sinskey izin isteyerek gruptan ayrılmış, sonra da çantasını toplamıştı. Bindiği limuzin Birinci Cadde'de ilerlerken sinirleri iyice bozulmaya başladı.

Dış İlişkiler Konseyi mi?

Pek çokları gibi Elizabeth Sinskey de söylentiler duymuştu.

1920'lerde özel bir düşünce topluluğu olarak kurulan Dış İlişkiler Konseyi'nin üyeleri arasında, dışişleri bakanlarının neredeyse tümü, yarım düzineden fazla başkan, CIA şeflerinin çoğu, senatörler, yargıçlar ve Morgan, Rothschild, Rockefeller gibi efsane hanedanlar vardı. Üyelerinin beyin gücü, siyasi nüfuzu ve serveti sayesinde Dış İlişkiler Konseyi "yeryüzündeki en nüfuzlu özel kulüp" unvanını kazanmıştı.

Dünya Sağlık Örgütü'nün direktörü olarak Elizabeth, iri çocuklarla omuz omuza çarpışmaya alışkındı. Dünya Sağlık Örgütü'ndeki uzun görevi açıksözlülüğüyle birleşince, onu dünyadaki en nüfuzlu yirmi insan arasında sayan önemli bir haber dergisinin onayını almıştı. Fotoğrafının altına, *"Dünya Sağlığının Yüzü"* yazmışlar, çocukluğunda hastalıktan başını kaldıramayan Elizabeth ise bunu ironik bulmuştu.

Altı yaşında ciddi astım hastası olduğundan, astımını inanılmaz bir hızla iyileştiren yeni bir ilaçtan –glukokortikoid veya steroit hormonları– yüksek dozlar verilerek tedavi edilmişti. Maalesef, ilacın beklenmedik yan etkileri yıllar sonra, Sinskey ergenliğe ulaşıp âdet görmeye başlamayınca meydana çıkmıştı. On dokuz yaşındayken, doktor muayenehanesinde üreme sisteminin kalıcı hasar gördüğünü öğrendiği o korkunç anı hiç unutmayacaktı.

Elizabeth Sinskey'nin çocuğu olamayacaktı.

Doktoru, *zaman boşluğu dolduracaktır,* diyerek onu teselli etse de bu, sadece içindeki üzüntü ve öfkeyi büyütmüştü. Çocuk sahibi olma imkânını elinden alan ilaçlar, bunu yapmak için gereken içgüdüleri yok etmeyi başaramamıştı. Bu doymak bilmez açlığını yıllarca bastırmaya uğraşmıştı.

Şimdi altmış bir yaşına yaklaşmasına rağmen, ne zaman bir anne ile çocuğunu görse içinde hep bu boşluğun acısını hissediyordu.

Limuzin şoförü, "Tam önümüzde Dr. Sinskey," dedi.

Gümüş rengi uzun buklelerini çabucak düzelten Elizabeth, aynadan yüzünü kontrol etti. Çok geçmeden araba durdu ve şoför, Manhattan'ın zengin bir bölgesindeki kaldırıma inmesine yardım etti.

Şoför, "Sizi burada bekleyeceğim," dedi. "Hazır olduğunuzda doğrudan havaalanına gidebiliriz."

Dış İlişkiler Konseyi'nin, Park ile Altmış Sekizinci caddelerin kesiştiği yerdeki New York merkezi, bir zamanlar Standard Oil imparatoruna ev sahipliği yapmış neoklasik, mütevazı bir binaydı. Seçkin çevresine kusursuzca uyum sağlayan dış cephesi, herhangi bir niyetin izini taşımıyordu.

İri yapılı bir kadın resepsiyonist, "Dr. Sinskey," diyerek onu karşıladı. "Bu taraftan lütfen. Sizi bekliyor."

Peki ama bu kadın kim? Elizabeth lüks bir koridordan kapalı bir kapıya kadar resepsiyonistin peşinden gitti. Kadın daha sonra kapıyı çaldı, açıp Elizabeth'e içeri girmesini işaret etti.

Elizabeth içeri girince kapı kapandı.

Küçük, karanlık konferans salonu bir ekranın parlaklığıyla aydınlanıyordu. Ekranın önünde leylek gibi uzun bir siluet kendisine bakıyordu. Yüzünü seçemese de gücünü hissedebiliyordu.

Adam gür bir sesle, "Dr. Sinskey," dedi. "Bana eşlik ettiğiniz için teşekkür ederim." Adamın belirgin aksanı Elizabeth'e İsviçre'den veya Almanya'dan geldiğini düşündürmüştü.

Salonun ön tarafındaki koltuğu gösterdi. "Lütfen oturun."

Tanışma yok mu? Elizabeth oturdu. Ekrana yansıyan garip görüntüler Elizabeth'in sinirlerini germişti. *Bu ne şimdi böyle?*

Siluet, "Bu sabah siz sunum yaparken oradaydım," dedi. "Konuşmanızı dinlemek için uzun bir yoldan geldim. Etkileyici bir performanstı."

"Teşekkür ederim," diye karşılık verdi.

"Ayrıca... yaşınıza ve dünya sağlığına düşkünlüğünüze rağmen, hayal ettiğimden çok daha güzel olduğunuzu söylemek istiyorum."

Elizabeth'in ağzı açık kalmıştı. Bu yorum her bakımdan hakaret sayılırdı. Karanlığa doğru gözlerini kısarak, "Affedersiniz?" dedi. "Siz kimsiniz? Ve beni niçin buraya çağırdınız?"

Uzun gölge, "Şaka yapmaya çalışmıştım, kusuruma bakmayın," diye karşılık verdi. "Ekrandaki görüntü niçin burada olduğunuzu açıklayacak."

Sinskey korkunç resme baktı: Çıplak bedenlerin oluşturduğu bir kalabalığın üzerinde birbirinin üstüne tırmanan hastalıklı bir insan denizi betimlenmişti.

Adam, "Büyük ressam Dorè." dedi. "Dante Alighieri'nin cehennem hayalini böyle dehşet verici bir şekilde yorumlamış. Umarım sizi rahatsız etmiyordur... çünkü gittiğimiz yer orası." Durup, yavaşça yaşlı kadının yanına yaklaştı. "Size nedenini söyleyeyim."

Ona doğru yaklaşırken, sanki her adımda daha da uzuyordu. "Bu kâğıdı alıp ortadan ikiye yırtarsam." Masaya gelince durdu, bir kâğıt aldı ve sesli bir şekilde ikiye böldü. "Ve bu iki parçayı üst üste koyarsam..." Kâğıtları üst üste koydu. "Ve bu işlemi tekrarlarsam..." Kâğıtları bir daha yırtıp üst üste koydu. "İlk baştakinden dört kat kalın bir kâğıt destem olmuş olur, öyle değil mi?" Sanki odanın karanlığında gözlerinden alevler fışkırıyordu.

Elizabeth onun küçümseyici ses tonundan ve saldırgan tavırlarından hoşlanmamıştı. Hiçbir şey söylemedi.

Adam yaklaşmaya devam ederken, "Farazi konuşuyorum," dedi. "İlk baştaki kâğıt, milimetrenin onda biri kalınlığındaysa ve bu işlemi tekrarlarsam... diyelim ki *elli* kez, destenin kalınlığının ne kadar olacağını biliyor musunuz?"

Elizabeth sinirlenmişti. Niyet ettiğinden daha sert bir sesle, "Biliyorum," diye cevap verdi. "Milimetrenin onda biri çarpı iki, üzeri elli. Buna geometrik dizi denir. Buraya neden çağrıldığımı öğrenebilir miyim?"

Sırıtan adam, etkileyici bir şekilde başını salladı. "Evet, peki çıkan sonucun nasıl görüneceğini tahmin edebiliyor musunuz? Milimetrenin onda biri çarpı iki, üzeri elli? Kâğıt destemizin kalınlığını biliyor musunuz?"

Elizabeth şaşırmamıştı. Yaptığı işte geometrik büyümeyle her zaman karşılaşırdı. Kirlilik artışı... enfeksiyonlu hücre çoğalması... ölüm oranı tahminleri. Kızgınlığını saklayamadan, "Size safça gelebilir ama ne demeye çalıştığınızı anladığımı sanmıyorum," dedi.

"Demeye çalıştığım şey mi?" Adam sessizce güldü. "İnsan nüfusunun büyüme tarihinin daha da çarpıcı olduğunu söylemeye çalışıyorum. Dünya nüfusu da tıpkı kâğıt destemiz gibi başlangıçta yavaşça büyüdü... ama korkunç bir potansiyeli vardı."

Yeniden adım atmaya başlamıştı. "Şunu bir düşünün. *Bir* milyar insana ulaşmak, ilk insandan 1800'lere kadar dünya nüfusunun binlerce yılını aldı. Ama 1920'lerde nüfusun iki katına çıkıp *iki* milyara ulaşması şaşırtıcı bir şekilde sadece yüz yıl aldı. Bundan sonra nüfusun yeniden ikiye katlanıp 1970'lerde *dört* milyara ulaşması ise sadece elli yıl aldı. Tahmin edebileceğiniz gibi, pek yakında sekiz milyara ulaşacağız. Sadece bugün, insan türü Dünya gezegenine çeyrek milyon kişi daha kattı. Çeyrek *milyon*.

Ve bu her gün oluyor. Her yıl Almanya nüfusu kadar insanı aramıza katıyoruz."

Elizabeth'in tepesinden bakan adam aniden sustu. "Kaç yaşındasınız?"

Dünya Sağlık Örgütü'nün başındaki kişi olarak, düşmanlığı diplomasiyle savuşturmaya alışkın olsa da, hakaret içeren bir soru daha gelmişti. "Altmış bir."

"Seksen yaşına kadar, on dokuz yıl daha yaşarsanız, yaşadığınız süre içinde nüfusun üçe katlandığına şahit olacağınızı biliyor muydunuz? Bir ömür ve üçe katlanan nüfus... Sonuçlarını bir düşünün. Bildiğiniz gibi Dünya Sağlık Örgütü tahminlerini yükselterek, yüzyılın ortasına varmadan yeryüzünde dokuz milyar insan yaşayacağını öngördü. Hayvan türleri hızla yok oluyor. Doğal kaynaklara olan talep hızla artıyor. Temiz su bulmak gittikçe güçleşiyor. Her türlü biyolojik ölçüme göre, kendi türümüz kaldırabileceği sayıyı aştı. Ve bu felaket karşısında Dünya Sağlık Örgütü, yani bir anlamda dünya sağlığının bekçisi; diyabet tedavisi, kan bankası, kanserle mücadele gibi alanlara yatırım yapıyor." Durup, doğrudan kadının gözlerine baktı. "Ben de size, Dünya Sağlık Örgütü'nün bu meseleyle neden ilgilenme cesaretini göstermediğini sormak istiyorum."

Artık Elizabeth'in siniri tepesine fırlamıştı. "Kimsiniz bilmiyorum ama, Dünya Sağlık Örgütü'nün nüfus artışını ciddiye aldığını çok iyi biliyorsunuzdur. Daha yakın zaman önce, Afrika'ya bedava prezervatif götürüp insanları nüfus planlaması hakkında bilgilendirecek doktorlar göndermek için milyonlarca dolar harcadık."

Adam, "Ah, evet!" diye alay etti. "Daha da büyük bir Katolik misyoner ordusu hemen arkanızdan gidip Afrikalılara, prezervatif kullanırlarsa cehenneme gideceklerini anlattı. Şimdi Afrika'nın yeni bir çevre sorunu var: Kullanılmamış prezervatif dolu araziler."

Elizabeth bir şey söylememek için kendini zor tuttu. Bu konuda haklıydı ama modern Katolikler, Vatikan'ın üreme meselelerine karışmasını engellemeye başlıyordu. Aralarında en bilineni, Kilise'nin öfkesini üzerine çekmeyi göze alarak dünyada nüfus planlamasının yaygınlaşmasına yardımcı olmak adına beş yüz altmış milyon dolar bağış sözü veren, dindar Katolik Melinda Gates olmuştu. Elizabeth Sinskey televizyonda pek çok kez, kuruluşu aracılığıyla dünya sağlığının gelişmesi için yaptıkları şey sebebiyle Bill ve Melinda Gates'in aziz ilan edilmesi gerektiğini söylemişti. Ne yazık ki, azizlik payesi veren tek kurum, ne kadar dindar bir çaba gösterdiklerini kavrayamıyordu.

Uzun siluet, "Dr. Sinskey," diye devam etti. "Dünya Sağlık Örgütü'nün anlayamadığı şey, tek bir küresel sağlık sorunu olduğu." Yeniden ekrandaki dehşet verici resmi gösterdi. "İşte bu da o." Sustu. "Bir bilim insanı olduğunuzu biliyorum ve bu yüzden belki de sanat tarihi veya resim dersi almamışsınızdır. Daha iyi anladığınız dilde konuşacak başka bir resim göstereyim."

Oda bir anlığına karardıktan sonra ekrandaki görüntü yenilendi.

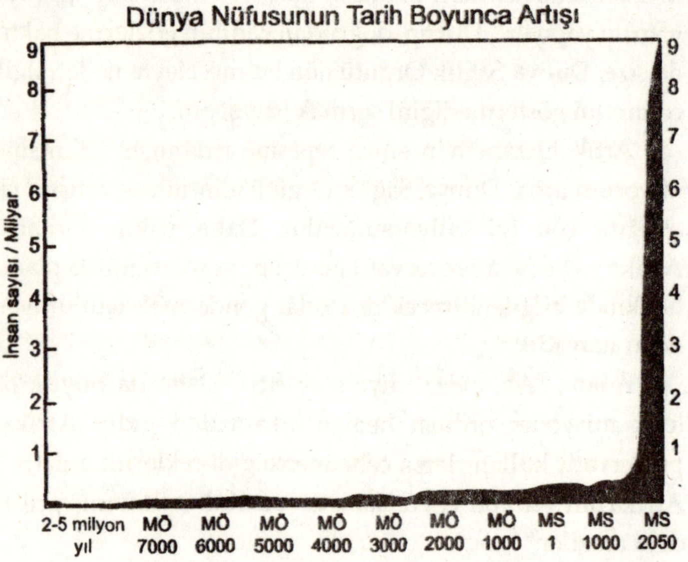

Bu yeni resmi Elizabeth daha önce defalarca görmüştü... her seferinde ürkütücü bir çaresizlik hissi verirdi.

Oda derin bir sessizliğe boğuldu.

Leylek görünüşlü adam, "Evet," dedi. "İnsanlar bu resim karşısında sıklıkla dehşete düşer. Buna bakmak, insanın üzerine gelen bir tren görmesine benziyor." Adam yavaşça Elizabeth'e dönüp küçümseyici bir tavırla gülümsedi. "Sorunuz var mı Dr. Sinskey?"

"Bir sorum var," diye tersledi Elizabeth. "Beni buraya nutuk atmak için mi, yoksa hakaret etmek için mi çağırdınız?"

"Her ikisi de değil." Ürkütücü bir ses tonuyla yaşlı kadını kandırmaya çalışıyor gibiydi. "Sizi birlikte çalışmak için çağırdım. Nüfus artışının bir sağlık sorunu olduğunu anladığınıza hiç şüphem yok. Fakat korkarım, insan ruhunu etkileyeceğini anlamıyorsunuz. Nüfus artışı stresi altında daha önce çalmayı aklından geçirmemiş olanlar, ailelerini doyurmak için hırsızlık yapacak. Daha önce öldürmeyi aklından geçirmemiş olanlar, çocuklarını beslemek için cinayet işleyecek. Dante'nin ölümcül günahlarının hepsi; cinayet ve diğerleri, buharlaşan huzurumuzla güçlenip, insanlık yüzeyine yükselerek içimize sızmaya başlayacak. İnsan ruhuyla ilgili bir savaş veriyoruz. "

"Ben bir biyoloğum. Hayat kurtarıyorum... ruh değil."

"Öyleyse önümüzdeki yıllarda hayat kurtarmanın giderek güçleşeceğine sizi temin edebilirim. Nüfus artışı, ruhsal memnuniyetsizlikten daha fazlası demektir. Machiavelli'nin yazdığı pasajda..."

Ünlü sözleri hatırlayarak, "Evet," diye sözünü kesti Elizabeth. "Dünyadaki her bir vilayet bulundukları yerde geçim sağlayamayan veya başka bir yere taşınamayan sakinlerle dolup taştığında... dünya kendini temizleyecek." Gözlerini adama dikti. "Dünya Sağlık Örgütü'ndekilerin hepsi bu sözü gayet iyi bilir."

"Güzel, o halde Machiavelli'nin dünyanın kendini temizlemesiyle ilgili olarak salgınlardan bahsettiğini biliyorsunuzdur."

"Evet, konuşmamda belirttiğim gibi, nüfus yoğunluğuyla yaygın bulaşıcı hastalıkların doğrudan ilintili olduğunu hepimiz biliyoruz ama sürekli yeni tespit ve tedavi yöntemleri geliştiriyoruz. Dünya Sağlık Örgütü gelecekteki salgınları engelleyebileceğimize inanıyor."

"Çok yazık."

Elizabeth hayretle bakıyordu. "Anlayamadım?!"

Adam tuhaf bir kahkaha atarken, "Dr. Sinskey," dedi. "Salgınları önlemek iyi bir şeymiş gibi konuşuyorsunuz."

Dr. Sinskey hiçbir şey diyemeden ağzı açık bir halde adama bakakaldı.

Uzun boylu adam, davasını savunan bir avukat gibi, "Anlatayım," dedi. "Burada Dünya Sağlık Örgütü'nün başındaki kişiyle beraberim. Korkunç bir fikir olduğunu düşünebilirsiniz. Size, yaklaşmakta olan sefaletin resmini gösterdim." Ekrandaki görüntüyü yenileyince tekrar cesetler belirdi. "Kontrolsüz nüfus artışının gücünü hatırlattım." Küçük kâğıt destesini gösterdi. "Sizi, ruhani bir çöküşün eşiğinde olduğumuz konusunda aydınlattım." Susup, kadına baktı. "Peki sizin cevabınız ne? Afrika'da bedava prezervatif." Adam alaycı bir ifadeyle dudağını büktü. "Bu, yaklaşan astroide sinek kovucu sıkmak gibi bir şey. Saatli bomba artık çalışmıyor. Durdu ve zorlayıcı tedbirler alınmazsa, *üstel matematik* yeni tanrınız olacak... ve bunun, intikamcı bir tanrı olacağı kesin. Dante'nin hayalindeki cehennemi Park Caddesi'nin hemen önüne getirecek... Kendi dışkılarının içinde yuvarlanan insan kalabalığı. Doğanın şefliğindeki küresel bir ayıklama işlemi."

Elizabeth, "Öyle mi?" diyerek atıldı. "Söyler misiniz, sizin sürdürülebilir gelecek hayalinizde, dünyanın ideal nüfusu nedir acaba? İnsanlığın kendini sonsuza dek... rahat bir şekilde geçindirebileceği sihirli sayı?"

Soruyu takdir ettiği anlaşılan uzun boylu adam gülümsedi. "Hemen her çevre biyoloğu veya istatistikçi, insanlığın uzun süre hayatta kalma ihtimalinin yaklaşık dört milyar kişiyle mümkün olacağını söyleyecektir."

Elizabeth hışımla, "*Dört* milyar mı?" dedi. "Şimdi bile yedi milyar kişiyiz, bunun için biraz geç."

Uzun boylu adamın yeşil gözlerinde alevler yandı. "Öyle mi?

23. BÖLÜM

Robert Langdon, Boboli Bahçeleri'nin sık ağaçlı güney tarafındaki istinat duvarının dibindeki yumuşak toprağa sertçe düştü. Sienna da onun yanına düştükten sonra ayağa kalktı ve etrafı incelerken üzerine çekidüzen verdi.

Küçük bir ormanın sınırındaki yosun ve eğreltiotu alanının içinde duruyorlardı. Buradan, Pitti Sarayı hiç görünmüyordu ve Langdon bahçenin içinde saraydan kendileri için yeterli uzaklıkta bulunduklarını düşündü. En azından günün bu erken saatinde turistler ve işçiler buralara kadar gelmiyorlardı.

Langdon karşılarındaki ormana doğru inen çakıltaşlı patikaya baktı. Patikanın ağaçların arasında kaybolduğu yerde, mermer bir heykel, göze çarpacak şekilde yerleştirilmişti. Langdon şaşırmadı. Boboli Bahçeleri; Niccolò Tribolo, Giorgio Vasari ve Bernardo Buontalenti'nin olağanüstü tasarım yeteneklerini barındırıyordu. Bu estetik danışman grubu, birkaç hektarlık, üzerinde yürünebilen bir şaheser yaratmıştı.

Langdon patikanın aşağısını göstererek, "Kuzeydoğuya doğru ilerlersek saraya ulaşırız," dedi. "Orada turistlerin arasına karışıp kimseye görünmeden dışarı çıkabiliriz. Sanırım, saray dokuzda açılıyor."

Saati kontrol etmek için aşağı baktı ama bir zamanlar Mickey Mouse saatinin takılı olduğu bileği artık boştu. Saatin kıyafetlerinin geri kalanıyla birlikte hastanede olup olmadığını ve ona yeniden kavuşup kavuşamayacağını merak etti.

Sienna ayağını sertçe yere basarak, "Robert yeni bir adım atmadan önce nereye gittiğimizi bilmek istiyorum. Orada aklına ne geldi? Sıralamanın yanlış olduğunu söyledin."

Langdon ilerideki ağaçlık alanı işaret etti. "Önce gözden kaybolalım." Sienna'yı, içinde ahşap görünümlü bankların ve küçük bir çeşmenin bulunduğu, etrafı kapatılmış bir çukura doğru kıvrılan bir patikaya yönlendirdi. Ağaçların altındaki hava nispeten daha serindi.

Langdon projektörü cebinden çıkarıp sallamaya başladı. "Sienna bu dijital görüntüyü kim oluşturduysa sadece Malebolge'nin günahkârlarına harfler eklemekle kalmamış, aynı zamanda günahların sıralamasını da değiştirmiş." Bankın üzerine çıkıp Sienna'nın tepesinde dururken projektörü aşağı doğru tuttu. Botticelli'nin *La Mappa dell'Inferno*'su, Sienna'nın yanındaki düz bankın üzerinde belli belirsiz canlandı.

Langdon huninin dibindeki sıralı alanı gösterdi. "Malebolge'nin on hendeğindeki harfleri görüyor musun?"

Sienna projeksiyonda harfleri bulup tepeden aşağı doğru okudu. "Catrovacer."

"Doğru. Anlamsız."

"Ama sonra on hendeğin yerlerinin karıştırılmış olduğunu mu fark ettin?"

"Aslına bakarsan, bundan daha kolay. Eğer bu seviyeleri on kartlık bir deste gibi düşünürsek, deste karıştırılmamış, sadece bir kere kesilmiş. Kesildikten sonra kartlar doğru sırada kalıyor ama sıralama yanlış kartla başlıyor." Langdon, Malebolge'nin on hendeğini işaret etti. "Dante'nin metninde, en tepedeki baştan çıkarıcılar şeytanlar tarafından kamçılanıyor olmalıydı. Ama bu versiyonda baştan çıkaranlar... yedinci hendekte."

Sienna solmakta olan görüntüye bakarak başını salladı. "Tamam, görüyorum. İlk hendek burada yedinci hendek olmuş."

Langdon cihazı cebine atıp aşağı atladı. Küçük bir çubuk alıp toprağın üzerine harfleri yazmaya başladı. "Değiştirilmiş cehennem versiyonumuzda harfler bu şekilde görülüyor."

C
A
T
R
O
V
A
C
E
R

Sienna, "Catrovacer," diye okudu.

"Evet. Ve 'deste' işte buradan kesilmiş." Langdon yedinci harfin altına bir çizgi çizip Sienna'nın, yaptığı bu çalışmayı incelemesini bekledi.

C
A
T
R
O
V
A

C
E
R

Sienna, "Tamam," dedi. "Catrova. Cer."

"Evet ve kartları tekrar düzene sokmak için desteyi kesmeden aşağıdakileri en üste koyuyoruz. İki parça yer değiştiriyor."

Sienna harflere baktı. "Cer. Catrova." Bir şey anlamayarak omuzlarını silkti. "Hâlâ anlamsız..."

Langdon, "Cer catrova." diye tekrar etti. Biraz bekledikten sonra kelimeleri birbirlerine kaynaştırarak tekrarladı. "Cercatrova." Sonunda, ortada biraz boşluk bırakarak söyledi. "Cerca trova."

Sienna nefesini tutup Langdon'a baktı.

Langdon gülümseyerek, "Evet," dedi. "Cerca trova."

İki İtalyanca kelime, *cerca* ve *trova* tam olarak "ara" ve "bul" anlamına geliyordu. Bir cümle haline geldiğinde, dini vecize; "Ara, bulacaksın," sözünün karşılığıydı.

Sienna nefes nefese, "Halüsinasyonların!" diye haykırdı. "Peçeli kadın! Sana sürekli ara ve bul diyordu!" Ayağa fırladı. "Robert, bunun ne anlama geldiğinin farkında mısın? *Cerca trova* kelimelerinin bilinçaltında olduğu anlamına geliyor. Anlıyor musun? Bu cümleyi hastaneye gelmeden önce okumuş olmalısın! Projektördeki görüntüyü büyük ihtimalle daha önce görmüşsün... ama unutmuşsun!"

Haklı, diye düşündü, monograma o kadar odaklanmıştı ki, bütün bunları daha önceden görmüş olabileceği hiç aklına gelmemişti.

"Robert, daha önce *La Mappa*'nın eski şehirde belirli bir yeri işaret ettiğini söylemiştin. Ama neresi olduğunu hâlâ anlayamadım."

"*Cerca trova* senin için bir şey ifade etmiyor mu?"

Sienna omzunu silkti.

Langdon içinden güldü. *Sonunda, Sienna'nın bilmediği bir şey çıktı.* "Anlaşıldığı kadarıyla, bu cümle Vecchio Sarayı'nda asılı olan ünlü bir duvar resmini işaret ediyor; Giorgio Vasari'nin Beş Yüz Salonu'ndaki *Battaglia di Marciano*'sunu.[1] Resmin tepesinde, açıkça görünecek şekilde Vasari minik harflerle *cerca trova* yazmış. Bunu neden yaptığına dair birçok teori var ama kesin bir kanıt henüz bulunamadı."

Küçük bir hava taşıtının tiz sesli vınlaması tam tepelerinde duyuldu, aniden ortaya çıkmıştı ve tepelerindeki ağaçlık tenteyi

---

(1) Marciano Savaşı

tarıyordu. Ses çok yakından geliyordu. Araç geçerken Langdon ve Sienna oldukları yerde donup kaldılar.

Langdon ağaçların arasından uzaklaşan araca baktı. Yan yatarak yön değiştiren, bir metre uzunluğundaki, uzaktan kumandalı helikoptere bakarken nefes verip, "Oyuncak helikopter," dedi.

Sienna yine de tetikteydi. "Başını eğ."

Küçük helikopter havada bir dönüş yapıp tekrar onlara doğru gelmeye başlamıştı. Ağaçların tepelerini tarayarak üzerlerinden geçip sol taraftaki açık alana doğru ilerledi.

Sienna, "Bu oyuncak değil," diye fısıldadı. "Bir keşif aracı. Büyük ihtimalle, üzerinde birilerine canlı görüntüler gönderen bir video kamera var."

Langdon, helikopterin Porta Romana ve Istituto d'Arte'ye doğru ilerleyişini izlerken dişlerini sıktı.

Sienna, "Bu insanların kim olduklarını da, senin ne yaptığını da bilmiyorum ama birtakım nüfuzlu kişiler seni bulmaya kararlılar," dedi.

Helikopter tekrar yan yatıp biraz önce atladıkları duvarın üzerinden yavaşça geçti.

Sienna patikadan aşağı inerken, "Istituto d'Arte'den biri bizi görüp haber vermiş olmalı," dedi. "Buradan hemen gitmeliyiz."

Helikopter bahçelerin uzak taraflarına doğru ilerlerken, Langdon toprağa yazdığı harfleri ayağıyla sildi ve Sienna'nın arkasından hızla ilerlemeye başladı. Zihni, Giorgio Vasari'nin duvar resminde yazılı olan *cerca trova* ile meşgul olduğu kadar, Sienna'nın projektörün mesajını daha önce okumuş olduğunu söylemesiyle de meşguldü. *Ara, bulacaksın.*

İkinci açık alana geldiklerinde, Langdon'ın aklına şaşırtıcı bir fikir geldi. Yüzünde sersemlemiş bir ifadeyle ağaçlık patikada aniden durdu.

Sienna da durdu. "Robert? Ne oldu?!"

Robert, "Ben masumum," dedi.

"Sen neden bahsediyorsun?"

"İnsanların beni... çok korkunç bir şey yaptığım için takip ettiklerini sanmıştım."

"Evet, hastanede sürekli 'çok üzgünüm' diye sayıklıyordun."

"Biliyorum. Ama İngilizce konuştuğumu sanıyordum."

Sienna şaşkın bir ifadeyle ona baktı. "Zaten İngilizce konuşuyordun!"

Langdon'ın mavi gözlerinden heyecan okunuyordu. "Sienna, ben 'çok üzgünüm' diye sayıklarken, özür dilemiyordum. Vecchio Sarayı'ndaki duvar yazısının içindeki gizli mesajı mırıldanıyordum!" Aşırı heyecanlı sesinin kaydını hâlâ duyabiliyordu. *Ve... sorry. Ve... sorry.*

Sienna ona baktı.

"Anlamıyor musun?!" Langdon sırıtıyordu. "Ben ressamın adını söylüyordum... *Va...sari, Vasari!*"

24. Bölüm

Vayentha sertçe frene bastı.

Motosikletinin arka tekerleği tiz bir fren sesinin eşliğinde savrulup Viale del Poggio Imperiale'de uzun bir iz bıraktıktan sonra beklenmedik bir trafik kuyruğunun arkasında aniden durdu. Viale del Poggio Imperiale hiç hareket etmiyordu.

Buna zamanım yok!

Vayentha kafasını arabaların üzerinden uzatıp beklemeye neyin sebep olduğunu görmeye çalıştı. TTD ekibini ve apartmandaki kargaşayı atlatmak için zaten geniş bir daire çizmek zorunda kalmıştı. Şimdi de bu görevin son birkaç gününde, kaldığı otel odasını boşaltmak için eski şehre gitmesi gerekiyordu.

Reddedildim, olanlardan sonra bu şehirden bir an önce gitmeliyim!

Ne var ki kötü şansı yakasını bırakmıyor gibiydi. Eski şehre gitmek için seçtiği yol kapalıydı. Bekleyecek durumda olmayan Vayentha, motosikleti uygun boşluklardan geçirip kavşağa gelene kadar dar emniyet şeridinde hızla sürdü. İleride altı büyük caddenin birleştiği tıkalı bir kavşak vardı. Burası, eski şehrin girişi olan Porta Romana'ydı; Floransa'nın en yoğun trafiğe sahip kavşaklarından biri.

Burada neler oluyor?!

Vayentha artık tüm bölgenin polis kaynadığını görebiliyordu; barikat ya da kontrol noktası gibi bir şey vardı. Saniyeler sonra hareketliliğin ortasında onu şaşırtan bir şey fark etti, tanıdık bir siyah minibüsün etrafındaki siyah kıyafetli adamlar yerel polise emirler yağdırıyorlardı.

Bu adamlar hiç kuşkusuz TTD ekibindendi ama Vayentha onların burada ne yaptıklarını anlayamadı.

Tabii eğer...

Vayentha olasılığı düşünmeye bile korkarak yutkundu. *Langdon, Brüder'i de mi atlatmış?* Bu imkânsız geliyordu. Kaçış şansı neredeyse sıfırdı. Ama Langdon yalnız çalışmıyordu ve Vayentha, sarışın kadının ne kadar becerikli olduğunu bizzat tecrübe etmişti.

Yakınlarda bir polis memuru belirdi. Araba araba dolaşarak kahverengi gür saçlı, yakışıklı bir adamın fotoğrafını gösteriyordu. Vayentha, Robert Langdon'ın basın fotoğrafını hemen tanıdı ve yüreği ağzına geldi.

Brüder onu elinden kaçırmış...

Langdon hâlâ oyunda!

Tecrübeli bir stratejist olan Vayentha, anında bu gelişmenin kendi durumunu nasıl değiştireceğini düşünmeye başladı.

Birinci seçenek, hemen kaç.

Vayentha, Amir için kritik bir işi batırmış ve bu yüzden reddedilmişti. Şanslıysa, resmi bir soruşturmayla karşı karşıya kalacak ve kariyeri sona erecekti. Ama şanssızsa ve işvereninin ciddiyetini hafife aldıysa, hayatının geri kalanını arkasını kollayarak ve Konsorsiyum'un kendisine pusu kurup kurmadığını düşünerek geçirecekti.

Şimdi, ikinci bir seçenek var.

Görevini tamamla.

Görevde kalmak ret protokolüne kesinlikle aykırıydı ama Langdon hâlâ kaçak olduğu için Vayentha'nın eline asıl talimata göre devam etme fırsatı geçmişti.

Nabzı hızlanırken, *eğer Brüder, Langdon'ı yakalayamazsa,* diye düşündü. *Ve eğer ben başarılı olursam...*

Vayentha bunun uzak bir ihtimal olduğunu biliyordu ama eğer Langdon, Brüder'den kurtulmayı başardıysa ve eğer Vayentha yine devreye girip işi bitirebilirse Konsorsiyum için tek başına günü kurtarmış olacaktı ve Amir hoşgörülü davranmak zorunda kalacaktı.

İşimi kaybetmem, diye düşündü. *Hatta, terfi bile edebilirim.*

Vayentha bir anda tüm geleceğinin kritik bir girişime bağlı olduğunu fark etti. *Langdon'ın yerini bulmalıyım...Brüder'den önce.*

Bu hiç kolay olmayacaktı. Brüder'in emrinde sonsuz insan gücü ve gelişmiş izleme teknolojileri vardı. Vayentha ise yalnız çalışıyordu. Ama Brüder'in, Amir'in ve polisin bilmediği bir bilgiye sahipti.

Langdon'ın nereye gideceği hakkında iyi bir fikrim var.

BMW'sinin motorunu çalıştırıp tam tersi yöne döndü ve geldiği tarafa doğru ilerlemeye başladı. Kuzeye giden köprüyü gözünün önüne getirerek, *Grazie Köprüsü,* diye düşündü. Eski şehre giden başka bir yol daha vardı.

25. Bölüm

Langdon, *demek özür değilmiş,* diye düşündü. *Ressamın ismiymiş.* Bir adım geriye giden Sienna, "Vasari," derken kekeledi. "Duvar resmine *cerca trova* kelimelerini saklayan ressam."

Langdon gülümsemekten kendini alamadı. *Vasari. Vasari.* Bunun ortaya çıkması, tuhaf durumunu aydınlatmakla kalmamıştı; sürekli üzgün olduğunu söylediği, yapmış olabileceği korkunç şeyi de artık düşünmesi gerekmediği anlamına geliyordu.

"Robert, yaralanmadan önce bu Botticelli resmini projektörde görmüş olmalısın. Vasari'nin resmindeki bir şifreyi içerdiğini de biliyordun. Bu yüzden Vasari'nin ismini sayıklayıp durdun!"

Langdon tüm bunların ne anlama geldiğini hesaplamaya çalıştı. On altıncı yüzyıl ressam, mimar ve yazarı Giorgio Vasari, Langdon'ın genellikle "dünyadaki ilk sanat tarihçisi" diye bahsettiği biriydi. Yapmış olduğu yüzlerce resme, tasarladığı onlarca binaya rağmen, bıraktığı en kalıcı miras kitabı *Li Vite de'più Eccellenti Architetti, Pittori, et Scultori*(1) olmuştu. Bugüne dek sanat tarihi öğrencilerinin okuması gerekenler arasında yer alan kitap, İtalyan sanatçıların biyografilerini içeren bir derlemeydi.

Otuz yıl önce, Vecchio Sarayı'nın Beş Yüz Salonu'nda bulunan geniş tablosundaki "gizli mesaj" keşfedildiğinde Vasari, *cerca trova* kelimeleriyle yeniden akıllara girmişti. Yeşil bir savaş

(1) En Mükemmel Ressam, Heykeltıraş ve Mimarların Hayatı

flamasının üstündeki minik harfler, savaş sahnesinin kargaşasında güçlükle seçilebiliyordu. Vasari'nin bu garip mesajı neden resmine eklediği konusunda bir uzlaşmaya varılamamış olsa da, gelecek nesillere duvarın arkasındaki üç santimetrelik boşluğa saklanmış kayıp bir Leonardo da Vinci freskinin varlığına dair ipucu bıraktığı teorisi hâkimdi.

Sienna heyecanla ağaçların arasından bakıyordu. "Hâlâ anlamadığım bir şey var. Üzgün olmanı gerektirecek bir şey yapmadıysan insanlar seni neden öldürmeye kalktı?"

Langdon da aynı şeyi merak ediyordu.

Uzaklardaki takip helikopterinin vınlama sesi yeniden yükselince Langdon karar verme zamanının geldiğini anlamıştı. Vasari'nin *Battaglia di Marciano*'sunun Dante'nin *Cehennem*'i ile bağlantısını kuramıyor, önceki akşam aldığı kurşun yaralarına anlam veremiyordu, ama karşısında somut bir yol vardı.

Cerca trova.

Ara ve bul.

Langdon bir kez daha gümüş saçlı kadının kendisine nehrin karşısından seslendiğini gördü. *Zaman daralıyor!* Langdon bir cevabı varsa, Vecchio Sarayı'nda bulunacağını hissediyordu.

Şimdiyse, Ege adalarının mercan mağaralarında ıstakoz avlayan eski Yunanlı dalgıçların sözünü hatırlamıştı: *Karanlık bir tünelde yüzerken nefessiz kaldığın dönüşü olmayan bir nokta gelir. Tek çaren, bilinmeyene doğru ileri yüzmek ve bir çıkış olması için dua etmektir.*

Langdon bu noktaya gelip gelmediklerini merak ediyordu.

Karşılarındaki bahçe labirentine göz gezdirdi. Sienna'yla birlikte Pitti Sarayı'na varabilirlerse eski şehir, dünyanın en ünlü yaya köprüsü olan Vecchio Köprüsü'ne yürüme mesafesinde kalacaktı. Daima kalabalık olduğundan saklanmak için iyi bir yerdi. Vecchio Sarayı buradan birkaç blok uzaklıktaydı.

Helikopterin sesi şimdi daha yakından geliyordu. Langdon o an yorgunluktan halsiz düştüğünü hissetti. "Çok üzgünüm" demesini gerektirmeyecek bir şey yapmadığını fark edince, polisten neden kaçtığı konusunda aklı karışmıştı.

Langdon, "Beni sonunda yakalayacaklar Sienna," dedi. "Belki de artık kaçmayı bıraksam daha doğru olacak."

Sienna korkuyla ona baktı. "Robert ne zaman duracak olsan birisi sana ateş etmeye başlıyor! Neye bulaştığını öğrenmen lazım. Şu Vasari resmine bakıp hafızanı geri getirmesini sağlamalısın. Belki de bu projektörün nereden geldiğini ve onu neden taşıdığını öğrenmene yardımı dokunur."

Langdon, Dr. Marconi'yi soğukkanlılıkla öldüren kirpi saçlı kadını gözünde canlandırdı... Kendilerine ateş eden askerleri... Porta Romana'da toplaşan İtalyan askeri polisini... Şimdi de Boboli Bahçeleri'nde onları takip eden helikopteri. Yorgun gözlerini ovuştururken seçeneklerini gözden geçiren Langdon sustu.

"Robert?" Sienna sesini yükseltmişti. "Başka bir şey var... şimdiye dek önemli gelmemişti ama şimdi öyle görünüyor."

Genç kadının sesinde giderek artan ciddiyet karşısında Langdon bakışlarını kaldırdı.

"Sana evdeyken söyleyecektim ama..."

"Nedir?"

Rahatsız olmuş gibi görünen genç kadın, dudaklarını büktü. "Hastaneye geldiğinde baygındın ve iletişim kurmaya çalışıyordun."

Langdon, "Evet," dedi. "Vasari, Vasari diye mırıldanıyordum."

"Evet ama ondan önce... biz kayıt cihazını başlatmadan önce, geldikten az sonra, başka bir şey söylediğini hatırlıyorum. Bir kez söyledin ama net olarak anladığıma eminim."

"Ne dedim?"

Bakışlarını yukarıdaki helikoptere çeviren Sienna, sonra yeniden Langdon'a baktı. "Dedin ki, *'Onu bulacak anahtar bende... eğer başaramazsam herkes ölür.'*"

Langdon öylece bakakalmıştı.

Sienna devam etti. "Ceketinin cebindeki nesneden bahsettiğini sandım ama artık o kadar emin değilim."

Başaramazsam herkes ölür mü? Kelimeler Langdon'a bir sürü şey çağrıştırmıştı. Ölüm görüntüleri gözünün önünde uçuştu: Dante'nin cehennemi, biyolojik tehlike sembolü, veba hekimi. Gümüş saçlı güzel kadın, kan kırmızı nehrin karşısından bir kez daha ona yalvardı. *"Ara ve bul! Zaman daralıyor!"*

Sienna'nın sesi onu kendine getirdi. "Şu projektörün işaret ettiği şey... veya aradığın şey her ne ise son derece tehlikeli olmalı. İnsanların bizi öldürmeye çalıştığı gerçeği..." Sesi hafif çatallaşınca toparlanmak için duraksadı. "Bir düşün. Seni güpegündüz vurdular... bana ateş ettiler, yanındaki masum birine. Kendi hükümetin seni yüzüstü bıraktı... Sen yardım istemek için onları aradın, onlarsa seni öldürecek birini gönderdi."

Langdon boş gözlerle yere bakıyordu. ABD Konsolosluğu, bulunduğu yeri bir suikastçıyla paylaşmış olsa da, kadını kendi göndermiş olsa da fark etmezdi. Sonuç aynıydı. *Hükümetim benim tarafımı tutmuyor.*

Sienna'nın kahverengi gözlerine bakan Langdon, orada cesareti gördü. *Onu neye bulaştırdım?* "Keşke ne aradığımızı bilseydim. O zaman her şey yerli yerine otururdu."

Sienna başını salladı. "Bence o şey her ne ise, bulmamız lazım. En azından biraz yol alırız."

Kurduğu mantık inkâr edilemezdi. Yine de Langdon'ın içini kemiren bir şey vardı. *Başaramazsam herkes ölür.* Bütün sabahı ölümü çağrıştıran biyolojik tehlike, salgın ve Dante'nin cehennem sembolleriyle uğraşarak geçirmişti. İtiraf etmesi gerekirdi ki, ne aradığına dair hiçbir fikri yoktu ama bu durumun ölümcül bir hastalık veya büyük çaplı bir biyolojik tehlikeyle ilişkisi olabileceği ihtimalini düşünmeyecek kadar da saf değildi. Ve eğer öyleyse, kendi hükümeti onu neden ortadan kaldırmak istiyordu?

Acaba benim bir saldırı hazırlığına karıştığımı mı düşünüyorlar?

Hiç mantıklı gelmiyordu. Başka bir şeyler olmalıydı.

Langdon yine gümüş saçlı kadını düşündü. "Hayallerimde gördüğüm şu kadın da var. Onu bulmam gerektiğini hissediyorum."

Sienna, "O halde hislerine güven," dedi. "Senin durumunda en iyi pusula, bilinçaltıdır. Temel psikoloji. Eğer iç sesin o kadına güvenmeni söylüyorsa, o halde sana söylediği şeyi yapman gerektiğini sanıyorum."

İkisi aynı anda, "Ara ve bul," dedi.

Yapması gerekenin apaçık ortada olduğunu anlayan Langdon, nefesini bıraktı.

Yaptığım tek şey bu tünelde yüzmek.

Kararlılıkla dönüp etrafını incelerken, kendini toparlamaya çalıştı. *Ne taraftan çıkılıyor?*

Pek çok yolun kesiştiği, geniş bir meydanın kenarındaki ağaçların altında duruyorlardı. Langdon ileride, solda, limon ağaçları ile heykellerin süslediği küçük bir adacığın bulunduğu, elips şeklindeki lagünü fark etti. Suyun içinden fırlayan ata binen ünlü *Perseus* heykelini tanıyınca, *Isolotto,* diye düşündü.

Isolotto'dan uzağa, doğudan batıya uzanan ve bahçenin anayolunu oluşturan Viottolone'ye doğru, doğu tarafını işaret eden Langdon, "Pitti Sarayı bu tarafta," dedi. Viottolone iki şeritli bir cadde genişliğindeydi ve iki yanında dört yüz yıllık, narin servi ağaçları sıralanmıştı.

Caddeye göz gezdirip, tepede daireler çizen helikopteri işaret eden Sienna, "Saklanacak yer yok," dedi.

Langdon'ın yüzünde çarpık bir gülümseme vardı. "Haklısın. O yüzden yanındaki tüneli kullanacağız."

Bu kez Viottolone'nin başındaki sık bir çalılığı gösteriyordu. Bu sık yeşilliğin kemerli küçük bir girişi vardı. Buranın ardında, Viottolone ile paralel bir tünel uzayıp gidiyordu. Her iki yanına, 1600'lerden beri içe doğru kemer oluşturacak şekilde özenle budanan ve tepede iç içe geçerek yeşil bir tente oluşturan, budanmış pırnallar dizilmişti. Patikanın La Cerchiata, yani "yuvarlak" veya "halkalı" anlamına gelen ismi, fıçı kasnağını veya *cerchi*'yi andıran, kubbe oluşturacak şekilde bükülmüş ağaçlarından geliyordu.

Sienna hemen girişe koşarak gölgeli tünele baktı. Aniden arkasına dönüp Langdon'a gülümsedi. "Daha iyi."

Hiç vakit kaybetmeden açıklıktan içeri girip, ağaçların arasında hızla ilerledi.

Langdon, La Cerchiata'nın Floransa'nın en huzur verici yerlerinden biri olduğunu düşünürdü. Ama bugün, Sienna'nın karanlık ve ağaçlıklı tünelde gözden kayboluşunu izlerken bir kez daha mercan tünellerdeki Yunanlı dalgıçları düşünüyordu.

Kısa bir dua eden Langdon, hemen peşinden koşturdu.

Sekiz yüz metre kadar arkalarında, Istituto d'Arte'nin önündeki Ajan Brüder, önündeki kalabalığı buzdan bakışlarıyla tarayarak polis ve öğrencilerden oluşan güruhun arasında sert adımlarla yürüyordu. Takip uzmanının, siyah minibüsün kaputuna kurduğu geçici komuta noktasına gitti.

Brüder'e tablet ekranı uzatan uzman, "Helikopterden," dedi. "Birkaç dakika önce çekilmiş."

Kaydı inceleyen Brüder, büyütülmüş iki bulanık yüze gelince durdu: Koyu renk saçlı bir adamla, atkuyruklu sarışın bir kadın. Gölgelerin arasında birbirlerine sokulmuş, ağaçların altından gökyüzüne bakıyorlardı.

Robert Langdon.

Sienna Brooks.

Hiç şüphesiz.

Brüder dikkatini kaputun üstüne serilmiş olan Boboli Bahçeleri haritasına verdi. Bahçe planına bakarken, *yanlış bir seçim yaptılar,* diye düşündü. Geniş bir alana yayılmış ve bolca saklanma veri olsa da, bahçenin her yanı duvarlarla çevrilmişti. Boboli Bahçeleri, Brüder'in sahada gördüğü doğal ölüm kutusuna en yakın şeydi.

Asla çıkamayacaklar.

Adamlarından biri, "Yetkililer tüm çıkışları kapatıyor," dedi. "Ayrıca aramaya başlıyorlar."

Brüder, "Bana haber verirsin," diye karşılık verdi.

Bakışlarını yavaşça minibüsün kalın polikarbon camına doğru kaldırdı ve aracın arka koltuğunda oturan gümüş saçlı kadına baktı.

Verdikleri ilaçlar, kadının duyularını Brüder'in tahmininden daha fazla etkilemişti. Yine de gözlerindeki korkulu ifadeden, olan biteni tam manasıyla anlayabildiğini okuyordu.

Brüder, *mutlu görünmüyor,* diye düşündü. *Ama zaten, neden mutlu olsun ki?*

26. Bölüm

Bir su kulesi havada altı metre yükseldi.

Langdon onun hafifçe yere inişini izlerken yaklaştıklarını anladı. La Cerchiata'nın yapraklı tünelinden çıkıp açıklık bir çimenlikten koşarak yüksek ağaçların arasına girmişlerdi. Şimdi, Boboli'nin en ünlü fıskiyeli çeşmesine bakıyorlardı; üç dişli mızrak tutan Stoldo Lorenzi'nin bronz *Neptün*'üne. Yerli halk arasında biraz da saygısızca "Çatal Çeşmesi" olarak adlandırılan bu heykel, bahçelerin merkez noktası olarak kabul edilirdi.

Sienna korunun ucunda durup ağaçların arasından yukarı baktı. "Helikopteri görmüyorum."

Langdon da onu artık duymuyordu ama çeşme oldukça gürültülüydü.

Sienna, "Yakıt alması gerekmiştir," dedi. "Bu bizim için bir şans. Hangi taraftan gidelim?"

Langdon onu sola yönlendirdi ve dik bir yokuştan inmeye başladılar. Ağaçların arasından çıkarlarken Pitti Sarayı göründü.

Sienna alçak sesle mırıldandı. "Ne hoş bir küçük ev."

Langdon alaycı bir ifadeyle, "Tipik Medici alçakgönüllülüğü," diye karşılık verdi.

Yaklaşık beş yüz metre uzakta olan Pitti Sarayı'nın sola ve sağa doğru uzanan taş cephesi manzarayı kaplıyordu. Dış cephesinde göze çarpan kaba taş işçiliği ile binaya hâkim olan otoriter hava, sürgülü pencereler ve kemerli açıklıkların güçlü tekrarlarıyla daha da vurgulanıyordu. Geleneksel olarak resmi saraylar yüksek zeminlere inşa edilirdi, böylece bahçedekiler binayı görmek için yukarı bakmak zorunda kalırlardı. Ama Pitti Sarayı, Arno Nehri'nin yakınındaki alçak bir vadiye inşa edilmişti, bu da Boboli Bahçeleri'ndeki insanların sarayı görmek için aşağı bakmaları gerektiği anlamına geliyordu.

Aslında bu, daha dramatik bir etkiydi. Bir mimar, sarayın adeta doğa tarafından inşa edilmiş gibi göründüğünü söylemişti. Sanki dev taşlar uzun bayırdan aşağı yuvarlanmış ve aşağıda sipere benzeyen zarif bir yığın oluşturmuşlardı. Alçak zemindeki daha savunmasız pozisyonuna rağmen Pitti Sarayı'nın sağlam taş yapısı o kadar etkileyiciydi ki Napolyon, Floransa'dayken burayı bir kez karargâh olarak kullanmıştı.

Sienna sarayın yakındaki kapılarını göstererek, "Bak," dedi. "İyi haber."

Langdon da görmüştü. Bu tuhaf sabahta en hoşa giden görüntü sadece sarayın kendisi değil, binadan dışarı çıkıp aşağıdaki bahçelere doğru ilerleyen turistlerdi. Saray ziyarete açılmıştı, bu da Langdon ve Sienna'nın içeri sıvışıp binanın içinden bahçelere doğru kaçmakta bir sorun yaşamayacakları anlamına geliyordu. Langdon, sarayın dışına çıktıklarında Arno Nehri'nin sağ tarafta kalacağını ve onun ilerisinde de eski şehrin kulelerini göreceklerini biliyordu.

Sienna ile birlikte dik yokuştan aşağı yarı koşarak indiler. Aşağı inerlerken, bir tepenin yamacında nal gibi duran ve dünya tarihinde ilk opera eserinin sergilendiği yer olan Boboli Amfiteatrı'ndan geçtiler. Sonra, II. Ramses'in obeliskini ve temeline yerleştirilmiş talihsiz "sanat" eserini geride bıraktılar. Rehber kitaplar bu parçadan "Roma'nın Caracalla Kaplıcaları'ndan dev bir taş havuz" olarak bahsederdi ama Langdon onu her zaman dünyanın en büyük küveti olarak görürdü. *Bu şeyi gerçekten başka bir yere koymalılar.*

Sonunda sarayın arkasına ulaşıp sakin bir şekilde yürüyerek göze çarpmadan günün ilk turistlerinin arasına karıştılar. Akıntıya karşı dar bir tünelden inerek ziyaretçilerin, sarayın sonradan yapılmış kafeteryasında sabah espressolarını içtiği bir iç avluya vardılar. Havada taze çekilmiş kahve kokusu vardı. Langdon aniden oturup doğru düzgün bir kahvaltı yapma ihtiyacı hissetti. Yola devam edip sarayın ana kapılarına çıkan geniş taş geçide girerlerken, *bugün o gün değil*, diye düşündü.

Kapıya yaklaşırlarken Langdon ve Sienna, dışarıdaki bir şeye bakmak için sütunlu girişte toplanmış bir turist engeliyle karşılaştılar. Langdon kalabalığın arasından sarayın önündeki alana baktı.

Langdon'ın hatırladığı kadarıyla Pitti'nin büyük girişi kasvetli ve soğuktu. Via dei Guicciardini adındaki ön bahçe; bakımlı bir çimenlik veya peyzaj değil, yamaç boyunca uzanarak aşağı inen ve adeta taştan büyük bir kayak pistini andıran, geniş bir asfalt yoldan ibaretti.

Langdon o anda tepenin aşağısındaki kalabalığın toplanma sebebini gördü.

Pitti Meydanı'nın aşağısında, yarım düzine polis aracı her yönden içeri giriyordu. Küçük bir askeri tim, silahlarını hazırlayarak tepeyi tırmanıyor, sarayın ön tarafını koruma altına almak için araziye yayılıyordu.

27. Bölüm

Polis, Pitti Sarayı'na girerken, sarayda geldikleri yoldan dönen Sienna ile Langdon polisten uzaklaşmaya başlamışlardı bile. Avludan ve kargaşanın kaynağını görmek için merakla bakınan turist seslerinin yayıldığı kafeteryadan hızla geçtiler.

Sienna, yetkililerin kendilerini bu denli çabuk bulmasına şaşırmıştı. *Yerimizi zaten tespit ettiği için helikopter gitmiş olmalı.*

Bahçeden aşağı indikleri dar tüneli buldular ve hiç tereddüt etmeden geçide dalıp, merdivenleri çıktılar. Merdivenin sonu, yüksek bir istinat duvarı boyunca sola doğru yükseliyordu. Yanından yukarı doğru tırmandıkça duvarın boyu kısaldı. Sonunda duvarın üstünden Boboli Bahçeleri'nin geniş açıklığını görebiliyorlardı.

Langdon birden Sienna'yı kolundan tutup geri çekerek istinat duvarının arkasında görünmeyecek şekilde başını eğdi. Sienna da görmüştü.

Yaklaşık üç yüz metre ileride, amfiteatrın gerisindeki bayırda ağaçlıkları arayan, turistlerle konuşan ve telsizleriyle haberleşen polisler vardı.

Kapana kısıldık!

Robert Langdon'la ilk karşılaştığında, işin bu duruma geleceğini hiç tahmin etmemişti. *Bu, yaptığım pazarlığı aşıyor.* Sienna, Langdon'la birlikte hastaneden ayrıldığında, kirpi saçlı bir kadın ve silahından kaçtıklarını sanıyordu. Oysa şimdi bir ordudan ve İtalyan yetkililerden kaçıyorlardı. Artık kaçma ihtimallerinin sıfıra yakın olduğunu anlıyordu.

Nefessiz kalan Sienna, "Başka çıkış yolu var mı?" diye sordu.

Langdon, "Sanmıyorum," dedi. "Bu bahçe, surlarla çevrili bir şehir gibi..." Sonra aniden susup döndü ve doğuya baktı. "Tıpkı... Vatikan gibi." Yüzünde tuhaf bir ümit ışığı belirmişti.

Mevcut durumlarıyla Vatikan'ın ne ilgisi olduğuna dair Sienna'nın hiçbir fikri yoktu ama Langdon sarayın arka tarafına bakarak birden başını sallamaya başlamıştı.

Sienna'yı da kendiyle birlikte sürüklerken, "Zayıf bir ihtimal," dedi. "Ama buradan çıkmanın farklı bir yolu olabilir."

İstinat duvarını döner dönmez karşılarında beliren iki şekle neredeyse çarpıyorlardı. Her iki şekil de siyahlar giyinmişti. Korku dolu bir an, Sienna onların apartmanda karşılaştığı askerler olduğunu sandı. Ama yanlarından geçerken yalnızca turist olduklarını anladı; üzerlerindeki siyah deri kıyafetlerin tarzından anladığı kadarıyla İtalyan'dılar.

Aklına bir fikir gelen Sienna turistlerden birini kolundan tutarak, elinden geldiğince sıcak bir tebessümle gülümsedi. Hızlı bir İtalyancayla *"Può dirci dov'è la Galleria del Costume?"* diyerek, sarayın ünlü kostüm galerisinin yerini sordu. *"Io e mio fratello siamo in ritardo per una visita privata."*(1)

"Certo!"(2) Yardım etmek istediği anlaşılan adam, onlara gülümsedi. *"Proseguite dritto per il sentiero!"*(3) Adamın dönüp, istinat duvarı boyunca gösterdiği batı tarafı, Langdon'ın baktığı yerin çok uzağındaydı.

İki adam giderlerken Sienna, *"Molto grazie!"*(4) diye cıvıldayarak gülümsedi.

---

(1) "Ağabeyimle ben, özel bir turun gerisinde kaldık."
(2) "Elbette!"
(3) "Patika boyunca düz ilerleyin!"
(4) "Çok teşekkürler!"

Sienna'ya etkilendiğini belli eder bir ifadeyle bakan Langdon, belli ki niyetini anlamıştı. Polis turistlere soru sorduğunda, Langdon ile Sienna'nın kostüm galerisine gittiklerini öğrenecekti. Önlerindeki haritaya bakılacak olursa galeri, sarayın en batı ucundaydı... gittikleri istikametin tam ters yönünde.

Açık bir meydanın karşısında, saraydan uzaklaşarak yokuş aşağı inen bir yaya yolunu gösteren Langdon, "Şu patikaya buradan geçmemiz lazım," dedi. Taş yaya yolu, şimdi sadece doksan metre mesafedeki yokuştan aşağı inen yetkililerden saklanacak bolca yer sunan, uzun çalıların yanında saklıydı.

Sienna, açık alandan geçip saklı patikaya ulaşma ihtimallerinin zayıf olduğunu düşündü. Orada, polisleri merakla izleyen turistler toplanmaya başlamıştı. Yaklaşan helikopterin zayıf gürültüsü yeniden duyuluyordu.

Onu elinden tutup açık meydana çeken Langdon, "Ya şimdi ya da hiç," dedi ve kalabalık turist grubunun arasında kıvrılarak ilerlemeye başladılar. Sienna koşma dürtüsünü bastırırken, elini sıkıca kavrayan Langdon sert ama sakin adımlarla yürüyordu.

Sonunda patikanın başına geldiklerinde Sienna fark edilip edilmediklerini anlamak için omzunun üstünden geriye baktı. Görünürdeki tüm polisler diğer tarafa dönmüş, yaklaşan helikoptere bakıyordu.

Dönüp, Langdon'la birlikte patikadan aşağı yürümeye koyuldu.

Şimdi karşılarında, ağaçların üstünden beliren eski Floransa manzarası görünüyordu. Il Duomo'nun kırmızı kiremitli kubbesini ve Giotto'nun yeşil-kırmızı-beyaz çan kulesini gördü. Bir an için imkânsızmış gibi görünen varış yerleri Vecchio Sarayı'nın mazgal siperli kulesini bile seçebildi ama patikadan aşağı indikçe yüksek duvarlar manzarayı engelleyerek bir kez daha onları içine aldı.

Yokuşun aşağısına vardıklarında, nefessiz kalan Sienna, Langdon'ın nereye gittiklerini bilip bilmediğini merak etti. Patika doğruca bir labirent bahçeye gidiyordu ama Langdon kendinden emin bir tavırla soldaki geniş çakıltaşı avluya döndü ve ağaçların gölgesinde kalan çitin arkasına saklanarak kenara geçti. Boş avlu, turistik bir alandan çok, çalışanların park yerine benziyordu.

Sonunda Sienna nefes nefese, "Nereye gidiyoruz?" diye sordu.

"Geldik sayılır."

Nereye geldik sayılır? Tüm avlu, en az üç bina katı yüksekliğindeki duvarlarla çevrilmişti. Sienna'nın görebildiği tek çıkış, soldaki araç girişiydi ki o da, sarayın ilk yapıldığı çapulcuların dolaştığı günlerden kalma gibi görünen koca bir demir kafesle mühürlenmişti. Sienna barikatın gerisinde, Pitti Meydanı'nda toplanmış polisleri görebiliyordu.

Yeşilliğin yanından ayrılmadan ilerleyen Langdon, tam karşılarındaki duvara yönelmişti. Sienna açık bir giriş görebilmek için her yanı taradı ama sadece, içinde hayatında karşılaştığı en iğrenç heykeli barındıran küçük bir niş görebildi.

Aman Tanrım. Yeryüzündeki tüm sanat eserlerini satın alabilecekken Medici'ler bunu mu seçmiş?

Karşılarındaki heykel, dev bir kaplumbağaya binen obez ve çıplak bir cüceyi betimlemişti. Cücenin testisleri kaplumbağanın kabuğunda yassılaşmıştı. Kaplumbağanın ağzıysa sanki hastaymış gibi su damlatıyordu.

Langdon yürümeye ara vermeden, "Biliyorum," dedi. "Bu *Braccio di Bartolo,* ünlü bir saray cücesi. Bana kalırsa, bunu dev bir küvete koymalıydılar."

Langdon birden sağa döndü ve Sienna'nın o ana dek göremediği basamaklardan aşağı inmeye başladı.

Çıkış yolu mu?!

Ümidi kısa sürdü.

Köşeyi dönüp Langdon'ın peşinden basamaklardan inerken, çıkmaz yola girdiklerini fark etti. Burası duvarları diğerlerinden iki katı yükseklikte bir çıkmazdı.

Sienna uzun yolculuklarının bir mağara ağzında sona ereceğini hissetti. Arka duvara oyulmuş bir derin bir yeraltı odası. *Bizi oraya götüremez!*

Mağaranın esneyen bir ağız gibi duran girişinin üst kısmındaki hançeri andıran damlataşlar korkunç görünüyordu. Bunun ardındaki boşlukta jeolojik şekiller, sanki taşlar eriyormuş gibi duvarlardan aşağı damlıyor, aralarında Sienna'yı korkutan, sanki taş tarafından yutulmuş gibi duvarlardan fırlayan insansı biçimlerin de bulunduğu şekillere dönüşüyordu. Görüntünün bütünü Sienna'ya Botticelli'nin *La Mappa dell'Inferno*'sundaki bir şeyi hatırlatmıştı.

Her nedense etkilenmiş gibi görünmeyen Langdon, mağaranın girişine doğru koşmaya devam etti. Daha önce Vatikan hakkında bir yorum yapmıştı ama Sienna, Papalık sınırları içinde acayip mağaralar olmadığına emindi.

Biraz daha yaklaşınca, Sienna'nın gözleri girişin üstündeki saçaklığa kaydı: Burada, damlataş ve nebulous taşı karışımının sanki iki kadını içine alıyormuş gibi görünen çıkıntıları göze çarpıyordu. İki kadının iki yanında Medici'lerin ünlü arması, altı topun veya *palle*'nin üzerine işlendiği bir kalkan vardı.

Langdon aniden girişten uzaklaşıp sola dönerek, Sienna'nın daha önce fark etmediği bir yere doğru ilerledi: mağaranın solunda küçük, gri bir kapı. Eskimiş ahşap kapı pek önemli bir şey gibi durmuyordu; bir depo veya alet dolabının kapağı olabilirdi.

Açma ümidiyle hemen kapıya koştu ama kapının kolu yoktu. Pirinçten bir anahtar deliği vardı ve yalnızca içeriden açılabileceği belliydi.

"Lanet olsun!" diyen Langdon'ın gözleri şimdi kaygıyla parlıyordu. Daha önceki ümitli hali uçup gitmişti. "Sanmıştım ki..."

Bir anda helikopterin kulak tırmalayıcı vınlama sesi, etraflarındaki yüksek duvarlarda yankılandı. Sienna dönüp baktığında helikopterin, sarayın üstünde yükselerek bulundukları yöne geldiğini gördü.

Langdon da görmüş olmalıydı ki, Sienna'yı elinden tutup mağaradan içeri koştu. Başlarının üstünden sarkan damlataşların altına tam zamanında girerek gözden kayboldular.

Sienna, *tam yerinde bir son,* diye düşündü. *Cehennemin kapılarından koşmak.*

28. BÖLÜM

Yaklaşık dört yüz metre doğudaki Vayentha, motosikletini park etti. Grazie Köprüsü'nden eski şehre girmiş, sonra Vecchio Köprüsü'nün etrafından dolaşmıştı. Kaskını motosiklete bağladıktan sonra köprüye çıkıp erkenci sabah turistlerinin arasına karıştı.

Nehirden esen serin mart rüzgârı Vayentha'nın kirpi saçlarını kabartınca Langdon'ın kendisinin tipini bildiğini hatırladı. Köprüdeki işportacılardan birinin tezgâhının önünde durdu ve bir Amo Firenze beyzbol şapkası satın alıp yüzüne kadar indirdi.

Deri kıyafetinden görünen tabancasının şişkinliğini düzeltti ve köprünün ortasına yakın bir yerde Pitti Sarayı'nı görecek şekilde bir sütuna yaslanarak pozisyon aldı. Buradan Arno Nehri'nden Floransa'nın kalbine doğru ilerleyen yayaları gözlemleyebiliyordu.

Langdon yaya, diye düşündü. *Eğer Porta Romana'nın etrafından bir yol bulursa, eski şehre gidebilmek için mutlaka bu köprüden geçmesi gerekecek.*

Soldan, Pitti Sarayı'nın bulunduğu yönden gelen siren seslerini duyabiliyordu. Bunun iyi haber mi yoksa kötü haber mi olduğunu merak etti. *Hâlâ onu mu arıyorlardı? Yoksa, yakaladılar mı?* Vayentha neler olduğunu anlamak için kulak kabartırken aniden yeni bir ses duydu, bir yerlerden yüksek bir vınlama sesi geliyordu. İçgüdüsel olarak gökyüzüne doğru baktı ve onu hemen tanıdı. Uzaktan kumandalı küçük helikopter, sarayın üzerinden hızla Boboli Bahçeleri'nin kuzeydoğu köşesindeki tepelere doğru alçalıyordu.

Vayentha içinde yükselen bir umut dalgasıyla, *takip helikopteri,* diye düşündü. *Eğer havadaysa Brüder, Langdon'ı henüz bulmamış demektir.*

Bahçelerin kuzeydoğu köşesini kontrol eden helikopter hızla yaklaşıyordu. Orası, Vecchio Köprüsü ve Vayentha'nın pozisyonuna en yakın bölgeydi, bu da onun cesaretini artırdı.

Eğer Langdon, Brüder'i atlattıysa kesinlikle bu yönde ilerleyecektir.

Vayentha izlerken helikopter aniden pike yaparak yüksek bir taş duvarın arkasında gözden kayboldu. Kadın, onun ağaç çizgisinin altında bir yerde havada durduğunu duyabiliyordu... anlaşılan ilgisini çeken bir şey bulmuştu.

29. BÖLÜM

Sienna'yla birlikte loş mağaranın içine tıkılmış olan Langdon, *ara, bulacaksın,* diye düşündü. *Bir çıkış aradık ve... çıkmaz sokak bulduk.*

Mağaranın ortasındaki biçimsiz çeşme gizlenmeye olanak sağlıyordu ama Langdon gizlice arkasından bakınca çok geç olduğunu anladı.

Helikopter duvarlarla çevrili çıkmazın içine girip mağaranın dışında aniden durmuştu. Şimdi, yerden sadece üç metre yukarıda yapay mağarayı görecek şekilde havada asılı duruyor, öfkeden kudurmuş, avını bekleyen bir böcek gibi yüksek sesle vınlıyordu.

Langdon geri çekilip tatsız haberi Sienna'ya verdi. "Sanırım, burada olduğumuzu biliyor."

Helikopterin vınlaması mağaranın içinde neredeyse kulakları sağır edecek kadar yüksek duyuluyor, taş duvarlardan şiddetle yankılanıyordu. Langdon minyatür bir mekanik helikopter tarafından rehin tutulduklarına inanamıyordu ama yine de ondan kaçmaya çalışmanın faydasız olacağının farkındaydı. *Peki, şimdi ne yapacağız? Böyle bekleyecek miyiz?* Küçük gri kapının arkasında duran şeye ulaşma planı mantıklıydı ama kapının sadece içeriden açıldığını fark etmemişti.

Gözleri mağaranın karanlığına alışan Langdon, etraflarındaki tuhaf şeyleri incelerken başka bir çıkış olup olmadığını merak etti. Umut vaat eden hiçbir şey görmüyordu. Mağaranın içi, hepsi tuhaf duvarlar tarafından yutuluyormuş gibi görünen hayvan ve insan oymalarıyla süslenmişti. İçi sıkılan Langdon yukarıdan uğursuzca sallanan sarkıtlara baktı.

Ölmek için iyi bir yer.

Adını mimarı Bernardo Buontalenti'den almış olan Buontalenti Mağarası, Floransa'daki en tuhaf yerdi. Pitti Sarayı'na gelen genç ziyaretçiler için bir eğlence evi olarak tasarlanan üç bölmeli mağara süiti, natüralist fantezi ile gotik aşırılığın bir karışımıydı. Damlayan ve sarkıt oluşturan taşlar, duvarlara oyulmuş figürleri yiyor ya da dışarı sızdırıyormuş gibi görünüyordu. Medici'lerin döneminde mağara, duvarlarından sular akan bir yerdi. Bu, sıcak Toscana yazlarında mekânı serinletmeye ve gerçek bir mağara havası yaratmaya yarıyordu.

Langdon ve Sienna, ortadaki çeşmenin arkasındaki ilk ve en büyük bölmeye gizlenmişlerdi. Etrafları çoban, köylü, müzisyen, hayvan ve hatta Michelangelo'nun dört tutsağının renkli kopyalarıyla çevrilmişti. Hepsi, onları içine çeken akışkan kayalardan kurtulmaya çalışıyor gibiydiler. Sabah ışığı tavandaki aydınlatma deliğinden içeri süzülüyordu. Bir zamanlar burada, içinde parlak kırmızı renkli bir sazanın yüzdüğü içi su dolu dev bir cam top bulunuyordu.

Langdon orijinal Rönesans ziyaretçilerinin, mağaranın dışında havada duran gerçek bir helikoptere -ki bu, İtalya'nın Leonardo da Vinci'sinin fantastik bir hayaliydi- nasıl tepki vereceklerini merak etti.

Tam o sırada helikopterin vınlaması kesildi. Ses azalmamış, aniden kesilmişti.

Kafası karışan Langdon çeşmenin arkasından gizlice bakınca helikopterin yere inmiş olduğunu gördü. Şimdi, çakıltaşlı meydanda yerde dururken o kadar da uğursuz görünmüyordu. Özellikle, ön tarafındaki arı iğnesine benzeyen kayıt kamerası onlara doğru değil de küçük gri kapıya doğru dönükken.

Langdon'ın rahatlama hissi çok kısa sürdü. Helikopterin yüz metre arkasında, cüce ve kaplumbağa heykelinin yanında, ağır silahlı üç asker merdivenlerden aşağı, doğruca mağaraya doğru iniyorlardı.

Askerlerin üzerinde, omuzlarında yeşil rozetler bulunan tanıdık siyah üniformalar vardı. Kaslı öncülerinin boş gözleri Langdon'a hayallerinde gördüğü veba maskesini hatırlattı.

Ben ölümüm.

Langdon o son andan sonra minibüsü veya gizemli gümüş saçlı kadını hiçbir yerde görmemişti.

Ben yaşamım.

Askerler yaklaşırken içlerinden biri merdivenin aşağısında durup arkasını döndü. Bu alana başka birinin inmesini engellemek ister gibi arkasına bakıyordu. Diğer ikisi mağaraya doğru ilerlemeye devam ettiler.

Langdon ve Sienna tekrar harekete geçtiler. Aslına bakılırsa, sadece kaçınılmaz olanı erteliyorlardı. Emekleyerek geri geri daha küçük, daha derin ve daha karanlık olan ikinci mağaraya girdiler. Burada da merkezde bir sanat eseri vardı: birbirine sarılmış iki sevgili heykeli. Langdon ve Sienna heykelin arkasına saklandılar.

Langdon karanlıkta temkinli bir şekilde heykel kaidesinin arkasından bakarak, yaklaşan saldırganları izledi. İki asker helikopterin yanına vardıklarında biri durup yere eğildi ve aracı eline alıp kamerayı inceledi.

Langdon cevabı kendine itiraf etmekten korkarak, *araç yerimizi tespit mi etti*, diye sorguladı.

Kaslı asker buz gibi gözlerle Langdon'ın bulunduğu tarafa doğru bakarak ilerliyordu. Mağaranın ağzına kadar gelmişti. *İçeri giriyor.* Langdon heykelin arkasına gizlenip Sienna'ya her şeyin bittiğini söylemeye hazırlanırken aniden hiç beklenmedik bir şeye şahit oldu.

Asker, mağaranın içine girmek yerine aniden sola dönmüş ve gözden kaybolmuştu.

Nereye gidiyor? Burada olduğumuzu bilmiyor mu?

Birkaç saniye sonra Langdon bir ses duydu; tahtanın üzerine inen bir yumruk sesi.

Langdon, *küçük gri oda,* diye düşündü. *Nereye açıldığını biliyor olmalı.*

Pitti Sarayı'nın güvenlik görevlisi Ernesto Russo her zaman profesyonel bir futbolcu olmak istemişti ama yirmi dokuz yaşındayken aşırı kilolu olduğu için çocukluk hayalinin asla gerçekleşmeyeceğini kabul etmek zorunda kalmıştı. Ernesto son üç yıldır Pitti Sarayı'nda güvenlik görevlisi olarak çalışıyordu. Dolap büyüklüğündeki ofisinde, hep aynı sıkıcı işi yapıyordu.

Ernesto oturduğu ofisin dışındaki küçük gri kapıyı yumruklayan meraklı turistlere alışkındı ve genellikle onları umursamazdı. Ama bugün kapı çok sert bir şekilde ve hiç durmadan yumruklanıyordu.

Sinirlenen Ernesto bir futbol hareketinin tekrarını gösteren televizyona odaklandı. Fiorentina-Juventus karşılaşmasıydı. Yumrukların şiddeti arttı. Sonunda, turistlere lanetler yağdırarak ofisinden çıktı ve dar koridordan sese doğru ilerledi. Yarı yolda, belirli birkaç saat dışında sürekli kapalı tutulan büyük çelik ızgaranın önünde durdu.

Asma kilidin üzerindeki şifreyi girip, ızgarayı diğer tarafa doğru iterek açtı. İçeri girdikten sonra protokolü izleyerek kapıyı tekrar arkasından kapattı. Sonra gri tahta kapıya doğru ilerledi.

Sesini dışarıdaki kişiye duyurmak için kapıdan, *"È chiusio!"*(1) diye seslendi. *"Non si può entrare!"*(2)

Yumruklama sesi devam etti.

Ernesto dişlerini gıcırdattı. *New York'lular,* diye fikir yürüttü. *Bir şey istediler mi isterler.* Red Bulls futbol takımının dünya sahnesinde başarılı olmasının tek nedeni, Avrupa'nın en iyi antrenörlerinden birini araklamış olmasıydı.

Yumruklama sesi devam etti ve Ernesto gönülsüzce kapının kilidini açtı. Kapıyı birkaç santim araladı. *"È chiusio!"*

---

(1) "Kapalı!"
(2) "Girilemez!"

Yumruklama sesi sonunda durdu ve Ernesto kendini bir askerle yüz yüze buldu. Gözleri o kadar soğuktu ki, Ernesto bir adım geri gitmek zorunda kaldı. Adam, üzerinde Ernosto'nun anlamadığı bir akronim yazılı olan resmi bir belge gösterdi.

Ernesto telaşla, *"Cosa succede?!"*[1] diye sordu.

Askerin arkasında başka bir asker yere eğilmiş oyuncak helikoptere benzeyen bir şeyi kurcalıyordu. Biraz daha ileride başka bir asker merdivende nöbet bekliyordu. Ernesto yakınlardan gelen polis sirenlerini duydu.

"İngilizce biliyor musun?" Askerinki kesinlikle New York aksanı değildi. *Avrupalı olabilir mi?*

Ernesto başını evet anlamında salladı. "Biraz, evet."

"Bu sabah bu kapıdan biri geçti mi?"

"No, signore. *Nessuno.*"[2]

"Çok iyi. Kapı kilitli kalsın. Kimse girip çıkmasın. Anlaşıldı mı?"

Ernesto omzunu silkti. Bu zaten onun her zaman yaptığı işti. *"Sì,* anlıyorum. *Non deve entrare, nè uscire nessuno!"*

"Söyler misin, bu kapı tek giriş mi?"

Ernesto soruyu düşündü. Teknik olarak, bugünlerde bu kapı bir çıkış olarak kabul ediliyordu, o yüzden dışarıdan bir kulpu yoktu ama adamın ne sorduğunu anlamıştı. "Evet, sadece bu kapıdan *l'accesso* var. Başka yok." Sarayın içindeki orijinal giriş yıllardır mühürlüydü.

"Peki, Boboli Bahçeleri'nden başka gizli çıkışlar var mı? Bilinen kapılardan başka?"

"No, signore. Her yerde büyük duvarlar var. Tek gizli çıkış bu."

Asker başını salladı. "Yardımın için teşekkürler." Ernesto'ya kapıyı kapatıp kilitlemesini işaret etti.

Kafası karışmış olan Ernesto söyleneni yaptı. Sonra koridora çıktı, çelik ızgaranın kilidini açıp içinden geçti, arkasından kilitledi ve futbol maçına geri döndü.

---

(1) "Neler oluyor?"
(2) "Hiç kimse."

30. Bölüm

Langdon ve Sienna bir fırsat yakalamışlardı. İriyarı asker kapıyı yumruklarken, onlar emekleyerek mağaranın daha derinlerine gidip son bölmeye saklanmışlardı. Minik alan, kabaca kesilmiş mozaikler ve satirlerle süslenmişti. Ortasında, *Yıkanan Afrodit*'in doğal ölçülerde bir heykeli duruyordu. Duruma çok uygun düşen bir endişeyle omzunun üzerinden bakıyor gibi görünüyordu.

Langdon ve Sienna, dar heykel kaidesinin ucuna yerleşmişlerdi. Mağaranın en derindeki duvarında yükselen iğ şeklindeki dikite bakıyorlardı.

Dışarıdaki bir asker, "Tüm çıkışlar güvenli!" diye bağırdı. Langdon'ın çıkaramadığı bir aksanla İngilizce konuşuyordu. "Helikopteri yukarı gönderin. Bu mağarayı ben kontrol edeceğim."

Langdon, Sienna'nın vücudunun gerildiğini hissedebiliyordu.

Saniyeler sonra mağaranın içinde ağır botların sesi duyuldu. Adımları hızla ilk bölmede ilerledi, ikinci bölmeye girip onlara doğru ilerlerken sesleri iyice duyulur oldu.

Langdon ve Sienna birbirlerine sokuldular.

Uzaktan başka bir ses, "Hey!" diye seslendi. "Onları bulduk!"

Langdon birinin çakıltaşı zeminde mağaraya doğru hızla koştuğunu duyabiliyordu. Nefes nefese bir ses, "Kimlik doğrulandı!" diye bildirdi. "Biraz önce birkaç turistle konuştuk. Birkaç dakika önce kadın ve adam onlara sarayın kostüm galerisinin yerini sormuşlar... Orası, sarayın sol kanadında."

Langdon belli belirsiz gülümseyen Sienna'ya baktı.

Asker soluklanarak devam etti. "En önce batıdaki çıkışlar kilitlendi... Onları bahçelerin içinde yakalayacağımıza eminiz."

Yakındaki asker, "Görevini yerine getir," diye karşılık verdi. "Ve başarılı olduğun anda bana haber ver."

Çakıltaşlı zeminde uzaklaşan ayak sesleri ile yeniden havalanan helikopterin sesi duyuldu ve sonra, çok şükür ki ortama sessizlik hâkim oldu.

Langdon heykel kaidesinin arkasından bakmak için yan dönmek üzereydi ki Sienna onu kolundan tutarak durdurdu. Parmağını dudaklarına götürüp, başıyla arka duvardaki belli belirsiz insan gölgesini gösterdi. Öncü asker sessizce hâlâ mağaranın ağzında duruyordu.

Ne bekliyor?!

Aniden, "Ben Brüder," dedi. "Onları köşeye kıstırdık. Yakında onaylarım."

Adam bir telefon görüşmesi yapıyordu ve sesi sinir bozucu derecede yakından geliyordu, sanki tam yanlarında duruyormuş gibiydi. Mağara parabolik mikrofon görevi görüyor, tüm sesleri toplayıp arka tarafta odaklıyordu.

Brüder, "Dahası var," dedi. "Biraz önce en son bilgileri aldım. Kadının dairesinin başkası adına kiralandığı ortaya çıktı. Az mobilyalı oluşundan, kısa süreliğine kiralandığı anlaşılıyor. Biyotüpü bulduk ama projektör yoktu. Tekrar ediyorum, projektör *yoktu*. Hâlâ Langdon'da olduğunu düşünüyoruz."

Askerin ismini söylediğini duyan Langdon ürperdiğini hissetti.

Ayak sesleri yaklaşmıştı ve Langdon, adamın mağaranın içine girdiğini fark etti. Birkaç dakika öncesinde olduğu gibi sert adımlarla yürümüyor, artık sadece geziniyordu. Telefonda konuşurken mağarayı inceliyormuş gibiydi.

Adam, "Doğru," dedi. "Araştırmalarımız sonucu bu sahipsiz daireye girmeden kısa süre önce bir telefon görüşmesi yapıldığı doğrulandı."

Langdon telefon görüşmesini ve kirpi saçlı suikastçının kısa bir süre sonra oraya varışını hatırlayarak, *Amerikan Konsolosluğu,* diye düşündü. Kadın ortadan kaybolmuş, yerini eğitimli askerlerden oluşan bir ekibe bırakmıştı.

Askerin botlarının sesi artık sadece altı metre uzaktan geliyor ve gittikçe yaklaşıyordu. Adam ikinci bölmeye girmişti ve eğer uca kadar ilerlerse, onları Afrodit'in dar kaidesinin arkasına çömelmiş bir halde bulacağı kesindi.

Adam aniden çok net bir şekilde, "Sienna Brooks," dedi.

Sienna, Langdon'ın yanında irkilerek yukarı baktı. Askeri kendisine bakarken görmeyi bekliyordu. Ama orada kimse yoktu.

Ses yaklaşık üç metre uzaklıktan, "Dizüstü bilgisayarını inceliyorlar," diye devam etti. "Henüz raporu almadım ama onun Langdon'ın Harvard e-posta hesabına giren, izini sürdüğümüz cihaz olduğuna eminim."

Sienna bu haberi duyunca şok oldu, sonra da ihanete uğramış bir ifadeyle dönüp Langdon'a baktı.

Langdon da bir o kadar sarsılmıştı. *Bizi bu şekilde mi takip ettiler?!* O an bu aklına bile gelmemişti. *Sadece, bilgiye ihtiyacım vardı.* Langdon'ın sessizce özür dilemesine fırsat kalmadan Sienna başını çevirip boş gözlerle karşısına baktı.

Asker, "Doğru," dedi. Üçüncü bölmenin girişine varmıştı, artık Langdon ve Sienna'dan sadece bir buçuk metre uzaktaydı. İki adım daha atsa onları net bir şekilde görecekti.

Bir adım daha yaklaşırken, "Kesinlikle," dedi. Asker aniden durdu. "Bekle biraz."

Langdon olduğu yerde kaskatı kesilip yakalanmaya hazırlandı.

Asker, "Bekle biraz, sesini duyamıyorum," dedikten sonra geri geri birkaç adım atarak ikinci bölmeye döndü. "Bağlantı kötü. Devam et..." Biraz dinledikten sonra cevap verdi. "Evet, sana katılıyorum ama en azından kiminle karşı karşıya olduğumuzu biliyoruz."

Bununla birlikte ayak sesleri mağaranın içinde daha az duyulur oldu, çakıl zeminde ilerleyen adımlar sonra tamamıyla duyulmaz oldu.

Langdon'ın omuzları gevşemişti. Sienna'ya doğru dönünce öfke ve korkuyla parlayan gözlerle karşılaştı.

"Dizüstü bilgisayarımı mı kullandın?!" diye sordu. "E-postanı kontrol etmek için?"

"Üzgünüm... ben anlayacağını düşünmüştüm. Öğrenmem gerekiyordu..."

"Bizi bu şekilde buldular! Ve artık ismimi biliyorlar!"

"Özür dilerim Sienna. Ben bilemezdim..." Langdon vicdan azabından kahroluyordu.

Genç kadın başını çevirip boş gözlerle arka duvarda göze çarpan iğ şeklindeki dikite baktı. Yaklaşık bir dakika boyunca ikisi de konuşmadı. Langdon, Sienna'nın masasının üzerinde duran *Bir Yaz Gecesi Rüyası*'nın broşürünü ve dâhi çocuğun hayatı hakkındaki gazete kupürlerini hatırlayıp hatırlamadığını merak etti. *Onları gördüğümden de şüphelendi mi?* Şüphelenmiş olsa bile sormuyordu ve şu an yeteri kadar sorunları olduğu için bu konudan bahsetmeye hiç niyeti yoktu.

Sienna, Langdon'ın zar zor duyabildiği bir sesle, "Kim olduğumu biliyorlar," dedi. On saniye boyunca birkaç kez yavaş ve derin nefes aldı, bu yeni gerçeği sindirmeye çalışıyormuş gibiydi. Bunu yaparken, Langdon onun şüphelerinin kuvvetlendiğini hissedebiliyordu.

Sienna hiçbir uyarıda bulunmadan ayağa kalktı. "Gitmeliyiz," dedi. "Kostüm galerisinde olmadığımızı öğrenmeleri uzun sürmez."

Langdon onunla birlikte ayağa kalktı. "Evet ama... nereye gideceğiz?"

"Vatikan'a?"

"Efendim?"

"Daha önce ne söylemeye çalıştığını sonunda anladım... Vatikan'ın Boboli Bahçeleri'yle ortak noktasının ne olduğunu." Küçük gri kapıyı gösterdi. "Giriş burası, öyle değil mi?"

Langdon başını salladı. "Aslında, burası çıkış ama denemeye değeceğini düşündüm. Ne yazık ki kapıdan geçemiyoruz." Langdon, nöbetçiyle askerin konuşmalarından bu kapının bir seçenek olmadığını anlayacak kadarını duymuştu.

Sienna afacan bir tonla, "Ama o kapıdan *geçebilirsek*," dedi. "Bunun ne anlama geleceğini biliyor musun?" Dudaklarından belli belirsiz bir gülümseme geçti. "Aynı Rönesans ressamının bugün ikinci kez bize yardım ettiği anlamına gelir."

Langdon'ın aklından da birkaç dakika önce aynı düşünce geçmişti, gülümsemeden edemedi. *"Vasari. Vasari."*

Şimdi Sienna'nın yüzünde daha geniş bir gülümseme vardı ve Langdon onun kendisini affettiğini hissetti, en azından şimdilik. Sienna yarı şaka yarı ciddi, "Bence, bu yukarıdan bir işaret," dedi. "O kapıdan geçmeliyiz."

"İyi de... nöbetçinin yanından öylece geçip gidecek miyiz?"

Sienna eklemlerini çatırdatıp mağaranın çıkışına doğru ilerledi. "Hayır, onunla biraz konuşacağım." Parlayan gözlerle Langdon'a baktı. "Güven bana profesör. Gerektiğinde çok inandırıcı olabilirim."

Küçük gri kapı tekrar yumruklanıyordu.

Sertçe ve aralıksız.

Güvenlik görevlisi Ernesto Russo öfkeyle homurdandı. Tuhaf, soğuk bakışlı asker anlaşılan geri dönmüştü ama zamanlaması daha kötü olamazdı. Televizyonda yayımlanan futbol maçı, Fiorentina'da bir oyuncu eksikle uzatmalara kalmıştı ve her şey pamuk ipliğine bağlıydı.

Yumruklama sesi devam etti.

Ernesto aptal değildi. Bu sabah tüm o sirenler ve askerleri görünce ortada bir sorun olduğunu anlamıştı, ama kendisini doğrudan etkilemeyen olaylara asla karışmazdı.

Pazzo è colui che bada ai fatti altrui.[1]

Ama belli ki asker önemli biriydi ve onu görmezden gelmek büyük ihtimalle akıllıca olmayacaktı. Bugünlerde İtalya'da iş bulmak oldukça zordu, sıkıcı bir iş olsa bile. Ernesto son bir kez maça bakıp yumruklanan kapıya doğru ilerledi.

Bu minik odada bütün gün oturup televizyon izlemesi için kendisine maaş verildiğine hâlâ inanamıyordu. Bazen günde iki kere Uffizi Galerisi'nden onca yolu yürüyen bir VIP turu ofisinin dışına gelirdi. Ernesto onları karşılar, çelik ızgara kapının kilidini açar ve grubun küçük gri kapıdan geçmesine izin verirdi. Grubun turu da Boboli Bahçeleri'nde sona ererdi.

Yumruklama sesi artarken Ernesto çelik kapıyı açıp içinden geçti, sonra kapıyı kapatarak arkasından kilitledi.

Aceleyle gri kapıya doğru ilerlerken yumruklama sesine karşılık olarak, "*Si?*" diye bağırdı.

Karşılık gelmedi. Yumruklama devam etti.

Insomma![2] Sonunda kapının kilidini açtı. Kapıyı çekerek açarken bir dakika önce gördüğü aynı donuk bakışları görmeyi bekliyordu.

Ama kapıdaki yüz çok daha çekiciydi.

Sarışın, güzel bir kadın tatlı bir ifadeyle ona gülümseyerek, "*Ciao,*"[3] dedi. Elindeki katlanmış kâğıdı ona uzatınca Ernesto çekinmeden aldı. Kâğıdı eline alır almaz yerden toplanmış çöpten başka bir şey olmadığını anladı ama kadın o sırada bileğini narin elleriyle tutup avucunun bileğe yakın kısmındaki kemikli bölgeye parmağını batırdı.

---

(1) "Başkasının işlerine burnunu sokan delidir."

(2) Sonunda!

(3) "Merhaba."

Ernesto sanki bir bıçak bileğini kesmiş gibi hissetti. Bıçağın acısını elektrik şoku izledi. Kadın ona doğru bir adım atarken basınç katlanarak arttı. Acı döngüsü yeniden başladı. Geriye doğru sendeleyerek kolunu geri çekmeye çalıştı ama bacakları uyuşmuştu, dizleri üzerine çöktü.

Gerisi bir anda oldu.

Koyu renk takım elbiseli uzun boylu bir adam kapı aralığında belirip içeri girdi ve gri kapıyı hemen arkasından kapattı. Ernesto telsizine uzandı ama yumuşak el bir kez boynunu sıkınca nefessiz kaldı. Kadının hareketleri karşısında en az Ernesto kadar şaşırmış olan uzun boylu adam yaklaşırken, kadın telsizini aldı.

Sarışın kadın uzun boylu adama gayet doğal bir ifadeyle, "*Dim mak,*" dedi. "Çin basınç noktaları. Üç bin yıldır kullanılmalarının bir sebebi var."

Adam hayret içinde izliyordu.

Kadın, Ernesto'nun boynundaki basıncı azalttı. "*Non voglio farti del male.*"[1]

Basınç azaldığı anda Ernesto elinden kurtulmaya çalıştı ama basınç anında geri döndü ve kasları tekrar sıkıştı. Acıdan soluğu kesildi, güçlükle nefes alıyordu.

Kadın, "*Dobbiamo passare,*"[2] dedi. Ernesto'nun neyse ki arkasından kilitlediği çelik kapıyı işaret etti. "*Dov'è la chiave?*"[3]

Ernesto, "*Non ce l'ho,*"[4] diyebildi.

Uzun boylu adam yanlarından ızgaraya doğru ilerleyip mekanizmayı inceledi. Amerikan aksanıyla kadına, "Bu şifreli bir kilit," diye seslendi.

Kadın, Ernesto'nun yanına çömeldi, kahverengi gözleri buz gibiydi. "*Qual'è la combinazione?*"[5] diye sordu.

"*Non posso!*"[6] diye cevapladı. "Buna iznim yok..."

---

(1) "Sana zarar vermek istemiyoruz."
(2) "Kapıdan geçmeliyiz."
(3) "Anahtar nerede?"
(4) "Anahtarım yok."
(5) "Şifre nedir?"
(6) "Yapamam!"

Omurgasının tepesinde bir şey oldu ve Ernesto tüm vücudunun uyuştuğunu hissetti. Bir saniye sonra bayıldı. Kendine geldiğinde bilincinin birkaç dakika boyunca açılıp kapandığını hissetti. Bir tartışma... yeni bıçak acıları... belki de sürükleniyordu. Her şey bulanıktı.

Örümcek ağları temizlendiğinde tuhaf bir şey gördü. Ayakkabıları yerde bağcıksız bir halde duruyordu. Tam o sırada güçlükle hareket edebildiğini anladı. Elleri ve ayakları, büyük ihtimalle ayakkabılarının bağcıklarıyla arkadan bağlanmış bir halde yan yatıyordu. Bağırmayı denedi ama sesi çıkmadı. Çoraplarından biri ağzına tıkıştırılmıştı. Gerçek korku anı bir saniye sonra başını kaldırıp televizyonda yayımlanan futbol maçını görünce geldi. Ofisimde... ızgara kapının İÇİNDEYİM!

Ernesto koridorda koşarak hızla uzaklaşan ayak seslerini az da olsa duyabiliyordu... ve sonra sesler yavaş yavaş yerini sessizliğe bıraktı. *Non è possibile!*[1] Sarışın kadın Ernesto'yu asla yapmamak üzere işe alındığı şeyi yapmaya bir şekilde ikna etmişti; ünlü Vasari Koridoru'nun girişindeki şifreyi açıklamaya.

(1) "İmkânsız!"

31. Bölüm

Elizabeth Sinskey, baş dönmesi ve mide bulantısının arttığını hissetti. Pitti Sarayı'nın önüne park etmiş minibüsün arka koltuğuna yığılmıştı. Yanındaki asker, artan bir endişeyle onu izliyordu.

Birkaç dakika önce askerin telsizinden gelen kostüm galerisiyle ilgili konuşmalar, Elizabeth'i, yeşil gözlü canavarın rüyasını gördüğü zihin karanlığından uyandırmıştı.

Yine, Dış İlişkiler Konseyi'nin New York'taki karanlık odasında, kendisini çağıran gizemli yabancının deli saçmalarını dinliyordu. Gölge adam, odanın ön tarafına doğru yürüdü. Upuzun silueti Dante'nin *Cehennem*'inden ilham almış, çıplak ve ölmek üzere olan insan kalabalığının resmedildiği korkunç bir yansımanın önünde dikiliyordu.

Adam, "Birinin bu savaşı vermesi gerek," diyordu. "Yoksa geleceğimiz matematiğin de kesin rakamlarla garantisini verdiği bir felakete sürükleniyor. İnsanlık şimdi erteleme, kararsızlık ve kişisel hırsların arafında bekliyor... ama cehennemin daireleri ayaklarımızın altında, hepimizi içine almak için can atıyor."

Bu adamın savunduğu saçma sapan fikirlerden Elizabeth'in başı dönmüştü. Daha fazla dayanamayıp ayağa fırladı. "Siz bana teklif ettiğiniz şeyin farkında..."

Adam, "Geriye kalan tek seçeneğimiz..." diyerek sözünü kesti.

Elizabeth, "Aslına bakarsanız, ben de tam 'cinayet' diyecektim!" diye karşılık verdi.

Adam omuzlarını silkti. "Cennete giden yol, cehennemden geçer. Dante bize bunu öğretti."

"Delirmişsiniz!"

"Deli mi?" diye yineleyen adam sanki incinmiş gibiydi. "Ben mi? Hiç sanmıyorum. Asıl delilik, Dünya Sağlık Örgütü'nün boşluğa bakıp, orada olanı inkâr etmesi. Delilik, sırtlanlar etrafını sararken devekuşunun başını kuma gömmesi."

Elizabeth hizmet verdiği kuruluşu savunamadan, adam ekrandaki görüntüyü değiştirdi.

Yeni resmi göstererek, "Konu sırtlandan açılmışken..." dedi. "İşte insanlığı çevreleyen sırtlanlar... ve hızla yaklaşıyorlar."

Elizabeth karşısındaki tanıdık resmi görünce şaşırdı. Önceki yıl, DSÖ'nün küresel sağlık üzerinde en önemli etkileri gösterdiğini ilan ettiği çevre sorunlarını betimleyen, yine kendilerinin yayımladığı bir grafikti.

Başka şeylerle birlikte listede şunlar yazılıydı:

Temiz su talebi, küresel ısınma, ozon tabakasının delinmesi, okyanus rezervlerinin tüketilmesi, türlerin yok olması, CO_2 artışı, ormanların yok olması ve deniz seviyesindeki yükselme.

Tüm bu olumsuz göstergeler, geçen yüzyıldan bu yana yükselişe geçmişti. Şimdiyse dehşet verici bir hızla artıyorlardı.

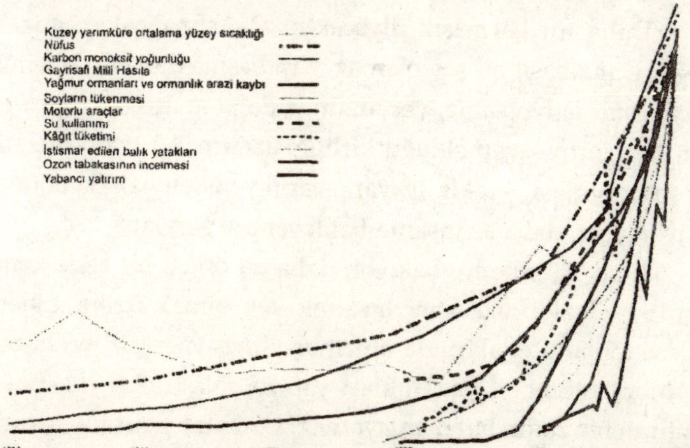

Elizabeth bu grafiği her gördüğünde hissettiği gibi yine bir çaresizlik hissine kapıldı. Bir bilim insanıydı ve istatistiğin faydasına inanırdı. Bu grafik, uzak geleceğin değil... çok *yakın* bir geleceğin tüyler ürpertici resmini çiziyordu.

Elizabeth Sinskey, yaşamı boyunca pek çok kere çocuk sahibi olamayacağı için üzülüp durmuştu. Ama bu grafiği görünce, dünyaya bir çocuk getirmemiş olduğu için adeta rahatlıyordu.

Çocuğuma bırakacağım gelecek bu mu olacaktı?

Uzun boylu adam, "Son elli yıl içinde, Doğa Ana'ya karşı işlediğimiz suçlar çoğalarak arttı," dedikten sonra durdu. "Ben insanlığın ruhu için endişeleniyorum. Dünya Sağlık Örgütü bu grafiği yayımladığında, sorunlardan hangisinin daha ciddi olduğunu ve hangisinin giderilebileceğini belirlemek için siyasetçiler, siyasette rol oynayan isimler ve çevreciler acil durum zirveleri yaptılar. Sonuç ne mi oldu? Bir köşede başlarını ellerinin arasına alıp ağladılar. Ama halkı, sorunlar çok karmaşık olmakla birlikte çözüm için çalıştıklarına ikna ettiler."

"Evet! Bunlar çok *karmaşık* meseleler."

Adam, "Zırva!" diye bağırdı. "Bu grafiğin ilişkilerin en basitini gösterdiğini siz de biliyorsunuz, tek değişkenli bir fonksiyon! Bu grafikteki her satır, tek bir değerle doğru orantılı çıkıyor, herkesin tartışmaktan korktuğu bir değerle. Dünya nüfusu!"

"Doğrusu ben daha..."

"Daha mı karmaşık diyecektiniz? Aslına bakarsanız, öyle değil. Daha basit bir şey olamaz. Kişi başına daha fazla temiz su düşmesini istiyorsanız, yeryüzünde daha az insan olması gerekir. Araçların sebep olduğu kirliliği azaltmak istiyorsanız, daha az şoför olması gerekir. Okyanusların yeniden balıkla dolmasını istiyorsanız, daha az insanın balık yemesi gerekir!"

Hırsla Elizabeth'e bakıyor, daha da öfkeli bir sesle konuşuyordu. "Gözlerinizi açın! İnsanlık yok olmak üzere. Liderlerimizse toplantı odalarında oturmuş güneş enerjisi, geri kazanım ve hibrit otomobil pazarlıkları yapıyor. Nasıl olur da *sizin* gibi eğitimli bir kadın bunu anlayamaz? Ozon tabakasının delinmesi, susuzluk ve kirlilik birer hastalık değil, *belirti*. Hastalık ise nüfus artışı. Ve biz dünya nüfusuyla baş etmedikçe, hızla büyüyen kanserli bir tümöre yara bandı yapıştırmaktan başka bir şey yapıyor olmayız."

Elizabeth, "İnsan türünü kansere mi benzetiyorsunuz?" diye sordu.

"Kanser, kontrol dışı büyümeye başlayan sağlıklı bir hücreden başka bir şey değildir. Fikirlerimi nahoş bulduğunuzu anlıyorum ama sizi temin ederim, vakti geldiğinde diğer seçeneği çok daha nahoş bulacaksınız. Cesur bir karar veremezsek..."

Dr. Sinskey heyecanla araya girdi. "Cesur mu? Aradığınız kelime cesur değil. Buna *delilik* deyin!"

Korkutucu derecede sakin sesle konuşan adam, "Dr. Sinskey," dedi. "Sizi özellikle buraya çağırdım, çünkü sizin, Dünya Sağlık Örgütü'ndeki bilge biri olarak benimle çalışmak ve uygun bir çözüm bulmak isteyebileceğinizi ümit ediyordum."

Elizabeth şaşırmıştı. "Dünya Sağlık Örgütü'nün sizinle ortaklık yapacağını mı düşündünüz? Böyle bir fikri araştırmak için?"

"Doğrusunu isterseniz, evet." dedi. "Örgütünüz doktorlardan oluşuyor ve bir hastası kangren olduğunda, hayatını kurtarmak için bacağını kesmekte tereddüt etmez. Bazen insan kötünün iyisine razı olmak zorundadır."

"Bu durum biraz daha farklı."

"Hayır. *Tıpatıp* aynı. Tek farkı çapı."

Elizabeth yeterince dinlemişti. Birden ayağa kalktı. "Uçağa yetişmem lazım."

Uzun boylu adam ona doğru tehdit edici bir adım atarak yolunu kesti. "Benden söylemesi. İşbirliği yapsanız da, yapmasanız da bu fikri tek başıma kolay bir şekilde geliştirebilirim."

Elizabeth, "Benden söylemesi," dedi. "Bunu bir terör tehdidi olarak algılıyorum ve ona göre muamele yapacağım." Telefonunu çıkardı.

Adam kahkaha attı. "Hipotezlerden bahsettiğim için beni şikâyet mi edeceksiniz? Ne yazık ki telefon açmak için beklemeniz gerekecek. Bu odanın elektronik kalkanı var. Telefonunuz sinyal alamaz."

Sinyale ihtiyacım yok, seni kaçık. Elizabeth telefonunu kaldırıp adam daha ne olduğunu anlayamadan, yüzünün fotoğrafını çekti. Flaş yeşil gözlerinde parlarken, Elizabeth bir an için onu tanıdığını düşündü.

"Her kimsen, beni buraya çağırmakla yanlış bir iş yaptın. Havaalanına vardığım anda, kim olduğunu öğreneceğim ve sen de DSÖ'nün, CDC'nin,[1] ECDC'nin[2] potansiyel biyoterörist listesinde yer alacaksın. Gece gündüz seni izleyecekler. Eğer malzeme satın almaya kalkarsan veya laboratuvar kurarsan haberimiz olacak. Hiçbir yere saklanamazsın."

Adam gergin geçen uzunca bir süre sanki Elizabeth'in telefonuna atlayacakmış gibi durdu. Sonunda gevşeyip, ürkütücü bir şekilde sırıtarak yana çekildi. "O halde dans etmeye başladık demektir."

---

(1) ABD Hastalık Kontrol ve Korunma Merkezleri
(2) Avrupa Hastalık Kontrol ve Korunma Merkezleri

32. Bölüm

Vasari Koridoru, yani Il Corridoio Vasariano, 1564'te, Pitti Sarayı'ndaki evinden, Arno Nehri'nin karşısındaki Vecchio Sarayı'ndaki çalışma ofisine güvenli bir geçiş sağlaması için Medici soyundan Grandük I. Cosimo'nun emriyle Giorgio Vasari tarafından tasarlanmıştı.

Vatikan şehrindeki ünlü Passetto gibi Vasari Koridoru da mükemmel bir gizli geçitti. Boboli Bahçeleri'nin doğu köşesinden başlayıp Vecchio Köprüsü'nün üzerinden geçiyor, aradaki Uffizi Galerisi'nin içinden kıvrılarak eski sarayın kalbine kadar yaklaşık bir kilometre boyunca uzanıyordu.

Günümüzdeyse Vasari Koridoru, Medici aristokratları için olmasa bile, sanat eserleri için hâlâ güvenli bir sığınak olarak hizmet veriyordu. Koridor sonsuz gibi gelen güvenli duvarlarıyla içinden geçtiği Uffizi Galerisi'nden taşan nadir tablolara ev sahipliği de yapıyordu.

Langdon bu koridordan birkaç yıl önce özel bir tur sırasında geçmişti. O akşamüstü, koridordaki tablolara hayranlıkla bakmak için durmuştu; aralarında dünyanın en geniş otoportre koleksiyonu vardı. Pek çok kez de ziyaretçilerin bu yükseltilmiş geçitte ne kadar ilerlediklerini hesaplayabilmesini sağlayan gözetleme pencerelerinden dışarı bakmak için durmuştu.

Ama bu sabah Langdon ile Sienna, peşlerinden gelenlerle arayı mümkün olduğunca açabilmek için koridordan koşarak geçiyorlardı. Langdon bağladıkları bekçiyi bulmalarının ne kadar süreceğini merak etti. Tünel önlerinde uzanırken, her adımda kendilerini, aradıkları şeye yaklaştırdığını hissetti.

Cerca trova... ölümün gözleri... ve kimin peşimden geldiğinin cevabı.

Tünelde ilerledikçe, Langdon bu geçidin ne kadar tutkulu bir mimari başarı olduğunu düşündü. Boylu boyunca şehrin üstünde yükseltilmiş Vasari Koridoru, Arno Nehri'nin üzerinden geçerek Pitti Sarayı'ndan eski Floransa'nın kalbine kadar, binaların arasından kıvrılan bir yılanı andırıyordu. Kireç badanalı dar geçit, sonsuzluğa uzanıyor gibiydi. Engelleri atlamak için Arno'nun üzerinden ara sıra sağa sola dönse de... daima doğuya doğru ilerliyordu.

Koridorda aniden önlerinden sesler gelince Sienna koşmayı bıraktı. Langdon da durdu ve elini sakince Sienna'nın omzuna koyarak yanlarındaki gözetleme penceresini işaret etti.

Aşağıda turistler var.

Langdon ile Sienna pencerenin yanına gidip dışarı bakınca, Vecchio Köprüsü'nün üzerinde durduklarını gördüler. Aşağıda günün ilk turistleri, 1400'lerden beri köprünün üstünde kurulu olan pazarda vakit geçiriyorlardı. Şimdikiler çoğunlukla kuyumcular ve takı eşyaları satanlardı ama hep böyle olmamıştı. İlk başta köprü, Floransa'nın geniş açık hava pazarına ev sahipliği yapmıştı. 1593'te bozulmuş etlerin ekşi kokusu Vasari Koridoru'na kadar yükselip de grandükün hassas burun deliklerini rahatsız edince et satışı yasaklanmıştı.

Langdon aşağıdaki köprünün bir yerinde, Floransa'da işlenen cinayetlerden en kötü üne sahip olanını hatırladı. 1216'da Buondelmonte ismindeki genç bir soylu, gerçek aşkı uğruna ailesinin ayarladığı evliliği yapmayı reddetmiş ve bu kararı sebebiyle bu köprüde öldürülmüştü.

Birbirleriyle yüzyıllarca acımasızca savaşmış olan iki güçlü siyasi kesim; Guelf'ler ile Ghibellin'ler arasındaki sürtüşmeyi tetiklediğinden, gencin ölümü uzun süre "Floransa'nın en kanlı cinayeti" olarak anılmıştı.

Süregelen siyasi düşmanlık, Dante'nin Floransa'dan sürülmesine neden olduğu için şair bu olayı *İlahi Komedya*'da acı bir şekilde ölümsüzleştirmişti: *Ah Buondelmonte, ah! Başkasının sözüne uyup onunla evlenmekten kaçınmakla çok fena ettin!*

Günümüzde, cinayetin işlendiği yerin yanında, üç ayrı levha bulunuyordu. Bu levhalardan her birinde, Dante'nin *Cennet*'indeki On Altıncı Kanto'dan farklı bir mısra yazıyordu. İçlerinden biri Vecchio Köprüsü'nün girişine yerleştirilmişti ve şöyle diyordu:

FAKAT KÖPRÜYÜ BEKLEYEN KIRIK TAŞA
BİR KURBAN ADAMASI MUKADDERMİŞ FLORANSA'NIN
BARIŞ VE HUZUR DEVRESİNİN SONUNDA

Langdon bakışlarını köprüden, aşağısındaki karanlık sulara çevirdi. Doğu tarafında, Vecchio Sarayı'nın tek başına duran sivri kulesi onları çağırıyordu.

Langdon ile Sienna, Arno Nehri'ni henüz yarılamış olsalar da dönüşü olmayan noktayı çoktan geçtiklerine emindi.

Dokuz metre aşağıda, Vecchio Köprüsü'nün çakıltaşları üzerindeki Vayentha, kendisini kurtaracak tek şeyin az önce başının üstünden geçtiğinden habersiz, yaklaşan kalabalığı endişeyle taradı.

33. BÖLÜM

Yönetici Knowlton *The Mendacium*'un güverte altındaki bölmesinde tek başına oturmuş boş yere işine odaklanmaya çalışıyordu. Dehşet içinde kaydı tekrar izlemişti ve son bir saattir dâhilikle delilik arasında bir yerde duran on dakikalık monoloğu analiz ediyordu.

Knowlton gözden kaçırmış olabileceği bir ipucu arayarak kaydı baştan hızla ileri sardı. Suyun altındaki tabelayı geçti... içinde sarı-kahverengi bulanık sıvının bulunduğu torbayı geçti... ve gaga burunlu gölgenin belirdiği anı buldu. Damlayan mağara duvarına yansıyan deforme olmuş bir siluet... yumuşak kırmızı bir ışıkla aydınlanmıştı.

Knowlton boğuk sesi dinleyerek süslü sözleri çözmeye çalıştı. Konuşmanın yarısında duvardaki gölge aniden büyüdü ve ses kuvvetlendi.

Dante'nin cehennemi kurmaca değil... kehanettir!

Berbat sefalet. Istıraplı acı. Bu, geleceğin manzarasıdır.

İnsanlık eğer denetlenmezse, veba ya da bir kanser gibi işler... Bir vakitler faziletimizi ve kardeşliğimizi besleyen yeryüzü refahı tamamen tükeninceye dek, her yeni nesille birlikte artar sayımız... İçimizdeki canavarlar ortaya çıkar... Çocuklarımızı doyurmak için ölümüne bir savaş veririz.

Burası Dante'nin dokuz daireli cehennemidir.

Bizi bekleyen budur.

Malthus'un matematiğiyle alevlenmiş gelecek üzerimize doğru savrulurken, cehennemin ilk dairesinde, tahminimizden çok daha hızlı bir şekilde düşmeye hazırlanarak.... yalpalarız.

Knowlton kaydı durdurdu. *Malthus matematiği mi?* Hızlı bir internet araması onu on dokuzuncu yüzyıl matematikçisi ve nüfus bilimcisi Thomas Robert Malthus hakkında bilgiye ulaştırdı. Nüfus fazlalığından ötürü önünde sonunda küresel bir çöküş olacağı kehanetinde bulunmuştu.

Malthus'un biyografisinde, *An Essay on the Principle of Population*[1] adlı kitabından sinir bozucu bir alıntı vardı:

> Nüfusun gücü, insanın nafakasını üretme gücünden o denli üstündür ki, erken ölüm şu veya bu şekilde insan türünü ziyaret etmelidir. İnsanoğlunun ahlaksızlığı etkindir ve nüfusun azalmasına hizmet eder. Büyük yıkım ordusunun müjdecisidir ve genellikle korkunç işi kendi bitirir. Ama bu imha savaşında başarısız olursa hastalıklar, salgınlar, kıran ve veba ilerler; binleri, on binleri silip süpürür. Başarı yarım kalırsa ardından muazzam bir kıtlık yaklaşır ve tek bir güçlü darbe indirerek dünya nüfusu ile yiyeceği dengeler.

Knowlton kalbi çarparken gaga burunlu gölgenin donmuş görüntüsüne baktı.

İnsanlık eğer denetlenmezse, veba ya da kanser gibi işler.

Denetlenmezse. Bu, Knowlton'ın kulağına hiç hoş gelmemişti.

Tereddütle parmağını kaldırıp kaydı devam ettirdi.

Boğuk ses konuşmaya devam etti.

---

(1) Nüfus Prensibi Üzerine Bir Deneme

Hiçbir şey yapmamak; sıkışıp kalarak, açlık çekerek, günah içinde yuvarlanarak Dante'nin cehennemine kucak açmaktır.

Ve ben de cesaretle eyleme geçtim.

Kimileri dehşetle bakacaktır ama kurtuluşun bir bedeli vardır.

Dünya bir gün fedakârlığımın güzelliğini kavrayacaktır.

Çünkü ben sizin kurtuluşunuzum.

Ben Gölge'yim.

Ben insanlık sonrası çağının kapısıyım.

34. Bölüm

Vecchio Sarayı dev bir satranç taşına benzer. Sağlam dörtgen biçimindeki dış cephesi ve kare kesimli mazgallı siperleriyle, dev bir satranç kalesine benzeyen tam yerine kondurulmuş bina, Signoria Meydanı'nın güneydoğu köşesini korur.

Kare şeklindeki hisarının merkezinden yükselerek ufuk çizgisinde belirgin bir profil oluşturan binanın aşılmadık tek kulesi, Floransa'nın eşsiz bir sembolü haline gelmiştir.

İtalyan hükümetine hizmet etmesi için inşa edilmiş olan bina, ziyaretçilerine gözdağı veren erkeksi heykeller sunar. Ammannati'nin *Neptün Çeşmesi*'ni taçlandıran kaslı *Neptün* heykeli, denizden fırlayan dört güçlü atın tepesinde çıplak bir şekilde yükselir. Bu Floransa'nın denizlerdeki egemenliğinin bir sembolüdür. Michelangelo'nun *Davut* heykelinin bir replikası –dünyanın en ünlü çıplak erkeği– tüm haşmetiyle saray girişinde durur. *Davut*'a, *Herakles* ve *Casus* adlı iki devasa çıplak adamın heykelleri de eşlik ederler. Böylece, Neptün'ün satirleriyle birlikte toplam bir düzine penis saraya gelen ziyaretçileri karşılar.

Normalde, Langdon'ın Vecchio Sarayı'nı ziyaretleri burada, Signoria Meydanı'nda başlardı. Burası, erkeklik uzuvlarının aşırılığına rağmen, Avrupa'daki en sevdiği meydanlardan biriydi.

Meydana yapılan hiçbir ziyaret, Caffe Rivoire'de bir espresso içip meydandaki açık hava heykel galerisi olan Loggia dei Lanzi'deki Medici aslanlarını görmeden tamamlanmış sayılmazdı.

Ama bugün Langdon ve arkadaşı, Vecchio Sarayı'na büyük ihtimalle Medici düklerinin o zamanlar yaptıkları gibi, Vasari Koridoru'ndan girmeyi planlıyorlardı. Ünlü Uffizi Galerisi'nden geçerek köprülerin, yolların üzerinden kıvrılan ve binaların içinden geçerek onları doğrudan eski sarayın kalbine çıkaracak olan koridoru takip edeceklerdi. Buraya kadar, peşlerinden gelen ayak sesleri duymamışlardı ama Langdon koridora çıkmakta tereddütlüydü.

Karşılarında duran ağır tahta kapıya bakarak, *işte, geldik*, diye düşündü. *Eski sarayın girişi.*

Kapıda sağlam bir kilitleme mekanizması olmasına rağmen, itilerek açan kolu da vardı. Diğer taraftan birinin anahtar kartı olmadan Vasari Koridoru'na girişi engellenirken, bu yatay kol sayesinde acil durumda çıkış yapılabiliyordu.

Langdon kulağını kapıya dayayıp dinledi. Diğer taraftan hiçbir şey duymayınca, ellerini kolun üzerine koyup hafifçe itti.

Kilit tıkırdadı.

Tahta kapı birkaç santim aralanınca Langdon karşısındaki dünyaya baktı. Küçük bir niş. Boş. Sessiz.

Langdon rahatlama hissiyle içeri girip Sienna'ya kendisini izlemesini işaret etti.

İçerideyiz.

Vecchio Sarayı'nın içinde bir yerde, sessiz bir nişin içinde duran Langdon kısa bir an durup yönünü tayin etmeye çalıştı. Önlerinde, nişe diklemesine uzanan uzun bir geçit vardı. Sollarında, uzakta, koridorda sakin ve neşeli sesler yankılanıyordu. Vecchio Sarayı, Amerika Birleşik Devletleri Kongre Binası gibi hem turistlerin ziyaretine açık bir yer, hem de bir hükümet ofisiydi. Bu saatte duydukları sesler, büyük ihtimalle ofislere girip çıkan ve güne hazırlanan çalışanlara aitti.

Langdon ve Sienna geçide doğru ilerleyip gizlice köşeden baktılar. Koridorun sonunda, yaklaşık bir düzine hükümet çalışanının durup sabah espressolarını içtikleri ve işten önce mesai arkadaşlarıyla sohbet ettikleri bir avlu vardı.

Sienna, "Vasari duvar resmi," diye fısıldadı. "Beş Yüz Salonu'nda olduğunu söylemiştin, öyle değil mi?"

Langdon başını evet anlamında sallayıp kalabalık avlunun karşısındaki taş bir geçide açılan sütunlu girişi gösterdi. "Maalesef, avludan gidiliyor."

"Emin misin?"

Langdon başını salladı. "Kimseye görünmeden geçmemiz imkânsız."

"Onlar devlet memuru. Bizimle ilgilenmeyeceklerdir. Sadece, buraya aitmişsin gibi yürü."

Sienna uzanıp Langdon'ın ceketini ve gömlek yakasını nazikçe düzeltti. "Çok havalı görünüyorsun Robert." Mahcup bir ifadeyle Langdon'a gülümseyip kendi kazağını da düzelterek dışarı çıktı.

Langdon arkasından onu takip etti. Kararlı adımlarla avluya doğru ilerlediler. Avluya girdiklerinde Sienna akıcı bir İtalyancayla onunla konuşmaya başladı, tarım desteğiyle ilgili bir şeyler söylüyordu. El kol hareketlerinin eşliğinde ve hararetle konuşuyordu. Diğerleriyle aralarında mesafe bırakmaya özen göstererek duvar dibinden ilerlediler. Langdon, tek bir çalışanın bile kendilerine ikinci kez dönüp bakmadığını fark etti.

Avluyu geçtiklerinde, hızla geçide doğru ilerlediler. Langdon, Londra'da sahnelenen Shakespeare oyununun broşür kapağını hatırladı. *Afacan Peri.* Alçak sesle konuştu. "Oldukça iyi bir aktrissin."

Sienna, "Öyle olmak zorundayım," dedi, sesi tuhaf bir şekilde uzak geliyordu.

Langdon bir kez daha bu genç kadının geçmişinde, bildiğinden daha çok acı olduğu hissine kapıldı ve kendi belasına onu da bulaştırdığı için derin bir vicdan azabı hissetti. Artık, sonuna kadar gitmekten başka yapılacak bir şey olmadığını kendine hatırlattı.

Tünelde yüzmeye devam et... ve ışığı görmek için dua et.

Sütunlu girişe yaklaştıklarında Langdon hafızasının kendisini yanıltmadığını görünce rahatladı. Üzerinde köşeyi dönmelerini işaret eden bir ok olan küçük tabeleda; IL SALONE DEI CINQUECENTO yazıyordu. Langdon, *Beş Yüz Salonu,* diye düşünürken bulmaları gereken cevapları merak etti. *Gerçek, sadece ölümün gözlerinden görülebilir. Bu ne demek olabilir?*

Köşeye yaklaşırlarken Langdon, "Salon hâlâ kapalı olabilir," dedi. Beş Yüz Salonu popüler bir turist noktası olmasına rağmen, saray bu sabah henüz turistlerin ziyaretine açılmamış gibiydi.

Sienna birden durarak, "Duyuyor musun?" diye sordu.

Langdon sesi duymuştu. Köşenin arkasından yüksek bir vınlama sesi geliyordu. *Lütfen bana bunun uzaktan kumandalı helikopter olmadığını söyle.* Temkinli bir şekilde revağın köşesinden baktı. Otuz metre ileride, Beş Yüz Salonu'na açılan son derece sade, tahta bir kapı görünüyordu. Ne yazık ki aralarında, daireler çizen elektrikli yer cilalama makinesini iten şişman bir bekçi vardı.

Kapı bekçisi.

Langdon'ın gözleri kapının dışındaki plastik tabelanın üzerindeki üç sembole kaydı. En tecrübesiz simgebilimcilerin bile anlayabileceği bu evrensel semboller; üzerinde *X* işareti olan bir video kamera, üzerinde *X* işareti olan bir bardak ve bir kadın ile erkek figürüydü.

Langdon bekçiye doğru hızla ilerledi, adama yaklaşırken hafifçe koşmaya başladı. Sienna ona yetişmek için arkasından koştu.

Bekçi şaşkın bir ifadeyle kafasını kaldırıp ona baktı. *"Signori?!"* Langdon ve Sienna'nın durması için ellerini kaldırdı.

Langdon adama acıyla gülümsedi, hatta daha çok yüzünü buruşturuyordu. Özür dileyen bir ifadeyle kapının yanındaki sembolleri işaret etti. Acı dolu bir sesle, *"Toilette,"* dedi. Bu bir soru değildi.

Bekçi biraz tereddüt etti, isteği reddedecekmiş gibi görünüyordu ama sonra önünde huzursuzca kıpırdanan Langdon'a sevimli bir şekilde başını sallayıp geçmelerini işaret etti.

Kapıya vardıklarında Langdon, Sienna'ya göz kırparak, "Şefkat, evrensel bir dildir," dedi.

35. Bölüm

Bir zamanlar Beş Yüz Salonu, dünyanın en büyük salonuydu. 1494'te cumhuriyetin beş yüzden fazla üyesi bulunan Büyük Konsey'i Consiglio Maggiore'nin toplantı odası olarak yapılmış ve ismini buradan almıştı. Birkaç yıl sonra I. Cosimo'nun emriyle salon yenilenip genişletilmişti. İtalya'nın en güçlü adamı I. Cosimo, proje yöneticisi ve mimar olarak büyük Giorgio Vasari'yi seçmişti.

Olağanüstü bir mühendislik başarısıyla Vasari, orijinal çatıyı yükseltmiş, salonun dört tarafındaki yüksek pencerelerle içeri doğal ışık girmesini sağlamış ve sonuçta Floransa'nın en güzel mimari eserleri, heykel ve resimleri için seçkin bir galeri meydana getirmişti.

Langdon'ın ilk dikkatini çeken şey ise, bu salonun sıradan bir yer olmadığını ilan eden zemini olmuştu. Siyah karelerin içine yerleştirilmiş kırmızı taş parkeler, bin yüz metrekarelik alana sağlam, derin ve dengeli bir hava kazandırıyordu.

Langdon gözlerini yavaşça salonun diğer tarafına kaydırdı: Altı dinamik heykel; *Herakles'in Görevleri* duvara asker gibi sıralanmıştı. Langdon çıplak vücutları acayip bir güreşe tutuşmuş gibi duran, kötü şöhretli Herakles ve Diomedes heykeline bakmadan geçti. Bu heykeldeki penisten yakalama hareketine ne zaman baksa içi bir tuhaf olurdu.

Güney duvarının orta nişine hâkim olarak, sağ tarafta duran Michelangelo'nun nefes kesici *Zafer* heykeline bakmak daha kolaydı. Yaklaşık üç metre boyundaki bu heykel, aşırı muhafazakâr Papa II. Julius'un –II Papa Terribile– mezarı için yapılmıştı. Vatikan'ın homoseksüellik konusundaki yaklaşımını bilen Langdon bunu hep ironik bulmuştu. Heykelde, Michelangelo'nun uzun seneler âşık olduğu ve üç yüzden fazla sone yazdığı genç adam Tommaso dei Cavalieri betimleniyordu.

Sienna, aniden alçak ve saygılı bir sesle, "Buraya daha önce gelmediğime inanamıyorum," diye fısıldadı. "Çok... güzelmiş."

Dünyaca ünlü piyanist Mariele Keymel'in klasik müzik konserini izlemek için buraya ilk geldiği anı hatırlayan Langdon başını salladı. Bu büyük salon başlangıçta grandük ile yapılan özel siyasi toplantılar için tasarlanmış olsa da, bugünlerde daha çok popüler müzisyenlere, konuşmacılara ve gala yemeklerine mekân oluyordu. Langdon bazen, özel salonunu CEO'larla ve mankenlerle paylaşmanın I. Cosimo'ya ne hissettireceğini merak ederdi.

Langdon şimdi gözlerini, duvarları süsleyen devasa resimlere dikmişti. Sonuçları, "Eriyen Başyapıt" olarak adlandırılmalarına sebep olan Leonardo da Vinci'nin başarısız bir deneysel tekniğiyle boyanmışlardı. Ayrıca Piero Soderini ve Machiavelli'nin başlattığı sanatsal bir "güç gösterisi", Rönesans'ın iki devine –Michelangelo ve Leonardo– aynı salonun karşılıklı duvarlarına resim yapmaları emrini vererek birbiriyle çarpıştırmıştı.

Ama bugün Langdon, salonun başka tarihi tuhaflıklarıyla ilgiliydi.

Cerca trova.

Duvar resimlerini inceleyen Sienna, "Hangisi Vasari?" diye sordu.

Salon yenilenirken Vasari ile asistanının; orijinal duvar resimlerinden, ünlü asma tavanı süsleyen çerçeveli otuz dokuz paneline kadar, içindeki hemen her şeyi yeniden boyadığını bilen Langdon, "Hemen hepsi," diye cevap verdi.

Sağ taraftakini işaret eden Langdon, "Ama şuradaki, görmeye geldiğimiz duvar resmi: *Battaglia di Marciano*."

Buradaki savaş sahnesi gerçekten de devasa ölçülerdeydi. On yedi metre genişliğinde ve üç bina katından daha yüksekti. Kahverengi, yeşil ve kırmızı ağırlıklı tonlarda yapılmıştı: pastoral bir dağ yamacında çarpışan askerler, atlar ve sancakların oluşturduğu vahşi bir manzara.

Sienna, "Vasari, Vasari," diye fısıldadı. "Şimdi bunun içinde bir yere mesaj gizlenmiş, öyle mi?"

Geniş duvar resminin üst kısmına gözlerini kısarak bakarken, Vasari'nin gizemli mesajını yazdığı o yeşil savaş bayrağını bulmaya çalışan Langdon, "Buradan dürbünsüz görmemiz neredeyse imkânsız ama üst orta kısımda, yamaçtaki iki çiftlik evinin hemen altına bakarsan, eğik duran, küçük bir bayrak göreceksin..." dedi.

Sağ üst tarafta, doğru noktayı işaret eden Sienna, "Gördüm!" diye karşılık verdi.

Langdon daha genç gözlere sahip olmayı dilerdi.

İkisi büyük duvar resmine yaklaşınca Langdon resmin ihtişamına hayran kaldı. Tek sorun şuydu ki, *neden* burada olduklarını bilmiyordu. Uzun süre, gözlerini Vasari'nin başyapıtının detaylarından ayırmadan, sessizce durdu.

Başaramazsam... herkes ölür.

Arkalarındaki bir kapı gıcırdayarak açıldı ve elindeki cila makinesiyle bekçi içeriye göz attı. Sienna ona samimi bir şekilde el salladı. Onlara kısa bir süre göz gezdiren bekçi, ardından kapıyı kapattı.

Sienna, "Fazla vaktimiz yok Robert," diyerek onu uyardı. "Düşünmen lazım. Bu resim sende bir şeyler çağrıştırıyor mu? Bir şeyler hatırlıyor musun?"

Langdon üstlerinde duran kaotik savaşı dikkatle inceledi.

Gerçek, yalnızca ölümün gözlerinden görülebilir.

Langdon duvar resminde, ölü gözlerin resimdeki başka bir ipucu... veya belki de salondaki başka bir yere bakan bir ceset olacağını sanmıştı. Ne yazık ki, şimdi resimde onlarca ceset görüyordu ama hiçbiri dikkate değmezdi ve içlerinde, herhangi bir yere ölü gözlerle bakan yoktu.

Gerçek, yalnızca ölümün gözlerinden görülebilir?

Bir şekil belirir umuduyla, bir cesetten diğerine hayali çizgiler birleştirmeye çalıştı ama hiçbir şey göremedi.

Hafızasının derinliklerini yoklarken başı yine zonklamaya başladı. Orada bir yerde, gümüş saçlı kadın sürekli fısıldıyordu: *"Ara, bulacaksın."*

Langdon, "Neyi bulacağım?!" diye bağırmak istedi.

Gözlerini kapatıp derin nefesler aldı. Omuzlarını gevşetmeye çalışırken içgüdülerini harekete geçirmek umuduyla kendini tüm düşüncelerden arındırmaya zorladı.

Çok üzgünüm.

Vasari.

Cerca trova.

Gerçek, yalnızca ölümün gözlerinden görülebilir.

İçgüdüleri ona, hiç şüphesiz doğru yerde durduğunu söylüyordu. Nedeninden henüz emin olamasa da aradığı şeyi bulmasının an meselesi olduğunu hissediyordu.

Ajan Brüder önündeki vitrinde duran kırmızı kadife pantolonla tüniğe boş gözlerle baktı ve içinden küfretti. TTD ekibi tüm kostüm galerisini aramış ama Robert Langdon ile Sienna Brooks'u hiçbir yerde bulamamıştı.

Öfkeyle, *Teftiş ve Tepki Desteği,* diye düşündü. Öğretim görevlileri ne zamandan beri TTD'yi atlatabiliyor? Ne cehenneme gittiler?

Adamlarından biri, "Tüm çıkışlar kapatıldı," diye bildirdi. "Tek ihtimal, hâlâ bahçede oldukları."

Kulağa mantıklı gelse de Brüder, Robert Langdon ile Sienna Brooks'un başka bir yol bulduklarını hissediyordu.

Brüder kızgın bir sesle, "Helikopter yeniden havalansın," diye emretti. "Ayrıca yerel yetkililere, arama alanını duvarların dışına genişletmelerini söyle."

Adamları dışarı fırlarken Brüder telefonunu aldı ve yetkili kişiyi aradı. "Ben Brüder," dedi. "Üzgünüm ama ciddi bir sorunumuz var. Aslına bakarsanız birkaç tane."

36. Bölüm

Gerçek, sadece ölümün gözlerinden görülebilir.

Sienna göze çarpan bir şey bulma umuduyla Vasari'nin vahşi savaş sahnesinin her santimini incelemeye devam ederken kendi kendine bu kelimeleri tekrar ediyordu.

Her yerde ölümün gözlerini görüyordu.

Hangilerini arıyoruz?!

Ölümün gözlerinin belki de veba salgını sırasında Avrupa'ya saçılan kokuşmuş cesetlere bir gönderme olabileceğini düşündü.

En azından bu, veba maskesini açıklardı...

Birdenbire, Sienna'nın aklına bir ninni geldi. *Gül etrafında çember. Ceplerde buket buket çiçekler. Küller, küller. Hep birlikte düşüyoruz.*

İngiltere'de öğrenciyken şiiri ezbere okurdu. Ta ki, Londra'daki Büyük Salgın'dan ilham aldığını öğrenene kadar. Gülün etrafındaki çember; derinin üzerindeki gül rengindeki kabarcığın etrafında oluşan halkaya göndermeydi ve bu da birinin hastalığı kaptığı anlamına geliyordu. Hastalığa kapılanlar, çürüyen vücutlarının ve şehirdeki ceset kokusunu bastırmak için ceplerinde güller taşıyorlardı. Her gün yüzlerce veba kurbanı ölüyor ve cesetleri yakılıyordu. *Küller, küller. Hep birlikte düşüyoruz.*

Langdon karşı duvara doğru dönerek aniden, *"Tanrı Aşkına!"* diye bağırdı.

Sienna ona bakarak, "Ne oldu?" diye sordu.

"Bu, bir zamanlar burada sergilenen sanat eserinin adı. *Tanrı Aşkına.*"

Sienna şaşkın gözlerle Langdon'ın odadan küçük bir cam kapıya doğru telaşla ilerleyişini izledi. Langdon kapıyı açmaya çalıştı ama kilitliydi. Yüzünü cama yaklaştırıp iki elinin arasına alarak içeri baktı.

Sienna, Langdon'ın aradığı şeyi bir an önce bulmasını diledi. Yeniden ortaya çıkan bekçi, kilitli bir kapıdan içeri bakarak oyalanan Langdon'ı görünce yüzünde şüphelendiğini gösteren bir ifade belirmişti.

Sienna neşeyle bekçiye el salladı ama adam ona kızgın gözlerle uzun uzun baktıktan sonra gözden kayboldu.

Il Studiolo.

Cam bir kapının arkasında, Beş Yüz Salonu'ndaki *cerca trova* kelimelerinin tam karşısında küçük, penceresiz bir bölme vardı. Vasari tarafından I. Francesco için gizli bir çalışma odası olarak tasarlanan dikdörtgen il Studiolo, içeri girenlerde dev bir hazine sandığının içinde olduğu hissini uyandıran yuvarlak, beşik tonozlu bir tavana sahipti.

Buna uygun olarak, içerisi gösterişli objelerle pırıl pırıl parlıyordu. Otuzdan fazla nadide tablo duvarları ve tavanı süslüyordu. Birbirlerine o kadar yakın yerleştirilmişlerdi ki duvarda açık bir alan kalmamıştı. *Ikarus'un Düşüşü.... İnsan Hayatına Dair Bir Alegori... Prometheus'a Muhteşem Mücevherler Sunan Doğa...*

Langdon camdan ilerideki göz kamaştırıcı yere bakarken kendi kendine, "Ölümün gözleri," diye fısıldadı.

Langdon, il Studiolo'nun içine ilk kez birkaç yıl önce saraydaki özel bir gizli geçit turunda girmişti ve buradaki gizli kapıların, merdivenlerin ve geçitlerin çokluğu karşısında hayrete düşmüştü. Birkaç tane de il Studiolo'daki tabloların arkasında vardı.

Ama Langdon'ın ilgisini çeken gizli geçitler değildi. Eskiden burada sergilenirken gördüğü cesur bir modern sanat eserini hatırlamıştı. Damien Hirst'ün tartışmalar yaratan eseri *Tanrı Aşkına,*

Vasari'nin ünlü il Studiolo'sunda sergilenince büyük patırtılar kopmuştu.

Bu, platinden gerçek boyutlu bir insan kafatasıydı. Yüzeyi tamamıyla birbirine çok yakın işlenmiş *sekiz bin* parlak elmasla kaplanmıştı. Oldukça çarpıcıydı. Kafatasının boş göz çukurları ışık ve canlılıkla parlıyor, yaşam ve ölüm - güzellik ve korku gibi zıt sembollerin kafa karıştırıcı birlikteliğini yansıtıyordu. Hirst'ün elmas kafatası, il Studiolo'dan uzun zaman önce kaldırılmıştı ama onu hatırlamak Langdon'ın aklına yeni bir fikrin gelmesine neden olmuştu.

Ölümün gözleri, diye düşündü. *Bir kafatası kesinlikle buna uyuyor, öyle değil mi?*

Kafatasları, Dante'nin *Cehennem*'inde tekrarlanan bir temaydı, en ünlüsü de cehennemin en alt dairesinde Kont Ugolino'nun acımasızca cezalandırılışı sırasında geçerdi. Zalim bir başpiskoposun kafatasını sonsuza dek kemirmeye mahkûm edilmişti.

Bir kafatası mı arıyoruz?

Esrarengiz il Studiolo, Langdon'ın bildiği kadarıyla "ilgi eşyaları odası" geleneğine uygun olarak yapılmıştı. Tüm tablolar dükün ilgi duyduğu eşyaların sergilendiği dolaplara kapak vazifesi görecek şekilde gizli menteşelerle tutturulmuş, eşyaların görülebilmesi için de dolap kapısı gibi açık bırakılmıştı. İçlerinde; nadir bulunan mineral örnekleri, güzel tüyler, mükemmel bir notilus kabuğu fosili ve hatta iddiaya göre bir keşişin elle dövülüp gümüşle süslenmiş kavalkemiği gibi eşyalar sergilenmişti. Langdon dolaptaki eşyaların uzun zaman önce kaldırıldığından şüpheleniyordu ve burada Hirst'ün eserinden başka bir kafatası sergilendiğini duymamıştı.

Koridorun diğer ucunda sertçe çarpılan bir kapı sesi duyunca düşünceleri yarım kaldı. Çevik ayak sesleri hızla salondan onlara doğru yaklaşıyordu.

Kızgın bir ses, "*Signore!*" diye bağırdı. "*Il salone non è aperto!*"(1)

---

(1) "Salon açık değil!"

Langdon arkasını dönünce kendisine doğru ilerleyen bir kadın görevli gördü. Ufak tefekti, kısa kahverengi saçları vardı. Ayrıca, hamileliğinin son dönemlerindeydi. Kadın kızgın bir ifadeyle onlara doğru ilerlerken parmağıyla saatini tıklattı ve salonun açık olmadığıyla ilgili bir şeyler söyledi. Yaklaşırken, Langdon'la göz göze geldi ve aniden durup şok içinde eliyle ağzını kapattı.

Mahcup bir ifadeyle, "Profesör Langdon!" diye haykırdı. "Çok özür dilerim! Burada olduğunuzu bilmiyordum. Hoş geldiniz!"

Langdon donup kalmıştı.

Bu kadını daha önce görmediğinden emindi.

37. BÖLÜM

Kadın aksanlı bir İngilizceyle Langdon'a yaklaşırken coşkuyla, "Sizi neredeyse tanımayacaktım profesör!" dedi. "Bu... giyim tarzınız." Samimiyetle gülümseyerek Langdon'ın Brioni takımını takdir eden bir ifadeyle başını salladı. "Son moda. İtalyanlara benziyorsunuz."

Langdon'ın ağzı kupkuru olmuştu ama kadın yanına geldiğinde kibarca gülümsemeyi başardı. Kekeleyerek, "Gü... günaydın," dedi. "Nasılsınız?"

Kadın, göbeğini tutarak güldü. "Bitkin. Küçük Catalina bütün gece tekmeledi." Kafası karışmış gibi odaya bakındı. "*Il Duomino* bugün geri geleceğinizden hiç bahsetmedi. Sanırım, o da sizinle birlikte?"

Il Duomino mu? Kimden bahsettiği hakkında Langon'ın hiçbir fikri yoktu.

Kadın onun mahcubiyetini görünce güven veren bir ifadeyle kıkırdadı. "Sorun değil, Floransa'da herkes onu takma ismiyle çağırır. Bunu sorun etmez." Etrafına bakındı. "Sizi içeri o mu aldı?"

Sienna koridorun karşısından ilerleyerek, "Evet," dedi. "Ama bir kahvaltı toplantısı vardı. Etrafa bakmamızın sizin için sorun olmayacağını söyledi." Sienna şevkle elini uzattı. "Ben Sienna. Robert'ın kız kardeşiyim."

Kadın, Sienna'nın elini fazla resmi bir şekilde sıktı. "Ben Marta Alvarez. Ne kadar şanslısınız. Profesör Langdon özel rehberiniz olmuş."

Sienna gözlerini devirmemek için kendini zorlarken hayranlıkla, "Evet," dedi. "Çok zeki biri!"

Kadın, Sienna'yı incelerken tuhaf bir sessizlik oldu. "Çok tuhaf, ben *hiçbir* benzerlik görmüyorum. Belki, boylarınız," dedi.

Langdon stratejik bir hata yaptıkları hissine kapılmıştı ki hemen kararını verdi. *Ya şimdi ya da hiç.*

Kadının ismini doğru duyduğunu umut ederek, "Marta," diye araya girdi. "Sana zahmet vereceğim için üzgünüm ama şey... sanırım, neden burada olduğumu tahmin ediyorsundur."

Kadın gözlerini kısarak, "Aslına bakarsanız, hayır," dedi. "Burada ne aradığınızı tahmin edemiyorum."

Langdon'ın nabzı hızlandı ve bunu izleyen tuhaf sessizlikte girdiği riskin elinde patlamak üzere olduğunu hissetti. Marta birdenbire kahkaha atmaya başladı.

"Profesör, şaka yapıyorum! Neden geri döndüğünüzü tabii ki tahmin edebiliyorum. Açıkçası, onu neden bu kadar büyüleyici bulduğunuzu anlamıyorum ama *il Duomino* ile birlikte dün akşam yukarıda yaklaşık bir saat geçirdiğiniz düşünülürse, sanırım kız kardeşinize göstermek için geri döndünüz?"

Langdon, "Doğru...," diyebildi. "Kesinlikle. Sienna'ya da göstermek istedim, eğer... bir mahzuru yoksa?"

Marta ikinci kattaki balkona bakarak omuzlarını silkti. "Hiç sorun değil. Ben de şimdi oraya çıkıyordum."

Koridorun arka tarafındaki balkona bakarken Langdon'ın kalp atışları hızlandı. *Dün akşam orada mıydım?* Hiçbir şey hatırlamıyordu. Balkon, bildiği kadarıyla, *cerca trova* kelimeleriyle aynı yükseklikte olmasının yanı sıra, sarayın müzesinin de girişiydi. Langdon buraya ne zaman gelse müzeyi ziyaret ederdi.

Marta onlara koridorda yol göstermek üzereyken sanki aklına bir şey gelmiş gibi duraksadı. "Aslına bakarsanız profesör, güzel kız kardeşinize gösterecek daha az ürkütücü bir şey bulamayacağımıza emin misiniz?"

Langdon nasıl cevap vereceğini bilemiyordu.

Sienna, "Ürkütücü bir şey mi göreceğiz?" diye sordu. "Nedir? Bana hiçbir şey anlatmadı."

Marta mahcup bir ifadeyle gülümseyerek Langdon'a baktı. "Profesör, kız kardeşinize anlatmamı ister misiniz, yoksa kendiniz anlatmayı mı tercih edersiniz?"

Langdon fırsatın üzerine atladı. "Elbette Marta, neden ona sen anlatmıyorsun?"

Marta dönerek yavaş yavaş konuşmaya başladı. "Sienna, ağabeyinin sana ne anlattığını bilmiyorum ama çok sıra dışı bir maske görmek için yukarı, müzeye çıkıyoruz."

Sienna'nın gözleri açıldı. "Ne tür bir maske? Karnavallarda giydikleri o çirkin veba maskelerinden biri mi?"

Marta, "İyi tahmin," dedi. "Ama hayır, bir veba maskesi değil. Çok daha farklı bir maske. Ona ölüm maskesi deniyor."

Langdon'ın soluğunu duyan Marta kaşlarını çatarak ona baktı. Kız kardeşini korkutmak için böyle davranıyor olmalıydı.

"Ağabeyine bakma," dedi. "Ölüm maskeleri 1500'lerde çok yaygındı. Bir insan öldükten birkaç dakika sonra yüzünün alçısı alınarak yapılırlardı."

Ölüm maskesi. Langdon, Floransa'da uyandığından beri ilk kez zihninin açıldığını hissetti. *Dante'nin Cehennem'i ... Cerca trova... Ölümün gözlerinden bakmak... Maske!*

Sienna, "Maskeyi yapmak için kimin yüzü kullanılmış?" diye sordu.

Langdon elini Sienna'nın omzuna koyup elinden geldiğince soğukkanlılıkla cevaplamaya çalıştı. "Ünlü bir İtalyan şairin. İsmi, Dante Alighieri."

38. Bölüm

Akdeniz güneşi, Adriyatik'in dalgalarında hafifçe sallanan *The Mendacium*'un güvertesinde parıldıyordu. Kendini bitkin hisseden Amir, ikinci bardak viskisini dikip, çalışma odasının penceresinden dışarı boş gözlerle baktı.

Floransa'dan gelen haberler iyi değildi.

Belki de uzun zamandır ilk kez alkol aldığı içindi ama sanki gemisinin motorları durmuş ve akıntıya kapılmış gibi... kendini birden şaşkın ve güçsüz hissetmeye başlamıştı.

Bu, Amir'in yabancı olduğu bir histi. Protokol, onun dünyasında daima güvenilir bir pusulaydı ve asla şaşmazdı. Onun sayesinde, gözü asla arkada kalmadan zor kararlar alırdı.

Vayentha'nın reddedilmesini öngören protokoldü ve Amir, hiç tereddüt etmeden yerine getirmişti. *Şu kriz geçtiği anda onunla ilgileneceğim.*

Müşterileri hakkında en az bilgiyi edinmek yine protokol gereğiydi. Konsorsiyum'un, müşterileri yargılamak gibi bir etik sorumluluğu bulunmadığına yıllar önce karar vermişti.

Hizmeti ver.

Müşteriye güven.

Soru sorma.

Çoğu şirketin direktörü gibi Amir de verdiği hizmetlerin yasalar çerçevesinde yürütüldüğü varsayımıyla hareket ederdi. Okul önünden geçerken annelerin hız yapmaları Volvo'nun sorumluluğunda değildi; ayrıca bilgisayarlarından biriyle bir banka hesabına girilmesinden Dell sorumlu tutulamazdı.

Şimdi, her şey meydana çıkarken Amir, bu müşteriyi Konsorsiyum'a tavsiye eden aracıya içinden lanet ediyordu.

Aracı, "Fazla çaba gerektirmeyecek, kolay para kazanacağınız bir iş olacak," diyerek onu ikna etmişti. "Bu adam müthiş biri, kendi sahasında bir yıldız ve felaket zengin. Sadece bir süreliğine ortadan kaybolması gerekiyor. Önemli bir proje üstünde çalışmak için her şeyden uzak, biraz zaman geçirmek istiyor."

Amir fazla düşünmeden kabul etmişti. Uzun süreli yer değiştirmeler daima kolay para kazandırırdı. Ayrıca, aracının önsezilerine güveniyordu.

Tam de beklediği gibi, kolay para kazandıran bir iş olmuştu.

Ta ki, geçen haftaya kadar.

Şimdi, bu adamın yarattığı kaosun eşiğindeki Amir, bir şişe viskinin çevresinde dolanıyor ve müşterisine karşı sorumluluğunun sona ereceği daha kaç günü kaldığını hesap ediyordu.

Masasındaki telefon çaldığında, en iyi yöneticilerinden biri olan Knowlton'ın aradığını gördü.

"Evet," diye cevap verdi.

Knowlton tedirgin bir tonla, "Efendim," diye başladı. "Sizi böyle bir şey için rahatsız etmek istemezdim ama bildiğiniz gibi, yarın medyaya bir kayıt göndermekle yükümlüyüz."

Amir, "Evet," diye karşılık verdi. "Hazır mı?"

"Hazır ama göndermeden önce görmek isteyebilirsiniz diye düşündüm."

Bu yoruma şaşıran Amir duraksadı. "Kayıtta ismimiz mi geçiyor veya bir şekilde bizi tehlikeye mi atıyor?"

"Hayır efendim fakat içeriği hayli rahatsız edici. Müşteri ekranda beliriyor ve..."

"Dur bakalım orada," diye çıkışan Amir, tecrübeli bir yöneticinin, protokole aykırı bir şey yapmayı önermeye nasıl cesaret edebildiğine şaşırmıştı. "*İçeriği* önemsiz. Her ne söylerse söylesin, bu kayıt biz olsak da olmasak da yayımlanacaktı. Müşteri, bu kaydı elektronik ortamda da çok kolay bir şekilde yayımlayabilirdi ama işi *bize* verdi. *Bize* para ödedi. *Bize* güvendi."

"Evet efendim."

Amir, "Film eleştirisi yapmak için işe alınmadın," diyerek azarladı Knowlton'ı. "Verilen sözü tutmak için işe alındın. İşini yap."

Vecchio Köprüsü'ndeki Vayentha, köprüdeki yüzlerce simayı tararken bekledi. Tetikteydi ve Langdon'ın henüz yanından geçmediğine emindi ama helikopterin sesi kesilmişti; takip etmesine artık gerek kalmadığı anlaşılıyordu.

Brüder onu yakalamış olmalı.

İstemeden, Konsorsiyum'un soruşturma yapabileceği korkunç ihtimalini düşünmeye başladı. *Veya daha beterini.*

Vayentha bir kez daha reddedilen iki ajanı gözünde canlandırdı... Onlardan bir daha hiç haber alamamıştı. *Başka bir işe girmişlerdir,* diye kendini telkin etti. Yine de motorunu Toscana tepelerine sürüp ortadan kaybolmayı ve yeni bir hayat kurmak için yeteneğinden faydalanmayı düşünmüyor değildi.

Ama onlardan ne kadar kaçabilirim?

Konsorsiyum birini takibe aldı mı, mahremiyetin hayal olduğunu pek çok hedef ilk elden öğrenmişti. An meselesiydi.

Konsorsiyum'daki on iki yıllık görevinin, bir dizi şanssızlık yüzünden sona erdiğini kabul etmekte güçlük çekerken, *kariyerim böyle mi sona erecekti,* diye düşündü. Konsorsiyum'un yeşil gözlü müşterisinin ihtiyaçlarını bir yıldır karşılıyordu. *İntihar etmesi benim suçum değildi... ama şimdi ben de onunla birlikte aşağıya düşüyorum.*

Kurtuluşu için tek şansı, Brüder'i yenmekti... ama bunun uzak bir ihtimal olduğunu daha en başından biliyordu.

Dün gece bir şansım vardı ama başaramadım.

Vayentha isteksizce motosikletine dönerken, aniden uzaktan gelen sesler duydu... tanıdık bir vınlama sesi.

Şaşkınlıkla başını kaldırıp baktı. Takip helikopteri, bu kez Pitti Sarayı'nın en uzak ucundan yeniden havalanmıştı. Vayentha minik aracın sarayın üzerinde ümitsizce daireler çizdiğini gördü.

Helikopterin devreye girmesinin tek bir anlamı olabilirdi.

Langdon'ı hâlâ ele geçiremediler!

Hangi cehennemde?

Kulak tırmalayıcı vınlama, Dr. Elizabeth Sinskey'yi bir kez daha kendine getirdi. *Helikopter yeniden mi havalandı? Ama sanmıştım ki...*

Aynı genç ajanın yanında oturduğu arka koltukta kıpırdandı. Acı ve mide bulantısıyla savaşarak yeniden gözlerini kapattı. Ama en çok, korkuyla savaştı.

Zaman daralıyor.

Düşmanı intihar etmiş olsa da rüyalarında hâlâ onun, Dış İlişkiler Konseyi'nin karanlığında nutuk çektiğini görüyordu.

Yeşil gözleri parlarken, *"Birinin böyle cesur bir eylemde bulunması önemsiz,"* diyordu. *"Biz yapmazsak kim yapacak? Şimdi değilse, ne zaman?"*

Elizabeth elinde imkân varken onu durdurması gerektiğini biliyordu. O toplantıdan hışımla çıkıp, Manhattan üzerinden JFK Uluslararası Havalimanı'na giderken limuzinin arka tarafında öfkeden alevler saçtığını asla unutmayacaktı. Bu manyağın kim olduğunu öğrenmek niyetiyle, çektiği fotoğrafa bakmak için cep telefonunu çıkarmıştı.

Fotoğrafı gördüğünde, yüksek sesle nefes vermişti. Dr. Elizabeth Sinskey, bu adamın kim olduğunu çok iyi biliyordu. İşin iyi yanı, onu kolaylıkla takip edebileceklerdi. Kötü haberse kendi sahasında bir dâhi olan bu kişinin çok tehlikeli biri olmayı seçmesiydi.

Hiçbir şey, amacı olan bir dehadan daha yaratıcı... daha yıkıcı değildir.

Yarım saat sonra havalimanına vardığında, ekibini aramış ve bu adamı yeryüzündeki tüm ilintili kuruluşların –CIA, CDC, ECDC ve bunların dünyadaki tüm kardeş kuruluşları– biyoterörist listesine yazdırmıştı.

Cenova'ya dönene kadar tüm yapabileceğim bu, diye düşünmüştü.

Yorgun bir halde bagajını check-in'e götürmüş ve pasaportuyla biletini görevliye uzatmıştı.

Görevli gülümseyerek, "Ah, Dr. Sinskey," demişti. "Çok hoş bir beyefendi az önce size bir mesaj bıraktı."

"Anlayamadım?" Elizabeth'in tanıdığı hiç kimse onun uçuş bilgilerine erişemezdi.

Görevli, "Çok uzun boylu biriydi," dedi. "Yeşil gözlü."

Elizabeth'in çantası elinden yere düşmüştü. *Burada mı? Nasıl?!* Dönüp arkasındaki yüzlere bakmıştı.

Görevli, "Gitti," demişti. "Ama size bunu vermemizi istedi." Elizabeth'e katlanmış bir kâğıt uzatmıştı.

Elizabeth titreyen elleriyle kâğıdı açmış ve elyazısıyla yazılmış notu okumuştu.

Dante Alighieri'nin eserinden ünlü bir alıntıydı.

Cehennemin en karanlık yerleri
Buhran zamanlarında
Tarafsız kalanlara ayrılmıştır.

39. Bölüm

Marta Alvarez bitkin bir ifadeyle Beş Yüz Salonu'ndan ikinci kattaki müzeye çıkan dik merdivene baktı. İçinden, *posso farcela,* diye düşündü. *Bunu yapabilirim.*

Vecchio Sarayı'nın kültür ve sanat yöneticisi olan Marta bu basamakları sayısız kez çıkmıştı ama sekiz aylık hamile olduğu için son zamanlarda bu tırmanış ona çok yorucu geliyordu.

Onun için endişelenen Robert Langdon saraya engelli ziyaretçiler için yerleştirilmiş küçük servis asansörünü göstererek, "Marta, asansörü kullanmak istemeyeceğimize emin misin?" diye sordu.

Marta minnettar bir ifadeyle gülümseyerek başını iki yana salladı. "Size dün akşam da söylediğim gibi, doktor egzersizin bebek için iyi olduğunu söylüyor. Ayrıca profesör, kapalı mekân korkunuz olduğunu biliyorum."

Langdon onun bu açıklamasıyla oldukça şaşırmıştı. "Ah, doğru. Bundan bahsettiğimi unutmuşum."

Marta şaşırarak, *bundan bahsettiğini unutmuş mu,* diye düşündü. *Üzerinden on iki saat bile geçmedi, çocukken geçirdiği kazanın korkuya dönüştüğünü enine boyuna konuştuk.*

Geçen akşam Langdon'a eşlik eden obez arkadaşı *il Duomino* yukarıya asansörle çıkarken Langdon yürüyerek Marta'ya eşlik etmişti. Langdon yolda çocukken kullanılmayan bir kuyuya düşüşünü ve o günden sonra kapalı alan korkusunun başladığını çok canlı bir anlatımla onunla paylaşmıştı.

Kız kardeşi, atkuyruğunu sallayarak önden ilerlerken, Langdon, Marta'nın soluklanması için birkaç kez durarak merdivenleri birlikte tırmandılar. Marta, "Maskeyi yeniden görmek istemenize şaşırdım," dedi. "Floransa'daki diğer eserlerin yanında bu biraz yavan kalıyor."

Langdon yorum yapmadan omzunu silkti. "Buraya, onu Sienna'nın da görmesi için geri döndüm. Bu arada, bizi tekrar içeri aldığınız için teşekkür ederim."

"Tabii ki."

Langdon'ın şöhreti, dün akşam Marta'yı galeriyi kendisi için açmaya ikna etmeye yetebilirdi ama *il Duomino* ile birlikte gelmiş olması kadına zaten başka bir seçenek bırakmamıştı.

Il Duomino olarak da tanınan Ignazio Busoni, Floransa'nın kültürel çevresinde önemli bir isimdi. Museo dell'Opera del Duomo'nun[1] uzun süredir yöneticisi olan Ignazio, Floransa'nın bu en meşhur tarihi eserini, hem tarihe hem de Floransa'nın siluetine hâkim olan kırmızı kubbeli devasa katedralini her yönden gözetirdi. Kentin simgesine olan tutkusu, yaklaşık iki yüz kiloluk vücut ağırlığı ve sürekli kırmızı yüzü nedeniyle, ortaya "küçük kubbe"-"il Duomino" anlamına gelen iyi niyetli bir takma ismin çıkmasına sebep olmuştu.

Marta, Langdon'ın *il Duomino*'yu nereden tanıdığını bilmiyordu ama *il Duomino* geçen akşam aramış ve Dante'nin ölüm maskesini özel olarak göstermek için bir misafir getirmek istediğini söylemişti. Gizemli misafirin Amerikalı ünlü simgebilim uzmanı ve sanat tarihçisi Robert Langdon olduğu ortaya çıkınca, bu iki ünlü adama sarayın galerisine kadar eşlik edecek olmak Marta'yı çok heyecanlandırmıştı.

Merdivenin sonuna vardıklarında Marta ellerini kalçalarına koyup derin derin nefes aldı. Sienna çoktan balkona varmış, tırabzandan aşağıya, Beş Yüz Salonu'na bakıyordu.

---

(1) Katedral Sanat Eserleri Müzesi

Marta nefes nefese, "Salonun en sevdiğim manzarası," dedi. "Duvar resimlerini tamamıyla farklı bir açıdan görüyorsunuz. Sanırım, ağabeyiniz şuradakinin içinde yazılı olan gizli mesajdan bahsetmiştir?"

Sienna şevkle başını salladı. "*Cerca trova*."

Langdon odayı incelerken Marta onu izledi. Asma kat pencerelerinin ışığında Langdon'ın geçen akşamki kadar çarpıcı görünmediğini fark etti. Yeni takımını beğenmişti ama tıraş olsa iyi olurdu, yüzü solgun ve yorgun görünüyordu. Ayrıca, geçen akşam saçları gür ve bakımlıydı, bu sabah ise mattı, sanki duş yapmamış gibiydi.

Marta, Langdon onun bakışlarını yakalamadan duvar resmine döndü. "*Cerca trova* ile tam olarak aynı hizada duruyoruz," dedi. "Kelimeleri çıplak gözle görebilirsiniz."

Duvar resmi, Langdon'ın kız kardeşinin pek ilgisini çekmemiş gibiydi. "Bana, Dante'nin ölüm maskesinden bahsedin. Neden burada, Vecchio Sarayı'nda?"

Marta içinden homurdanarak, *ağabey kardeş aynılar,* diye düşündü. Maskenin neden bu kadar çok ilgilerini çektiğini hâlâ anlayamamıştı. Ama yine de Dante'nin ölüm maskesinin çok garip bir hikâyesi vardı ve ondan bu kadar çılgınca etkilenen ilk kişi Langdon değildi, özellikle de son zamanlarda. "Pekâlâ, Dante hakkında neler biliyorsun?"

Genç ve güzel kadın omzunu silkti. "Herkesin okulda öğrendiği kadarını. Dante, ünlü bir İtalyan şair. Cehenneme yaptığı hayali yolculuğu anlatan *İlahi Komedya*'yı yazmış."

Marta, "Kısmen doğru," dedi. "Şiirinde Dante sonunda cehennemden kaçar, araftan geçer ve sonunda cennete varır. Eğer *İlahi Komedya*'yı okuduysan, yolculuğunun üç kısma ayrıldığını görmüşsündür; *Cehennem, Araf* ve *Cennet*." Marta balkondan müze girişine doğru kendisini takip etmelerini işaret etti. "Ama maskenin burada, Vecchio Sarayı'nda bulunmasının nedeninin *İlahi Komedya* ile hiçbir ilgisi yok. Dante, Floransa'da yaşamış ve bu şehri bir insanın bir şehri sevebileceğinden çok daha fazla sevmiş. Çok seçkin ve nüfuzlu bir Floransalıymış ama siyasi güç el değiştirince Dante yanlış tarafı desteklediği için sürgüne gönderilmiş; şehir duvarlarından dışarı atılmış ve bir daha asla geri dönmemesi söylenmiş."

Müze girişine yaklaşırlarken Marta soluklanmak için durdu. Ellerini tekrar kalçalarına koyup geriye doğru yaslandı ve konuşmaya devam etti. "Bazı kişiler, sürgün yüzünden Dante'nin ölüm maskesinin bu kadar üzgün olduğunu söylüyor ama benim başka bir teorim var. Ben biraz romantiğim ve bu üzgün yüzün sebebinin Beatrice adında bir kadın olduğunu düşünüyorum. Dante hayatı boyunca Beatrice Portinari adında genç bir kadını sevmiş. Ama ne yazık ki, Beatrice başka bir adamla evlenmiş. Böylece, Dante hem çok sevdiği Floransa hem de derin bir aşkla sevdiği kadın olmadan yaşamak zorunda kalmış. Beatrice'ye olan aşkı, *İlahi Komedya*'nın anafikrini oluşturur."

Sienna tek bir kelimesini duymamış olduğu izlenimi veren bir ses tonuyla, "Çok ilginç," dedi. "Ama yine de ölüm maskesinin neden sarayın içinde tutulduğunu hâlâ anlayamadım."

Marta, genç kadının ısrarını hem tuhaf hem de biraz saygısızca buldu. Tekrar yürümeye başlayarak, "Tamam," dedi. "Dante'nin ölüsünün bile Floransa'ya girmesi yasaktı, bu yüzden cesedi Ravenna'ya gömülmüştü. Ama gerçek aşkı Beatrice, Floransa'da gömülü olduğu için ve Dante, Floransa'yı çok sevdiği için ölüm maskesini buraya getirerek onu onurlandırabileceğimizi düşündük."

Sienna, "Bu çok hoş," dedi. "Peki, neden özellikle bu bina seçildi?"

"Vecchio Sarayı, Floransa'nın en eski sembolüdür ve Dante'nin zamanında şehrin kalbiydi. Aslında, katedralde Dante'yi şehrin duvarlarının dışında dururken gösteren ünlü bir tablo var, arka planda çok sevdiği saray kulesi görünüyor. Ölüm maskesinin burada olması bize sonunda Dante'nin yuvasına dönmesine izin verildiğini hissettiriyor."

Sonunda tatmin olmuşa benzeyen Sienna, "Anlıyorum," dedi. "Teşekkür ederim."

Müzenin kapısına vardıklarında Martha üç kez kapıyı tıklattı. *"Sono io, Marta! Buongiorno!"*(1)

İçeride anahtarlar şıngırdadı ve kapı açıldı. Yaşlıca bir bekçi yorgun bir ifadeyle ona gülümseyip saatini kontrol etti. Gülümseyerek, *"È un po'presto,"*(2) dedi.

Marta ona nedenini açıklamak için Langdon'ı gösterdi ve bekçinin yüzü anında aydınlandı. *"Signore! Bentornato!"*(3)

Bekçi onları içeri alırken Langdon sevimli bir ifadeyle, *"Grazie,"* dedi.

Küçük bir giriş salonunda ilerlediler. Bekçi, güvenlik sistemini devre dışı bırakıp ikinci, daha ağır kapıyı açtı. Kapı açılırken kenara çekildi ve kolunu gösterişli bir hareketle yana doğru açarak, *"Ecco il museo!"*(4) dedi.

Marta gülümseyerek ona teşekkür edip misafirlerini içeri aldı.

Bu müzeyi oluşturan alan aslında bir devlet dairesi olarak tasarlanmıştı. Bu yüzden, geniş ve açık bir galeri alanından çok, binanın yarısını saran orta büyüklükte odalar ve koridorlardan oluşan bir labirentti.

Marta, Sienna'ya, "Dante'nin maskesi köşede," dedi. *"L'andito* denilen dar alanda sergileniyor. Aslında burası iki büyük odanın arasındaki bir geçit. Maske, yan duvardaki antika dolabın içinde duruyor, onunla aynı hizaya gelene kadar göremiyorsunuz. Bu yüzden, birçok ziyaretçi maskeyi fark etmeden yanından geçip gidiyor!"

Langdon gözlerini ileri dikmiş adımlarını hızlandırmıştı. Maskenin onun üzerinde tuhaf bir etkisi varmış gibiydi. Marta, Sienna'yı dürterek, "Ağabeyinin diğer eserlerimizle hiç ilgilenme-

(1) "Benim, Marta! İyi günler!"
(2) "Biraz erken."
(3) "Tekrar hoş geldiniz!"
(4) "İşte müze!"

diği çok açık, ama hazır buradayken, Machiavelli büstünü veya Harita Salonu'ndaki *Mappa Mundi* küresini kaçırmamalısın."

Sienna kibarca başını sallayıp yürümeye devam etti. Marta onun hızına güçlükle ayak uydurabiliyordu. Üçüncü odaya vardıklarında biraz geride kalmıştı ve sonunda aniden durdu.

Nefes nefese, "Profesör?" diye seslendi. "Belki de... maskeyi görmeden önce... galerinin bir kısmını... kardeşinize siz... göstermek istersiniz?"

Langdon sanki çok uzaklardan şimdiki zamana dönmüş gibi dalgın bir ifadeyle dönerek, "Efendim?" dedi.

Marta nefes nefese yakındaki bir vitrini işaret etti. "En eski... *İlahi Komedya* kopyalarından birini?"

Langdon sonunda Marta'nın alnını silerek soluklanmaya çalıştığını fark edince çok utandı. "Marta, beni affet! Tabii ki metne bir göz atmak harika olur."

Langdon hızla geri dönüp Marta'nın kendilerini antika vitrinin yanına götürmesini bekledi. İçinde, yıpranmış deri ciltli bir kitap vardı. Kaligrafik tarzda başlık verilmiş bir sayfası açık olarak duruyordu: *La Divina Commedia: Dante Alighieri.*

Langdon şaşırmış bir ifadeyle, "İnanılmaz," dedi. "Baş sayfayı hatırladım. Orijinal Numeister baskısının sizde olduğunu bilmiyordum!"

Marta şaşkın bir halde, *tabii ki biliyordunuz,* diye düşündü. *Size dün akşam bunu gösterdim.*

Langdon telaşla Sienna'ya, "Johann Numeister, 1400'lerin ortalarında bu eserin ilk baskısını çıkarttı. Yüzlerce kopya basılmıştı ama yalnızca on tane kadarı günümüze ulaştı," diye açıkladı.

Marta, Langdon'ın kız kardeşine hava atabilmek için şimdiye kadar aptalı oynadığını düşünmeye başlamıştı. Bu, akademik çevrelerde alçakgönüllülüğüyle tanınan bir profesöre hiç yakışmayan bir küstahlıktı.

Marta, "Bu kopya, Laurentian Kütüphanesi'nden ödünç alındı," diye belirtti. "Eğer, henüz oraya gitmediyseniz, mutlaka gitmelisiniz. Michelangelo tarafından tasarlanmış, dünyanın ilk halk kütüphanesine çıkan muhteşem bir merdiveni vardır. Oradaki kitaplar kimsenin alıp götürmemesi için koltuklara zincirlenmiştir. Tabii ki oradaki kitapların birçoğu dünyadaki *tek* kopyalardır."

Sienna müzeyi daha derinden incelerken, "Çok etkileyici," dedi. "Maske şu tarafta mıydı?"

Bu acele niye? Marta'nın soluklanabilmek için bir dakikaya daha ihtiyacı vardı. "Evet, ama bunu duymak isteyeceğinizden eminim." Bir nişin yukarısını işaret ederek, tavanın içinde kaybolan küçük bir merdiven gösterdi. "Bu, çatı kirişindeki bir seyir platformuna çıkıyor, buradan Vasari'nin ünlü asma tavanına bakabilirsiniz. Eğer bakmak isterseniz, ben burada seve seve..."

Sienna lafını keserek, "Lütfen Marta," dedi. "Maskeyi görmek istiyorum. Zamanımız biraz kısıtlı."

Marta şaşkın bir ifadeyle genç ve güzel kadına baktı. Yabancıların birbirlerine ilk isimleriyle hitap etmelerinden hiç hoşlanmazdı. İçinden, *ben Signora Alvarez,* diye geçirdi. *Ve burada sana iyilik yapıyorum.*

Marta terslenerek, "Tamam, Sienna," dedi. "Maske şu tarafta."

Marta, Langdon ve kız kardeşine bilgi vermekle daha fazla zaman kaybetmedi. Geçen akşam Langdon ve *il Duomino* dar *l'andito*'da yaklaşık yarım saat maskeyi incelemişlerdi. Adamların maskeye olan ilgileri karşısında meraklanan Marta, bu ilgilerinin maskenin geçen yıllar içinde başına gelen sıra dışı olaylarla bir ilgisi olup olmadığını sormuştu. Langdon ve *il Duomino* ona gerçek bir cevap vermemişlerdi.

Şimdi, *l'andito*'ya yaklaşırlarken Langdon, kız kardeşine ölüm maskesi yapmak için kullanılan basit yöntemi anlatıyordu. Marta, Langdon'ın eksiksiz tarifini duyunca memnun oldu. *İlahi Komedya*'nın müzedeki nadir kopyasını daha önce görmemiş gibi numara yaptığı haline hiç benzemiyordu.

Langdon, "Ölümden kısa bir süre sonra," diye açıkladı. "Müteveffa gömülmeye hazırlanır ve yüzü zeytinyağıyla kaplanırdı. Sonra, derinin üzerine ıslak alçı tabakası sürülür ve saç çizgisinden boynuna kadar her yeri –ağzı, burnu, gözkapakları– bununla kaplanırdı. Alçı kuruyunca kolayca yüzden kaldırılır ve yeni alçının döküldüğü bir kalıp olarak kullanılırdı. Bu alçı sertleşip müteveffanın yüzünün son derece detaylı bir replikası haline gelirdi. Bu işlem özellikle, seçkin kişilerin ve –Dante, Shakespeare, Voltaire, Tasso, Keats– gibi dâhilerin hatıralarını yâd etmek için yaygın olarak kullanılırdı."

L'andito'nun dışına vardıklarında Marta, "İşte, sonunda geldik," dedi. Kenara çekilip Langdon'ın kız kardeşine önden geçmesini işaret etti. "Maske solda, duvara yaslanmış vitrinin içinde. Güvenlik kordonunun dışında kalmanızı rica ediyoruz."

"Teşekkürler." Sienna dar koridora girip vitrine doğru yürüdü. İçindekini görünce gözleri kocaman açıldı ve korku dolu bir ifadeyle dönüp ağabeyine baktı.

Marta bu tepkiyi bin kez görmüştü. Ziyaretçiler genellikle maskeyi; Dante'nin ürkütücü yüzünü, kemerli burnunu ve kapalı gözlerini ilk gördüklerinde irkilerek geri çekilirlerdi.

Langdon da Sienna'nın arkasından içeri girdi ve tam arkasında durup vitrine baktı. Anında geri çekildi, onun yüzünde de şok ifadesi vardı.

Marta homurdandı. *Che esagerato.*(1) Arkalarından içeri girdi. Ama o da dolabın içine bakınca nefesi kesildi. *Oh, mio Dio!*(2)

Marta Alvarez, Dante'nin tanıdık yüzünü görmeyi bekliyordu ama bunun yerine, dolabın kırmızı saten kaplaması ve maskenin normalde asılı durduğu çiviyle karşılaştı.

Marta ağzını kapatıp dehşet içinde boş sergi mahfazasına baktı. Nefesleri sıklaştı ve destek almak için kordonlara tutundu. Sonunda, gözlerini boş dolaptan ayırdı ve ana girişteki gece bekçilerine doğru yürüdü.

Çıldırmış gibi, *"La maschera di Dante!"* diye bağırıyordu. *"La maschera di Dante! La maschera di Dante è sparita!"*(3)

---

(1) Ne abartı.

(2) Aman Tanrım!

(3) "Dante'nin maskesi yok!"

40. BÖLÜM

Marta Alvarez karnına yayılan gerginliğe doğum sancısının değil, paniğin sebep olmasını diledi.

Dante'nin ölüm maskesi yok!

L'andito'ya varıp boş vitrini gören iki güvenlik görevlisi şimdi dikkat kesilmiş ve harekete koyulmuşlardı. İçlerinden biri, dün gecenin güvenlik kamerası çekimlerini almak için yan taraftaki kayıt kumanda odasına koşarken, diğeri polise soygunu haber verdiği telefonu yeni kapatmıştı.

Güvenlik görevlisi telefonu kaparken Marta'ya, *"La polizia arriverà tra venti minuti!"*(1) dedi.

"Venti minuti?"(2) diye sordu. "Büyük bir sanat soygunu oldu!"

Görevli, şehirdeki polislerin çoğunun çok daha büyük bir krizle uğraştığının ve gelip rapor tutması için müsait bir memur bulmaya çalıştıklarının söylendiğini anlattı.

"Che cosa potrebbe esserci di più grave?"(3) diye heyecanla bağırdı.

Langdon ile Sienna birbirlerine endişeyle bakınca Marta tüm bunların iki ziyaretçiye fazla geldiğini hissetti. *Şaşmamak gerekir.* Maskeye şöyle bir bakmak için durmuşken, şimdi büyük bir sanat

---

(1) "Polis yirmi dakika içinde gelecek!"

(2) "Yirmi dakika?"

(3) "Bundan daha ciddi bir şey olabilir mi?"

soygununa şahit oluyorlardı. Birisi, dün gece bir şekilde galeriye girmiş ve Dante'nin ölüm maskesini çalmıştı.

Marta müzede çalınacak daha değerli parçalar bulunduğunu biliyordu; bu yüzden şükretmeye çalıştı. Yine de bu, müze tarihinde bir ilkti. *Protokolü bile bilmiyorum!*

Birden gücünün tükendiğini hisseden Marta, yeniden kordonlara dayanıp destek aldı.

Dün geceki olayları Marta'ya yeniden anlatan iki güvenlik görevlisi de duruma bir anlam veremiyormuş gibi görünüyordu: Saat onda Marta, *il Duomino* ve Langdon ile birlikte içeri girmişti. Kısa süre sonra, üçlü birlikte dışarı çıkmıştı. Güvenlikçiler kapıları kilitlemiş, alarmı çalıştırmıştı ve bildikleri kadarıyla, o andan itibaren içeri giren veya dışarı çıkan kimse olmamıştı.

Marta, İtalyanca, "İmkânsız!" diye bağırdı. "Dün gece üçümüz dışarı çıkarken maske buradaydı, bu yüzden *birisi* galerinin içinde kalmış olmalı."

Avuçlarını çeviren görevliler şaşkın görünüyordu. *"Noi non abbiamo visto nessuno!"*[1]

Polis yola çıkmıştı. Marta hamile vücudunun elverdiğince hızlı bir şekilde güvenlik odasına doğru ilerledi. Langdon ile Sienna ise, hemen ardından onu takip ettiler.

Marta, *güvenlik kaydı,* diye düşündü. *Dün gece burada kimin olduğunu gösterecektir!*

Üç blok ötedeki Vecchio Köprüsü'nde bir çift polis memuru kalabalığın arasına karışıp, her yere Langdon'ın fotoğraflarını asarken, Vayentha gölgelere saklandı.

Polisler yaklaşırken içlerinden birinin telsizi cızırdadı, tüm birimlerin dikkatine yapılan rutin bir duyuruydu. İtalyanca olan duyuru kısa olsa da Vayentha anafikri anlamıştı: Vecchio Sarayı'nın yakınlarındaki polisler, müzede tutanak tutmak için yerini bildirsin.

---

(1) "Biz kimseyi görmedik!"

Polisler fazla tepki vermedi ama Vayentha kulaklarını iyice açıp dinlemişti.

Il Museo di Palazzo Vecchio?[1]

Dün geceki yenilgi, yani kariyerini yok eden fiyasko, Vecchio Sarayı'nın hemen dışındaki ara sokakta meydana gelmişti.

İki kelime hariç, çoğunluğu anlaşılmaz, telsiz cızırtısıyla karışık, İtalyanca polis duyurusu devam ediyordu: Dante Alighieri.

Vücudu bir anda gerildi. *Dante Alighieri mi?! Bu* kesinlikle tesadüf olamazdı. Vecchio Sarayı yönüne döndü ve binaların tepesinden bakan mazgallı kulesinin yerini buldu.

Acaba müzede tam olarak ne oldu, diye düşündü. *Ve ne zaman?*

Vayentha, istisnalar bir yana, rastlantının insanların sandığından daha nadir gerçekleştiğini bilecek kadar uzun zamandır saha analistiydi. *Vecchio Sarayı Müzesi... ve Dante?* Bunun Langdon'la ilgisi olmalıydı.

Vayentha ilk başından beri, Langdon'ın eski şehire döneceğinden şüpheleniyordu; her şeyin çözülmeye başladığı dün gece Langdon eski şehirdeydi.

Langdon şimdi gün ışığında, aradığı şey her ne ise onu bulmak için Vecchio Müzesi civarına tekrar dönmüş olmalıydı. Langdon'ın eski şehre girmek için köprüden geçmediğine emindi. Başka bir sürü köprü vardı ama hepsi de Boboli Bahçeleri'nden yürünemeyecek kadar uzaktı.

Aşağıda, dört kişilik ekibi olan bir kayığın, köprünün altından karşıya geçtiğini fark etti. Üstünde SOCIETA CANOTTIERI FIRENZE/FLORENCE ROWING CLUB yazıyordu. Kayığın kırmızı beyaz kürekleri, mükemmel bir ahenkle inip kalkıyordu.

Langdon karşıya geçmek için tekneye binmiş olabilir mi? Pek öyle gelmiyordu, ayrıca içinden bir ses ona, Vecchio Müzesi ile ilgili polis duyurusunu dikkate alması gerektiğini söylüyordu.

---

(1) Vecchio Sarayı Müzesi?

Bir kadın aksanlı İngilizcesiyle, "Tüm kameralar dışarı, *per favore!*"[1] diye bağırdı.

Vayentha döndüğünde, Vecchio Köprüsü'nden geçerken bir sopanın ucundaki turuncu ponponu sallayarak ardındaki turist sürüsünü ördekler gibi peşine takan kadın rehberi gördü.

Ponponunu havaya kaldırıp bakışları yukarı yönlendiren rehber, daha önce pratiği yapılmış bir coşkuyla, "Başınızın üstündeki Vasari'nin en büyük başyapıtı!" dedi.

Vayentha daha önce fark etmemişti ama dükkânların üstünde dar bir ev dizisi gibi uzanan, ikinci bir kat daha vardı.

Rehber, "Vasari Koridoru," dedi. "Yaklaşık bir kilometre uzunluğundadır. Medici ailesine, Pitti Sarayı ile Vecchio Sarayı arasında güvenli bir geçiş imkânı sağlıyordu."

Yukarıdaki tünel benzeri yapıya bakarken Vayentha'nın gözleri büyüdü. Koridoru daha önce duymuştu ama hakkında çok az şey biliyordu.

Vecchio Sarayı'na mı gidiyor?

Rehber, "Bugün bile, VIP bağlantıları olan çok az kişi bu koridora girebilir," diyerek devam etti. "Burası Vecchio Sarayı'ndan Boboli Bahçeleri'nin güneydoğu köşesine uzanan harikulade bir sanat galerisidir."

Vayentha bundan sonra rehberin söylediklerini duymadı.

Motosikletine doğru koşmaya başlamıştı bile.

(1) "Lütfen!"

41. Bölüm

Marta ve diğer iki güvenlikçiyle birlikte kayıt kumanda odasına sığışırlarken, Langdon'ın kafasındaki dikişler yeniden zonklamaya başlamıştı. Bu sıkışık yer, bir dizi vınlayan sabit sürücü ve bilgisayar ekranıyla ancak bir vestiyer büyüklüğündeydi. İçerisi boğucu derecede sıcaktı ve sigara kokuyordu.

Langdon bir anda duvarların üzerine geldiğini hissetti.

Marta, *l'andito*'nun kapının üstünden çekilmiş siyah beyaz, karıncalı bir kaydını oynatan monitörün önündeki sandalyeye geçti. Ekrandaki tarih dün sabahın, yani tam olarak yirmi dört saat öncesinin kaydı olduğunu gösteriyordu: Müze açılmadan hemen önce, Langdon ile gizemli *il Duomino* o akşam gelmeden çok önce.

Görevli, kaydı ileri sararken Langdon, aceleci paytak adımlarla *l'andito*'ya akın eden turistleri seyretti. Bu açıdan maske görünmüyordu ama turistler bakmak veya fotoğrafını çekmek için durduğundan hâlâ vitrinde olduğu anlaşılıyordu.

Polisin yola koyulduğunun bilincinde olan Langdon, *lütfen acele et,* diye düşündü. Sienna ile izin isteyip kaçmayı düşündü ama bu kaydı görmeleri gerekiyordu: Görecekleri, neler döndüğüne dair birçok soruyu cevaplayacaktı.

Kayıt şimdi daha hızlı ilerliyordu; salonda akşamüstü gölgeleri belirmeye başlamıştı. Kalabalık azalıp, en sonunda kimse kalmayıncaya kadar turistler girip çıktı. Ekrandaki saat şeridi 17.00'yi geçtiğinde müzenin ışıkları kapandı ve ortalık sakinleşti.

Beş. Kapanış saati.

Sandalyesinde ileri doğru eğilip ekrana bakan Marta, *"Aumenti la velocità,"*[1] diye emretti.

Görevli kaydı oynatmaya devam ederken saat şeridi hızla ilerledi ve sonra birden, saat 22.00 civarında müzenin ışıkları yeniden yandı.

Görevli hemen kaydı yavaşlatıp normal hızında oynatmaya başladı.

Az sonra, Marta Alvarez'in hamile bedeni görüntüye girdi. Hemen ardındaki Langdon, Harris Tweed Camberley ceketi, ütülü pantolonu ve ince mokasenleriyle peşinden içeri girdi. Yürürken gömlek kolunun altından çıkan Mickey Mouse saatinin pırıltısını bile görebiliyordu.

İşte oradayım... vurulmadan önce.

Langdon'a, hiç hatırlamadığı şeyler yaptığını seyretmek son derece rahatsız edici gelmişti. *Dün gece buradaymışım... ölüm maskesine mi bakmışım?* O an ve şimdi arasında, bir şekilde kıyafetlerini, Mickey Mouse saatini ve hayatından iki günü kaybetmeyi başarmıştı.

Kayıt ilerlerken, daha yakından görebilmek için Sienna'yla birlikte Marta ve görevlilerin hemen arkasına sığıştılar. Sessiz kayıt, Langdon ile Marta'nın vitrinin önüne gelip, maskeye hayranlıkla baktıklarını göstererek sürdü. Onlar bunu yaparken, arkalarındaki kapıyı geniş bir gölge kararttı ve görüntüye aşırı obez bir adam girdi. Taba rengi bir takım elbise giymişti; elinde bir evrak çantası vardı ve kapıdan zor geçiyordu. Fırlayan göbeğinin yanında Marta bile minyon kalıyordu.

Langdon adamı görür görmez tanımıştı. *Ignazio?!*

---

(1) "Hızı artırın."

Sienna'nın kulağına, "Bu Ignazio Busoni," diye fısıldadı. "Museo dell'Opera del Duomo'nun müdürü. Yıllardır tanıdığım biri. Ama ona *il Duomino* denildiğini daha önce duymamıştım."

Sienna sessizce, "Uygun bir yakıştırma," diye karşılık verdi.

Langdon önceki senelerde, Il Duomo'nun tarihi ve bazı sanat eserleriyle ilgili Ignazio'ya danışmanlık vermişti ama Vecchio Sarayı'na gelmek, Ignazio'nun alanının dışında kalıyordu. Fakat yine de Floransa sanat dünyasının nüfuzlu isimlerinden biri olmanın yanı sıra Ignazio, bir Dante tutkunu ve bilginiydi.

Dante'nin ölüm maskesi için makul bir bilgi kaynağı.

Langdon dikkatini yeniden görüntülere verdi. Langdon ile Ignazio, maskeye mümkün olan en yakın mesafeden bakabilmek için kordonların üstünden eğilirken, *l'andito*'nun arka duvarına yaslanmış sabırla bekleyen Marta görülüyordu. Adamlar maskeyi inceleyip tartışırken dakikalar ilerliyor, onların arkasındaki Marta fark ettirmeden saatine bakıyordu.

Langdon güvenlik kaydının sesli olmasını dilerdi. *Ignazio ile ne hakkında konuşuyordum? Ne arıyorduk?!*

Tam o sırada, ekrandaki Langdon kordonların üzerinden geçip vitrinin önünde çömelerek yüzünü cama iyice yaklaştırdı. Marta müdahale ederek onu uyarınca Langdon özür dileyip geri çekiliyordu.

Omzunun üstünden geriye bakan Marta, "O kadar sert davrandığım için üzgünüm," dedi. "Ama size söylediğim gibi vitrin antika ve son derece kırılgan. Maskenin sahibi, insanları kordonun arkasında tutmamız konusunda ısrar ediyor. O yokken çalışanlarımızın bile vitrini açmasına izin vermiyor."

Kadının söylediklerinin anlamını kavramak bir dakikasını aldı. *Maskenin sahibi mi?* Langdon maskenin müzeye ait olduğunu sanıyordu.

Aynı derecede şaşırmışa benzeyen Sienna hemen söze karıştı. "Maskenin sahibi *müze* değil mi?"

Gözlerini ekrana çeviren Marta başını iki yana salladı. "Zengin bir müşteri Dante'nin ölüm maskesini koleksiyonumuzdan satın almak istedi. Üstelik maskeyi burada bırakacaktı. Küçük bir servet teklif edince biz de memnuniyetle kabul ettik."

Sienna, "Durun," dedi. "Maske için para ödedi... ama sizde *bıraktı*, öyle mi?"

Langdon, "Bağışçı edinimi sık başvurulan bir uygulama," dedi. "Bu sayede hayırseverler, hediyeyi bağış olarak kaydettirmeden müzelere büyük bağışlarda bulunabilirler."

Marta, "Bağışçı farklı bir adamdı," dedi. "Gerçek bir Dante âlimiydi ve biraz da... nasıl diyorsunuz... *fanatico?*"

Sienna hafif bir telaşla, "Kim?" diye sordu.

Hâlâ ekrana bakmakta olan Marta, "Kim mi?" dedi. "Yakın zaman önce onu gazetelerde okumuş olabilirsiniz. Bertrand Zobrist isimli İsviçreli milyarder."

Langdon'a isim biraz tanıdık geliyordu. Sienna, Langdon'ı kolundan tutup sertçe sıkarken sanki hayalet görmüş gibiydi.

Benzi solan Sienna, "Ah, evet...," dedi. "Bertrand Zobrist. Ünlü biyokimya uzmanı. Genç yaşta biyolojik patentlerden bir servet edindi." Susup, güçlükle yutkundu. Eğilip Langdon'ın kulağına fısıldadı. "Zobrist, germline mühendisliğini[1] bulan kişidir."

Germline mühendisliğinin ne olduğuna dair Langdon'ın hiç fikri yoktu ama özellikle de salgın ve ölümle ilgili resimlerin ışığında, kötü bir şeyler çağrıştırıyordu. Sienna tıp okuduğu için Zobrist ile ilgili bunca şeyi biliyor olabilirdi... veya belki her ikisi de çocuk dâhiler olduklarından. *Dehalar birbirinin yaptığı işi takip eder mi?*

Sienna, "Zobrist'in ismini ilk olarak birkaç yıl önce duydum," diye açıkladı. "Medyada, nüfus artışıyla ilgili kışkırtıcı açıklamalar yapıyordu." Hüzünlü bir ifadeyle sustu. "Zobrist, Kıyamet Denklemi'nin savunucularından biri."

"Anlayamadım?"

---

(1) Gen transferi genetik mühendisliği

"Esasen, dünya nüfusunun arttığı, insanların daha uzun yaşadığı ve doğal kaynaklarımızın tükendiğiyle ilgili matematiksel bir tanımdır. Denklem, mevcut yönelişin, toplumun çöküşünden başka bir sonuç doğuramayacağını öngörür. Zobrist, insan türünün bir yüzyıl daha hayatta kalamayacağı varsayımında bulunmuştu... bir tür toplu ölüm olmazsa," derin bir nefes alan Sienna, gözlerini Langdon'ınkilere dikti. "Aslına bakarsan, Zobrist'in bir ara 'Avrupa'nın başına gelen en iyi şey, Kara Ölüm'dü' dediği söylenir."

Langdon şaşkınlık içinde ona baktı. Veba maskesi bir kez daha gözünde canlanırken, ensesindeki tüyler kabardı. Bütün sabah, yaşadığı karışıklığın ölümcül bir salgınla ilgili olduğu düşüncesine karşı koymaya çalışmıştı... Bu düşünceyi kovmak gittikçe güçleşiyordu.

Bertrand Zobrist'in, Kara Ölüm'ü Avrupa'nın başına gelen en iyi şey diye tanımlaması kesinlikle dehşet vericiydi ama yine de Langdon, 1300'lerde Avrupa'da yaşanan toplu ölümlerin uzun dönemli sosyoekonomik faydalar getirdiğini yazan pek çok tarihçi biliyordu. Salgından önceki nüfus fazlalığı, kıtlık ve ekonomik güçlükler Karanlık Çağlar'ın belirleyicisi olmuştu. Sonra Kara Ölüm'ün gelişiyle, dehşet verici olmakla birlikte, aniden "insan sürüsü azalmış", yiyecek bollaşmış, fırsatlar artmış ve kimi tarihçilere göre bu da Rönesans'ın doğuşunda büyük etken olmuştu.

Langdon, Dante'nin cehenneminin değiştirilmiş bir haritasını içeren tüpün üstündeki biyolojik tehlike sembolünü gözünde canlandırırken, içini ürperten bir düşünce aklına geldi: O korkutucu, küçük projektör birisi tarafından oluşturulmuştu. Bir biyokimyacı ve Dante tutkunu olan Bertrand Zobrist. Şimdi bu iş için mantıklı bir aday gibi geliyordu.

Germline mühendisliğinin babası. Langdon şimdi bulmaca parçalarının yerine oturduğunu hissediyordu. Ne yazık ki belirginleşen resim, gittikçe daha da ürkütücü bir hal alıyordu.

Görevliye, "Bu kısmı geçin," diye emreden Marta, müzeye kimin girip hırsızlık yaptığını görmek için maskeyi inceleyen Langdon ile Ignazio kısmını hızlı geçmek istiyor gibiydi.

Görevli, ileri sarma düğmesine basınca, saat şeridi hızlandı. *Üç dakika... altı dakika... sekiz dakika.*

Ekranda, adamların arkasında duran Marta'nın gittikçe artan bir sıklıkla ağırlığını bir ayağından ötekine değiştirdiği ve sürekli saatine baktığı görülüyordu.

Langdon, "O kadar uzun konuştuğumuz için üzgünüm," dedi. "Rahatsız olmuşa benziyorsunuz."

Marta, "Benim hatam," diye yanıtladı. "İkiniz de eve gitmem için ısrar ettiniz, güvenlik sizi dışarı çıkarabilirdi, ben kabalık etmek istemedim."

Sonra birden Marta ekranda yok oldu. Güvenlikçi, kaydı normal hıza getirdi.

Marta, "Sorun yok," dedi. "Tuvalete gittiğimi hatırlıyorum."

Görevli başını sallayıp yeniden hızlı sarma düğmesine uzandı ama basmadan önce Marta onun kolunu tuttu. *"Aspetti!"*[1]

Başını ileri uzatıp aklı karışmış gibi monitöre baktı.

Langdon da görmüştü. *Bu da ne böyle?!*

Ekranda, Langdon elini tüvit ceketinin cebine sokup bir çift ameliyat eldiveni çıkartıyor ve eline geçiriyordu.

Il Duomino aynı anda Langdon'ın hemen arkasına geçiyor ve birkaç saniye önce Marta'nın tuvalete gitmek için kullandığı koridoru gözetliyordu. Biraz sonra obez adam, Langdon'a, etrafta kimse olmadığını söyler gibi başını sallıyordu.

Biz ne halt ediyoruz böyle?!

Langdon kayıtta, eldivenli eliyle uzanıp vitrin kapısının kenarını bulduğunu... sonra çok nazik bir şekilde antika menteşe kıpırdayıncaya kadar ittiğini, kapının yavaşça açıldığını... ve Dante'nin ölüm maskesini meydana çıkarttığını izledi.

---

(1) "Bekleyin!"

Dehşetle soluğunu yutan Marta Alvarez, ellerini yüzüne götürdü.

Marta'yla aynı dehşeti hisseden Langdon, mahfazaya uzanıp Dante'nin ölüm maskesini iki eliyle kavradığını ve dışarı çıkarttığını inanamayan gözlerle izledi.

Marta, *"Dio mi salvi!"*[1] diye bağırırken, ayağa kalkıp yüzünü Langdon'a döndü. *"Cos'ha fatto? Perchè!"*[2]

Langdon cevap vermeye fırsat bulamadan, görevlilerden biri siyah bir Beretta çıkartıp, Langdon'ın göğsüne doğrulttu.

Tanrım!

Robert Langdon görevlinin tabancasının namlusuna bakarken ufacık odanın üstüne geldiğini hissetti. Şimdi ayakta duran Marta Alvarez, yüzünde ihanete uğramış bir ifadeyle, öfke içinde ona bakıyordu. Arkasındaki kayıtta Langdon, maskeyi ışığa tutarak incelemekteydi.

Söylediğinin doğru olması için dua eden Langdon, "Sadece bir anlığına çıkarttım," dedi. "Ignazio sizin açınızdan sorun olmayacağını söylemişti!"

Marta cevap vermedi. Langdon'ın ona neden yalan söylediğiyle ilgili aklı karışmış gibi görünüyordu... Ayrıca Langdon, göreceklerini bile bile nasıl olur da sakince gelip kaydı seyrederdi.

Mahfazayı açtığımı bilmiyordum!

Sienna, "Robert," diye fısıldadı. "Bak! Bir şey bulmuşsun!" Gözlerini kayıttan ayırmayan Sienna, içinde bulundukları duruma rağmen bir cevap bulma peşindeydi.

Ekranda, maskeyi tutup ışığa doğru açı veren Langdon, eserin arka tarafındaki bir şeyle ilgileniyormuş gibi görünüyordu.

Kameranın bu açısından maske, bir anlığına Langdon'ın yüzünü öyle bir kapatıyordu ki, Dante'nin ölümlü gözleri Langdon'ınkilerle aynı hizaya geliyordu. Yazıyı hatırlayınca

---

(1) "Tanrı beni korusun!"
(2) "Ne yaptınız? Niye!"

–gerçek yalnızca ölümün gözlerinden görülebilir– içinin ürperdiğini hissetti.

Langdon maskenin arkasında neyi incelediğini bilmiyordu ama o sırada görüntüde, buluşunu Ignazio ile paylaşırken o geri çekiliyor ve hemen el yordamıyla bulduğu gözlüklerini takıp yeniden bakıyordu... sonra yeniden. Başını hızla iki yana sallayıp, *l'andito*'da heyecanlı bir halde adım atmaya başlıyordu.

Koridordan gelen sesi duydukları anlaşılan iki adam birden başlarını kaldırıp bakıyorlardı. Marta'nın tuvaletten döndüğünü duymuş olmalıydılar. Langdon aceleyle cebinden büyük bir Ziploc torba çıkartıyor, ölüm maskesini içine yerleştirdikten sonra nazikçe Ignazio'ya veriyor ve o da isteksizce el çantasına koyuyordu. Langdon artık boş olan vitrinin antika cam kapısını hemen kapatıyor ve hırsızlıklarını fark ettirmeden Marta'yla koridorda karşılaşmak için iki adam hızlı adımlarla yürüyordu.

Şimdi her iki görevli de silahını Langdon'a yöneltmişti.

Destek almak için masaya tutunan Marta, ayakta sallandı. "Anlamıyorum!" diye kekeledi. "Dante'nin ölüm maskesini Ignazio Busoni ve siz mi çaldınız?"

"Hayır!" diye üsteleyen Langdon, elinden geldiğince iyi numara yapmaya çalışıyordu. "Maskeyi bir geceliğine dışarı çıkartmak için sahibinden izin almıştık."

"Sahibinden izin mi almıştınız?" diye sordu. "Bertrand Zobrist'ten mi?"

"Evet! Bay Zobrist arka tarafındaki bazı işaretleri incelememiz için bize izin vermişti! Onunla dün akşamüstü buluşmuştuk!"

Marta'nın gözleri hançer gibi deliyordu. "Profesör, dün akşamüstü Bertrand Zobrist'le buluşmadığınıza eminim."

"Ama kesinlikle buluştuk..."

Sienna, Langdon'ın kolunu tuttu. "Robert..." Üzüntüyle nefesini bıraktı. "Bertrand Zobrist altı gün önce, buradan birkaç blok ötedeki Badia Kulesi'nden kendini aşağı attı."

42. Bölüm

Vayentha, motosikletini Vecchio Sarayı'nın kuzeyinde bırakmıştı ve şimdi Signoria Meydanı'nın çevresinden yayan ilerliyordu. Loggia dei Lanzi'nin açık hava heykelleri arasından ilerlerken tüm figürlerin tek bir temanın çeşitlemelerini sahnelediklerini düşünmeden edemedi: kadın üzerindeki erkek egemenliğinin vahşice sergilenişi.

Sabin'lerin Kaçırılışı.

Polyksena'nın Kaçırılışı.

Medusa'nın Kesik Kafasını Tutan Perseus.

Vayentha şapkasını gözlerine kadar indirip sabah kalabalığının arasından günün ilk turistlerini kabul eden sarayın girişine doğru yürürken, *ne güzel,* diye düşündü. Görülebildiği kadarıyla, Vecchio Sarayı'nda işler her zamanki gibi ilerliyordu.

Vayentha, *polis yok,* diye düşündü. *En azından şimdilik.*

Ceketinin fermuarını boynuna kadar çekip, silahının görünmediğinden emin olduktan sonra girişe doğru ilerledi. Müze tabelalarını takip ederek gösterişli iki avludan geçti ve sonra ikinci kata çıkan büyük bir merdiveni tırmanmaya başladı.

Merdiveni çıkarken, kafasının içinde polis telsizinden duyduğu mesaj tekrarlanıyordu.

Vecchio Sarayı Müzesi... Dante Alighieri.

Langdon orada olmalı.

Müze tabelaları Vayentha'yı kocaman, son derece süslü bir galeriye, Beş Yüz Salonu'na yönlendirdi. İçeride turistler etrafa dağılmış, hayranlıkla duvarlardaki devasa tablolara bakıyorlardı. Vayentha'nın buradaki eserleri incelemek gibi bir niyeti olmadığından, hemen salonun sağ köşesinde duran ve bir merdiveni işaret eden diğer müze tabelasını fark etti.

Salonda ilerlerken bir heykelin etrafına toplanmış gülüşen ve fotoğraflar çeken bir grup üniversite öğrencisi gördü.

Tabelanın üzerinde, *Herakles ve Diomedes* yazıyordu.

Vayentha heykellere bakarak homurdandı.

Bunlar, Yunan mitolojisinin iki kahramanının –her ikisi de anadan doğma çıplaktılar– heykelleriydi. Herakles, Diomedes'i baş aşağı tutmuş, fırlatmaya hazırlanıyordu. Diomedes, sanki "Beni fırlatmak istediğine emin misin?" diyormuş gibi sıkıca Herakles'in penisini tutmuştu.

Vayentha yüzünü buruşturdu. *Birini toplarından yakalamak bu olsa gerek.*

Bakışlarını tuhaf heykelden ayırıp hızla müzeye çıkan merdivenleri tırmandı.

Salona bakan yüksek balkona vardı. Bir düzine kadar turist müzenin giriş kapısının dışında bekliyorlardı.

Neşeli turistlerden biri video kamerasının arkasından, "Açılış gecikti," diye bildirdi.

Vayentha, "Nedenini biliyor musunuz?" diye sordu.

"Hayır ama beklerken harika bir manzaramız var!" Adam kolunu uzatarak Beş Yüz Salonu'nu gösterdi.

Vayentha kenara kadar yürüyüp aşağıdaki geniş salona baktı. Aşağıda, içeri yeni giren bir polis memuru dikkatleri üzerine çekmeden ve hiç acele etmeden salondan merdivene doğru ilerliyordu.

Vayentha, *ifade almaya geliyor,* diye düşündü. Adamın merdivenleri sıkıntılı bir ifadeyle zorlukla tırmanması bunun rutin bir teftiş olduğunu gösteriyordu. Porta Romana'daki kaotik Langdon arayışına hiç benzemiyordu.

Eğer Langdon buradaysa, neden binayı kuşatmıyorlar?

Ya Vayentha, Langdon'ın burada olduğu konusunda yanılmıştı ya da yerel polis ve Brüder henüz ikiyle ikinin dört ettiğini anlayamamışlardı.

Memur merdivenin tepesine vardığında müzenin girişine doğru sallana sallana yürümeye başladı. Vayentha kafasını çevirip pencereden dışarı bakıyormuş gibi yaptı. Reddedilişini ve uzun süredir Amir'le irtibat kuramadığını düşünecek olursa, fark edilme riskine göze alamazdı.

Bir yerlerden bir ses, *"Aspetti!"* diye seslendi.

Memur tam arkasında durduğunda Vayentha'nın kalbi duracakmış gibi oldu. Sesin, adamın telsizinden geldiğini fark etti.

Ses, *"Attendi i rinforzi!"* diye tekrarladı.

Destek için bekle mi? Vayentha bir şeylerin değiştiğini hissetti.

Tam o sırada, pencerenin dışında, siyah bir nesnenin gökyüzünde gittikçe büyüdüğünü fark etti. Boboli Bahçeleri'nden Vecchio Sarayı'na doğru uçuyordu.

Vayentha, *uzaktan kumandalı helikopter,* diye düşündü. *Brüder biliyor. Ve bu tarafa doğru geliyor.*

Konsorsiyum yöneticisi Laurence Knowlton hâlâ Amir'e telefon açtığı için kendine kızıyordu. Amir'e müşterinin kaydını ertesi gün medyaya dağıtılmadan önce izlemesini önermemesi gerektiğini biliyordu.

İçerik alakasızdı.

Protokol kraldır.

Knowlton genç yöneticilere organizasyon için iş yapmaya başladıklarında öğretilen mantrayı hatırlıyordu. *Soru yok. İş var.*

İstemeye istemeye küçük kırmızı hafıza çubuğunu ertesi sabah için sıraya soktu. Tuhaf mesajdan medyanın ne çıkaracağını çok merak ediyordu. Mesajı gösterecekler miydi?

Tabii ki göstereceklerdi. Mesaj, Bertrand Zobrist'ten geliyordu.

Zobrist biyomedikal dünyasında şaşılacak kadar başarılı bir figürdü ve geçen hafta intiharıyla basında büyük yer almıştı. Bu on dakikalık kayıt onun mezardan gönderdiği bir mesaj gibi olacaktı ve ürkütücü içeriği yüzünden insanların görüntüleri kapatmalarını imkânsız kılacaktı.

Bu video yayımlandığı birkaç dakika içinde internette virüs gibi yayılacak.

43. Bölüm

Marta Alvarez, Langdon ve kaba kız kardeşini güvenlik görevlilerinin namlularının ucunda bırakarak sıkışık kayıt odasından çıkarken öfkeden kuduruyordu. Pencerenin yanına gidip aşağıya, Signoria Meydanı'na baktı ve ön tarafta park etmiş bir polis arabası görünce rahatladı.

Nihayet.

Marta, Robert Langdon gibi mesleğinde saygı duyulan birinin neden kendisini kandırdığını, nezaketinden istifade ettiğini ve paha biçilmez bir sanat eserini çaldığını anlayamıyordu.

Ve Ignazio Busoni de ona yardım mı etti!? İnanılmaz!

Ignazio'ya ağzına geleni söylemek için cep telefonunu çıkartıp *il Duomino*'nun Museo dell'Opera del Duomo'dan sadece birkaç blok ileride olan ofisinin numarasını tuşladı.

Hat bir kez çaldı.

Tanıdık bir kadın sesi, *"Ufficio di Ignazio Busoni,"*[1] diye cevapladı.

Marta, Ignazio'nun sekreteriyle samimiydi ama o sırada sohbet edecek havada değildi. *"Eugenia, sono Marta. Devo parlare con Ignazio."*[2]

Hatta tuhaf bir sessizlik oldu, sonra sekreter aniden hıçkırıklara boğuldu.

---

(1) "Ignazio Busoni'nin ofisi."

(2) "Eugenia, ben Marta. Ignazio'yla konuşmalıyım."

Marta, *"Cos'è successo?"* diye sordu.

Eugenia ağlayarak Marta'ya o sabah ofise geldiğinde Ignazio'nun bir önceki akşam Duomo yakınlarında bir ara sokakta kalp krizi geçirip öldüğünü öğrendiğini anlattı. Ignazio gece yarısı bir ambulans çağırmış ama sağlık görevlileri zamanında yetişememişlerdi. Busoni ölmüştü.

Marta bacaklarının uyuştuğunu hissetti. O sabah haberlerde ismi verilmeyen bir devlet memurunun geçen akşam öldüğünü duymuştu ama Ignazio olduğu aklına bile gelmemişti.

Marta, *"Eugenia, ascoltami,"*[1] diyerek elinden geldiği kadar sakin bir şekilde sarayın video kameralarında gördüklerini anlattı: Dante'nin ölüm maskesi Ignazio ve şu anda polis gözetiminde olan Robert Langdon tarafından çalınmıştı.

Marta, Eugenia'dan nasıl bir karşılık beklemesi gerektiğinden emin değildi ama kadının verdiği tepkiyi beklemediği kesindi.

Eugenia, *"Robert Langdon mı!?"* dedi. *"Sei con Langdon ora?*[2]

Eugenia önemli noktayı kaçırıyor gibiydi. *"Evet ama maske..."*

Eugenia, *"Devo parlare con lui!"*[3] diye haykırdı.

Güvenlik odasında, nöbetçilerin silahlarını doğrultmuş oldukları Langdon'ın başı zonklamaya devam ediyordu. Aniden kapı açıldı ve Marta Alvarez içeri girdi.

Langdon kapı açılınca dışarılarda bir yerden gelen helikopterin sesini duydu, uğursuz vınlamaya yaklaşan sirenlerin sesi eşlik ediyordu. *Nerede olduğumuzu öğrendiler.*

Marta, *"È arrivata la polizia,"*[4] diyerek nöbetçilerden birini polisi içeriye alması için dışarı gönderdi. Diğeri odada kaldı, silahının namlusu hâlâ Langdon'a dönüktü.

---

(1) "Eugenia, beni dinle."
(2) "Şu anda Langdon'la mı birliktesin?"
(3) "Onunla konuşmalıyım!"
(4) "Polis geldi."

Marta ona bir cep telefonu uzatınca Langdon şaşırdı. "Birisi seninle konuşmak istiyor," dedi. "Bağlantı sağlayabilmek için konuşmayı dışarıdan yapmalısın."

Hep birlikte havasız güvenlik odasından, Signoria Meydanı'nın muhteşem bir manzarasını sunan ve büyük pencerelerinden içeri güneş ışığının süzüldüğü galeri alanına çıktılar. Langdon hâlâ ateş hattında olmasına rağmen kapalı alandan çıktığı için rahatlamıştı.

Marta ona pencerenin yanına gelmesini işaret ederek telefonu uzattı.

Langdon tereddütle telefonu alıp kulağına götürdü. "Evet? Ben Robert Langdon."

"*Signore*." Kadın kırık, aksanlı bir İngilizceyle, "Ben Eugenia Antonucci, Ignazio Busoni'nin sekreteri. Siz ve ben, dün akşam, Busoni'nin ofisine geldiğinizde tanışmak."

Langdon hiçbir şey hatırlamıyordu. "Evet?"

"Ben size bu haberi verdiğim için çok üzgün ama Ignazio dün akşam kalp krizi geçirmek ve ölmek."

Langdon telefonun ahizesini sıktı. *Ignazio Busoni öldü mü?*

Kadın artık ağlıyordu. Üzgün bir sesle, "Ignazio ölmeden önce beni aramak. Bana mesaj bırakmak ve mutlaka bu mesajı almanızı istemek. Size şimdi mesajı dinletmek ben."

Langdon bir hışırtıdan saniyeler sonra Ignazio Busoni'nin zayıf ses kaydını duydu.

Acı içinde olduğu belli olan adam güçlükle nefes alarak, "Eugenia," dedi. "Robert Langdon'ın bu mesajı mutlaka dinlemesini sağla. Başım dertte. Ofise geri dönebileceğimi sanmıyorum." Ignazio inledi ve uzun bir sessizlik oldu. Tekrar konuşmaya başladığında sesi daha güçsüzdü. "Robert, umarım kaçabilmişsindir. Hâlâ peşimdeler... ve ben... iyi değilim. Bir doktor bulmaya çalışıyorum ama..." Tekrar uzun bir sessizlik oldu, sanki *il Duomino* kalan son enerjisini toplamaya çalışıyor gibiydi. "Robert, aradığın şey güvenli bir yerde gizli. Kapılar sana açık ama acele etmelisin.

Cennet Yirmi Beş." Uzun bir süre sessiz kaldıktan sonra fısıldadı. "Tanrı yardımcın olsun."

Sonra mesaj sona erdi.

Ölmekte olan bir adamın son sözlerine şahit olan Langdon'ın kalbi hızla çarpıyordu. Bu sözlerin kendisine söylenmiş olması endişesini azaltmıyordu. *Cennet Yirmi Beş mi? Kapılar bana açık mı?* Langdon düşündü. Hangi kapılardan bahsediyor?! Langdon'a mantıklı gelen tek şey, Ignazio'nun maskenin güvenli bir şekilde saklanmış olduğunu söylemesiydi.

Eugenia'nın sesi tekrar hatta duyuldu. "Profesör bunu anladınız mı?"

"Bir kısmını, evet."

"Yapabileceğim bir şey var mı?"

Langdon bu soruyu uzun bir süre düşündü. "Kimsenin bu mesajı duymamasını sağla."

"Polisin bile mi? Birazdan ifademi almak için bir dedektif gelecek."

Langdon kasıldı. Kendisine silahını doğrultmuş nöbetçiye baktı. Hızla pencereye dönüp fısıltıyla, "Eugenia..," dedi. "Bu sana biraz tuhaf gelecek ama Ignazio'nun hatırı için o mesajı silmeni istiyorum ve benimle konuştuğundan polise bahsetme. Anladın mı? Durum çok karışık ve..."

Langdon sırtında bir silah namlusu hissetti ve arkasını dönünce silahlı nöbetçinin diğer elini uzatmış, Marta'nın telefonunu istediğini gördü.

Hatta uzun bir sessizlik oldu ve Eugenia sonunda, "Bay Langdon, patronum size güveniyordu... ben de güvenecek."

Sonra telefonu kapattı.

Langdon telefonu nöbetçiye verdi. Sienna'ya, "Ignazio Busoni ölmüş," dedi. "Dün akşam müzeden ayrıldıktan sonra kalp krizi geçirmiş." Biraz durdu. "Maske güvende. Ignazio ölmeden önce onu saklamış. Ve galiba, bana onu nerede bulacağıma dair bir ipucu bırakmış." *Cennet Yirmi Beş.*

Sienna'nın gözleri umutla doldu ama Langdon, Marta'ya döndüğünde onun kuşkulu gözleriyle karşılaştı.

Langdon, "Marta," dedi. "Dante'nin maskesini sana geri getirebilirim ama bizi bırakmalısın. Hemen."

Marta bir kahkaha attı. "Kesinlikle böyle bir şey yapmayacağım! Maskeyi çalan sendin! Polis geliyor..."

Sienna, *"Signora Alvarez,"* diye araya girdi. *"Mi dispiace, ma non le abbiamo detto la verità"*

Langdon'ın jetonu sonradan düştü. *Sienna ne yapıyor?* Söylediklerini anlamıştı. *Bayan Alvarez, çok üzgünüm, size karşı dürüst olmadık.*

Marta, Sienna'nın sözleri yüzünden sarsılmış görünüyordu ama bunun sebebi, Sienna'nın akıcı ve aksansız bir İtalyanca ile konuşmasıydı.

Sienna samimi ve mahcup bir ses tonuyla, *"Innanzitutto, non sono la sorella di Robert Langdon,"*[1] diye belirtti.

(1) "Öncelikle, ben Robert Langdon'ın kız kardeşi değilim."

44. Bölüm

Karşısında duran genç kadını süzen Marta Alvarez, geriye doğru dengesiz bir adım atıp kollarını kavuşturdu.

Akıcı bir İtalyancayla konuşmaya devam eden Sienna, "*Mi dispiace,*" diye devam etti. "*Le abbiamo mentito su molte cose.*"(1)

Marta kadar şaşırmış görünen görevli, aynı pozisyonda kıpırdamadan duruyordu.

Şimdi hızla konuşan Sienna, önceki gece Langdon'ın başında bir kurşun yarasıyla getirildiği Floransa'daki bir hastanede çalıştığını Marta'ya İtalyanca anlattı. Langdon'ın oraya nasıl geldiğini hiç hatırlamadığını ve güvenlik kaydına en az Marta kadar şaşırdığını açıkladı.

Sienna, Langdon'a, "Ona yaranı göster," dedi.

Marta, Langdon'ın keçeleşmiş saçlarının dibindeki dikişleri görünce, pencerenin denizliğine oturup birkaç saniye yüzünü ellerinin arasına aldı. Tüm bunlardan ne çıkaracağını bilmiyordu.

Son on dakika içinde Marta, Dante'nin veba maskesinin kendisinin nöbeti sırasında çalındığını öğrenmekle kalmamış, hırsızlardan birinin saygın bir Amerikalı öğretim üyesi, diğerinin de şimdi ölmüş Floransalı bir meslektaşı olduğunu öğrenmişti. Bundan başka, Robert Langdon'ın büyük gözlü Amerikalı kız

(1) "Size pek çok konuda yalan söyledik."

kardeşi olduğunu sandığı genç Sienna Brooks, yalana ortak olan bir doktor çıkmıştı... ve bunu akıcı bir İtalyancayla anlatmıştı.

Langdon derin ve yumuşak bir sesle, "Marta," dedi. "İnanmanın güç geldiğini biliyorum ama dün geceyi gerçekten hatırlamıyorum. Ignazio ile birlikte o maskeyi neden aldığımızı bilmiyorum."

Marta, onun gözlerinden gerçeği söylediğini anladı.

Langdon, "Maskeyi size iade edeceğim," dedi. "Söz veriyorum. Ama gitmemize izin vermezsen onu geri alamam. Durum karışık. Hemen gitmemize izin vermen lazım."

Paha biçilmez maskenin geri gelmesini istese de Marta'nın kimseyi bir yere bırakmaya niyeti yoktu. *Polis nerede kaldı?!* Signoria Meydanı'nda tek başına duran polis arabasına baktı. Polislerin henüz müzeye gelememiş olması garipti. Ayrıca, sanki biri elektrikli testere kullanılıyormuş gibi, uzaktan gelen bir vınlama sesi duymuştu ve ses gittikçe artıyordu.

Bu da ne?

Langdon yalvaran bir sesle devam etti. "Marta, Ignazio'yu tanıyorsun. İyi bir nedeni olmasa asla o maskeyi almazdı. İşin içinde daha fazlası var. Maskenin sahibi Bertrand Zobrist aklı karışık bir adamdı. Korkunç bir işe bulaşmış olabileceğini düşünüyoruz. Açıklamaya vaktim yok ama bize güvenmen için sana yalvarıyorum."

Marta bakakalmıştı. Söylediklerinin hiçbiri mantıklı gelmiyordu.

Marta'ya duygusuz gözlerini diken Sienna, "Bayan Alvarez," dedi. "Eğer geleceği ve bebeğinizi düşünüyorsanız, hemen gitmemize izin vermeniz lazım."

Ellerini, korur gibi göbeğinin üstünde kavuşturan Marta, doğmamış çocuğuna yönelik örtülü tehditten hoşlanmamıştı.

Dışarıdaki vınlama sesi artıyordu. Marta pencereden dışarı bakınca sesin kaynağını göremese de başka bir şey gördü.

Gözleri büyüyen görevli de aynı şeyi görmüştü.

Signoria Meydanı'ndaki kalabalık, iki siyah minibüsün arkasında siren çalmadan geçen polis arabası konvoyu için yol açıyordu. Minibüsler saray kapısının önünde patinaj yaparak durdu. İçinden, ellerinde büyük silahlarla siyah üniformalı askerler indi ve saraya doğru koştular.

Marta birden korktu. *Bunlar da kim böyle?!*

Güvenlik görevlisi de onun kadar şaşırmışa benziyordu.

Tiz vınlama sesi aniden kulak tırmalayıcı derecede artınca Marta, pencerenin dışında görüntüye giren küçük helikopteri fark etti ve endişeyle kendini geri çekti.

Araç sanki içerideki insanlara bakıyormuş gibi, sadece on metre uzakta duruyordu. Ön tarafına yerleştirilmiş uzun, siyah silindirle yaklaşık bir metre uzunluğunda, küçük bir araçtı. Silindir tam üzerlerine doğrultulmuştu.

Sienna, "Ateş edecek!" diye bağırdı. *"Sta per sparare! Tutti a terra."*(1) Pencerenin denizliğinin altında dizlerinin üstüne çöktü; içgüdüsel olarak onu taklit eden Marta korkudan buz kesmişti. Refleks olarak silahlarını küçük araca çeviren görevliler de çömeldiler.

Marta, pencerenin altındaki çömeldiği yerden, Sienna'ya tuhaf gözlerle bakan Langdon'ın, bir tehlike olduğuna inanmakta güçlük çekerek hâlâ ayakta durduğunu görebiliyordu. Sienna çömeldikten hemen sonra yeniden ayağa fırlayıp Langdon'ı bileğinden yakaladı ve onu koridora doğru çekiştirmeye başladı. Kısa süre sonra, binanın ana girişine doğru kaçıyorlardı.

Dizlerinin üstünde dönen görevli, bir tetikçi gibi çömeldi. Silahını kaldırıp, kaçan ikiliye yöneltti.

Marta ona, *"Non spari!"* diye emretti. *"Non possono scappare."*(2)

Langdon ile Sienna köşeyi dönerek gözden kaybolurken Marta, diğer yönden gelen yetkililerle karşılaşmalarının an meselesi olduğunu düşünüyordu.

* * *

---

(1) "Ateş etmek üzere! Herkes yere!"

(2) "Ateş etme! Zaten kaçamazlar!"

Geldikleri yoldan geriye Langdon'la birlikte koşan Sienna, "Daha hızlı!" dedi. Polisle karşılaşmadan ana girişe varabilmeyi ummuştu ama şimdi bu ihtimalin sıfıra yakın olduğunu görüyordu.

Langdon'ın da benzer şüpheleri olduğu belliydi. Koridorların kesiştiği bir noktada aniden durdu. "Bu şekilde asla buradan çıkamayacağız."

"Haydi!" Sienna ona peşinden gelmesini işaret ediyordu. "Robert burada böyle duramayız!"

Küçük, loş bir odayla sonlanıyormuş gibi görünen sol taraftaki kısa koridora bakan Langdon, dikkatini başka bir yere yoğunlaştırmış gibiydi. Odanın duvarları eski haritalarla kaplıydı, ortasındaysa devasa bir demir küre duruyordu. Büyük metal yuvarlağa bakan Langdon, önce yavaş sonra hızlı bir şekilde başını salladı.

Demir küreye doğru koşan Langdon, "Buradan," dedi.

Robert! Sienna, kendi aklından geçenin tersini yaptı. Koridor, müzenin iyice içlerine uzanarak çıkıştan uzaklaşıyordu.

Sonunda ona yetiştiğinde, "Robert?" derken soluğunu yuttu. "Nereye gidiyoruz?!"

"Ermenistan'dan geçeceğiz," diye cevap verdi.

"Ne?!"

Bakışlarını ileri diken Langdon, "Ermenistan," diye yineledi. "Güven bana."

Bir kat aşağıda, Beş Yüz Salonu'nun balkonundaki korkmuş turistlerin bakışlarından uzakta, Brüder'in TTD ekibi yanından geçip gürültüyle müzeden içeri girerken Vayentha başını eğdi. Polis alanı kapatırken, aşağıdaki kapıların çarpma sesi koridorda yankılandı.

Langdon gerçekten de buradaysa kapana kısılmıştı.

Ne yazık ki Vayentha da öyle.

45. Bölüm

Meşe lambrileri ve panel kaplamalı tahta tavanlarıyla Coğrafi Haritalar Salonu, Vecchio Sarayı'nın taş ve sıvadan oluşan sadeliğinden çok uzaktı. Aslında, binanın vestiyeri olan bu geniş alanda bir zamanlar grandükün taşınabilir eşyalarını depolamak için kullanılan düzinelerce yüklük ve dolap vardı. Günümüzde ise duvarlar haritalarla donatılmıştı; deri üzerine elle boyanmış elli üç renkli süsleme, dünyanın 1550'lerdeki durumunu gösteriyordu.

Salonun dramatik kartografi koleksiyonuna odanın ortasında duran dev bir küre hâkimdi. *Mappa Mundi* olarak bilinen yaklaşık iki metre çapındaki küre, zamanının en büyük döner küresiydi ve sadece bir parmağın dokunuşuyla kolaylıkla döndüğü söyleniyordu. Günümüzde küre, galeri salonlarında uzun bir yürüyüş yaptıktan sonra bir çıkmaza ulaşan ve kürenin etrafında döndükten sonra geldikleri yoldan geri dönen turistler için son duraktı.

Langdon ve Sienna nefes nefese Haritalar Salonu'na vardılar. *Mappa Mundi* görkemli bir şekilde karşılarında yükseliyordu ama gözleri odanın duvarlarına kayan Langdon ona bakmadı bile.

Langdon, "Ermenistan'ı bulmalıyız!" dedi. "Ermenistan haritasını!"

Bu istek karşında şaşırmış görünen Sienna, Ermenistan'ı bulmak için salonun sağ tarafındaki duvara doğru koştu.

Langdon da benzer bir arayışa sol taraftaki duvardan başlayarak odanın çevresinde ilerledi.

Arabistan, İspanya, Yunanistan...

Çizimlerin en az beş yüz yıl önce, dünyanın büyük bir bölümünün henüz keşfedilmediği veya haritasının çıkartılmadığı bir zamanda yapıldığı düşünülünce olağanüstü detayları karşısında şaşırmamak imkânsızdı.

Ermenistan nerede?

Genellikle kuvvetli olan fotoğrafik hafızasına rağmen, Langdon'ın birkaç yıl önce burada yaptığı "gizli geçitler turu"na dair hatıraları çok bulanıktı. Bunun, turdan önce öğle yemeğinde keyifle içtiği ikinci kadeh Gaja Nebbiolo'yla biraz ilgisi vardı. Nebbiolo kelimesi, duruma son derece uygun düşen "hafif sis" anlamına geliyordu. Yine de Langdon, hayal meyal bu odada kendisine eşsiz bir vasfa sahip olan Ermenistan haritasının gösterildiğini hatırlıyordu.

Langdon sonsuz gibi görünen sıra sıra haritaları taramaya devam ederken, *burada olduğunu biliyorum,* diye düşündü.

Sienna, "Ermenistan!" diye bağırdı. "Burada!"

Langdon odanın sağ köşesinde duran Sienna'ya doğru döndü. Telaşla ona doğru koşarken Sienna yüzünde, "Ermenistan'ı bulduk, şimdi ne olacak?" diyen bir ifadeyle haritayı gösteriyordu.

Langdon açıklamalar için vakitlerinin olmadığını biliyordu. Bunun yerine, uzanıp haritanın dev tahta çerçevesini tuttu ve kendine doğru çekti. Dev harita, lambri duvarın büyük bir parçasıyla birlikte odanın içine doğru açılınca ortaya gizli bir geçit çıktı.

Sienna etkilenmiş bir ifadeyle, "Anlaşıldı," dedi. "Aradığımız Ermenistan'mış."

Hiç tereddüt etmeden açıklıktan geçip korkusuzca önlerindeki karanlık alana doğru ilerledi. Langdon onun peşinden içeri girdikten sonra vakit kaybetmeden arkalarından girişi kapattı.

Langdon'ın gizli geçitler turuna dair aklında fazla bir şey kalmasa da bu geçidi çok net hatırlıyordu. Kendisi ve Sienna, ansızın sanki bir aynanın içinden, sadece o zamanki düke ve yakınlarına açık tutulan Palazzo Invisibile'ye,[1] bir anlamda Vecchio Sarayı'nın duvarlarının *arkasında* bulunan gizli dünyaya geçmişlerdi.

Langdon kapı girişinde bir saniye durup etrafı inceledi; burası, pencerelerden süzülen loş ışıkla aydınlatılmış taş bir geçitti, yaklaşık elli metre aşağıdaki tahta bir kapıya iniyordu.

Sola, kancalı kordonla geçişi engellenmiş yukarı çıkan dar merdivene baktı. Basamakların üstündeki tabelada; VIETATA USCITTA yazıyordu.

Langdon merdivenlere yöneldi.

Sienna, "Hayır!" diyerek onu uyardı. " 'Çıkış yok' diyor."

Langdon alaycı bir ifadeyle gülümseyerek, "Teşekkürler," dedi. "İtalyanca okuyabiliyorum."

Kancasını çıkartıp kordonu gizli kapıya götürdü ve kapıyı sabit tutmak için kullandı. Kapının diğer taraftan açılmaması için kordonu kapı kolundan geçirip yakındaki bir tesisata bağladı.

Sienna mahcup bir ifadeyle gülümsedi. "Ooo... iyi fikir."

Langdon, "Bu onları uzun zaman oyalamaya yetmez," dedi. "Ama zaten fazla zamana ihtiyacımız olmayacak. Beni izle."

Ermenistan haritası sonunda açılınca, Ajan Brüder ve adamları dar koridordan diğer uçtaki tahta kapıya doğru koştular. Kapıdan geçtiklerinde Brüder soğuk havanın yüzüne çarptığını ve güneş ışığıyla anlık bir körlük yaşadığını hissetti.

Sarayın çatısı boyunca ilerleyen dış geçide varmıştı. Gözleri, elli metre uzaktaki başka bir kapıya açılan yolu takip etti.

Brüder geçidin soluna, Beş Yüz Salonu'nun bir dağ gibi yükselen kubbeli çatısının bulunduğu yere baktı. *Karşıya geçmek*

---

(1) Görünmez Saray

imkânsız! Brüder şimdi de sağına, geçidin dar bir kuyuya inen dik bir tepeyle önünün kesildiği yere baktı. *Anında ölüm.*

Gözleri ileriye odaklandı. "Bu taraftan!"

Brüder ve adamları takip helikopteri tepelerinde bir akbaba gibi daireler çizerken, geçitten ikinci kapıya doğru koştular.

Askerler kapı aralığından içeri girdiklerinde aniden durdular, bu ani hareketleri yüzünden neredeyse birbirlerinin üzerine düşeceklerdi.

Geldikleri kapı dışında başka bir çıkışı olmayan minik taş bir bölmede duruyorlardı. İçeride sadece tahta bir masa vardı. Tepedeki, tavan fresklerine çizilmiş grotesk figürler dalga geçerek onlara bakıyor gibiydi.

Burası bir çıkmazdı.

Brüder'in adamlarından biri duvardaki bilgilendirme levhasını inceledi. "Bir dakika," dedi. "Yazılanlara göre, burada bir *finestra* var, *bir tür gizli pencere mi?"*

Brüder etrafına bakındı ama gizli pencere falan göremedi. Gidip yazıyı kendi okudu.

Anlaşıldığı kadarıyla, burası bir zamanlar Düşes Bianca Cappello'nun özel çalışma odasıymış ve odada Bianca'nın Beş Yüz Salonu'nda konuşma yapan kocasını izleyebileceği gizli bir pencere; *una finestra segreta* varmış.

Brüder odayı tekrar dikkatle inceledi ve bu kez yan duvarda akıllıca gizlenmiş kafesli pencereyi gördü. *Buradan mı kaçtılar?*

Yanına gidip Langdon'ın cüssesindeki birinin geçemeyeceği kadar küçük olan pencereyi inceledi. Brüder yüzünü kafese dayayıp ileriye bakınca kimsenin buradan kaçamayacağına emin oldu; kafesin diğer tarafında Beş Yüz Salonu'na inen birkaç kat yüksekliğinde dik bir boşluk vardı.

Peki hangi cehenneme gittiler?

Brüder küçük taş bölmeye doğru dönerken, günün gerginliğinin içinde gitgide tırmandığını hissetti. Kendine hâkim olamadığı o nadir anda başını geriye atıp öfkeyle bağırdı.

Çıkan ses, o dar alanda kulakları sağır edici türdendi.

Aşağıda, Beş Yüz Salonu'nda turistler ve polis memurları dönüp duvarın yukarısındaki kafesli pencereye baktılar. Gelen seslerden anlaşıldığı kadarıyla düşesin gizli çalışma odası artık vahşi bir hayvanın kafesi olarak kullanılıyordu.

Sienna Brooks ve Robert Langdon zifiri karanlıkta ayakta duruyorlardı.

Dakikalar önce Sienna, Langdon'ın Ermenistan haritasını sabit tutmak için kordonu zekice kullanışını, sonra da dönerek kaçışını izlemişti.

Ne var ki Langdon onu şaşırtarak koridorun aşağısına doğru ilerlememiş, VIETATA USCITA diye belirtilmiş dik merdivenleri tırmanmıştı.

Kafası karışan Sienna, "Robert!" diye fısıldadı. "Tabelada 'çıkış yok' yazıyordu. Ayrıca, *aşağı* inmek istediğimizi sanıyordum."

Langdon omzunun üzerinden bakarak, "İstiyoruz," dedi. "Ama bazen aşağı inmek için... yukarı çıkmak gerekir." Cesaret verici bir ifadeyle göz kırptı. "Şeytanın göbeğini hatırlıyor musun?"

Neden bahsediyor? Kafası karışan Sienna söylediklerini anlamlandırmaya çalıştı.

Langdon, "*Cehennem*'i okudun mu?" diye sordu.

Evet... ama sanırım yedi yaşındaydım.

Bir saniye sonra kafasına dank etti. "Ah, şeytanın göbeği!" dedi. "Şimdi hatırladım."

Biraz zaman geçmişti ama Sienna şimdi, Langdon'ın Dante'nin *Cehennem*'inin son kısmından bahsettiğini anlamıştı. Bu kantolarda, Dante cehennemden kaçmak için dev şeytanın kıllı karnından aşağı inmek zorunda kalıyordu ve şeytanın göbeğine ulaştığında –sözde dünyanın merkezine– yerçekimi aniden yön değiştiriyor ve Dante *aşağıya,* arafa doğru inişine devam edebilmek için... aniden *yukarı* tırmanmaya başlıyordu.

Sienna, *Cehennem*'den dünyanın merkezindeki tuhaf yerçekimi olaylarına şahit olduğunda hissettiği hayal kırıklığı dışında çok az şey hatırlıyordu. Anlaşılan, Dante'nin dehası vektörel kuvvet fiziğini kavrayamamıştı.

Merdivenin tepesine vardıklarında Langdon orada buldukları tek kapıyı açtı, üzerinde; SALA DEI MODELLI DI ARCHITETTURA[1] yazıyordu.

Langdon aceleyle Sienna'ya içeri girmesini işaret ettikten sonra kapıyı arkalarından kapatıp kilitledi.

Salon küçük ve sadeydi, Vasari'nin sarayın iç kısımları için yaptığı mimari tasarımların tahta modellerini sergileyen vitrinlerle doluydu. Sienna modelleri fark etmedi bile. Ama salonun kapısı, penceresi ve tabelada yazdığı gibi... çıkışı olmadığını fark etti.

Langdon alçak sesle, "1300'lerin ortalarında," dedi. "Atina dükü sarayda iktidarı ele geçirmiş ve saldırıya uğradığında kullanmak için bu gizli kaçış yolunu yaptırmış. Buraya, Atina Dükü Merdivenleri deniyor ve yan sokaktaki küçük bir kaçış kapısına doğru iniyor. Oraya ulaşırsak, kimse çıktığımızı görmez." Modellerden birini gösterdi. "Bak. Yan tarafta, görüyor musun?"

Beni buraya modelleri göstermek için mi getirdi?

Sienna endişeli bir ifadeyle minyatüre baktı ve sarayın tepesinden sokak seviyesine kadar inen gizli merdiveni gördü, binanın iç ve dış duvarları arasına gizlenmişti.

Sienna ters ters, "Merdivenleri görebiliyorum Robert," dedi. "Ama sarayın *ters* tarafındalar. Oraya asla ulaşamayız!"

Robert çarpık bir gülümsemeyle, "Biraz inanç," dedi.

Aşağıdan gelen ani bir gümbürtü, Ermenistan haritasının biraz önce kırıldığını anlatıyordu. Koridordan aşağı doğru ilerleyen askerlerin ayak seslerini dinlerken hiç kımıldamadan beklediler. İçlerinden hiçbiri avlarının, özellikle de ÇIKIŞ YOK yazılı ufak bir merdivenden o kadar yukarı tırmanacağını düşünmüyordu.

---

(1) Mimari Tasarımlar Salonu

Aşağıdan gelen sesler azalınca Langdon kendinden emin bir şekilde salonda vitrinlerin arasından ilerledi. Diğer duvardaki büyük vitrine doğru yürüdü. Yaklaşık bir metrekare büyüklüğünde ve yerden bir metre yukarıdaydı. Langdon hiç tereddüt etmeden kolunu tutup kapağı açtı.

Sienna şaşkınlıkla geri çekildi.

İçerisi ıssız bir mağaraya benziyordu. Sanki vitrin başka dünyaya açılan bir kapıydı. Arkasında sadece karanlık vardı.

Langdon, "Beni izle," dedi.

Açıklığın yanındaki duvarda asılı duran el fenerini aldı. Sonra, şaşırtıcı bir çeviklik ve kuvvetle kendini yukarı çekip tavşan deliğinin içinden geçerek gözden kayboldu.

46. Bölüm

Langdon, *la soffitta,* diye düşündü. *Dünyadaki en tuhaf tavan arası.*

İçerisi, sanki sıva tozu iyice incelmiş de yere inmeyi reddederek havada asılı kalıyormuş gibi, eski ve küf kokuyordu. Gıcırdayıp inleyen geniş mekân Langdon'a yaşayan bir canavarın midesine tırmandığı hissini veriyordu.

Geniş, yatay bir çatı kirişinde ayağını basacak sağlam bir yer bulunca fenerini kaldırıp, ışığıyla karanlığı deldi.

Önünde sonsuza uzanıyormuş gibi görünen bir tünel vardı. Bu tünel; dikmeler, kirişler, bağlantılar ve Beş Yüz Salonu'nun görünmeyen iskeletini meydana getiren diğer yapı malzemelerinin çaprazlar çizerek oluşturduğu bir tahtadan üçgenler ve dörtgenler ağından oluşuyordu.

Langdon bu büyük tavan arasını, o birkaç yıl önce katıldığı gizli geçitler turunda görmüştü. Dolaba benzeyen seyir penceresi, ziyaretçiler iskelet yapısını modelden inceleyebilsin ve açıklıktan fenerle bakıp gerçeğini görebilsin diye, Mimari Tasarımlar Salonu'nun duvarına oyulmuştu.

Şimdi tavan arasının içlerine kadar ilerlemiş olan Langdon, iskeletin New England ambarlarına benzemesine şaşırmıştı: ok ucuna benzer bağlantılarla bir araya getirilmiş, geleneksel orta direk ve destek döşemesi.

Sienna da açıklıktan tırmanıp, onun yanındaki kirişte denge kurarken, nereye gideceğini şaşırmışa benziyordu. Langdon ona bu sıra dışı manzarayı göstermek için fenerini ileri geri salladı.

Bu uçtan bakınca tavan arasının aşağısındaki manzara, uzakta iç içe geçerek, bir yerlerde yok olan ikizkenar üçgenlere benziyordu. Ayaklarının altında döşeme tahtası yoktu ve demiryolu raylarını andıran yatay destek kirişlerinin arası tamamen boştu.

Alçak sesle konuşan Langdon, uzun kirişi işaret etti. "Burası, Beş Yüz Salonu'nun tam *üstünde.* Diğer uca geçebilirsek, Atina Dükü Merdivenleri'ne nasıl gideceğimizi biliyorum."

Sienna önlerinde uzanan kiriş ve destek labirentine şüpheli gözlerle baktı. Görünüşe bakılırsa tavan arasında ilerlemenin tek yolu, destekler arasında tren raylarındaki çocuklar gibi zıplamaktı. Yatay ve dikey destek direkleri sağlam bir demet oluşturacak şekilde enli kelepçelerle birbirine bağlanmıştı ve üzerlerinde denge sağlanacak kadar genişti. Ama asıl sorun, direk ve kirişlerin arasındaki boşlukların sıçramak için fazla açık olmasıydı.

Sienna, "Ben bu kirişlerin arasında atlayamam," diye fısıldadı.

Langdon da bunu yapabileceğinden emin değildi ve düşmek kesin ölüm demekti. Fenerini, kirişlerin arasındaki açıklığa doğru tuttu.

İki buçuk metre aşağıda, demir çubuklarla asılmış tozlu, yatay bir alan, bir tür zemin vardı ve göz alabildiğine uzuyordu. Ne kadar sağlam görünse de Langdon zeminin, toz tutmuş plastik örtüyle kapatıldığını biliyordu. Burası, Beş Yüz Salonu'nun asma tavanının "arka tarafıydı": yamalanmış gibi, yatay yerleştirilmiş otuz dokuz Vasari tablosunu çerçeveleyen tahta bir tekne tavan.

Sienna aşağıdaki tozlu alanı işaret etti. "Oraya inip üzerinde yürüyebilir miyiz?"

Bir Vasari tablosunun içinden, Beş Yüz Salonu'na düşmek istemiyorsan yürüyemeyiz.

Onu korkutmak istemeyen Langdon, "Aslında daha iyi bir yol var," dedi. Tavan arasının merkez direğine doğru, bir kirişin üstünde yürümeye başladı.

Daha önceki ziyaretinde, Mimari Tasarımlar Salonu'ndaki pencereden bakmanın *yanı sıra*, tavan arasının *diğer* ucundaki bir kapıdan girerek bu yeri yayan keşfetmişti. Şarap yüzünden bulanıklaşmış hafızası yanlış hatırlamıyorsa, tavan arasının ana kirişi boyunca sağlam bir döşeme tahtası uzanıyor ve turistlerin tam ortadaki geniş seyir bölümüne geçişi sağlıyordu.

Fakat Langdon kirişin ortasına gelince, turdan hatırladığına hiç benzemeyen bir döşeme tahtası gördü.

O gün kaç Nebbiolo içtim?

Turistlerin bakabileceği sağlam bir yapıdan çok, basit bir geçiş oluşturacak şekilde kirişlerin üzerine dikey yerleştirilmiş gevşek kalaslara bakıyordu; köprüden çok, ip sayılırdı.

Anlaşılan, diğer taraftaki turist geçidi, yalnızca ortadaki seyir platformuna kadar geliyordu. Oradan sonra, turistler aynı yoldan geri dönüyorlardı. Langdon ile Sienna'nın şimdi baktığı bu denge kirişi, mühendisler tavan arasının bu kısmına kadar bakım yapabilsinler diye yerleştirilmiş olmalıydı.

İnce tahtalara şüpheyle bakan Langdon, "Görünüşe bakılırsa, kalasın üstünden yürüyeceğiz," dedi.

Fazla telaşlanmayan Sienna omuzlarını silkti. "Venedik'te suların yükselme mevsiminden daha kötü olamaz."

Langdon onun haklı olduğunu fark etti. Venedik'e yaptığı son araştırma gezisinde, San Marco Meydanı otuz santim suların altında kalmıştı. O da Hotel Danieli'den bazilikaya kadar, briketler ve ters çevrilmiş kovaların arasına yerleştirilmiş tahta kalasların üzerinde yürümüştü. Elbette, mokasenlerini ıslatmakla, bir Rönesans başyapıtının içinden ölüme dalmak aynı şey değildi.

Bu düşünceyi aklından uzaklaştıran Langdon, Sienna'nın içten içe besleyebileceği endişeleri gidermesini umduğu sahte bir güvenle, dar kalasa adımını attı. Dışarıdan kendine güveniyor gibi gözükse de ilk kalasın üstünde yürürken kalbi hızla çarpıyordu. Ortaya yaklaştığında kalas, ağırlığıyla esneyerek uğursuz bir çıtırtı çıkardı. Biraz daha hızlı ilerleyip sonunda diğer tarafa ve nispeten güvenli ikinci kalasa geçti.

Nefesini veren Langdon, Sienna'ya ışığı tutmak ve ihtiyaç duyabileceği sözleri söylemek için arkasını döndü. Ancak görünüşe bakılırsa hiçbirine ihtiyacı yoktu. Işığı kalası aydınlattığı anda Sienna, dikkate değer bir ustalıkla üzerinden geçti. Kalas, onun ince vücudunun altında fazla esnememiş ve saniyeler içinde diğer tarafta yanına varmıştı.

Cesaretlenen Langdon arkasını döndü ve diğer kalasa yöneldi. Sienna onun geçmesini, dönüp ışığı tutmasını bekledikten sonra peşinden gitti. Tek bir fenerin ışığıyla peş peşe hareket eden iki figür, sabit bir ritimle ilerledi. İnce tavandan, aşağıdan bir yerden gelen polis telsizinin sesi duyuldu. Langdon belli belirsiz gülümsedi. *Beş Yüz Salonu'nun üstünde ağırlıksız ve görülmeden duruyoruz.*

Sienna, "Söylesene Robert," dedi. "Maskeyi bulacağın yeri sana Ignazio mu söylemişti?"

"Evet... ama şifreli bir şekilde." Ignazio'nun maskenin yerini telesekreterde ağzından kaçırmak istemediği için bilgiyi şifreli paylaştığını açıkladı. "Cennete gönderme yaptı, sanırım *İlahi Komedya*'nın son bölümünü ima ediyordu. Tam olarak *'Cennet Yirmi Beş,'* dedi."

Sienna bakışlarını yukarı kaldırdı. "Yirmi Beşinci *Kanto*'dan bahsetmiş olmalı."

Langdon, "Bence de," dedi. *Kanto,* aşağı yukarı bölümle aynı şey demekti; kelime, epik şiirleri şarkıyla söyleme geleneğinden geliyordu. *İlahi Komedya,* üç bölüme ayrılmış toplam yüz kantodan meydana geliyordu.

Cehennem 1-34

Araf 1-33

Cennet 1-33

Cennet Yirmi Beş, diye düşünen Langdon tüm metni hatırlayabilmeyi dilerdi. *Ne yazık ki mümkün değil, metnin bir kopyasını bulmamız lazım.*

Langdon, "Dahası da var," diye devam etti. "Ignazio bana son olarak, 'Kapılar sana açık ama acele etmelisin,' demişti." Bir an durup arkasındaki Sienna'ya baktı. "Yirmi Beşinci Kanto, Floransa'daki belirli bir yere gönderme yapıyor olmalı. Kapıları olan bir yer herhalde."

Sienna kaşlarını çattı. "Bu şehirde o kadar çok kapı var ki."

"Evet, bu yüzden *Cennet*'in Yirmi Beşinci Kanto'sunu okumamız lazım." Ona umutla gülümsedi. "Senin *İlahi Komedya*'yı ezbere bilmene imkân yok tabii, değil mi?"

Sienna ona dili tutulmuş gibi baktı. "Çocukken okuduğum, eski İtalyancayla yazılmış on dört bin iki yüz otuz üç dizeyi mi?" Başını iki yana salladı. "Acayip hafızası olan kişi sizsiniz profesör. Ben yalnızca bir doktorum."

Langdon yoluna devam ederken, birlikte yaşadıkları bunca şeyden sonra, Sienna'nın olağanüstü zekâsını kendisinden saklamasına biraz üzülmüştü. *Yalnızca bir doktor mu?* Langdon gülümsedi. Onun özel yetenekleriyle ilgili okuduğu makaleleri hatırlayınca, *yeryüzündeki en mütevazı doktor olmalı,* diye düşündü. Maalesef bu özel yetenekler arasında, tarihin en uzun epik şiirini baştan sonra ezberlediği yazmıyordu.

Başka kirişlerin üzerinden geçerek sessizce ilerlediler. Sonunda Langdon, ileride içlerini ferahlatan bir şekil gördü. *Seyir platformu!* Üzerinde yürüdükleri eğreti kalas, korkulukları olan çok daha sağlam bir yapıya uzanıyordu. Platforma yetişebilirlerse, tavan arasından çıkana kadar orada yürüyebilirlerdi; hatırladığı kadarıyla çıkış, Atina Dükü Merdivenleri'ne çok yakındı.

Platforma yaklaşınca Langdon, iki buçuk metre aşağıdaki tavana baktı. Şimdiye kadar gördüğü tüm ay tabyaları birbirinin benzeriydi. Ama ilerideki, çok büyük, diğerlerinden çok daha genişti.

Langdon içinden, *I. Cosimo'nun Göğe Yükselişi,*[1] diye geçirdi.

---

(1) Apotheosis Cosimo I

Bu, Beş Yüz Salonu'nun tam ortasındaki büyük ve yuvarlak ay tabyası, Vasari'nin en kıymetli tablolarından biriydi. Langdon, yeni şekillenen Amerika'nın, İtalya'dan cumhuriyet kavramından daha fazlasını aldığını hatırlatan ABD Kongre Binası'ndaki *Washington'ın Göğe Yükselişi* adlı mütevazı eseri buradakiyle kıyaslayarak öğrencilerine bunun slaytlarını gösterirdi.

Ama bugün, *I. Cosimo'nun Göğe Yükselişi*'ni durup incelemekten çok, üstünden hızla geçmek derdindeydi. Hızlanırken, yaklaştıklarını Sienna'ya fısıldamak için başını hafifçe arkaya çevirdi.

Bunu yaparken sağ ayağını orta yere basamadı ve ödünç aldığı mokasen, kalasın kenarından kaydı. Bileği burkulunca, dengesini yeniden sağlamak için ileri doğru hızlı bir adım atmak isterken tökezledi.

Ama çok geç kalmıştı.

Dizleri kalasa çarptı, kirişe tutunmaya çalışan elleri ümitsizce ileri uzandı. El feneri, aşağıdaki karanlığa, onu ağ gibi yakalayan tuvalin üzerine düştü. Altındaki kalas düşerken Langdon'ın esneyen bacakları, son anda diğer kirişe güvenle yerleşti. Kalas, Vasari'nin iki buçuk metre aşağıdaki *I. Cosimo'nun Göğe Yükselişi* tablosunu çevreleyen ahşaptan tekne tavana gürültüyle düşmüştü.

Ses, tavan arasında yankılandı.

Dehşete kapılan Langdon, güçlükle ayağa kalkıp arkada kalan Sienna'ya döndü.

Aşağıdaki tuvalin üzerinde sahipsiz kalan el fenerinin sönük ışığında, geçecek yeri kalmayan Sienna'nın arkasındaki kalasta durduğunu gördü. Gözleri Langdon'ın bildiği şeyi söylüyordu. Düşen kalasın gürültüsü, bulundukları yeri elevermişti.

Vayentha'nın bakışları süslü tavana kaydı.

Ses aşağıda yankılanırken, kameralı adam, "Tavan arasındaki fareler," dedi.

Büyük fareler, diye düşünen Vayentha, salon tavanının ortasındaki yuvarlak resme baktı. Ay tabyalarının arasından aşağı tozlar süzülürken, tuvalin sanki biri diğer taraftan itiyormuş gibi hafifçe esnediğini gördüğüne yemin edebilirdi.

Tablodaki çıkıntıya bakan adam, "Belki seyir platformundaki görevlilerden biri tabancasını düşürmüştür," dedi. "Sizce ne arıyorlar? Tüm bu koşuşturma hayli heyecan verici."

Vayentha, *"Seyir platformu* mu?" diye sordu. "Oraya çıkılıyor mu?"

"Elbette." Müze girişini işaret etti. "Şu kapıdan geçince, tavan arasındaki podyuma çıkan bir kapı var. Vasari'nin bina iskeletini görebilirsiniz. İnanılmaz."

Brüder'in sesi bir kez daha Beş Yüz Salonu'nda aniden yankılandı. "Peki ne cehenneme gittiler?!"

Sesi, tıpkı az önceki haykırışı gibi, Vayentha'nın solundaki yüksek duvara yerleştirilmiş kafesin arkasından geliyordu. Brüder kafesin arkasındaki bir odada olmalıydı... salonun süslü tavanı altındaki bir kat.

Vayetha gözlerini yeniden başının üstündeki tuvalin şişkinliğine çevirdi.

Tavan arasındaki fareler, diye düşündü. *Çıkış yolu arıyorlar.*

Kameralı adama teşekkür edip hemen müze girişine yöneldi. Kapı kapalıydı ama onca polis girip çıktığına göre kilitli olması imkânsızdı.

İçgüdüleri yanılmıyordu.

47. Bölüm

Dışarıda, meydanda polis arabalarının kargaşası arasında orta yaşlı bir adam Loggia dei Lanzi'nin gölgesinde oturmuş büyük bir dikkatle hareketliliği izliyordu. Adam, Plume Paris marka gözlük ve şal desenli kravat takmıştı, tek kulağında minik altın bir küpe vardı.

Koşuşturmayı izlerken tekrar boynunu kaşıdı. Bir gecede kurdeşen dökmüştü ve gittikçe daha da kötüleşiyordu; çenesini, boynunu, yanaklarını ve gözlerinin üzerini küçük kabarcıklar kaplamıştı.

Tırnaklarına bakınca kanlanmış olduklarını gördü. Mendilini çıkartıp parmaklarını sildikten sonra boynundaki ve yanaklarındaki kabarcıkların kanlarını da temizledi.

Temizlendikten sonra dikkatini tekrar sarayın dışına park etmiş olan iki siyah minibüse yöneltti. Yakındaki minibüsün arka koltuğunda iki kişi oturuyordu.

Biri siyah kıyafetli silahlı bir askerdi.

Diğeri daha yaşlıydı ve nazarlık takmış gümüş rengi saçlı çok güzel bir kadındı.

Asker, deri altına uygulanan bir şırınga hazırlıyor gibiydi.

***

Minibüsün içinde Dr. Elizabeth Sinskey boş gözlerle saraya bakarken krizin bu boyutlara nasıl ulaştığını kendi kendine sorguluyordu.

Yanından boğuk bir ses, "Hanımefendi," dedi.

Kendisine eşlik eden askere döndü. Bir eliyle şırıngayı diğeriyle de kolunu tutmuş bekliyordu. "Kıpırdamayın."

İğnenin sivri ucu derisinden girerken, asker, "Şimdi, uyuyun," dedi.

Gözlerini kapattığı sırada gölgelerin arasından bir adamın kendisini izlediğini fark etti. Tasarımcı gözlükleri ve hazırlık öğrencisi kravatı takmıştı. Yüzü kıpkırmızıydı. Bir an için onu tanıdığını düşündü ama tekrar bakmak için gözlerini açtığında adam kaybolmuştu.

48. Bölüm

Tavan arasının karanlığındaki Langdon ve Sienna'nın arasında artık altı metrelik bir açıklık vardı. İki buçuk metre aşağılarında duran kalas, Vasari'nin *I. Cosimo'nun Göğe Yükselişi*'nin bulunduğu tuvali destekleyen tahta çerçevenin üzerine düşmüştü. Hâlâ ışık veren büyük el feneri, tuvalin üzerinde küçük bir çukur oluşturuyordu.

Langdon, "Arkandaki kalası bu kirişe ulaşacak kadar sürükleyebilir misin?" diye fısıldadı.

Sienna kalasa baktı. "Diğer ucunu tuvalin üzerine düşürmeden yapamam."

Langdon da bundan korkuyordu; şu anda ihtiyaçları olan son şey ikiye altı boyutlarındaki bir kalasın Vasari'nin tablosunu parçalamasıydı.

Sienna, "Aklıma bir fikir geldi," diyerek desteğin üzerinde yan yan duvara doğru ilerledi. Langdon kirişin üzerinde onu takip etti, el fenerinin ışığından uzaklaştıkları her adımda durum daha da tehlikeli bir hale geliyordu. Yan duvara ulaştıklarında artık zifiri karanlıktaydılar.

Sienna aşağılarındaki karanlığı göstererek, "Aşağıda," diye fısıldadı. "Çerçevenin kenarında. Duvara monte edilmiş olmalı. Benim ağırlığımı çekecektir."

Sienna, Langdon'ın itiraz etmesine fırsat bırakmadan destek kirişlerini merdiven gibi kullanarak duvar direğinden aşağı indi. Yavaşça ahşap tekne tavanın kenarına bastı. Bir kez gıcırdadı ama dayandı. Sonra, duvarın üzerinde yavaş yavaş ilerleyerek Langdon'a doğru ilerledi, sanki yüksek bir binanın pencere pervazında yürüyormuş gibiydi. Tekne tavan bir kez daha gıcırdadı.

Langdon, *çok tehlikeli,* diye düşündü. *Fazla açılma.*

Sienna, Langdon'ın karanlıkta üzerinde durduğu duvar direğine yaklaşırken, Langdon'ın içine buradan zamanında kurtulacaklarına dair bir umut doğdu.

Aniden, ilerideki karanlığın içinde bir yerde, bir kapı sertçe kapandı ve geçitte hızla ilerleyerek onlara doğru yaklaşan ayak sesleri duyuldu. Etrafı tarayan ve her geçen saniye daha da parlayan bir el fenerinin ışığı belirdi. Langdon umudunu kaybetti. Birisi kendilerine doğru geliyordu, ana geçitte ilerliyor ve kaçış yollarını kapatıyordu.

Langdon hemen, "Sienna, yürümeye devam et," dedi. "Duvar boyunca ilerle. Diğer uçta bir çıkış var. Ben ters yönde koşacağım."

Sienna, "Hayır," diye fısıldadı. "Robert geri dön!"

Ne var ki Langdon çoktan harekete geçmişti. Yan duvardan yavaş yavaş ilerleyen iki buçuk metre aşağıdaki Sienna'yi karanlıkta bırakmış, duvar direğinin üzerinden tavan arasının merkez direğine doğru ilerliyordu.

Tavan arasının merkezine vardığında, el fenerli yüzsüz bir siluet yüksek seyir platformuna varmıştı. Siluet, alçak korkuluğun önünde durup el fenerini Langdon'ın gözlerine doğrulttu.

Işık kör ediciydi ve Langdon hemen teslim olup kollarını açtı. Kendini daha fazla savunmasız hissedemezdi; parlak bir ışık gözlerini kör ederken Beş Yüz Salonu'nun üzerinde havada dengede durmaya çalışıyordu.

Langdon silah sesi veya otoriter bir emir duymayı bekledi ama sessizlikten başka bir şey yoktu. Bir saniye sonra ışık yüzünden çekilip arkasındaki karanlığı taramaya başladı, bir şeyi... ya da başka birini aradığı belliydi. Işık gözlerinden çekilince Langdon kaçış yolunu kapatan kişinin siluetini tanıdı. Bu, siyahlar giymiş ince bir kadındı. Beyzbol şapkasının altında kirpi saçlı bir kafa olduğundan hiç şüphesi yoktu.

Gözünün önüne hastane odasında ölen Dr. Marconi gelince kasları gerildi.

Beni buldu. Buraya işi bitirmeye geldi.

Langdon'ın gözünde, bir tünele girip geri dönüşü olmayan noktayı geçen ve sonra da bir çıkmazla karşılaşan Yunanlı dalgıçlar canlandı.

Suikastçı, el fenerini tekrar Lagdon'ın gözlerine doğrulttu. Nerdeyse fısıltılı bir sesle, "Bay Langdon," dedi. "Arkadaşınız nerede?"

Langdon ürperdi. *Katil buraya ikimiz için gelmiş.*

Sienna'nın bulunduğu yeri belli etmemek için omzunun üzerinden arkasındaki karanlığa bakarak, "Onun bu işle hiçbir ilgisi yok. İstediğiniz benim," dedi.

Langdon, Sienna'nın duvarda ilerleme kaydetmiş olması için dua ediyordu. Seyir platformunun arkasına fark edilmeden geçebilirse, kirpi saçlı kadının gerisinden sessizce ana yürüyüş yoluna girebilir ve sonra da kapıya doğru ilerleyebilirdi.

Suikastçı tekrar ışığını kaldırıp Langdon'ın arkasındaki boş tavan arasını taradı. Langdon, gözlerinden ışığın çekilmesiyle birlikte kadının arkasındaki figürü fark etti.

Oh Tanrım, hayır!

Sienna gerçekten de bir duvar direğinin üzerinden ana yürüyüş yoluna doğru ilerliyordu ama ne yazık ki, saldırgandan sadece on metre uzaktaydı.

Sienna, hayır! Çok yakındasın! Seni duyacak!

Işık tekrar Langdon'ın gözlerine doğrultuldu.

Suikastçı, "Dikkatli dinle profesör," diye fısıldadı. "Yaşamak istiyorsan bana güvenmeni tavsiye ederim. Görevim sonlandırıldı. Sana zarar vermek için bir sebebim yok. Sen ve ben artık aynı takımdayız ve sana nasıl yardım edeceğimi biliyor olabilirim."

Langdon'ın onu dinlediği söylenemezdi. Aklı tamamen profilini belli belirsiz görebildiği, seyir platformunun arkasından ustalıkla yürüyüş yoluna tırmanan ve silahlı kadına çok yakın olan Sienna'yla meşguldü.

İçinden, *kaç,* diye yalvardı. *Buradan uzaklaş!*

Ama Sienna, Langdon'ın paniğine rağmen olduğu yerde kaldı, karanlığın içinde çömelip sessizce izlemeye başladı.

Vayentha'nın gözleri Langdon'ın arkasındaki karanlığı taradı. *Hangi cehenneme gitti? Birbirlerinden ayrıldılar mı?*

Vayentha kaçak çiftin Brüder'in eline geçmesini engellemenin bir yolunu bulmalıydı. *Bu benim tek umudum.*

Boğuk bir fısıltıyla, "Sienna?!" diye seslendi. "Eğer beni duyabiliyorsan dikkatle dinle. Aşağıdaki adamlar tarafından yakalanmayı istemezsin. Hiç merhametli *olmayacaklardır.* Ben bir kaçış yolu biliyorum. Sana yardım edebilirim. Bana güven."

Langdon, "Sana güvensin mi?" diyerek meydan okudu. Sesi, yakınlardaki herhangi birinin duyabileceği kadar yüksek çıkmıştı. "Sen bir katilsin!"

Vayentha, *Sienna yakınlarda,* diye düşündü. *Langdon onunla konuşuyor... onu uyarmaya çalışıyor.*

Vayentha tekrar şansını denedi. "Sienna durum çok karışık ama seni buradan çıkartabilirim. İyi düşün. Kapana kısıldın. Başka seçeneğin yok."

Langdon yüksek sesle, "Bir seçeneği var," dedi. "Ve senden mümkün olduğu kadar uzağa kaçacak kadar da akıllı."

Vayentha ısrarla, "Her şey değişti," dedi. "Sizi incitmem için hiçbir sebep kalmadı."

"Sen Dr. Marconi'yi öldürdün! Ve beni başımdan vuran kişinin de sen olduğunu düşünüyorum!"

Vayentha karşısındaki adamın onu öldürmeye niyeti olmadığına asla inanmayacağını anlamıştı.

Konuşma faslı sona erdi. Onu ikna etmek için söyleyebileceğim başka bir şey yok.

Elini bir anda deri ceketinin içine sokup susturuculu tabancasını çıkardı.

Sienna, Langdon'la karşı karşıya gelen kadının on metre arkasında, yürüyüş yolundaki gölgeler içinde hareketsizce duruyordu. Kadının silueti karanlıkta bile fazlasıyla belirgindi. Sienna dehşet içinde onun Dr. Marconi'yi öldürürken kullandığı silahı çıkarttığını fark etti.

Sienna, *ateş edecek,* diye düşündü. Kadının vücut dilinden bu anlaşılıyordu.

Kadın, Langdon'a doğru iki tehditkâr adım atıp seyir platformunu çeviren alçak parmaklıkta durdu. Langdon'a mümkün olduğu kadar yaklaşmıştı. Silahını kaldırıp doğrudan Langdon'ın göğsüne nişan aldı.

"Sadece kısa bir an için canın yanacak," dedi. "Ama bana başka seçenek bırakmadın."

Sienna bir anda harekete geçti.

Vayentha'nın ayaklarının altındaki tahtada hissettiği beklenmedik titreşimler ateş ederken hafifçe dönmesine neden oldu. Silahı ateş almasına rağmen kurşunun Langdon'a isabet etmediğini biliyordu.

Arkasından bir şey yaklaşıyordu.

Hızla yaklaşıyordu.

Vayentha olduğu yerde 180 derece dönerek silahını saldırgana doğrulttu. Birisi üzerine çullanırken karanlığın içinde parlayan sarı saçları gördü. Saldırgan, güçlü bir vücut blokajı uygulayabilmek için namlu seviyesinin altından saldırdığı için yeniden patlayan silah da hedefi bulamadı.

Vayentha'nın ayakları yerden kesildi ve karnı sertçe seyir platformunun alçak parmaklığına çarptı. Gövdesi parmaklıktan sarkarken düşmesini engelleyecek bir şeye tutunmaya çalıştı ama çok geçti. Kenardan aşağı düştü.

Vayentha karanlığın içinde düşerken, kendini platformun iki buçuk metre aşağısındaki tozlu zemine çarpmaya hazırladı. Ama tuhaf bir şekilde, düşüşü tahmin ettiğinden daha yumuşak oldu... sanki, altında bel veren yelken bezinden bir hamağın üzerine düşmüştü.

Zihni bulanan kadın, sırtüstü yatarken yukarıdaki saldırganına baktı. Sienna Brooks parmaklığın üzerinden aşağı bakıyordu. Şok içindeki Vayentha bir şeyler söylemek için ağzını açtı ama aniden altından gelen bir yırtılma sesi duyuldu.

Onu destekleyen kumaş yırtılmıştı.

Kadın düşüşe devam etti.

Düşüşü bu kez, muhteşem resimlerle kaplı tavana bakarak neredeyse üç saniye sürdü. Tam üzerindeki resmin ortasında artık kocaman bir yırtık vardı. Cennet bulutlarının içindeki meleklerin tarafından etrafı sarılmış olan I. Cosimo'yu resmeden daire şeklindeki dev tuval, Vayentha'nın son gördüğü manzaraydı.

Sonra, ani bir çarpma sesiyle tüm dünyası karardı.

Yukarıda, şoktan donmuş olan Robert Langdon yırtık dev tuvalin arasından aşağıdaki mağarayı andıran alana baktı. Beş Yüz Salonu'nun taş zemininde, kirpi saçlı kadın hareketsiz bir şekilde yatıyordu, kafasından akan kanlar koyu renkli bir gölet oluşturmuştu. Tabancası hâlâ elindeydi.

Seyir platformuna çıkmış olan Langdon gözlerini aşağıdaki korkunç manzara karşısında donmuş olan Sienna'ya dikti. Genç kadın şok içindeydi. "Ben onu..."

Langdon, "İçgüdülerinle hareket ettin," diye fısıldadı. "Beni öldürmek üzereydi."

Aşağıdaki telaşlı sesler yırtık tuvalden onlara doğru yükseldi.

Langdon nazikçe Sienna'yı parmaklıktan uzaklaştırdı. "Yolumuza devam etmeliyiz."

49. Bölüm

Düşes Bianca Cappello'nun gizli çalışma odasındaki Ajan Brüder, bir gümbürtünün ardından Beş Yüz Salonu'ndan gelen kargaşa seslerini duydu. Duvardaki kafese koşup aralıklarından baktı. Aşağıdaki taş zeminde gördüğü manzarayı kavraması birkaç saniyesini aldı.

Hamile müze müdürü, önünde durduğu kafesin yanına gelmiş, dehşet verici manzara karşısında eliyle ağzını kapatıyordu. Kadının bakışları Beş Yüz Salonu'nun tavanına dikilirken acıyla inledi. Tavandaki yuvarlak panele doğru onun bakışlarını takip eden Brüder, tablonun ortasındaki geniş yarığı gördü.

Kadına döndü. "Oraya nasıl çıkarız?"

Binanın diğer ucundaki Langdon ile Sienna, tavan arasından soluk soluğa inip bir kapıdan geçtiler. Birkaç saniye içinde Langdon, kırmızı bir perdenin ardına gizlenmiş küçük nişi bulmuştu. Burayı gizli geçitler turundan hatırlıyordu.

Atina Dükü Merdivenleri.

Şimdi koşan ayak sesleri ve bağrışlar her yönden yükseliyordu. Langdon çok az zamanları kaldığını anlamıştı. Perdeyi çekti, Sienna ile birlikte küçük bir sahanlığa geçtiler.

Tek kelime konuşmadan taş merdivenden aşağı inmeye başladılar. Geçit korkutucu, döner dar basamaklarla tasarlanmıştı. İndikçe daralıyor gibiydi. Duvarlar Langdon'ı ezecekmiş gibi hissetmeye başladığı anda neyse ki inecek başka basamak kalmamıştı.

Zemin kat.

Merdivenlerin bittiği yer küçük, taş bir odaydı ve çıkışı yeryüzündeki en küçük kapılardan biri olsa da görmek rahatlatıcıydı. Bir buçuk metre yüksekliğindeki kalın ahşap kapı, kimsenin girmemesi için demir perçinler ve içeriden çekilen ağır bir demir sürgüyle kapatılıyordu.

Sarsılmış görünen Sienna, "Kapının arkasındaki sokak sesini duyabiliyorum," diye fısıldadı. "Diğer tarafta ne var?"

"Via della Ninna," diye cevap veren Langdon, kalabalık yaya yolunu gözünde canlandırdı. "Ama polis de olabilir."

"Bizi tanımazlar. Sarışın bir kızla, koyu saçlı bir adam arıyorlar."

Langdon ona şaşkınlıkla baktı. "Biz de tam olarak öyleyiz..."

Sienna başını iki yana sallarken, yüzünde hüzünlü bir ifade belirdi. "Beni böyle görmeni istemezdim Robert ama ne yazık ki, şu anda böyle görünüyorum." Aniden elini kaldırıp sarı saçlarını kavradı. Sonra aşağı doğru çektiğinde, tek bir hareketle saçları başından sıyrıldı.

Geri çekilen Langdon, hem Sienna'nın peruk takmasına hem de saçsız görüntüsüne şaşırmıştı. Sienna Brooks tamamıyla keldi; çıplak başı, radyoterapi gören bir kanser hastası gibi pürüzsüz ve solgundu. *Yoksa üstüne üstlük bir de hasta mı?*

"Biliyorum," dedi. "Uzun hikâye. Şimdi eğil." Peruğu kaldırış şeklinden, Langdon'a takmak istediği anlaşılıyordu.

Ciddi mi? Langdon gönülsüzce başını eğince, Sienna sarı saçı onun kafasına geçirdi. Peruk tam oturmamıştı ama genç kadın elinden geldiğince düzeltmeye çalıştı. Sonra geriye doğru bir adım atıp onu inceledi. Pek tatmin olmadığından, uzanıp kravatını gevşetti ve başından geçirip bandana gibi bağlayarak, başına tam oturmayan peruğu sabitledi.

Şimdi kendiyle ilgilenmeye başlayan Sienna, pantolon paçalarını sıvayıp, çoraplarını bileklerine indirdi. Güzelim Sienna Brooks şimdi kel kafalı bir punkçıya dönmüştü. Eski Shakespeare oyuncusunun değişimi inanılmazdı.

"Unutma," dedi. "Kişileri yüzde doksan vücut dilinden tanırız. Bu yüzden yürürken, yaşlanan bir rockçı gibi hareket et."

Langdon, *yaşlanma kısmını yapabilirim,* diye düşündü. *Rockçıdan pek emin değilim.*

İtiraz etmeye fırsat bulamadan Sienna küçük kapının sürgüsünü çekti ve kapıyı açtı. Başını eğip parke taşlı kalabalık sokağa çıktı. Onu takip eden Langdon ise gün ışığına adeta dörtayak üzerinde çıktı.

Vecchio Sarayı'nın temelindeki minik kapıdan çıkan uyumsuz çifte şaşkınlıkla bakan birkaç kişi dışında, kimse dönüp bir daha onlara bakmadı. Saniyeler sonra, kalabalığa karışan Langdon ile Sienna doğuya doğru ilerliyordu.

Robert Langdon ve Sienna Brooks'un peşinden, kalabalığın arasında kıvrılarak onları güvenli bir mesafeden takip eden Plume Paris gözlüklü adam, kanayan cildini ovaladı. Kılık değiştirmiş olmalarına rağmen, Via della Ninna'daki minik kapıdan çıktıklarını gördüğü anda onları tanımıştı.

Birkaç blok peşlerinden gittikten sonra nefesi kesildi. Göğsüne saplanan ağrı yüzünden kısa nefesler almak zorunda kaldı. Göğsüne yumruk yemiş gibi hissediyordu.

Acı yüzünden dişlerini sıkıp Floransa sokaklarında peşlerinden giderken, dikkatini yeniden Langdon ile Sienna'ya verdi.

50. Bölüm

Tamamen yükselmiş olan sabah güneşi, eski Floransa'daki binalar arasında kıvrılan dar kanyonlarda uzun gölgeler oluşturuyordu. Dükkân sahipleri, dükkânlarını ve barlarını koruyan metal kepenkleri kaldırmaya başlamıştı. Havaya, sabah espressosu ile fırından yeni çıkmış *cornetti*'nin[1] buram buram kokusu hâkimdi.

Açlıktan midesi guruldadığı halde Langdon yürümeye devam etti. *Maskeyi bulmam... ve arkasına neyin saklandığını görmem lazım.*

Sienna'yı, Via dei Leoni boyunca kuzeye doğru yürütürken, onun çıplak başının görüntüsüne alışmakta güçlük çekiyordu. Bu bambaşka hali, onu çok az tanıdığını hatırlatmıştı. Ignazio Busoni'nin son telefon konuşmasını yaptıktan sonra, ölü bulunduğu meydan olan Duomo Meydanı yönünde yürüyorlardı.

Ignazio, *"Robert,"* diyebilmişti. *"Aradığın şey güvenli bir yerde gizli. Kapılar sana açık ama acele etmelisin. Cennet Yirmi Beş. Tanrı yardımcın olsun!"*

Ignazio Busoni'nin *İlahi Komedya*'yı belirli bir kantoya atıfta bulunacak kadar iyi hatırlayabilmesine hâlâ şaşıran Langdon, içinden, *Cennet Yirmi Beş,* diye tekrar etti. Belli ki, bu kantodaki bir şey Busoni için unutulmazdı. Bu şey her ne ise, Langdon eline

(1) Kruvasan

metnin bir kopyası geçtiği anda bulacağını biliyordu ki, ilerideki yerlerden birinde bunu kolaylıkla yapabilirdi.

Omuzlarına gelen peruk şimdi onu kaşındırmaya başlamıştı. Bu kılığın içinde kendini biraz komik hissetse de Sienna'nın doğaçlama tarz değişikliğinin, etkili bir kandırmaca olduğunu itiraf etmek zorundaydı. Kimse, Vecchio Sarayı'na doğru yanlarından geçen polisler bile onlara bir daha dönüp bakmamıştı.

Sienna dakikalardır yanında konuşmadan yürüyordu. Langdon, onun iyi olup olmadığını görmek için dönüp baktı. Çok uzaklardaymış gibi görünüyordu; peşlerinden gelen kadını öldürdüğü gerçeğini kabullenmeye çalışıyor olmalıydı.

Salonda ölü yatan kirpi saçlı kadını aklından uzaklaştırmak umuduyla, "Ne düşünüyorsun?" dedi.

Sienna düşüncelerinden yavaşça sıyrıldı. "Zobrist'i düşünüyordum," dedi. "Onunla ilgili bildiğim her şeyi hatırlamaya çalışıyorum."

"Ve?"

Omuzlarını silkti. "Bildiklerimin çoğu, birkaç yıl önce yazdığı tartışmalı bir denemeden ibaret. Bunu seninle paylaşmıştım. Okuduğumdan beri aklımdan çıkmadı. Tıp camiasında bir virüs gibi yayılmıştı." Yüzünü buruşturdu. "Üzgünüm, yanlış kelime seçtim."

Langdon'ın yüzünde çarpık bir gülümseme belirdi. "Devam et."

"Denemesinde, nüfus artışını azaltacak bir felaket yaşanmadığı müddetçe, insan ırkının tükenmek üzere olduğunu, türümüzün bir yüzyıl daha yaşayamayacağını söylüyordu.

Bu bir tezdi. Öngördüğü süre, önceki tahminlerden daha kısaydı ama çok kuvvetli bazı bilimsel verilerle destekleniyordu. İnsan ömrünü uzatmak nüfus sorununu daha da büyüteceği için, tüm doktorların tedavi etmeyi bırakmaları gerektiğini söylediğinde pek çok düşman kazanmıştı."

Langdon makalenin tıp camiasında neden hızla yayıldığını şimdi anlıyordu.

Sienna, "Zobrist'e her yönden saldırmaları şaşırtıcı değildi," dedi. "Siyasetçiler, din adamları, Dünya Sağlık Örgütü onu, felaket tellallığı yaparak panik çıkarmaya çalışan bir kaçık diye alaya aldılar. Bugünün gençleri üremeye kalkışırsa, çocuklarının insan türünün sonunu göreceğine dair açıklamasını özellikle rahatsız edici bulmuşlardı. Zobrist düşüncesini, yeryüzündeki insan ömrü bir saate sıkıştırılırsa... bunun son saniyelerinde olduğumuzu gösteren bir Kıyamet Saati'yle açıklamıştı."

Langdon, "Ben bu saati internette görmüştüm," dedi.

"Evet, o çizmişti ve büyük bir curcuna çıkmıştı. Ama en büyük karşıtları, Zobrist'in genetik mühendislik, hastalıkları *iyileştirmek* için değil de *yaratmak* için kullanılırsa insanlığa çok daha faydalı olacağını açıkladığında ortaya çıkmıştı."

"Ne?!"

"Evet, bu teknolojinin nüfus artışını sınırlandırmak için modern tıbbın tedavi edemeyeceği hibrit hastalıklar yaratmak amacıyla kullanılması gerektiğini iddia etmişti."

Langdon zihninde artan bir korkuyla, bir kez yayıldığında durdurulamayacak tuhaf, hibrit, "tasarım virüs" görüntüleri canlandırıyordu.

Sienna, "Zobrist birkaç yıl içinde tıp dünyasının şerefli bir isminden, dışlanan birine dönüştü. Aforoz edilmişti," dedi. Sustu. Yüzünde bir merhamet ifadesi belirmişti. "Kuleden atlayıp intihar ettiğine şaşırmamak gerekir. Aslında daha da üzücü olan, büyük ihtimalle tezinin doğru olduğu."

Langdon neredeyse yere düşüyordu. "Anlayamadım... *haklı* olduğunu mu düşünüyorsun?"

Sienna omuzlarını silkti. "Robert, tamamen bilimsel açıdan yaklaşıyorum. Sadece mantığımla, duygularımı karıştırmadan duruma yaklaştığımda, büyük bir değişiklik olmazsa, türümüzün sonunun çok yakın olduğunu sana tereddüt etmeden söyleyebilirim. Ve hızlı bir şekilde yaklaşıyor. Ateş, kükürt, mahşer veya nükleer savaş değil... gezegende yaşayan insan sayısının yol açtığı bir düşüş olacak. Matematik yanılmaz."

Langdon dikleşti.

"Bir hayli biyoloji okudum," dedi Sienna. "Bir türün, yaşadığı ortamda aşırı çoğalarak yok olması normaldir. Ormandaki minik bir göl yüzeyinde yaşayan yosun kolonisini düşün, gölün mükemmel dengedeki besin maddelerinin keyfini çıkarır. Kontrol edilmezse öyle hızlı yayılır ki, bir anda gölün tüm yüzeyini sararak güneşi engeller ve bu yüzden göldeki besin maddelerinin yetişmesini önler. Çevredeki mümkün olan her şeyi tüketen yosun hemen ölür ve geride hiç iz bırakmadan yok olur," derin bir iç çekti. "Benzer bir kader, insan türünü de bekliyor olabilir. Tahmin edebileceğimizden çok daha yakın ve hızlı."

Langdon huzursuzlanmıştı. "Ama... bu imkânsız gibi geliyor."

"İmkânsız değil Robert, sadece *akıl almaz*. İnsan zihninin ilkel ego savunma mekanizması, beynin kaldıramayacağı kadar fazla stres üreten tüm gerçekleri reddeder. Buna *inkâr* denir."

"İnkârı daha önce duymuştum," diyen Langdon espri yapıyordu. "Ama var olduğunu sanmıyorum."

Sienna gözlerini devirdi. "Çok hoş, ama inan bana çok fazlasıyla gerçek. İnkâr, insanın başa çıkma mekanizmasının önemli bir kısmını oluşturur. O olmasaydı, her sabah hangi şekilde öleceğimizi düşünerek dehşet içinde uyanırdık. Bunu yapmak yerine zihinlerimiz, işe vaktinde yetişmek veya vergilerimizi ödemek gibi başa çıkabileceğimiz stresle meşgul olarak, varoluş korkularımızı perdeler. Eğer varoluşla ilgili daha büyük korkularımız olursa, basit işler ve günlük meşgalelerle vakit geçirerek onları hemen aklımızdan çıkarırız."

Langdon, ABD'deki en seçkin üniversitelerde okuyan öğrencilerin web kullanımı üzerine yapılan bir araştırmada, çok yüksek zekâlı kullanıcılarda bile içgüdüsel bir inkâr eğilimi olduğunun ortaya çıktığını hatırladı. Araştırmaya göre, üniversite öğrencilerinin büyük çoğunluğu, Kuzey Kutbu'ndaki buzulların erimesiyle veya türlerin yok olmasıyla ilgili moral bozucu bir haberi tıkladıktan sonra, o sayfadan hemen ayrılıp zihinlerini korkudan arındıran eğlendirici bir sayfaya geçiyorlardı. En sevilen seçenekler spor haberleri, komik kedi videoları ve ünlülerle ilgili dedikodulardı.

Langdon, "Mitolojiye göre, *inkâr* halindeki bir kahraman, kibir ile gururun varabileceği en üst noktadadır. En kibirli kişi, dünyadaki tehlikelerin kendisine dokunamayacağına inanan kişidir. Kibri yedi günah arasında *en kötüsü* ilan ederek kibirlileri cehennemin en alt çukurunda cezalandıran Dante, bu fikre katılıyordu," dedi.

Sienna bir süre düşündükten sonra konuşmaya devam etti. "Zobrist'in makalesi pek çok dünya liderini büyük bir inkâr içinde olmakla, kafalarını kuma gömmekle suçluyordu," diye devam etti. "En çok da Dünya Sağlık Örgütü'nü eleştirmişti."

"Bahse girerim çok işe yaramıştır."

"Onu, sokak köşesinde 'Sonumuz Yakın' yazılı pankart taşıyan bir din fanatiğiyle bir tuttular."

"Harvard Meydanı'nda onlardan birkaç tane var."

"Evet ve biz onları görmezden geliyoruz, çünkü hiçbirimiz gerçekleşeceğini düşünmüyoruz. Ama inan bana, sırf insan aklı bir şeyin gerçekleşeceğini *hayal edemiyor* diye... o şey gerçekleşmeyecek değil."

"Sanki Zobrist hayranıymışsın gibi konuşuyorsun."

Sienna ciddileşerek, "Kabul etmek ne kadar zor olursa olsun, ben *gerçeğin* hayranıyım," dedi.

O anda tuhaf bir biçimde yeniden Sienna'ya yabancılaştığını hisseden Langdon, sustu. Onun tutku ve tarafsızlık karışımını anlamaya çalışıyordu.

Yüz hatları yumuşayan Sienna, Langdon'a baktı. "Robert bak ben, Zobrist'in, insanların yarısını öldüren vebanın nüfus artışına çare olacağı görüşünü savunmuyorum. Hastalıkları iyileştirmekten vazgeçmemiz gerektiğini de söylemiyorum. Benim söylediğim şey, mevcut yolumuzun kolaylıkla yıkım getirecek bir formül olduğu. Sınırlı bir ortamı ve sınırlı kaynakları bulunan bir sistemde nüfus artışı, üstel bir gelişim demektir. Son, aniden gelecek. Yaşayacağımız tecrübe, benzinin yavaş yavaş bitmesi gibi olmayacak... uçurumdan aşağı arabayla düşmek gibi olacak."

Az önce duyduklarını içine sindirmeye çalışan Langdon, nefesini bıraktı.

Sienna hüzünle sağ tarafı işaret ederken, "Atlamaktan bahsetmişken, Zobrist'in buradan atladığına eminim," dedi.

Başını kaldıran Langdon, sağ taraftaki Bargello Müzesi'nin taş cephesinin önünden geçtiklerini gördü. Bunun arkasındaki Badia Kulesi, etrafındaki binaların tepesinden yükseliyordu. Zobrist'in neden kendini kuleden attığını düşünüp, yaptığı korkunç şeyin sonuçlarıyla yüzleşmemek için bunu yapmamış olmasını ümit ederken, kulenin tepesine baktı.

Sienna, "Zobrist'i eleştirenler, onun geliştirdiği birçok genetik teknoloji sayesinde, şimdi insan ömrünü uzatıyor olmamızı çelişkili buluyor," dedi.

"Bu da nüfus sorununu büyütüyor."

"Kesinlikle. Zobrist bir seferinde, cini yeniden lambaya sokmak ve insan ömrüne yaptığı katkıların bir kısmını yok etmek istediğini söylemişti. Bence bu düşünsel açıdan mantıklı. Ne kadar uzun yaşarsak, kaynaklarımızı o kadar uzun süre yaşlılar ve hastalar için kullanırız."

Langdon başını salladı. "ABD'deki sağlık harcamalarının yüzde altmış kadarının, yaşamlarının son altı ayındaki hastalara gittiğini okumuştum."

"Evet ve beynimiz 'Bu saçmalık,' derken, kalplerimiz 'Anneannemi mümkün olduğunca yaşatalım,' diyor."

Langdon başını salladı. "Apollon ile Dionysos arasındaki çekişme de buydu. Mitolojideki ünlü bir çelişkidir. Mantık ile kalp arasındaki yüz yıllık savaş, nadiren aynı şeylerin gerçekleşmesini ister."

Langdon, bazı AA toplantılarında, alkol dolu bardağa bakarken, beyni zararlı olduğunu söyleyen ama kalbi, vereceği keyfi arzulayan alkoliği tanımlamak için bu mitolojik hikâyeden faydalanıldığını duymuştu. Anlaşıldığı kadarıyla mesaj şöyleydi: Kendini yalnız hissetme, tanrıların bile aklı karışmıştı.

Sienna birden, "Kimin Agathusia'ya İhtiyacı Var?" diye fısıldadı.

"Anlamadım?"

Sienna bakışlarını kaldırdı. "Sonunda Zobrist'in yazı başlığını hatırladım. 'Kimin Agathusia'ya İhtiyacı Var?' idi."

Langdon daha önce *Agathusia* kelimesini hiç duymamıştı ama Yunanlı kökenlerine dayanarak bir tahmin yürüttü: Agastos ve thusia. "Agathusia... 'iyi kurban' demek olabilir mi?"

"Sayılır. Asıl anlamı 'herkesin iyiliği için kendini feda etmek' demektir." Sustu. "Yardımsever intihar olarak da bilinir."

Langdon bu terimi daha önce gerçekten de duymuştu. İlkinde; iflas eden bir kilise papazı, ailesi hayat sigortasından faydalanabilsin diye kendini öldürmüştü. Bir diğerindeyse; öldürme arzusunu zapt edemediği için hayatına son veren bir seri katilden bahsediliyordu.

Ne var ki Langdon'ın hatırladığı en korkutucu örnek, insanların yirmi bir yaşında intihar etmeyi kabul ettiği bir geleceği anlatan, 1967'de yazılmış *Logan'ın Kaçışı* isimli romandaydı. İnsanlar sayıca çoğalmadan veya yaşlanıp gezegenin kısıtlı kaynaklarını zorlamadan gençliklerini dolu dolu yaşıyorlardı. Eğer doğru hatırlıyorsa, *Logan'ın Kaçışı*'nın film versiyonunda, seyircinin on sekiz ila yirmi beş yaş aralığına düşeceği kaygısıyla, "ölüm yaşı" yirmi birden otuza yükseltilmişti.

"Yani, Zobrist'in yazısının... başlığını anladığımdan emin değilim," dedi Langdon. "'Kimin Agathusia'ya İhtiyacı Var?' mıydı?

Bunu alaycı biçimde mi söylüyordu? Yani, kimin yardımsever intihara ihtiyacı olur... elbette *hepimizin*, anlamında mı kullanmıştı?"

"Aslında hayır, başlıkta cinas vardı."

Anlamayan Langdon, başını iki yana salladı.

"Kimin intihara ihtiyacı var? Buradaki 'kim', aslında WHO,[1] yani Dünya Sağlık Örgütü. Zobrist yazısında, koltuğundan hiç kalkmayan ve ona göre nüfus kontrolünü ciddiye almayan Dünya Sağlık Örgütü Direktörü Dr. Elizabeth Sinskey'ye dil uzatıyordu. Makalesinde, Direktör Sinskey intihar ederse bunun Dünya Sağlık Örgütü için çok daha iyi olacağını yazmıştı."

"Merhametli adammış."

"Dâhiliğin muhataraları olmalı. Bu özel zekâlar çoğu zaman, duygusal olgunluğa erişememek pahasına, istedikleri şeye başkalarından daha fazla yoğunlaşabilirler."

Langdon, 208'lik zekâsı ve görülmemiş beyin fonksiyonları olan dâhi çocuk Sienna ile ilgili makaleleri gözünde canlandırdı. Zobrist'ten bahsederken, bir şekilde kendinden de bahsediyor olabileceğini düşündü ve sırrını daha ne kadar saklayacağını merak etti.

Langdon, aradığı yapıyı ileride gördü. Via dei Leoni'yi geçtikten sonra, onu çok dar bir sokak kesişimine götürdü; burası ara sokağa daha çok benziyordu. Yukarıdaki tabelada şöyle yazıyordu: VIA DANTE ALIGHIERI.

Langdon, "Anlaşılan, insan beyni hakkında hayli bilgin var," dedi. "Tıp okurken bu konuda mı ihtisas yaptın?"

"Hayır, ama küçükken çok okurdum. Nörobilimle çok ilgilendim, çünkü bazı... tıbbi sorunlar yaşıyordum."

Langdon devam etmesini umut ederek merakla ona baktı.

Sienna usulca, "Beynim..." dedi. "Başka çocuklardan farklı gelişti... ve bazı sorunlara sebep oldu. Ne sorunum olduğunu bulmak için çok vakit harcadım ve bu süreçte nörobilimle ilgili

---

(1) Kelime oyununun anlaşılabilmesi için kuruluşun İngilizce kısaltması kullanılmıştır.

çok şey öğrendim." Langdon'ın gözlerine baktı. "Ve evet, kelliğim tıbbi durumumla ilgili."

Meraklı bakışlarından utanan olan Langdon, başka tarafa döndü.

"Merak etme," dedi. "Bununla yaşamayı öğrendim."

Ara sokağın serinliğine doğru ilerlerken Langdon, Zobrist hakkında öğrendiklerini ve onun dehşet verici felsefesini düşündü.

Aklına takılan bir soru onu rahatsız ediyordu. Langdon, "Şu askerler," diye başladı. "Bizi öldürmeye çalışanlar? Kim onlar? Anlamsız geliyor. Zobrist bir salgın başlatacaksa, yayılmasını durdurmak için herkesin aynı tarafta olması gerekmez miydi?"

"Hayır, pek öyle değil. Zobrist tıp dünyasında dışlanmış olabilir ama düşüncelerini benimsemiş pek çok hayranı var; bu kişiler dünyayı kurtarmak için çürüklerin ayıklanması gerektiği konusunda hemfikirler. Bildiğimiz tek şey, bu askerlerin, Zobrist'in hayalinin gerçekleşmesini sağlamak istediği."

Zobrist'in müritlerinden oluşan özel bir ordusu mu var? Langdon ihtimalleri düşündü. Aslında tarih, her türden saçma düşünce sebebiyle kendini öldüren fanatikler ve müritlerle doluydu: Bazıları Mesih'in liderleri olduğuna, bazıları Ay'ın arkasında onları bir uzay gemisinin beklediğine, bazılarıysa Kıyamet Günü'nün yakın olduğuna inanmıştı. En azından nüfus kontrolü hakkındaki tartışmaların bilimsel bir temeli vardı ama o askerlerle ilgili bir şey Langdon'a ters geliyordu.

"Eğitimli bir grup askerin, kendileri de hasta olup ölmek kaygısını taşırken... masumları öldürebileceğine inanamıyorum."

Sienna ona şaşkınlıkla baktı. "Robert, sence askerler savaşta ne yapıyor? Masum insanları öldürüyor ve kendi hayatlarını tehlikeye atıyorlar. İnsanlar bir davaya inanınca her şey mümkündür."

"Bir dava mı? Salgın yaymak gibi mi?"

Kahverengi gözleri yerinden fırlayan Sienna, ona baktı. "Robert, dava salgını yaymak değil... dünyayı kurtarmak." Sustu.

"Bertrand Zobrist'in yazısındaki pek çok kişiyi tartışmaya çeken bölümlerden biri de çok imalı, farazi bir soruydu. Cevabını duymak istiyorum."

"Soru nedir?"

"Zobrist şunu sormuştu: Bir düğmeye basıp, yeryüzündeki nüfusun yarısını öldürebilecek olsaydınız, bunu yapar mıydınız?"

"Elbette yapmazdım."

"Peki. Ama eğer o düğmeye hemen basmazsan, gelecek yüzyıl içinde insan türünün yok olacağı söylenseydi..." Sustu. "O zaman basar mıydın? Arkadaşlarını, aileni, hatta belki kendini bile öldürmek pahasına?"

"Sienna, ben gerçekten..."

"Bu farazi bir soru," dedi. "Türümüzün yok olmasını engellemek için nüfusun yarısını öldürür müydün?"

Langdon tartıştıkları dehşet verici konudan hayli rahatsız olmuştu; bu yüzden tam ilerideki taş binanın yan tarafında asılı duran kırmızı pankartı gördüğünde minnet duydu.

Eliyle işaret ederken, "Bak," dedi. "Geldik."

Sienna başını iki yana salladı. "Dediğim gibi. *İnkâr.*"

51. Bölüm

Via Santa Margherita'nın üzerindeki Casa di Dante, taş cephenin yarısından yola kadar sarkan büyük MUSEO CASA DI DANTE pankartıyla kolaylıkla fark edilir.

Sienna kuşkulu gözlerle bayrağa baktı. "Dante'nin *evine* mi gidiyoruz?"

Langdon, "Pek sayılmaz," dedi. "Dante'nin evi, sokağın köşesindeydi... Burası daha çok, Dante müzesi." Langdon, bir keresinde sergilenen sanat eserlerini merak ederek müzeye girmiş ama içeride sadece Dante ile ilgili ünlü eserlerin reprodüksiyonlarının olduğunu görmüştü. Yine de hepsini tek bir çatının altında görmek ilginçti.

Sienna aniden iyimser bir ifadeyle, "Sence, içeride *İlahi Komedya*'nın eski bir kopyası da var mıdır?" diye sordu.

Langdon gülümsedi. "Hayır, ama üzerinde mikroskobik harflerle Dante'nin *İlahi Komedya*'sının tüm metninin yazılı olduğu kocaman posterler sattıkları bir hediyelik eşya dükkânı olduğunu biliyorum."

Sienna hafiften yılmış bir ifadeyle ona baktı.

"Anladım. Ama hiç yoktan iyidir. Sorun şu ki, gözlerim artık gidiyor, bu yüzden minik harfli yazıları sen okumak zorunda kalacaksın."

Onların kapıya yaklaştıklarını gören yaşlı bir adam, "È *chiusa,*" diye seslendi. "*È il giorno di riposo.*"

Şabat yüzünden kapalı mı? Langdon'ın yine kafası karışmıştı. Sienna'ya baktı. "Bugün... pazartesi değil mi?"

Sienna başını sallayarak onayladı. "Floransalılar Pazartesi Sebt'ini tercih ederler."

Aniden şehrin alışılmadık haftalık takvimini hatırlayan Langdon inler gibi bir ses çıkardı. Turist dolarları hafta sonları daha çok aktığı için birçok Floransalı tüccar Hıristiyan "dinlenme gününü" pazardan pazartesiye kaydırarak, Sebt gününün kâr hanelerinde açığa sebep olmasını engellemişlerdi.

Langdon bu yüzden, diğer seçeneğin de saf dışı kaldığını anladı. Floransa'daki en sevdiği kitapçılardan biri olan Paper Exchange'de *İlahi Komedya*'nın kopyalarını bulabilme ihtimali de suya düşmüştü.

Sienna, "Başka fikrin var mı?" diye sordu.

Langdon uzun bir süre düşündükten sonra sonunda başını evet anlamında salladı. "Köşede, Dante hayranlarının toplandıkları bir yer var. Eminim, orada ödünç alabileceğimiz bir kopya vardır."

Sienna, "O da büyük ihtimalle kapalıdır," dedi. "Neredeyse şehirdeki her yer Şebt'i pazardan pazartesiye alıyor."

Langdon gülümseyerek, "Burası böyle bir şey yapmayı aklından bile geçirmez," dedi. "Orası bir kilise."

Elli metre arkalarında kalabalığın arasında pusuya yatmış olan kurdeşenli ve altın küpeli adam duvara yaslanmış soluklanmaya çalışıyordu. Nefes almakta gittikçe daha çok zorlanıyordu ve yüzündeki döküntüye, özellikle de gözlerinin üzerindeki hassas derinin kaşıntısına dayanmak neredeyse imkânsızdı. Plume Paris gözlüğünü çıkartıp cildine zarar vermemeye çalışarak gömleğinin koluyla göz çukurlarını ovuşturdu. Gözlüğünü yeniden takınca avının ilerlediğini gördü. Elinden geldiğince yavaşça nefes almaya çalışarak peşlerinden gitti.

Langdon ve Sienna'nın birkaç blok arkasında, Beş Yüz Salonu'nun içinde Ajan Brüder çok iyi tanıdığı kirpi saçlı kadının yerde yatan kemikleri kırılmış cesedine bakıyordu. Çömelip, kadının tabancasını aldı. Şarjörünü dikkatli bir şekilde çıkardıktan sonra tabancayı adamlarından birine verdi.

Hamile müze yöneticisi Marta Alvarez kenarda duruyordu. Brüder'e, geçen akşamdan beri Robert Langdon ile ilgili yaşananların kısa ama şaşırtıcı bir özetini vermişti. Bu bilgiler arasında Brüder'in hâlâ hazmetmeye çalıştığı bir bölüm vardı.

Langdon hafızasını kaybettiğini iddia ediyor.

Brüder cep telefonunu çıkartıp tuşladı. Diğer uçtaki hat üç kez çaldıktan sonra patronu soğuk ve titrek bir sesle cevapladı.

"Evet, Ajan Brüder? Anlat."

Brüder her sözünün iyice anlaşılması için yavaş yavaş konuştu. "Hâlâ Langdon ve kızı arıyoruz ama yeni bir gelişme var." Brüder duraksadı. "Eğer doğruysa... bu her şeyi değiştirir."

Amir, kendine yeni bir viski doldurma isteğine karşı koymaya çalışarak ofisinde volta atıyor, kendini bu büyüyen krizle kafa kafaya mücadele etmeye zorluyordu.

Kariyerinde asla bir müşterisine ihanet etmemiş veya bir anlaşmayı bozmamıştı ve şimdi de böyle bir şeyi yapmak niyetinde değildi. Aynı zamanda, amacı kendisinin de tahmin ettiğinden çok farklı olan bir senaryoya bulaşmış olduğundan şüpheleniyordu.

Konsorsiyum her zaman güçlü düşmanlarla karşılaşmıştır.

Konsorsiyum, kararlaştırıldığı gibi Zobrist ile olan anlaşmalarını hiç soru sormadan yerine getirmişti. Anlaşmaları boyunca bilimadamının yerini bulmaya çalışan Sinskey'nin çabalarını engellemişti.

Anlaşmanın süresinin dolmasına bir haftadan kısa bir süre kala, Sinskey bir şekilde Zobrist'in Floransa'da olduğunu öğrenmiş, taciz ve takipleriyle sonunda adamın intiharına sebep olmuştu. Amir, kariyerinde ilk kez bir müşterisini korumakta başarısız olmuştu ve bu onu yiyip bitiriyordu. Ayrıca, Zobrist'in ölümünün tuhaf ayrıntıları da vardı.

Kaçırılmadı... intihar etti.

Zobrist neyi saklıyordu?

Bilimadamının ölümünden sonra Sinskey, Zobrist'in emanet kasasındaki bir eşyaya el koymuştu ve Konsorsiyum şimdi Floransa'da Sinskey ile kafa kafaya bir mücadelenin içindeydi. Bu, tehlikeli bir hazine avıydı.

Neyi bulmak için?

Amir'in gözleri tekrar kitaplığa ve Zobrist tarafından kendisine yakın zaman önce verilen ağır kitaba kaydı.

İlahi Komedya.

Amir kitabı alıp masasına taşıdı. Sertçe üzerine bıraktı ve titrek parmaklarla kapağını açıp ilk sayfadaki yazıyı okudu.

Sevgili dostum, bu yolda bana yardım ettiğin için teşekkür ederim.

Dünya da sana teşekkür ediyor.

Amir, *öncelikle,* diye düşündü. *Biz dost değildik.*

Yazıyı üç kere daha okudu. Sonra, gözlerini müşterisinin takvimin üzerine çizdiği parlak kırmızı daireye çevirdi, ertesi günün tarihini işaretlemişti.

Dünya da sana teşekkür ediyor?...

Dönüp uzun bir süre ufka doğru baktı.

Sessizlikte, video kaydını düşünürken Knowlton'ın telefon konuşmasındaki sesini hatırladı. *"Efendim, bu kaydı yüklemeden önce izlemek isteyeceğinizi düşünüyorum... içeriği biraz rahatsız edici."*

Yaptıkları konuşmayı düşündükçe Amir'in şaşkınlığı sürüyordu. Knowlton onun en iyi yöneticilerinden biriydi ve böyle bir istekte bulunmak onun karakterine hiç uymuyordu. Bölümlere ayırma protokolünün dışında bir öneride bulunmaması gerektiğini de çok iyi biliyordu.

İlahi Komedya'yı rafa kaldırdıktan sonra viski şişesine doğru yürüyüp kendine yarım bardak doldurdu.

Vermesi gereken çok zor bir karar vardı.

52. Bölüm

Dante Kilisesi olarak bilinen La Chiesa di Santa Margherita dei Cerchi ibadethanesi, bir kiliseden çok şapeldi. Minik, tek odalı ibadethane, Dante hayranlarının büyük şairin hayatındaki iki önemli anın vuku bulduğu, bu nedenle Kutsal Toprak olarak gördükleri popüler bir yerdi.

Günümüze kadar gelen bilgilere göre Dante, ilk görüşte âşık olduğu ve hayatı boyunca sevdiği Beatrice Portinari'yi ilk kez, dokuz yaşındayken bu kilisede görmüştü. Ne yazık ki, Beatrice başka bir adamla evlenmiş ve sonra yirmi dört yaşında gençliğinin baharında ölmüştü.

Dante yıllar sonra, yine bu kilisede büyük yazar ve şair Boccaccio'nun gözüyle bile onun için kötü bir eş seçimi olan Gemma Donati ile evlenmişti. Çift, çocukları olduğu halde birbirlerine fazla sevgi göstermemiş ve Dante'nin sürgününden sonra her ikisi de birbirini görmeye pek hevesli olmamıştı.

Dante'nin hayatının aşkı her zaman, neredeyse hiç tanımadığı ama hatırasıyla onun en büyük eserlerinin ilham perisi olan Beatrice Portinari olarak kalmıştı.

Dante'nin meşhur şiir kitabı *Yeni Hayat* "Kutsal Beatrice" hakkında övgü dolu mısralarla doludur. Daha felsefi olan *İlahi Komedya* ise Beatrice'yi, cennette Dante'ye yol gösteren kurtarıcı olarak gösterir. Dante her iki eserinde de ulaşılmaz kadınına olan özlemini dile getirir.

Günümüzde, Dante Kilisesi, karşılıksız aşk acısı çeken kırık kalplerin tapınağı haline gelmiştir. Genç Beatrice'nin kabri de kilisenin içindedir ve sade mezarı şairin hayranları ve onun gibi kederli âşıklar için bir hac haline gelmiştir.

O sabah Langdon ve Sienna, eski Floransa'dan kiliseye doğru ilerlerken sokaklar gittikçe daralıyordu. O sırada yerli marka bir otomobil, labirentin içinde yavaşça ilerlerken yanlarından geçtiği yayaları binalara yaslanmak zorunda bırakıyordu.

Turistlerden birinin kendilerine yardım edebileceğini umut eden Langdon, Sienna'ya, "Kilise, köşeyi dönünce," dedi. Bir iyiliksever bulma ihtimalinin şimdi daha yüksek olduğunu düşünüyordu. Sienna, Langdon'ın ceketi karşılığında peruğunu geri almış ve her ikisi de normal hallerine dönmüşlerdi. Rockçı ve dazlaktan üniversite profesörü ve bakımlı bir genç kadına.

Tekrar kendisi gibi hissetmek Langdon'ı rahatlatmıştı.

Daha da dar bir sokağa –Via del Presto– girdiklerinde Langdon kapıları incelemeye başladı. Kilisenin girişini bulmak her zaman zordu, çünkü iki binanın arasında kalan yapı çok küçük ve gösterişsizdi. İnsan, hiç fark etmeden yanından geçip gidebilirdi. Tuhaf bir şekilde, bu kiliseyi gözleri değil de... *kulakları* kullanarak bulmak çok daha kolaydı.

La Chiesa di Santa Margherita dei Cerchi'nin tuhaflıklarından biri de burada sık sık konserler verilmesiydi ve kilise, konser olmadığında ziyaretçilerinin müzik dinleme zevkinden mahrum kalmamaları için bu konserlerin kayıtlarını yayımlıyordu.

Langdon sokakta ilerlerken, tahmin ettiği gibi, müzik kaydının hafif melodilerini duymaya başladı. O ve Sienna, dikkat çekmeyen sade girişin önüne vardıklarında ses iyice yükselmişti. Doğru yerde olduklarını gösteren tek şey, burasının Dante ve Beatrice'nin kilisesi olduğunu belirten ufak tabelaydı; Museo Casa di Dante'deki parlak kırmızı pankarta hiç benzemiyordu.

Langdon ve Sienna sokaktan kilisenin karanlık sınırlarına girdiklerinde hava serinledi ve müziğin sesi daha da yükseldi. İçerisi sade ve doğaldı. Langdon'ın hatırladığından daha küçüktü. İçeride bir avuç dolusu turist dolaşıyor, günlüklerine yazıyor, kilise sıralarında müziği dinleyerek sessizce oturuyor veya alışılmadık sanat eserlerini inceliyordu.

Neri di Bicci'nin Madonna temalı sunak panosu hariç, orijinal eserlerin tümü, turistlerin bu minik şapeli arayıp bulmalarının sebebi olan iki ünlü şahsiyeti betimleyen modern parçalarla değiştirilmişti. Tabloların çoğunda, Dante'nin Beatrice ile ilk karşılaşmasındaki özlem dolu bakışı resmedilmişti. Bu, Dante'nin de dile getirdiği gibi, Beatrice'yi görür görmez âşık olduğu andı. Tabloların tümü aynı kalitede değildi, hatta birçoğu Langdon'a göre kalitesiz ve uygunsuzdu. Bir yorumda Dante, kulaklıklı kırmızı başlığını Noel Baba'dan çalmış gibi görünüyordu. Yine de şairin ilham perisi olan Beatrice'ye özlem dolu bakışının tekrarları, buranın acı veren aşkın kilisesi olduğunu kanıtlıyordu.

Langdon içgüdüsel olarak sola dönüp Beatrice Portinari'nin sade kabrine baktı. İnsanların bu kiliseyi ziyaret etmelerinin esas sebebi bu mezardı. Ama kabrin kendisi değil de yanındaki ünlü nesne daha çok ilgilerini çekiyordu.

Hasır bir sepet.

O sabah, her zamanki gibi, sade hasır sepet Beatrice'nin kabrinin yanında duruyordu. Ve o sabah, her zamanki gibi, içinde bir sürü katlanmış kâğıt vardı; hepsi ziyaretçilerin Beatrice'ye yazdığı mektuplardı.

Beatrice Portinari talihsiz âşıkların koruyucu azizi haline gelmişti ve eskiden beri Beatrice'ye yazılan dualar, yazana aracılık eder; belki birini onları daha çok sevmeye teşvik eder veya gerçek aşklarını bulmalarına yardımcı olur ya da göçüp gitmiş bir sevgiliyi unutmaları için onlara güç verir umuduyla sepetin içine bırakılıyordu.

Langdon yıllar önce yazacağı sanat tarihi kitabı için araştırma yaparken bu kilisede durup sepete bir not bırakmış, Dante'nin ilham perisinden gerçek aşkını değil, Dante'nin muazzam eserini yazmasını sağlayan ilhamdan bir parça da kendisine vermesini istemişti.

Anlat bana, tanrıça, bin bir düzenli yaman adamı.

Homeros'un *Odysseia*'sının açılış mısrası, Langdon'a Beatrice'ye layık bir yakarış gibi gelmişti ve eve döner dönmez kitabını sıra dışı bir şekilde kolaylıkla tamamladığı için mesajının gerçekten de Beatrice'nin ilahi ilhamını ateşlediğine gizliden gizliye inanmıştı.

"*Scusate!*" Aniden Sienna'nın sesi duyuldu. "*Potete ascoltarmi tutti?*"(1)

Langdon dönüp bakınca Sienna'nın yüksek sesle etrafa dağılmış turistlere seslendiğini duydu. Şimdi hepsi dönmüş, meraklı gözlerle ona bakıyorlardı.

Sienna sevimli bir şekilde gülümseyerek içlerinden birinde Dante'nin *İlahi Komedya*'sının bir kopyasının olup olmadığını sordu. Tuhaf bakışlar ve hayır anlamında sallanan kafalardan sonra soruyu bir kez de İngilizce sordu ama karşılığı yine farklı olmadı.

Mihrabı süpüren yaşlı bir kadın Sienna'ya, "Şişt!..." diyerek parmağını dudaklarına götürdü.

Sienna, Langdon'a doğru dönüp kaşlarını çatarak, "Şimdi ne yapacağız?" der gibi baktı.

Sienna'nın yardım çağrısı tam olarak Langdon'ın aklındaki şey değildi ama ona verilenden daha iyi bir tepki beklediğini itiraf etmek zorundaydı. Langdon daha önceki ziyaretlerinde bu kutsal yerde *İlahi Komedya*'yı okuyan ve yaşadıkları bu Dante tecrübesiyle düşüncelere dalan turistler görmüştü.

Ama bugün farklı.

Langdon, kilisenin ön tarafında oturan yaşlıca bir çifte baktı. Yaşlı adamın kel kafası öne düşmüş, uyukladığı belliydi. Yanındaki kadın son derece uyanıktı, gri saçlarından kulaklık kabloları sallanıyordu.

Langdon, *bir umut ışığı,* diye düşünerek koridordan çifte doğru yürüdü. Ümit ettiği gibi, kadının beyaz kulakları kucağındaki iPhone'a bağlıydı. İzlendiğini hisseden kadın kafasını kaldırıp kulaklıklarını çıkardı.

(1) "Bakar mısınız?"

Langdon, kadının hangi dili konuştuğunu bilmiyordu ama iPhone, iPad ve iPod'ların tüm dünyayı sarması, restoranlarda tuvaletleri gösteren kadın/erkek sembolleri gibi dünya çapında anlaşılan bir kelime dağarcığı oluşturmuştu.

Langdon kadının cihazına hayranlıkla bakarak, "iPhone?" diye sordu.

Yüzü bir anda aydınlanan yaşlı kadın gururla başını salladı. İngiliz aksanıyla, "Çok akıllı bir oyuncak," diye fısıldadı. "Oğlum hediye etti. E-postalarımı dinliyorum. Buna inanabiliyor musunuz, e-postalarımı *dinliyorum!* Bu küçük hazine onları benim için *okuyor.* İnsanın benimkiler gibi yaşlı gözleri olunca bu çok işe yarıyor."

Langdon, uyuyan kocasını uyandırmamaya dikkat ederek kadının yanına otururken, "Benim de bir tane var," dedi. "Ama dün akşam kaybettim."

"Ah, çok yazık! 'iPhone'umu bul' özelliğini denediniz mi? Oğlum diyor ki..."

"Aptallığım yüzünden o özelliği etkinleştirmemiştim." Langdon ona mahcup bir ifadeyle bakıp tereddütle, "Eğer sizin için bir sakıncası yoksa, bir saniyeliğine sizinkini ödünç alabilir miyim? İnternette bir şeye bakmam lazım. Bana çok büyük bir iyilik yapmış olursunuz."

"Tabii ki!" Yaşlı kadın kulaklıklarını çıkartıp, cihazı Langdon'a uzattı. "Hiç sorun değil! Ah, çok üzüldüm!"

Langdon kadına teşekkür edip telefonu aldı. Kadın yanında eğer kendisi iPhonu'unu kaybetseydi ne kadar üzüleceğinden bahsederken Langdon, Google'ın arama penceresini açıp mikrofon butonuna bastı. Telefon bir kez bipleyince Langdon aradığı kelimeleri tane tane söyledi.

"Dante, *İlahi Komedya, Cennet,* Yirmi Beşinci Kanto."

Kadın çok etkilenmişti, belli ki bu cihaz hakkında öğreneceği daha çok şey vardı. Sonuçlar minik ekranda belirirken, Langdon belli etmeden Beatrice'ye yazılan mektupların bırakıldığı sepetin yanındaki dokümanları inceleyen Sienna'ya baktı.

Sienna'nın durduğu yerden biraz uzakta, kravatlı bir adam karanlıkta diz çökmüş, başı önünde, içten bir şekilde dua ediyordu. Langdon adamın yüzünü göremiyordu ama büyük ihtimalle sevdiği birini kaybetmiş ve buraya teselli bulmaya gelmişti. Langdon onun için üzüldü.

Tekrar iPhone'a odaklandı ve saniyeler içinde *İlahi Komedya*'nın dijital versiyonuna ulaştı, herkese açık olduğu için ücretsizdi. Yirmi Beşinci Kanto'nun bulunduğu sayfayı açtığında, teknolojiden etkilendiğini kendine itiraf etmek zorunda kaldı. *Deri ciltli kitaplar takıntımdan kurtulmalıyım,* diye düşündü. *E-kitapların zamanı geldi.*

Yaşlı kadın biraz endişeli bir ifadeyle internetin yurtdışı kullanım ücretlerinin çok yüksek olduğu hakkında bir şeyler söylerken Langdon bu fırsat penceresinin kısa bir süre açık kalacağını anladı ve önünde açık duran Web sayfasına iyice odaklandı.

Metnin yazısı çok küçüktü ama şapelin loş ışıkları aydınlık ekranın daha kolay okunmasını sağlıyordu. Langdon tesadüfen Mandelbaum çevirisine –Amerikalı müteveffa profesör Allen Mandelbaum'un popüler modern tercümesiydi– denk geldiğini görünce memnun olmuştu. Mandelbaum büyüleyici tercümesi sebebiyle İtalya'nın en büyük, İtalya Cumhurbaşkanlığı Dayanışma Nişanı'nı almıştı. Longfellow'un tercümesinden daha az şiirsel olan Mandelbaum çevirisi çok daha anlaşılırdı.

Langdon, metnin içinde Floransa'daki bir yeri –Ignazio'nun Dante'nin maskesini sakladığı yeri– çabucak bulmayı umut ederek, *bugün şiirsellik yerine, anlaşılırlığı tercih edeceğim,* diye düşündü.

iPhone'un minik ekranı her seferinde metnin sadece altı satırını gösteriyordu. Langdon okumaya başlayınca pasajı hatırladı. Yirmi Beşinci Kanto'nun başlangıcında Dante, *İlahi Komedya*'dan, kendisinden, yazılışının ona yüklediği fiziksel acıdan ve bu tanrısal şiirin onu güzel Floransa'sından ayıran sürgünün acımasızlığını yenebilmesi ihtimalinden bahsetmiştir.

YİRMİ BEŞİNCİ KANTO

Hem göğün hem yerin elinden çıkan
ve beni yıllardır harap eden
kutsal manzume, eğer Tanrı ister de
kendisine düşman kurtların savaş açtığı
bu kuzunun uyuduğu o ağıldan
beni uzak tutan zulmü yenerse...

Pasaj, Dante'nin *İlahi Komedya*'yı yazarken özlem duyduğu yuvanın güzel Floransa olduğuna dair bir hatırlatma olsa da, Langdon şehirdeki belirli bir yere yapılan bir göndermeye rastlayamamıştı.

Yaşlı kadın merakla iPhone'una bakarken, "Data ücretleri hakkında ne biliyorsun?" diye sordu. "Oğlum bana yurtdışında internet kullanımı konusunda dikkatli olmamı söylemişti."

Langdon sadece bir dakika süreceğini söyleyip parasını ödemeyi teklif etse de kadının onun Yirmi Beşinci Kanto'nun tamamını okumasına asla izin vermeyeceğini hissetti.

Hızlıca bir sonraki altı dizeye geçip okumaya devam etti.

o zaman başka bir saç ve bambaşka bir sesle
döneceğim oraya vaftiz kurnamda
defne yapraklı taç giyeceğim başıma
çünkü orada iman ettim ben
ruhları Tanrı'ya tanıtan inanca
ve o tacı Petrus koydu başıma.

Langdon bu pasajı da biraz hatırlıyordu; Dante'ye düşmanları tarafından teklif edilen siyasi bir anlaşmaya dolaylı bir göndermeydi. Tarihte, Dante'yi Floransa'dan kovan "kurtlar" ona şehre sadece halkın karşısında, suçunu kabul ettiğinin göstergesi olarak üzerinde sadece bir çuval beziyle vaftiz kurnasının başında, cemaatin karşısında durarak özür dilerse geri dönebileceğini söylemişlerdi.

Langdon'ın okuduğu pasajda Dante anlaşmayı reddediyor ve vaftiz kurnasına eğer bir gün geri dönerse, üzerinde suçlu bir adamın giyeceği çuval bezi değil, defne yapraklarından yapılmış şair tacı olacağını söylüyordu.

Langdon metni kaydırmak için parmağını havaya kaldırınca telefonunu verdiğine belli ki pişman olan yaşlı kadın aniden itiraz ederek elini uzatıp iPhone'unu istedi.

Langdon onu duymuyordu. Ekrana dokunmak üzereyken gözleri ikinci kez gördüğü bir mısraya takılmıştı.

Döneceğim oraya, vaftiz kurnamda
defne yapraklı taç giyeceğim başıma...

Langdon kelimelere bakarken, *metnin içinde belirli bir yer ismi ararken, neredeyse açılış dizelerinde parlayan cevheri kaçıracaktım,* diye düşündü.

vaftiz kurnamda...

Floransa'da, yüz yıldan uzun bir süredir genç Floransalıları –ki bunlardan biri de Dante Alighieri idi– arındırmak ve vaftiz etmek için kullanılan dünyanın en ünlü vaftiz kurnalarından biri bulunuyordu.

Langdon kurnanın bulunduğu binanın resmini buldu. Birçok yönden Duomo'nun kendisinden bile daha kutsal olan olağanüstü, sekizgen bir yapıydı. Her şeyi okuyup okumadığını merak ediyordu.

Ignazio'nun bahsettiği yer bu bina olabilir mi?

Ekranda beliren muhteşem fotoğrafla Langdon'ın kafasında bir şimşek çaktı. Muhteşem bronz kapılar sabah ışığında pırıl pırıl parlıyordu.

Ignazio'nun bana ne anlatmaya çalıştığını anladım!

Ignazio Busoni'nin bu kapıları açabilecek Floransa'daki *tek* insan olduğunu anlayınca kafasındaki tüm şüpheler kaybolmuştu.

"Robert, kapılar sana açık ama acele etmelisin."

Langdon bolca teşekkür ederek iPhone'u yaşlı kadına verdi.

Sienna'nın yanına koşup heyecanla, "Ignazio'nun hangi kapılardan bahsettiğini biliyorum! *Cennetin Kapıları!*" dedi.

Sienna kuşkulu bir ifadeyle, "Cennetin Kapıları mı? Onlar... cennette değiller mi?" dedi.

Langdon bilmiş bir ifadeyle ona gülümseyerek, "Aslında," dedi. "Eğer nereye bakacağını bilirsen, Floransa *cennettir.*"

53. BÖLÜM

Döneceğim oraya vaftiz kurnamda... defne yapraklı taç giyeceğim başıma.

Sienna'yı Via dello Studio olarak bilinen dar geçitten kuzeye doğru götürürken Dante'nin sözleri Langdon'ın kafasının içinde sürekli olarak tekrarlanıyordu.

Attığı her adımda doğru yolda olduklarından ve peşlerindekileri geride bıraktıklarından daha da emin oluyordu.

Kapılar sana açık ama acele etmelisin.

Kanyona benzeyen ara sokağın sonuna yaklaşırlarken Langdon ilerideki hareketliliğin alçak seslerini duyabiliyordu. Aniden her iki taraflarındaki yüksek duvarlar bitiverdi ve büyük bir alana çıktılar.

Duomo Meydanı.

Kompleks yapı sistemiyle bu muazzam meydan, eskiden Floransa'nın dini merkeziydi. Günümüzde ise daha çok bir turist merkezi olan alan, tur otobüsleri ve Floransa'nın meşhur katedralinin etrafında toplanan ziyaretçilerle dolup taşıyordu.

Meydanın güney tarafına ulaşmış olan Langdon ve Sienna, katedralin insanı büyüleyen yan duvarına; yeşil, pembe ve beyaz mermerden dış cephesine bakıyorlardı. Büyüklüğü kadar sanatsal derinliği de nefes kesici olan katedral, her iki tarafa doğru göz alabildiğine uzanıyordu. Toplam uzunluğu yaklaşık olarak yan yatmış Washington Anıtı kadardı.

Geleneksel tek renkli, telkâri gibi işlenmiş taş işçiliği yerine, göze batan bir renk karışımı tercih edilmiş olmasına rağmen yapı tamamıyla gotikti; klasik, sağlam ve ebedi. Langdon, Floransa'yı ilk ziyaretinde yapıyı aşırı süslü bulduğunu itiraf etmek zorundaydı. Ancak, sonraki seyahatlerinde katedrali saatlerce incelediğini, sıra dışı estetiği karşısında büyülendiğini ve olağanüstü güzelliğine hayran kaldığını fark etmişti.

Il Duomo ya da daha resmi adıyla Santa Maria del Fiore Katedrali, Ignazio Busoni'ye takma ismini kazandırmanın yanı sıra, Floransa'nın hem manevi hem de yüzyıllar süren dram ve entrika merkezi olmuştu. Binanın değişken geçmişi, Vasari'nin kubbede kullandığı için hor görülen *Son Hüküm* freski hakkında yapılan uzun ve şiddetli tartışmalardan, kubbeyi bitirmesi için seçtiği mimara kadar hararetli çekişmelere sahne olmuştu.

Zamanının en büyük ressamı olan Filippo Brunelleschi sonunda kârlı anlaşmayı yapmış ve kubbeyi tamamlamıştı. Günümüzde, Brunelleschi'nin heykeli, Canonici Sarayı'nın dışında oturmuş, şaheserine memnuniyetle bakarken görülebilir.

O sabah Langdon bakışlarını gökyüzüne, zamanının mimari başarısı olan ünlü kırmızı tuğlalı kubbeye doğru kaldırınca, oraya tırmanma kararıyla bir anda dar ve turist kaynayan merdivenlere tesadüf edişini ve kapalı alan korkusu yüzünden yaşadığı büyük eziyeti hatırladı. Öyle bile olsa "Brunelleschi Kubbesi"ne tırmanırken yaşadığı sıkıntıya minnettardı, çünkü bu onu Ross King'in aynı adlı güzel kitabını okumaya teşvik etmişti.

Sienna, "Robert?" dedi. "Geliyor musun?"

Mimariyi seyretmek için durmuş olduğunu fark eden Langdon gözlerini kubbeden ayırıp, "Özür dilerim," dedi.

Meydanın çevresinde ilerlemeye devam ettiler. Katedral şimdi sağlarında kalmıştı ve Langdon turistlerin görülecek yerler listelerinden katedrali eleyerek yan çıkışlardan dağıldıklarını fark etti.

İleride, katedral kompleksindeki üç yapıdan ikincisi olan çan kulesinin belirgin şekli yükseliyordu. Giotto'nun Çan Kulesi olarak bilinen yapı, yanındaki katedrale ait olduğu hakkında şüpheye yer bırakmıyordu. Bire bir aynı pembe, yeşil ve beyaz taşlarla süslenmiş yaklaşık seksen beş metre yüksekliğindeki kare kule baş döndürücü bir şekilde gökyüzüne doğru uzanıyordu. Langdon, tepesindeki on bin kiloluk çanı taşıyan bu zarif yapının depremlere, kötü hava koşullarına rağmen yüzyıllardır ayakta duruyor olmasını inanılmaz buluyordu.

Sienna yanında çevik bir şekilde yürürken gözleriyle çan kulesinin ardındaki gökyüzünü tarıyordu. İnsansız helikopteri aradığı belliydi ama araç görünürde yoktu. Kalabalık yoğunlaşmaya başlamıştı ve Langdon en hareketli noktada kalmaya özen gösteriyordu.

Çan kulesine yaklaşırlarken şövalelerinin karşısında durup turistlerin abartılı karikatürlerini çizen bir dizi karikatüristin yanından geçtiler. Langdon, Michelangelo'nun gençliğinde kendi şövalesini koyduğu kutsal kaldırım taşlarında bu etkinliğe izin verilmesini biraz komik buluyordu.

Giotto'nun Çan Kulesi'nin etrafından hızla ilerleyen Langdon ve Sienna, sağa dönüp katedralin önündeki açık meydana çıktılar. Burası kalabalığın en yoğun olduğu yerdi. Dünyanın dört bir tarafından gelmiş turistler kameralı telefonlarını ve video kameralarını renkli ön cepheye doğrultuyorlardı.

Gözüne çok daha küçük bir bina takılan Langdon, yapıya bakmadı bile. Katedralin ön girişinin tam karşısında katedral kompleksinin üçüncü ve son yapısı bulunuyordu.

Langdon'ın en sevdiği yapı buydu.

San Giovanni Vaftizhanesi.

Katedral gibi çok renkli taşlar ve çizgili gömme sütunlarla süslenmiş vaftizhane, dikkat çekici şekliyle büyük binadan ayrılıyordu. Kimilerinin söylediği gibi, katlı bir pastaya benzeyen sekiz kenarlı yapı, düz bir beyaz çatıya doğru yükselen üç kattan oluşuyordu.

Langdon sekizgen şeklin estetikle değil, sembolizmle ilgisi olduğunu biliyordu. Hıristiyanlıkta sekiz rakamı, yeniden doğuşu ve yeniden yaratılışı temsil ediyordu. Sekizgen, Tanrı'nın cennet ve cehennemi yarattığı altı günü, Sebt için bir günü ve Hıristiyanların vaftizle "yeniden doğdukları" veya "yeniden yaratıldıkları" sekizinci günü temsil eden bir hatırlatmaydı. Sekizgen, tüm dünyada vaftizhaneler için kullanılan yaygın bir şekil haline gelmişti.

Langdon'a göre vaftizhane, Floransa'nın en göz alıcı binalarından biriydi, ancak oraya yapılmış olması büyük bir haksızlıktı. Bu vaftizhane dünyanın başka bir yerinde ilgi odağı olurdu. Ama burada, iki dev kardeşinin yanında devede kulak kalıyordu.

Langdon içerideki sersemletici mozaikleri düşünerek, *içeri adımını atana dek,* diye kendine hatırlattı. Vaftizhanedeki mozaikler o kadar muhteşemdiler ki, eski insanlar buranın tavanının cennete benzediğini söylemişlerdi. Langdon, Sienna'ya bilmiş bir ifadeyle, *"Nereye bakacağını bilirsen, Floransa cennettir,"* demişti.

Sekiz kenarlı ibadethane yüzyıllar boyunca, aralarında Dante'nin de olduğu sayısız tanınmış kişinin vaftiz törenlerine ev sahipliği yapmıştı.

Döneceğim oraya vaftiz kurnamda... defne yapraklı taç giyeceğim başıma.

Sürgün yüzünden Dante'nin bu kutsal alana geri dönmesine izin verilmemişti. Ama Langdon'ın içinde, Dante'nin maskesinin, dün akşam yaşanan sıra dışı olaylar sayesinde sonunda yerini bulduğuna dair bir his vardı.

Langdon, *vaftizhane,* diye düşündü. *Ignazio ölmeden önce maskeyi buraya saklamış olmalı.* Ignazio'nun çaresiz telefon mesajını hatırladı ve iri cüsseli adamın, maskeyi vaftizhanenin içine güvenli bir şekilde bıraktıktan sonra göğsünü tutarak güçlükle meydandan ara sokağa doğru yürüyüşünü ve son telefon konuşması yapışını ürpererek hayal etti.

Kapılar sana açık.

Sienna ile birlikte kalabalığın arasında ilerlerken Langdon'ın gözleri vaftizhaneye odaklanmıştı. Sienna artık o kadar hızlı yürüyordu ki ona ayak uydurmak için resmen koşmak zorunda kalıyordu. Langdon uzaktan bile vaftizhanenin güneşte parlayan dev kapılarını görebiliyordu.

Yaklaşık beş metre yüksekliğindeki bronz kapıları yapmak Lorenzo Ghiberti'nin yirmi yılını almıştı. Üzerlerinde Kutsal Kitap'tan figürlerin bulunduğu on panoyla öylesine kaliteli bir şekilde süslenmişlerdi ki, Giorgio Vasari kapılar için, "Her yönden inkâr edilemeyecek kadar kusursuz ve şimdiye kadar yapılmış en muhteşem sanat eseri," demişti.

Ancak, kapıların günümüze kadar gelen bir takma isim kazanmasına Michelangelo'nun coşkulu övgüsü neden olmuştu. Michelangelo, kapılara çok uygun düşen bir isim vermiş, onlara *Cennetin Kapıları* demişti.

54. Bölüm

Karşısında duran harikulade kapılara bakan Langdon, *İncil'in bronzla anlatımı,* diye düşündü.

Ghiberti'nin parıldayan *Cennetin Kapıları,* her biri Eski Ahit'teki farklı bir önemli sahneyi betimleyen on tane kare panelden oluşuyordu. Cennet Bahçesi'nden Musa'ya ve Süleyman Mabedi'ne kadar değişen Ghiberti'nin heykel anlatımı, her biri beş panelden meydana gelen iki dikey sütun üzerinde gözler önüne seriliyordu.

Bu sahnelerin her biri, Botticelli'den günümüz eleştirmenlerine kadar sanatçılar ve tarihçiler arasında herkesin "en güzel paneli" seçtiği bir popülarite yarışına dönüşmüştü. Ortak görüşe göre kazanan, yapımında kullanılan sanatsal teknikler sebebiyle Yakup ve Esav, yani sol kanadın ortasındaki panel olmuştu. Langdon, Ghiberti imzasını bu panele attığı için daha çok dikkat çektiği kanısındaydı.

Ignazio Busoni birkaç yıl önce bu kapıları Langdon'a gösterirken, beş yüz yıl boyunca maruz kaldığı seller, yağmalar ve hava kirliliği sebebiyle yaldızlı kapıların çıkarılıp, yerlerine bire bir kopyalarının takıldığını ve asıllarının şimdi Museo dell'Opera del Duomo'da saklandığını utangaç bir tavırla itiraf etmişti. Langdon nezaket icabı, kopyalara baktıklarını bildiğini ve aslında bunların, karşılaştığı *ikinci* çift Ghiberti kapı kopyası olduğunu Busoni'ye söylemekten kaçınmıştı. İlk kopyalara San

Francisco'daki Grace Katedrali labirentlerinde araştırma yaparken rastlamış ve Ghiberti'nin *Cennetin Kapıları* taklitlerinin, yirminci yüzyılın ortalarından beri katedralin ön kapısı görevi gördüğünü keşfetmişti.

Langdon, Ghiberti'nin başyapıtının önünde dururken gözüne, yanına yerleştirilmiş bilgilendirme levhası iliști. Üzerinde İtalyanca yazılmış basit bir söz dikkatini çekmişti.

La Peste Nera. Bu sözler Kara Ölüm anlamına geliyordu. Langdon, *Tanrım,* diye düşündü. *Nereye baksam karşıma çıkıyor.* Levhaya göre kapılar, Tanrı'ya "adak" olarak sipariş edilmişti. Floransa vebayı atlattığı için bir şekilde şükranlarını sunuyorlardı.

Ignazio'nun sözleri zihninde yankılanırken, Langdon bir kez daha *Cennetin Kapıları*'na baktı. *Kapılar sana açık, ama acele etmelisin.*

Ignazio'nun böyle söylemesine rağmen, *Cennetin Kapıları* bazı dini bayramlar hariç, her zamanki gibi kapalıydı. Normalde turistler vaftizhaneye diğer taraftaki kuzey kapısından girerdi.

Sienna yanında parmak ucunda duruyor, kalabalığın üstünden etrafı görmeye çalışıyordu. "Kapı kolu yok," dedi. "Anahtar deliği yok. Hiçbir şey yok."

Ghiberti'nin kendi şaheserini, kapı kolu gibi sıradan bir şeyle berbat etmeyeceğini bilen Langdon, *doğru,* diye düşündü. "Kapılar *içeri* doğru açılır. İçeriden kilitlenir."

Sienna dudaklarını bükerek biraz düşündü. "Yani buradan bakınca... kapıların kilitli olup olmadığını anlamaya imkân yok."

Langdon başını salladı. "Umarım Ignazio da tam olarak böyle düşünmüştür."

Sağa doğru birkaç adım attı ve binanın sağ tarafındaki daha az süslü bir kapıya baktı, burası turist girişiydi. Sıkılmış görünen bir rehber sigarasını içiyor, girişteki APERTURA 1300-1700 tabelasını işaret ederek soru soran turistleri tersliyordu.

Langdon, *açılmasına daha birkaç saat var,* diye düşünürken memnundu. *Henüz içeri kimse girmemiş.*

Langdon, Sienna'ya baktığında, turistlerin Ghiberti'nin şaheserine fazla yaklaşmalarını engellemek için *Cennetin Kapıları*'nın birkaç metre ilerisine dikilmiş basit bir demir kapının ve çitin arasından fotoğraf çeken bir grubun yanında durduğunu gördü.

Altın yaldızla boyanmış güneş ışını benzeri sivri tepesiyle bu koruyucu kapı, siyah dökme demirden yapılmıştı ve banliyö evlerinin basit çitlerine benziyordu. Belirsiz bir sebepten, *Cennetin Kapıları*'nı tasvir eden bilgilendirme levhası, göz alıcı bronz kapıların yanına değil, bu sıradan kapının yanına takılmıştı.

Langdon levhanın yerinin bazen turistlerin aklını karıştırdığını duymuştu. O sırada, eşofmanlı tıknaz bir kadın kalabalığı yararak gelip levhaya baktı, demir kapıya kaşlarını çattı ve, "*Cennetin Kapıları mı?*" diye homurdandı. "Köpeğimin baraka çitine benziyor!" Sonra kimsenin açıklama yapmasına fırsat vermeden yürüyüp gitti.

Sienna uzanıp kapıyı tuttu ve belli etmeden arka taraftaki kilit mekanizmasına baktı.

Kocaman açılmış gözlerle Langdon'a dönerken, "Baksana," diye fısıldadı. "Arkasındaki asma kilit açık."

Parmaklıkların arasından bakan Langdon, Sienna'nın haklı olduğunu gördü. Asma kilit, sanki kilitliymiş gibi dursa da yakından inceleyince açık olduğu anlaşılıyordu.

Kapılar sana açık ama acele etmelisin.

Langdon gözlerini, çitin arkasındaki *Cennetin Kapıları*'na dikti. Eğer Ignazio gerçekten de vaftizhanenin dev kapılarını sürgülemeden bıraktıysa itildiğinde açılmaları gerekirdi. Ama yine de buradaki asıl zorluk, meydandakilerin ve elbette özellikle polisle Duomo güvenlik görevlilerinin dikkatini çekmeden içeri girmekti.

Kalabalığın arasındaki bir kadın aniden, "Şuraya bakın!" diye bağırdı. "Atlayacak!" Sesi dehşet doluydu. "Yukarıdaki çan kulesinde!"

Kapıya arkasını dönen Langdon, bağıran kadının Sienna olduğunu gördü. Beş metre ötede durmuş, Giotto'nun Çan Kulesi'ni göstererek bağırıyordu. "İşte orada! Atlayacak!"

Tüm bakışlar gökyüzüne doğru yönelerek çan kulesinin tepesini inceledi. Diğerleri de elleriyle göstermeye, gözlerini kısarak bakmaya ve birbirine seslenmeye başlamıştı.

"Atlayan biri mi var?!"

"Nereden?!"

"Ben görmüyorum!"

"İşte orada solda!"

Meydandaki insanların paniğe kapılması ve peş peşe çan kulesinin tepesine gözlerini dikmeleri birkaç saniye almıştı. Korku dalgası, tıpkı saman tarlasını yakıp kül eden bir yangın gibi, meydandaki insanların hepsi boyunlarını uzatıp, yukarıyı işaret edinceye kadar dalgalar halinde yayıldı.

Harekete geçmek için sadece birkaç saniyesi olduğunu anlayan Langdon *viral pazarlama* diye düşündü. Demir kapıyı bir çırpıda tutup iterken yanına gelen Sienna onunla birlikte arkadaki küçük alana geçti. Kapı arkalarından kapanınca, dört buçuk metrelik bronz kapıya yüzlerini döndüler. Ignazio'yu doğru anlamış olmayı dileyen Langdon, bacaklarından güç alarak devasa çift kapılardan birine omzuyla dayandı.

Hiçbir şey olmamıştı ama sonra çok yavaş bir biçimde, hantal kapı kıpırdamaya başladı. *Kapılar açık! Cennetin Kapıları* geçebileceği kadar aralanınca Sienna hiç vakit kaybetmeden yan dönüp arasından sıvıştı. Peşinden giden Langdon, dar aralıktan yan geçerek vaftizhanenin karanlığına girdi.

Birlikte dönüp ters yönde iterek dev girişi kapattılar. Dışarıdaki ses ve kaos bir anda kesilmiş, geriye sadece sessizlik kalmıştı.

Sienna ayaklarının dibindeki uzun direği işaret etti. Barikat oluşturmak istendiğinde kapının her iki yanındaki sürgü yuvasına yerleştirildikleri anlaşılıyordu. Sienna, "Ignazio senin için çıkarmış olmalı," dedi.

Direği birlikte kaldırıp sürgüye yerleştirerek, *Cennetin Kapıları*'nı kilitlediler... ve böylece kendilerini içeride güvene almış oldular.

Langdon ile Sienna soluklanmak için bir süre konuşmadan kapıya yaslandılar. Dışarıdan gelen seslerle kıyaslandığında, vaftizhanenin içi cennet kadar huzurluydu.

San Giovanni Vaftizhanesi'nin dışında, Plume Paris gözlükleri takan, şal desenli kravatlı adam, kalabalığın içinden kanlı kurdeşenlerine bakanlara aldırış etmeden yürüdü.

Langdon ile sarışın arkadaşının az önce içinden geçerek gözden kaybolduğu bronz kapılara varmıştı. İçeriden kapatılan kapının gümbürtüsünü dışarıda olduğu halde duymuştu.

Buradan giriş yok.

Meydandaki hava normale dönüyordu. Merakla yukarı bakan turistler artık ilgilerini kaybediyorlardı. *Atlayan yok.* Herkes işine devam etti.

Kurdeşeni azan adam, yeniden kaşınmaya başlamıştı. Artık şişmiş parmakları da çatlıyordu. Kaşınmamak için ellerini cebine soktu. Başka bir giriş bulmak için sekizgen yapının etrafında daireler çizerken kalbi hâlâ gümbürdüyordu.

Yeniden kaşınmaya başlayıp, âdemelmasına giren şiddetli ağrıyı hissettiğinde köşeyi yeni dönmüştü.

55. Bölüm

Söylentiye göre, San Giovanni Vaftizhanesi'ne girildiğinde yukarı bakmamak imkânsızdır. Daha önce bu salonda birçok kez bulunduğu halde, mekânın mistik çekim gücünü o anda da hisseden Langdon'ın bakışları tavana doğru kaydı.

Vaftizhanenin hayli yüksek sekizgen kubbesi, bir uçtan diğerine yirmi dört metreydi. Adeta kor gibi parlıyor ve ışıklar saçıyordu. Kehribar rengi altın yüzey, ortam ışığını bir milyondan fazla smalti[1] camıyla farklı biçimde yansıtıyordu. Smalti'den oluşturulmuş mozaikler, İncil'den sahnelerin betimlendiği, ortak merkezli altı dairenin içine yerleştirilmişti.

Doğal ışık, Roma'da bulunan Panteon'dakine çok benzer bir tepe deliğinden geçerek, üst kısmın parlaklığını iyice vurguluyordu. Yüksek, küçük, gömük pencereler, açıları sürekli değişen yapı direkleri gibi, adeta elle tutulur kuvvetli ışınlar saçıyordu.

Langdon, Sienna ile birlikte salonun iç kısımlarına doğru ilerlerken, *İlahi Komedya*'daki tasvire çok benzeyen efsanevi tavan mozaiğini dikkatle inceledi.

Langdon, *Dante Alighieri bunu çocukken görmüş*, diye düşündü. *Yukarıdan gelen ilham.*

Bakışlarını mozaiğin göbeğine çevirdi. Ana altarın tam üzerinde, kurtarılanlarla lanetlenenlere yargıçlık yapan, sekiz metre boyundaki İsa tasviri yükseliyordu.

---

(1) Saf silis camından elle kesilmiş sıvasız minik mozaik parçaları.

Dürüst olanlar İsa'nın sağ tarafında sonsuz hayat ödülünü alıyordu.

Sol tarafındaysa günahkârlar taş kesilmiş, kazıklara geçirilmiş ve türlü yaratıklar tarafından yeniyorlardı.

Tüm bu işkenceyi gözeten büyük şeytan mozaiği, insan yiyen bir cehennem yaratığı olarak tasvir edilmişti. Yedi yüzyıl önce genç Dante Alighieri'ye tepeden bakarak onu dehşete düşüren ve cehennemin son dairesinde bekleyen o canlı resme ilham veren bu şekli gördüğünde Langdon hep ürkerdi.

Yukarıdaki korkutucu mozaikte boynuzlu bir şeytan, bir insanı kafasından yemeye başlıyordu. Kurbanın şeytanın ağzından sarkan bacakları, Dante'nin Malebolge'sinde bellerine kadar gömülü günahkârların kıvranan bacaklarını çağrıştırıyordu.

Langdon, Dante'nin metnini hatırlayarak, *Lo 'mperador del doloroso regno,* diye düşündü. *Acılar ülkesinin hükümdarı.*

Tıpkı Dante'nin *Cehennem*'in son kantosunda tasvir ettiği gibi, şeytanın üç başlı olduğu izlenimini vererek, kulaklarından dışarı kıvrılan iki koca yılan da günahkârları yiyordu. Langdon hafızasını tarayarak Dante'nin tasvirlerinden parçalar hatırlamaya çalıştı.

Altı gözünün altısıyla birden ağlıyor ve yaşlar kanlı bir salyayla birlikte, üç çenesinden aşağı süzülüyordu. Ağızlarının her birinde, değirmende çeker gibi, dişlerinin arasında bir günahkârı öğütüyor, böylece üç günahkâra aynı zamanda işkence yapıyordu.

Langdon şeytanın kötülüğünün üç misli olmasının, sembolik anlamlarla dolu olduğunu biliyordu: Kutsal Üçlü'nün üçlü nuruyla mükemmel denge sağlıyordu.

Langdon korkunç sahneye bakarken mozaiğin, her yıl bu kilisede yapılan ayinlere katılan ve her dua edişinde ona tepeden bakan şeytanı gören genç Dante üzerinde yarattığı etkiyi hayal etmeye çalıştı. Ne var ki, bu sabah şeytanın doğrudan *kendisine* baktığını hissediyordu.

Hemen bakışlarını vaftizhanenin ikinci kattaki balkonuna indirdi; *önceleri* kadınların sadece buradan vaftizi izlemelerine izin verilirdi. Ardından, adeta bir mumya veya sihirbaz numarasına katılan bir oyuncu gibi yukarıda duran Antipapa XXIII. Johannes'in huzur içinde yattığı mezarına baktı.

Son olarak bakışları, pek çoklarının ortaçağ astronomisi dikkate alınarak yapıldığına inandığı süslü karo zemine ulaştı. Siyah beyaz karoları takip ederek desenin tam ortasını buldu.

İşte orada, diye düşünürken, Dante'nin on üçüncü yüzyılın ikinci yarısında vaftiz edildiği noktaya baktığını biliyordu. Langdon, "Döneceğim oraya vaftiz kurnamda... defne yapraklı taç giyeceğim başıma," derken sesi boş alanda yankılandı. "İşte burası."

Sienna tedirgin bir ifadeyle Langdon'ın işaret ettiği yere, zeminin merkezine baktı. "Ama... burada hiçbir şey yok."

Langdon, "Artık yok," diye karşılık verdi.

Geriye sadece kırmızımsı kahverengi, sekizgen bir döşeme kalmıştı. Alışılmadık kadar sade bu sekiz kenarlı alanın, çok daha süslü tasarlanmış zeminin desenini kapattığı anlaşılıyordu. Şimdiki hali geniş, yamalı bir deliği andırıyordu ki, zaten tam olarak da öyleydi.

Langdon hemen vaftizhanenin orijinal kurnasının, bu yerin tam ortasına yerleştirilmiş sekizgen, büyük bir havuz olduğunu açıkladı. Yeni kurnalar yüksek küvet şeklinde olsa da eskileri, vaftiz edilen kişinin suyun içine iyice daldırılabileceği şekilde yapıldığından, *havuz* kelimesine anlam bakımından daha yakındı. Langdon bir zamanlar orta yerde duran buz gibi soğuk su kurnasının içine daldırılan çocukların korkulu çığlıklarının bu taş salonda nasıl duyulduğunu merak etti.

Langdon, "Burada yapılan vaftizler kasvetli ve ürkütücüydü," dedi. "Gerçek bir 'adım atma' töreni. Aslına bakarsan biraz da tehlikeli. Dante'nin bir keresinde, boğulmak üzere olan bir çocuğu kurtarmak için bu havuz gibi kurnaya atladığı söylenir. Her halükârda orijinal kurna, on altıncı yüzyılda kapatılmıştı."

Sienna'nın gözleri, belirgin bir endişeyle binayı tarıyordu. "Peki ama Dante'nin vaftiz kurnası artık yoksa... Ignazio maskeyi nereye sakladı?"

Langdon onun kapıldığı endişeyi anlayabiliyordu. Bu devasa salonda saklanacak yer çoktu: Sütunların, heykellerin, mezarların arkasına; nişlerin içine, sunağa, hatta yukarıya bile saklanmış olabilirdi.

Yine de Langdon'ın, içeri girdikleri kapıya yüzünü dönünce kendine güveni geldiği anlaşılıyordu. *Cennetin Kapıları*'nın sağ tarafındaki duvarı gösterirken, "Şuradan başlamamız gerek," dedi.

Süslü bir kapının arkasındaki yükseltilmiş platformun üstünde, küçük bir sunağı veya servis masasını andıran, oyma mermerden altıgen bir heykel ayaklığı duruyordu. Yüzeyi öylesine detaylı işlenmişti ki, sedeften yapılmış bir kameo kabartmayı andırıyordu. Mermer ayaklığın üstünde, yaklaşık doksan santim çapında cilalı, ahşap bir tabla vardı.

Langdon'ın peşinden oraya giden Sienna tereddüt ediyor gibiydi. Basamaklardan çıkıp kapıdan geçerlerken daha yakından bakan genç kadın ne gördüğünü anlayınca şaşkınlıkla içini çekti.

Langdon gülümsedi. *Evet, bu bir sunak veya masa değil.* Cilalı ahşaptan yapılma tabla aslında bir kapaktı ve derin bir bölümün üstünü örtüyordu.

Sienna, "Vaftiz kurnası mı?" diye sordu.

Langdon başını salladı. "Dante bugün yaşıyor olsaydı, işte tam da bu kurnada vaftiz edilirdi." Daha fazla vakit kaybetmeden işe koyulmak üzere derin bir nefes alıp kapağı açmaya hazırlandı, az da olsa beklenti içindeydi.

Kapağı kenarlarından sıkıca tuttu ve tek tarafından kaldırıp dikkatle kaydırarak kurnanın yanında yere bıraktı. Sonra, altmış santim genişliğindeki karanlık ve derin boşluğu inceledi.

Korkunç manzara karşısında Langdon güçlükle yutkundu.

Dante Alighieri'nin ölü yüzü, karanlığın içinden kendisine bakıyordu.

56. BÖLÜM

Ara, bulacaksın.

Vaftiz kurnasının kenarında duran Langdon, buruşuk yüzü boş gözlerle yukarı bakan, soluk sarı ölüm maskesine gözlerini dikti. Kemerli burunla çıkık çeneyi tanımamak imkânsızdı.

Dante Alighieri.

Cansız maske yeterince rahatsız ediciydi ama havuzda durduğu yer fazlasıyla sıra dışı geliyordu. Uzun süre ne gördüğüne anlam veremedi.

Maske... havada mı duruyor?

İyice eğilen Langdon, içeriyi daha yakından inceledi. Sığ bir kurnadan çok, derin bir kuyu gibi olan havuz, birkaç metre derinlikteydi. Dik yan duvarları, suyla dolu bir depoya iniyordu. Maske tuhaf bir şekilde, havuzun ortasında havada duruyor gibiydi... sanki suyun hemen üstüne sihirli bir şekilde tünemişti.

Bu göz yanılsamasına neyin neden olduğunu hemen anladı. Havuzun ortasından yarıya kadar yükselen ve suyun hemen üstünde bir tür küçük metal tablayla son bulan bir dikey çubuk vardı. Belki de bebeği oturtmak için kullanılan tabla, süslü bir pınar başını andırsa da, artık Dante maskesinin suyun üstünde güvenle durduğu bir kaide görevi görüyordu.

Yan yana duran Langdon ile Sienna, sanki boğulmuş gibi hâlâ Ziploc torbanın içinde duran Dante Alighieri'nin kırışık yüzünü tek kelime etmeden incelediler. Su dolu havuzun içinden yukarı bakan bu görüntü, bir an için Langdon'a çocukken yaşadığı o korkunç tecrübeyi hatırlattı. Bir kuyunun dibinde kalmış, çaresizlik içinde yukarı bakıyordu.

Bu düşünceyi aklından uzaklaştırıp dikkatlice aşağı uzandı ve maskeyi, Dante'nin kulaklarının olması gereken yerlerinden tuttu. Günümüz standartlarına göre küçük olmasına rağmen, bu antik alçı maske, tahmin ettiğinden daha ağırdı. Maskeyi yavaşça havuzdan dışarı çıkarttı ve Sienna'nın daha yakından inceleyebilmesi için havada tuttu.

Plastik torbanın içinde durduğu halde maske, fazlasıyla gerçek gibiydi. Eski şairin her bir kırışığı ve kusuru alçıya yansımıştı. Ortasındaki eski bir çatlak dışında, mükemmel durumdaydı.

Sienna, "Arkasını çevir," diye fısıldadı. "Arkasına bakalım."

Langdon da zaten bunu yapmak üzereydi. Vecchio Sarayı'ndaki güvenlik kayıtlarında çekilen videoda, Langdon ile Ignazio'nun maskenin arkasında bir şey keşfettikleri açıkça görülüyordu. O denli şaşırtıcı bir şeydi ki, sonunda iki adam maskeyle birlikte saraydan çıkmışlardı.

Langdon kırılgan alçıyı düşürmemeye büyük gayret göstererek arkasını çevirdi ve inceleyebilmeleri için sağ avuç içine yerleştirdi. Dante'nin kırışmış ve kusurlu yüzüne karşın, arka taraf pürüzsüzdü. Maske hiç takılmamak üzere tasarlandığından, bu hassas parçaya biraz sağlamlık katmak için arka tarafı alçıyla doldurulmuştu. Bu sebeple, sığ bir çorba kâsesi gibi içbükey bir şekil oluşturulmuştu.

Langdon maskenin arka tarafında ne bulması gerektiğinden emin değildi ama bu olmadığı kesindi.

Yani hiçbir şeyi.

Hem de hiçbir şey.

Yalnızca pürüzsüz, boş bir yüzey.

Sienna da onun kadar şaşkın görünüyordu. "Düz alçı," dedi. "Burada bir şey yoksa, Ignazio ile ne görmüş olabilirsiniz?"

Hiç fikrim yok, diye düşünen Langdon, daha iyi görebilmek için plastik torbayı maskenin üzerinde iyice gerdi. *Burada hiçbir şey yok!* Artan bir sıkıntıyla maskeyi bir ışık huzmesine tutup yakından inceledi. Daha iyi görebilmek için biraz yana eğince üst tarafında, hafif bir lekelenme gördüğünü sandı. Dante'nin alnının iç kısmında, bir sıra yatay işaret vardı.

Doğal bir leke mi? Veya belki de... başka bir şeydir. Langdon hemen yerinde dönüp, arka duvardaki bir paneli işaret etti. Sienna'ya, "Şunun içine baksana," dedi. "Havlu var mıymış?"

Sienna şüpheyle Langdon'a baktı ama itiraz etmeden, son derece iyi gizlenmiş menteşeli dolabı açtı. İçinde üç şey vardı: Havuzdaki su seviyesini ayarlamak için bir vana, havuzun üstündeki spot ışığını kumanda eden bir elektrik düğmesi ve keten havlular.

Sienna, Langdon'a meraklı bir ifadeyle baktı ama Langdon, vaftiz kurnalarının yanında, papazların acil durumlarda *kundak bezlerine* kolaylıkla ulaşabilecekleri bir yer bulunduğunu bilecek kadar çok kilise gezmişti. Bebeklerin vaftiz sırasında beklenmedik bir anda altlarını tutamamaları evrensel bir riskti.

Havlulara göz atarken, "Güzel," dedi. "Maskeyi bir saniye tutar mısın?" Maskeyi nazikçe Sienna'nın ellerine bırakıp işe koyuldu.

Önce, kapağı yerine kaldırıp ilk başta gördükleri sunak benzeri masayı yeniden kurdu. Sonra, dolaptan birkaç keten havlu aldı ve kapağın üstüne masa örtüsü gibi yaydı. Son olarak, havuzun ışığını yakınca tepedeki spot hemen yandı ve vaftiz alanını aydınlatarak üstü örtülü yüzeyde parlamaya başladı.

Langdon maskeyi torbadan çıkarırken çıplak elleriyle dokunmamak için fırın eldiveni gibi kullanmak üzere daha fazla havlu aldı, Sienna maskeyi nazikçe havlunun üstüne yatırdı. Birkaç saniye sonra Dante'nin ölüm maskesi torbasından çıkmış ve çıplak bir halde, ameliyat masasındaki anestezili bir hastanın başı gibi, parlak ışığın altında sırtüstü yatıyordu.

Yaşlılık çizgileri ve kırışıklıkları, rengi solmuş alçının üstünde daha da belirginleşen maskenin etkileyici dokusu, ışığın altında daha da rahatsız ediciydi. Langdon hiç vakit kaybetmeden maskeyi yeniden elindeki keten havlular yardımıyla çevirdi ve yüzüstü yatırdı.

Maskenin ön yüzü arka tarafından soluk ve sarı değil, lekesiz ve beyazdı ve daha eski görünüyordu.

Aklı karışmış gibi bakan Sienna, başını ileri uzattı. "Bu taraf sana da daha *yeni* geliyor mu?"

Doğruyu söylemek gerekirse, renk farkı Langdon'ın beklediğinden daha belirgindi ama bu taraf da ön yüzle aynı yaştaydı. "Orantısız yaşlanma," dedi. "Maskenin arka tarafı, vitrinin içinde hep kapalı kaldığından, güneş ışığının yaşlandırıcı etkisine maruz kalmamış."

Maskenin üzerine iyice yaklaşan Sienna, "Biraz dursana," dedi. "Şuraya bak! Alnının üstüne! Ignazio ile bunu görmüş olmalısınız."

Langdon'ın bakışları, pürüzsüz beyaz yüzeyde daha önce Dante'nin alnında fark ettiği belli belirsiz yatay işaretlere kaydı. Ama şimdi ışıkta bakınca, bu işaretlerin doğal bir lekelenme olmadığını görebiliyordu... insan eliyle yapılmışlardı.

Lafı ağzında kalan Sienna, "Şey yazıyor..." diyebildi. "Ama..."

Langdon alçıdaki yazıya dikkatle baktı. Bir satırlık güzel yazı, kahverengimsi sarı renginde ve elyazısıyla yazılmıştı.

"Yani *hepsi* bu kadar mı?" diyen Sienna'nın sesi öfkeliydi.

Langdon onu duymamış gibiydi. *Bunu kim yazmış,* diye düşündü. *Dante'nin döneminden biri mi?* Pek olası gelmiyordu. Eğer öyleyse, sanat tarihçileri temizlik ve onarım dönemlerinde daha önce mutlaka fark eder ve yazı, maskeyle ilgili bilinenlere eklenirdi. Langdon bunu daha önce hiç duymamıştı.

Ama daha olası biri aklına geliyordu.

Bertrand Zobrist.

Zobrist maskenin sahibiydi ve bu yüzden istediği zaman maskeyi alabiliyor olmalıydı. Yazıyı maskenin arkasına yakın zaman önce yazmış ve kimse fark etmeden yeniden vitrinin içine koymuş olabilirdi. Marta onlara, *"Maskenin sahibi, o yokken çalışanlarımızın bile vitrini açmasına izin vermiyor,"* demişti.

Langdon aklından geçeni hızlıca açıkladı.

Sienna kurduğu mantığı kabul etmiş gibiydi ama bu ihtimalin onu tedirgin ettiği ortadaydı. "Hiç mantıklı değil," derken huzursuzdu. "Eğer Dante'nin ölüm maskesinin arkasına Zobrist gizlice bir şey yazdı ve maskeyi işaret eden o projektörü yapmak için onca zahmete girdiyse... neden daha *anlamlı* bir şey yazmadı ki? Yani, mantığı yok! Saatlerdir maskeyi aradık, sonunda *bunu* mu bulacaktık?"

Langdon dikkatini maskenin arkasındaki yazıya verdi. Elyazısı mesaj çok kısaydı ve herhangi bir niyet taşımadığını itiraf etmek gerekirdi.

Sienna'nın hüsranını kesinlikle anlayabiliyorum.

Ama hemen o anda yedi harfin, bundan sonra yapacakları şeyle ilgili bilmeleri gereken her şeyi anlattığını fark eden Langdon, aydınlanmanın verdiği o tanıdık ürpertiyi hissetti.

Bundan başka, maskede hafif bir koku sezinlemişti. Bu, arka taraftaki alçının, öndekinden neden daha açık renkte olduğunu açıklıyordu... ve bu farkın yaşlanmayla da, güneş ışığıyla da ilgisi yoktu.

Sienna, "Anlamıyorum," dedi. "Tüm harfler aynı."

Langdon metni incelerken yavaşça başını salladı. Dante'nin alnının içine birbirinin aynı, yedi kaligrafik harf yazılmıştı.

PPPPPPP

Sienna, "Yedi P," dedi. "*Bununla* ne yapacağız?"

Langdon serinkanlı bir tebessümle bakışlarını onunkilere çevirdi. "Sanırım bu mesajın yapmamızı *söylediği* şeyi aynen yapmamız gerekiyor."

Sienna bakakalmıştı. "Yedi P... bir *mesaj* mı?"

Sırıtarak, "Öyle," dedi. "Ve eğer Dante'yi incelemişsen çok da açık bir mesaj."

***

San Giovanni Vaftizhanesi'nin dışında, kravatlı adam tırnaklarını mendiline sildi ve ensesindeki kabartılara bastırdı. Uzaklara bakarken gözlerinin yanmasına aldırış etmemeye çalıştı.

Turist girişi.

Kapının dışında blazer ceketli bezmiş bir rehber sigara içiyor ve uluslararası zamanı yazan bina programını anlayamayan turistlere yol gösteriyordu.

APERTURA 1300-1700

Kurdeşenli adam saatine baktı. Saat 10.02'ydi. Vaftizhane bir süre daha kapalıydı. Bir süre rehbere baktıktan sonra kararını verdi. Kulağındaki altın küpeyi çıkarıp cebine soktu. Sonra cüzdanını eline alıp içindekilere baktı. Kredi kartlarıyla bir tomar euronun yanı sıra yanında nakit olarak üç bin dolar taşıyordu.

Neyse ki, para hırsı uluslararası bir günahtı.

57. BÖLÜM

Peccatum... Peccatum... Peccatum...

Dante'nin ölüm maskesinin arkasında yazılı olan yedi P harfi Langdon'ın yeniden *İlahi Komedya*'yı düşünmesine neden oldu. Bir an için "İlahi Dante: Cehennem Sembolleri" konferansını verdiği Viyana'daki sahneye geri döndü.

Sesi salonda yankılanıyordu. "Cehennemin dokuz dairesinden geçerek dünyanın merkezine indik ve şeytanın kendisiyle yüz yüze geldik."

Langdon slayt slayt ilerleyerek üç başlı şeytanın resmedildiği çeşitli sanat eserlerini gösterdi; Botticelli'nin *Mappa*'sı, Floransa vaftizhanesindeki mozaik ve Andrea di Cione'nin, kürküne kurbanlarının kıpkırmızı kanları bulaşmış olan korkunç siyah şeytanı.

Langdon, "Birlikte," diye devam etti. "Şeytanın kıllı göğsünden aşağı indik, yerçekimi değişince yönümüzü değiştirdik ve kasvetli yeraltı dünyasından çıkıp yeniden yıldızları gördük."

Langdon daha önce göstermiş olduğu resmi bulana kadar slaytları ilerletti. Bu, Domenico di Michelino'nun Floransa'nın duvarları dışında duran kırmızı cüppeli Dante'yi resmettiği tabloydu. "Eğer dikkatlice bakarsanız... o yıldızları görebilirsiniz."

Langdon, Dante'nin kafasının üzerinde kemer yapan yıldızlı gökyüzünü gösterdi. "Gördüğünüz gibi cennet, ortasına dünyanın yerleştirildiği, ortak merkezli dokuz daire şeklinde inşa edilmiş. Cennetin bu dokuz katlı yapısıyla cehennemin dokuz dairesini yansıtmayı ve dengelemeyi amaçlamış. Büyük ihtimalle sizin de fark ettiğiniz gibi, dokuz rakamı Dante'nin tekrarladığı bir temadır."

Langdon su içmek için ara vererek cehenneme inip çıkan seyircilerin biraz soluklanmasına fırsat tanıdı.

"Evet, cehennemin korkunçluğuna katlandıktan sonra cennete doğru ilerlemek sizi mutlaka heyecanlandırmıştır. Maalesef, Dante'nin dünyasında hiçbir şey kolay değildir." Dramatik bir şekilde iç geçirdi. "Cennete çıkmak için hepimiz, hem mecazi hem de gerçek anlamda bir dağı tırmanmak zorundayız."

Langdon, Michelino tablosunu gösterdi. Ufukta, Dante'nin arkasında gökyüzüne doğru yükselen koni şeklinde bir dağ görünüyordu. İnce bir patika dağın etrafında gittikçe daralan bir şekilde dokuz kez dönerek tepeye doğru çıkıyordu. Çıplak figürler yolda çeşitli kefaretler ödeyerek acı içinde tepeye tırmanmaya çalışıyorlardı.

Langdon, "İşte, karşınızda Araf Dağı," diye belirtti. "Ve ne yazık ki bu yorucu, dokuz daireli tırmanış, cehennemin derinliklerinden cennetin nuruna çıkan tek yoldur. Bu yolda, tövbekâr ruhların tırmanışını görebilirsiniz... Hepsi işledikleri günaha uygun bir bedel öderler. Kıskanç olanın gıpta etmemesi için gözleri dikilir ve tırmanışı bu halde gerçekleştirir. Kibirli olan sırtında kocaman taşlar taşımak zorundadır, böylece ağırlığın altında düşük konumdakiler gibi eğilmek zorunda kalır. Obur olan aç ve susuz tırmanmak ve dayanılmaz açlığa katlanmak zorundadır. Şehvet düşkünü olan tutkunun ateşinden arınmak için sıcak alevlerin arasından ilerlemelidir." Duraksadı. "Ama bu dağı tırmanma ayrıcalığına erişip günahlarınızdan arınmadan önce bu zatla konuşmak gerekir."

Langdon, Michelino tablosunun yakın çekim slaytını gösterdi. Kanatlı bir melek Araf Dağı'nın eteğinde bir tahtın üzerinde oturuyordu. Meleğin ayaklarının dibinde, bir sıra tövbekâr günahkâr yukarı tırmanma izni bekliyordu. Meleğin elinde uzun bir kılıç vardı ve ucu tuhaf bir şekilde sıranın başındaki insanın yüzüne saplanmış gibi duruyordu.

Langdon kalabalığa, "Bu meleğin ne yaptığını kim söyleyebilir?" diye sordu.

Birisi, "Kılıcını birinin başına saplıyor?" diye cevapladı.

"Hayır."

Başka biri, "Gözüne batırıyor?" dedi.

Langdon başını hayır anlamında iki yana salladı. "Başka fikri olan?"

Arka taraftan bir ses sertçe, "Alnına yazı yazıyor," dedi.

Langdon gülümsedi. "Anlaşılan, aramızda Dante'yi bilen biri var." Tekrar resmi gösterdi. "Melek, kılıcını bu zavallı adamın alnına saplıyormuş gibi görünüyor ama öyle değil. Dante'nin metnine göre, arafı koruyan melek, kılıcının ucunu ziyaretçilerin alınlarına bir şey yazmak için kullanır. İçinizden, 'Peki, ne yazıyor?' diye soruyor olmalısınız."

Langdon etki yaratmak için biraz durdu. "Tuhaf bir şekilde, yedi kez tekrarlanan... bir harf yazıyor. Meleğin sıranın başındaki günahkârın alnına yedi kez yazdığı harfin ne olduğunu bilen var mı?"

Kalabalığın arasından bir ses, "*P!*" diye bağırdı.

Langdon gülümsedi. "Evet. *P* harfi. Bu *P* harfi *peccatum*'u temsil ediyor; Latince günah demek. Ve yedi kez yazılması, Septem Peccata Mortalia'nın sembolüdür, yani..."

Başka biri, "Yedi Ölümcül Günah!" diye bağırdı.

"Bingo. Ve sadece arafın her seviyesini tırmanarak günahlarınızın kefaretini ödeyebilirsiniz. Tırmandığınız her yeni seviyede, bir melek alnınızdaki *P* harflerinden birini siler ve tepeye ulaştığınızda alnınız yedi *P* harfinden de temizlenmiş olur... ve ruhunuz tüm günahlardan arınır." Göz kırptı. "Buraya araf denmesinin bir sebebi vardır."

Langdon düşüncelerinden sıyrılınca, vaftiz kurnasının üzerinden kendisine bakan Sienna'yı gördü. Sienna, "Yedi *P*?" diye sorup Dante'nin ölüm maskesini gösterirken Langdon'ı şimdiki zamana döndürdü. "Sence bu bir mesaj mı? Bize ne yapmamız gerektiğini mi söylüyor?"

Langdon, Dante'nin Araf Dağı hayalini, Yedi Ölümcül Günah'ı temsil eden *P* harflerini ve harflerin alından silinme sürecini çabucak açıkladı.

Langdon, "Çok açık ki," dedi. "Bir Dante fanatiği olan Bertrand Zobrist yedi *P* harfini ve alından silinme sürecinin cennete doğru ilerlemek anlamına geldiğini biliyordu."

Sienna kuşkulu görünüyordu. "Sence Bertrand Zobrist'in *P* harflerini maskenin içine yazmasının nedeni, onları ölüm maskesinden silmemizi istemesi mi? Sence yapmamız gereken şey bu mu?"

"Bunun biraz tuhaf..."

"Robert, harfleri silsek bile bunun bize nasıl bir faydası olacak ki?! Elimizde kalan bomboş bir maske."

"Belki öyle." Langdon bilmiş bir ifadeyle sırıttı. "Belki de değil. Bence, gerçekte görünenden fazlası var." Maskeyi gösterdi. "Maskenin arka tarafının yıpranma koşulları yüzünden daha açık olduğunu söylediğimi hatırlıyor musun?"

"Evet."

"Yanılmış olabilirim," dedi. "Yıpranma koşulları yüzünden renk farkı bu kadar belirgin olmaz, ayrıca arka tarafın dokusu dişli."

"Dişli mi?"

Langdon ona arka tarafın dokusunun ön taraftan çok daha sert ve daha kumlu olduğunu gösterdi, zımpara kâğıdına benziyordu. "Sanat dünyasında bu sert dokuya dişli denir ve ressamlar dişli bir yüzeyin üzerine resim yapmayı tercih ederler, çünkü boya bu yüzeye daha iyi yapışır."

"Anlamıyorum."

Langdon gülümsedi. "Alçıtaşının ne olduğunu biliyor musun?"

"Tabii ki, ressamlar alçıtaşını tuvallerini astarlamak için kullanırlar ve..." Langdon'ın ne demek istediğini anlayınca sustu.

Langdon, "Kesinlikle," dedi. "Ressamlar alçıtaşını temiz, beyaz, dişli bir yüzey elde etmek için kullanırlar. Bazen de beğenmedikleri resimlerin üzerlerini kapatıp tuvali yeniden kullanmak için."

Sienna heyecanlanmış gibiydi. "Ve sen, Zobrist'in ölüm maskesinin arkasını alçıtaşıyla kaplamış olduğunu düşünüyorsun."

"Bu, dişli dokuyu ve daha açık olan rengi açıklar. Ayrıca, yedi *P* harfini neden silmemizi istediğini de açıklayabilir."

Son cümle Sienna'nın aklını karıştırmış gibiydi.

Langdon, komünyon ekmeği veren bir papaz gibi maskeyi Sienna'nın yüzüne doğru kaldırarak, "Kokla," dedi.

Sienna yüzünü buruşturdu. "Alçıtaşı ıslak köpek gibi kokuyor."

"Hepsi böyle kokmaz. Normal alçıtaşı tebeşir gibi kokar. Islak köpek gibi kokan akrilik alçıtaşıdır."

"Yani?..."

"Yani, bu onun suda çözünebilir olduğu anlamına geliyor."

Sienna başını yan yatırınca Langdon onun anlamaya başladığını hissetti. Bakışlarını yavaşça maskeye doğru kaydırdıktan sonra fal taşı gibi açılmış gözlerle Langdon'a baktı. "Sence, alçıtaşının altında bir şey mi var?"

"Bu birçok şeyi açıklardı."

Sienna hemen altıgen vaftiz kurnasının tahta kapağını tutup yana doğru çevirdi ve dipteki su ortaya çıktı. Temiz keten bir bez alıp vaftiz suyuna batırdı. Sonra, suları damlayan bezi Langdon'a uzattı. "Bunu sen yapmalısın."

Langdon maskeyi yüzüstü sol avucuna yerleştirip ıslak bezi aldı. Fazla suyu sıkıp nemli bezi Dante'nin alnının içine, yedi süslü *P* harfinin bulunduğu bölgeye bastırmaya başladı. İşaretparmağıyla birkaç kez bastırdıktan sonra bezi tekrar kurnaya batırıp işleme devam etti. Siyah mürekkep belirmeye başlamıştı.

Heyecanla, "Alçıtaşı çözülüyor," dedi. "Mürekkep de onunla birlikte çıkıyor."

Langdon işlemi üçüncü kez tekrarlarken vaftizhanenin içinde yankılanan ağır ve monoton bir ses tonuyla konuşmaya başladı. "Bu vaftizle, Yüce İsa seni günahlarından arındırdı; sana su ve Kutsal Ruh aracılığıyla yeni bir hayat verdi."

Sienna, Langdon'a sanki aklını kaçırmış gibi bakıyordu.

Langdon omzunu silkti. "Duruma uygun geldi."

Sienna gözlerini devirdikten sonra bakışlarını maskeye doğrulttu. Langdon maskeyi silmeye devam ederken alçıtaşının altındaki orijinal alçı görünmeye başladı. Langton'ın bu kadar eski bir eserden beklediği gibi sarımtırak bir rengi vardı. *P* harflerinin sonuncusu da kaybolunca, temiz bir bezle bölgeyi sildikten sonra Sienna'ya göstermek için maskeyi kaldırdı.

Sienna'nın soluğu kesildi.

Langdon'ın tahmin ettiği gibi, alçıtaşının altında bir şey gizliydi. İkinci bir kaligrafi daha vardı. Orijinal astarın soluk sarı yüzeyinin üzerine çeşitli harfler yazılmıştı.

Ama bu kez, harfler bir kelime oluşturuyordu.

58. Bölüm

Sienna, "'Akıllı' mı?" dedi. "Anlamıyorum."

Ben de anladığımı sanmıyorum. Langdon yedi *P* harfinin altından ortaya çıkan, Dante'nin alnının içine süslü bir şekilde yazılmış kelimeyi inceledi.

Akıllı

Langdon kafasını kaldırıp, kendilerini günahlarından arındıramayan sefil ruhları yakıp yok eden şeytan mozaiğine baktı. *Dante... akıllı?* Ona hiçbir şey ifade etmiyorlardı.

Sienna maskeyi Langdon'ın elinden alıp yakından incelerken, "Daha fazlası olmalı," dedi. Kısa bir süre sonra, başka bir şeyler daha fark etmiş gibi başını sallamaya başladı. "Evet, kelimenin yanlarına bak... her iki tarafında da başka yazılar var."

Langdon dikkatle bakınca *akıllı* kelimesinin her iki yanında da nemli alçıtaşından belli belirsiz görünen yazıları fark etti.

Sienna şevkle bezi alıp kelimenin etrafını ıslatmaya başladı ve ortaya eğik biçimde yazılmış yeni yazılar çıktı.

Sizler ki, akıllı ve mantıklı kişilersiniz

Langdon kısık sesle konuşmaya başladı. "'*Sizler ki, akıllı ve mantıklı kişilersiniz... bu garip dizelerin örtüsü altında gizlenen... benzetmeyi anlayabilirsiniz.*'"

Sienna gözlerini ona dikti. "Efendim?"

Langdon heyecanla, "Dante'nin *Cehennem*'inin en meşhur üçlüklerinden biri," dedi. "Dante, akıllı okuyucularından şifreli dizelerdeki bilgeliği bulmalarını istiyor."

Langdon öğrencilerine edebi sembolizmi öğretirken bu üçlüğü kullanırdı. Dizelerde bir yazar sanki kollarını çılgınlar gibi sallayarak, "Hey okuyucular! Burada çift anlamlı sembolik bir kelime var," diyordu.

Sienna daha güçlü bir şekilde tekrar maskenin arkasını silmeye başladı.

Langdon, "Dikkatli ol!" diye uyardı.

Sienna hararetle alçıtaşını çıkarmaya çalışırken, "Haklısın," dedi. "Dante'nin sözlerinin geri kalanı burada, tam da senin hatırladığın gibi." Bezi suya batırıp temizlemeye devam etti.

Langdon vaftiz kurnasındaki suyun çözülen alçıtaşıyla bulanıklaşmasını izledi. Bu kutsal kurnanın bir lavabo gibi kullanılmasından rahatsızlık duyarak, *San Giovanni'den özür diliyoruz,* diye içinden geçirdi.

Sienna bezi sudan çıkarıp doğru düzgün sıkmadan, sırılsıklam bir şekilde maskenin ortasına koydu ve sanki bir çorba kâsesi yıkıyormuş gibi ovalamaya başladı.

Langdon, "Sienna!" diye çıkıştı. "Bu çok eski bir..."

Sienna maskenin içini silerken, "Arka tarafın *tamamı* yazıyla kaplı!" dedi. "Ve şeyle yazılmış..." Başını sola yatırıp maskeyi sağa doğru çevirdi, yan okumaya çalışıyor gibiydi.

Hiçbir şey göremeyen Langdon, "Neyle yazılmış?" diye sordu.

Sienna maskeyi iyice temizleyip temiz bir bezle kuruladı. Sonra, sonucu her ikisinin de inceleyebilmesi için Langdon'ın karşısına koydu.

Langdon maskenin içini görünce gözlerine inanamadı. İçbükey yüzey yaklaşık yüz kelimeden oluşan bir metinle kaplıydı. Tepede, *Sizler ki, akıllı ve mantıklı kişilersiniz,* dizesiyle başlıyor, tek bir dize şeklinde devam ediyordu. Maskenin sağ tarafından aşağıya doğru kıvrılıyor, orada baş aşağı dönüp maskenin altından sola doğru kıvrıldıktan sonra sol taraftan yukarı doğru çıkıyordu. Başlangıca ulaştığında biraz daha küçük bir çember çizerek aynı yolu tekrar ediyordu.

Metnin izlediği yol, Araf Dağı'nın cennete çıkan spiral yolunun ürkütücü bir hatırlatmasıydı. Langdon'ın içindeki simgebilim uzmanı anında bu spirali fark etti: *Arşimet Spirali.* Ayrıca, *Sizler* kelimesinden ortadaki son noktaya kadar olan dönüş sayısının da tanıdık bir rakam olduğunu fark etti.

Dokuz.

Langdon maskeyi yavaş yavaş döndürüp, içbükey yüzeyde spiraller çizerek merkeze doğru ilerleyen metni okudu.

Langdon, "İlk üçlük Dante'den, neredeyse kelimesi kelimesine aynı," dedi. "*'Sizler ki, akıllı ve mantıklı kişilersiniz, bu garip dizelerin örtüsü altında gizlenen... benzetmeyi anlayabilirsiniz.'*"

Sienna, "Geri kalanı?" diye sıkıştırdı.

Langdon başını iki yana salladı. "Hiç sanmıyorum. Benzer bir şiirsel dille yazılmış ama Dante'nin olduğunu sanmıyorum. Birisi onun tarzını taklit etmiş gibi."

Sienna, "Zobrist," diye fısıldadı. "Öyle *olmalı*."

Langdon başını salladı. Bu iyi bir tahmindi. Ne de olsa Zobrist, Botticelli'nin *Mappa dell'Inferno*'sunu deforme ederek, büyük sanat eserlerini kendi ihtiyaçlarına uyacak şekilde değiştirme eğiliminde olduğunu göstermişti.

Langdon maskeyi tekrar çevirip okurken, "Metnin geri kalanı çok tuhaf," dedi. "Atların kafalarını kesmekten, körlerin kemiklerini çıkartmaktan bahsediyor." Maskenin tam ortasına dar bir daire şeklinde yazılmış son dizeyi okudu. Derin bir nefes aldı. "Ayrıca, 'kan kırmızısı sulardan' bahsediyor."

Sienna kaşlarını kaldırdı. "Tıpkı, gümüş saçlı kadınla ilgili hayallerindeki gibi mi?"

Langdon başını salladı. Metin kafasını karıştırmıştı. *Kan kırmızısı sularına gömülmüştür lagünün, ki yansıtmaz yıldızları.*

Langdon'ın omzunun üzerinden okuyan Sienna spiralin ortasındaki bir kelimeyi gösterdi. "Bak, bildiğimiz bir yer."

Langdon daha önce metne göz atarken fark etmiş olduğu kelimeyi buldu. Dünyanın en muhteşem ve eşsiz şehirlerinden birinin ismiydi. Burasının aynı zamanda Dante Alighieri'nin ölümüne sebep olan hastalığa yakalandığı şehir olduğunu da bilen Langdon ürperdiğini hissetti.

Venedik.

Langdon ve Sienna sessizlik içinde birkaç dakika gizli anlamlı dizeleri incelediler. Ürkütücü ve rahatsızlık verici şiiri anlamak zordu. *Düka* ve *lagün* gibi kelimeler şiirin gerçekten de Venedik'e gönderme yaptığını kanıtlıyordu. Birbiriyle bağlantılı yüzlerce kanal ile lagünden oluşan ve yüzyıllarca Venedikli düka tarafından yönetilen eşsiz bir su dünyası şehriydi.

Langdon ilk bakışta şiirin tam olarak Venedik'in neresini işaret ettiğini anlayamamıştı ama şiirin, okuyucusundan yönlendirmelerini izlemesini istediği açıktı.

"Ve kulağını yere daya, dinle suyun şırıltısını."

Sienna onunla birlikte okurken, "Yeraltından bahsediyor," dedi.

Langdon bir sonraki dizeyi okurken başını salladı.

"Batık sarayın derinliklerine in, orada, karanlığın içinde bekler khthonik canavar."

Sienna huzursuzlukla, "Robert?" dedi. "Ne tür bir canavar?"

Langdon, "Khthonik," diye cevap verdi. "Kh harfi okunmaz. 'Yeraltında yaşayan' canavar demek."

Vaftizhanenin içinde bir kilit dilinin yüksek şıngırtısı yankılanınca Langdon sözlerine devam edemedi. Turist girişinin kilidi biraz önce dışarıdan açılmıştı.

Yüzü kurdeşen dökmüş adam, "*Grazie mille*," dedi.

Vaftizhane rehberi kimsenin görmediğinden emin olmak için etrafı kontrol ederek beş yüz doları cebine atarken tedirgin bir ifadeyle başını salladı.

Rehber kapıyı, yüzü kurdeşenli adamın içeri girmesine yetecek kadar açarken, "*Cinque minuti*,"(1) diye hatırlattı. Kapıyı kapatıp, adamı içeri kilitleyerek dışarıdan gelen tüm sesleri kesti. *Beş dakika.*

Rehber ilk başta, korkunç cilt hastalığına şifa bulmak için Amerika'dan San Giovanni Vaftizhanesi'nde dua etmeye geldiğini söyleyen adama hiç merhamet göstermemişti. Ama adam vaftizhanede tek başına geçireceği beş dakika karşılığında beş yüz dolar teklif edince birden anlayışlı olmaya karar vermişti. Ayrıca, hastalığı bulaşıcı görünen adamın bina açılana kadar üç saat yanında durmasını da istememişti.

Adam sekizgen ibadethanenin içine girerken bakışları ister istemez yukarı doğru kaydı. *Vay canına.* Tavan şimdiye kadar gör-

---

(1) "Beş dakika."

düğü hiçbir şeye benzemiyordu. Üç başlı şeytanın doğrudan kendisine baktığını hisseden adam hemen bakışlarını aşağı indirdi.

İçerisi terk edilmiş gibiydi.

Hangi cehennemdeler?

Adam salonu tararken bakışları ana mihraba takıldı. Dikdörtgen şeklinde bir nişin içine yerleştirilmiş dev bir mermer bloktan oluşmuştu, ziyaretçileri uzak tutmak için güvenlik direklerinin ve kordonlarının arkasında tutuluyordu.

Mihrap, içeride saklanılabilecek tek yerdi. Ayrıca, kordonlardan biri hafifçe sallanıyordu, biraz önce yerinden oynamış gibiydi.

Langdon ve Sienna mihrabın arkasında yere çömelmiş, sessizce bekliyorlardı. Maskeyle birlikte ana mihrabın arkasına saklanmadan önce kirli havluları toplayıp kurnanın kapağını düzeltmeyi başarmışlardı. Planları, salon turistlerle dolana kadar burada saklanmak ve sonra kalabalığın arasında dikkatli bir şekilde dışarı çıkmaktı.

Vaftizhanenin kuzey kapısı kısa bir süreliğine açılmıştı. Çünkü Langdon meydandan gelen sesleri duymuştu, ama sonra kapı aniden kapanmış ve ortam yeniden sessizleşmişti.

Langdon şimdi sessizlikte taş zeminde ilerleyen ayak seslerini duyabiliyordu.

Vaftizhane rehberi mi? Turistlere kapıyı açmadan önce etrafı kontrol mü ediyor? Vaftiz kurnasının üzerindeki lambayı kapatmaya zamanı olmamıştı ve adamın bunu fark edip etmeyeceğini merak ediyordu. *Fark etmedi gibi.* Hızla kendilerine doğru yaklaşan adımlar, biraz önce Langdon ve Sienna'nın üzerinden atladığı güvenlik kordonunun önünde durdu.

Uzun bir sessizlik oldu.

Bir erkek sesi öfkeyle, "Robert, benim," dedi. "Orada olduğunu biliyorum. Buraya gel ve açıklama yap."

59. Bölüm

B*urada değilmişim gibi davranmanın âlemi yok.*

Elinde, yeniden Ziploc torbaya koyduğu Dante maskesini tutan Langdon, Sienna'ya çömeldiği yerde görünmeden durmasını işaret etti.

Sonra aniden ayağa kalktı. Vaftizhanedeki sunağın arkasında bir papaz gibi ayakta dururken tek kişilik cemaatine baktı. Karşısındaki yabancının açık kahverengi saçları, marka gözlükleri ve yüzüyle boynunda korkunç kurdeşenler vardı. Şişmiş gözlerinden öfke okları fırlarken, sinirli biçimde boynunu kaşıyordu.

Zincirin üstünden aşıp Langdon'a yaklaşırken, "Ne halt ettiğini bana söyleyecek misin Robert?" diye sordu. Amerikan aksanı vardı.

Langdon kibar bir tonla, "Elbette," dedi. "Ama önce bana kim olduğunu söylemelisin."

Olduğu yerde kalan adam, hayretle bakıyordu. "Ne dedin sen?!"

Langdon adamın gözlerinde ve belki ayrıca sesinde de tanıdık bir şeyler seziyordu. *Onu tanıyorum... bir yerden, bir şekilde.* Sorusunu sakince tekrarladı. "Lütfen bana kim olduğunuzu ve sizi nereden tanıdığımı söyleyin."

Adam şaşkınlık içinde ellerini havaya kaldırdı. "Jonathan Ferris!? Dünya Sağlık Örgütü!? Harvard Üniversitesi'ne gelip seni alan adam!?"

Langdon duyduklarını kavramaya çalıştı.

Kızarmış ve kabarmış olan boynuyla yanaklarını kaşırken, "Beni neden aramadın?!" diye sordu Ferris. "Ayrıca birlikte içeri girdiğinizi gördüğüm kadın da kim? Şimdi onun için mi çalışıyorsun?"

Langdon'ın yanında ayağa kalkan Sienna hemen durumu ele aldı. "Dr. Ferris mi? Ben Sienna Brooks. Ben de bir doktorum. Burada, Floransa'da çalışıyorum. Profesör Langdon dün gece başından vuruldu. Retrograd amnezisi var. Kim olduğunuzu ve son iki günde başına gelenleri hatırlamıyor. Ona yardım etmek için buradayım."

Sienna'nın sözleri boş vaftizhanede yankılanırken, adam sanki onun söylediklerini anlamıyormuş gibi şaşkın bir ifadeyle başını yana eğdi. Hafif bir sersemlik hissiyle geriye doğru bir adım atıp, direklerden birine tutunarak dengesini sağladı.

"Ah... Tanrım," diye kekeledi. "Bu her şeyi açıklıyor."

Langdon, adamın yüzündeki öfkenin yok olduğunu gördü.

Yeni gelen adam, "Robert," diye fısıldadı. "Biz sandık ki..." Parçaları birleştirmeye çalışıyormuş gibi başını iki yana salladı. "Biz senin taraf değiştirdiğini sandık... karşılığında para verdiklerini... veya seni tehdit ettiklerini düşündük... bilmiyorduk!"

Sienna, "Tek konuştuğu kişi benim," dedi. "Tek bildiği şey, dün gece hastanede uyandığı ve birilerinin onu öldürmek istediği. Ayrıca korkunç hayaller görüyordu; cesetler, veba kurbanları, gümüş rengi saçları olan bir kadın ve ona yılanlı bir nazarlık..."

Adam bir anda, "Elizabeth!" deyiverdi. "O kişi Dr. Elizabeth Sinskey! Robert, bize yardım etmen için seni işe alan kişi o kadın!"

Sienna, "Eğer o ise, umarım başının dertte olduğunu biliyorsunuzdur," dedi. "Askerlerle dolu bir minibüsün arkasında tutsak kaldığını gördük. Ayrıca galiba bir tür uyuşturucu ilaç verilmişti."

Adam gözlerini kapatıp yavaşça başını salladı. Gözkapakları şişmiş ve kızarmıştı.

Sienna, "Yüzünüze ne oldu?" diye sordu.

Gözlerini açtı. "Anlamadım?"

"Cildiniz? Hastalık kapmışsınız gibi görünüyor. Hasta mısınız?"

Adam şaşakalmış gibi baktı. Sienna sorusuyla kabalık etmeyi göze almış olsa da Langdon da aynı şeyi merak ediyordu. Bugün karşısına çıkan vebayla ilgili onca atıftan sonra, ciltteki kızarıklık ve kabarıklıklar insanı rahatsız ediyordu.

Adam, "İyiyim," dedi. "Oteldeki lanet olası sabun yüzünden. Soyaya feci alerjim var; şu parfümlü İtalyan sabunlarının çoğunda soya oluyor. Baştan kontrol etmemekle aptallık ettim."

İçi rahatlayan Sienna nefesini bırakırken omuzları gevşedi. "Yemediğinize şükredin. Kontakt dermatit, anafilaktik şoktan beterdir."

Birlikte kahkaha attılar.

Sienna, "Söyler misiniz, Bertrand Zobrist ismi size bir şey ifade ediyor mu?" diye sordu.

Adam, sanki üç başlı şeytanla karşılaşmış gibi donakalmıştı.

Sienna, "Bıraktığı bir mesajı bulduğumuzu sanıyoruz," dedi. "Venedik'teki bir yeri işaret ediyor. Size bir anlam ifade ediyor mu?"

Adamın gözleri şimdi fal taşı gibi açılmıştı. "Tanrım, *evet*! Kesinlikle! Nereyi işaret ediyor!?"

Adama, Langdon'la birlikte maskenin üstünde keşfettikleri spiral çizen şiirle ilgili her şeyi anlatmaya hazırlandığı anlaşılan Sienna, derin bir nefes aldı ama Langdon onu susturma niyetiyle elini onunkinin üzerine koydu. Adam dost gibi görünüyordu ama bugün olanlardan sonra, Langdon'ın iç sesi kimseye güvenmemesini söylüyordu. Bundan başka, adamın kravatı bir şeyler çağrıştırıyordu. Onun, daha önce Dante Kilisesi'nde dua ederken gördüğü adam olabileceğini sezinledi. *Bizi mi takip ediyordu?*

Langdon, "Bizi burada nasıl buldun?" diye sordu.

Adam, Langdon'ın hatırlamamasına hâlâ şaşkınlıkla bakıyordu. "Robert, dün akşam beni arayıp Ignazio Busoni isimli bir müze müdürüyle toplantı ayarladığını söyledin. Sonra da ortadan kayboldun. Bir daha hiç aramadın. Ignazio Busoni'nin ölü bulunduğunu duyunca endişelendim. Burada bütün sabah seni aradım. Vecchio Sarayı'nın önündeki polis hareketliliğini gördüm ve olan biteni öğrenmek için beklerken, tesadüfen küçük bir kapıdan bir kadınla birlikte çıktığını..." Bakışlarını Sienna'ya çevirdi, hatırlayamadığı anlaşılıyordu.

O da, "Sienna," diyerek araya girdi. "Brooks."

"Üzgünüm Dr. Brooks, isminizi hatırlayamadım. Ne halt ettiğinizi öğrenmek umuduyla peşinizden geldim."

"Seni Dante Kilisesi'nde dua ederken görmüştüm, sendin değil mi?"

"Evet! Ne yaptığınızı öğrenmeye çalışıyordum ama hiç mantıklı gelmiyordu! Kiliseden ayrılırken sanki bir vazife vermişler gibi davranıyordun; bu yüzden ben de peşinden geldim. Vaftizhaneye gizlice girdiğinizi görünce karşına çıkma zamanının geldiğine karar verdim. Rehbere birkaç dakikalığına içerde yalnız kalmak için para verdim."

Langdon, "Cesur bir hareket," dedi. "Hele bir de size sırtımı döndüğümü düşündüysen."

Adam başını iki yana salladı. "İçimden bir ses, bunu asla yapmayacağını söylüyordu. Profesör Robert Langdon mı? Başka bir açıklaması olduğundan emindim. Ama amnezi? İnanılır gibi değil. Asla aklıma gelmezdi."

Kurdeşen dökmüş adam yeniden kaşınmaya başlamıştı. "Dinle, yalnızca beş dakikalığına izin aldım. Buradan hemen çıkmamız lazım. Eğer sizi *ben* bulduysam, seni öldürmeye çalışan adamlar da bulacaktır. Anlamadığın pek çok iş dönüyor. Venedik'e gitmemiz lazım. *Hemen*. Asıl mesele, Floransa'dan fark edilmeden çıkabilmekte. Dr. Sinskey'yi ele geçiren adamlar... peşinden gelenler... onların her yerde gözü var." Kapıyı gösterdi.

Sonunda birtakım cevaplar alabileceğini hisseden Langdon, yerinden kıpırdamadı. "Siyah üniformalı askerler kim? Neden beni öldürmeye çalışıyorlar?"

Adam, "Uzun hikâye," dedi. "Yolda açıklarım."

Cevaptan hiç hoşlanmayan Langdon kaşlarını çatmıştı. Sienna'ya el işareti yapıp onu kenara çekti ve alçak sesle konuştu. "Ona güveniyor musun? Sen ne düşüyorsun?"

Sienna, Langdon'a, bu soruyu sorduğu için aklını kaçırdığını düşünüyormuş gibi baktı. "Ne mi düşünüyorum? Bence Dünya Sağlık Örgütü için çalışıyor. Bence bazı cevapları bulmak için en iyi şansımız o!"

"Peki ya kurdeşeni?"

Sienna omuzlarını silkti. "Tam olarak 'ciddi kontakt dermatit' dedi."

Langdon, "Peki ya söylediği şey değilse?" diye fısıldadı. "Ya... *başka* bir şeyse?"

"*Başka* bir şey mi?" Ona şaşkınlıkla baktı. "Robert, eğer sorun buysa, veba değil. Tanrı aşkına, o da bir doktor. Eğer ölümcül bir hastalık taşıdığını ve bulaşıcı olduğunu bilseydi, tüm dünyaya bulaştıracak kadar düşüncesiz davranmazdı."

"Peki ya veba olduğunu fark etmediyse?"

Sienna dudaklarını büküp biraz düşündü. "O zaman sanırım... etraftaki herkesle birlikte, ikimiz de hapı yutmuş oluruz."

"Biliyor musun, doktor hasta ilişkilerine biraz daha çalışmalısın."

"Sadece dürüst davranıyorum." Sienna, Langdon'a içinde ölüm maskesi bulunan Ziploc torbayı uzattı. "Küçük dostumuzu sen taşıyabilirsin."

Dr. Ferris'e yüzlerini dönünce, onun alçak sesle yaptığı bir telefon görüşmesini bitirmek üzere olduğunu gördüler.

Adam, "Şoförümü aradım," dedi. "Bizimle ön tarafta buluşacak..." Langdon'ın eline bakıp da Dante Alighieri'nin ölü yüzünü ilk defa gören Dr. Ferris konuşmasını yarıda kesmişti.

Ferris geri çekilirken, "Tanrım!" dedi. "Bu da ne böyle?!"

Langdon, "Uzun hikâye," diye cevap verdi. "Yolda açıklarım."

60. BÖLÜM

Evinden çalışan New York'lu editör Jonas Faukman, telefon hattının çalmasıyla uyandı. Yan dönüp saatine baktı: 04.28. Kitap yayıncılığı dünyasında, gece telefonları nadiren açılırdı. Sinirleri gerilen Faukman yataktan kalktı ve koridordan ilerleyip çalışma odasına gitti.

"Alo?" Telefonda tanıdık, bariton bir ses konuşuyordu. "Jonas, Tanrıya şükür ki evdesin. Ben Robert. Umarım uyandırmamışımdır."

"Uyandırdın tabii ki! Saat sabahın dördü!"

"Üzgünüm, yurtdışındayım."

Harvard'da saat farkını öğretmiyorlar mı?

"Başım dertte Jonas. Bir iyilik yapmanı isteyeceğim." Langdon'ın sesi endişeli geliyordu. "Şirketin NetJets kartıyla ilgili."

"NetJets mi?" Faukman inanmakta güçlük çeker gibi bir kahkaha attı. "Robert biz kitap yayımlıyoruz. Özel uçaklarımız yok."

"İkimiz de yalan söylediğini biliyoruz arkadaşım."

Faukman içini çekti. "Peki açıklayayım. Biz din tarihi yazarlarına özel uçak tahsis etmiyoruz. *İkonografinin Elli Tonu*'nu yazmak istersen, o zaman konuşuruz."

"Jonas, uçuşun bedeli neyse ödeyeceğim. Söz veriyorum. Hiç verdiğim sözü tutmadığım oldu mu?"

Kitabı bitirmeye söz verdiğin tarihi üç yıl aşmak dışında mı? Buna rağmen Faukman, Langdon'ın sesinden müşkül durumda kaldığını anlıyordu. "Bana neler olduğunu anlat. Yardım etmeye çalışayım."

"Açıklamaya vaktim yok ama benim için bunu yapmana gerçekten ihtiyacım var. Ölüm kalım meselesi."

Faukman espri anlayışına alışacak kadar uzun süredir Langdon'la çalışmıştı ama şu andaki endişeli sesinin espri yapar bir tonu yoktu. *Adam çok ciddi.* Faukman nefesini bırakırken kararını vermişti. *Finans müdürüm beni çarmıha gerecek.* Otuz saniye sonra Faukman, Langdon'ın uçakta bulunmasını istediği bazı şeyleri not alıyordu.

Editörünün tereddüdünü ve istekleri karşısındaki şaşkınlığını sezinleyen Langdon, "Bir sorun var mı?" diye sordu.

Faukman, "Evet, ben senin Amerika'da olduğunu sanıyordum," dedi. "İtalya'da olduğunu duyunca şaşırdım."

Langdon, "Sen mi ben mi?" dedi. "Tekrar teşekkürler Jonas. Şimdi havaalanına gidiyorum."

NetJets'in günde yirmi dört saat uçuş destek birimi çalıştırdığı ABD operasyon merkezi Ohio, Columbus'taydı.

Uçak sahipleri temsilcisi Deb Kier'e, New York'taki bir şirket sahibinden az önce telefon gelmişti. Başına kulaklığını geçirip klavyesini tuşlarken, "Bir saniye efendim," dedi. "Teknik açıdan NetJets Avrupa uçuşu oluyor ve size bu konuda yardımcı olabilirim." Hemen, merkezi Portekiz'deki Paço de Arcos'ta bulunan NetJets Avrupa sistemine girdi ve İtalya civarındaki uçaklarının yerlerini kontrol etti.

"Evet efendim," dedi. "Görünüşe göre, Monaco'da bir Citation Excel'imiz var; bir saatten daha az bir süre içinde Floransa'ya yönlendirebiliriz. Bu Bay Langdon için uygun olur mu?"

Yayınevinden arayan adam bıkkın ve biraz da sıkıntılı bir sesle, "Umalım ki öyle olsun," diye yanıt verdi. "Çok teşekkür ederiz."

Deb karşılık verdi. Asıl biz teşekkür ederiz. Peki Bay Langdon, Cenevre'ye mi uçuş yapmak istiyordu?"

"Öyle görünüyor."

Deb tuşlamaya devam etti. Sonunda, "Her şey ayarlandı," dedi. "Bay Langdon'ın, Floransa'nın seksen kilometre batısında kalan Lucca'daki Tassignano FBO'dan çıkışı onaylandı. Yerel saatle 11.20'de uçağı kalkacak. Bay Langdon'ın uçak kalkmadan on dakika önce FBO'da olması gerekiyor. Kara ulaşımı ve yemek istemediniz; pasaport numarasını bana verdiniz, böylece tamamlamış oluyoruz. Başka bir şey var mıydı?"

Faukman kahkaha atarken, "Yeni bir iş olabilir mi?" dedi. "Teşekkür ederim. Çok yardımcı oldunuz."

"Biz teşekkür ederiz. İyi geceler." Deb görüşmeyi bitirdikten sonra rezervasyonu tamamlamak için ekranına döndü. Robert Langdon'ın pasaport bilgisini girdikten sonra, tam devam etmek üzereydi ki ekranında kırmızı bir alarm kutucuğu yanıp sönmeye başladı. Mesajı okurken gözleri büyüdü.

Bir hata olmalı.

Langdon'ın pasaport numarasını bir daha girmeyi denedi. Uyarı yeniden yanıp sönmeye başlamıştı. Langdon uçuş rezervasyonu yaptırmak istediğinde, dünyadaki tüm havaalanı ekranlarında aynı uyarı yanıp sönecekti.

Deb Kier, bir süre inanamayan gözlerle bakakaldı. NetJets'in müşteri mahremiyetini ciddiye aldığını çok iyi biliyordu ama bu alarm, onların tüm gizlilik kurallarını gölgede bırakıyordu.

Deb Kier hemen yetkilileri aradı.

Ajan Brüder cep telefonunun kapağını kapattı ve adamlarını yeniden minibüslere doldurmaya başladı.

"Langdon harekete geçmiş," diye duyurdu. "Özel bir uçakla Cenevre'ye gidiyor. Uçak bir saate kadar seksen kilometre batıdaki Lucca FBO'dan kalkıyor. Yola çıkarsak havalanmadan önce oraya varabiliriz."

* * *

Bu sırada, kiralanmış bir Fiat Sedan, Duomo Meydanı'nı geride bırakıp Floransa'daki Santa Maria Novella Tren İstasyonu'na doğru Via dei Panzani'de hızla kuzeye ilerliyordu.

Dr. Ferris, şoförle birlikte önde otururken, arka koltuktaki Langdon ile Sienna aşağı kaykılmışlardı. NetJets'ten rezervasyon yaptırmak Sienna'nın fikriydi. Şansları yaver giderse, bu yanlış yönlendirme sayesinde üçü birlikte Floransa'daki tren istasyonundan geçebilecekti. Bunu yapmasalar, tren istasyonu polis kaynayacaktı. Neyse ki Venedik, trenle yalnızca iki saat uzaklıktaydı ve yurtiçi tren yolculuklarında pasaport göstermek gerekmiyordu.

Langdon, Dr. Ferris'i kaygıyla inceleyen Sienna'ya baktı. Her solukla canı yanıyormuş gibi güçlükle nefes alan adamın acı çektiği belliydi.

Adamın kızarıklıklarına bakarken, virüslerin küçük arabanın içinde etrafta uçuştuğunu hayal eden Langdon, *umarım Sienna hastalığı konusunda yanılmıyordur,* diye düşündü. Parmak uçları bile şişmiş ve kızarmıştı. Kaygısını aklından uzaklaştıran Langdon, camdan dışarı baktı.

Tren istasyonuna yaklaşırlarken, Langdon'ın her yıl katıldığı sanat konferansı etkinliklerine ev sahipliği yapan Grand Hotel Baglioni'yi geçtiler. Orayı görünce Langdon, hayatında daha önce hiç yapmadığı bir şeyi yapmak üzere olduğunu fark etti.

Davut'u ziyaret etmeden Floransa'dan ayrılıyorum.

İçinden Michelangelo'dan özür dileyerek bakışlarını ilerideki tren istasyonuna çevirdi... aklınıysa Venedik'e verdi.

61. Bölüm

Langdon, *Cenevre'ye mi gidiyor?*

Dr. Elizabeth Sinskey, Floransa'dan hızla batıya, şehrin dışındaki özel bir havaalanına doğru ilerleyen minibüsün arka koltuğunda sarsılırken kendini gittikçe daha kötü hissediyordu.

Sinskey kendi kendine, *Cenevre kulağa hiç mantıklı gelmiyor,* diye düşündü.

Cenevre ile kurulabilecek tek mantıklı bağlantı, Dünya Sağlık Örgütü'nün genel merkezinin burada bulunmasıydı. Langdon beni mi arıyor? Langdon, Sinskey'nin burada, Floransa'da olduğunu bildiği için bu da hiç mantıklı gelmiyordu.

Şimdi aklına başka bir şey gelmişti.

Tanrım... Zobrist, Cenevre'yi mi hedefliyor?

Zobrist, simgebilime düşkün bir adamdı ve Sinskey'yle bir yıl süren mücadelesi düşünüldüğünde, Dünya Sağlık Örgütü'nün genel merkezinde "sıfır noktası" yaratmanın hiç kuşkusuz ince bir tarafı vardı. Ama yine de Zobrist salgın için uygun bir başlangıç noktası arıyorsa, Cenevre yanlış bir seçimdi. Şehir, diğer metropollere nazaran coğrafi bakımdan daha uzakta kalıyordu ve yılın bu zamanında oldukça soğuktu. Salgınların çoğu, çok kalabalık ve daha sıcak bölgelerde kök salardı. Cenevre deniz seviyesinden üç yüz metre yukarıdaydı ve dünyada bir salgın hastalık başlatmak için uygun bir yer değildi. *Zobrist beni ne kadar küçümserse küçümsesin.*

Bu yüzden soru hâlâ havada kalıyordu; Langdon oraya niye gidiyordu? Amerikalı profesörün tuhaf seyahat rotasının yanında, geçen akşam başlayan açıklaması güç davranışlarına her dakika bir yenisi ekleniyordu. Sinskey tüm bunlara mantıklı bir açıklama bulmakta zorlanıyordu.

Langdon kimin tarafında?

Sinskey, Langdon'ı sadece birkaç gündür tanıyor olsa da insanları tahlil etmekte genellikle çok iyiydi ve Robert Langdon gibi bir adamın parayla baştan çıkarılabileceğine inanmıyordu. *Ama yine de, dün akşam bizimle yaptığı anlaşmayı bozdu.* Şimdi de düzenbaz bir casus gibi ortalıkta dolaşıyordu. *Bir şekilde, Zobrist'in eylemlerinin çarpık bir mantığı olduğuna ikna mı oldu?*

Bu düşünce tüylerinin ürpermesine neden oldu.

Kendi kendini, *hayır,* diye telkin etti. *Hakkında söylenenleri çok iyi biliyorum; o, bundan daha iyi biri.*

Sinskey, Robert Langdon'la dört gece önce, artık Dünya Sağlık Örgütü'nün mobil koordinasyon merkezi olarak hizmet veren C-130 nakliye uçağının içinde tanışmıştı.

Uçak, Cambridge, Massachusetts'in yirmi dört kilometre uzağındaki Hanscom Sahası'na indiğinde saat yediyi biraz geçiyordu. Sinskey daha önce telefonla görüştüğü meşhur akademisyenin nasıl biri çıkacağını kestiremiyordu ama kendinden emin bir ifadeyle uçağın arka tarafına yürüyerek samimi bir gülümsemeyle onu selamladığında hem şaşırmış hem de memnun olmuştu.

Langdon sertçe elini sıkarak, "Sanırım, Dr. Sinskey sizsiniz?" demişti.

"Profesör, sizinle tanışmak bir şeref."

"O şeref bana ait. Tüm yaptıklarınız için teşekkürler."

Langdon uzun boylu ve yakışıklı bir adamdı, boğuk bir sesi vardı. Sinskey, adamın derse girerken üzerindeki tüvit ceket, haki pantolon ve mokasenleri tercih ettiğini düşündü, ne de olsa önceden haber verilmeden kampustan apar topar alınmıştı. Ayrıca, tahmin ettiğinden daha genç ve formdaydı, bu da Elizabeth'in kendi yaşını hatırlamasına neden oldu. *Neredeyse onun annesi yaşındayım.*

Yorgun bir ifadeyle gülümsedi. "Geldiğiniz için teşekkür ederim profesör."

Langdon, Sinskey'nin kendisini alması için gönderdiği espri anlayışı olmayan adamı göstererek, "Arkadaşınız bana başka bir seçenek bırakmadı," dedi.

"İyi. Ona bunun için para ödüyorum."

Langdon, kadının kolyesine bakarak, "Güzel bir nazarlık," dedi. "Lapis lazuli mi?"

Sinskey başını evet anlamında sallayıp, dikey duran bir asaya sarılı yılan şeklinde kesilmiş taş nazarlığa baktı. "Tıbbın sembolü; caduceus. Ama bunu zaten bildiğinize eminim."

Langdon sanki bir şey söylemek istiyormuş gibi aniden başını kaldırdı.

Sinskey onu bekledi. *Evet?*

Fikrini değiştirdiği belli olan Langdon nazikçe gülümseyip konuyu değiştirdi. "Pekâlâ, neden buradayım?"

Elizabeth paslanmaz çelikten bir masanın etrafında düzenlenen eğreti toplantı alanını gösterdi. "Lütfen oturun. Bakmanızı istediğim bir şey var."

Langdon masaya doğru yürürken Sinskey onun gizli bir toplantı ihtimali karşısında şaşırmış olmasına rağmen huzursuz görünmediğini fark etti. *Kendinden ne kadar da emin bir adam.* Buraya neden getirildiğini öğrenince de bu kadar rahat olup olmayacağını merak ediyordu.

Elizabeth, Langdon yerine oturur oturmaz hiçbir giriş konuşması yapmadan kendisi ve takımının yaklaşık on iki saat önce Floransa'daki bir emanet kasasından ele geçirdikleri nesneyi gösterdi.

Langdon küçük silindir oymayı iyice inceledikten sonra Elizabeth'in zaten bildiği kısa bir bilgi verdi. Nesne, baskı resim yapmak için kullanılan eski bir silindir mühürdü. Üzerinde üç başlı şeytanın korkunç bir resmi ve bir kelime vardı; *saligia*.

Langdon, "Saligia," dedi. "Latince bir anımsatıcı..."

Elizabeth, "Yedi Ölümcül Günah'ın," dedi. "Evet, araştırdık."

"Pekâlâ..." Langdon'ın kafası karışmış gibiydi. "Buna bakmamı istemenizin bir nedeni var mı?"

"Aslında evet." Sinskey silindiri eline alıp sertçe sallamaya başlayınca karıştırıcı bilyeler tıkırdadı.

Langdon kadının hareketi karşısında şaşırmış gibiydi ama ona ne yaptığını sormasına fırsat kalmadan silindirin ucu parlamaya başladı. Dr. Sinskey uçağın duvarındaki düz yalıtım parçasını gösterdi.

Profesör hafifçe ıslık çalarak duvara yansıyan görüntüye baktı.

Langdon, "Botticelli'nin *Mappa dell'Inferno*'su," dedi. "Dante'nin *Cehennem*'inden ilham almış. Büyük ihtimalle bunu da biliyorsunuzdur."

Elizabeth başını salladı. O ve ekibi, resmin kime ait olduğunu bulmak için interneti kullanmışlardı. Sinskey resmin, *Venüs'ün Doğuşu* ve *Primavera* şaheserleriyle tanınan Botticelli'ye ait olduğunu öğrenince şaşırmıştı. Sinskey doğurganlığı ve hayatın yaratılışını tasvir etmelerine ve ona kendi trajik yetersizliğini hatırlatmalarına rağmen bu iki eseri de çok severdi. Başka yönlerden son derece verimli olan hayatının tek pişmanlığı buydu.

Sinskey, "Bu resimdeki sembolizmi bana anlatabileceğini umuyordum," dedi.

Langdon gecenin başından beri ilk kez rahatsız olmuş görünüyordu. "Beni bu yüzden mi çağırdınız? Bunun acil bir durum olduğunu söylediğinizi sanıyordum."

"Bu da benim espri anlayışım."

Langdon sabırla içini çekti. "Dr. Sinskey genel olarak konuşuyorum, eğer belirli bir resim hakkında bilgi almak istiyorsanız, orijinalinin bulunduğu müzeyi aramalısınız. Bu durumda, aramanız gereken yer Vatikan'daki Biblioteca Apostolica. Vatikan'ın mükemmel ikonoloji uzmanları var ve..."

"Vatikan benden nefret ediyor."

Langdon ona şaşırmış bir ifadeyle baktı. "Sizden de mi? Sadece benden nefret ettiklerini sanıyordum."

Elizabeth üzgün bir ifadeyle gülümsedi. "Dünya Sağlık Örgütü, doğum kontrolünün evrensel sağlığın anahtarlarından biri olduğuna inanıyor. Hem AIDS gibi cinsel yoldan bulaşan hastalıklarla savaşmak için, hem de genel nüfus kontrolü için."

"Ve Vatikan farklı düşünüyor."

"Oldukça. Üçüncü dünya ülkelerini doğum kontrolünün kötü olduğuna inandırmak için çok büyük emek ve muazzam paralar harcadılar."

Langdon onu anladığını gösteren bir gülümsemeyle, "Ah, evet," dedi. "Dünyaya nasıl seks yapacaklarını seksen yaşındaki bekâr erkeklerden daha iyi kim öğretebilir?"

Sinskey, profesörden her geçen dakika daha da çok hoşlanıyordu.

Silindiri tekrar şarj etmek için salladıktan sonra resmi yeniden duvara yansıttı. "Profesör yakından bakın."

Langdon resmin yanına gitti. İncelerken resme yaklaşmaya başladı. Sonra aniden durdu. "Çok tuhaf. Değiştirilmiş."

Anlaması uzun sürmedi. "Evet, değiştirilmiş ve bana bu değişiklerin ne anlama geldiğini anlatmanızı istiyorum."

Langdon sessizce tüm resmi incelemeye başladı ve on harfli *catrovacer* kelimesini... ve veba maskesini... ve "ölümün gözleri" ile ilgili tuhaf alıntıyı anlamaya çalıştı.

Langdon, "Bunu kim yaptı?" diye sordu. "Nereden geldi?"

"Aslında, ne kadar az şey bilirseniz o kadar iyi. Bu değişiklikleri analiz edebilmenizi ve bana ne anlama geldiklerini söyleyebilmenizi umut ediyorum." Köşedeki çalışma masasını gösterdi.

"Burada mı? Hemen mi?"

Elizabeth başını salladı. "Emrivaki olduğunu biliyorum ama bunun bizim için önemini kelimelerle anlatamam." Duraksadı. "Ölüm kalım meselesi olabilir."

Langdon endişeli bir ifadeyle ona baktı. "Bunu çözmek biraz zaman alabilir ama sizin için bu kadar önemliyse sanırım..."

Sinskey fikrini değiştirmesine fırsat bırakmadan, "Teşekkür ederim," dedi. "Aramanız gereken biri var mı?"

Langdon başını hayır anlamında sallayıp, ona yalnız geçireceği bir hafta sonu planlamış olduğunu söyledi.

Mükemmel. Sinskey ona projektörle birlikte kâğıt, kalem ve güvenli bir uydu bağlantısı olan bir dizüstü bilgisayar vererek masasına yerleştirdi. Langdon, Dünya Sağlık Örgütü'nün değiştirilmiş bir Botticelli resmiyle neden bu kadar ilgilendiğini anlayamıyordu ama itaatle işini yaptı.

Dr. Sinskey onun büyük buluşunu yapmadan önce saatlerce resmi inceleyebileceğini tahmin ederek kendi işleriyle meşgul olmaya karar verdi. Zaman zaman onun projektörü salladığını ve defterine birtakım notlar aldığını duyuyordu. On dakika geçmeden Langdon kalemini bırakıp, "*Cerca trova,*" diye açıkladı.

Sinskey ona baktı "Ne?"

Langdon, "*Cerca trova,*" diye tekrar etti. "Ara, bulacaksın. Şifre bunu söylüyor."

Sinskey telaşla ona doğru koşup yanına oturdu. Langdon, Dante'nin cehenneminin seviyelerinin sırasının karıştırılmış olduğunu ve doğru sıralamaya sokulduklarında İtalyanca *cerca trova* kelimesinin ortaya çıktığını açıklarken büyük bir şevkle dinledi.

Sinskey, *ara ve bul,* diye düşündü. *Bu akıl hastasının bana mesajı bu mu?* Cümle doğrudan bir meydan okuma gibiydi. Çılgın adamın Dış İlişkiler Konseyi binasında yaptıkları görüşme sırasında kendisine söylediği rahatsız edici son kelimeler zihninde canlandı: "*O halde dans etmeye başladık demektir.*"

Langdon düşünceli bir ifadeyle kadını inceleyerek, "Renginiz soldu," dedi. "Sanırım, beklediğiniz mesaj bu değildi."

Sinskey kendini toparlayıp boynundaki nazarlığı düzeltti. "Tam olarak değil. Söyler misiniz... bu cehennem haritasının bana bir şeyi aramamı söylediğini düşünüyor musunuz?"

"Evet. *Cerca trova.*"

"Peki, nerede aramam gerektiğini söylüyor mu?"

Langdon çenesini ovarken, bilgi almak için can atan diğer çalışanlar etraflarında toplanmaya başlamıştı. "Açıkça değil... hayır, ama nereden başlamanız gerektiği hakkında bir fikrim var."

Sinskey, Langdon'ın beklediğinden daha sert bir ifadeyle, "Söyleyin," dedi.

"Floransa, İtalya'ya ne dersiniz?"

Sinskey tepki vermemek için elinden geleni yaptı ama personeli onun kadar kontrollü değildi. Şaşkın ifadelerle birbirlerine baktılar. Biri telefona sarılıp bir arama yaptı. Diğeri uçağın ön tarafındaki kapıya doğru koşturdu.

Langdon şaşırmıştı. "Yanlış bir şey mi söyledim?"

Sinskey, *kesinlikle,* diye düşündü. "Neden Floransa dediniz?"

Vecchio Sarayı'ndaki Vasari freskiyle ilgili uzun zamandır süren gizemi aktaran Langdon, *cerca trova* kelimeleri için doğru yerin orası olduğunu belirtti.

Yeteri kadarını duyduğunu düşünen Sinskey, *o zaman Floransa'dır,* diye düşündü. Ezeli düşmanının Vecchio Sarayı'ndan üç blok ötede ölüme atlamış olması tesadüf olamazdı.

"Profesör," dedi. "Daha önce size nazarlığımı gösterdiğimde ve onun hekimliğin simgesi olan yılanlı asa olduğunu söylediğimde duraksadınız, sanki bir şey söylemek ister gibiydiniz ama sonra fikrinizi değiştirdiniz. Ne söyleyecektiniz?"

Langdon başını iki yana salladı. "Hiçbir şey. Çok saçmaydı. Bazen içimdeki profesör biraz küstah olabiliyor."

Sinskey gözlerinin içine baktı. "Bunu soruyorum, çünkü size güvenebileceğimi bilmeliyim. Ne söyleyecektiniz?"

Langdon yutkunup öksürdü. "Bir önemi yok ama nazarlığınızın tıbbın eski bir simgesi olduğunu söylediniz, ki bu doğru. Ama ona caduceus diyerek çok yaygın bir hata yaptınız. Caduceus'ta asanın üzerinde iki yılan ve tepesinde de kanatlar vardır. Sizin nazarlığınızda bir tane yılan var ve kanatlar yok. Sizin sembolünüzün ismi..."

"Asklepios'un Asası."

Langdon şaşırarak başını salladı. "Evet. Kesinlikle."

"Biliyorum. Dürüstlüğünüzü test ediyordum."

"Efendim?"

"Rahatsız olabileceğimi göze alarak bana gerçeği söyleyip söylemeyeceğinizi merak ettim."

"Anlaşılan sınıfta kaldım."

"Bunu bir daha yapmayın. Bu işte birlikte çalışacaksak birbirimize karşı tamamıyla dürüst olmalıyız."

"Birlikte çalışmak mı? İşimiz bitmedi mi?"

"Hayır profesör, işimiz bitmedi. Bir şeyi bulmama yardım etmeniz için benimle Floransa'ya gelmenizi istiyorum."

Langdon kadına bakakaldı. "Bu akşam mı?"

"Evet. Size durumun ne kadar kritik olduğunu henüz anlatmadım."

Langdon başını iki yana salladı. "Bana ne anlatacağınız hiç önemli değil. Floransa'ya gitmek istemiyorum."

Kadın sertçe, "Ben de," dedi. "Ama ne yazık ki, zamanımız azalıyor."

62. Bölüm

Öğle güneşi, Toscana kırlarının üzerinde zarif bir kavis çizerek kuzeye doğru hızla ilerleyen İtalyan Frecciargento treninin tepesinde ışıldıyordu. Floransa'dan saatte 300 kilometre hız yaparak uzaklaştığı halde "gümüş ok" treni neredeyse hiç ses çıkarmıyor, yumuşak şıngırtısı ve hafif sallantısı yolcuların üzerinde sakinleştirici bir etki yaratıyordu.

Robert Langdon için son bir saat hayal gibi geçmişti.

Şimdi Langdon, Sienna ve Dr. Ferris, yüksek hızlı trenin *salottini*'sinde, yani dört koltukla bir katlanır masanın bulunduğu, küçük kompartımanında oturuyorlardı. Ferris birkaç sandviç ve suyla birlikte kompartımanın ücretini kendi kredi kartıyla ödemişti. Langdon ile Sienna, özel kompartımanlarının hemen yanındaki tuvalette temizlendikten sonra suyu kana kana içtiler.

Üçü birlikte, Venedik'e kadar iki saatlik yolculuk için yerlerine geçerken, Dr. Ferris bakışlarını Ziploc torbasının içinde, masanın üstünde duran Dante'nin ölüm maskesine çevirdi. "Bu maskenin bizi Venedik'te nereye götürdüğünü tahmin etmemiz lazım."

Sienna heyecanlı bir sesle, "Hem de hemen," diye ekledi. "Zobrist'in yayacağı salgını durdurmak için belki de tek ümidimiz bu."

Elini savunmacı bir tavırla maskenin üstüne koyan Langdon, "Dur biraz," dedi. "Bu trene bindikten sonra bana son birkaç günle ilgili bazı cevapları vereceğine söz vermiştin. Şimdiye kadar sadece Zobrist'in *La Mappa* versiyonunun şifresini çözmek için beni Dünya Sağlık Örgütü'nün işe aldığını öğrendim. Bana bundan başka hiçbir şey anlatmadın."

Huzursuzca yerinde kıpırdanan Dr. Ferris, yeniden yüzüyle boynundaki kızarıklıkları kaşımaya başladı. "Hayal kırıklığına uğradığını biliyorum," dedi. "Olanları hatırlamamak sıkıntı verici bir durum olmalı ama tıbbi açıdan..." Onayını almak için dönüp Sienna'ya baktıktan sonra devam etti. "Hatırlayamadığın detayları hatırlamaya çalışmakla enerjini tüketmemeni tavsiye ederim. Amnezi hastaları için en iyisi, hatırlayamadıkları geçmişi öyle bırakmalarıdır."

"Öyle bırakmak mı?" Langdon öfkesinin kabardığını hissetti. "Cehenneme kadar yolu var! Ben cevap istiyorum! Beni İtalya'ya senin kuruluşun getirdi; burada vuruldum ve hayatımdan günler kaybettim! Neler olduğunu öğrenmek istiyorum!"

Onu sakinleştirmeye çalışan Sienna yumuşak bir sesle, "Robert," diyerek araya girdi. "Dr. Ferris haklı. Bir anda bilgi yağmuruna tutulman sağlıklı olmaz. Önce hatırlayabildiğin ufak parçaları düşün: Gümüş saçlı kadının söylediği 'Ara bulacaksın', *La Mappa*'daki kıvranan cesetler. Bu görüntüler, karmaşık ve kontrol dışı bazı hatıralarla zihnine akın ederek seni neredeyse hiçbir şey yapamaz hale getirmişti. Dr. Ferris son birkaç günü anlatmaya başlarsa, başka hatıraları gün yüzüne çıkaracak. Bu yüzden, halüsinasyonları yeniden görmeye başlayabilirsin. Retrograd amnezi ciddi bir durumdur. Yer değiştirmiş hatıraları tetiklemek akıl sağlığı için son derece zararlı olabilir."

Langdon böyle düşünmemişti.

Ferris, "Aklın karışmış olabilir ama ilerleyebilmek için zihnini bulandırmamamız lazım," dedi. "Bu maskenin bize ne dediğini öğrenmeye mecburuz."

Sienna başını salladı.

Langdon, doktorların hemfikir olduğunu anlamıştı.

Duyduğu şüpheyi yenmeye çalışarak konuşmadan oturdu. Tamamen yabancı biriyle karşılaşmak ve onu aslında günlerdir tanıdığını öğrenmek tuhaf bir histi. *Ama yine de gözlerinde tanıdık gelen bir şey var,* diye düşündü.

Ferris sevecen bir tavırla, "Profesör, bana güvenebileceğine emin olamadığını görüyorum," dedi. "Ve yaşadıklarını düşünecek olursak, bu tamamen anlaşılır bir şey. Amnezinin yan etkilerinden biri de paranoya ve güvensizliktir."

Langdon, *kendi aklıma bile güvenemediğimi düşünecek olursam, işte bu mantıklı geliyor,* diye düşündü.

Havayı yumuşatmaya çalıştığı anlaşılan Sienna, "Paranoyadan bahsetmişken, Robert kızarıklıklarınızı gördü ve vebalı olduğunuzu sandı," diye espri yaptı.

Ferris'in şişmiş gözleri büyüdü ve yüksek sesle bir kahkaha attı. "Bu kızarıklıklar mı? İnan bana profesör, eğer bende veba olsaydı, kendimi reçetesiz satılan bir antihistaminle tedavi etmezdim." Cebinden küçük bir ilaç tüpü çıkardı ve Langdon'a uzattı. Tahmin edebileceği gibi, alerjik reaksiyonlarda kullanılan yarı dolu bir kaşıntı kremiydi.

Saçmaladığını anlayan Langdon, "Bunun için üzgünüm," dedi. "Yorucu bir gündü."

Ferris başını salladı. "Dert etme."

Pencereye dönen Langdon, İtalyan kırlarının suskun tonlarının, huzurlu bir kolaj oluşturarak birbirine karışmasını seyretti. Düz arazi, yerini Apennin Dağları'nın eteklerine bırakırken, üzüm bağlarıyla çiftlikler gitgide azalıyordu. Tren kısa bir süre sonra dolambaçlı dağ geçidine girecek ve sonra yeniden aşağı inerek Adriyatik Denizi'ne doğru doğuya yönelecekti.

Venedik'e gidiyorum, diye düşündü. *Veba aramaya.*

Bu tuhaf gün Langdon'a, herhangi bir detayı olmayan belirsiz şekillerden oluşmuş bir arazide yol alıyor gibi hissettirmişti. Sanki bir kâbusun içindeydi, ama kâbuslar genellikle insanı uyandırırdı... Oysa Langdon uyanıp da kendini kâbusun içinde bulmuş gibi hissediyordu.

Sienna arkasından, "Ne düşünüyorsun?" diye fısıldadı.

Başını kaldırıp bakan Langdon, yorgun bir ifadeyle tebessüm etti. "Evimde uyanıp, her şeyin kötü bir rüya olduğunu anlayacağımı düşünüp duruyorum."

Ciddi görünen Sienna başını yana eğdi. "Uyanıp da gerçek olmadığımı görünce beni özlemeyecek misin?"

Langdon kendini tutamayıp sırıttı. "Evet, aslına bakarsan seni biraz özlerim."

Sienna onun dizine hafifçe vurdu. "Uyumayı bırak profesör, işimize bakalım."

Langdon bakışlarını gönülsüzce Dante Alighieri'nin boş gözlerle masanın üstünden kendisine bakan kırışık yüzüne çevirdi. Alçı maskeyi nazikçe kaldırıp arkasını çevirdi ve içbükey yüzeyde spiral çizen yazının ilk satırını inceledi:

Sizler ki, akıllı ve mantıklı kişilersiniz...

Langdon şu anda bunu yapabileceğinden emin değildi.

Ama yine de işe koyuldu.

Hızla yol alan trenin üç yüz yirmi kilometre uzağındaki *The Mendacium*, Adriyatik'te demir atmış duruyordu. Güvertenin altındaki yönetici Laurence Knowlton, cam bölmesinin hafifçe tıklatıldığını duyunca masasının altındaki bir düğmeye bastı ve mat duvar şeffaflaştı. Kısa ve bronz tenli bir şekil belirdi.

Amir.

Keyifsiz görünüyordu.

Tek kelime etmeden içeri girerek bölmenin kapısını kilitledi. Düğmeye basıp odanın camını yeniden eski haline getirdi. Alkol kokuyordu.

Amir, "Zobrist'in bıraktığı şu kayıt," dedi.

"Evet efendim?"

"Görmek istiyorum. Hemen."

63. BÖLÜM

Robert Langdon daha yakından inceleyebilmek için ölüm maskesindeki spiral yazıyı kâğıda geçirmeyi yeni bitirmişti. Sienna ile Dr. Ferris yardım etmek için iyice sokuldu. Langdon, Ferris'in sürekli kaşınmasına ve güçlükle nefes alışına aldırış etmemeye çalıştı.

Dikkatini önünde duran sözlere vermeye çalışırken kendi kendine, *bir şeyi yok*, dedi.

Sizler ki, akıllı ve mantıklı kişilersiniz,
bu garip dizelerin örtüsü altında gizlenen
benzetmeyi anlayabilirsiniz.

Konuşmaya başlayan Langdon, "Daha önce de dediğim gibi, Zobrist'in şiirindeki açılış kıtası, kelimesi kelimesine Dante'nin *Cehnnem*'inden alınmış. Okuyucuya, kelimelerin daha derin bir anlamı olduğu uyarısında bulunuyor," dedi.

Dante'nin alegorik eseri din, siyaset ve felsefeyle ilgili öylesine örtülü anlatımlarla doluydu ki Langdon, öğrencilerine İtalyan şairi, İncil'i inceler gibi incelemelerini tavsiye ederdi. Derinlerdeki anlamı kavrayabilmeleri için satır aralarını okumaları gerekirdi.

Langdon, "Ortaçağ alegorisi uzmanları, genellikle incelemelerini iki kategoriye ayırırlar: 'metin' ve 'imge'. Metin, eserin edebi içeriğidir, imge ise oluşturduğu sembolik mesajdır."

Ferris sabırsızlıkla, "Pekâlâ," dedi. "Yani, şiirin bu dizeyle başlaması..."

Sienna, "Yüzeysel okuduğumuzda, hikâyenin sadece bir kısmını anlayacağımızı ima ediyor," diyerek söze girdi. "Gerçek anlamı saklı olabilir."

"Bunun gibi bir şey, evet." Langdon bakışlarını metne çevirerek yüksek sesle okumaya devam etti.

Hain Venedik dükasını ara,
O ki, atların başlarını kesti
Ve körlerin kemiklerini çıkarttı.

Langdon açıklamaya çalıştı. "Şey... Başsız atlardan ve körlerin kemiklerinden pek emin değilim ama bana belirli bir dükayı bulmamız gerekiyormuş gibi geliyor."

Sienna, "Bir dükanın mezarı olabilir mi?" diye sordu.

"Veya heykeli ya da portresi?" diye karşılık verdi Langdon. "Dükalar yüzyıllardır yok."

Venedik dükaları, diğer İtalyan şehirlerindeki dükalar gibiydi. MÖ 687 yılından itibaren bin yıl boyunca Venedik'i yüzlerce düka yönetmişti. Dükaların devri, Napolyon'un kuşatmasıyla on sekizinci yüzyılın bitimine doğru sona ermişti ama ihtişamları ve güçleri, tarihçilerde hâlâ hayranlık uyandırıyordu.

Langdon, "Bildiğiniz gibi Venedik'te turistleri çeken iki önemli yer bulunur: Dükalar Sarayı ve San Marco Bazilikası. Bu mekânlar *dükalar tarafından* yine dükalar için yaptırılmıştı. Pek çoğunun mezarı oradadır," dedi.

Şiire bir göz atan Sienna, "Peki içlerinde, özellikle tehlikeli kabul edilen bir düka var mıydı?" diye sordu.

Langdon, Sienna'nın bahsettiği dizeye tekrar baktı. *Hain Venedik dükasını ara.* "Bildiğim kadarıyla yok. Ama şiirde 'tehlikeli' kelimesi geçmiyor, 'hain' kelimesi geçiyor. En azından Dante'nin dünyasında ikisi arasında fark vardı. Hainlik, Yedi Ölümcül

Günah'tan biridir. Aslına bakarsan en kötüsüdür, cehennemin dokuzuncu ve son dairesinde cezalandırılır."

Dante'nin anlatımına göre hainlik, sevilen bir kişiye ihanet etmekti. Bu günahın tarihteki en ünlü örneği, Yahuda'nın sevgili İsa'sına ihanet etmesiydi. Dante bu davranışı öylesine iğrenç buluyordu ki, Yahuda'yı cehennemin tam merkezinde cezalandırmıştı: Buraya en alçak cehennem sakininin isminden (Yahuda) türettiği Guidecca adı verilmişti.

Ferris, "Peki," dedi. "Demek ki hainlik yapan bir düka arıyoruz."

Sienna ona hak vererek başını salladı. "Bu, olasılıkları azaltmamızı sağlar." Durup, metne baktı. "Ama sonraki dize... 'atların başlarını kesen' bir düka mı diyordu?" Bakışlarını Langdon'a dikti. "Atların başını kesen bir düka mı var?"

Sienna'nın zihninde yarattığı görüntü, Langdon'a *Baba* filmindeki dehşet verici bir sahneyi hatırlatmıştı. "Hiçbir şey ifade etmiyor. Ama yazana göre bu düka aynı zamanda 'körlerin kemiklerini de çıkartmış.' " Ferris'e bir göz attı. "Telefonun interneti var, değil mi?"

Ferris hemen telefonunu çıkartıp şişmiş ve kızarmış parmaklarını havaya kaldırdı. "Tuşlara basarken zorlanabilirim."

Telefonu alan Sienna, "Ben yaparım," dedi. "Başsız atlar ve körlerin kemikleriyle aynı yerde geçen bir Venedik dükası arayacağım." Minik klavyeyi hızlıca tuşlamaya başladı.

Langdon şiiri bir kez daha gözden geçirip yüksek sesle okumaya başladı.

Diz çök kutsal bilgeliğin yaldızlı mouseion'unda
ve kulağını yere daya,
dinle suyun şırıltısını.

Ferris, "Ben *mouseion* kelimesini daha önce hiç duymamıştım," dedi.

Langdon, "Musa'lar tarafından korunan tapınak anlamında kullanılan çok eski bir kelimedir," diye karşılık verdi. "Antik Yunanların zamanında *mouseion*; aydınların fikirlerini paylaşmak, edebiyat, müzik ve sanat hakkında tartışmak için toplandıkları yere denirdi. İlk *mouseion*, İsa'nın doğumundan yüzyıllar önce Batlamyus tarafından İskenderiye Kütüphanesi'nde yapılmıştı. Daha sonra dünyanın çeşitli yerlerinde yüzlercesi yapıldı."

Sienna'ya umutla bakan Ferris, "Dr. Brooks," dedi. "Venedik'te *mouseion* var mı diye arayabilir misiniz?"

Langdon muzip bir tebessümle, "Aslına bakarsanız yüzlerce var," dedi. "Şimdi buralara müze diyoruz."

Ferris, "Yaaa," diye karşılık verdi. "O zaman sanırım geniş bir arama yapmamız gerekecek."

Sienna bir yandan telefonu tuşlarken bir yandan da fikir yürütüyordu. "Pekâlâ, atların başını kesen ve körlerin kemiklerini çıkartan bir düka bulabileceğimiz müze arıyoruz. Robert aklına gelen belirli bir müze var mı?"

Langdon zaten Venedik'in en ünlü müzelerini aklından geçirmeye başlamıştı: Akademi Galerisi, Ca'Rezzonico, Grassi Sarayı, Peggy Guggenheim Koleksiyonu. Correr Müzesi. Ne var ki hiçbiri tarife uymuyordu.

Yeniden metne baktı.

Diz çök, kutsal bilgeliğin yaldızlı mouseion'unda

Langdon dudaklarını çarpıtarak gülümsedi. "Venedik'te 'kutsal bilgeliğin yaldızlı *mouseion*'u tarifine mükemmel uyan bir müze var."

Ferris ile Sienna ona beklenti içinde baktılar.

"San Marco Bazilikası," dedi. "Venedik'teki en büyük kilise."

Sienna son derece heyecanlı bir sesle, "Yaldızlı *mouseion* mu?" dedi.

Şiirde bahsi geçen yaldızlı mabedin San Marco olduğuna hiç şüphe duymayan Langdon, başını salladı. Venedikliler San

Marco'ya yüzyıllarca La Chiesa d'Oro, yani Altın Kilise demişlerdi. Langdon bu bazilikanın, dünyadaki en göz kamaştırıcı kilise olduğunu düşünürdü.

Ferris, "Şiir aynı zamanda 'diz çök' diyor," diye ekledi. "Kilise de diz çökmeye uygun bir yer."

Sienna yeniden hararetle yazmaya başladı. "Aramaya San Marco'yu ekleyeceğim. Dükayı orada aramamız gerektiğini sanıyorum."

Langdon, San Marco'da bolca düka bulacaklarından emindi, çünkü orası dükalar bazilikasıydı. Gözlerini yeniden şiire çevirirken güveni yerine gelmişti.

Diz çök, kutsal bilgeliğin yaldızlı mouseion'unda
ve kulağını yere daya,
dinle suyun şırıltısını.

Langdon, *suyun şırıltısı mı,* diye düşündü. *San Marco'nun altında su mu var?* Bunun saçma bir soru olduğunu düşündü. Tüm şehrin altında su vardı. Venedik'teki her bina yavaşça suya gömülüyordu. Bazilikayı gözünde canlandıran Langdon, içerde diz çökünce suyun şırıltısının duyulabileceği bir yer düşündü. *Peki duyduktan sonra ne yapacağız?*

Bir kez daha şiire bakıp yüksek sesle sonuna kadar okudu.

Batık sarayın derinliklerine in,
orada, karanlığın içinde bekler khthonik canavar
kan kırmızısı sularına gömülmüştür lagünün
ki yansıtmaz yıldızları...

Zihninde canlanan resimden rahatsız olan Langdon, "Tamam," dedi. "Anlaşılan, suya gömülmüş bir yere doğru... su şırıltısını takip edeceğiz."

Sıkıntılı görünen Ferris yüzünü kaşıdı. "Khthonik canavar nedir?"

Parmaklarıyla hâlâ telefonu tuşlayan Sienna, "Yeraltı," diyerek tahmin yürüttü. "'Khthonik' aslında 'yerin altında' demektir."

Langdon, "Bir bakıma evet," dedi. "Aslında kelimenin efsanelerle ve canavarlarla ilgili daha derin bir tarihi var. Mitolojideki tüm tanrılara ve canavarlara *khthonik* denir. Mesela Erinye'lere, Hekate ve Medusa'ya bu isimler verilir, çünkü yerin altında yaşarlar ve cehennemle bağlantıları vardır." Langdon sustu. "İnsan dünyasında kargaşa çıkarmak için yerin altından yükselir ve yer üstüne çıkarlar."

Uzun bir sessizliğin ardından Langdon, aynı şeyi düşündüklerini hissetti. *Bu khthonik canavar... Zobrist'in salgını olmalı.*

Orada, karanlığın içinde bekler khthonik canavar
kan kırmızısı sularına gömülmüştür lagünün
ki yansıtmaz yıldızları...

Aklının karışmasını istemeyen Langdon, "Her neyse, en azından şiirin en sondaki 'yıldızları yansıtmayan lagün' dizesinde bahsedilen, yerin altında bir yeri aradığımız kesin," dedi.

Başını Ferris'in telefonundan kaldıran Sienna, "Haklısın," dedi. "Eğer lagün yerin altındaysa, yıldızları yansıtamaz. Peki ama Venedik'te yerin altında lagün var mı?"

Langdon, "Bildiğim kadarıyla yok," diye cevap verdi. "Ama suyun üstüne inşa edilmiş bir şehirde sonsuz seçenek bulunmalı."

Aniden, "Peki ya lagün kapalı bir yerdeyse?" diye soran Sienna, her ikisine birden baktı. "Şiirde 'batık sarayın karanlığından' bahsediyor. Daha önce Dükalar Sarayı'nın bazilikayla bağlantısı olduğundan bahsetmiştin, değil mi? Bu da bu yapıların; kutsal bilgeliğin *mouseion*'u, saray, dükalarla bağlantı gibi, şiirde bahsedilen tasvirleri içerdiği anlamına gelir. Ayrıca, Dükalar Sarayı, Venedik'te deniz seviyesindeki asıl lagünün üstüne yapılmış."

Langdon söylediklerini bir süre düşündü. "Sence şiirde geçen 'suya gömülmüş yer', Dükalar Sarayı *mı?*"

"Neden olmasın? Şiir bize önce San Marco Bazilikası'nda diz çökmemizi, sonra suyun şırıltısını takip etmemizi söylüyor. Belki de su sesi, Dükalar Sarayı'na götürüyordur. Belki suya gömülmüş bir temeli veya ona benzer bir şey vardır."

Langdon, Dükalar Sarayı'nı pek çok kez ziyaret etmişti ve son derece büyük bir yer olduğunu biliyordu. Büyük bir müzesi, çeşitli çalışma odaları, daireleri, avluları ve bir hapishanesi bulunan saray o kadar genişti ki, birkaç binadan oluşuyordu.

Langdon, "Haklı olabilirsin ama o sarayı gelişigüzel aramak günler alır," dedi. "Bana kalırsa, şiirin yapmamızı söylediği şeyi yapalım. İlkönce San Marco Bazilikası'na gidelim, hain bir dükanın mezarını veya heykelini bulalım ve sonra da diz çökelim."

Sienna, "Peki ya sonra?" diye sordu.

Langdon içini çekerek, "Sonra da suyun şırıltısını duymak için dua edelim... ki bizi bir yere götürsün," dedi.

Bunun ardından gelen sessizlikte Langdon, kendisine suyun karşı tarafından seslenen Elizabeth Sinskey'nin, halüsinasyonlarında gördüğü endişeli yüzünü hayal etti. *"Zaman daralıyor. Ara bulacaksın!"* Sinskey'nin şu an nerede ve nasıl olduğunu merak etti. Siyahlı askerler şimdiye dek kaçtıklarını anlamış olmalıydılar. *Bizi bulmaları ne kadar sürer?*

Gözlerini yeniden şiire çevirirken içini kaplayan bıkkınlıkla mücadele etti. Şiirin son mısrasına bakarken aklına başka bir düşünce geldi. Acaba bahse değer miydi? *Yıldızları yansıtmayan lagün.* Aramalarıyla alakasız olmalıydı ama yine de diğerleriyle paylaşmaya karar verdi. "Bahsetmem gereken başka bir nokta var."

Sienna başını cep telefonundan kaldırdı.

"Dante'nin *İlahi Komedya*'sının üç bölümü, *Cehennem, Araf ve Cennet*'tir. Hepsi de aynı kelimeyle sona erer."

Sienna şaşırmış görünüyordu.

Ferris, "Hangi kelime bu?" diye sordu.

Langdon kâğıda aktardığı şiirin son mısrasını gösterdi. "*Bu* şiirin sonundaki kelimeyle aynı: 'Yıldızlar.'" Dante'nin ölüm maskesini eline aldı ve spiral metnin tam ortasını işaret etti.

ki yansıtmaz yıldızları...

Langdon konuşmaya devam etti. "Bundan başka, *Cehennem*'in sonunda, Dante'nin oyuk bir kayadan gelen su şırıltısını dinlediğini... ve buradan, cehennemden çıkıldığını öğreniriz."

Ferris'in yüzü biraz soldu. "Tanrım."

Tam o sırada, Frecciargento bir tünele girerken kompartımanda kulakları sağır eden rüzgâr sesi duyuldu.

Langdon bu karanlıkta gözlerini kapatıp zihnini dinlendirmeye çalıştı. *Zobrist kaçığın teki olabilir ama Dante'yi en ince ayrıntısına kadar anladığı kesin,* diye düşündü.

64. BÖLÜM

Laurence Knowlton içine sular serpildiğini hissetti.

Amir, Zobrist'in kaydını izlemeye karar verdi.

Knowlton kırmızı flaş diskin adeta üzerine atlayıp bilgisayarına taktı. Yönetici, Zobrist'in on dakikalık tuhaf mesajının ağırlığı altında eziliyordu ve başka bir çift gözün kaydı izlemesi için can atıyordu.

Sorumluluk artık sadece benim üzerimde olmayacak.

Knowlton kaydı başlatırken nefesini tuttu.

Ekran karardı ve Knowlton'ın bölmesini, yavaşça çarpan suyun çırpıntı sesi doldurdu. Kamera yeraltındaki mağaranın kırmızımsı sisi arasında ilerledi. Amir belirgin bir tepki vermemesine rağmen Knowlton, onun hem şaşırdığını hem de tedirgin olduğunu hissetti.

Kamera ilerlemeden, suyun yüzeyine doğru döndü. Suya dalıp alçaldıktan sonra zemindeki parlak plaka göründü.

BURADA, BU TARİHTE,
DÜNYA SONSUZA DEK DEĞİŞTİ.

Amir biraz ürpermişti. Tarihe bakarak, "Yarın," diye fısıldadı. "Peki, 'burası'nın neresi olduğunu biliyor muyuz?"

Knowlton başını hayır anlamında iki yana salladı.

Kamera şimdi sola dönmüş, jölemsi sarımtırak kahverengi bir sıvıyla dolu plastik torbayı gösteriyordu.

"Bu da nedir?!" Amir suyun altında, iple bağlanmış uçuşan bir balon gibi asılı duran baloncuğa bakarken sandalye çekip oturdu.

Kaydın görüntüsü devam ederken odaya rahatsız edici bir sessizlik çöktü. Kısa bir süre sonra ekran karardı ve sonra tuhaf, gaga burunlu gölge, mağaranın duvarında belirip esrarengiz dilinde konuşmaya başladı.

Ben Gölge'yim.

Yeraltına çekilmiş olan ben, dünyayla yerin altından konuşmalıyım; kan kırmızısı suların yıldızları yansıtmayan lagünde biriktiği bu karanlık mağaraya sürgün edildim.

Ama burası benim cennetim... Kırılgan çocuğum için mükemmel bir rahim.

Cehennem.

Amir başını kaldırıp, "Cehennem mi?" diye sordu.

Knowlton omzunu silkti. "Söylediğim gibi, çok rahatsız edici."

Amir gözlerini ekrana çevirip dikkatle izlemeye devam etti.

Gaga burunlu gölge birkaç dakika daha salgınlardan, nüfusun arındırılmasından, kendisinin gelecekteki şerefli rolünden, kendisini durdurmaya çalışan cahil ruhlarla savaşından ve dünyayı kurtarmanın tek yolu olan etkin eylemini anlayan birkaç vefakâr insandan bahsetti.

Bu savaş her neyle ilgiliyse, Knowlton bütün sabah Konsorsiyum'un yanlış tarafta savaşıp savaşmadığını sorgulamıştı.

Ses konuşmaya devam etti.

Kurtuluş için bir başyapıt hazırladım ama gayretlerim trompet sesleri ve şöhretle değil, ölüm tehditleriyle ödüllendirildi.

Ölümden korkmuyorum... çünkü ölüm hayalcileri şehit mertebesine yükseltir... asil fikirleri güçlü eylemlere dönüştürür.

İsa. Sokrates. Martin Luther.

Bir gün onlara katılacağım.

Yarattığım başyapıt Tanrı'nın eseridir... Bu eser, onu yarat mam için ihtiyacım olan aklı, araçları ve cesareti bana veren Tanrı'dan bir hediyedir.

Artık gün yaklaşıyor.

Cehennem altımda uyuyor... khthonik canavarların ve Erin ye'lerin gözetiminde, suyu bol rahminden doğmaya hazırlanıyor.

Erdemli eylemlerime rağmen, ben de sizin gibi günaha yaban cı değilim. Ben bile yedi günahın en kötüsünden suçluyum; çok az kişinin kurtulabildiği tek günahtan.

Kibir.

Bu mesajı kaydederek kibrin işkence eden cazibesine yenik düştüm... ve tüm dünyanın eserimi öğrenmesini sağlama almak istedim.

Neden olmasın?

İnsanoğlu kendi kurtuluşunun kaynağını bilmeli... Geniş ce hennem kapılarını sonsuza dek mühürleyen kişinin adını öğren meli.

Her geçen saat, akıbet daha da netleşiyor. Yerçekimi gibi in safsız olan matematik, pazarlığa tabi değildir. İnsanoğlunu nere deyse yok eden üstel çoğalma onun kurtuluşu olacak. Yaşayan bir organizmanın güzelliği, iyi ya da kötü olsun, Tanrı'nın kuralını bireysel önseziyle izleyecek olmasıdır.

Bereketli olun ve üreyin.

Ve böylece ateşe... ateşle karşılık veriyorum.

Amir, Knowlton'ın zar zor duyduğu bir fısıltıyla, "Bu kadarı yeterli," dedi.

"Efendim?"

"Kaydı durdur."

Knowlton kaydı durdurdu. "Efendim, aslında en korkunç kısmı sonu."

"Yeteri kadar izledim." Amir rahatsız görünüyordu. Odada birkaç kez volta attıktan sonra aniden ona doğru döndü. "FS-2080'le temasa geçmeliyiz."

Knowlton bu fikri kafasında biraz tarttı.

FS-2080, Amir'in güvendiği bağlantılardan birinin kod adıydı. Zobrist'i, Konsorsiyum'a müşteri olarak gönderen de bu kişiydi. Büyük ihtimalle Amir o sırada FS-2080'in değerlendirmesine güvendiği için kendine kızıyordu. Bertrand Zobrist'in müşteri olarak tavsiye edilmesi Konsorsiyum'un incelikle yapılandırılmış dünyasına kaos getirmişti.

Bu krizin sebebi FS-2080.

Zobrist'in etrafındaki felaket zinciri gittikçe büyüyor ve daha da kötü bir hal alıyordu... Yalnız Korsorsiyum için değil... büyük ihtimalle bütün dünya için.

Amir, "Zobrist'in gerçek niyetini öğrenmeliyiz," dedi. "Tam olarak ne yarattığını ve bu tehdidin gerçek olup olmadığını bilmek istiyorum."

Knowlton bu sorulara bir cevap verebilecek tek kişinin FS-2080 olduğunu biliyordu. Bertrand Zobrist'i kimse ondan daha iyi tanıyamazdı. Konsorsiyum'un protokolü bozmasının ve geçen bir sene boyunca farkında olmadan nasıl bir çılgınlığı desteklediğini öğrenmesinin zamanı gelmişti.

Yönetici, FS-2080 ile doğrudan görüşmenin olası sonuçlarını düşündü. Bağlantıyla iletişime geçmek birtakım riskler taşıyordu.

Knowlton, "Efendim," dedi. "FS-2080'e ulaşmak istiyorsanız, bunu çok dikkatli bir şekilde yapmalısınız."

Amir cep telefonunu çıkarırken gözleri öfkeyle parladı. "Dikkatli olma faslını çoktan geçtik."

Frecciargento'nun özel kompartımanında iki yol arkadaşıyla birlikte oturan şal desenli kravatlı ve Plume Paris marka gözlüklü adam gittikçe kötüleşen cildini kaşımamak için kendini zor tutuyordu. Göğsündeki ağrı da artmıştı.

Tren sonunda tünelden çıktığında Langdon'a baktı. Yavaşça gözlerini açarak daldığı hayallerden uyanıyordu. Yanında oturan Sienna, adamın cep telefonuna bakıyordu. Tren hızla tünele girmeden önce sinyal alamadığı için telefonu kısa bir süreliğine bırakmıştı.

Genç kadın internet araştırmasına devam etmeye hevesli görünüyordu ama buna fırsat kalmadan telefon aniden titreşmeye başladı, kesik ama güçlü bir şekilde vızıldıyordu.

Zil sesini çok iyi tanıyan adam anında telefonu kapıp heyecanını saklamaya çalışarak aydınlanan ekrana baktı.

Ayağa kalkıp, "Özür dilerim," dedi. "Annem çok hasta. Bu telefona bakmalıyım."

Sienna ve Langdon anlayışla başlarını salladılar. Adam kompartımandan çıkıp koridordan hızla yakındaki tuvalete doğru yürümeye başladı.

Tuvalet kapısını kilitleyip telefona cevap verdi. "Alo?"

Hattın diğer ucundaki ses çok ciddiydi. "Ben Amir."

65. Bölüm

Frecciargento'nun insanın dönmesine imkân vermeyen tuvaleti, uçak tuvaletinden daha büyük değildi. Kurdeşenli adam, Amir'le yaptığı telefon görüşmesini bitirdi ve telefonu cebine soktu.

İşler değişmiş, diye düşündü. Şimdi durum tersyüz olmuştu; kendine gelmesi biraz zamanını aldı.

Dostlarım artık düşmanım olmuş.

Adam kravatını gevşetti ve aynadaki kabarcıklı yüzüne baktı. Tahmin ettiğinden daha kötü görünüyordu. Göğsündeki ağrıyla karşılaştırdığında, yüzü daha az endişe veriyordu.

Biraz tereddüt ettikten sonra gömleğinin iliklerini çözüp önünü açtı.

İstemeyerek bakışlarını aynaya çevirdi... ve çıplak göğsünü inceledi.

Tanrım.

Siyah alan gittikçe büyüyordu.

Göğsünün ortası, koyu bir mavimsi siyah renk almıştı. Burası dün gece bir golf topu büyüklüğündeydi ama şimdi portakal kadar olmuştu. Hassaslaşmış cildine dokununca irkildi.

Yapması gerekeni yapabilecek gücü bulabilmeyi dilerken, aceleyle gömleğini yeniden ilikledi.

Bundan sonraki bir saat çok önemli, diye düşündü. *Bir dizi incelikli tedbir.*

Gözlerini kapatıp yapılması gerekenleri düşünürken kendini toparladı. Bir kez daha, *dostlarım artık düşmanım olmuş*, diye düşündü.

Sinirlerini yatıştırmasını umut ederek birkaç acılı, derin nefes aldı. Niyetini belli etmek istemiyorsa, sakin davranması gerektiğini biliyordu.

İkna edici davranırken iç sükûnet en önemli şeydir.

Kurdeşenli adam, kandırmacaya yabancı değildi ama şimdi kalbi hızla çarpıyordu. Sancılı bir derin nefes daha aldı. Kendine, *sen insanları yıllardır kandırıyorsun*, diye hatırlattı. *Bu senin işin.*

Kendini duygulardan arındırarak, Langdon ile Sienna'nın yanına dönmeye hazırlandı.

Son rolüm, diye düşündü.

Tuvaletten çıkmadan önce son bir tedbir olarak, cep telefonunun hiçbir şekilde çalışmamasını garantiye almak için bataryasını çıkardı.

Kurdeşen dökmüş adam kompartımandan içeri girip acılı bir iç çekişle koltuğa otururken Sienna, *rengi solmuş*, diye düşündü.

Gerçekten de kaygılanan Sienna, "Bir şeyiniz yok ya?" diye sordu.

Kurdeşenli adam başını salladı. "Teşekkür ederim, yok. Her şey yolunda."

Adamın paylaşmak istediği kadar bilgi verdiğini anlayan Sienna, taktik değiştirdi. "Yine telefonunuza ihtiyacım var," dedi. "Sakıncası yoksa, dükayı biraz daha aramak istiyorum. Belki San Marco'ya gitmeden önce bazı cevaplar bulabiliriz."

Telefonu cebinden çıkartıp, "Elbette," derken ekranına baktı. "Ah, kahretsin. O görüşmeyi yaparken şarjım azalmıştı. Şimdi de tamamen bitmiş." Saatine baktı. "Venedik'e az kaldı. Biraz beklememiz gerekecek."

* * *

İtalya kıyılarının beş mil açığındaki *The Mendacium*'da yönetici Knowlton, odanın içinde kafese tıkılmış bir hayvan gibi dönüp duran Amir'i sessizce izliyordu. Telefon konuşmasından sonra Amir, bu işi iyiden iyiye düşünmeye başlamıştı. Knowlton da Amir düşünürken ses çıkarmaması gerektiğini biliyordu.

Sonunda, Knowlton'ın hatırladığı o sert sesiyle konuşmaya başladı. "Başka seçeneğimiz yok. Bu kaydı Dr. Elizabeth Sinskey ile paylaşmamız gerek."

Şaşırdığını belli etmemeye çalışan Knowlton, kıpırdamadan oturuyordu. *Gümüş saçlı şeytan mı? Yıl boyunca Zobrist'in ondan kaçmasını sağladığımız kişi mi?* "Peki efendim. Kaydı ona e-posta ile göndermenin bir yolunu bulayım mı?"

"Tanrım, hayır! Bu görüntülerin insanların eline geçmesini göze mi alacaksın? Toplumda kargaşa yaratır. Mümkün olan en kısa sürede Dr. Sinskey'yi burada, gemimde istiyorum."

Knowlton hayretle baktı. *Dünya Sağlık Örgütü'nün direktörünü The Mendacium'a mı getirmek istiyor?* "Efendim, güvenlik protokolünü çiğnersek bazı tehlikeler..."

"Sen dediğimi yap Knowlton! HEMEN!"

66. BÖLÜM

FS-2080, hızla giden Frecciargento treninde Robert Langdon'ın camdaki yansımasını izleyerek dışarı bakıyordu. Profesör hâlâ Bertrand Zobrist'in ölüm maskesi bulmacasına olası çözümler arıyordu.

FS-2080, *Bertrand,* diye düşündü. *Tanrım, onu çok özlüyorum.*

Kaybın acısı henüz tazeydi. Tanıştıkları gece ona hâlâ rüya gibi geliyordu.

Chicago. Kar fırtınası.

Altı yıl önce ocak ayı... ama hâlâ dün gibi geliyor. Kar tepecikleri arasından kör edici kar beyazına karşı yakamı kaldırmış bir halde, rüzgâra açık Magnificent Mile boyunca yürüyorum. Soğuğa rağmen kendime, hiçbir şeyin beni yolumdan alıkoyamayacağını söylüyorum. Bu akşam muhteşem Bertrand Zobrist'in konuşmasını dinleyeceğim... hem de canlı olarak.

Adamın yazdığı her şeyi okudum ve etkinlik için basılmış beş yüz biletten birine sahip olduğum için çok şanslı olduğumu biliyorum.

Rüzgârdan yarı sağır bir halde salona vardığımda, yarısının boş olduğunu fark edince panikliyorum. Konferans iptal mi edildi? Şehirde hava şartları yüzünden hayat durmak üzere... Zobrist bu akşam bu yüzden mi gelemedi?

Sonra onu görüyorum.

Uzun, zarif bir figür sahneye çıkıyor.

Uzun boylu... çok uzun boylu... derinliklerinde dünyanın bütün gizemlerini barındıran ateşli yeşil gözleri var. Sadece bir düzine gözü pek hayranın bulunduğu boş salona bakıyor ve salon o kadar boş olduğu için utanıyorum.

Bu, Bertrand Zobrist!

Sert bir ifadeyle bize bakarken korkunç bir sessizlik oluyor.

Sonra, aniden bir kahkaha patlatıyor, yeşil gözleri ışık saçıyor. "Boş konferans salonunun canı cehenneme," diyor. "Otelim yan tarafta. Hadi, hep birlikte bara gidelim!"

Bir alkış kopuyor ve küçük grup yan taraftaki otel barına gidiyor. Büyük bir masaya oturup içkilerimizi sipariş ediyoruz. Zobrist araştırmasını, ünlü oluşunu ve genetik mühendisliğinin geleceğiyle ilgili düşüncelerini anlatarak bizi mest ediyor. İçkiler su gibi akarken, konu Zobrist'in yeni transhümanist felsefe tutkusuna geliyor.

Zobrist, "Transhümanizmin, insanlığın uzun süreli hayatta kalması için tek umut olduğuna inanıyorum," diyor. Gömleğinin yakasını açıp, herkese omzundaki "H" dövmesini gösteriyor. "Gördüğünüz gibi, kendimi bu konuya tamamıyla adadım."

Kendimi bir rock yıldızıyla özel bir görüşme yapıyormuş gibi hissediyorum. Methedilen "genetiğin dâhisi"nin bu kadar karizmatik ve çekici olacağını asla tahmin etmemiştim. Zobrist ne zaman bana baksa, yeşil gözleri içimde beklenmedik bir duyguyu ateşliyor... derin bir cinsel çekimi.

Gece devam ederken, misafirler gerçeğe dönmek için izin istiyorlar ve grup yavaş yavaş azalıyor. Gece yarısı olduğunda Bertrand Zobrist ile yalnız kalıyorum.

İçkiden hafif çakırkeyif bir halde, "Bu akşam için teşekkür ederim," diyorum. "Harika bir öğretmensiniz."

"Yağcılık ha?" Zobrist gülümseyip bana yaklaşıyor, dizlerimiz birbirine değiyor. "Seni istediğin her yere götürür."

Flört etmek çok uygunsuz ama karlı bir gecede tenha bir Chicago otelindeyiz ve tüm dünya sanki durmuş gibi.

Zobrist, "Odamda bir içkiye ne dersin?" diye soruyor.

Donup kalıyorum. Far ışığına yakalanmış bir tavşan gibi baktığımın farkındayım.

Zobrist'in gözleri sıcak bir ifadeyle titreşiyor. "Dur, tahmin edeyim," diye fısıldıyor. "Daha önce hiç ünlü bir adamla birlikte olmadın."

Kızardığımı hissediyor, utancımı, heyecanımı ve korkumu gizlemeye çalışıyorum. Ona, "Dürüst olmak gerekirse," diyorum. "Daha önce hiç, bir **erkekle** *birlikte olmadım."*

Zobrist gülümseyerek daha da yaklaşıyor. "Ne beklediğini bilmiyorum ama lütfen ilkin olmama izin ver."

O anda çocukluğumun tüm cinsel korkuları ve hayal kırıklıkları kayboluyor... buhar olup karlı geceye karışıyor.

Hayatımda ilk kez, özgür kalmış arzuyu hissediyorum.

Onu istiyorum.

On dakika sonra Zobrist'in otel odasında çırılçıplak birbirimizin kollarındayız. Zobrist acele etmiyor, sabırlı elleri tecrübesiz bedenimde daha önce hiç hissetmediğim duygular uyandırıyor.

Bu benim tercihim. Beni zorlamadı.

Zobrist'in koruyucu kolları arasında sanki dünyada her şey yolundaymış gibi hissediyorum. Orada, pencereden dışarı karlı geceye bakarak yatarken bu adamın peşinden her yere gideceğimi anlıyorum.

Frecciargento treni birden yavaşlayınca FS-2080 mutlu anılarından çıkıp kasvetli şimdiki zamana geri döndü.

Bertrand... artık yoksun.

Birlikte geçirdikleri ilk gece inanılmaz bir yolculuğun ilk adımı olmuştu.

Onun sevgilisinden fazlası oldum, onun müridi oldum.

Langdon, "Liberta Köprüsü," dedi. "Neredeyse geldik."

FS-2080, Venedik lagününün sularına bakarken kederle başını salladı. Burada bir kere Bertrand ile birlikte yelken yaptıklarını hatırlamıştı... huzurlu bir anı, bir hafta önceki korkunç anıyla yok olmuştu.

Badia Kulesi'nden atlarken oradaydım.

Onu son gören gözler benimkilerdi.

67. Bölüm

Tassignano Havaalanı'ndan Venedik'e doğru dönen NetJets Citation Excel, ağır hava türbülansında sarsıldı. Uçaktaki Elizabeth Sinskey pencereden dışarıdaki boşluğa bakıp bilinçsizce nazarlığına dokunurken bu sarsıntılı kalkışı pek fark edemedi.

Sonunda iğne yapmayı bıraktıklarından, zihni biraz daha açılmaya başlamıştı. Yanındaki koltukta oturan Ajan Brüder, yaşanan tuhaf olaylar zincirini düşünürken sessizliğini koruyordu.

Şahit olduklarına inanmakta hâlâ güçlük çeken Sinskey, *her şey tepetakla oldu,* diye düşündü.

Otuz dakika önce Langdon'ı, çağırttığı özel uçağa binerken yakalamak için o küçük havaalanına akın etmişlerdi. Ama profesörün yerine, uçak pistinde saatlerine bakıp adım atan iki NetJets pilotuyla yine onu beklemekte olan bir Citation Excel bulmuşlardı.

Robert Langdon görünürde yoktu.

Ardından o telefon geldi.

Telefon çaldığında, Sinskey tüm gün boyunca durduğu yerdeydi: siyah minibüsün arka koltuğunda. Ajan Brüder yüzünde şok olmuş bir ifadeyle araca binip ona telefonu uzattı.

"Size acil bir telefon geldi hanımefendi."

"Kimmiş?" diye sordu Dr. Sinskey.

"Bertrand Zobrist hakkında size çok önemli bir bilgi vereceğini söylememi istedi."

Sinskey telefonu eline aldı. "Ben Dr. Elizabeth Sinskey."

"Dr. Sinskey, sizinle daha önce hiç karşılaşmadık ama kuruluşum, geçtiğimiz yıl boyunca Bertrand Zobrist'i sizden sakladı."

Sinskey birden doğruldu. "Her kimseniz, bir suçluya yataklık etmişsiniz!"

"Biz yasadışı hiçbir şey yapmadık ama bu..."

"Yapmadık diyemezsiniz!"

Hattaki adam sabırla derin bir nefes aldı ve yumuşak bir sesle konuşmaya başladı. "Davranışlarımın etiği üzerine konuşmak için bolca zamanımız olacak. Beni tanımadığınızı biliyorum ama sizin hakkınızda benim biraz bilgim var. Bay Zobrist geçtiğimiz yıl sizi ve diğerlerini kendisinden uzak tutmamız için bana yüklüce para verdi. Sizinle iletişime geçerek kendi protokolümü çiğniyorum. Ama kaynaklarımızı birleştirmekten başka seçeneğimiz olmadığına inanıyorum. Bertrand Zobrist'in korkunç bir şey yapmış olabileceğinden korkuyorum."

Sinskey bu adamın kim olduğunu anlayamıyordu. "Peki bunu yeni mi fark ediyorsunuz?!"

"Evet, bu doğru. Yeni fark ettim." Ses tonu ciddiydi.

Sinskey kafasını toparlamaya çalıştı. "Siz kimsiniz?"

"Çok geç olmadan size yardım etmek isteyen biri. Elimde, Bertrand Zobrist'in hazırladığı görüntülü bir mesaj var. Benden bunu tüm dünyaya yaymamı istedi... yarın. Sanırım hemen görmeniz gerek."

"Ne diyor?"

"Telefonda olmaz. Buluşmamız gerek."

"Size güvenebileceğim ne malum?"

"Size Robert Langdon'ın yerini söyleyeceğim... ve neden böyle garip davrandığını."

Sinskey, Langdon'ın ismini duyunca sersemledi ve yapılan tuhaf açıklamayı şaşkınlıkla dinledi. Bu adam geçen yıl Sinskey'nin düşmanına suç ortaklığı yapmıştı ama içinden bir ses, anlattıklarına inanabileceğini söylüyordu.

Dediğini yapmaktan başka çarem yok.

Kaynaklarını birleştirince, NetJets Citation Excel'e dediklerini yaptırmakta hiç zorluk çekmediler. Şimdi Sinskey ile askerler, hattaki adamın verdiği bilgiye göre, Langdon ile iki yol arkadaşının trenle seyahat ettiği Venedik'e doğru peşlerine düşmüşlerdi. Yerel polisi çağırmak için çok geçti ama hattaki adam Langdon'ın nereye gittiğini bildiğini iddia ediyordu.

San Marco Meydanı mı? Sinskey, Venedik'in en kalabalık yerini gözünde canlandırırken ürperdiğini hissetti. "Bunu nerden biliyorsunuz?"

Adam, "Telefonda olmaz," dedi. "Ama Robert Langdon'ın farkında olmadan çok tehlikeli biriyle seyahat ettiğini bilmeniz lazım."

Dr. Sinskey, "Kim?!" diye sordu.

"Zobrist'in en yakın sırdaşlarından biri." Adam derin bir iç çekti. "Benim de güvendiğim biriydi. Anlaşılan aptallık etmişim. Bir zamanlar inandığım kişi şimdi gerçekten tehlikeli birine dönüştü."

Sinskey ile altı askeri taşıyan özel uçak, Venedik'teki Marco Polo Havalimanı'na giderken, yaşlı kadın yeniden Langdon'ı düşünmeye başladı. *Hafızasını mı kaybetti? Hiçbir şey hatırlamıyor mu?* Bu tuhaf haber, birkaç şeyi açıklamakla birlikte, seçkin akademisyeni krize bulaştırdığı için Elizabeth'i, duyduğundan daha büyük bir pişmanlığa sevk ediyordu.

Ona başka seçenek bırakmadım.

Sinskey yaklaşık iki gün önce Langdon'ı bu işe bulaştırdığında pasaportunu alması için bile eve dönmesine izin vermemişti. Dünya Sağlık Örgütü'nün özel bir bağlantısı olarak, Floransa'da havaalanından sorunsuz bir şekilde geçmesini sağlamıştı.

C-130 burnunu Atlantik üzerinden doğuya verirken Sinskey, yanında oturan Langdon'a bakmış ve pek iyi görünmediğini fark etmişti. Adam, penceresiz kabinin yan duvarına gözlerini dikmişti.

"Profesör, bu uçağın hiç penceresi olmadığını fark etmişsinizdir. Bu uçak, yakın zamana kadar askeri taşımacılıkta kullanılıyordu."

Langdon benzi solmuş bir halde kadına döndü. "Evet, uçağa bindiğim anda bunu fark ettim. Kapalı yerlerde pek iyi hissetmiyorum."

"Bu sebeple de bir pencereden baktığınızı mı hayal ediyorsunuz?"

Mahcup bir tavırla gülümsedi. "Bunun gibi bir şey, evet."

"Peki öyleyse, onun yerine buna bakın." Uzun boylu, yeşil gözlü hasmının bir fotoğrafını çıkarıp önüne koydu. "Bu kişi Bertrand Zobrist."

Sinskey, ona Dış İlişkiler Konseyi'nde Zobrist ile yaptığı görüşmeyi, adamın Kıyamet Denklemi'ne olan tutkusunu, Kara Ölüm'ün küresel faydaları hakkındaki düşüncelerini ve en kötüsü de geçen yıl ortadan kaybolduğunu önceden anlatmıştı.

Langdon, "Böylesine tanınan biri, nasıl olur da bu kadar uzun bir süre saklı kalabilir?" diye sordu.

"Çok yardım aldı. Profesyonel yardım. Belki yabancı bir hükümet bile yardım etmiş olabilir."

"Hangi hükümet veba bulaştırılmasına göz yumar?"

"Karaborsadan nükleer silah başlıkları elde etmeye çalışan hükümetler. Vebanın en etkili biyokimyasal silah olduğunu unutmayın; bir servet değerindedir. Zobrist ortaklarına yalan söylemiş ve onları, bu çalışmasının kapsam alanının sınırlı tutulduğuna temin etmiş olabilir. Yaptığı şeyin gerçekte nelere yol açacağını ondan başkası bilmiyordu."

Langdon sesini çıkarmadı.

Sinskey, "Bu kişiler, güç veya para için olmasa bile onun *ideolojisine* inandıkları için de Zobrist'e yardım etmiş olabilirler," dedi. "Zobrist'in, dediği her şeyi yapacak müritleri vardı. Ünlü biriydi. Doğrusunu isterseniz, yakın zaman önce sizin üniversitenizde de bir konuşma yapmıştı."

"Harvard'da mı?"

Sinskey bir kalem çıkarıp Zobrist'in fotoğrafının altına yazmaya başladı: bir H harfi ve ardından gelen artı işareti. "Siz simgeleri iyi tanıyorsunuz," dedi. "Bunu tanıdınız mı?"

H+

Başını hafifçe sallayan Langdon, "H-artı," diye fısıldadı. "Elbette, birkaç yaz önce kampusun her yerine asılmıştı. Ben de bir tür kimya konferansı olduğunu sanmıştım."

Sinskey kendi kendine güldü. "Hayır. Bu, dünyanın en büyük transhümanizm toplantısı olan '2010 Hümanite-Artı' zirvesi için kullanılan simgeydi."

Langdon kelimeye anlam vermeye çalışıyormuş gibi başını yana eğdi.

Sinskey, "Transhümanizm bir tür felsefe, bir aydın hareketidir. Bilim dünyasında hızla yayılmaya başladı. Esasen, insan bedenindeki kalıtımsal zayıflıkları aşmamız gerektiğini ileri sürer. Başka bir deyişle, insan evrimindeki bir sonraki aşamada, *kendimizi* biyolojik olarak düzenlememiz gerektiğini söyler."

Langdon, "Kulağa ürkütücü geliyor," dedi.

"Tüm değişiklikler gibi, bunun da bir derecesi var. Teknik açıdan bakarsak, kendimizi zaten yıllardır düzenliyoruz. Çocukların çiçek, çocuk felci, tifo gibi bazı hastalıklara bağışıklık kazanmasını sağlayan aşılar geliştiriyoruz. Ama şimdi aradaki fark şu: Zobrist'in germline mühendisliğinde yaptığı buluşla, *kalıtımsal* bağışıklık yaratmayı öğrendik. Hastalığı ilk kapan kişiden başlayarak, sonraki nesillerde bu hastalığa bağışıklık kazandırabiliyoruz."

Langdon şaşırmıştı. "Yani insanlar, sözgelimi, tifoya bağışıklık kazanmış bir *evrim* geçirecekler öyle mi?"

Sinskey, "Buna daha çok *yardımla* evrim geçirmek denebilir," diyerek onu düzeltti. "İster bir balığın ayaklarının çıkması, isterse bir maymunun başparmağının uzaması olsun, normal bir evrim süreci binlerce yıl alır. Şimdiyse biz, tek bir nesilde genetik uyumun sağlanmasını başarabiliyoruz. Teknolojiyi savunanlar, insan türünün kendi evrim sürecini geliştirmeyi öğrendiği bu yolla, Darwin'in 'en iyi uyum sağlayan hayatta kalır' ifadesinin en üst seviyeye taşındığına inanıyorlar."

Langdon, "Bu, Tanrı rolünü oynamak gibi bir şey," diye karşılık verdi.

Sinskey, "Tüm kalbimle katılıyorum," dedi. "Ama başka pek çok transhümanist gibi Zobrist de türümüzü geliştirmek için sahip olunan tüm güçlerden faydalanmanın, insan evriminin bir *gerekliliği* olduğunu kuvvetle savundu. Fakat sorun şu ki, genetik yapımız bir deste oyun kâğıdı gibidir, her bir parça anlayamadığımız yollarla sayısız başka parçaya bağlıdır ve bunlar birbirini destekler. Tek bir özelliği kaldırmaya kalkışırsak, yüzlerce başkasının aynı anda yer değiştirmesine sebep oluruz ve büyük olasılıkla da bunun yıkıcı etkileri olur."

Langdon başını salladı. "Evrimin aşama aşama kaydedilmesinin bir sebebi var."

Sinskey, profesöre her geçen saniye hayranlığının arttığını hissederek, "Kesinlikle!" dedi. "Tamamlanması binlerce yıl alan bir süreci üstünkörü oluşturmaya çabalıyoruz. Tehlikeli bir zamandayız. Bugün, gelecek kuşakları daha yetenekli, daha dayanıklı, daha güçlü ve hatta daha zeki kılacak genetik dizileri aktive etme imkânına sahibiz. Bu şekilde bir süper tür yaratabiliriz. Kimilerinin, türümüzün geleceği olduğuna inandığı, bu tecride 'geliştirilmiş' bireylere transhümanistler *insanötesi* diyor."

Langdon, "Öjenik gibi bir şey," diyerek karşılık verdi.

Bu benzetme karşısında Sinskey'nin tüyleri diken diken olmuştu.

Nazi bilimadamları 1940'larda öjenik dedikleri bir teknoloji geliştirmişlerdi: Bu; "arzu edilir" genetik özellikleri taşıyanların doğum oranını artırırken, "daha az arzu edilir" etnik özelliklere sahip olanların doğum oranını azaltacak basit bir genetik mühendislik girişimiydi.

Genetik seviyede etnik temizlik.

Sinskey, "Arada benzerlikler var," diyerek itirafta bulundu. "Yeni bir insan türünün nasıl oluşturulabileceğini anlamak zor olsa da hayatta kalabilmek için bu süreci başlatmamızın çok gerekli olduğuna inanan birçok zeki insan da var. Transhümanist dergisi *H* yazarlarından biri, germline mühendisliğini 'temiz gelecek' diye nitelendirdi ve türümüzün gerçek potansiyelini ortaya koyduğunu iddia etti." Sinskey sustu. "Ama yine de savunma yaparken, 'Dünyadaki En Tehlikeli Fikir' isminde bir *Discover* dergisi makalesi yayımladılar."

Langdon, "Sanırım ben yazılardan ikincisine katılıyorum," dedi. "En azından sosyokültürel açıdan baktığımda."

"Neden?"

"Şey... estetik ameliyata benzettiğim genetik düzeltmeler hayli pahalı, değil mi?"

"Elbette. Kendilerini veya çocuklarını ameliyat ettirebilecek parayı herkes bulamıyor."

"Yani, genetik düzeltmeler yasallaştığı anda, bir anlamda sahip olanlarla olmayanlar dünyası yaratacak. Zenginle fakir arasındaki uçurum zaten gitgide büyüyor. Genetik mühendislik, bir süperinsan türü yaratacak. Dünyayı yöneten yüzde birlik ultra zengin kesimin aynı zamanda daha akıllı, daha güçlü, daha sağlıklı, üstün bir *tür* haline geldiğini düşünün. O zaman bu, kölelik veya etnik temizlikle eşdeğer bir durum oluşturur."

Sinskey yanında oturan akıllı akademisyene gülümsedi. "Profesör, genetik mühendislikte en ciddi kusur olarak gördüğüm noktayı hemen kavradınız."

"Belki bunu kavramış olabilirim ama Zobrist konusunda aklım hâlâ karışık. Tüm bu transhümanist yaklaşımlar, insan ırkını daha iyiye götürme amaçlı gibime geliyor; bizi daha sağlıklı kılacak, ölümcül hastalıkları iyileştirecek ve ömrümüzü uzatacak. Ama Zobrist'in nüfus yoğunluğu hakkındaki görüşleri insanları öldürmek üzerine. Transhümanizm ve nüfus yoğunluğu hakkındaki görüşleri birbiriyle çelişmiyor mu?"

Sinskey ciddi bir tavırla içini çekti. "Bir seferinde kendini, çaresizce filika yapmaya çalışırken yolcu sayısı her saat ikiye katlandığı için batmaya başlamış bir gemide mahsur kalmış gibi tasvir etmişti." Sustu. "Bu yüzden insanların yarısını gemiden atmak gerektiğini savunmuştu."

Langdon yüzünü buruşturdu. "Korkutucu bir düşünce."

"Öyle, ama sizi yanıltmasın. Zobrist, insan nüfusunu ayıklamanın günü geldiğinde bir kahramanlık olarak anılacağına inanıyordu... insan türünün hayatta kalmayı tercih ettiği bir eylem olacaktı."

"Dediğim gibi, korkutucu."

"Bunun sebebi biraz da onunla aynı düşünceyi paylaşan insanların var olması. Zobrist ölünce pek çok kişiye göre şehit oldu. Floransa'ya vardığımızda kiminle karşılaşacağımızı bilmiyorum ama çok dikkatli olmalıyız. Şu salgın mikrobunu bulmaya çalışan bir tek biz olmayacağız ve kendi güvenliğiniz için İtalya'da ne aradığınızı herkesten saklı tutmalıyız."

Langdon ona bir Dante uzmanı olan arkadaşı Ignazio Busoni'den bahsetti. Zobrist'in projektöründeki *cerca trova* sözcüklerinin yer aldığı tabloya bakmak için herkes çıktıktan sonra onu Vecchio Sarayı'na sokabileceğine inanıyordu. Ayrıca Busoni, ölümün gözleriyle ilgili o tuhaf alıntıyı anlamasına da yardımcı olabilirdi.

Sinskey gümüş rengi uzun saçlarını geriye attı ve gözlerini Langdon'ınkilere dikti. "Arayın ve bulun profesör. Zaman daralıyor."

Sinskey uçaktaki bir depoya girdi ve DSÖ'nün en güvenli hazmat tüpünü aldı; biyometrik mühürleme yapabilen bir modeldi.

Kutuyu Langdon'ın önüne koyarken, "Bana başparmağınızı uzatın," dedi.

Langdon şaşırsa da kadının dediğini yaptı.

Sinskey tüpü sadece Langdon'ın açabileceği bir şekilde programladı. Sonra küçük projektörü içine yerleştirerek emniyete aldı.

Gülümserken, "Bunu taşınabilir bir kilitli kutu gibi düşünün," dedi.

"Üzerindeki biyolojik tehlike işaretiyle mi?" Langdon tedirgin görünüyordu.

"Elimizde sadece bu var. İyi tarafından bakacak olursak, kimse oynamaya kalkmayacaktır."

Langdon bacaklarını esnetmek ve tuvalete gitmek için izin istedi. O gittiğinde Sinskey mühürlü kutuyu ceketinin cebine koymaya çalıştı ama ne yazık ki sığdıramadı.

Bu projektörü görünür bir yerinde taşıyamaz. Biraz düşündükten sonra depoya gidip bir neşterle dikiş seti aldı. Uzman titizliğiyle Langdon'ın ceket astarında bir kesik açtı ve biyotüpü saklayabileceği büyüklükte gizli bir cep dikti.

Langdon döndüğünde son dikişleri atıyordu.

Profesör durup, sanki Sinskey *Mona Lisa*'nın yüzünü değiştiriyormuş gibi bakakaldı. "Harris Tweed'imin astarını mı kestiniz?"

"Sakin olun profesör," dedi. "Ben eğitimli bir cerrahım. Attığım dikişler oldukça profesyoneldir."

68. Bölüm

Venedik'in Santa Lucia Tren İstasyonu gri taş ve betondan yapılma zarif bir yapıydı. Modern, minimalist bir tasarımı vardı. Devlet Demir Yolları Ferrovie dello Stato'nun[1] FS harfli kanatlı sembolü dışında dış cephesinde hiçbir işaret yoktu.

İstasyon, Büyük Kanal'ın en batı ucunda olduğu için, gelen yolcular istasyondan dışarı adım attıkları anda kendilerini Venedik'in karakteristik manzarası, kokusu ve sesleriyle karşı karşıya bulurlardı.

Langdon'ı ilk etkileyen her zaman tuzlu hava olurdu; istasyonun dışındaki işportacıların sattıkları pizzanın kokusuyla çeşnilenen temiz deniz melteminin kokusu. O gün rüzgâr doğudan esiyordu ve havada Büyük Kanal'ın kabaran sularında bekleyen deniz taksilerinden yayılan dizel yakıtın kokusu da vardı. Düzinelerce tekne kaptanı kollarını sallayarak turistlere sesleniyor, taksilerine, gondollarına, vaporetto'larına[2] ve özel sürat motorlarına yeni yolcular çekmeye çalışıyorlardı.

Langdon suyun üzerindeki trafik yoğunluğuna bakarken, *suyun üzerindeki kargaşa,* diye düşündü. Boston'da çıldırtıcı olabilecek bu izdiham bir şekilde Venedik'te çekici geliyordu.

(1) Devlet demiryolları işletmesi
(2) Deniz otobüsü

Kanala bir taş atımlık mesafede, San Simeone Piccolo'nun bakır kubbesi gökyüzüne doğru yükseliyordu. Avrupa'nın mimari açıdan en eklektik kiliselerinden biriydi. Sıra dışı dik kubbesi ve daire şeklindeki ibadethanesi Bizans stilindeydi. Mermer sütunlu giriş, Roma'nın Panteon'undaki klasik Yunan mimarisinden örnek alınmıştı. Ana girişin üzerinde, acı çeken azizleri resmeden mermer bir rölyef alınlık vardı.

Langdon, kilise merdivenlerine çarpan kanal suyuna bakarken, *Venedik bir açık hava müzesi,* diye düşündü. *Yavaş yavaş batan bir müze.* Yine de olası bir sel baskını Langdon'a, şehrin altında pusuya yatmış bekleyen tehlikeden daha önemsiz geliyordu.

Ve kimsenin haberi yok ki...

Dante'nin maskesinin arkasındaki şiir hâlâ Langdon'ın zihnini kurcalıyordu ve dizelerin kendilerini nereye yönlendireceğini merak ediyordu. Şiirin kopyası cebindeydi ama alçı maskeyi Sienna'nın önerisiyle bir gazete kâğıdına sarmış ve tren istasyonundaki kilitli bir dolaba koymuştu. Kilitli dolap, bu kadar değerli bir eser için son derece uygunsuz bir yer olmasına karşın, paha biçilmez alçı maskeyi su dolu bir şehirde yanında dolaştırmaktan çok daha güvenliydi.

"Robert?" Ferris ile birlikte önden giden Sienna deniz taksilerini gösteriyordu. "Fazla zamanımız yok."

Langdon hızlanarak onlara yetişti. Mimariye hayran biri olarak Büyük Kanal'da bir gezintiyi aceleye getirmek onun için akıl almaz bir şeydi. Şehrin en esaslı açık hava deniz otobüsü olan vaporetto No.1'e özellikle gece binmekten ve yukarıda, önde oturarak ışıklandırılmış katedralleri ve sarayları izlemekten daha keyifli olabilecek bir Venedik deneyimi düşünemiyordu.

Langdon, *bugün vaporetto yok,* diye düşündü. Vaporetto deniz otobüsleri son derece yavaş olduğu için deniz taksisi daha hızlı bir seçenekti. Ne yazık ki, istasyonun dışındaki taksi sırasının sonu gelmeyecekmiş gibi görünüyordu.

Bekleyecek havada olmayan Ferris hemen duruma el attı ve bir deniz limuzini tuttu; Güney Afrika maunundan yapılmış, üstü açılıp kapanabilen çok gösterişli bir Veneziano. Zarif araç fazla abartıya kaçıyordu ama yolculuk hem onlara özel hem de hızlı olacaktı. Büyük Kanal'dan San Marco Meydanı'na sadece on beş dakikada varacaklardı.

Kaptan, Armani takım elbiseli, son derece yakışıklı bir adamdı. Kaptandan çok film yıldızına benziyordu, ama ne de olsa burası İtalyan zarafetinin diyarı olan Venedik'ti.

Adam onları tekneye buyur ederken Sienna'ya göz kırparak, "Maurizio Pimponi," dedi. "Prosecco? Limoncello? Şampanya?"

Sienna seri bir İtalyancayla, *"No, grazie,"* diye karşılık verip, kendilerini San Marco Meydanı'na mümkün olduğunca çabuk götürmesini istedi.

Maurizio tekrar göz kırparak, *"Ma certo!"* dedi. "Benim teknem Venedik'in en hızlısıdır..."

Langdon ve diğerleri teknenin kıç tarafındaki lüks koltuklara yerleşirken Maurizio, Volvo Penta motorunu geri vitese alıp ustalıkla kıyıdan ayrıldı. Sonra dümeni sağa çevirerek motorları çalıştırdı, büyük aracıyla gondolların arasında manevralar yaparken, zarif siyah araçları dümen suyunda aşağı yukarı inip çıkan çizgili tişörtlü *gondolieri*'ler ona yumruklarını salladılar.

Maurizio özür dileyen bir ses tonuyla, *"Scusate!"* diye seslendi. "VIP'ler!"

Maurizio saniyeler içinde Santa Lucia İstasyonu'nun izdihamından kurtulmuş, Büyük Kanal'da doğuya doğru ilerliyordu. Ponte degli Scalzi'nin zarif genişliğinin altında hızlanırlarken Langdon kıyıdaki tenteli restoranlardan yayılan yerel *seppie al nero*'nun, kendi mürekkebiyle pişen kalamarın nefis kokusunu aldı. Kanalda bir virajı döndüklerinde muazzam kubbeli San Geremia Kilisesi'ni gördüler.

Langdon kilisenin yan tarafındaki yazıdan azizenin ismini okuyarak, "Azize Lucia," dedi. "Körlerin kemikleri."

Sienna meraklandı. "Efendim?" Langdon'ın gizemli şiirle ilgili bir şey bulduğunu umut ediyordu.

Langdon, "Yok bir şey," dedi. "Garip bir fikir. Büyük ihtimalle önemsizdir." Kiliseyi gösterdi. "Yazıyı görüyor musun? Azize Lucia buraya gömülmüş. Bazen hagiografi[1] sanatı dersi veririm, Hıristiyan azizlerin resmedildiği bir sanattır. Ve birden Azize Lucia'nın körlerin koruyucu azizi olduğu aklıma geldi."

Maurizio yardım etmeye hevesli bir ifadeyle, *"Sì, Azize Lucia!"* diye lafa atladı. "Körlerin azizi! Hikâyeyi biliyor musunuz, hayır mı?" Motor seslerini bastırmak için bağırarak konuşmaya başladı. "Lucia o kadar güzelmiş ki, bütün erkekler onu arzuluyormuş. Bu yüzden, Tanrı için temiz olmak ve bekâretini korumak adına kendi gözlerini çıkarmış."

Sienna inler gibi, "Ne bağlılık," diye söylendi.

Maurizio, "Tanrı, fedakârlığının ödülü olarak," diye ekledi. "Lucia'ya daha da güzel gözler vermiş."

Sienna, Langdon'a baktı. "Bunun hiç mantıklı olmadığını *biliyor,* öyle değil mi?"

Langdon bir tabakta kendi gözlerini taşıyan Azize Lucia'yı resmeden yirmi kadar ünlü usta ressamı düşünerek, "Tanrı'nın işine akıl sır ermez," dedi.

Azize Lucia efsanesinin birçok versiyonu vardı ama hepsinde Lucia gözlerini çıkartıp ateşli âşığı için bir tabağa koyuyor ve cüretle, "Çok arzu ettiğin şeyi buyur al... ve bundan sonra sana yalvarıyorum; bana huzur ver!" diyordu. Lucia'nın kendi kendini kör etmesine ilham veren Kutsal Kitap olmuş, bir de İsa'nın meşhur öğüdü: "Eğer gözlerin seni günaha sokuyorsa, onları çıkartıp at."

Çıkartmak? Langdon aynı kelimenin şiirde de kullanıldığını hatırladı. *Hain Venedik dükasını ara, o ki atların başlarını kesti ve körlerin kemiklerini çıkarttı.*

---

(1) Aziz çalışmaları

Tesadüf karşısında hayrete düşen Langdon, şiirde bahsi geçen kör kişinin Azize Lucia olup olmadığını merak etti.

Langdon, "Maurizio," diye seslenip San Geremia Kilisesi'ni gösterdi. "Azize Lucia'nın kemikleri bu kilisede mi?"

Tekneyi tek eliyle ustalıkla kullanırken önündeki trafiğe aldırmadan yolcularına doğru dönen Maurizio, "Birazı, evet," dedi. "Ama hepsi değil. Azize Lucia o kadar çok seviliyordu ki, kemikleri dünyanın dört bir tarafındaki kiliselere dağıtıldı. Venedikliler Azize Lucia'yı çok severler, bu yüzden kutlamalar..."

Ferris, "Maurizio!" diye haykırdı. "Azize Lucia körmüş, ama sen değilsin! Önüne bak!"

Maurizio bir kahkaha atarak önüne döndü ve onları gelen bir tekneyle çarpışmaktan son anda kurtardı.

Sienna, Langdon'ı inceliyordu. "Ne düşünüyorsun? Körlerin kemiklerini çıkartan Venedikli hain düka?"

Langdon dudaklarını büzdü. "Emin değilim."

Sienna ve Ferris'e kısaca Azize Lucia'nın kemiklerinin hikâyesini anlattı. Hagiografi sanatında en tuhaf konu buydu. Efsanelere göre, güzel Lucia nüfuzlu bir âşığının ilgisini reddedince, adam onun aleyhinde konuşmuş ve kazıkların üzerinde yaktırmış ama Lucia'nın vücudu yanmamış. Eti ateşe dayanıklı olduğu için kalıntılarının özel güçleri olduğuna ve bu kalıntıları ele geçiren kişinin normalden uzun bir yaşamı olacağına inanılmış."

Sienna, "Sihirli kemikler mi?" diye sordu.

"Evet, öyle olduğuna inanılmış ve bu yüzden de kalıntıları dünyanın dört bir tarafına dağıtılmış. İki bin yıl boyunca güçlü liderler Azize Lucia'nın kemiklerine sahip olarak yaşlanmaya ve *ölümü* engellemeye çalışmışlar. İskeleti birçok kez çalınıp bulunmuş ve tarihteki diğer azizlerin iskeletlerinden daha çok parçalanmış. Kemikleri tarihteki en güçlü kişilerin elinden geçmiş."

Sienna, "Bunların arasında hain bir düka da var mıymış?" dedi.

Dante'nin *Cehennem*'de Azize Lucia'dan belirgin bir şekilde bahsettiğini hatırlayan Langdon, "Büyük ihtimalle," dedi. Lucia, Dante'nin yeraltı dünyasından kaçmasına yardım etmesi için Vergilius'u çağıran kutsanmış üç kadından –le tre donne benedette– biriydi. Diğer iki kadın Bakire Meryem ve Dante'nin sevgili Beatrice'sidir ve Dante, Azize Lucia'yı bunların arasında en yüksek mertebeye koymuştur.

Sienna heyecanlanmıştı. "Eğer bu konuda haklıysan, o zaman atların kafalarını kesen hain düka..."

Langdon, "...Azize Lucia'nın da kemiklerini çalmıştır," diyerek onun sözünü tamamladı.

Sienna başını salladı. "Bu da listemizi ciddi anlamda kısaltır," dedi. Ferris'e baktı. "Telefonunun çalışmadığına emin misin? İnternette arama..."

Ferris, "Çalışmıyor," dedi. "Az önce kontrol ettim. Özür dilerim."

Langdon, "Birazdan orada olacağız," dedi. "San Marco Bazilikası'nda birtakım cevaplar bulacağımıza eminim."

San Marco, Langdon için yapbozun emin olduğu tek parçasıydı. *Kutsal bilgelik mouseion*'u. Langdon bazilikada gizemli dükanın kimliğini öğreneceklerine inanıyordu... ve oradan, şansları yaver giderse Zobrist'in salgını yaymak için seçtiği sarayı bulacaklardı.

Langdon salgın görüntülerini zihninden uzaklaştırmaya çalıştı ama başarılı olamadı. Bu muhteşem şehrin altın çağında... salgın zayıflayıp Osmanlılar, sonra da Napolyon tarafından fethedilmeden önce nasıl olduğunu, Venedik'in Avrupa'nın ticaret merkezi olarak saltanat sürdüğü o dönemleri çok sık düşünürdü. Söylenenlere göre zamanında, nüfusunun zenginliği ve kültürü eşsiz olan Venedik'ten daha güzel bir şehir yoktu.

Ne tuhaftır ki, ticaret gemilerinin ambarlarındaki sıçanların sırtlarında Çin'den Venedik'e ölümcül salgını getiren, nüfusun yabancı lüks eşyalara tutkusu olmuştu. Çin'in nüfusunun *üçte ikisini* yok eden salgın, Avrupa'ya gelmiş ve hızla nüfusun üçte birini öldürmüştü.

Langdon salgın sırasında Venedik'teki hayatla ilgili tasvirler okumuştu. Ölüleri gömecek toprak kalmadığı için şişmiş cesetler kanallarda yüzüyordu. Bazı bölgelerdeki ceset yoğunluğu yüzünden işçiler kütük yuvarlar gibi cesetleri denize doğru itiyorlardı. Dualar, salgının gazabını azaltmaya yetmiyordu. Devlet memurları hastalığa sıçanların neden olduğunu anladıklarında artık çok geçti ama Venedik yine de gelen tüm gemilerin yüklerini boşaltmadan önce kırk gün açığa demirleyip beklemelerini gerektiren bir kanun çıkarmıştı. Günümüzde, İtalyancası *quarantina* olan kırk rakamı, *karantina* kelimesinin nereden geldiğini hatırlatan tatsız bir kelimedir.

Tekneleri kanaldaki bir virajı hızla dönerken kırmızı bir bayrak rüzgârda savrularak Langdon'ın ölümle ilgili düşüncelerinden sıyrılıp solundaki zarif, üç katlı yapıya odaklanmasına neden oldu.

CASINÒ DI VENEZIA: SONSUZ BİR DUYGU.

Langdon kumarhanenin afişindeki kelimeleri hiçbir zaman tam olarak anlayamamıştı ama Rönesans stili muhteşem saray, Venedik manzarasının on altıncı yüzyıldan beri bir parçasıydı. Bir zamanlar şahsa ait bir malikâne olan bu yer artık smokinle girilen bir kumarhaneydi. Burası, besteci Richard Wagner'in 1883'te *Parsifal* operasını besteledikten kısa bir süre sonra kalp krizi geçirip öldüğü yerdi.

Kumarhanenin arkasında, barok stili rustik dış cephenin üzerinde daha da büyük koyu mavi bir pankart asılıydı. Üzerinde, CA'PESARO: GALLERIA INTERNATZIONALE D'ARTE MODERNA[1] yazıyordu. Yıllar önce Langdon içeri girmiş ve Gustav Klimt'in Viyana'dan ödünç olarak getirtilen *Öpücük* adlı başyapıtını görmüştü. Klimt'in birbirine sarılmış iki sevgilinin altın varaklı büyüleyici yorumu, sanatçının eserlerine tutku duyma

(1) ULUSLARARASI MODERN SANAT MÜZESİ

sına neden olmuş ve Langdon, Venedik'in Ca'Pesaro Müzesi'nin modern sanata olan tutkusunu ateşleyen yer olduğuna inanmıştı.

Maurizio geniş kanalda artık daha da büyük bir hızla ilerliyordu.

İleride, ünlü Rialto Köprüsü duruyordu, San Marco Meydanı'na giden yolu yarılamışlardı. Köprüye yaklaştıklarında Langdon başını kaldırıp yukarı baktı ve melankolik bir yüz ifadesiyle parmaklıklardan aşağı bakan yalnız figürü gördü.

Yüzü hem tanıdık... hem de ürkütücüydü.

Langdon içgüdüsel olarak gerildi.

Grimtırak ince uzun yüzün soğuk, ifadesiz gözleri ve uzun, kemerli bir burnu vardı.

Tekne ürkütücü figürün altından geçerken Langdon onun yeni aldığı eşyayla gösteriş yapan bir turist olduğunu fark etti. Rialto Pazarı'nda her gün yüzlercesi satılan veba maskelerinden birini alıp takmıştı.

Ama o gün, bu kostüm göze hiç hoş görünmüyordu.

69. Bölüm

Venedik'teki San Marco Meydanı, korunaklı su yolunun açık denizle kesiştiği, Büyük Kanal'ın en güney ucundadır. Bu tehlikeli kesişimin üzerinde, gözcü kulesi bir zamanlar Venedik'i dışarıdan gelen istilalara karşı korumuş olan Dogana di Mare'nin, yani Deniz Gümrüğü'nün sade, üçgen kalesi durur. Günümüzde bu gözcü kulesinin tepesine, devasa altın rengi bir kaide üzerinde, rüzgârla yön değiştiren kolları denizcilere kaderin bilinmezliğini hatırlatan kader tanrıçası şeklindeki bir rüzgâr gülü yerleştirilmiştir.

Maurizio parlak teknenin dümenini kanalın sonuna doğru çevirirken önlerinde, denizin çalkantılı suları göründü. Robert Langdon daha büyük vaporetto'larda bu yolu pek çok kereler kat etmişti ama bindikleri limo, yükselen dalgalara doğru açılırken bir tedirginlik hissetti.

San Marco Meydanı'ndaki iskelelere ulaşmak için bindikleri teknenin, lüks yatlardan tankerlere ve özel yelkenlilere kadar yüzlerce tekneyle dolu büyük bir lagünün üzerinden geçmesi gerekiyordu. Sanki sayfiye yolundan çıkıp, sekiz şeritli bir otoyola bağlanıyorlardı.

Sienna üç yüz metre ötede, önlerinden geçen on katlı yolcu gemisine bakarken onun kadar tedirgin görünüyordu. Geminin güverteleri, küpeştelere dayanmış San Marco Meydanı'nın fotoğrafını çeken yolcularla doluydu. Üç başka gemi, bu geminin dümen suyunda, Venedik'teki en ünlü yerin önünden geçmek için sırasını bekliyordu. Langdon son yıllarda gemi sayısının artmasıyla birlikte, meydanın önünden gece gündüz durmadan gemi geçtiğini duymuştu.

Dümendeki Maurizio, gelmekte olan yolcu gemilerini inceledikten sonra sol tarafındaki üstü kapalı iskeleye baktı. "Harry's Bar'a park edeyim mi?" Bellini'yi icat etmekle ünlenen restoranı gösteriyordu. "San Marco oraya yürüme mesafesinde."

Lagünün üzerinden, San Marco Meydanı'ndaki iskeleleri işaret eden Ferris, "Hayır, bizi oraya kadar götür," diye emir verdi.

Maurizio uysal bir tavırla omuzlarını silkti. "Siz bilirsiniz. Sıkı tutunun!"

Motorlar hızlanınca limo, şamandırayla işaretlenmiş trafik şeridine geçti. Dalgaları diğer tekneleri mantar gibi sallayan yolcu gemileri, yüzen binaları andırıyordu.

Onlarca gondolun aynı şekilde karşıya geçtiğini görünce Langdon şaşırdı. Yaklaşık on iki metre uzunluğunda ve yedi yüz kilo ağırlığındaki ince gövdeleri bu çalkantılı sulara sağlam bir şekilde oturmuştu. Her tekneyi, gövdenin sol tarafındaki platformun üzerinde, sağdaki borda tirizine bağlanmış tek bir küreği çeken, geleneksel siyah beyaz çizgili tişörtüyle bir gondolcu idare ediyordu. Langdon teknenin asimetrik tasarımı sebebiyle gondolların, her durumda sola yattığını öğrenmişti; hep sağ taraftan kürek çekildiği için, teknenin sola dönme eğilimini yenmek amacıyla gondolun gövdesi, gondolcunun bulunduğu yerden itibaren sağa doğru kıvrım yapıyordu.

Maurizio yanından hızla geçtikleri bir gondolu gururla gösterdi. Geriye doğru, "Ön taraftaki metal şekli görüyor musunuz?" diye seslenirken, pruvadan dışa doğru uzanan zarif süslemeyi gösteriyordu. "Gondolun üzerindeki tek metal budur. *Ferro di prua* denir: Pruva demiri. Venedik'in bir resmidir!"

Venedik'teki her gondolun pruvasından öne doğru uzayan tırpan benzeri süslemenin sembolik bir anlamı bulunduğunu açıkladı. *Ferro*'nun kıvrımlı şekli Büyük Kanal'ı, altı dişi Venedik'teki altı *sestieri*'yi veya bölgeyi, uzun bıçağıysa Venedik dükasının miğferini temsil ediyordu.

Yeniden önündeki işi düşünmeye başlayan Langdon, içinden, *düka,* diye geçirdi. *Hain Venedik dükasını ara, o ki, atların başlarını kesti ve körlerin kemiklerini çıkarttı.*

Langdon bakışlarını karşısındaki kıyı şeridine yöneltti. Suyun hemen kenarında küçük, ahşap bir park yeri vardı. Ağaçların üstündeki bulutsuz gökyüzünde, San Marco'nun kırmızı tuğladan yapılmış çan kulesi yükseliyordu. Kulenin en tepesindeki altın baş melek Cebrail, iki yüz seksen metre yukarıdan aşağıya bakıyordu.

Batma eğilimi yüzünden yüksek binaların inşa edilmediği şehirdeki yüksek yapı olan San Marco Çan Kulesi, Venedik'in kanallar ve geçitler labirentine girenlere yol gösterici bir işaret kulesi işlevini görüyordu; yolunu kaybeden biri, gökyüzüne şöyle bir bakınca San Marco Meydanı'na giden yolu görebiliyordu. Langdon bu devasa kulenin 1902 yılında çökerek, San Marco Meydanı'nda bir moloz yığını bıraktığına inanmakta hâlâ güçlük çekiyordu. Bu felaketteki tek kurbanın bir kedi olması da kayda değerdi.

Venedik'e gelen ziyaretçiler, şehrin eşsiz havasını pek çok nefes kesici mahalde soluyabilirdi ama Langdon'ın en sevdiği yer, Riva degli Schiavoni'ydi. Arsenal'dan San Marco Meydanı'na kadar uzanan, deniz kumundan yapılmış kıyıdaki bu geniş gezinti yeri dokuzuncu yüzyılda inşa edilmişti.

Güzel kafeteryalar, seçkin oteller ve hatta Antonio Vivaldi'nin kayıtlı olduğu kilisenin sıralandığı Riva, bir zamanlar hasarlı gemilerdeki delikleri ziftle kapatmak için gemi yapımcılarının kaynattığı reçine kokulu Arsenal'dan başlıyordu. Söylendiğine göre bu tersaneler Dante Alighieri'ye, *Cehennem*'deki işkencelerden birini, kaynayan zift hendeği yapma ilhamını vermişti.

Langdon'ın Riva'dan sağa doğru kayan bakışları, gezinti yerinin çarpıcı bitiminde durdu. San Marco Meydanı'nın en güney ucundaki bu kısımda, geniş kaldırım denizle buluşuyordu. Venedik'in altın çağlarında buradaki kayalıklara "tüm medeniyetlerin kıyısı" denirdi.

Günümüzde, iki yüz seksen metrelik bu yerin önüne her zaman olduğu gibi, bağlı bulundukları yerde suya dalıp çıkarken tırpan benzeri pruva süsleri meydandaki mermer binaların cephesine doğru aşağı yukarı salınan yüzlerce siyah gondol sıralanmıştı.

Langdon, New York'taki Central Park'ın iki katı kadar olan bu küçük şehrin denizde inşa edilerek, batıdaki en büyük ve en zengin imparatorluk haline gelmesine inanmakta hâlâ güçlük çekiyordu.

Maurizio tekneyi yakınlaştırınca, Langdon ana meydanın insanlarla dolu olduğunu gördü. Napolyon bir zamanlar San Marco Meydanı için "Avrupa'nın misafir odası" demişti; görünüşünden anlaşıldığı kadarıyla bu "oda", kaldırabileceğinden fazla misafire davet veriyordu. Meydan, hayranlarının ağırlığıyla batacakmış gibi görünüyordu.

İnsan kalabalığına göz gezdiren Sienna, "Tanrım," diye fısıldadı.

Langdon onun, salgını yaymak için Zobrist'in böyle kalabalık bir yeri seçmiş olabileceğinden korktuğu için mi, yoksa nüfus kalabalığı hakkında yaptığı uyarılarda haklı olduğunu düşündüğü için mi böyle söylediğini anlayamadı.

Venedik'e her yıl çok sayıda turist akını olurdu. 2000 yılında yirmi milyon ziyaretçi gelmişti. Dünya nüfusuna her yıl eklenen on milyonlarca kişiyle şehir, her yıl sayıları gittikçe artan turistin ağırlığı altında inliyordu. Venedik'in de tıpkı gezegen gibi, sınırlı bir kapasitesi vardı ve bir noktada yeteri kadar gıda sağlayamayacak, atıkları yok edemeyecek ve ziyaretçilere yeteri sayıda yatak sağlayamayacaktı.

Yanında duran Ferris karaya doğru değil, denize doğru bakıyor ve yaklaşan gemileri seyrediyordu.

Ona merakla bakan Sienna, "Siz iyi misiniz?" diye sordu.

Ferris aniden döndü. "Evet, iyiyim... düşünüyordum." Ön tarafa dönüp Maurizio'ya seslendi. "San Marco'ya olabildiğince yakın bir yere çek."

"Sorun değil!" Kaptan elini salladı. "İki dakika!"

Limo şimdi San Marco Meydanı'yla aynı hizaya gelmişti, kıyı şeridi manzarasına hâkim olan Dükalar Sarayı, sağ tarafta yükseliyordu.

Venedik'in gotik mimarisinin mükemmel bir örneği olan sarayın mütevazı bir zarafeti vardı. Fransız veya İngiliz saraylarındaki gibi kulesi bulunmayan, devasa dikdörtgen prizma şekliyle, dükanın hükümetine ve çalışanlarına mümkün olan en geniş iç mekânı sağlıyordu.

Denizden bakıldığında sarayın beyaz kireçtaşından cephesi revaklar, sütunlar, bir kemer altı ve dört simetrik yapraktan oluşan deliklerle dikkatlice işlenmiş olmasa, fazlasıyla sıkıcı bir etki yaratacaktı. Dış cephedeki yatay pembe geometrik desenler, Langdon'a İspanya'daki Elhamra'yı hatırlattı.

Tekne palamara yaklaşırken Ferris, sarayın önünde toplaşan kalabalık yüzünden endişelenmiş görünüyordu. Yoğun bir kalabalık köprünün üstünde toplanmış, Dükalar Sarayı'nın iki büyük bölümü arasından geçen dar kanalı işaret ediyordu.

"Neye bakıyorlar?" diye soran Ferris'in sesinde gerginlik vardı.

Sienna, "Sospiri Köprüsü," diye karşılık verdi. "Venedik'in ünlü köprülerinden biridir."

Langdon dar kanala bakınca, iki binanın arasından kıvrılan kapalı tüneli gördü. Çocukluğunda en sevdiği filmlerden biri olan *Küçük Bir Romantizm* filmini hatırlayarak, *Ahlar Köprüsü*, diye düşündü. Filmin hikâyesi, San Marco'nun çanları çalarken bu köprünün altında iki genç sevgili öpüşürse birbirlerini sonsuza dek sevecekleri efsanesine dayanıyordu. Bu romantik düşünce ömrü boyunca Langdon'ın aklından çıkmamıştı. Elbette filmde, Langdon'ın gördüğü anda tutulduğu on dört yaşındaki yeni yıldız Diane Lane'in oynadığını söylemek de gerekirdi... öyle bir tutulmuştu ki, bir daha kendine gelememişti.

Yıllar sonra Langdon, Ahlar Köprüsü'nün ismini tutkulu iç çekişlerden değil de... acılı inlemelerden aldığını öğrenince dehşete kapılmıştı. Bu kapalı yürüyüş yolu, Dükalar Sarayı ile acılı iniltileri dar kanaldaki kafesli pencerelerde yankılanan tutukluların güçten düşüp öldüğü dükanın hapishanesini birbirine bağlıyordu.

Langdon hapishaneyi bir kez ziyaret etmiş ve en korkunç hücrelerin genellikle su basan aşağı kattakilerin değil, yazın işkence derecesinde sıcak, kışınsa dondurucu soğuk olan, sarayın bitişiğindeki üst kat hücreleri -kurşun kiremitten çatısı sebebiyle *piombi* ismi verilmişti- olduğunu öğrenince şaşırmıştı. Engizisyonun zina ve casuslukla suçladığı büyük âşık Casanova bir zamanlar *piombi*'de tutuklu kalmıştı; on beş ay tutukluluğun ardından nöbetçiyi kandırarak kaçmayı başarmıştı.

"Stai attento!"[1] Maurizio, kendi bindikleri limo palamar yerine yanaşırken, oradan ayrılmakta olan goldolcuya seslendi. San Marco Meydanı ile Dükalar Sarayı'na yüz metre mesafedeki Hotel Danieli'nin önünde bir yer bulmuştu.

Maurizio palamar yerine halat attı ve sanki bir silahşor filminin seçmelerine katılıyormuş gibi kıyıya atladı. Tekneyi sıkıca bağladıktan sonra, dönüp yolculara yardım etmek için elini uzattı.

Kaslı İtalyan, onu kıyıya çekerken Langdon, "Teşekkürler," dedi.

Aklı başka yerdeymiş gibi görünen ve denize bakan Ferris onun arkasından geldi.

Tekneden son inen Sienna oldu. Yakışıklı Maurizio onu kıyıya alırken, yanındaki ikiliyi ekip kendisiyle teknede kalırsa çok daha iyi vakit geçireceğini ima eder gibi derin derin baktı. Sienna ise fark etmiş gibi görünmüyordu.

Gözlerini Dükalar Sarayı'na dikip dalgın bir halde, *"Grazie* Maurizio," dedi.

Sonra, bir an bile durmadan Langdon ile Ferris'i kalabalığın içine kattı.

---

(1) "Dikkatli ol!"

70. Bölüm

İsmini, tarihin en ünlü gezginlerinin birinden alan Marco Polo Uluslararası Havalimanı, Venedik lagününün üzerinde bulunan San Marco Meydanı'nın altı buçuk kilometre kuzeyindedir.

Elizabeth Sinskey özel hava taşımacılığının avantajları sayesinde on dakika önce inmiş ve daha önce kendisine telefon eden yabancı tarafından gönderilmiş olan siyah bot Dubois SR52 Blackbird ile lagünde ilerliyordu.

Amir.

Bütün gün minibüsün arkasında seyahat etmiş olan Sinskey, deniz havasıyla canlandığını hissetti. Yüzünü tuzlu rüzgâra doğru dönünce gümüş rengi saçları geriye doğru uçuşmaya başladı. Son iğnesinin üzerinden yaklaşık iki saat geçmişti ve sonunda kendine geliyordu. Elizabeth Sinskey geçen akşamdan beri ilk kez kendisi gibi hissediyordu.

Ajan Brüder, ekibindeki adamlarla birlikte yanında oturuyor, hiçbiri konuşmuyordu. Bu sıra dışı randevuyla ilgili endişeleri varsa bile düşüncelerinin bir değeri yoktu ve kararın kendilerine ait olmadığını bildikleri için susuyorlardı.

Bot hızla ilerlerken sağda büyük bir ada belirdi. Kıyı şeridi alçak tuğla binalar ve baca borularıyla doluydu. Elizabeth, meşhur cam üfleme fabrikalarını hatırlayarak, *Murano,* diye içinden geçirdi.

İçinde derin bir acı hissederek, *geri döndüğüme inanamıyorum,* diye düşündü. *Tam tur.*

Yıllar önce tıp fakültesindeyken nişanlısıyla birlikte Venedik'e gelmiş ve Murano Cam Müzesi'ni ziyaret etmişti. Orada, nişanlısı üfleme camdan çok güzel bir mobil heykel görmüş ve masumca, bir gün bunun gibi bir şeyi bebeklerinin odasına asmak istediğini söylemişti. Böyle önemli bir sırrı çok uzun zamandır sakladığı için vicdan azabı çeken Elizabeth sonunda ona çocukluğundaki astım krizlerinden ve üreme sistemini mahveden glukokortikoid tedavisinden bahsetmişti.

Elizabeth, genç adamın kalbinin taş kesmesine daha önce dürüst davranmayışının mı, yoksa kısırlığının mı neden olduğunu hiçbir zaman öğrenememişti. Ama bir hafta sonra Venedik'ten ayrılırken parmağında nişan yüzüğü yoktu.

Kalbini kıran geziden ona kalan tek hatıra lapis lazuli nazarlığıydı. Asklepios'un Asası, onun durumunda acı veren tıbbın sembolüydü. Ve Elizabeth onu aldığından beri boynundan çıkarmamıştı.

Kıymetli nazarlığım, diye düşündü. *Çocuklarını doğurmamı isteyen adamdan bir ayrılık hediyesi.*

Venedik adaları artık ona hiç romantik gelmiyordu. Tenha köyleri ona aşkı değil, bir zamanlar vebayı kontrol altında tutmak için üzerlerinde kurulan karantina kolonilerini hatırlatıyordu.

Blackbird botu, San Pietro Adası'nın yanından hızla geçerken Elizabeth derin bir kanala demirlemiş ve gelişlerini bekliyor gibi görünen kocaman bir yatın tam üzerine doğru gittiklerini fark etti.

Gri renkli gemi Amerikan ordusunun gizli harekât programından fırlamış gibiydi. Arkasına yazılmış isimden ne tür bir gemi olduğu anlaşılmıyordu.

The Mendacium?

Gemi gittikçe yaklaştı ve Sinskey sonunda kıç taraftaki güvertede tek başına duran bir figür gördü. Ufak tefek, yanık tenli yalnız bir adam dürbünle onları izliyordu. Bot, *The Mendacium*'un kıç tarafındaki geniş iskele platformuna yaklaşırken adam onları karşılamak için merdivenlerden inmeye başladı.

Güneşten kavrulmuş adam nazikçe elini sıkarken, "Dr. Sinskey, gemiye hoş geldiniz," dedi. Avuçları yumuşak ve pürüzsüzdü, bir denizcinin ellerine hiç benzemiyordu. "Geldiğiniz için minnettarım. Lütfen beni izleyin."

Grup, güverteleri çıkarken Sinskey yoğun çalışma ofislerine benzer odalar gördü. Tuhaf gemi, insanlarla doluydu ama hiçbiri *dinlenmiyor,* hepsi çalışıyordu.

Ne üzerinde çalışıyorlar?

Merdivenleri tırmanmaya devam ederlerken, Sinskey dev motorların çalıştığını duydu ve hareket eden geminin çıkardığı köpüklü dümen suyunu gördü.

Tedirginlikle, *nereye gidiyoruz,* diye düşündü.

Adam, Sinskey'ye bakarak adamlarına, "Dr. Sinskey ile yalnız konuşmak istiyorum," dedi. "Eğer sizin için de bir sakıncası yoksa?"

Elizabeth başıyla onay verdi.

Brüder araya girip, "Efendim," dedi. "Dr. Sinskey'nin geminin doktoru tarafından muayene edilmesini öneriyorum. Birtakım tıbbi..."

Sinskey, "Ben iyiyim," diye araya girdi. "Gerçekten. Çok teşekkür ederim."

Amir, Brüder'e uzun uzun baktıktan sonra üzerinde yiyecek ve içeceklerin bulunduğu masayı gösterdi. "Biraz soluklan. Buna ihtiyacın olacak. Kısa bir süre sonra kıyıya döneceksin."

Amir konunun daha fazla uzamasına fırsat tanımayarak sırtını ajana döndü ve Sinskey'yi birinci sınıf kamara ve çalışma odasına götürüp arkasından kapıyı kapattı.

Barı göstererek, "İçki?" diye sordu.

Hâlâ etrafındaki tuhaflıklara bir anlam vermeye çalışan Elizabeth başını hayır anlamında salladı. *Bu adam kim? Burada ne yapıyor?*

Ev sahibi, parmaklarını çenesinin altına koymuş onu inceliyordu. "Müşterim Bertrand Zobrist'in sizden 'gümüş saçlı şeytan' diye bahsettiğini biliyor muydunuz?"

"Benim de ona uygun bulduğum birkaç isim var."

Adam hiç tepki vermeden masasına doğru yürüyüp büyük bir kitabı işaret etti. "Buna bir göz atmanızı istiyorum."

Sinskey yanına gidip büyük kitaba baktı. Dante'nin *Cehennem*'i? Dış İlişkiler Konseyi'ndeki karşılaşmalarında Zobrist'in, kendisine gösterdiği korkunç ölüm resimlerini hatırladı.

"Zobrist bunu bana iki hafta önce verdi. Bir şey yazmış."

Sinskey kitabın baş sayfasına elyazısıyla yazılmış notu inceledi. Zobrist tarafından imzalanmıştı.

> *Sevgili dostum, bu yolda bana yardım ettiğin için teşekkür ederim.*
>
> *Dünya da sana teşekkür ediyor.*

Sinskey ürperdiğini hissetti. "Hangi yolu bulmasına yardım ettiniz?"

"Hiçbir fikrim yok. Daha doğrusu birkaç saat öncesine kadar hiçbir fikrim yoktu."

"Peki şimdi?"

"Şimdi protokolde bir istisna yaptım... ve size ulaştım."

Sinskey uzun bir yoldan gelmişti ve üstü kapalı konuşmaları kaldıracak halde değildi. "Bayım, kim olduğunuzu veya neden bu gemide olduğunuzu bilmiyorum ama bana bir açıklama borçlusunuz. Bana, Dünya Sağlık Örgütü tarafından aranan bir adamı neden sakladığınızı anlatın."

Sinskey'nin öfkeli ses tonuna karşılık adam ölçülü bir fısıltıyla cevap verdi. "Karşıt amaçlar için çalıştığımızın farkındayım ama geçmişi unutmamızı öneriyorum. Geçmiş geçmişte kaldı. Gelecek ise, bizim yakın ilgimize gereksinim duyuyor."

Adam bunu söyledikten sonra minik kırmızı bir flaş disk çıkarıp bilgisayarına taktı ve ona oturmasını işaret etti. "Bertrand

Zobrist bu videoyu hazırlamış ve kendisi için bu kaydı yarın tüm dünyaya yaymamı istemiş."

Bir karşılık vermesine fırsat kalmadan bilgisayar ekranı karardı ve Sinskey hafif bir su çırpıntısı duydu. Karanlığın içinden bir görüntü belirmeye başladı: Suyla dolu bir mağaranın içi... bir yeraltı gölü. Su tuhaf bir şekilde içeriden aydınlatılmış gibiydi... garip bir kırmızılıkla parlıyordu.

Çırpıntı sesi devam ederken kamera suya dalıyor ve mağaranın kum ve çamur kaplı zeminine odaklanıyor. Zeminde parlak, dikdörtgen bir levhanın üzerinde bir yazı, tarih ve isim yazıyor.

BURADA, BU TARİHTE,
DÜNYA SONSUZA DEK DEĞİŞTİ.

Tarih, ertesi gündü. İsim, Bertrand Zobrist'ti.

Elizabeth Sinskey ürperdiğini hissetti. "Burası neresi?!" diye sordu. "Bu yer nerede?!"

Amir karşılık olarak ilk kez bir tepki verdi. Derin bir nefes alarak hayal kırıklığı ve endişesini ifade etti. "Dr. Sinskey," dedi. "Bu sorunun cevabını sizin bilebileceğinizi umut ediyordum."

Bir buçuk kilometre uzakta, Riva degli Schiavoni'nin nehir kıyısındaki yürüme yolunda deniz manzarası biraz değişmişti. Dikkatle bakan biri dev gri yatın doğuya doğru ilerlediğini fark edebilirdi. Şimdi, San Marco Meydanı'na doğru gidiyordu.

FS-2080 endişeyle, *The Mendacium*, diye düşündü.

Gri gövdesini tanımamak imkânsızdı.

Amir geliyor... ve zaman daralıyor.

71. Bölüm

Riva degli Schiavoni'deki kalabalığın arasına karışan Langdon, Sienna ve Ferris, San Marco Meydanı'na girdi ve oradan, meydanın denizle buluştuğu, en güney sınırına vardılar.

Meydanı çerçeveye alan iki devasa sütunun fotoğrafını çekmek için Langdon'ın etrafında klostrofobik bir kalabalık oluşturan turistlerin arasından geçmek neredeyse imkânsızdı.

On sekizinci yüzyılın sonlarına kadar burada insanların idam edildiğini bilen Langdon biraz da kinaye yaparak, *şehrin resmi girişi,* diye düşündü.

Girişteki sütunlardan birinin tepesinde, San Theodore'nin tuhaf heykeli, öldürdüğü ejderhasıyla gururla poz veriyordu. Langdon bu ejderhayı daha çok timsaha benzetirdi.

İkinci sütunun tepesinde Venedik'in her yerinde görülen sembol vardı: Kanatlı aslan. Üzerinde Latince *Pax tibi marceî evangelista meus*(1) yazan açık bir kitabın üstüne tek pençesini koymuştu. Efsaneye göre bu sözler, Aziz Markos'un(2) Venedik'e gelmesi üzerine bir melek tarafından söylenmişti ve naaşının bir gün burada yatacağını varsayıyordu. Daha sonra, Aziz Markos'un kemiklerini İskenderiye'den San Marco Bazilikası'na getiren Venedikliler, bu efsaneyi kendilerini haklı çıkarmak için

---

(1) Huzur içinde yat, sevgili vaiz Markos.

(2) İtalyanca: San Marco

kullanmıştı. Kanatlı aslan günümüze kadar Venedik'in sembolü olarak kalmış ve her köşe başında kendini göstermişti.

Langdon sütunları geçtikten sonra San Marco Meydanı'nın karşısında kalan sağ tarafı gösterdi. "Eğer ayrılırsak, bazilikanın ön kapısında buluşalım."

Diğerleri anlaşıp Dükalar Sarayı'nın batı duvarını takip ederek kalabalığın azaldığı yerlerden meydana girdi. Güvercinleri beslemeyi yasaklayan yasalara rağmen kuşlar, son derece sağlıklı ve iyi beslenmiş görünüyordu. Bazıları kalabalığın ayaklarının dibinde yerleri gagalıyor, bazıları üstü açık kalmış ekmek sepetlerini yağmalamak ve smokinli garsonlara işkence etmek için sokaktaki kafeteryalara üşüşüyordu.

Bu büyük meydan, Avrupa'daki diğer meydanların aksine, kare değil, *L* şeklindeydi. *Piazzetta* denilen daha kısa kenar, denizle San Marco Bazilikası'nı birbirine bağlıyordu. Meydan, bazilikadan Correr Müzesi'ne kadar uzanan daha uzun kenara doğru, ileride doksan derecelik bir dönüş yapıyordu. Tuhaftır ki meydan, düz çizgilerden oluşmuyordu; bir kenarda daralan, ikizkenar bir yamuk şeklindeydi. Bu göz yanılgısı meydanı olduğundan daha uzun gösteriyordu. On beşinci yüzyıl sokak tezgâhlarının ana hatlarını çizen karoların deseni, bu etkiyi daha da artırıyordu.

Langdon meydanın dirseğine doğru ilerlerken tam karşısında, San Marco Saat Kulesi'nin mavi cam kadranını gördü. James Bond, *Ay Harekâtı* filminde kötü adamı bu saat kulesinden aşağı atmıştı.

Kapalı meydana giren Langdon, şehrin eşsiz özelliğini o anda fark etti.

Ses.

Etrafta, hiçbir araba veya motorlu taşıt bulunmadığından trafiğin, metronun, sirenlerin yokluğunda Venedik; insan, güvercin ve sokak kafeteryalarında müşterilerine serenat yapan keman seslerine yer açıyordu.

Akşamüstü güneşi San Marco'ya batıdan vurup, karo döşenmiş meydanda uzun gölgeler bırakırken Langdon, meydanın üstünde yükselerek eski Venedik manzarasına hâkim olan uzun çan kulesine baktı. Kulenin üst revağına yüzlerce insan doluşmuştu. Orada bulunmak düşüncesi bile tüylerini ürpertti ve başını indirip, insan denizinin içinde yoluna devam etti.

Sienna, Langdon'a kolaylıkla yetişebilirdi ama Ferris geri kaldığı için her ikisini gözden kaybetmeyeceği şekilde ortalarından gitmeye karar vermişti. Fakat ikisinin arasındaki mesafe açılınca endişeyle baktı. Ferris soluklanacağını anlatır şekilde göğsünü gösterip ona devam etmesini işaret etti.

Adamın dediğini yapan Sienna, Langdon'a yetişmek için hızlanınca onu gözden kaybetti. Ama kalabalığın arasında ilerlerken bir düşünce içini kemirip duruyordu: Ferris'in kasıtlı olarak geride kalmış olması ihtimali... sanki aralarındaki mesafeyi açmaya çalışıyordu.

İçgüdülerine güvenmeyi uzun süre önce öğrenen genç kadın, bir nişin altına girip arkasındaki kalabalığı gözleriyle tarayarak Ferris'i aradı.

Nereye gitti?

Sanki artık peşlerinden bile gelmiyordu. Kalabalıktaki yüzleri inceleyen Sienna, sonunda onu buldu. Ferris'in çömeldiği yerden telefonunda bir şeyler tuşladığını görünce şaşırdı.

Bana telefonun şarjının bittiğini söylemişti.

İçini bir korku kapladığında bu duyguya da güvenmesi gerektiğini biliyordu.

Bana trendeyken yalan söyledi.

Sienna onu seyrederken ne yaptığını anlamaya çalıştı. Birine gizlice mesaj mı gönderiyordu? Ondan gizli araştırma mı yapıyordu? Zobrist'in şiirinin gizemini Langdon ile Sienna'dan önce mi çözmeye çalışıyordu?

Açıklaması her ne olursa olsun, *yalan* söylemişti.

Ona güvenemem.

Sienna hemen yanına gidip onunla yüzleşmeyi aklından geçirdi ama sonra Ferris onu fark etmeden kalabalığın arasına karışması gerektiğine karar verdi. Yeniden bazilikaya yönelerek Langdon'ı aramaya koyuldu. *Ferris'e başka bir şey açıklamaması konusunda onu uyarmalıyım.*

Güçlü bir elin arkadan kazağını çekiştirdiğini hissettiğinde, bazilikaya elli metre kalmıştı.

Olduğu yerde arkasını dönünce Ferris'le yüz yüze geldi.

Kurdeşenli adam, ona yetişmek için acele ettiğinden sık nefesler alıyordu. Sienna'nın onda daha önce görmediği çılgın bir hali vardı.

"Üzgünüm," derken solumakta güçlük çekiyordu. "Kalabalıkta kayboldum."

Sienna onun gözlerine baktığı anda anladı.

Bir şey saklıyor.

Langdon, San Marco Bazilikası'nın önüne geldiğinde, diğer iki arkadaşının arkasında olmadığını fark edince şaşırdı. Kiliseye girmek için sırada bekleyen turistler olmadığını görünce de şaşırdı. Ama sonra, öğle yemeğinde bol makarna yiyip şarap içen turistlerin Venedik'te akşamüstleri, daha fazla tarih öğrenmek yerine, meydanlarda gezinmeye veya kahve yudumlamaya karar verdiklerini fark etti.

Sienna ile Ferris'in her an gelebileceğini varsayarak, bakışlarını önündeki bazilikaya çevirdi. Bazen "bıktıracak kadar çok girişi" bulunmakla suçlanan binanın aşağı cephesinde kolonlar, tonozlu kemerler ve geniş bronz kapılarıyla binayı ziyadesiyle davetkâr gösteren beş içerlek giriş vardı.

Bizans mimarisinin Avrupa'daki en ince örneklerinden biri olan San Marco, yumuşak ve değişik bir görüntüye sahipti. Notre-Dame'ın veya Chartes'nin sade, gri kulelerinin aksine San Marco, görkemli ama bir o kadar da mütevazıydı. Eni boyundan fazla olan kilisenin tepesinde, ona neşeli bir hava katan boyalı beş kubbe bulunuyordu. Bazı gezi kitaplarında da San Marco, bu sebeple düğün pastasına benzetilirdi.

Kilisenin merkez yükseltisinin üstündeki ince San Marco heykeli, kendi ismini taşıyan meydana bakıyordu. Ayaklarının altındaki sivri tepeli kavis, gece mavisine boyanmış ve üzeri altın yıldızlarla bezenmişti. Altın kanatlı Venedik aslanı, şehrin parıldayan maskotu olarak bu renkli zeminin üzerinde duruyordu.

San Marco, işte bu altın aslanın altında, en ünlü hazinelerinden birini gösteriyordu. Dört büyük bakır at akşamüstü güneşinde ışıldıyordu.

San Marco'nun Atları.

Her an aşağıdaki meydana atlayacakmış gibi duran bu dört paha biçilmez at, Venedik'teki pek çok hazine gibi, Haçlı Seferleri sırasında İstanbul'dan yağmalanarak getirilmişti. Yağmalanarak getirilen bir başka sanat eseri de kilisenin güneybatı köşesinde, atların altında duruyordu: *Tetrark* olarak bilinen, mor bir porfirdi. Heykel, on üçüncü yüzyılda İstanbul'dan getirilirken ayağının kırılıp kaybolmasıyla tanınıyordu. 1960'larda ayak, mucizevi bir şekilde İstanbul'da bulunmuştu. Venedik, heykelin kayıp parçası için istekte bulunmuş, Türk yetkililerse basit bir mesajla cevap vermişlerdi: *Siz bizim heykelimizi çaldınız, biz de ayağı vermiyoruz.*

"Bayım, alır mıydınız?" diyen bir kadın sesiyle Langdon bakışlarını aşağı çevirdi.

İriyarı bir çingene kadın, Venedik maskelerinin asılı durduğu, uzun bir sopa tutuyordu. Çoğu *volto intero* tarzında yapılmıştı; karnaval sırasında kadınların taktığı bu beyaz maskeler, bütün bir yüz şeklindeydi. Çingene'nin sattıkları arasında yarım yüz şeklindeki Colombina, üçgen çeneli Bauta ve ipsiz Moretta maskeleri de vardı. Bu rengârenk cazibeye rağmen uzun, gaga bir burnun üstünden ölü gözlerle Langdon'a bakan, grimsi siyah bir maske dikkatini çekti.

Veba hekimi. Venedik'te ne yaptığını hatırlatacak bir şeye ihtiyacı olmayan Langdon, bakışlarını başka yöne çevirdi.

Çingene, "Alacak mısınız?" diye yineledi.

Langdon hafifçe gülümseyip başını iki yana salladı. "Solo molto belle, ma no, grazie."[1]

Kadın giderken Langdon'ın bakışları, kalabalığın tepesinde alçalıp yükselen, uğursuz veba maskesini takip etti. Derin bir iç çekip bakışlarını ikinci balkondaki dört bakır ata çevirdi.

Bir anda aklı başına geldi.

Parçaların hızla birbiriyle buluştuğunu hissediyordu: *San Marco'nun Atları,* Venedik maskeleri ve Konstantinopolis'ten yağmalanan eserler...

"Tanrım," diye fısıldadı. "Buldum."

---

(1) "Çok güzeller, ama hayır, teşekkürler."

72. Bölüm

Langdon adeta olduğu yerde mıhlanmıştı.

San Marco'nun Atları!

Bu dört eşsiz at, muhteşem boyunları ve kalın yakalarıyla Langdon'ın aklına hiç beklenmedik bir anı getirdi. Bu anı, Dante'nin ölüm maskesine yazılmış gizemli şiirin önemli bir öğesine açıklama getiriyordu.

Langdon, bir keresinde New Hampshire'daki tarihi Runnymede Çiftliği'nde bir ünlünün düğününe katılmıştı. Burası, Kentucky Derbisi birincisi Dancer's Image'ın vatanıydı. Davetin bir parçası olarak misafirler ünlü atlı gösteri topluluğu Behind the Mask'tan bir gösteri izlemişlerdi. Biniciler göz kamaştırıcı Venedik kostümleri ve yüzlerini gizleyen *volto* maskeleriyle muhteşem bir gösteri sunmuşlardı. Grubun siyah Friesian atları, Langdon'ın gördüğü en büyük atlardı. Dev gibi endamlarıyla bu muhteşem hayvanlar güçlü kasları, tüylü toynakları ve zarif boyunlarının arkasında uçuşan doksan santimlik yeleleriyle arazide hızla koşuyorlardı.

Bu hayvanların güzellikleri Langdon'ı o kadar çok etkilemişti ki eve döndüğünde internette bir araştırma yapmış ve soyun bir zamanlar ortaçağ kralları tarafından savaş atları olarak kullanıldığını ve son yıllarda soyları tükenmek üzereyken önlem alındığını öğrenmişti. Asli *Equus robustus* olan soyun modern ismi; anavatanları ve grafik sanatçısı M. C. Escher'in doğum yeri olup Hollanda eyaleti Friesland'den gelen Friesian'dı.

Anlaşılan, eski Friesian atlarının güçlü vücutları, Venedik'teki *San Marco'nun Atları*'nın kaba estetiğine ilham kaynağı olmuştu. Web sitesinde yazanlara göre, *San Marco'nun Atları* o kadar güzeldi ki "tarihin en sık çalınan sanat eserleri" olmuştu.

Langdon her zaman bu unvanın *Ghent Altar Panosu*'na ait olduğuna inanmıştı ve bu teorisini doğrulamak için ARCA web sitesine girmişti. Sanat Suçları Araştırma Kurumu kesin bir sıralama yapmıyordu ama çapulcuların ve yağmacıların hedefi olan heykellerin sıkıntılı yaşamının kısa bir hikâyesini veriyordu.

Dört bakır at, dördüncü yüzyılda Sakız Adası'nda, ismi bilinmeyen bir Yunan heykeltıraş tarafından yapılmış ve II. Theodosius onları Konstantinopolis'deki Hipodrom'da sergilenmesi için gönderene kadar orada kalmıştı. Sonra, Dördüncü Haçlı Seferi sırasında Venedikli güçler Konstantinopolis'i yağmalayınca, baştaki düka dört kıymetli heykelin gemiyle Venedik'e geri götürülmesini emretmişti; büyüklükleri ve ağırlıkları yüzünden bu neredeyse imkânsız bir yolculuktu. Atlar, 1254 yılında Venedik'e varmış ve San Marco Katedrali'nin ön cephesine yerleştirilmişti.

Beş yüz yıldan uzun bir süre sonra 1797'de Napolyon, Venedik'i fethetmiş ve atları kendisi için almıştı. Atlar Paris'e götürülüp Zafer Takı'nın tepesine yerleştirilmişti. Sonunda, 1815'te Napolyon, Waterloo'da yenilip sürgüne gönderilince atlar Zafer Takı'nın tepesinden vinçle indirilip Venedik'e mavnayla geri gönderilmiş ve San Marco Bazilikası'nın ön balkonuna geri yerleştirilmişti.

Langdon atların tarihine biraz aşinaydı ama ARCA'nın sitesinde onu şaşırtan bir pasaj vardı.

Dekoratif yakalar, atların boyunlarına, Konstantinopolis'ten Venedik'e yapacakları gemi yolculuğu sırasında zedelenmesin diye kesilen başların eklem yerlerini gizlemek için 1204 yılında Venedikliler tarafından eklenmişti.

Düka, San Marco'nun Atları'nın başının kesilmesini mi emretmiş? Bu, Langdon'a inanılmaz geliyordu.

"Robert?!" Sienna ona sesleniyordu.

Langdon düşüncelerinden sıyrılıp arkasını dönünce Sienna'nın Ferris ile birlikte kalabalığın arasından kendisine doğru ilerlediğini gördü.

Langdon heyecanla, "Şiirdeki atlar!" diye bağırdı. "Ne olduklarını çözdüm!"

"Ne?" Sienna onu anlamamış gibiydi.

"Atların başını kesen hain bir düka arıyoruz!"

"Evet?"

"Şiir, *canlı* atlardan bahsetmiyor." Langdon, San Marco'nun tepesindeki, parlak güneşin aydınlattığı dört bakır heykeli gösterdi. "*Bu* atlardan bahsediyor!"

73. BÖLÜM

The Mendacium'da Dr. Elizabeth Sinskey'nin elleri titriyordu. Amir'in çalışma odasında ekrandaki kaydı izliyordu. Hayatı boyunca birçok korkunç şey görmüştü ama Bertrand Zobrist'in intihar etmeden önce hazırladığı izah edilemez film, resmen kanını dondurmuştu.

Karşısındaki ekranda gaga burunlu bir yüzün görüntüsü titreşerek bir yeraltı mağarasının sular akıtan duvarına yansıdı. Siluet konuşmaya devam ediyor, gururla başyapıtını anlatıyordu. Cehennem adındaki buluşu nüfusu ayıklayarak dünyayı kurtaracaktı.

Sinskey, *Tanrı bizi korusun,* diye içinden geçirdi. Titreyen bir sesle, "Biz..." dedi. "Yeraltındaki bu yeri *bulmalıyız.* Yoksa, çok geç olabilir."

Amir, "İzlemeye devam edin," diye karşılık verdi. "Gittikçe ilginçleşiyor."

Maskenin gölgesi ıslak duvarda büyüyüp bir süre ekranda kaldıktan sonra kadraja aniden bir figür girdi.

Vay canına.

Sinskey tam donanımlı bir veba hekimine bakıyordu. Siyah pelerini ve tüyler ürperten maskesiyle karşısında duruyordu. Veba hekimi kameraya doğru yürüdü ve maskesi ürkütücü bir şekilde tüm ekranı kapladı.

"Cehennemin en karanlık yerleri, buhran zamanlarında tarafsız kalanlara ayrılmıştır," diye fısıldadı.

Sinskey tüylerinin diken diken olduğunu hissetti. Bu, bir yıl önce New York'ta onu başından savdığında Zobrist'in kendisi için havaalanı kontuarına bıraktığı alıntıydı.

Veba hekimi, "Biliyorum," diye devam etti. "Benim canavar olduğumu söyleyenler var." Ara verince Sinskey bu sözleri ona söylediğini hatırladı. "Benim bir maskenin arkasına saklanmış kalpsiz bir yaratık olduğumu düşünenler var." Tekrar ara verip kameraya daha da yaklaştı. "Ama ben yüzsüz değilim. Kalpsiz de değilim."

Zobrist maskesini çıkartıp pelerininin başlığını indirdi. Yüzü açığa çıktı. Sinskey en son Dış İlişkiler Konseyi'nde karşılaştığı tanıdık yeşil gözleri görünce gerildi. Ekrandaki gözlerde de aynı tutku ve ateş vardı ama bu gözlerden ayrıca deli bir adamın azmi de okunuyordu.

Kameraya bakarak, "Benim adım Bertrand Zobrist," dedi. "Ve bu da benim yüzüm. Tüm dünyanın görmesi için maskesiz ve apaçık ortada. Kalbime gelince... Eğer yanan kalbimi, Dante'nin sevgili Beatrice'si için yaptığı gibi elime alıp kaldırabilseydim, içimin sevgiyle dolup taştığını görürdünüz. Hem de sevginin en deriniyle. Hepiniz için. Ama en çok, *biriniz* için."

Zobrist kameraya iyice yaklaşıp sanki bir sevgiliyle konuşuyormuş gibi yumuşak bir sesle devam etti.

"Sevgilim," diye fısıldadı. "Benim kıymetli aşkım. Sen benim uhrevi saadetim, kötülükleri yok edenim, faziletleri destekleyenim, benim kurtuluşumsun. Sen yanımda çıplak yatarken farkında olmadan benim uçurumun üzerinden atlamama yardım eden, yaptığım şeyleri yapmam için bana güç verensin."

Sinskey tiksinerek dinledi.

Zobrist konuştuğu yeraltı mağarasında yankılanan kederli bir sesle, "Sevgilim," diye fısıldadı. "Sen benim ilham perim, benim rehberim, benim Vergilius'um, benim Beatrice'msin ve bu başyapıt benim olduğu kadar sana da ait. Eğer sen ve ben, talihsiz âşıklar gibi bir daha birbirimize dokunamazsak geleceği senin zarif ellerinde terk ettiğimi bilerek huzur bulacağım. Aşağıdaki görevim tamamlandı. Artık, benim için yukarıdaki dünyaya tırmanma ve yeniden görme vaktim geldi yıldızları."

Zobrist konuşmayı bitirdi ve *yıldızları* kelimesi mağaranın içinde bir süre yankılandı. Sonra çok sakin bir şekilde uzanıp kamerayı kapattı.

Ekran karardı.

Amir monitörü kapatırken, "Yeraltındaki bu yer," dedi. "Neresi olduğunu bilmiyoruz. Siz biliyor musunuz?"

Sinskey başını hayır anlamında iki yana salladı. *Daha önce hiç böyle bir şey görmedim.* Robert Langdon'ın Zobrist'in ipuçlarını çözmekte yol kat edip etmediğini merak etti.

Amir, "Eğer bir faydası olacaksa," dedi. "Zobrist'in sevgilisinin kim olduğunu biliyorum." Duraksadı. "Kod adı FS-2080 olan biri."

Sinskey yerinde sıçradı. "FS-2080 mi?!" Şok içinde Amir'e baktı.

Amir de onun kadar şaşırmış görünüyordu. "Bu size bir şey ifade ediyor mu?"

Sinskey başını salladı. "Kesinlikle ediyor."

Sinskey'in kalbi hızla atıyordu. *FS-2080.* Bu kişinin kimliğini bilmemekle birlikte kod adın ne anlama geldiğini biliyordu. Dünya Sağlık Örgütü yıllardır benzer kod isimlerini takip ediyordu.

"Transhümanizm hareketi," dedi. "Hiç duydunuz mu?"

Amir başını iki yana salladı.

Sinskey açıklamaya çalıştı. "Transhümanizm, en basit şekliyle, insanların mevcut olan tüm teknolojileri kendi türünü daha güçlü kılmak için kullanması gerektiğini söyleyen, en güçlünün hayatta kalmasına dayanan bir felsefedir."

Amir etkilenmemiş gibi omzunu silkti.

"Transhümanizm hareketi," diye devam etti. "Genelde sorumluluk sahibi bireylerden oluşur; etik açıdan güvenilir bilimadamları, vizyon sahibi bireyler, hayalperestler... ama birçok harekette olduğu gibi bunda da hareketin yeteri kadar hızlı ilerlemediğini düşünen militan bir grup var. Bunlar dünyanın sonunun yaklaştığına ve birinin türlerin geleceğini kurtarmak için harekete geçmesi gerektiğine inanan apokaliptik düşünürler."

Amir, "Ve sanırım," dedi. "Bertrand Zobrist bunlardan biri."

Sinskey onayladı. "Kesinlikle. Hareketin lideri. Çok zeki olmasının yanında, son derece karizmatik biriydi ve yazdığı kıyamet günü makaleleriyle fanatik bir transhümanizm tarikatının oluşmasına neden oldu. Bugün, fanatik müritlerinin çoğu bu kod isimleri kullanıyor. İsimlerin benzer bir yapısı var. İki harf ve dört basamaklı bir sayıdan oluş*uyor. Örneğin; DG-2064, BA-2103* ve biraz önce söylediğiniz sayı gibi."

"FS-2080."

Sinskey başını salladı. "Bu, ancak transhümanizm tarikatından birinin kod ismi olabilir."

"Sayıların ve harflerin bir anlamı var mı?"

Sinskey bilgisayarı gösterdi. "Arama motorunu aç. Sana göstereyim."

Amir kararsız görünüyordu ama yine de bilgisayarının yanına gidip arama motorunu açtı.

Sinskey arkasında durup, "FM-2030'u ara," dedi.

Amir *FM-2030* yazdı ve binlerce web sayfası döküldü.

Sinskey, "Herhangi birini aç," dedi.

Amir, en tepedeki Wikipedia sayfasını açınca yakışıklı bir İranlının resmi ekranda belirdi. Yazar, filozof, fütürist ve transhümanizm hareketinin atası olarak tarif edilen adamın adı *Feridun M. Esfendiyar*'dı. 1930'da doğan Esfendiyar, transhümanizm hareketini halka tanıtmış, suni döllenmeyi, genetik mühendisliğini ve küreselleşmeyi öngörmüştü.

Wikipedia'ya göre, Esfendiyar'ın en cesur iddiası yeni teknolojiler sayesinde yüz yaşına kadar yaşanabileceği olmuştu. Feridun M. Esfendiyar, gelecek teknolojilerine olan inancının bir göstergesi olarak, ilk isminin ve göbek adının baş harfleriyle yüz yaşına basacağı yılı bir araya getirerek, ismini FM-2030 olarak değiştirmişti. Ne yazık ki, yetmiş yaşında pankreas kanserine yakalanmış ve hedefine ulaşamamıştı. Ne var ki fanatik transhümanizm taraftarları onun bulduğu isimlendirme tekniğini kullanarak FM-2030'un anısını onurlandırarak ona saygılarını sunuyorlardı.

Amir okumayı bitirdikten sonra ayağa kalkıp pencereye doğru yürüdü ve uzun bir süre boş gözlerle denize baktı.

Sonunda yüksek sesle düşünerek, "Pekâlâ," dedi. "Bertrand Zobrist'in sevgilisi; şu FS-2080, belli ki bu... *transhümanizm* taraftarlarından biri."

Sinskey, "Hiç şüphesiz," diye karşılık verdi. "FS-2080'in kim olduğunu tam olarak bilmiyorum ama..."

Hâlâ denize bakmakta olan Amir, "Söylemek istediğim buydu," dedi. "Ben *biliyorum*, kim olduğunu çok iyi biliyorum."

74. Bölüm

Hava altın kokuyor.

Robert Langdon daha önce de büyük katedraller görmüştü ama San Marco'daki Chiesa d'Oro'nun etkisi bambaşkaydı. Yüzyıllar boyunca, San Marco'nun havasını solumanın bile kişiyi zenginleştireceği iddia edilmişti. Bu ifade sadece bir benzetme değil, gerçeğin ta kendisiydi.

Milyonlarca altın karodan meydana gelen iç kaplamalar sebebiyle, havada uçuşan tozlar bile altın parçacıkları içeriyordu. Havadaki bu altın tozu, batı penceresinden giren parlak gün ışığıyla birleştiğinde, inananların hem ruhsal bir zenginliğe kavuşmasını hem de derin nefes aldıklarında, ciğerlerini yaldızlayan dünyevi bir zenginlik kazanmalarını sağlayan canlı bir atmosfer yaratıyordu.

Bu saatte batı penceresinden giren güneş ışığı Langdon'ın başının üzerinde yayvan, ışıldayan bir yelpaze veya parlak ipekten bir gölgelik gibi duruyordu. Langdon sanki dili tutulmuş gibi iç çekerken, yanındaki Sienna ile Ferris'in de aynını yaptığını fark etti.

Sienna, "Ne taraftan?" diye fısıldadı.

Langdon yukarı çıkan basamakları işaret etti. Kilisenin müze kısmı yukarıdaydı ve *San Marco'nun Atları*'na ayrılmış özel bir bölümü vardı. Langdon bu geniş sergide, hayvanların başını kesen gizemli dükanın kim olduğunu hemen bulacaklarına inanıyordu.

Basamakları çıkarken Ferris'in nefes almakta zorlandığını fark etti. Bu sırada Sienna, Langdon'ın bakışlarını yakaladı, ki bunu saatlerdir başarmaya çalışıyordu. Belli etmeden Ferris'i gösterip Langdon'ın anlayamadığı bir şeyleri dudaklarını oynatarak söylerken yüzünde temkinli bir ifade vardı. Langdon daha açık anlatmasını istemeye fırsat bulamadan Ferris arkasına baktı, geç kalmıştı. Sienna çoktan gözlerini çevirmiş, Ferris'e bakıyordu.

Masum bir ifadeyle, "İyi misiniz doktor?" diye sordu.

Ferris başını sallayıp daha hızlı çıkmaya başladı.

Langdon, *yetenekli bir aktris ama acaba bana ne anlatmaya çalışıyordu*, diye düşündü.

İkinci kata geldiklerinde aşağıda uzanan bazilikayı olduğu gibi görebiliyorlardı. Yunan haçı biçiminde yapılan mabet, San Pietro veya Notre-Dame'ın uzatılmış dörtgenlerinden çok, kare görünümündeydi. Dış dehlizden sunağa kısa bir mesafede olan San Marco hem güçlü ve sağlam bir görüntü veriyor hem de daha kolay erişilebilir hissini uyandırıyordu.

Ama *fazlasıyla* kolay erişilebilir olmaması için kilisenin sunağı, üzerine heybetli bir haçın kondurulduğu sütunlu bir perdenin arkasına yerleştirilmişti. Zarif bir sayvanla korunuyor ve dünyadaki en değerli mihrap arkası eserlerinden birine sahip olmakla övünüyordu: Ünlü *Pala d'Oro* ile. Geniş bir simli zemin oluşturan bu "altın bez", daha önceki eserlerin –en çok da Bizans simi– tek bir gotik çerçeve oluşturacak şekilde dokunmasıyla elde edilen bir kumaştı. Bin üç yüz inci, dört yüz lal taşı, üç yüz safirden başka pek çok zümrüt, ametist ve yakutla süslenen *Pala d'Oro*'nun, *San Marco'nun Atları*'yla birlikte Venedik'in en güzel hazinelerinden biri olduğu kabul ediliyordu.

Mimari açıdan *bazilika* kelimesi, Avrupa veya Batı'da inşa edilen Doğu veya Bizans tarzı kilise anlamına geliyordu. Konstantinopolis'teki Havariyyun Kilisesi'nin bir taklidi olan San Marco'nun öylesine Doğulu bir tarzı vardı ki, rehberlerde genellikle, çoğu Bizans katedrallerinden dönüştürülmüş Türk camilerini görmeye eşdeğer sayılacağı yazardı.

Langdon, San Marco'nun Türkiye'deki göz alıcı camilerin yerine geçebileceğini düşünmese de Bizans sanatına düşkün birinin, kilisenin sağ kolundaki gizli odalardan birini görünce tatmin olacağını itiraf etmek zorundaydı. Bu odalarda San Marco'nun Hazinesi denilen, İstanbul'un yağmalanması sırasında elde edilen ikonalar, mücevherler ve kadehlerden oluşan iki yüz seksen üç parçalık bir koleksiyon vardı.

Langdon bu akşamüstü bazilikanın fazla kalabalık olmamasına memnundu. İnsan kalabalığı olsa da en azından hareket edecek yer de vardı. Farklı grupların arasına girip çıkarak, Sienna ile Ferris'i ziyaretçilerin dışarı çıkıp balkondan atları görebileceği batı penceresine götürdü. Aradıkları dükayı bulacaklarından emin olsa da bundan *sonra* atacakları adım onu endişelendiriyordu: dükanın yerini bulmak gibi. *Mezarı mı? Heykeli mi?* Kilisede, mahzende, sol koldaki kubbeli mezarlarda yüzlerce heykel bulunduğu düşünülecek olursa, yardım almaları gerekecekti.

Langdon tura rehberlik yapan genç bir kadını fark etti. Konuşmasını nazikçe bölerek, "Affedersiniz," dedi. "Ettore Vio burada mı?"

"Ettore Vio?" Kadın, Langdon'a tuhaf bir şey söylemiş gibi baktı. *"Sì, certo, ma..."*(1) Sonra birden sustu ve gözleri parıldadı. *"Lei è Robert Langdon, vero?!"*(2)

Langdon sabırla gülümsedi. *"Sì, sono io."*(3) Ettore ile görüşmem mümkün mü?"

"Sì, sì!" Kadın turdaki gruba beklemelerini işaret edip aceleyle gitti.

Langdon ile müze müdürü Ettore Vio, bazilikanın tarihi hakkında bir belgeselde birlikte görünmüşler ve o günden sonra iletişimi kesmemişlerdi. Langdon, Sienna'ya, "Ettore bu bazilika hakkında bir kitap yazdı," diye açıkladı. "Doğrusunu istersen, birkaç tane."

---

(1) "Evet, elbette, ama..."
(2) "Siz Robert Langdon'sınız değil mi?"
(3) "Evet, benim."

Sienna hâlâ Ferris yüzünden gergindi. Langdon onları atların görülebildiği yukardaki batı penceresine götürürken Ferris tam arkasından geliyordu. Pencereye vardıklarında, atların kaslı sağrısı akşamüstü güneşinde daha belirgin görünüyordu. Balkonda dolaşan turistler atlara yakın olmaktan ve San Marco'nun muhteşem manzarasını seyretmekten memnundular.

Balkona açılan kapıya doğru ilerleyen Sienna, "İşte oradalar!" dedi.

Langdon, "Tam sayılmaz," diyerek karşılık verdi. "Balkondaki atlar aslında kopya. *San Marco'nun gerçek atları* güvenlik ve koruma sebepleriyle içeride tutuluyor."

Langdon onları koridordan, iyi aydınlatılmış bir girintiye doğru götürdü. Buradaki benzer bir atlı dörtlüsü, tuğla bir zeminden üzerlerine atlıyormuş gibi görünüyordu.

Langdon hayranlıkla heykellere baktı. "İşte asılları bunlar."

Langdon bu atları yakından gördüğü her seferinde kas yapılarına hayran kalmaktan kendini alamazdı. Altın rengi ve yeşil bakır pası, derilerinin gerçekmiş gibi duran buruşmuş görüntüsünü iyice ortaya çıkarırdı. Bu pas artık atların her yerini kaplıyordu. Çalkantılı geçmişlerine rağmen bu dört atı görmek Langdon'a her zaman büyük sanat eserlerini korumak gerektiğini hatırlatırdı.

Boyunlarının etrafındaki süslü yakaları gösteren Sienna, "Yakalarının sonradan eklendiğini mi söylemiştin? Kaynak yerini kapatmak için miydi?" diye sordu.

Langdon, kesilen başlarla ilgili ARCA'nın web sitesinde okuduğu o tuhaf detayları Sienna ile Ferris'e anlatmıştı.

Atların yanına iliştirilmiş bilgilendirme levhasının önüne gelen Langdon, "Görünüşe göre öyle," dedi.

Arkalarından gelen bir ses dostça, "Robert!" diye seslendi. "Bana hakaret ediyorsun!"

Langdon dönüp baktığında neşeli görüntüsü, beyaz saçları, boynundan sarkan zincirli gözlüğüyle, mavi takım elbisesinin içinde kalabalığı yararak ilerleyen Ettore Vio'yu gördü. "Venedik'e gelip de beni aramıyorsun demek?"

Langdon gülümseyip adamın elini sıktı. "Sana sürpriz yapmak istedim Ettore. İyi görünüyorsun. Bunlar arkadaşlarım Dr. Brooks ve Dr. Ferris."

Ettore onlara selam verdikten sonra geri çekilip Langdon'ı süzdü. "Doktorlarla mı dolaşıyorsun? Hasta mısın? Kıyafetlerine ne oldu? İtalyanlaşıyor musun?"

Kendi kendine gülen Langdon, "Hiçbiri değil," dedi. "Atlarla ilgili bilgi almak için geldim."

Ettore meraklanmış gibiydi. "Ünlü profesörün bilmediği bir şey mi var?"

Langdon kahkaha attı. "Haçlı Seferleri sırasında nakil için atların başlarının kesilmesi konusunu öğrenmek istiyorum."

Ettore Vio, sanki Langdon, Kraliçe'nin hemoroidi hakkında bilgi istiyormuş gibi baktı. "Tanrı aşkına Robert," diye fısıldadı. "Bundan bahsetmeyelim. Eğer kesilen başlar görmek istiyorsan sana başı kesilen ünlü *Carmagnola*'yı gösterebilirim veya..."

"Ettore, hangi Venedik dükasının bu başları kestiğini öğrenmem gerek."

Ettore savunmacı bir tavırla, "Böyle bir şey olmadı," diye karşı geldi. "Söylenceleri ben de duydum elbette, ama tarihte herhangi bir dükanın böyle bir şey yaptığına dair..."

Langdon, "Ettore, lütfen bana biraz katlan," dedi. "Söylenceye göre, bunu yapan hangi dükaydı?"

Ettore gözlüğünü takıp Langdon'a baktı. "Şey, *söylenceye* göre, sevgili atlarımız Venedik'in en akıllı ve hilekâr dükası tarafından getirtilmişti."

"Hilekâr mı?"

"Evet, Haçlı Seferleri sırasında herkesi kandıran düka." Tepki vermesini bekler gibi Langdon'a baktı. "Mısır'a denizden gitmek için devletin parasını alan... ama askerlerinin yolunu değiştirip, İstanbul'u yağmalayan düka."

Langdon içinden, *kulağa ihanet gibi geliyor,* diye geçirdi. "Peki ismi neydi?"

Ettore kaşlarını çattı. "Robert, dünya tarihiyle ilgileniyorsun sanıyordum."

"Evet ama dünya çok büyük ve tarih çok uzun. Biraz yardım alabilirim."

"Pekâlâ o zaman son bir ipucu."

Langdon tam itiraz edecekken nefesini tüketmemeye karar verdi.

Ettrore, "Bu düka yaklaşık bir yüzyıl yaşadı," dedi. "Onun zamanında bu bir mucizeydi. Batıl inanca göre, Azize Lucia'nın kemiklerini İstanbul'dan Venedik'e getirme cesaretini gösterdiği için böyle uzun yaşamıştı. Azize Lucia gözlerini kaybettiğinde..."

O anda aynı şeyi aklından geçiren Langdon'a bakan Sienna, "Körlerin kemiklerini çıkarttı!" diye ağzından kaçırdı.

Ettore, Sienna'yı garipseyerek baktı. "Sözgelimi diyorsunuz herhalde?"

Meydanda yaptığı uzun yürüyüş ve çıktığı merdivenler yüzünden hâlâ soluklanamamış gibi görünen Ferris'in birden benzi soldu.

Ettore, "Ayrıca şunu da ekleyeyim; bu düka, kendisi de kör olduğu için Azize Lucia'yı çok seviyordu. Doksan yaşına geldiğinde bu meydanda durup hiçbir şey göremeden Haçlılara nutuk çekmişti," dedi.

Langdon, "Kim olduğunu anladım," dedi.

Ettore gülümseyerek, "Eh, ben de öyle umuyordum," diyerek karşılık verdi.

Langdon'ın hafızası düşüncelerden daha çok görüntülere göre çalıştığından, kim olduğunu bir sanat eserinin ışığında hatırlamıştı: Gustave Doré'nin, toplanmış kalabalığı Haçlılara katılmaları için yüreklendiren, kollarını yukarı kaldırmış, kör ve yaşlılıktan pörsümüş bir dükayı betimlediği ünlü resim. Doré'nin çizdiği resmin ismi hâlâ hafızasındaydı: *Haçlılara Vaaz Veren Dandolo.*

Langdon yüksek sesle, "Enrico Dandolo," dedi. "Sonsuz ömür süren düka."

Ettore, *"Finalmente!"*[1] dedi. "Korkarım hafızan yaşlanıyor dostum."

---

(1) "Sonunda!"

"Bedenimin geri kalanıyla birlikte. Dükanın mezarı burada mı?"

"Dandolo mu?" Ettore başını iki yana salladı. "Hayır, burada değil."

Sienna, "Nerede?" diye sordu. "Dükalar Sarayı'nda mı?"

Ettore gözlüğünü çıkarıp bir süre düşündü. "Biraz düşüneyim. O kadar çok düka var ki, hatırlayamıyorum..."

Ettore sözlerini tamamlayamadan, korkmuş görünen bir rehber koşarak yanlarına geldi ve onu kenara çekerek kulağına bir şeyler fısıldadı. Dikkat kesilen Ettore'nin yüzü ciddileşti ve telaşla bir tırabzanın yanından aşağıdaki mabede baktı. Bir süre sonra Langdon'a döndü.

"Birazdan dönerim," diye seslendikten sonra, tek kelime etmeden koşar adımlarla gitti.

Şaşıran Langdon tırabzana gidip aşağı baktı. Aşağıda neler oluyor?

İlk başta, etrafta gezinen turistlerden başka bir şey göremedi. Ama sonra, ziyaretçilerin çoğunun aynı yöne baktıklarını fark etti. Ana girişten içeri siyah üniformalı askerler giriyor, kilisenin kollarına yayılarak tüm çıkışları kapatıyordu.

Siyahlı askerler. Langdon ellerinin tırabzanı daha sıkı kavradığını hissetti.

"Robert!" Sienna arkasından sesleniyordu.

Langdon gözlerini askerlerden ayırmadı. *Bizi nasıl buldular?!*

"Robert!" Sesi şimdi daha endişeli çıkıyordu. "Bir şey oldu! Yardım et!"

Onun yakarışına anlam veremeyen Langdon arkasını döndü. *Nereye gitti?*

Hemen sonra gözleri Sienna ile Ferris'i buldu. *San Marco'nun Atları*'nın önünde Sienna, Dr. Ferris'in üzerine eğilmişti... yere düşmüş olan Ferris göğsünü tutarken çırpınıyordu.

75. Bölüm

Sienna, "Galiba kalp krizi geçiriyor!" diye bağırdı.

Langdon, yerde yatan Dr. Ferris'in yanına koştu. Adam nefes almakta zorlanıyordu.

Ona ne oldu?! Langdon'a göre her şey bir anda olmuştu. Aşağıya askerlerin gelişi ve Ferris'in yere düşmesiyle birlikte Langdon bir an için felç olmuş, nereye döneceğini kestirememişti.

Sienna, Ferris'in yanına çömelip kravatını gevşetti ve nefes almasına yardımcı olmak için gömleğinin üst düğmelerini koparak açtı. Ama adamın gömleği açılınca Sienna tiz bir çığlık atarak geri çekildi. Ağzını eliyle kapatıp adamın göğsüne bakarak geriye doğru sendeledi.

Langdon da onu gördü.

Ferris'in göğsünde korkunç görünen, greyfurt büyüklüğünde mavimsi-siyah bir leke göze çarpıyordu. Göğsüne bir gülleyle vurulmuş gibiydi.

Sienna yüzünde bir şok ifadesiyle Langdon'a bakarak, "İç kanama," dedi. "Bütün gün nefes almakta neden zorlandığı anlaşıldı."

Ferris kafasını çevirdi. Konuşmaya çalıştığı belliydi ama sadece hafif hırıltılar çıkarabiliyordu. Turistler etrafında toplanmaya başlamıştı ve Langdon ortamın karışacağını hissediyordu.

Langdon, "Askerler aşağıda," diyerek Sienna'yı uyardı. "Bizi nasıl bulduklarını anlamıyorum."

Sienna'nın yüzündeki şok ve korku ifadesi çabucak öfkeye dönüştü ve ateş saçan gözlerle Ferris'e baktı. "Bize yalan söyledin, öyle değil mi?"

Ferris tekrar konuşmaya çalıştı ama sesi çıkmadı. Sienna, adamın ceplerini karıştırıp cep telefonuyla cüzdanını çıkardı. Bulduklarını kendi cebine attıktan sonra öfke dolu gözlerle Ferris'e bakarak ayağa kalktı.

O sırada yaşlıca bir İtalyan kadın Sienna'ya bağırarak kalabalığın arasından ilerledi. *"L'hai colpito al petto!"* Yumruğuyla kendi göğsüne vuruyordu.

Sienna, *"No!"* diye karşılık verdi. "Kalp masajı onu öldürür! Göğsüne bak!" Langdon'a döndü. "Robert buradan hemen gitmeliyiz!"

Langdon, Ferris'e baktı. Çaresizce kendisine bakıyordu, gözleriyle bir şeyler anlatmak ister gibiydi.

Langdon panik içinde, "Onu bu halde bırakamayız!" dedi.

Sienna, "Güven bana," dedi. "Kalp krizi geçirmiyor. Ve biz de gidiyoruz. *Hemen.*"

Kalabalık artarken, turistler bağırarak yardım çağırıyorlardı. Sienna, Langdon'ın kolunu şaşırtıcı bir güçle kavrayıp onu kalabalığın arasından balkonun temiz havasına çıkardı.

Langdon bir anlığına kör oldu. San Marco Meydanı'nın batısından batarken balkonu altın rengine boyayan güneş, doğrudan gözlerine giriyordu. Sienna, Langdon'ı soldaki terasa yönlendirip San Marco Meydanı'na ve *San Marco'nun Atları*'nın kopyalarına bakmak için dışarı çıkmış olan turistlerin arasından geçirdi.

Bazilikanın ön tarafında hızla ilerlerlerken lagün tam karşılarında kalıyordu. Langdon suyun üzerinde tuhaf bir siluet gördü. Bu, fütürist bir savaş gemisine benzeyen ültramodern bir yattı.

Sienna ile birlikte balkonda ilerlemeye devam ettikleri için Langdon'ın onun ne olduğunu anlamaya vakti olmadı. Bazilikanın güneybatı köşesinden sola dönerek "Kâğıt Kapısı"na doğru ilerlediler. Burası, bazilikayı Dükalar Sarayı'na bağlayan ek binaydı. Dükalar buraya halkın okuması için kararnameler astıkları için bu isim verilmişti.

Kalp krizi değil mi? Ferris'in siyah-mavi göğsünün görüntüsü Langdon'ın gözünün önünden gitmiyordu ve birden Sienna'nın adamın gerçek rahatsızlığı hakkındaki teşhisini duymaktan korktu. Dahası, bir şeyler değişmişti ve Sienna artık Ferris'e güvenmiyor gibiydi. *Bu yüzden mi daha önce benim dikkatimi çekmeye çalışıyordu?*

Sienna aniden durup tırabzandan aşağıdaki San Marco Meydanı'nın üstü kapalı kemerli köşesine baktı.

"Lanet olsun," dedi. "Düşündüğümüzden daha yüksekteyiz."

Langdon ona dik dik baktı. *Atlamayı mı düşünüyordun?*

Sienna korkuyla baktı. "Bizi yakalamalarına izin veremeyiz Robert."

Langdon bazilikaya doğru dönüp tam arkalarındaki dövme demir ve camdan yapılmış ağır kapıya baktı. Turistler içeri girip çıkıyordu ve tahminleri doğruysa o kapıdan geçerlerse müzenin içine, kilisenin arka tarafına yakın bir yere çıkacaklardı.

Sienna, "Tüm çıkışları kapatmışlar," dedi.

Langdon seçenekleri değerlendirdi ve bir tanesinde karar kıldı. "Sanırım, içeride bu sorunu çözebilecek bir şey gördüm."

Ne düşündüğünü ölçüp biçmeden Sienna'yı bazilikanın içine yönlendirdi. Kilisenin ortasındaki geniş açıklıktan ve Ferris'in etrafındaki kargaşayı izleyen kalabalığın arasından dikkat çekmemeye çalışarak ilerlediler. Langdon, kızgın yaşlı kadının iki siyah üniformalı askeri balkona, kaçış rotalarına doğru yönlendirdiğini gördü.

Langdon duvarları inceleyerek, *acele etmeliyiz,* diye düşünürken sonunda aradığı şeyi goblenlerin sergilendiği büyük bir vitrinin yanında gördü.

Kırmızı uyarı etiketinin üzerinde; ALLARME ANTINCENDIO yazan parlak sarı bir cihazdı.

Sienna, "Yangın alarmı mı?" dedi. "Planın bu mu?"

"Kalabalığın arasından sıyrılabiliriz." Langdon uzanıp alarmın kolunu tuttu. Fikrini değiştirmeden harekete geçip kolu aşağı sertçe çekti ve mekanizmanın içerideki küçük cam silindiri kırdığını gördü.

Langdon'ın beklediği sirenler duyulmadı.

Sadece sessizlik vardı.

Kolu tekrar çekti.

Hiçbir şey olmadı.

Sienna ona, "Robert turist kaynayan taş bir katedralin içindeyiz! Sence etrafta şaka yapmak isteyecek bunca insan varken bu yangın alarmları çalışıyor mudur?" dedi.

"Tabii ki! Amerika'da yangın kanunları..."

"Şu anda Avrupa'dasın. Bizim sizin kadar avukatımız yok." Langdon'ın omzunun üzerinden işaret etti. "Ayrıca, fazla zamanımız da yok."

Langdon arkasını dönüp biraz önce içeri girmek için kullandıkları cam kapıya bakınca balkondan içeri giren ve sert bakışlarla etrafı tarayan iki askeri gördü. Bir tanesinin motosikletin üzerinde Sienna'nın evinden uzaklaşırlarken kendilerine ateş eden kaslı ajan olduğunu fark etti.

Fazla seçenekleri olmayan Langdon ve Sienna, kapalı spiral merdivenden zemin kata inerek gözden kayboldular. Aşağıya vardıklarında merdiven boşluğunun karanlığında durdular. İbadethanenin içinde, askerler çıkışlarda nöbet tutuyor ve gözleriyle tüm salonu tarıyorlardı.

Langdon, "Eğer bu merdiven boşluğundan çıkarsak bizi anında fark ederler," dedi.

Sienna aşağıdaki merdiveni kordon altına alan "Accesso Vietato"[1] işaretini gösterdi. Kordonun arkasındaki merdivenler daha da dar bir spiral çizerek zifiri karanlığa doğru iniyordu.

Langdon, *kötü bir fikir,* diye düşündü. *Çıkışı olmayan bir kilise mahzeni.*

Sienna çoktan kordonun üzerinden atlamış, spiral tünelden aşağı inerek karanlığın içinde kaybolmuştu.

---

(1) "Girmek Yasak"

Sienna aşağıdan alçak sesle, "Açık," diye seslendi.

Langdon şaşırmamıştı. San Marco'nun mahzeni benzerlerinden farklıydı. Hâlâ hizmet veren bir şapeldi ve Aziz Markos'un kemiklerinin yanında düzenli ayinler yapılıyordu.

Sienna, "Galiba, doğal ışık görüyorum!" diye fısıldadı.

Bu nasıl mümkün olabilir? Langdon bu kutsal yeraltı mahzenine yaptığı önceki ziyaretlerini hatırlamaya çalışırken, Sienna'nın büyük ihtimalle *lux eterna*'yı, mahzenin ortasındaki Aziz Markos'un mezarını aydınlatan elektrik ışığını gördüğünü düşündü. Yukarıdan yaklaşan ayak sesleri yüzünden fazla düşünmeye vakti yoktu. Kıpırdatmamaya dikkat ederek kordonun üzerinden atladı ve kavisi hissetmek için avucunu kabaca yontulmuş taş duvara koyarak aşağı inmeye başladı.

Sienna merdivenlerin aşağısında onu bekliyordu. Arkasındaki mahzen, karanlıkta belli belirsiz görünüyordu. Eski sütunlar ve tuğla kemerlerin desteklediği alçak taş tavanı olan bir yeraltı bölmesiydi. Kapalı alan korkusu depreşen Langdon, *bazilikanın tüm ağırlığını bu sütunlar taşıyor,* diye düşündü.

Güzel yüzü ışıkta hafifçe aydınlanmış olan Sienna, "Sana söylemiştim," diye fısıldayarak duvarda, yukarıda duran küçük, kemerli destekleri gösterdi.

Langdon, *aydınlık bacaları,* diye düşündü, orada olduklarını unutmuştu. Bacalar mahzene ışık ve temiz hava girmesini sağlamak için tasarlanmıştı ve yukarıdaki San Marco Meydanı'ndan aşağı inen derin hava bacalarına açılıyorlardı. Pencere camı birbirine kenetlenmiş on beş daireden oluşan dar bir ferforje desenle sağlamlaştırılmıştı ve Langdon içeriden açılabileceklerini düşünse de omuz genişliğinde ve içinden geçilemeyecek kadar dardılar. Pencereden hava bacasına çıkmayı başarsalar bile bacaları tırmanmaları mümkün olmayacaktı, çünkü üç metre derinliğindeki bacalar tepede ağır güvenlik kafesleriyle kapatılmışlardı.

Aydınlık bacalarından süzülen loş ışıkta San Marco'nun mahzeni ay ışığı vurmuş bir ormana benziyordu; ağaç gövdesine benzeyen sütunların zemine vuran uzun kasvetli gölgeleri ortama sık bir ormanlık havası veriyordu. Langdon mahzenin ortasına, Aziz Markos'un mezarını aydınlatan ışığa baktı. Bazilikanın adaşı, sunağın arkasındaki taş mezarda yatıyordu. Sunağın önünde Venedik'in Hıristiyan âleminin kalbinde ibadet etmeleri için davet edilen şanslı kişilere ayrılmış kilise sıraları duruyordu.

Langdon'ın yanında aniden hafif bir ışık yandı ve Langdon dönüp bakınca Sienna'nın elinde Ferris'in ekranı aydınlanmış telefonunu gördü.

Langdon şaşırmıştı. "Ferris şarjının bittiğini söylemişti!"

Bir şeyler yazmakta olan Sienna, "Yalan söyledi," dedi. "Birçok konuda." Kaşlarını çatarak telefona bakarken başını iki yana salladı. "Sinyal yok. Belki, Enrico Dandolo'nun mezarının yerini bulabilirim diye düşünmüştüm." Aydınlık bacasının yanına gidip cep telefonunu cama doğru kaldırarak sinyal almaya çalıştı.

Kaçmak zorunda kalmadan önce dükayı düşünme fırsatı olmayan Langdon, *Enrico Dandolo,* diye içinden geçirdi. İçinde bulundukları duruma rağmen, San Marco ziyaretleri amacına ulaşmıştı; atların kafalarını kesen... ve körlerin kemiklerini çıkartan hain dükanın kimliğini ortaya çıkarmışlardı.

Ne yazık ki Langdon, Enrico Dandolo'nun mezarının nerede olduğunu bilmiyordu, Ettore Vio'nun da bilmediği çok açıktı. *Bu bazilikanın... ve büyük ihtimalle Dükalar Sarayı'nın da her santimini biliyor.* Ettore'nin, Dandolo'nun mezarının yerini hemen tespit edememiş olması Langdon'a mezarın San Marco veya Dükalar Sarayı yakınlarında olmadığını düşündürüyordu.

Peki, nerede?

Langdon aydınlık bacalarından birinin altına taşıdığı kilise sırasının üzerine çıkmış olan Sienna'ya baktı. Pencereyi açıp Ferris'in telefonunu hava borusuna doğru tutuyordu.

San Marco Meydanı'ndan gelen sesler aşağıya dolunca Langdon buradan belki de bir çıkış olabileceğini düşündü. Kilise sıralarının arkasında bir sıra katlanır sandalye duruyordu ve Langdon içlerinden birini aydınlık bacasına doğru kaldırabileceğini düşündü. *Belki, yukarıdaki ızgaralar da içeriden açılıyordur?*

Langdon karanlıkta Sienna'ya doğru yürüdü. Birkaç adım atmıştı ki, alnına inen güçlü bir darbeyle geriye doğru sendeledi. Dizleri üzerine düşerken bir an için saldırıya uğradığını düşündü. Böyle olmadığını fark edince, bir seksenlik bedeninin bin yıl önceki ortalama insan boyuna göre yapılmış tonozların boyunu geçtiğini hesaba katmadığı için kendine kızdı.

Sert taş zeminde diz çökmüş kendine gelmeye çalışırken yerdeki yazıyı fark etti.

Sanctus Marcus.

Uzun uzun yazıya baktı. Yazıda dikkati çeken, Aziz Markos'un ismi değil, ismin yazıldığı dildi.

Latince.

Modern İtalyancayla geçen uzun bir günden sonra Langdon, Aziz Markos'un isminin Latince yazıldığını görünce birden algılayamamıştı. Yazı, unutulmuş dilin, Aziz Markos öldüğü zaman Roma İmparatorluğu'nun konuştuğu ortak dil olduğunu ona hatırlatmıştı.

Sonra, aklına bir şey daha geldi.

On üçüncü yüzyılın başlarında, Enrico Dandolo zamanında ve Dördüncü Haçlı Seferi sırasında, gücün dili hâlâ Latinceydi. Konstantinopolis'i geri alarak Roma İmparatorluğu'na büyük bir zafer kazandıran Venedikli düka asla Enrico Dandolo adı altında gömülemezdi... Bu yüzden Latince ismi kullanılmıştı.

Henricus Dandolo.

Ve bununla birlikte, uzun zamandır unuttuğu bir görüntü gözünün önünde canlandı. Vahiy, şapelde diz çökmüşken gelse de, Tanrı'dan geldiğini hiç sanmıyordu. Gördüğü bir işaret beyninin birden bağlantı kurmasını sağlamıştı. Langdon'ın hafızasının derinliklerinden gelen görüntü... gösterişli bir çini zemine gömülmüş olan yıpranmış bir mermerin üzerine yazılmış Dandolo'nun Latince ismiydi.

Henricus Dandolo.

Langdon, dükanın mezarının sade taş levhasını hayal ederken nefes almakta zorlandı. *Ben oraya gittim.* Tam olarak şiirde söylendiği gibi, Enrico Dandolo gerçekten de altın yaldızlı bir müzeye gömülmüştü. Burası, gerçekten de kutsal bilgelik *mouseion*'uydu ama San Marco Bazilikası değildi.

Langdon gerçeği kavrarken yavaşça ayağa kalktı.

Sienna aydınlık bacasından aşağı inip ona doğru gelirken, "Sinyal alamıyorum," dedi.

Langdon güçlükle, "Sinyale ihtiyacın yok," diyebildi. "Kutsal bilgeliğin yaldızlı *mouseion*'u..." derin bir nefes aldı. "Ben... hata yapmışım."

Sienna'nın rengi soldu. "Sakın, bana yanlış müzede olduğumuzu söyleme."

Kendini kötü hisseden Langdon, "Sienna," diye fısıldadı. "Biz yanlış ülke

76. BÖLÜM

San Marco Meydanı'nda, Venedik maskeleri satan Çingene kadın mola vermiş, bazilikanın dış duvarına yaslanıyordu. Her zamanki gibi ağır eşyalarını bırakıp güneşin batışını seyredebileceği en sevdiği yere geçmişti: kaldırımdaki iki metal ızgara arasındaki küçük bir niş.

Geçen yıllar içinde San Marco Meydanı'nda pek çok şeye şahit olmuştu ama şu anda dikkatini çeken garip olay, meydanın *üstünde* değil, altında cereyan ediyordu. Ayaklarının altından gelen ani sesle şaşıran kadın ızgaradan, aşağıdaki üç metre derinliğindeki dar aydınlık bacasına baktı. En alttaki pencere açıktı; bacanın zemininde itilen, katlanır bir sandalyenin *sürtünme* sesini duyuyordu.

Sandalyenin arkasından gelen atkuyruklu, sarışın güzel bir kadının, yukarı doğru kaldırıldığını gördü. Pencereden geçip yukarıdaki açıklığa tırmanacaktı.

Sarışın kadın, ayağa kalkıp da yukarı baktığında, ızgaradan aşağı bakan Çingene kadını görünce şaşırdı. Sarışın kadın parmağını dudaklarına götürüp dişlerini göstermeden gülümsedi. Sonra sandalyeyi açıp üzerine çıktı ve ızgaraya uzandı.

Çingene, *kısa kaldın*, diye düşündü. *Hem ne yapıyorsun?*

Sarışın kadın sandalyeden indi ve aşağıdaki biriyle konuştu. Dar bacanın içinde sandalyenin yanında kıpırdayacak yeri kalmamasına rağmen yana doğru kaydı ve şık bir takım elbise giymiş, koyu renk saçlı, uzun boylu ikinci bir kişi, kendini bazilikanın bodrumundan yukarı çekip *dar* bacaya çıktı.

O da yukarı bakıp demir ızgaranın ardındaki Çingene'yle göz göze geldi. Sonra bacaklarını acayip bir biçimde bükerek, sarışın kadınla yer değiştirdi ve eğreti sandalyenin üstüne çıktı. Parmak ucuna kalkarak ellerini ızgaraya dayayıp yukarı doğru itti. Izgara bir iki santim kımıldadıktan sonra yerine bırakmak zorunda kaldı.

Sarışın kadın Çingene'ye, *"Può darci una mano?"* diye seslendi.

Yardım eder miyim, diye düşünen Çingene'nin bu işe bulaşmaya hiç niyeti yoktu. *Siz ne yapıyorsunuz?*

Sarışın kadın bir erkek cüzdanı çıkarıp içinden aldığı yüz euroluk banknotu teklif eder gibi salladı. Satıcının üç günlük kazancından fazlaydı. Pazarlık yapmaya yabancı olmayan kadın başını iki yana sallayıp iki parmağını havaya kaldırdı. Sarışın kadın ikinci banknotu gösterdi.

Talihine inanamayan Çingene, istemese de başını evet anlamında salladı. Fark edilmeden eğilip ızgarayı tutarken aynı anda hareket edebilmek için adamın gözlerinin içine baktı.

Adam yeniden iterken, Çingene yıllarca eşya taşımaktan güçlenen kollarıyla ızgarayı yukarı çekti... ve ızgara yarıya kadar yukarı kalktı. Tam başardıklarını düşünürken, aşağıdan gürültülü bir çarpma sesi yükseldi. Katlanır sandalye ayağının altından yok olurken adam da bacadan içeri doğru düşerek gözden kayboldu.

Demir ızgara ağırlaşınca düşüreceğini sandı ama iki yüz euro vaadi ona güç vermişti, bu yüzden ızgarayı bazilikanın yan tarafına gürültülü bir şekilde bırakmayı başardı.

Nefes nefese kalan Çingene bacadan aşağı, birbirine dolanmış vücutlara ve kırık sandalyeye baktı. Adam ayağa kalkıp silkinirken, Çingene parayı almak için elini aşağı uzattı.

Atkuyruklu kadın müteşekkir olmuş bir ifadeyle gülümsedi ve iki banknotu başının üstünde salladı. Çingene aşağı uzandı ama çok mesafe vardı.

Parayı adama ver.

Birden aşağıdan gelen kargaşa sesleri duydu; öfkeli birileri bazilikanın içinde bağırıyordu. Adam ve kadın aynı anda korkuyla dönerek pencereden uzaklaştı.

Ardından, her şey kaosa dönüştü.

İdareyi ele alan adam eğilip sarışın kadına, elleriyle oluşturduğu üzengiye basması emrini verdi. Kadın basınca adam onu yukarı itti. Kadın elleri boşta kalsın diye dişlerinin arasına sıkıştırdığı banknotlarla, bacanın yan tarafına doğru sekerek kenara uzanmaya çalıştı. Parmakları kenar kısma tutununcaya kadar adam daha yukarı... daha yukarı itti.

Büyük bir gayret göstererek yüzme havuzundan çıkıyormuş gibi kendini meydana çekti. Parayı Çingene'nin eline sıkıştırıp hemen arkasını döndü ve bacanın kenarında çömelip aşağıdaki adama uzandı.

Çok geç kalmıştı.

Siyahlar giyinmiş uzun, güçlü kollar, aç bir canavarın kolları gibi bacadan içeri uzanıyor, adamı bacaklarından yakalayarak aşağıya doğru çekiyorlardı.

Onlarla mücadele eden adam, "Kaç Sienna!" diye bağırdı. "Hemen!"

Çingene onların acılı bir ifadeyle bakıştıklarını gördü... sonra her şey sona erdi.

Adam sert bir şekilde pencereden aşağı, bazilikanın içine doğru çekildi.

Şok içinde aşağı bakan sarışın kadının gözleri yaşlarla dolmuştu. "Çok üzgünüm Robert," diye fısıldadı. Kısa bir an sustuktan sonra ekledi. "Her şey için."

Daha sonra, hızla kalabalığın arasına daldı. Merceria dell'Orologio'nun dar ara sokağında koşup, Venedik'in kalbine doğru gözden kaybolurken atkuyruğu arkasından sallanıyordu.

77. Bölüm

Robert Langdon dalga sesleriyle kendine geldi. Tuzlu deniz havasıyla karışmış antiseptiğin keskin kokusunu içine çekerken altındaki yerin sallandığını hissetti.

Neredeyim?

Ona göre, sadece birkaç dakika önce onu aydınlık bacasından mahzene doğru çeken güçlü ellere karşı mücadele veriyordu. Şimdiyse tuhaf bir şekilde, altında San Marco'nun zemininin soğukluğunu değil, bir yatağın yumuşaklığını hissediyordu.

Langdon gözlerini açıp etrafına bakındı, bir tek penceresi olan küçük, temiz bir odaydı. Sallanmaya devam ediyordu.

Bir teknede miyim?

En son öfkeyle, "Kaçmaya çalışmaktan vazgeç!" diye bağıran siyah üniformalı askerlerden biri tarafından mahzenin zeminine çakıldığını hatırlıyordu.

Çılgınlar gibi bağırıp yardım isterken askerler onu susturmaya çalışmışlardı.

Askerlerden biri diğerine, "Onu buradan çıkarmalıyız," demişti.

Ortağı isteksizce başıyla onaylamıştı. "Tamam."

Langdon güçlü parmak uçlarının boynundaki atardamarları ve toplardamarları yokladığını hissetti. Sonra, şahdamarının üzerinde belirli bir noktayı hedefleyen parmaklar sert ve odaklı bir baskı uygulamaya başladı. Saniyeler içinde Langdon'ın görüşü bulanıklaştı ve kendinden geçtiğini hissetti.

Langdon, *beni öldürüyorlar,* diye düşündü. *Aziz Markos'un mezarının hemen yanında.*

Her yanı karanlık basmıştı ama eksik gibiydi... daha çok bulanık görüntüler ve boğuk seslerden oluşan bir griliğe benziyordu.

Langdon ne kadar zaman geçtiğini bilmiyordu ama dünyası yeniden netleşmeye başlamıştı. Anlayabildiği kadarıyla bir geminin revirindeydi. Steril eşyalar ve izopropil alkol onda bir dejavu hissi uyandırıyordu. Sanki dönüp dolaşıp aynı noktaya gelmiş ve geçen geceki gibi bir hastane yatağında belli belirsiz anılarla uyanmıştı.

Langdon birden Sienna'yı ve onun güvende olup olmadığını merak etti. Pişmanlık ve korku dolu kahverengi gözlerinin sevecen bir ifadeyle kendisine bakışını hatırladı. Onun kaçmış ve güvenli bir şekilde Venedik'ten ayrılmış olması için dua etti.

Langdon, Enrico Dandolo'nun mezarının gerçek yerini çözdüğünde şok içinde ona, *"Biz yanlış ülkedeyiz,"* demişti. Şiirdeki gizemli kutsal bilgelik *mouseion*'u Venedik'te değil, dünyanın başka bir köşesindeydi. Şifreli şiirin anlamı; tam olarak Dante'nin metninde yazdığı gibi, "bu garip dizelerin örtüsü altında gizlenen" cümlesinin altında saklıydı.

Langdon mahzenden kaçar kaçmaz Sienna'ya her şeyi açıklamak niyetindeydi ama buna fırsatı olmamıştı.

Benim başarısız olduğumu düşünerek ayrıldı.

Langdon midesinin düğümlendiğini hissetti.

Salgın hâlâ orada... dünyanın başka bir köşesinde.

Revirin dışında, koridorda bot sesleri duyuldu ve siyah kıyafetli bir adamın odasına girdiğini gördü. Onu mahzenin zeminine yapıştıran kaslı askerdi. Buz gibi soğuk bakışları vardı. Adam ona doğru yaklaşırken Langdon içgüdüsel olarak geri çekilmek istedi ama kaçacak yer yoktu. *Bu insanlar bana ne yapmak istiyorlarsa yapacaklar.*

Langdon elinden geldiği kadar meydan okuyan bir ses tonu takınmaya çalışarak, "Neredeyim?" diye sordu.

"Venedik açıklarında bir yatta."

Langdon adamın üniformasındaki yeşil rozete baktı; ECDC harfleriyle çevrelenmiş bir yerküreydi. Langdon sembolü ve akronimi daha önce hiç görmemişti.

Asker, "Sizden almak istediğimiz bilgiler var," dedi. "Ve fazla zamanımız yok."

Langdon, "Size neden bir şey anlatayım?" dedi. "Neredeyse beni öldürüyordunuz."

"Pek sayılmaz. *Shime waza* denilen bir judo tekniği kullandık. Size zarar vermek gibi bir niyetimiz yoktu."

Langdon, Sienna'nın motosikletinin tamponuna isabet eden kurşunu hatırlayarak, "Bu sabah bana *ateş ettiniz*!" dedi. "Kurşun neredeyse belkemiğime isabet ediyordu!"

Adamın gözleri kısıldı. "Eğer belkemiğinize isabet ettirmek *isteseydim*, ettirirdim. Kaçmanızı engellemek için mopetinizin arka tekerleğine ateş ettim. Sizinle iletişime geçip neden bu kadar dengesiz davrandığınızı öğrenmem emredilmişti."

Langdon adamın söylediklerini tam olarak kavrayamadan iki asker daha kapıdan içeri girip yatağına doğru yürüdüler.

Ortalarında bir kadın vardı.

Bir hayalet.

Göklere ve başka bir dünyaya ait.

Langdon halüsinasyonlarında gördüğü hayali hemen tanıdı. Karşısında duran güzel kadının uzun gümüş rengi saçları ve lapis lazuli nazarlığı vardı. Daha önce ölmekte olan insanlarla dolu bir manzaranın karşısında belirdiği için Langdon'ın onun gerçekten kanlı canlı bir şekilde karşısında durduğuna inanması için biraz zamana ihtiyacı vardı.

Kadın onun başucuna gelip yorgun bir ifadeyle gülümseyerek, "Profesör Langdon," dedi. "İyi olmanıza çok sevindim." Oturup nabzını kontrol etti. "Hafıza kaybı yaşadığınız söylendi. Beni hatırlıyor musunuz?"

Langdon bir süre kadını inceledi. "Ben... ben sizinle ilgili hayaller görüyordum ama tanıştığımızı hatırlamıyorum."

Kadın anlayışlı bir ifadeyle ona doğru eğildi. "Adım Elizabeth Sinskey. Dünya Sağlık Örgütü'nün direktörüyüm. Bana yardımcı olmanız için ortak bir çalışma yapıyorduk, şeyi bulmak için..."

Langdon, "Salgını," dedi. "Bertrand Zobrist'in yarattığı salgını."

Sinskey hatırladığını düşünerek hevesle başını salladı. "Hatırlıyor musunuz?"

"Hayır, bir hastane odasında küçük bir projektör ve sizin bana arayıp bulmamı söyleyen *hayalinizle* uyandım." Langdon askerleri gösterdi. "Bu adamlar beni öldürmeye kalkışmadan önce yapmaya çalıştığım şey buydu."

Kaslı olan asker diklenip karşılık vermeye hazırlandı ama Elizabeth Sinskey bir el hareketiyle onu susturdu.

Yumuşak bir sesle, "Profesör," dedi. "Kafanızın karışık olduğuna eminim. Sizi bu işe bulaştıran kişi olarak yaşananlar yüzünden çok üzgünüm ve güvende olduğunuza çok memnunum."

Langdon, "Güvende mi?" diye karşılık verdi. "Bir gemide tutsağım!" *Ve sen de!*

Gümüş saçlı kadın anlayışlı bir ifadeyle başını salladı. "Hafıza kaybınız yüzünden birazdan anlatacaklarım aklınızı biraz karıştırabilir. Bununla birlikte, zamanımız kısıtlı ve birçok insanın yardımınıza ihtiyacı var."

Sinskey sanki devam etmekte tereddüt ediyormuş gibi duraksadı. "Öncelikle," diye söze başladı. "Ajan Brüder ve ekibinin size asla zarar vermek istemediğini bilmenizi istiyorum. Sizinle yeniden iletişim kurmak için ne gerekiyorsa yapmaları emredilmişti."

"Yeniden iletişim kurmak mı? Ben..."

"Lütfen profesör, sadece dinleyin. Her şeyi anlayacaksınız. Söz veriyorum."

Langdon revir yatağında arkasına yaslandı. Dr. Sinskey anlatmaya devam ederken kafasında birtakım düşünceler dönüp duruyordu.

"Ajan Brüder ve adamları Teftiş ve Tepki Desteği isimli bir ekipten. Avrupa Hastalık Önleme ve Kontrol Merkezi'nin himayesi altında çalışıyorlar."

Langdon adamların üniformaları üzerindeki ECDC rozetlerine baktı. *Avrupa Hastalık Önleme ve Kontrol Merkezi mi?*

Sinskey devam etti. "Ekibin uzmanlık alanı bulaşıcı hastalık tehditlerini ortaya çıkarıp kontrol altına almak. Aslında onlar, akut, geniş çaplı sağlık risklerini hafifleten bir SWAT ekibi. Zobrist'in yarattığı bulaşıcı hastalığın yerini tespit etmek için tek umudum sizdiniz ve siz ortadan kaybolunca, Teftiş ve Tepki Desteği'nden sizi bulmalarını istedim... Bana destek olmaları için onları Floransa'ya *ben* çağırdım."

Langdon şaşkınlık içindeydi. "Bu askerler *sizin* için mi çalışıyorlar?"

Sinskey başını sallayarak onayladı. "ECDC'den kısa bir süreliğine ödünç aldım. Dün akşam siz ortadan kaybolup bizi aramayınca başınıza bir şey geldiğini düşündük. Bu sabah teknik destek ekibimiz Harvard e-posta hesabınızı kontrol ettiğinizi gördü ve ancak o zaman hayatta olduğunuzu anladık. O sırada, tuhaf davranışınıza getirebildiğimiz tek açıklama, taraf değiştirdiğiniz oldu... başka birinin bulaşıcı hastalığın yerini bulmanız için size daha büyük paralar teklif ettiğini düşündük."

Langdon başını iki yana salladı. "Bu çok saçma!"

"Evet, bu olası bir senaryo gibi görünmüyordu ama mantıklı olan tek açıklamaydı ve çıta bu kadar yüksekken risk alamazdık. Tabii ki, hafıza kaybı yaşadığınız aklımıza hiç gelmedi. Teknik ekibimiz Harvard e-posta hesabınızın birden etkinleştiğini görünce bilgisayarın IP adresini takip ederek Floransa'daki daireyi bulduk ve harekete geçtik. Ama siz bir kadınla birlikte bir mopedin üzerinde kaçtınız ve bu da sizin başka biri için çalıştığınız hakkındaki şüphelerimizi artırdı."

Langdon, "Sizin yanınızdan geçtik!" dedi. Nefesi tıkanmıştı. "Sizi, yanınızda askerlerle birlikte siyah bir minibüsün arkasında gördüm. Sizi *tutsak* aldıklarını sandım. Kendinizden geçmiştiniz, uyuşturulmuş gibiydiniz."

Dr. Sinskey, "Bizi gördünüz mü?" dedi. Şaşırmış gibiydi. "Haklısınız... bana *ilaç vermişlerdi.*" Duraksadı. "Ama *ben* onlara bunu yapmalarını söylediğim için."

Langdon'ın aklı iyice karışmıştı. *Kendisini uyuşturmalarını mı istemiş?*

Sinskey açıklamaya devam etti. "Bunu hatırlamıyor olabilirsiniz, ama C-130 uçağımız Floransa'ya indiğinde basınç değişti ve içkulakta kristal kopması olarak bilinen rahatsızlığı yaşadım; geçmişten beri yaşadığım güçten düşüren bir içkulak rahatsızlığı. Ciddi olmayan geçici bir şey ama kurbanlarını başlarını kaldıramayacak kadar sersemletiyor ve mide bulantısı yapıyor. Normalde yatağa yatar, yoğun mide bulantısına katlanmaya çalışırım ama Zobrist kriziyle uğraşıyoruz ve bu yüzden kendime kusmamı engelleyecek saat başı yapılan metoklopramid iğneleri yazdım. İlacın, yoğun uyku hali gibi ciddi yan etkileri var ama en azından minibüsün arkasından telefonla operasyonu yönetmemi sağladı. TTD ekibi beni hastaneye götürmek istedi ama seni ele geçirme görevini başarıyla tamamlamadan önce bunu yapmalarını istedim. Neyse ki baş dönmesi Venedik'e yaptığım uçak yolculuğunda geçti."

Langdon yatağın içinde kendini bıraktı. *Bütün gün Dünya Sağlık Örgütü'nden, yani ortak iş yaptığım insanlardan kaçtım.*

Sinskey aceleci bir ses tonuyla, "Şimdi, odaklanmalıyız profesör," dedi. "Zobrist'in salgınının... nerede olduğunu biliyor musun?" Beklenti içinde ona bakıyordu. "Çok az zamanımız var."

Langdon, *uzakta bir yer,* demek istedi ama bir şey onu durdurdu. Brüder'e, bu sabah kendisine ateş eden ve kısa bir süre önce neredeyse boğacak olan adama baktı. Langdon'ın altındaki yer o kadar hızlı değişiyordu ki, artık kime inanacağını bilmiyordu.

Sinskey gergin bir ifadeyle ona doğru eğildi. "Salgının burada, Venedik'te olduğunu düşünüyoruz. Bu doğru mu? Bize nerede olduğunu söyleyin ve ben de kıyıya bir ekip göndereyim."

Langdon tereddüt içindeydi.

Brüder sabırsızlıkla, "Efendim!" diye seslendi. "*Bir şey* bildiğiniz çok açık... bize nerede olduğunu söyleyin! Neler olabileceğini anlamıyor musunuz?"

"Ajan Brüder!" Sinskey öfkeyle adama dönerek, "Yeter," dedi. Sonra, Langdon'a dönüp alçak sesle konuşmaya başladı. "Yaşadıklarınız düşünüldüğünde, kafanızın karışık olması ve kime güveneceğinizi bilememeniz gayet normal." Durup gözlerinin içine baktı. "Ama zamanımız kısıtlı ve sizden *bana* güvenmenizi rica ediyorum."

Yeni bir ses, "Langdon ayağa kalkabilir mi?" diye sordu.

Ufak tefek, bakımlı, yanık tenli bir adam kapıda duruyordu. Langdon'ı çalışılmış bir sakinlikle inceliyordu ama Langdon onun gözlerindeki tehlikeyi gördü.

Sinskey, Langdon'a kalkmasını işaret etti. "Profesör, bu normal şartlarda işbirliği yapmayı tercih etmeyeceğim bir kişi, ama durum o kadar ciddi ki, maalesef başka bir seçeneğimiz yok."

Langdon bacaklarını yatağın kenarından aşağı sarkıtıp ayağa kalktı. Bir süre öylece durup dengesini sağlamaya çalıştı.

Adam kapıyı göstererek, "Beni izle," dedi. "Görmen gereken bir şey var."

Langdon olduğu yerde kaldı. "Sen kimsin?"

"İsimlerin bir önemi yok. Bana Amir diyebilirsin. Üzülerek söylemeliyim ki, Bertrand Zobrist'in amacına ulaşmasına yardım etme hatasını yapmış bir örgütün başındayım. Şimdi de çok geç olmadan bu hatayı telafi etmeye çalışıyorum."

Langdon, "Bana ne göstermek istiyorsun?" diye sordu.

Adam, Langdon'ın gözlerinin içine baktı. "Hepimizin aynı tarafta olduğunu sana kanıtlayacak bir şey."

78. Bölüm

Langdon geminin güverte altındaki klostrofobik koridorlar labirentinde, ardında Dr. Sinskey ve ECDC askerleriyle esmer tenli adamın peşinden gidiyordu. Bir merdivene yaklaştıklarında gün ışığına doğru yukarı çıkacaklarını umdu ama tam aksine geminin daha da aşağılarına indiler.

Şimdi rehberleri onları, geminin iyice aşağılarındaki camlı bölmelerden oluşan bir çalışma alanından geçiriyordu. Bazılarının şeffaf, bazılarının mat camları vardı. Bu ses geçirmez odaların içindeki çalışanlar bilgisayar klavyelerini tuşluyor, telefonda konuşuyorlardı. Başını kaldırıp, geçen grubu fark edenler, geminin bu tarafında yabancı gördükleri için ciddi bir endişeye kapılmışa benziyorlardı. Esmer tenli adam onlara her şeyin yolunda olduğunu anlatır bir el işareti yaptıktan sonra yürümeye devam etti.

Langdon bu sıkışık nizam çalışma alanından geçerken, *bu yer de neresi*, diye düşündü.

Sonunda ev sahibi büyük bir konferans salonuna gelmişti, hep birlikte peşinden girdiler. Grup otururken adam bir düğmeye bastı ve cam duvarlar aniden tıslayıp matlaşırken onları içeri kilitledi. Daha önce hiç böyle bir şey görmemiş olan Langdon şaşırmıştı.

Langdon sonunda, "Neredeyiz?" diyebildi.

"Burası benim gemim; *The Mendacium.*"

Langdon, "*Mendacium* mu?" diye sordu. "Yunanca ismi Pseudologos olan yalan tanrısı gibi mi?"

Adam etkilenmişe benziyordu. "Bunu bilen pek yoktur."

Langdon, *ama çok da onurlandırıcı bir isim sayılmaz,* diye düşündü. Tüm *pseudologoi*'a hükmeden Mendacium, yalan ve sahtekârlık konusunda usta bir erkek tanrıydı.

Adam, küçük bir kırmızı harici bellek çıkarıp odanın arkasındaki elektronik cihazlardan birine taktı. Dev bir LCD ekran açılırken, başlarının üstündeki ışıklar karardı.

Bu sessizlikte Langdon, hafifçe dalgalanan su sesleri duydu. Bunun ilkönce geminin dışından geldiğini sandı ama sonra sesin, LCD ekrandaki hoparlörlerden yükseldiğini anladı. Yavaşça bir görüntü belirdi: dalgalı, kırmızımsı bir ışıkla aydınlatılmış, su damlayan bir mağara duvarı.

Ev sahibi, "Bu görüntüleri Bertrand Zobrist kaydetmiş," dedi. "Benden bunu yarın tüm dünyaya göndermemi istedi."

Langdon hayret dolu bir sessizlik içinde bu garip kaydı izledi. Hafifçe dalgalanan bir lagünün bulunduğu mağaramsı bir yerde... suyun içine daldırılan kamera... kum ve çamur kaplı bir zemine inerek üzerinde BURADA, BU TARİHTE, DÜNYA SONSUZA KADAR DEĞİŞTİ yazan bir levhayı gösteriyordu.

Levha, BERTRAND ZOBRIST diye imzalanmıştı.

Ve tarih *yarını* gösteriyordu.

Tanrım! Langdon karanlıkta Sinskey'ye döndü ama filmi daha önce gördüğü ve bir daha izlemek istemediği anlaşılan doktor, boş gözlerle yere bakıyordu.

Şimdi kamera sağa kaymıştı. Langdon, içinde sarı-kahverengi jölemsi bir sıvı bulunan, şeffaf plastikten bir baloncuğun suyun altında dalgalandığını görünce şaşırdı. Bu narin küre, yüzeye çıkmaması için iple yere bağlanmıştı.

Bu da ne? Langdon şişirilmiş torbaya dikkatle baktı. İçindeki sıvı yavaşça dönüyor... hatta adeta kaynıyordu.

Ne olduğunu anlayınca nefesi kesildi. *Zobrist'in yayacağı salgın.*

Sinskey, "Kaydı durdurun," dedi.

Görüntü dondu. Suyun altında yükselen bir torbanın içinde, bulanık bir sıvı duruyordu.

Sinskey, "Sanırım ne olduğunu anlamışsınızdır," dedi. "Asıl sorun, orada ne kadar kalacağı?" LCD ekrana doğru yürüdü ve şeffaf torbadaki bir işareti gösterdi. "Maalesef, bu bize torbanın neden yapıldığını söylüyor. Okuyabiliyor musunuz?"

Nabzı hızlanan Langdon gözlerini kısarak yazıya baktı. Üreticinin ticari markasına benziyordu: Solublon.®

Sinskey, "Dünyanın en büyük suda çözünür plastik üreticisi," dedi.

Langdon midesinin düğümlendiğini hissetti. "Bu torbanın... *çözündüğünü* mü söylüyorsunuz?"

Sinskey ciddi bir ifadeyle başını salladı. "Üreticiyle temasa geçtik ve ne yazık ki, bu plastikten, uygulama alanına bağlı olarak, on dakikadan on haftaya kadar değişen onlarca farklı çeşit ürettiklerini öğrendik. Erime hızı sıvının türüne ve sıcaklığa bağlı olarak farklılık gösteriyor ama Zobrist'in bu etkenleri dikkate aldığına eminiz." Sustu. "Bu torbanın çözüneceği zaman..."

Amir araya girerek, "Yarın," dedi. "Zobrist'in takviminde işaretlediği tarih yarın. Levhanın üzerindeki tarih de öyle."

Langdon'ın nutku tutulmuştu.

Sinskey, "Ona devamını da göster," dedi.

LCD ekrandaki görüntü yenilendi. Kamera şimdi parıldayan suları ve mağaranın karanlığını gösteriyordu. Langdon, buranın şiirde bahsi geçen yer olduğuna emindi.

Kan kırmızısı sularına gömülmüştür lagünün
ki yansıtmaz yıldızları...

Sahnede Dante'nin cehennem hayalinden görüntüler vardı... yeraltında akan Kokytos Nehri.

Bu lagün her neredeyse, insan yapımı dik, yosunlu duvarlarla çevrilmişti. Ayrıca kameranın bu büyük mekânın sadece küçük bir köşesini gösterdiğini fark etmişti; duvardaki belli belirsiz dikey gölgeler bu düşünceyi destekliyordu. Kolonları andıran gölgeler geniş ve eşit aralıklıydı.

Langdon içinden, *sütunlar,* diye geçirdi.

Bu mağaranın tavanı sütunlarla destekleniyordu.

Lagün bir mağaranın içinde değil, kapalı bir mekânın içindeydi.

Batık sarayın derinliklerine in...

Tek kelime etmeye fırsat bulamadan, dikkati duvarda beliren yeni bir gölgeye kaydı... uzun ve gagalı burnuyla insanımsı bir şekil.

Yüce Tanrım...

Şimdi gölge, boğuk sesle fısıldayarak ürkütücü bir şiirsel ritimle konuşmaya başlamıştı.

"Ben sizin kurtuluşunuzum. Ben Gölge'yim."

Bundan sonraki birkaç dakika boyunca Langdon hayatındaki en korkunç filmi izledi. Zobrist'in monoloğunda, çıldırmış bir dâhinin deli saçması sözleri, Dante'nin *Cehennem*'inden alıntılarla doldurulmuştu. Çok açık bir mesaj taşıyordu: nüfus artışı kontrol dışına çıkmıştı ve insanoğlunun hayatta kalıp kalamayacağı belirsiz bir durumdaydı.

Ekrandaki monoton ses konuşmaya başladı.

"Hiçbir şey yapmamak; sıkışıp kalarak, açlık çekerek, günah içinde yuvarlanarak Dante'nin cehennemine kucak açmaktır. Ve ben de cesaretle eyleme geçtim. Kimileri dehşetle bakacaktır ama kurtuluşun bir bedeli vardır. Dünya bir gün fedakârlığımın güzelliğini kavrayacaktır. Çünkü ben sizin kurtuluşunuzum. Ben Gölge'yim. Ben insanlık sonrası çağının kapısıyım."

Zobrist aniden veba hekimi kılığında belirip sonra da maskesini çıkartırken Langdon irkilerek geri çekildi. Zayıf ve kocaman açılmış yeşil gözlere bakarken, bu krize sebep olan adamın yüzüne baktığını fark etti.

Zobrist ilham perim dediği birisine olan sevgisini itiraf ediyordu.

"Geleceği senin zarif ellerinde terk ettiğimi bilerek huzur bulacağım. Aşağıdaki görevim tamamlandı. Artık, benim için yukarıdaki dünyaya tırmanma ve yeniden görme vaktim geldi yıldızları."

Kayıt sona ererken Langdon, Zobrist'in son sözlerinin Dante'nin *Cehennem*'indeki son sözlerle neredeyse aynı olduğunu fark etti.

Konferans salonunun karanlığında, gün boyunca yaşadıklarının tek bir korkutucu gerçekle belirginleştiğini fark etti.

Bertrand Zobrist'in şimdi bir yüzü ve sesi vardı.

Konferans salonunun ışıkları yandığında tüm gözler cevap bekler gibi ona yönelmişti.

Ayağa kalkıp endişeli bir tavırla nazarlığına dokunan Elizabeth Sinskey'nin yüzünde donuk bir ifade vardı. "Profesör, zamanımızın kısıtlı olduğu belli. Şimdiye dek aldığımız tek iyi haber, henüz herhangi bir patojen saptanmadığı veya bir hastalığın rapor edilmediği. Bu yüzden Solublon torbanın henüz bozulmadığını tahmin ediyoruz. Ama nereye *bakacağımızı* bilmiyoruz. Amacımız, torba çözünmeden önce bu tehlikeyi etkisiz hale getirmek. Bunu yapabilmemizin tek yolu, elbette, yerini derhal bulmak."

Şimdi ayağa kalkmış olan Ajan Brüder, dikkatle Langdon'a bakıyordu. "Zobrist'in hastalığı nereye yerleştirdiğini öğrendiğiniz için Venedik'e geldiğinizi tahmin ediyoruz."

Korkudan gerilmiş yüzleriyle, bir mucize olmasını bekleyen önündeki topluluğa bakan Langdon, onlara iyi bir haber verebilmeyi çok isterdi.

Langdon, "Yanlış ülkedeyiz," dedi. "Aradığımız *yer buradan* bin altı yüz kilometre uzakta."

Venedik Marco Polo Havalimanı'na doğru yön değiştiren *The Mendacium*, manevra yaparken geminin motorlarından gelen sesler, adeta Langdon'ın içinde yankılandı. Gemide bir hengâme yaşanıyordu. Amir, ekibine emirler yağdırarak hızla dışarı çıkmıştı. Elizabeth Sinskey telefonunu eline alıp, Dünya sağlık Örgütü'nün C-130 nakil uçağı pilotlarını aramış ve Venedik'ten hareket etmek üzere hazır beklemelerini istemişti. Ajan Brüder, gidecekleri son yerde uluslararası bir ekip koordine etmek için hemen dizüstü bilgisayarının başına geçmişti.

Kilometrelerce uzakta.

Konferans salonuna dönen Amir, Brüder'e, "Venedikli yetkililerden başka bir haber geldi mi?" diye sordu.

Brüder başını iki yana salladı. "Haber yok. Arıyorlar ama Sienna Brooks ortadan kaybolmuş."

Langdon biraz geç kavramıştı. *Sienna'yı mı arıyorlar?*

Sinskey telefon görüşmesini bitirince konuşmaya katıldı. "Bulamıyorlar mı?"

Amir başını iki yana salladı. "Eğer siz de kabul ederseniz, onu getirmek için güç kullanılmasına DSÖ izin vermeli diye düşünüyorum."

Langdon ayağa fırladı. "Neden?! Sinna Brooks'un bu olanlarla ilgisi yok!"

Amir koyu renkli gözlerini Langdon'a dikti. "Profesör, size Bayan Brooks'la ilgili anlatmam gereken bazı şeyler var."

79. BÖLÜM

Sienna Brooks, Rialto Köprüsü'nün üzerindeki turist kalabalığının arasında ilerlerken tekrar koşmaya başladı. Fondamenta Vin Castello'nun yürüme yolunda batıya doğru tabana kuvvet koşuyordu.

Robert ellerinde.

Askerler Langdon'ı aydınlık bacasından mahzene doğru çekerlerken çaresiz gözlerle kendisine bakışı aklından çıkmıyordu. Onu esir alan kişilerin, bir şekilde tüm öğrendiklerini anlatmaya ikna edeceklerinden hiç şüphesi yoktu.

Biz yanlış ülkedeyiz.

Daha da kötüsü, onu ele geçirenlerin Langon'a durumun içyüzünü açıklamakta hiç vakit kaybetmeyeceklerinden de emindi.

Çok üzgünüm, Robert.

Her şey için.

Lütfen anla, başka şansım yoktu.

Sienna tuhaf bir şekilde onu şimdiden özlemişti. Venedik kalabalığının arasında içine tanıdık bir yalnızlığın çöktüğünü hissetti.

Bu yeni bir his değildi.

Sienna Brooks çocukluğundan beri kendini yalnız hissediyordu.

Çocukken olağanüstü bir zekâya sahip olan Sienna, büyürken kendini hep yabancı bir diyardaki bir yabancı gibi hissetmişti... Terk edilmiş bir dünyada tutsak kalmış bir uzaylı gibiydi. Arkadaş edinmeye çalışmıştı ama akranları onun hiç ilgisini çekmeyen saçmalıklarla meşguldüler. Büyüklerine karşı hep saygılı olmaya çalışmıştı ama çoğu yetişkin ona dünyayla ilgili en basit şeyleri bile kavrayamayan, daha da kötüsü hiç merak etmeyen ve endişelenmeyen yaşlanmış çocuklar gibi geliyordu.

Kendimi bir hiçliğin parçası gibi hissediyordum.

Ve böylece Sienna Brooks bir hayalet olmayı öğrenmişti. Bir bukalemun, kalabalığın içinde herhangi bir yüzü oynayan bir aktris olmayı öğrenmişti. Çocukluk tutkusu olan tiyatro oyunculuğunun, hayatı boyunca en büyük hayalinden, yani başka biri olma isteğinden kaynaklandığına emindi.

Normal biri olma isteği.

Shakespeare'in *Bir Yaz Gecesi Rüyası*'ndaki performansı kendini bir şeyin parçası gibi hissetmesine yardımcı olmuş, aktörler onu hiç küçümsemeden çok destekleyici davranmışlardı. Ama mutluluğu kısa sürmüş, açılış gecesi sahneden inip gözleri fal taşı gibi açılmış basın mensuplarını gördüğü anda buhar olup uçmuştu. Diğer başrol oyuncuları kimsenin dikkatini çekmeden arka kapıdan sessizce çıkıp gitmişlerdi.

Artık, onlar da ben de nefret ediyorlar.

Sienna yedi yaşına geldiğinde kendine şiddetli depresyon teşhisi koyacak kadar çok şey okumuştu. Ebeveynlerine bunu söylediğinde her zamanki gibi şaşırmışlardı; kızlarının tuhaflıklarına verdikleri tepki buydu. Yine de onu bir psikiyatra götürmeyi ihmal etmemişlerdi. Doktor, Sienna'ya onun kendisine çoktan sorduğu bir sürü şey sormuş ve amitriptilin ve klordiazepoksit karışımı bir ilaç yazmıştı.

Öfkeden çılgına dönen Sienna kanepeden fırlayarak, "Amitriptilin mi?" diye haykırmıştı. "Ben daha mutlu olmak istiyorum, zombi olmak istemiyorum!"

Psikiyatr onun öfkesi karşısında soğukkanlılığını korumuş ve ona ikinci bir öneride bulunmuştu. "Sienna ilaçları almak istemiyorsan, daha bütünsel bir yaklaşımı deneyebiliriz." Biraz duraksadıktan sonra, "Kendini ve bu dünyaya ait olmadığını düşünme döngüsü içine sıkışmışsın," demişti.

Sienna, "Bu doğru," diye karşılık vermişti. "Kendimi durdurmaya çalışıyorum ama beceremiyorum!"

Doktor sakin bir ifadeyle gülümsemişti. "Tabii ki duramazsın. İnsan aklının hiçbir şey düşünmemesi fizyolojik olarak imkânsızdır. Ruhun duyguya ihtiyacı vardır ve ister iyi ister kötü olsun, bu duygu için yakıt aramaya devam eder. Senin sorunun ona yanlış yakıtı vermen."

Sienna daha önce beyin hakkında bu kadar mekanik terimlerle konuşan birini duymamıştı. Konu çok ilgisini çekmişti. "Ona nasıl başka bir yakıt vereceğim?"

"Beyninin odak noktasını değiştireceksin," demişti doktor. "Şu anda, çoğunlukla kendini düşünüyorsun. Neden uyum *sağlayamadığını*... ve ne gibi bir *sorunun* olduğunu."

Sienna tekrar, "Bu doğru," demişti. "Ama ben sorunu çözmeye, uyum sağlamaya çalışıyorum. Eğer üzerinde düşünmezsem sorunu çözemem."

Doktor gülmüştü. "Bence, senin sorunun... sorununun üzerinde düşünmek." Doktor ona kendine odaklanmayı bırakmasını, dikkatini etrafındaki dünyaya ve onun sorunlarına yöneltmesini önermişti.

Ve her şey böyle değişti.

Enerjisini kendisine üzülmeye değil, başka insanlar için üzülmeye akıttı. Bir hayırseverlik hareketine girişti, evsiz barınaklarında çorba dağıttı, körlere kitap okudu. Sienna'nın yardım ettiği insanlar onun farklı olduğunu fark etmediler bile. Birinin onlarla ilgilenmesine minnettardılar.

Sienna her hafta daha çok çalışıyor, yardımına ihtiyacı olan insanları düşünmekten uyuyamıyordu.

İnsanlar onu, "Sienna yavaşla!" diye uyarıyorlardı. "Dünyayı kurtaramazsın!"

Ne korkunç bir laf.

Amme hizmetleri sırasında Sienna yerel bir hayırseverler grubunun birkaç üyesiyle tanışmıştı. Filipinler'e yapacakları bir aylık geziye onu da davet ettiklerinde bu fırsatın üzerine atladı.

Kırsal bölgedeki fakir balıkçılara veya çiftçilere yiyecek dağıtacaklarını hayal ediyordu. Zengin deniz yatakları ve büyüleyici ovaları olan Filipinler'in coğrafi bir güzellik harikası olduğunu okumuştu. Grup, dünyanın en yoğun nüfuslu şehri olan Manila'da izdihamın arasına karıştığında Sienna'nın şaşkınlıktan ağzı açık kalmıştı. Bu boyutta bir yoksulluğu daha önce hiç görmemişti.

Bir kişi nasıl bir fark yaratabilir ki?

Sienna bir kişiyi beslerken yüzlercesi üzgün ifadelerle kendisine bakıyordu. Manila'da altı saat süren trafik sıkışıklığı, boğucu hava kirliliği ve korkunç bir seks ticareti vardı. Seks köleleri genellikle çocuklardı. Aileler en azından karınlarının doyacağı avuntusuyla çocuklarını seks tacirlerine satıyorlardı.

Çocuk fahişeler, dilenciler, kapkaççılar arasında Sienna etkisiz kaldığını hissetti. Her tarafta insanlığın ilkel hayatta kalma içgüdüsüne yenik düştüğünü görüyordu. *İnsanoğlu çaresiz kaldığında... hayvanlaşıyor.*

Sienna'nın şiddetli depresyonu geri döndü. Aniden insanoğlunun ne olduğunu anlamıştı; uçurumun kenarındaki bir türdü.

Yanılmışım, diye düşündü. *Dünyayı kurtaramam.*

Cinnet getirerek kendini şehrin sokaklarına attı. Kendine açık bir alan bulmaya çalışırken insanlara çarpıyor, onları yere düşürüyordu.

İnsan eti beni boğuyor!

Koşarken gözlerin tekrar üzerine çevrildiğini hissetti. Artık uyum sağlayamıyordu. O; uzun boylu, açık tenli, sarışın, atkuyruklu bir kızdı. Erkekler ona çıplakmış gibi bakıyorlardı.

Bacakları sonunda iflas ettiğinde ne kadar koştuğunun ve nereye vardığının farkında bile değildi. Gözlerindeki yaşı ve çapağı silerken bir gecekondu bölgesinde olduğunu fark etti. Barakalar bir araya getirilip tutturulmuş oluklu metal ve karton parçalarından oluşuyordu. Her taraftan bebek ağlamaları ve insan dışkısı kokusu duyuluyordu.

Cehennem kapılarından geçtim.

Boğuk ve alaycı bir ses, arkasından, *"Turista!"* diye seslendi. *"Magkano?"*(1)

Sienna dönüp bakınca kurtlar gibi salyalarını akıtarak kendisine doğru yaklaşmakta olan üç adam gördü. Anında tehlikede olduğunu anlayıp kaçmaya çalıştı ama hep birlikte üzerine çullandılar.

Sienna yardım çağırdı ama çığlıklarına kimse aldırış etmedi. Sadece dört buçuk metre ilerideki yaşlı bir kadın oturmuş, elindeki paslı bıçakla pörsümüş bir soğanın kabuğunu soyuyordu. Kadın, Sienna bağırırken başını kaldırıp bakmadı bile.

Adamlar onu yakalayıp küçük bir barakanın içine doğru sürüklerken Sienna neler olacağını çok iyi biliyordu. Tüm gücüyle karşı koymaya çalıştı ama adamlar çok güçlüydüler ve onu eski, kirli bir yatağın üzerine atıp kımıldayamaz hale getirdiler.

Gömleğini açıp yumuşak tenine dokundular. Sienna çığlık atınca yırttıkları gömleği ağzına öyle bir tıkıştırdılar ki boğulacağını zannetti. Sonra onu döndürüp yüzünü leş gibi kokan yastığa bastırdılar.

Sienna Brooks böylesine acı dolu bir dünyada, Tanrı'ya inanan masum ruhlara her zaman acımıştı, ama şimdi o da dua ediyordu... hem de tüm kalbiyle.

Lütfen Tanrım, beni kötülüklerden koru.

Dua ederken adamların kahkaha attıklarını, kirli elleriyle blucin pantolonunu aşağı sıyırırlarken kendisiyle dalga geçtiklerini duyabiliyordu. İçlerinden biri sırtına çıktı. Terli ve ağırdı, teri Sienna'nın tenine damlıyordu.

Sienna, *ben bakireyim*, diye düşündü. *Demek ki, benim için böyle olacakmış.*

Aniden sırtındaki adam üzerinden kalktı; alaycı tezahüratlar öfke ve korku haykırışlarına dönüştü. Sienna'nın sırtına yuka-

---

(1) "Ne kadar?"

rıdan damlayan sıcak ter... birden kırmızı damlacıklar halinde yatağa akmaya başladı.

Sienna neler olduğunu görmek için arkasını döndüğünde yaşlı kadının yarısı soyulmuş soğan ve paslı bıçakla saldırganın başında dikildiğini gördü. Adamın sırtından kanlar akıyordu.

Yaşlı kadın tehditkâr gözlerle diğerlerine bakarak kanlı bıçağını havada sallayınca adamlar hemen kaçıştılar.

Yaşlı kadın tek bir kelime etmeden Sienna'nın giysilerini toplamasına ve giyinmesine yardım etti.

Sienna yaşlı gözlerle, "*Salamat,*" diye fısıldadı. "Teşekkür ederim."

Yaşlı kadın kulağına hafifçe vurarak sağır olduğunu anlatmaya çalıştı.

Sienna ellerini birleştirip gözlerini kapattı ve saygısını göstermek için eğildi. Gözlerini açtığında kadın gitmişti.

Sienna grubun diğer üyelerine veda bile etmeden hemen Filipinler'den ayrıldı. Başına gelenlerden kimseye bahsetmedi. Olayı yok sayarsa, anının silineceğini düşündü ama bu her şeyi daha da kötüleştirdi. Aylar sonra geceleri hâlâ kâbuslar görüyordu ve artık hiçbir yerde kendini güvende hissetmiyordu. Dövüş sporları dersleri aldı ve öldürücü *dim mak* tekniğinde ustalaştı ama nereye gitse kendini hâlâ tehlikede hissediyordu.

Depresyonu katlanarak geri döndü ve sonunda uyumayı hepten bıraktı. Ne zaman saçını tarasa öbek öbek döküldüğünü fark etti. Her geçen gün daha çok saçı dökülüyordu. Haftalar içinde artık neredeyse kel kalmıştı. Semptomlara dayanarak kendi kendine telogen effluvium teşhisi koydu. Bu, stres kaynaklı saç dökülmesiydi ve insanın stresini tedavi etmesinden başka bir tedavisi de yoktu. Ama ne zaman aynaya baksa kel kafasını görüyor ve kalp atışlarının hızlandığını hissediyordu.

Yaşlı bir kadına benziyorum!

Sonunda, kafasını kazıtmaktan başka çaresi kalmadı. Artık yaşlı görünmüyordu. Sadece hasta görünüyordu. Kanser hastası gibi görünmemek için sarı bir peruk aldı ve atkuyruğu yaparak kafasına taktı. En azından yine kendisi gibi görünüyordu.

Ama, Sienna Brooks içeriden değişmişti.

Ben hasarlıyım.

Geçmişi arkasında bırakmak için umutsuz bir çabayla Amerika'ya gidip tıp fakültesine yazıldı. Tıbba her zaman bir ilgisi olmuştu ve doktor olursa kendini faydalı hissedeceğini, en azından bu dünyanın acısını azaltmak için *bir şeyler* yaptığını hissedeceğini umut etmişti.

Uzun çalışma saatlerine rağmen okul ona kolay geldi. Sınıf arkadaşları çalışırken o, fazladan para kazanmak için yarızamanlı bir oyunculuk işi buldu. Eser kesinlikle bir Shakespeare değildi ama Sienna'nın lisan ve ezber yeteneği sayesinde oyunculuk ona bir iş gibi değil, kim olduğunu unutabileceği ve *başka biri* olabileceği bir ibadethane gibi gelmişti.

Herhangi biri.

Sienna konuşabildiği andan itibaren kimliğinden kaçmaya çalışıyordu. Çocukken ilk ismi olan Felicity yerine Sienna'yı tercih etmişti. *Felicity* mutlu anlamına geliyordu ve o kendisinin mutlulukla yakından uzaktan bir ilgisi olmadığını biliyordu.

Kendi kendine, *sorunlarına odaklanmaktan vazgeç,* diye hatırlattı. *Dünyanın sorunlarına odaklan.*

Kalabalık Manila sokaklarında yaşadığı panik atak, aşırı nüfus ve dünya nüfusu konularından endişe duymasına neden olmuştu. Dünya nüfusu hakkında çok ilerici teorileri olan genetik mühendisi Bertrand Zobrist'in yazılarını da o zaman keşfetti.

Kitabını okurken, *o bir dâhi,* diye düşünmüştü. Başka bir insan hakkında daha önce hiç böyle hissetmemişti. Zobrist'in yazılarını okudukça ruh eşinin kalbini okuduğunu hissediyordu. Zobrist'in "Dünyayı Kurtaramazsın" başlıklı makalesi, herkesin ona çocukken söylediği şeyi hatırlatıyordu... ama Zobrist bunun tam tersine inanıyordu.

Zobrist, *"Dünyayı KURTARABİLİRSİN,"* diye yazmıştı. *"Eğer sen kurtarmazsan, kim kurtaracak? Eğer şimdi kurtarmazsan, ne zaman kurtaracaksın?"*

Sienna, Zobrist'in matematiksel denklemlerini çalıştı, onun Malthus felaketi ve türlerin yaklaşmakta olan çöküşü ile ilgili tahminlerini okuyarak kendini eğitti. Sienna yüksek düzeyli spekülasyonlardan hoşlanıyordu ama matematiksel olarak kanıtlanan, belirgin ve kaçınılmaz olan geleceği gördükçe stres seviyesi artıyordu.

Neden kimse bunun yaklaştığını anlamıyor?

Fikirleri onu korkutsa da Zobrist'i takıntı haline getirmişti. Sunumlarını izliyor, yazdığı her şeyi okuyordu. Amerika'da bir konuşma yapacağını duyunca gidip onu görmesi gerektiğine karar verdi. Ve o akşam tüm dünyası değişti.

O sihirli akşamı hatırlayınca yüzü bir gülümsemeyle aydınlandı ve anlık bir mutluluk hissetti. Bu, birkaç saat önce Langdon ve Ferris ile birlikte trende giderlerken çok net hatırladığı akşamdı.

Chicago. Kar fırtınası.

Altı yıl önce ocak ayı... ama hâlâ dün gibi geliyor. Kar tepecikleri arasından kör edici kar beyazına karşı yakamı kaldırmış bir halde rüzgâra açık Magnificent Mile boyunca yürüyorum. Soğuğa rağmen kendime hiçbir şeyin beni yolumdan alıkoyamayacağını söylüyorum. Bu akşam muhteşem Bertrand Zobrist'in konuşmasını dinleyeceğim... canlı olarak.

Bertrand sahneye çıktığında salon neredeyse boş... Uzun boylu... çok uzun boylu... derinliklerinde dünyanın bütün gizemlerini barındıran ateşli yeşil gözleri var.

"Boş konferans salonunun canı cehenneme," diyor. "Hadi, hep birlikte bara gidelim!"

Ve sonra bir avuç insan barda sessiz bir köşeye oturuyoruz. O genetikten, nüfustan ve son tutkusu olan transhümanizmden bahsediyor.

İçkiler su gibi akarken, kendimi bir rock yıldızıyla özel bir görüşme yapıyormuş gibi hissediyorum. Zobrist ne zaman bana baksa, yeşil gözleri içimde beklenmedik bir duyguyu ateşliyor... derin bir cinsel çekimi.

Bu benim için tamamıyla yeni bir his.

Ve sonra yalnız kalıyoruz.

İçkiden hafif çakırkeyif bir halde, "Bu akşam için teşekkür ederim," diyorum. "Harika bir öğretmensiniz."

"Yağcılık ha?" Zobrist gülümseyip bana yaklaşıyor, dizlerimiz birbirine değiyor. "Seni istediğin her yere götürür."

Flört etmek çok uygunsuz ama karlı bir gecede tenha bir Chicago otelindeyiz ve tüm dünya sanki durmuş gibi.

Zobrist, "Odamda bir içkiye ne dersin?" diyor.

Donup kalıyorum. Far ışığına yakalanmış bir tavşan gibi baktığımın farkındayım.

Zobrist'in gözleri sıcak bir ifadeyle titreşiyor. "Dur, tahmin edeyim," diye fısıldıyor. "Daha önce hiç ünlü bir adamla birlikte olmadın."

Kızardığımı hissediyor, utancımı, heyecanımı ve korkumu gizlemeye çalışıyorum. Ona, "Dürüst olmak gerekirse," diyorum. "Daha önce hiç, bir **erkekle** *birlikte olmadım."*

Zobrist gülümseyerek daha da yaklaşıyor. "Ne beklediğini bilmiyorum ama lütfen ilkin olmama izin ver."

O anda çocukluğumun tüm cinsel korkuları ve hayal kırıklıkları kayboluyor... buhar olup karlı geceye karışıyor.

Sonra, çıplak bir halde onun kollarında yatıyorum.

"Rahatla Sienna," diye fısıldıyor ve sonra sabırlı elleriyle tecrübesiz bedenimde daha önce hiç hissetmediğim duygular uyandırıyor.

Zobrist'in koruyucu kolları arasında yatarken sanki dünyadaki her şey sonunda yoluna girmiş gibi hissediyor ve hayatımın bir amacı olduğunu anlıyorum.

Aşkı buldum.

Ve onun peşinden her yere gideceğim.

80. BÖLÜM

The Mendacium'un üst güvertesindeki Langdon, cilalı tik küpeşteyi kavradı ve titreyen bacaklarını sabitleyerek soluklanmaya çalıştı. Deniz havası giderek soğuyordu. Alçaktan uçan ticari uçaklar, ona Marco Polo Havalimanı'na yaklaştıklarını söylüyordu.

Size Bayan Brooks'la ilgili anlatmam gereken bazı şeyler var.

Amir ile Dr. Sinskey kendini toparlaması için ona biraz zaman vererek küpeştenin başında sessizce ama ilgiyle yanında durdular. Aşağıdayken Langdon'a anlattıkları şey onu öylesine sarsmıştı ki, biraz hava alması için Sinskey onu güverteye çıkartmıştı.

Deniz havasının canlandırıcı bir etkisi vardı ama Langdon hâlâ zihninin açıldığını hissetmiyordu. Yapabildiği tek şey geminin dümen suyuna boş gözlerle bakmak ve az önce duyduklarına bir nebze olsun mantıklı bir açıklama getirebilmekti.

Amir'e göre Sienna Brooks ile Bertrand Zobrist uzun süre sevgili olmuşlardı. Bir tür yeraltı transhümanist hareketinin içinde birlikte yer almışlardı. İsmi Felicity Sienna Brooks'tu ama FS-2080 kod adı ile de tanınıyordu... ki bu, onun isminin baş harflerinden ve yüzüncü doğum yılının bileşiminden oluşuyordu.

Hiç mantıklı gelmiyor!

Amir, Langdon'a, "Sienna Brooks'u farklı bir kaynak aracılığıyla tanımış ve ona güvenmiştim," dedi. "Bu yüzden geçen yıl bana gelip zengin bir müşteri adayıyla görüşmemi istediğinde ona peki demiştim. Bu kişinin Bertrand Zobrist olduğu ortaya çıktı. Benden, 'başyapıtı' üzerinde kimseye görünmeden çalışabileceği güvenli bir yer sağlamamı istedi. Çalınmasını istemediği yeni bir teknoloji üzerinde çalıştığını sandım... veya belki de Dünya Sağlık Örgütü'nün etik kısıtlamalarıyla çelişen genetik bir araştırma yapıyordu... Soru sormadım ama inan bana... bir salgın hastalık yarattığı asla aklıma gelmedi."

Langdon güçlükle başını salladı... şaşkınlık içindeydi.

Amir konuşmaya devam etti. "Zobrist bir Dante tutkunuydu. Bu yüzden, Floransa'da saklanmayı tercih etti. Kuruluşum da ona ihtiyaç duyabileceği her imkânı sağladı: yaşama alanıyla birlikte gözlerden uzak bir laboratuvar, farklı isimler ve güvenli iletişim alanları, güvenliğinden yemeğine ve özel ihtiyaçlarına kadar her şeyden sorumlu bir kişisel ataşe. Zobrist ne kredi kartı kullandı ne de insanların arasında göründü; bu yüzden, bulunması imkânsızdı. Tanınmadan yolculuk edebilmesi için kılığını değiştirdiğimiz, farklı isim kullandığımız ve alternatif seyahat evrakları hazırladığımız da oldu." Sustu. "Solublon torbayı yerleştirdiğinde böyle bir hizmetten faydalanmış olmalı."

Sinirlendiğini belli etmemek için pek çaba sarf etmeyen Sinskey, nefesini bıraktı. "Dünya Sağlık Örgütü geçen yıldan bu yana onu yakalamaya çalışıyordu ama o, sanki yeryüzünden silinmiş gibiydi."

Amir, "Sienna'dan bile saklanıyordu," dedi.

"Anlayamadım?" Başını kaldıran Langdon, genzini temizledi. "Sevgili olduklarını söylemiştiniz yanılmıyorsam?"

"Öyleydiler ama saklanmaya karar verince onunla ilişkisini kesti. Onu bize gönderen kişi Sienna olduğu halde, Zobrist'le yaptığım anlaşmaya göre o ortadan yok olunca, Sienna da dahil kimse nerede olduğunu bilmeyecekti. Anladığımız kadarıyla saklandıktan sonra hasta olduğunu ve bir iki yıla kadar öleceğini, Sienna'nın onu çürürken görmesini istemediğini söyleyen bir veda mektubu göndermiş."

Zobrist, Sienna'yı terk mi etmiş?

Amir, "Sienna bilgi almak için beni aradı," dedi. "Ama ben aramalarına cevap vermedim. Müşterimin isteklerine saygı göstermek zorundaydım."

Konuşmaya Sinskey devam etti. "Zobrist iki hafta önce Floransa'daki bir bankaya gidip kasa kiraladı. O gittikten sonra bankanın yeni yüz tanıma yazılımı kılık değiştirmiş adamın Bertrand Zobrist olduğu bilgisini takip sistemimize iletti. Floransa'ya giden ekibim, yaşadığı yeri bulmak için bir haftasını harcadı ama ev boştu. İçeride, çok bulaşıcı bir tür patojen ürettiğine ve başka bir yere sakladığına dair deliller bulduk."

Sinskey sustuktan sonra devam etti. "Onu bulmak zorundaydık. Ertesi sabah, daha güneş doğmadan Arno Nehri kıyısında yürürken onu gördük ve hemen peşine düştük. İşte o zaman Badia Kulesi'ne kaçtı ve atlayarak intihar etti."

Amir, "Bunu yapmayı zaten kafasına koymuş olabilir," diye ekledi. "Fazla ömrü kalmadığına inanıyordu."

Sinskey, "Sonunda anladık ki Sienna da onu arıyormuş. Floransa'ya geldiğimizi bir şekilde öğrenmiş ve yerini tespit etmiş olabiliriz düşüncesiyle yaptıklarımızı takip etmiş. Maalesef, Zobrist'in intiharına yetişmiş," dedi. "Hem sevgilisi hem de akıl hocası olan birinin atlayarak intihar ettiğini görmek onun için yıkıcı olmalı."

Sinskey'nin anlattıklarını anlamakta güçlük çeken Langdon, kendini hasta gibi hissediyordu. Tüm bu senaryoda güvendiği tek kişi Sienna'ydı ama şimdi bu insanlar ona, aslında başka biri olduğunu anlatıyorlardı. Ne derlerse desinler, Zobrist'in salgın yaymasına Sienna'nın göz yumacağına inanmıyordu.

Yoksa bunu yapar mıydı?

Sienna ona, *"Türümüzün yok olmasını engellemek için nüfusun yarısını öldürür müydün?"* diye sormuştu.

Langdon tüylerinin ürperdiğini hissetti.

Sinskey, "Zobrist öldükten sonra, bankayı kasayı açmaya zorlamak için nüfuzumu kullandım. İçinden, bana yazılmış bir mektup çıktı... bir de tuhaf bir cihaz vardı."

Langdon, "Projektör," diyerek tahminde bulundu.

"Doğru. Mektupta, *Cehennem Haritası* olmadan kimsenin bulamayacağı bu yere ilk giden kişinin ben olmamı istediğini yazıyordu."

Langdon küçük projektörün yansıttığı Botticelli tablosunu gözünde canlandırdı.

Amir, "Zobrist, o kasanın içindekileri Dr. Sinskey'ye ulaştırmam için benimle anlaşma yapmıştı ama *yarın* sabah verecektim. Dr. Sinskey daha erken ele geçirince paniğe kapılıp müşterimizin isteğine uygun olarak geri almak için harekete geçtik," diye ekledi.

Sinskey, Langdon'a baktı. "Haritayı vaktinde anlayabileceğimi sanmıyordum; bu yüzden bana yardım etmeniz için sizinle anlaşma yaptım. Şimdi bunları hatırlıyor musunuz?"

Langdon başını iki yana salladı.

"Sizi sessiz sedasız Floransa'ya getirdik. Burada, yardım edebileceğini düşündüğünüz biriyle buluşacaktınız."

Ignazio Busoni.

Sinskey, "Onunla dün gece buluştunuz," dedi. "Sonra da ortadan kayboldunuz. Başınıza bir şey geldiğini sandık."

Amir, "Aslına bakarsanız dün gece başınıza bir şey *geldi.* Projektörü geri alma gayesiyle peşinize Vayentha ismindeki ajanımızı taktık. Sizi Signoria Meydanı civarında kaybetti," dedi. Kaşlarını çattı. "Sizi kaybetmesi çok ciddi bir hataydı. Vayentha suçu bir kuşun üzerine attı."

"Anlayamadım?"

"Öten bir kumru. Vayentha'nın anlattığına göre, sizi bir kuytudan izlerken mükemmel pozisyon almış. Bu sırada turistler geçiyormuş. Başının üstündeki pencerenin kenarına tüneyen bir kumru aniden ötmeye başlamış, bakmak için duran turistler önünü kapatmışlar. O daha ara sokağa girmeye fırsat bulamadan siz gitmişsiniz." Öfkeyle başını iki yana salladı. "Sonra da izinize saatlerce ulaşamadı. Sonunda sizi bulduğunda, bu sefer yanınızda başka bir adam vardı."

Langdon, *Ignazio*, diye düşündü. *Vecchio Sarayı'ndan maskeyle ayrıldığımız sırada görmüş olmalı.*

"Signoria Meydanı'na kadar sizi takip etti ama sonra ikiniz de onu gördünüz ve farklı yönlere kaçmaya karar verdiniz."

Langdon, *işte buna anlam verebiliyorum*, diye düşündü. *Ignazio maskeyle birlikte kaçtı ve kalp krizi geçirmeden önce onu vaftizhanede sakladı.*

Amir, "Ama sonra Vayentha korkunç bir hata yaptı," dedi.

"Beni başımdan mı vurdu?"

"Hayır, kendini çok erken açık etti. Daha hiçbir şeyden haberiniz olmadan sizi sorguya çekti. Haritayı deşifre ettiniz mi veya Dr. Sinskey'ye bilmesi gerekenleri anlattınız mı öğrenmemiz gerekiyordu. Bilgi vermeyi reddettiniz. Ölseniz de anlatmayacağınızı söylediniz."

Ölümcül bir salgın hastalık arıyordum! Biyolojik silah ele geçirmeye çalışan askerler olduğunuzu sanmışımdır!

Tornistan eden dev makineler, havaalanının yükleme dokuna yanaşırken gemiyi yavaşlatmıştı. Langdon uzakta yakıt alan C-130 nakil uçağını görebiliyordu. Gövdesinin üzerinde DÜNYA SAĞLIK ÖRGÜTÜ yazıyordu.

O sırada Brüder yüzünde keyifsiz bir ifadeyle içeri girdi. "Öğrendiğime göre, beş saat süresince bölgedeki tek yetkin tepki ekibi *biziz*; yani başımızın çaresine bakacağız."

Sinskey oturduğu yerde çöktü. "Yerel yetkililerle koordinasyon kurulacak mı?"

Brüder dikkatle cevap verdi. "Şimdilik hayır. Ben böyle olmasını tavsiye derim. Şu anda kesin bir yer söyleyemiyoruz, bu yüzden onların da yapacağı fazla bir şey yok. Ayrıca, salgın önleme operasyonu onların uzmanlık alanına girmiyor; faydadan çok zarar getirmelerine sebep olabiliriz."

Sinskey başını sallayarak, *"Primum non nocere,"* diye fısıldadı. Tıp etiğinin temel kuralını tekrar etmişti: *Öncelikle, hiçbir zarar verme.*

Brüder, "Son olarak, hâlâ Sienna Brooks'tan haber alamadık," dedi. Amir'e şöyle bir baktı. "Venedik'te ona yardım edebilecek bir tanıdığı olup olmadığını biliyor musunuz?"

"Varsa hiç şaşırmam," diye yanıt verdi. "Zobrist'in her yerde müritleri vardı. Eğer Sienna'yı tanıyorsam, görevini yerine getirmek için mümkün olan tüm kaynaklardan faydalanacaktır."

Sinskey, "Venedik'ten ayrılmasına izin veremezsiniz," dedi. "Şu Solublon torbanın ne halde olduğunu bilmiyoruz. Eğer biri bulursa, plastiğin patlayıp virüsün suya karışması için hafifçe bir dokunması bile yeter."

Durumun vahametinin farkına varırlarken herkes bir süreliğine sustu.

Langdon, "Üzgünüm ama benim başka kötü haberlerim var," dedi. "Kutsal bilgeliğin yaldızlı *mouseion*'u." Sustu. "Sienna yerini biliyor. Nereye gittiğimizi *biliyor*."

"Ne?!" Sinskey'nin sesinde panik vardı. "Bulduğunuz şeyi Sienna'ya anlatma fırsatını bulamadığınızı söylediğinizi sanmıştım! Hani ona sadece yanlış ülkede olduğunuzu söylemiştiniz?"

Langdon, "Doğru," dedi. "Ama Enrico Dandolo'nun mezarını aradığımızı biliyordu. İnternette arama yaptığı anda yerini öğrenir. Ve Dandolo'nun mezarını bulursa... çözünen torba da fazla uzağında olmayacaktır. Şiir, batık saraya giden suyun şırıltısını takip et, diyordu."

"Lanet olsun!" Brüder birden söylenip sert adımlarla odadan çıktı.

Amir, "Bizi bu konuda geçemez," dedi. "Ondan önce davrandık."

Sinskey derin bir iç çekti. "Ben o kadar emin olmazdım. Aracımız yavaş ilerliyor ve görünüşe bakılırsa Sienna Brooks'un kaynakları zengin."

The Mendacium rıhtıma yanaşırken Langdon pistte duran hantal C-130'a tedirgin bir ifadeyle bakıyordu. Uçuşa elverişli görünmüyordu ve hiç penceresi yoktu. *Ben buna daha önce binmiş miyim?* Langdon hiçbir şey hatırlamıyordu.

Belki rıhtıma yanaşan geminin sallantısından, belki de klostrofobik uçağa binme endişesinden Langdon'ın aniden midesi bulanmaya başlamıştı.

Sinskey'ye döndü. "Uçabilecek kadar iyi hissettiğimi sanmıyorum."

"Bir şeyiniz yok," dedi Sinskey. "Çok zor bir gün geçirdiniz ve elbette vücudunuzdaki toksinler de var."

"Toksinler mi?" Langdon geriye doğru sendeledi. "Neden bahsediyorsunuz?"

Niyet ettiğinden daha fazla konuştuğu anlaşılan Sinskey bakışlarını kaçırdı.

"Profesör üzgünüm. Ne yazık ki tıbbi durumunuz başınıza aldığınız basit bir yaradan daha karmaşık."

Bazilikada yere düşen Ferris'in göğsündeki izi hatırlayan Langdon korkuya kapıldı.

"Neyim var?"

Nasıl açıklayacağına karar veremiyormuş gibi görünen Sinskey tereddüt etti. "Önce sizi uçağa bindirelim."

81. Bölüm

Muhteşem Frari Kilisesi'nin doğusunda bulunan Pietro Longhi Atölyesi, Venedik'in tarihi kostümler, peruklar ve aksesuvarlar satan belli başlı mağazalarından biriydi. Müşteri listesi; film şirketleri, tiyatro toplulukları ve Venedik Karnavalı'nın abartılı baloları için onları giydirecek personelin uzmanlığına güvenen nüfuzlu kişilerden oluşuyordu.

Kapı yüksek sesle tıngırdadığında tezgâhtar mağazayı kapatmak üzereydi. Adam, başını kaldırınca atkuyruklu sarışın bir kadının telaşla içeri girdiğini gördü. Sanki kilometrelerce koşmuş gibi nefes nefeseydi. Kadın endişeli ve çaresiz gözlerle aceleyle tezgâha doğru ilerledi.

Nefes nefese bir halde, "Giorgio Venci ile görüşmek istiyorum," dedi.

Tezgâhtar, *hangimiz istemiyor ki,* diye içinden geçirdi. *Ama o büyücüyü kimse göremiyor.*

Atölyenin baş tasarımcısı olan Giorgio Venci sihrini perdenin arkasından konuşturuyor, müşteriyle nadiren, ancak önceden randevu almışlarsa görüşüyordu. Çok zengin ve nüfuzlu biri olan Giorgio kimi tuhaflıklarıyla tanınırdı; yalnızlık tutkusu da bunların arasında sayılabilirdi. Tek başına yemek yer, tek başına yolculuk yapar ve sürekli Venedik'teki turist sayısının çokluğundan şikâyet ederdi. Arkadaşlık etmekten hiç hoşlanmazdı.

Tezgâhtar önceden çalışılmış bir gülümsemeyle, "Üzgünüm," dedi. "Maalesef, Signore Venci burada değil. Size ben yardımcı olabilir miyim?"

Sienna, "Giorgio burada," dedi. "Dairesi üst katta. Işığının açık olduğunu gördüm. Ben arkadaşıyım. Acil bir durum söz konusu."

Kadının çok gergin olduğu belliydi. *Arkadaşı olduğunu iddia ediyor.* "Giorgio'ya kim geldi diyeyim?"

Kadın tezgâhtan bir kâğıt parçası alıp üzerine birkaç harf ve sayı yazdı.

Kâğıdı tezgâhtara uzatıp, "Ona bunu verin," dedi. "Ve lütfen acele edin. Fazla zamanım yok."

Tezgâhtar tereddüt içinde kâğıdı yukarı götürüp uzun masanın üzerine bıraktı. Giorgio kamburu çıkmış bir halde dikiş makinesinin önünde oturuyordu.

Tezgâhtar fısıltıyla, "Signore," dedi. "Sizi görmek isteyen bir hanım var. Acil bir durum olduğunu söylüyor."

Giorgio ne işine ara verdi, ne de başını kaldırıp ona baktı. Elini uzatıp kâğıdı aldı ve yazıyı okudu.

Dikiş makinesini durdurdu.

Kâğıdı minik parçalara ayırırken, "Onu hemen yukarı gönder," dedi.

82. Bölüm

Adriyatik'in üzerinde yükselmeye devam eden muazzam C-130 nakliye uçağı yan yatarak güneydoğuya doğru döndü. Kaskatı kesilmiş olan Langdon kendini sürükleniyormuş gibi hissediyordu. Uçakta pencere olmadığı için bunalmış ve kafasının içinde dönüp duran cevaplanmamış sorulardan şaşkına dönmüştü.

Sinskey, *"Tıbbi durumunuz,"* demişti. *"Başınıza aldığınız basit bir yaradan daha karmaşık."*

Langdon, Sinskey'nin kendisine söyleyebileceklerini düşünürken nabzı hızlandı. Ama Sinskey o sırada TTD ekibiyle salgın önleme stratejilerini tartışıyordu. Brüder yakınında bir yerde telefonda konuşuyor; Sienna Brooks hakkında hükümet bürolarıyla görüşüyor, arama çalışmaları hakkında bilgi alıyordu.

Sienna...

Langdon hâlâ onun bu işlerin içinde olduğu iddiasına bir anlam vermeye çalışıyordu. Uçak irtifa seviyesine ulaştığında Amir denen adam kabinde ilerleyip Langdon'ın karşısına oturdu. İki elinin parmaklarını çenesinin altında birleştirerek dudaklarını büzdü. "Dr. Sinskey size bilgi vermemi... durumunuza bir açıklık getirmemi istedi."

Langdon, adamın bu karışıklığı biraz olsun gidermek için ne söyleyebileceğini merak ediyordu.

Amir açıklamaya başladı. "Daha önce de söylemeye çalıştığım gibi, tüm bunlar ajanım Vayentha sizi işlerin içine vaktinden önce bulaştırdığı için oldu. Dr. Sinskey adına ne kadar ilerleme kaydettiğinizi veya onunla ne kadarını paylaştığınızı bilmiyorduk. Ama müşterimizin projesinin yerini öğrenirse, onu ele geçirmesinden ya da yok etmesinden korktuk. Onu Dr. Sinskey'den önce bulmalıydık ve bu yüzden Sinskey'nin değil *bizim* tarafımızda çalışmanıza ihtiyacımız vardı." Amir duraksayıp parmaklarını birbirine vurdu. "Ne yazık ki, kartlarımızı göstermiştik... ve siz tabii ki bize güvenmediniz."

Langdon öfkeyle, "Bu yüzden mi beni başımdan vurdunuz?" diye karşılık verdi.

"Bize *güvenmenizi* sağlayacak bir plan yaptık."

Langdon onu anlamıyordu. "Bir insanı kaçırıp onu sorguladıktan sonra onun size güvenmesini nasıl sağlayabilirsiniz?"

Adam huzursuzlukla yerinde kıpırdandı. "Profesör, benzodiazepin olarak bilinen kimyasalları hiç duydunuz mu?"

Langdon başını iki yana salladı.

"Birçok şeyin yanı sıra, travma sonrası stres tedavisinde kullanılan bir ilaç türü. Bildiğiniz gibi, bir insan trafik kazası veya tecavüz gibi korkunç bir olay yaşadığında, uzun süreli hatıraları çok yıpratıcı olabilir. Sinirbilimciler, benzodiazepin kullanımı sayesinde travma sonrası stresi henüz başlamadan tedavi edebiliyorlar."

Bu konuşmanın nereye varacağını kestiremeyen Langdon sessizce dinlemeye devam etti.

Amir açıklamasını sürdürdü. "Yeni hatıralar oluştuğunda, bu olaylar kısa süreli hafızada yaklaşık kırk sekiz saat depolandıktan sonra uzun süreli hafızaya göç ederler. Yeni benzodiazepin karışımları kullanarak bir insan kolaylıkla kısa süreli hafızasını *yenileyebilir*... Kısa süre önce gerçekleşen bu anıları uzun süreli anılara dönüştürmeden önce silebilir. Örneğin bir saldırı kurbanına, saldırıdan birkaç saat sonra benzodiazepin verilirse, bu anıları sonsuza dek beyninden silebilir ve travma asla benliğinin bir parçası olmaz. Tek kötü tarafı, insanın hayatının birkaç gününe dair anıları tamamıyla kaybetmesidir."

Langdon hayret içinde karşısındaki adama baktı. "Bana hafızamı *kaybettirdiniz!*"

Amir özür dileyen bir ifadeyle nefesini bıraktı. "Maalesef öyle. Kimyasal yolla. Son derece güvenli bir şekilde. Ama evet, kısa süreli hafızanız silindi." Duraksadı. "Kendinizde değilken, salgın hakkında bir şeyler sayıkladınız, o zaman bunun nedeninin gördüğünüz projektör görüntüleri olduğunu düşünmüştük. Zobrist'in gerçek bir salgın yarattığı hiç aklımıza gelmedi." Duraksadı. "Ayrıca, kulağa, 'Very sorry. Very sorry,' gibi gelen bir cümle sayıkladınız."

Vasari. O sırada projektörle ilgili sadece bu kadarını çözmüş olmalıydı. *Cerca trova.* "Ama... hafıza kaybımın başımdaki yaradan kaynaklandığını sanmıştım. Biri bana ateş etti."

Amir başını iki yana salladı. "Size kimse ateş etmedi profesör. Başınızda yara yoktu."

"Ne?!" Langdon hemen parmaklarını dikiş izlerine ve kafasının arkasındaki şişkinliğe götürdü. "O zaman bu ne!" Tıraşlı bölgeyi göstermek için saçlarını kaldırdı.

"Kandırmacanın bir parçası. Kafatasınızda küçük bir kesik açıp derhal dikiş attık. Saldırıya uğradığınıza inanmanız gerekiyordu."

Bu bir kurşun yarası değil mi?!

Amir, "Kendinize geldiğinizde," dedi. "İnsanların sizi öldürmeye çalıştığına... tehlikede olduğunuza inanmanızı istedik."

Langdon, "İnsanlar beni öldürmeye *çalıştılar!*" diye bağırdı. Öfkeli sesi uçaktakilerin dönüp ona bakmalarına neden oldu. "Hastane doktorunun, Dr. Marconi'nin soğukkanlılıkla öldürüldüğünü gördüm!"

Amir, "Bu sizin *gördüğünüzdü,*" dedi. "Ama gerçekte olan bu değildi. Vayentha benim için çalışıyordu. Bu tür işlerde çok yetenekliydi."

Langdon, "İnsanları öldürmekte mi?" diye sordu.

Amir sakin bir ifadeyle, "Hayır," dedi. "Öldürmüş *gibi yapmakta.*"

Langdon uzun bir süre adama baktı. Göğsünden kanlar akarken yerde yatan sakallı, gür kaşlı doktoru düşünüyordu.

Amir, "Vayentha'nın tabancası kurusıkıydı," dedi. "Dr. Marconi'nin göğsündeki kan torbasını patlatan uzaktan kumandalı bir fişeği tetikliyordu. Bu arada, Dr. Marconi gayet iyi."

Duydukları karşısında sersemleyen Langdon gözlerini kapattı. "Peki ya... hastane odası?"

Amir, "Apar topar hazırlanmış bir set," dedi. "Profesör, tüm bunları hazmetmenin çok zor olduğunu biliyorum. Biz çok hızlı çalışmak zorundaydık ve siz de sersemlemiştiniz, bu yüzden hiçbir şeyin mükemmel olması gerekmiyordu. Uyandığınızda, görmek istediğiniz şeyi gördünüz. Hastane dekoru, birkaç aktör ve önceden çalışılmış bir saldırı sahnesi."

Langdon'ın başı dönüyordu.

Amir, "Şirketimin yaptığı iş bu," dedi. "İllüzyon yaratmakta çok başarılıyız."

Langdon gözlerini ovuşturarak, "Peki Sienna?" diye sordu.

"Bir karar vermek zorundaydım ve onunla birlikte çalışmayı seçtim. Önceliğim, müşterimin projesini Dr. Sinskey'den korumaktı ve Sienna da aynı şeyi istiyordu. Güvenini kazanmak için seni suikastçıdan kurtardı ve ara sokağa kaçmana yardım etti. Bekleyen taksi bize aitti, arka camında uzaktan kumandalı başka bir ateşleyici vardı ve o da siz kaçarken son efekti yarattı. Taksi sizi alelacele hazırladığımız daireye götürdü."

Langdon, *Sienna'nın yavan dairesi,* diye düşündü. Şimdi, dairenin neden ikinci el eşyalarla döşenmiş gibi göründüğünü anlıyordu. Bu, Sienna'nın Langdon'ın üzerine kalıp gibi oturan kıyafetleri olan bir "komşusu" olmasını da açıklıyordu.

Her şey tertiplenmiş bir oyundu.

Sienna'nın mesai arkadaşından gelen telefon bile sahteydi. *"Sienna, ben bu Danikova!"*

Amir devam etti. "Amerikan Konsolosluğu'na telefon ettiğinizde, Sienna'nın size bulduğu numarayı aradınız. Telefon *The Mendacium*'da çaldı."

"Konsolosluğu aramadım..."

"Hayır."

Sahte konsolosluk çalışanı ona, *"Hiçbir yere ayrılmayın,"* demişti. *"Hemen oraya birini gönderiyorum."* Sonra, Vayentha gelince Sienna onu hemen sokağın karşısında fark etmiş ve parçaları birleştirmişti. *"Robert, kendi hükümetin seni öldürmeye çalışıyor. Yetkililere haber veremezsin! Tek şansın, projektörün ne anlama geldiğini çözmek."*

Amir ve esrarengiz örgütü Langdon'ın, Sinskey için değil kendileri için çalışmasını sağlamışlardı. Yarattıkları illüzyon başarılı olmuştu.

Langdon öfkeden çok üzüntüyle, *Sienna beni kandırdı,* diye düşündü. Birlikte oldukları kısa süre içerisinde ondan çok hoşlanmıştı. Langdon, Sienna kadar zeki ve sıcak birinin Zobrist'in nüfus artışına bulduğu çılgın çözüme kendini nasıl bu kadar kaptırabildiğini bir türlü anlayamıyordu.

Sienna ona, *"Çok büyük bir değişiklik olmazsa,"* demişti. *"Türümüzün sonunun çok yakın olduğunu sana tereddüt etmeden söyleyebilirim... Matematik yanılmaz."*

Langdon, Shakespeare'in oyununun broşürünü ve Sienna'nın şaşırtıcı derecede yüksek IQ'suyla ilgili gazete kupürlerini hatırlayarak, "Peki ya Sienna hakkındaki makaleler?" diye sordu.

Amir, "Hepsi gerçek," dedi. "En iyi kandırmacalar mümkün olduğu kadar gerçek dünyaya bağlı kalarak yaratılır. Etrafı düzenlemek için fazla vaktimiz yoktu. Elimizde sadece Sienna'nın bilgisayarı ve gerçek kişisel dosyaları vardı, biz de onları kullandık. Bunları görmenizi amaçlamamıştık, onun samimiyetinden şüphe duymaya başlamanız ihtimaline karşı yerleştirilmişlerdi."

Langdon, "Tabii bilgisayarı da," dedi.

"Evet, o noktada kontrolü kaybettik. Sienna, Sinskey'nin TTD ekibinin daireyi bulacağını tahmin etmemişti, bu yüzden askerler içeri girdiklerinde panikledi ve doğaçlama yapmak zorunda kaldı. Kandırmacayı canlı tutmak için sizi mopediyle oradan kaçırdı. Görev açığa çıktığında Vayentha'yı reddetmekten başka şansım yoktu ama o protokolü çiğneyip sizi takip etti."

Langdon, "Beni neredeyse öldürüyordu," dedi. Amir'e, Beş Yüz Salonu'nun çatısında Vayentha'nın tabancasını göğsüne nişan alışını anlattı. "*Sadece kısa bir an için canın yanacak... ama bana başka seçenek bırakmadın.*" Sienna üzerine atlayıp onu parmaklıktan aşağı düşürmüş ve Vayentha ölmüştü.

Amir, Langdon'ın anlattıkları karşısında içini çekti. "Vayentha'nın sizi öldürmek istediğinden şüpheliyim... Tabancasında sadece kurusıkı fişek vardı... O sırada tek amacı sizi kontrol altına almakmış. Büyük ihtimalle, kurusıkıyla size ateş ederse bir suikastçı olmadığını ve bir kandırmacanın içinde olduğunuzu size kanıtlayabileceğini düşünmüş."

Amir bir süre düşündükten sonra devam etti. "Sienna, Vayentha'yı gerçekten öldürmeyi mi amaçlamıştı, yoksa vurulmanıza engel olmaya mı çalışıyordu, bilemeyeceğim. Sienna Brooks'u zannettiğim kadar iyi tanımadığımı düşünmeye başladım."

Langdon içinden, *ben de,* diye geçirdi. Yüzündeki şok ve pişmanlık ifadesini hatırlayınca Sienna'nın kirpi saçlı ajana yaptığı şeyin yanlışlıkla olmadığını hissetti.

Langdon kendini son derece yalnız hissetti. Aşağıdaki dünyaya bakma isteğiyle pencere tarafına doğru döndü ama uçağın gövde duvarından başka bir şey göremedi.

Buradan çıkmalıyım.

Amir endişeli gözlerle Langdon'a bakarak, "İyi misiniz?" diye sordu.

Langdon, "Hayır," diye karşılık verdi. "Hiç değilim."

* * *

Amir, *atlatacak*, diye düşündü. *Sadece yeni öğrendiği gerçekleri hazmetmeye çalışıyor.*

Amerikalı profesör bir hortumla yerden alınmış, defalarca döndürüldükten sonra yabancı bir diyara fırlatılmış gibi görünüyordu. Şok olmuş ve aklı karışmıştı.

Konsorsiyum'un hedef aldığı kişiler şahit oldukları planlanmış olayların arkasındaki gerçeğin nadiren farkına varırlardı. Vardıkları zaman da Amir yanlarında bulunarak buna şahit olmazdı. O gün, Langdon'ın şaşkınlığını bizzat görerek hissettiği vicdan azabına ek olarak yaşanan krizin ezici sorumluluğunu hissederek bunalıyordu.

Yanlış müşteriyi kabul ettim. Bertrand Zobrist.

Yanlış insana güvendim. Sienna Brooks.

Amir şimdi fırtınanın merkezine doğru uçuyordu. Tüm dünyaya büyük bir zarar verebilecek ölümcül bir salgının kaynağına gidiyordu. Bu işten sağ çıksa bile Konsorsiyum'un yıkımı atlatabileceğini sanmıyordu. Sonu gelmeyen sorular sorulacak ve suçlamalar yapılacaktı.

Benim için son böyle mi olacaktı?

83. BÖLÜM

Langdon, *hava almam lazım,* diye düşündü. *Manzara da olabilir... herhangi bir şey olsaydı.*

Penceresiz uçak gövdesi adeta üzerine geliyordu. Elbette başına gelenlerle ilgili anlatılanların da pek faydası dokunmamıştı. Sienna'yla ilgili *çoğu* cevaplanmamış sorular beyninde zonkluyordu.

Garip bir şekilde onu özlüyordu.

Kendine, rol yapıyordu, diye hatırlattı. Beni kullandı.

Langdon tek kelime etmeden Amir'i orada bırakıp uçağın ön tarafına yürüdü. Kokpitin kapısı açıktı; içeri giren doğal ışık onu kendine çekti. Güneş ışığı, pilotlar fark etmeden kapı ağzında duran Langdon'ın yüzünü ısıttı. Önündeki açıklık, ona cennetten bir nimet gibi geldi. Açık mavi gökyüzü öylesine huzurlu, öylesine durağandı ki.

Kendi kendine, *hiçbir şey durağan değildir,* diye hatırlatırken hâlâ, yaşayacakları olası felaketi kabul etmekte zorlanıyordu.

Arkasından biri, alçak sesle, "Profesör?" diye seslenince döndü.

Langdon geriye doğru şaşkınlıkla bir adım attı. Karşısındaki kişi Dr. Ferris'ti. Langdon adamı son kez gördüğünde San Marco Bazilikası'nda yerde kıvranıyordu. Şimdi başında bir beyzbol şapkası, yüzü pembe macun kıvamındaki kalaminle kaplanmış olarak, kabinler arasındaki bölmeye yaslanmış duruyordu. Göğsünün her yeri sargılıydı ve sık nefesler alıyordu. Ferris'te veba varsa bile, kimsenin umurunda değil gibiydi.

Adama bakakalan Langdon, *"Yaşıyorsun?"* dedi.

Ferris yorgun bir ifadeyle başını salladı. "Aşağı yukarı." Rahatlamış gibi görünen adamın davranışları büyük ölçüde değişmişti.

"Ama sandım ki..." Langdon sustu. "Aslında... artık ne düşüneceğimi bilmiyorum."

Ferris anlayışlı bir ifadeyle gülümsedi. "Bugün fazlasıyla yalan duydun. Özür dilemek istedim. Tahmin edebileceğin gibi Dünya Sağlık Örgütü için çalışmıyorum ve seni işe almak için Cambridge'e gelmedim."

Artık herhangi bir şeye şaşırmayacak kadar yorgun hisseden Langdon başını salladı. "Amir adına çalışıyorsun."

"Öyle. Sana ve Sienna'ya acil saha yardımında bulunmam için beni gönderdi... ve tabii, TTD ekibinden kaçabilmeniz için."

Ferris'in vaftizhanede nasıl birden ortaya çıktığını, kendisini nasıl Dünya Sağlık Örgütü çalışanı olduğuna ikna ettiğini, Sienna'nın Floransa'dan ve Sinskey'nin ekibinden kaçışını onun nasıl ayarladığını hatırlayan Langdon, "O halde sanırım işini mükemmel şekilde başardın," dedi. "Tabii, doktor da değilsindir."

Adam başını iki yana salladı. "Değilim, bugün öyleymiş gibi numara yaptım. Projektörün nereyi işaret ettiğini bulabilin diye Sienna'nın buna inanmasını sağladım. Amir, Zobrist'in yarattığı şeyi Sinskey'den koruyabilmek için bulmaya kararlıydı."

Ferris'in garip kızarıklıkları ve iç kanamasının ne olduğunu hâlâ merak eden Langdon, "Salgın bir hastalık olduğunu bilmiyor muydun?" diye sordu.

"Tabii ki bilmiyordum! Sen bahsedince, hevesini kaybetmemen için Sienna'nın uydurduğu bir hikâye sandım. Ben de rol yaptım. Hep birlikte Venedik'e giden trene bindik... ve sonra her şey değişti."

"Nasıl oldu?"

"Amir, Zobrist'in garip kaydını görmüştü."

Bu yüzden olabilir. "Zobrist'in çılgının teki olduğunu fark etti."

"Kesinlikle. Amir, Konsorsiyum'un neye bulaştığını birden anladı ve dehşete düştü. Yaptığından haberi var mı diye, Zobrist'i en iyi tanıyan kişiyle görüşmek istedi: FS-2080'le."

"FS-2080 mi?"

"Üzgünüm, Sienna Brooks. Operasyon için seçtiği kod isim buydu. Transhümanizmle ilgili bir şey olmalı. Amir'in bensiz Sienna'ya erişmesi mümkün değildi."

Langdon, "Trendeyken arayan 'hasta annen' oydu herhalde," dedi.

"Şey, Amir'in telefonuna sizin yanınızdan cevap veremezdim, o yüzden dışarı çıktım. Bana kayıttan bahsedince dehşete kapıldım. Sienna'nın da aldatılmış olmasını diliyordu ama ikinizin de vebadan bahsettiğinizi ve işin peşini bırakmaya niyetinizin olmadığını söyleyince, onun bu işte Zobrist'le birlikte olduğunu anladı. Sienna o anda düşmanımız olmuştu. Venedik'teki yerimizi ona günü gününe bildirmemizi istedi... ayrıca onu yakalaması için bir de ekip gönderecekti. Ajan Brüder'in ekibi onu San Marco Bazilikası'nda neredeyse yakalayacaktı ama... o kaçmayı başardı."

Boş gözlerle yere bakan Langdon, kaçmadan önce kendisine bakan Sienna'nın o güzel kahverengi gözlerini hâlâ görebiliyordu.

"Üzgünüm Robert. Her şey için."

Adam, "Güçlü bir kadın," dedi. "Bana bazilikada saldırdığını görmemiş olmalısın."

"Saldırdı mı?"

"Evet, askerler içeri girdiğinde bağırıp Sienna'nın yerini haber verecektim ama bunu yapacağımı hissetmiş olmalı. Eliyle göğsüme bir darbe indirdi."

"Ne?!"

"Bana neyin vurduğunu anlayamadım. Dövüş sanatında kullanılan bir tür hareket olmalı. Göğsüm zaten fena halde hırpalanmış olduğu için ağrının şiddeti daha da katlandı. Ancak beş dakika sonra normal nefes alabildim. Kimse olanları görmeden Sienna seni balkona çıkarttı."

Sersemleyen Langdon, Sienna'ya, *"L'hai colpito al petto!"* diye bağıran ve kendi göğsünü yumruklar gibi yapan yaşlı İtalyan kadını hatırladı.

Sienna, *"No!"* diye karşılık vermişti. *"Kalp masajı onu öldürür! Göğsüne bak!"*

Langdon bu sahneyi zihninde canlandırırken, Sienna'nın ayaküstü ne kadar kolay yalan söyleyebildiğini fark etti. Sienna, yaşlı kadının İtalyancasını yanlış çevirmişti. *"L'hai colpito al petto!"* aslında göğsüne bastırmasını söyleyen bir öneri değil, öfkeli bir suçlamaydı: *"Adamın göğsünü yumrukladın!"*

O sırada içinde bulundukları karmaşa yüzünden Langdon bunu fark etmemişti bile.

Ferris ona acı dolu bir tebessümle gülümsedi. Bildiğiniz gibi, Sienna Brooks hayli akıllı biri."

Langdon başını salladı. *Biliyorum.*

"Sinskey'nin adamları beni *The Mendacium*'a getirip sargı yaptılar. Bugün senin dışında Sienna ile vakit geçiren tek kişi ben olduğumdan Amir, istihbarat desteği sağlamam için beni burada istedi."

Aklı, adamın kızarıklıklarına takılan Langdon başını salladı. "Peki yüzün?" diye sordu. "Göğsündeki çürükler? Bu şey değil mi?..."

"Veba mı?" Ferris kahkaha atıp başını iki yana salladı. "Sana söylediler mi bilmiyorum ama ben bugün *iki* doktor rolü oynadım."

"Anlayamadım?"

"Beni bugün vaftizhanede gördüğünde, yüzümün tanıdık geldiğini söylemiştin."

"Evet, öyle söyledim. Galiba gözlerin. Beni Cambridge'ten getirdiğin için..." Langdon sustu. "Şimdi bunun gerçek olmadığını biliyorum. Peki o zaman..."

"Daha önce tanıştığımız için yüzüm sana tanıdık geldi. Ama Cambridge'te tanışmadık." Adamın gözleri Langdon'ın hatırladığını belli eder bir ipucu aradı. "Bu sabah hastanede uyandığında aslında ilk gördüğün kişi bendim."

Langdon çirkin hastane odasını gözünde canlandırdı. Bitkin bir haldeydi ve gözleri iyi görmüyordu; bu yüzden uyandığında ilk gördüğü kişinin İtalyanca konuşan, kalın kaşlı, grileşmiş gür sakallı, diğerinden yaşlı bir doktor olduğuna emin gibiydi.

Langdon, "Hayır," dedi. "Uyandığımda Dr. Marconi'yi gördüm..."

Adam kusursuz İtalyan aksanıyla, *"Scusi professore,"*[1] dedi. *"Ma non si ricorda di me?"*[2] Hayali kaşlarını yatıştırıp, olmayan grileşmiş sakalını okşuyormuş gibi yaparak eğildi. *"Sono il dottor Marconi."*[3]

Langdon'ın ağzı açık kalmıştı. "Dr. Marconi... *sen* miydin?"

"Gözlerim bu yüzden tanıdık geldi. Daha önce hiç takma kaş ve sakal kullanmamıştım ve maalesef, yapıştırıcıya alerjim olduğunu bilmiyordum. Cildim hassaslaşıp yandı. Beni gördüğünde dehşete kapıldığına eminim... ne de olsa, olası bir veba salgını için tetikte bekliyordun."

Vayentha saldırınca yere düşüp, göğsünden kanlar akan Dr. Marconi'nin, bunun hemen öncesinde sakalını kaşıdığını şimdi hatırlayan Langdon bakakalmıştı.

Göğsündeki sargıları gösteren adam, "Daha da kötüsü, operasyon devam ederken içimdeki kan torbasının fişeği kaydı. Vaktinde yerine koyamadım; fişek açılı bir şekilde patladı. Bir kaburgam kırıldı ve göğsüm fena halde çürüdü. Gün boyunca nefes almakta zorlandım."

Ben de veba olduğunu sanmıştım.

Adam derin bir nefes alınca yüzünü buruşturdu. "Aslında, galiba yeniden oturmam gerekiyor." Giderken Langdon'ın arka tarafını işaret etti. "Zaten başka bir arkadaşın geliyor."

---

(1) "Affedersiniz profesör."
(2) "Ama beni hatırlamadınız mı?"
(3) "Ben Doktor Marconi."

Langdon arkasını dönünce, arkasından gümüş rengi uzun saçları salınan Dr. Sinskey'nin kabinde yürüdüğünü gördü. "Profesör, demek buradasınız!"

Dünya Sağlık Örgütü'nün direktörü bitkin görünüyordu ama Langdon onun gözlerinde bir ümit pırıltısı fark etti. *Bir şey bulmuş.*

Langdon'ın yanına gelen Sinskey, "Sizi yalnız bıraktığım için üzgünüm," dedi. "Koordinasyon kurup biraz araştırma yapıyorduk." Kokpitin açık kapısını gösterdi. "Güneş ışığına çıkmıştınız sanırım."

Langdon omuzlarını silkti. "Uçağınıza pencere eklemeniz gerekiyor."

Sinskey ona sevecen bir tavırla gülümsedi. "Işıktan bahsetmişken, umarım Amir size son olaylarla ilgili biraz ışık tutmuştur."

"Evet ama ben duyduklarımın hiçbirinden memnun kalmadım."

"Ben de öyle," derken, yalnız olduklarından emin olmak için etrafına göz gezdirdi. "İnanın bana, ondan ve örgütünden ciddi sayıda insan ayrılacak," diye fısıldadı. "Bunun olmasını sağlayacağım. Ama şu anda, o torba çözünmeden ve salgın yayılmadan önce yerini tespit etmeye odaklanmamız gerekiyor. "

Veya Sienna oraya gidip, çözünmesine yardım etmeden önce.

"Dandolo'nun mezarının bulunduğu bina hakkında sizinle konuşmam lazım."

Langdon gitmeleri gereken yerin neresi olduğunu anladığından beri o göz alıcı yapıyı hayalinde canlandırıyordu. Kutsal bilgeliğin *mouseion*'u.

Sinskey, "Heyecan verici bir şey öğrendim," dedi. "Yerel bir tarihçiyle telefonda konuştuk. Elbette Dandolo'nun mezarını neden aradığımızı bilmiyor ama ona mezarın altında ne olduğuyla ilgili fikri var mı diye sordum. Tahmin edin ne dedi?" Gülümsedi. "Su."

Langdon şaşırmıştı. "Gerçekten mi?

"Evet, görünüşe bakılırsa binanın aşağı kısmını su basmış. Geçen yüzyıllar içinde binanın altındaki su seviyesi yükselmiş ve en az iki katı sular altında kalmış. Aşağıda bazı hava cepleri ve suya kısmen gömülmüş yerler olduğunu söyledi."

Tanrım. Zobrist'in görüntüleri ve yosunlu duvarlarına belli belirsiz sütun gölgeleri vuran, tuhaf bir ışıkla aydınlanmış mağara, Langdon'ın hayalinde canlandı. "Suya batmış bir yer."

"Kesinlikle."

"Ama o zaman... Zobrist oraya nasıl indi?"

Sinskey'nin gözleri parladı. "İşte hayret verici tarafı da bu. Ne bulduğumuza inanamayacaksınız."

O sırada, Venedik kıyılarının yarım mil açığındaki Lido Adası'nda, zarif bir Cessna Citation Mustang, Nicelli Havaalanı'nın pistinden havalanarak alacakaranlık gökyüzüne yükseldi.

Sahibi olan tanınmış kostüm tasarımcısı Giorgio Venci uçakta değildi ama pilotlarına, çekici genç yolcuyu nereye isterse götürmeleri talimatını vermişti.

84. BÖLÜM

Eski Bizans başkentinde akşam olmuştu.

Marmara Denizi'nin kıyısında yanan ışıklarla birlikte camiler ve ince minarelerden oluşan şehir silueti aydınlandı. Akşam namazı vaktiydi ve şehirdeki hoparlörlerden ibadet çağrısı yapan ezan sesleri yankılanıyordu.

La ilahe illallah.

Allah'tan başka ilah yoktur.

İnançlılar camilere koşarken, şehrin geri kalanı işlerine devam ediyorlardı. Gürültücü üniversite öğrencileri biralarını içiyor, işadamları anlaşmalarını yapıyor, tüccarlar baharatlarını ve halılarını pazarlıyor ve turistler büyülenmiş bir halde olan biteni izliyorlardı.

Burası ikiye bölünmüş bir dünya, karşıt güçlerin şehriydi: Dindarlarla laikler; eskiyle yeni; Doğu'yla Batı... Avrupa ile Asya arasındaki coğrafi sınırda duran bu ebedi şehir, gerçekten de Eskidünya'dan daha da eski bir dünyaya uzanan bir köprüydü.

İstanbul.

Artık Türkiye'nin başkenti olmayan şehir, yüzyıllar boyunca üç farklı imparatorluğun; Bizans, Roma ve Osmanlı'nın merkezi olmuştu. Bu yüzden İstanbul, tarihi en fazla çeşitlilik gösteren yerlerden biriydi. Şehir; Topkapı Sarayı, Sultanahmet Camii, Yedikule ile ilgili folklorik savaş, zafer ve yenilgi efsaneleriyle doluydu.

O akşam gökyüzünden bir C-130 nakliye uçağı fırtına bulutlarının arasından Atatürk Havalimanı'na doğru alçalıyordu. Kokpitin içinde pilotların arkasındaki mürettebat koltuğunda oturan Robert Langdon kendisine manzaralı bir koltuk verildiği için rahatlamış bir halde ön camdan dışarı bakıyordu.

Bir şeyler yiyip uçağın arka tarafında yaklaşık bir saat uyuduktan sonra kendini canlanmış hissediyordu.

Langdon sağ tarafta Marmara Denizi'nin karanlığında çıkıntı yapan boynuz şeklindeki parlak yarımadanın, İstanbul'un ışıklarını görebiliyordu. Burası, Asyalı kız kardeşinden kavisli bir karanlık şeritle ayrılmış Avrupa tarafıydı.

Boğaziçi.

Boğaziçi ilk bakışta İstanbul'u ikiye bölen geniş bir yarık gibi görünüyordu. Ama Langdon, kanalın İstanbul'un ticaretinin hayat kaynağı olduğunu biliyordu. Boğaziçi, şehre iki kıyı şeridi sunmanın yanı sıra Akdeniz'den Karadeniz'e gemi geçişini ve İstanbul'un iki dünya arasında bir ara istasyon görevi görmesini sağlıyordu.

Uçak bir sis tabakası arasından alçalırken Langdon'ın gözleri uzaktaki şehri tarayarak bulmaya geldikleri büyük yapıyı aradı.

Enrico Dandolo'nun mezarının bulunduğu yer.

Anlaşıldığı kadarıyla Venedikli hain düka Enrico Dandolo Venedik'e değil, 1202'de fethettiği kalenin kalbine, aşağılarında sere serpe uzanan şehre gömülmüştü. Ve Dandolo, fethettiği şehrin sunabileceği en kutsal yerde; günümüze kadar bölgenin en değerli mücevheri olarak kalan binada ebedi istirahatgâhına yerleştirilmişti.

Ayasofya.

MS 360 yılında inşa edilen Ayasofya, Enrico Dandolo ve Dördüncü Haçlı Seferi ordusunun şehri fethettiği 1204 yılına kadar Doğu Ortodoks Katedrali olarak hizmet vermişti. On beşinci yüzyılda, Fatih Sultan Mehmet'in Konstantinopolis'i ele geçirmesinden sonra camiye dönüştürülmüş ve 1935 yılında müze haline getirilene kadar Müslümanların ibadethanesi olarak hizmet vermişti.

Langdon, *altın yaldızlı kutsal bilgelik mouseion'u*, diye düşündü. Ayasofya'daki altın yaldızlı süslemeler San Marco'dakilerden çok daha fazlaydı ve ismi gerçekten de "Kutsal Bilgelik" anlamına geliyordu.

Langdon muazzam binayı gözünün önüne getirdi ve altında bir yerlerde, karanlık bir lagünde[1] suyun dibinde iple bağlı, dalgalanan bir balon olduğunu ve yavaş yavaş çözünerek içindekileri serbest bırakmaya hazırlandığını düşündü.

Langdon geç kalmış olmamalarını diledi.

Sinskey uçakta bir süre önce çalışma alanına doğru kendisini izlemesini işaret ederek heyecanla, "Binanın alt katları sualtında kalmış," demişti. "Ne bulduğumuza inanamazsın. Göksel Gülensoy adında bir belgesel film yönetmeni duymuş muydun?"

Langdon başını iki yana sallamıştı.

Sinskey, "Ayasofya'yı araştırırken," demişti. "Orası hakkında bir film yapıldığını öğrendim. Birkaç yıl önce Gülensoy'un çektiği bir belgesel."

"Ayasofya hakkında düzinelerce film yapıldı."

Sinskey'nin çalışma alanına vardıklarında, "Evet," demişti. "Ama bunun gibisi yapılmadı." Langdon'ın görebilmesi için dizüstü bilgisayarını çevirmişti. "Oku."

Langdon oturup Gülensoy'un son filmi *Ayasofya'nın Derinliklerinde*'den bahseden makaleyi okumuştu. *Hürriyet Daily News* dahil çeşitli haber kaynaklarından derlenmişti.

Langdon okumaya başlar başlamaz Sinskey'nin neden heyecanlandığını anlamıştı. İlk iki kelime bile Langdon'ın kafasını kaldırıp hayretle ona bakmasına neden olmuştu. Tüplü dalış mı?

Sinskey, "Biliyorum," demişti. "Okumaya devam et."

Langdon tekrar makaleye dönmüştü.

AYASOFYA'NIN ALTINA TÜPLÜ DALIŞ: Belgesel film yapımcısı Göksel Gülensoy ve araştırmacı dalgıç ekibi

---

(1) Lagün sözcüğü yazarın kurgusu gereği orijinali gibi bırakılmıştır. Burada Dante'nin İtalyanca manzumelerinde göl ya da gölet sözcükleri lagün olarak ifadelendirildiği için metnin orijinaline sadık kalınmıştır.

İstanbul'un yoğun turist çeken dini yapısının yüzlerce metre altında sular altında kalmış çok eski havzalar buldular.

Sayısız mimari harikanın yanı sıra, sekiz yüz yıllık çocuk aziz mezarları, Ayasofya'yı Topkapı Sarayı'na, Tekfur Sarayı'na bağlayan tüneller ve Anemas Zindanları'nın yeraltı uzantılarını keşfettiler.

Yarısı sular altında kalmış bir dehlizde Ayasofya'nın temellerini inceleyen bot içindeki araştırmacıların eski bir fotoğrafını gördükten sonra belgeseli çekmeye karar verdiğini söyleyen Gülensoy, "Ayasofya'nın altındakilerin yüzeyin üzerindekilerden çok daha heyecan verici olduğunu düşünüyorum," diye açıklamada bulundu.

Sinskey heyecanla, "Kesinlikle doğru yapıyı bulmuşsun!" demişti. "Ve anlaşılan, o binanın altında, içinde gezilebilir geniş cepler var ve çoğuna da tüplü dalış malzemeleri olmadan girilebiliyor... Bu, Zobrist'in çekimlerinde gördüklerimizi açıklayabilir."

Ajan Brüder arkalarında durmuş dizüstü bilgisayarın ekranına bakıyordu. "Belli ki binanın altındaki su yolları her tarafa uzanıyor. O Solublon torba biz oraya varmadan çözülürse, içindekilerin yayılmasını engellemek imkânsız olacak."

Langdon, "İçindekiler..." demişti. "İçinde ne olduğuna dair bir fikriniz var mı?" Yani, tam olarak? Bir patojenle karşı karşıya olduğumuzu biliyorum ama..."

Brüder, "Kamera görüntülerini inceledik," demişti. "Gerçekten de kimyasal değil biyolojik bir şey olduğu izlenimi veriyor.... yani, yaşayan bir şey. Torbanın içindeki cüzi miktara dayanarak, son derece bulaşıcı ve çoğalabilen bir şey olduğunu düşünüyoruz. Bakteri gibi sudan mı bulaşıyor, yoksa serbest kaldığında virüs gibi havadan mı yayılıyor emin değiliz ama her ikisi de mümkün."

Sinskey, "Şu anda, bölgedeki taban suyu sıcaklığıyla ilgili veri topluyor, yeraltındaki bu bölgelerde ne tür bulaşıcı maddelerin gelişebileceğini belirlemeye çalışıyoruz ama Zobrist son derece yetenekliydi, kolaylıkla benzersiz özellikleri olan bir şey icat etmiş olabilir. Ayrıca, onun burayı seçmesinin bir sebebi olduğundan şüpheleniyorum," demişti.

Brüder başıyla izin isteyip, Solublon torbasının sualtındaki sıra dışı yayılma mekanizmasıyla ilgili değerlendirmesini sunmuştu. Mekanizmanın mükemmelliğini kavramaya başlıyorlardı. Zobrist, torbayı yerin ve suyun altında asılı tutarak son derece stabil bir kuluçka ortamı yaratmıştı: sabit su sıcaklığı olan, güneşin radyasyonunu almayan, kinetik tamponlamaya sahip ve rahatsız edilmediği bir ortam. Zobrist seçtiği dayanıklı torba sayesinde bulaşıcı hastalığı, olgunlaşıp belirlenmiş tarihte kendi kendini serbest bırakana kadar bir süre tek başına bırakabilecekti.

Bir daha oraya geri dönmese bile.

Langdon yere inen uçağın ani sarsıntısıyla katlanır mürettebat koltuğunda şimdiki zamana döndü. Pilotlar sertçe fren yaptıktan sonra uzaktaki bir hangara doğru taksi yapıp dev uçağı durdurdular.

Langdon, hazmat giysileri[1] içinde bir grup Dünya Sağlık Örgütü çalışanı tarafından karşılanacaklarını düşünmüştü. Ancak, gelişlerini bekleyen tek kişi, parlak kırmızı haç amblemli büyük beyaz bir minibüsün şoförüydü.

Kızıl haç mı gelmiş? Langdon tekrar bakınca kırmızı haç amblemini kullanan diğer kuruluş olduğunu anladı. İsviçre Elçiliği.

Kemerini çözdü ve herkes uçaktan inmeye hazırlanırken Sinskey'yi buldu. "Herkes nerede?" diye sordu. "DSÖ ekibi? Türk yetkililer? Herkes çoktan Ayasofya'ya mı gitti?"

Sinskey huzursuz bir ifadeyle ona baktı. "Doğrusunu istersen," diye açıkladı. "Yerel yetkililere haber vermemeye karar verdik. ECDC'nin en iyi TTD ekibi yanımızda ve kolayca yayılabilecek bir panik yaratmaktansa operasyonu bir süre gizli tutmak daha mantıklı görünüyor."

Langdon, Brüder ve ekibinin içinde hazmat malzemeleri; biyo-giysiler, gaz maskeleri, elektronik keşif aletleri bulunan büyük siyah spor çantalarını hazırladıklarını gördü.

(1) Tehlikeli maddelerden korunmak için giyilen giysi.

Brüder çantasını omzuna atıp yanlarına geldi. "Gitmeye hazırız. Binaya girip Dandolo'nun mezarını bulacağız. Şiirin dediği gibi, suyun şırıltısını dinleyeceğiz ve sonra ekibimle birlikte durumu değerlendirip başka destek çağırıp çağırmamaya karar vereceğiz."

Langdon planda şimdiden birtakım sorunlar görüyordu. "Ayasofya akşamüstü kapanır, bu yüzden yerel yetkililer olmadan içeri girmemiz imkânsız."

Sinskey, "Sorun yok," dedi. "İsviçre Elçiliği'nden bir kontağım Ayasofya Müzesi'nin müdürüyle iletişime geçip özel bir VIP turu rica etti. Müze müdürü de kabul etti."

Langdon neredeyse kahkaha atacaktı. "Dünya Sağlık Örgütü'nün direktörü için VIP turu? Ve hazmat çantaları taşıyan bir asker ordusu? Bunun biraz şüphe çekeceğini düşünmüyor musunuz?"

Sinskey, "TTD ekibi ve ekipmanları sen, ben ve Brüder durumu değerlendirirken arabada kalacaklar," dedi. "Ayrıca, bilgin olsun, VIP ben değilim. Sensin."

"Efendim?!"

"Müzenin müdürüne ünlü bir Amerikalı profesörün araştırma ekibiyle birlikte Ayasofya'daki semboller hakkında bir makale yazmak üzere İstanbul'a geldiğini, ama uçakları beş saat rötar yaptığı için profesörün binayı görme şansını kaybettiğini söyledik. Ekibiyle birlikte yarın sabah ayrılacağı için acaba..."

Langdon, "Tamam," dedi. "Anafikri anladım."

"Müze bizi burada karşılaması için bir çalışanını gönderecek. Görünüşe bakılırsa, İslam sanatı hakkında yazdıklarının bir hayranıymış." Sinskey iyimser görünmeye çalışarak ona yorgun bir ifadeyle gülümsedi. "Binanın her köşesine girebileceğine dair garanti verdiler."

Brüder, "Ve daha da önemlisi," dedi. "İçeride sadece biz olacağız."

85. Bölüm

Robert Langdon, Atatürk Havalimanı'nı İstanbul'un şehir merkezine bağlayan sahil yolunda hızla ilerleyen minibüsün penceresinden dışarı boş gözlerle bakıyordu. İsviçreli yetkililer gümrükten geçişi kolaylaştıracak bir düzenleme yapmışlar, böylelikle Langdon, Sinskey ve gruptaki diğerleri birkaç dakika içinde yola koyulabilmişlerdi.

Sinskey, Amir ile Ferris'e diğer DSÖ çalışanlarıyla birlikte C-130'da kalıp Sienna Brooks'un yerini aramaya devam etmelerini söylemişti.

Kimse Sienna'nın İstanbul'a vaktinde gelebileceğine inanmasa da, Zobrist'in Türkiye'deki müritlerinden birini arayıp Sinskey'nin ekibi müdahale etmeden o kaçık planı gerçekleştirmek için yardım istemiş olabileceğinden korkuyorlardı.

Sienna gerçekten de toplu katliam yapabilir mi? Langdon hâlâ gün içinde olanları kabul etmekte zorlanıyordu. Bunu yapmak acı verse de gerçekleri kabul etmek zorundaydı. *Sen onu hiç tanımadın Robert. Seninle oyun oynadı.*

İnceden bir yağmur yağmaya başlayınca, cam sileceklerinin yineleyen sesini dinleyen Langdon birden yorulduğunu hissetti. Sağ tarafındaki Marmara Denizi'nde ilerleyen lüks yatların ve ilerideki limana girip çıkan dev tankerlerin ışıklarını görebiliyordu. Sahil boyunca uzanan ışıklı minareler, kubbeli camilerin üzerinde yükseliyor; modern ve laik bir şehir olmakla birlikte, kökeninde hâlâ dinin yaşadığını hatırlatıyordu.

Langdon on beş kilometrelik bu yolun Avrupa'daki en güzel yollardan biri olduğunu düşünürdü. İstanbul'un eskiyle yeni karşılaşmasının mükemmel bir örneği olan cadde kısmen, ismini aldığı adamdan –John F. Kennedy– bin altı yüz yıl önce yapılmış olan Bizans surlarının yanından ilerliyordu. ABD başkanı, yıkılan imparatorluğun küllerinden bir Türkiye Cumhuriyeti kuran Atatürk'ün hayranıydı.

Eşsiz bir deniz manzarası sunan Kennedy Caddesi, ağaçlıklı ve tarihi mekânları arasından kıvrılıyor, Yenikapı İskelesi'ni geçtikten sonra Boğaz'a dönerek oradan, kuzeydeki Haliç'e doğru ilerliyordu. İşte, müstahkem bir mevkide beliren Osmanlıların gözdesi Topkapı Sarayı, şehrin üzerinde yükseliyordu. Boğaziçi'ne hâkim görüş alanıyla bu saray, turistlerin en sevdiği yerlerden biriydi. Hz. Muhammed'e ait olduğu söylenen bir hırka ve kılıcın da dahil olduğu Osmanlı hazinesine ve manzaraya bakmak için buraya akın ediyorlardı.

Varacakları yeri gözünde canlandıran Langdon, *oralara kadar gitmeyeceğiz,* diye düşündü. Şehrin merkezinden yükselen Ayasofya fazla uzakta değildi.

Kennedy Caddesi'nden çıkıp kalabalık şehre doğru girerlerken sokak ve kaldırımlardaki insanlara bakan Langdon, gün boyunca geçen konuşmaları düşünmeye daldı.

Aşırı nüfus.

Veba.

Zobrist'in sapık emelleri.

Bu TTD ekibinin nereye gittiğini öğrenmiş olsa da şu ana kadar tam olarak anlamış değildi. *İşin kalbine gidiyoruz.* Yavaşça çözünen sarı-kahverengi sıvı torbasını hayalinde canlandırırken, bu duruma gelmeyi nasıl becerdiğini merak etti.

Sienna ile birlikte Dante maskesinin arkasında buldukları tuhaf şiir onu buraya, İstanbul'a getirmişti. TTD ekibini Ayasofya'ya yönlendirmişti ama oraya vardıklarında onları daha fazla işin beklediğini biliyordu.

Diz çök, kutsal bilgeliğin yaldızlı mouseion'unda
ve kulağını yere daya
dinle suyun şırıltısını.
Batık sarayın derinliklerine in...
orada, karanlığın içinde bekler khthonik canavar
kan kırmızısı sularına gömülmüştür lagünün...
ki yansıtmaz yıldızları...

Langdon, Dante'nin *Cehennem*'indeki son kantonun benzer bir manzarayla bittiğini bildiğinden, yeniden endişelenmeye başladı. Yeraltı dünyasında uzun bir süre geçirdikten sonra Dante ile Vergilius, cehennemin en dip noktasına geliyorlardı. Çıkışı olmayan bu yerde, ayaklarının altındaki kayaların arasında akan suların şırıltısını duyuyor, çatlaklarla yarıkların arasından akan suyu takip ediyor... ve sonunda güvenliğe çıkıyorlardı.

Dante şöyle yazmıştı: "*Bir yer vardır ki gözle görülmez, kendi oyduğu kayadan hafif bir meyille inen küçük bir ırmağın şırıltısıyla anlaşılır varlığı. Işık dünyasına dönmek için bu gizli patikaya girdik.*"

Dante'nin çizdiği manzara belli ki Zobrist'e ilham vermişti; yalnız kendi uygulamasında Zobrist her şeyi baş aşağı etmişti. Langdon ve diğerleri, suyun şırıltısını takip edeceklerdi ama Dante'nin aksine, cehennemden uzaklaşmayacak... *içine* doğru gideceklerdi.

Minibüs dar sokaklardan ilerleyip kalabalık mahallelere girerken Langdon, salgının merkezi olarak Zobrist'i, İstanbul'u seçmeye yönelten yanlış mantığı anlamaya başladı.

Doğu'nun Batı'yla buluşması.

Dünyanın dört yol ağzı.

Tarih boyunca İstanbul defalarca, nüfusun büyük çoğunluğunu öldüren salgınlara yenik düşmüştü. Aslına bakılacak olursa, hastalığın günde on binden fazla kişiyi öldürdüğü Kara Ölüm'ün son safhalarında bu şehre imparatorluğun "veba merkezi" denilmişti. Osmanlı'dan kalma pek çok tabloda, Taksim'deki arazilere cesetleri gömmek için veba çukurları açan şehirliler resmedilmişti.

Langdon, "Tarih tekerrürden ibarettir," diyen Karl Marx'ın yanılmış olmasını diledi.

Yağmurlu sokaklardaki bihaber insanlar akşam telaşına düşmüşlerdi. Güzel bir Türk kadını çocuklarını yemeğe çağırıyordu; iki yaşlı adam bir kahvehanenin önünde akşam kahvelerini yudumluyorlardı; iyi giyimli bir çift, şemsiyenin altında el ele yürüyordu; konsere geciktiği anlaşılan smokinli bir adam otobüsten inip, ceketinin altında tuttuğu keman kutusuyla sokaktan aşağı koşuyordu.

Langdon her birinin hayatını nasıl geçirdiğini tahmin etmeye çalışarak etrafındaki yüzleri incelemeye başladı.

Topluluklar bireylerden meydana gelir.

Yüzünü pencereden çevirip gözlerini kapatırken, sağlıksız düşünceleri aklından uzaklaştırmaya çalıştı. Ama yeteri kadar hasar almıştı. Zihninin karanlıklarında istenmeyen bir görüntü belirdi: Vebanın, sefaletin ve işkencenin deniz kenarındaki bir şehri yerle bir edişini tasvir eden Bruegel'in *Ölümün Zaferi* tablosu.

Minibüs sağdaki Torun Caddesi'ne dönünce Langdon geldiklerini sandı. Sol tarafında, sisin ardında büyük bir cami görünüyordu.

Ama burası Ayasofya değildi.

Çok sayıda şerefesi bulunan, gökyüzüne yükselerek sipsivri bir tepeyle son bulan kalem benzeri altı minareyi gören Langdon, Sultanahmet Camii'ni hemen tanıdı. Daha önceleri, Sultanahmet

Camii'nin peri masalından çıkmış gibi görünen şerefeli minarelerinin, Disney World'deki Cinderella şatosuna ilham verdiğini okumuştu. Sultanahmet Camii, İngilizcede Mavi Cami anlamına gelen *Blue Mosque* ismini, iç duvarlarını kaplayan göz alıcı mavi çinilerden almıştı.

Hızla ilerleyen minibüs Kabasakal Caddesi'ne dönüp, Sultanahmet Camii ile Ayasofya arasındaki Sultanahmet Meydanı boyunca giderken Langdon, *yaklaştık*, diye düşündü.

Yağmur damlalarının ıslattığı ön camdan gözlerini kısarak bakan Langdon, ufukta Ayasofya'yı görmeye çalıştı ama yağmur ve araba farları görüşünü engelliyordu. Daha da kötüsü, caddedeki trafik iyiden iyiye tıkanmaya başlamıştı.

Langdon ileride, fren ışıklarından başka bir şey göremiyordu.

Şoför, "Bir etkinlik olmalı," dedi. "Galiba konser var. Yürüyerek daha çabuk gidersiniz."

Sinskey, "Ne kadar uzakta?" diye sordu.

"Şuradaki parktan geçeceksiniz. Üç dakika. Çok güvenlidir."

Brüder'e başını sallayan Sinskey, TTD ekibine döndü. "Siz minibüste kalın. Binaya mümkün olduğunca yaklaşın. Ajan Brüder birazdan sizinle temasa geçecek."

Bunun ardından Sinskey, Brüder ve Langdon minibüsten inip sokağa çıktı ve parka yöneldi.

Sultanahmet Parkı'ndaki geniş yapraklı ağaçlar, grup patikada yürürken onları yağmurdan bir miktar koruyordu. Yürüyüş yollarına, ziyaretçileri parkın ilgi çekici yerlerine yönlendiren tabelalar yerleştirilmişti: Luksor'dan getirilen bir Mısır dikilitaşı; Delfi'deki Apollon Mabedi'nden getirilen Yılanlı Sütun; Bizans İmparatorluğu zamanında "sıfır noktası" kabul edilerek, tüm mesafelerin ölçüldüğü Milyon Taşı (Million Anıtı).

Sonunda, ağaçların arasından çıkıp, parkın ortasını belirleyen yuvarlak bir havuzun yanına geldiler. Açıklıkta dikilen Langdon gözlerini kuzeydoğuya dikti.

Ayasofya.

Binadan çok... bir dağı andırıyordu.

Yağmurda parıldayan Ayasofya'nın dev cüssesi, kendi başına bir şehir gibiydi. Kenarları gümüş grisi, inanılmayacak kadar geniş merkez kubbesi, çevredeki diğer kubbeli binaların üstünde duruyor gibiydi. Her birinin tek şerefesi ve gümüş grisi bir alemi bulunan dört minare, binanın köşelerinden yükseliyordu; merkez kubbeden o kadar uzaktılar ki, aynı yapıya ait olduklarına inanmak güçtü.

Şu ana kadar sabit hızla koşmakta olan Sinskey ile Brüder, aniden durup gözlerini yukarı... yukarı kaldırmaya başladılar. Zihinleri, karşılarında duran yapının yüksekliğini ve genişliğini algılamakta güçlük çekiyordu.

"Aman Tanrım." Brüder hayretle söylendi. *"Burayı mı arayacağız?"*

86. Bölüm

Amir, park halindeki C-130 nakliye uçağının içinde volta atarken, *burada esir tutuluyorum,* diye düşünüyordu. Sinskey'nin tamamıyla kontrolden çıkmadan önce krizi önlemesine yardım etmek için İstanbul'a gelmeyi kabul etmişti.

Sinskey ile işbirliği yapmanın istemeden bulaştığı bu kriz yüzünden alabileceği cezayı hafifletebileceğini düşünmüştü. *Ama şimdi Sinskey beni gözaltında tutuyor.*

Uçak, Atatürk Havalimanı'nın devlete ait hangarına park eder etmez Sinskey ve ekibi uçaktan inmiş ve DSÖ'nün direktörü, Amir ve birkaç Konsorsiyum çalışanına uçakta kalmalarını emretmişti.

Amir hava almak için dışarı çıkmaya teşebbüs edince buz gibi ifadeli pilotlar tarafından önü kesilmiş ve kendisine Dr. Sinskey'nin herkesin uçakta kalmasını rica ettiği hatırlatılmıştı.

Geleceğinin belirsizliğinin farkında olan Amir bir koltuğa çökerken, *hiç iyi değil,* diye düşündü.

Amir kukla oynatıcısı olmaya alışmıştı, ipleri çeken son güç her zaman kendisi olmuştu ama şimdi aniden tüm gücü elinden alınmıştı.

Zobrist, Sienna, Sinskey.

Hepsi ona karşı gelmişti... hatta kendi çıkarları için kullanmışlardı.

Şimdi, nakliye uçağının tuhaf, penceresiz hücresinde tutsak olan Amir, şansının tükenip tükenmediğini, şu anki durumunun hayatı boyunca yaptığı sahtekârlıkların bir karşılığı olup olmadığını sorguluyordu.

Hayatımı kazanmak için yalan söylüyorum.

Ben yanlış bilgi satıcısıyım.

Amir bu dünyada yalan satan tek kişi olmamasına rağmen kendisini göldeki en büyük balık gibi görüyordu. Küçük balıklar farklı bir türdü ve Amir onlarla arasında bir ilişki kurulmasından bile hoşlanmıyordu.

İnternetten bulunabilecek Alibi Company ve Alibi Network gibi şirketler dünya çapında sadakatsiz eşlere paçayı kurtarmanın yollarını sunarak servet kazanıyorlardı. Müşterilerinin kocalarına, karılarına veya çocuklarına hissettirmeden ortadan kaybolmaları için "zamanı durdurma" sözü veren bu şirketler yalan ve kandırmaca konusunda ustaydılar: Sahte iş toplantıları, sahte doktor randevuları, hatta sahte düğünler kurgulayıp, bunları destekleyen sahte davetiyeler, broşürler, uçak biletleri, otel onay formları hazırlıyorlardı. Hatta Alibi Company'nin şirketinde çalışan ve eğitimli profesyonellerin bir resepsiyonist –veya kandırmacanın gerektirdiği diğer kişiler– gibi cevapladıkları özel bağlantı numaraları bile sağlıyorlardı.

Ancak Amir vaktini asla böyle önemsiz işler için harcamamıştı. Sadece büyük çaplı dalaverelerle uğraşmış, en iyi hizmeti almak için milyonlarca dolar ödeyebilecek olanlarla iş yapmıştı.

Hükümetler.

Büyük şirketler.

Aşırı zengin VIP'ler.

Bu müşterilerin amaçlarına ulaşabilmeleri için Konsorsiyum'un varlıkları, personeli, tecrübesi ve yaratıcılığı her zaman emirlerine amade oluyordu. Ama hepsinden önemlisi, onlara reddetme imkânı tanınıyor, dalaverelerini desteklemek için uydurulan kandırmacalarla asla bir ilgilerinin kurulmayacağına dair garanti veriliyordu.

Amaç; ister borsayı yükseltmek, ister bir savaşı meşrulaştırmak, ister bir seçimi kazanmak veya bir teröriste tuzak kurmak olsun, dünyanın siyasal güçleri halkın bakış açısını şekillendirmek için sahte bilgi komplolarına güveniyorlardı.

Her zaman böyle olmuştu.

Altmışlı yıllarda Ruslar sahte bir casusluk şebekesi kurmuş ve istihbarat değiştokuşunda İngilizlere yıllarca yanlış bilgi vermişlerdi. 1947 yılında Amerikan Hava Kuvvetleri dikkatleri Roswell, New Mexico'da yaşanan bir uçak kazasından uzaklaştırmak için ayrıntılı bir UFO aldatmacası kurgulamıştı. Ve kısa bir süre önce, tüm dünyaya Irak'ta kitle imha silahları bulunduğu inandırılmaya çalışılmıştı.

Amir yaklaşık otuz yıldır nüfuzlu insanların güçlerini korumalarına, yeniden ele geçirmelerine ve artırmalarına yardım ediyordu. Kabul ettiği işler konusunda son derece dikkatli davransa da, her zaman bir gün yanlış işi kabul edeceğinden korkmuştu.

Ve işte o gün gelmişti.

Amir her destansı çöküşün tek bir ana bağlı olduğuna inanırdı; tesadüfi bir karşılaşma, kötü bir karar ve gereksiz bir bakış gibi.

Kendi durumunda, bu anın yaklaşık on iki yıl önce paraya ihtiyacı olan genç bir tıp fakültesi öğrencisini işe almayı kabul ettiğinde yaşandığını düşünüyordu. Genç kadının keskin zekâsı, şaşırtıcı lisan kabiliyeti, doğaçlama yeteneği onun Konsorsiyum'da bir anda sivrilmesine neden olmuştu.

Sienna Brooks doğuştan yetenekliydi.

Sienna, onun çalışma şeklini anında anlamıştı ve Amir, genç kadının sır saklamaya yabancı olmadığını hissetmişti. Sienna yaklaşık iki yıl onun için çalışarak tıp fakültesi harcını ödemesine yardım edecek yüklü bir para kazanmıştı ve sonra, aniden işten ayrılacağını söylemişti. Dünyayı kurtarmak istiyordu ve bunu orada yapamazdı.

Amir, Sienna Brooks'un on yıl sonra karşısına çıkacağını ve yanında büyük bir hediye; aşırı zengin bir müşteri getireceğini asla tahmin etmemişti.

Bertrand Zobrist.

Amir onu hatırlayınca tüyleri diken diken oldu.

Bu, Sienna'nın hatası.

Baştan beri, Zobrist'in planına ortaktı.

C-130'un eğreti toplantı masasında konuşmalar alevleniyordu. DSÖ memurlarından bazıları telefonda konuşuyor, bazıları da aralarında tartışıyorlardı.

İçlerinden biri telefona doğru bağırarak, "Sienna Brooks mu?!" dedi. "Emin misiniz?" Memur kaşlarını çatarak bir süre dinledi. "Pekâlâ, bana detayları verin. Bekliyorum."

Ahizeyi eliyle kapatıp meslektaşlarına döndü. "Görünüşe bakılırsa, Sienna Brooks bizden kısa bir süre sonra İtalya'dan ayrılmış."

Masadaki herkes kaskatı kesildi.

Bir kadın memur, "Nasıl?" diye sordu. "Havaalanını, köprüleri, tren istasyonunu abluka altına almıştık..."

Telefondaki memur, "Nicelli Havaalanı," diye cevap verdi. "Lido'daki."

Kadın başını iki yana sallayarak, "Mümkün değil," dedi. "Nicelli çok küçük. Dışarı uçuş yok. Sadece, yerel helikopter turlarına açık ve..."

"Sienna Brooks bir şekilde, Nicelli'de hangarda duran özel bir jete binmeyi başarmış. Detayları araştırıyorlar." Ahizeyi tekrar ağzına götürdü. "Evet, buradayım. Ne buldunuz?" Son bilgileri dinlerken omuzları aşağı düştü ve sonunda oturmak zorunda kaldı. "Anlıyorum. Teşekkür ederim." Görüşmeyi bitirdi.

Meslektaşları meraklı gözlerle ona bakıyorlardı.

Adam gözlerini ovuşturarak, "Sienna'nın jeti Türkiye'ye doğru geliyormuş," dedi.

İçlerinden biri, "O zaman Avrupa Hava Nakliye Komutanlığı'nı ara!" dedi. "Jeti geri döndürsünler."

Adam başını salladı."Yapamam. On iki dakika önce buradan sadece yirmi kilometre uzakta olan özel Hezarfen Havaalanı'na inmiş ve ortadan kaybolmuş."

87. Bölüm

Yağmur artık Ayasofya'nın kubbesini dövüyordu.

Yaklaşık bin yıl boyunca dünyanın en büyük kilisesi olmuştu; bugün bile daha büyük bir şeyi hayal etmek güçtü. Burayı yeniden gören Langdon, İmparator Justinianos'un Ayasofya'yı tamamlayınca bir adım geri gidip gururla, "Süleyman, seni geçtim," dediğini hatırladı.

Sinskey ile Brüder yaklaştıkça daha da yükselen bu anıt yapıya doğru kararlı adımlarla ilerliyordu.

Buradaki patikaların kenarlarına Fatih Sultan Mehmet'in ordularının kullandığı toplar dizilmişti; bu dekor, binanın fetih zamanında kanlı sahnelere şahit olduğunu ve binanın daha sonra, galip gelen güçlerin manevi ihtiyaçlarına hizmet ettiğini hatırlatıyordu.

Güney cepheye yaklaştıklarında Langdon sağ tarafındaki üç kubbeli, silo benzeri eklentilere baktı. Bunlar, padişahların türbeleriydi ki, içlerinden biri, yüzden fazla çocuğu olduğu söylenen III. Murat'a aitti.

Çalan cep telefonu sessizliği bozdu. Ajan Brüder telefonunu çıkarıp, arayanın kim olduğuna baktıktan sonra kısa bir cevap verdi. "Bir şey var mı?"

Söylenenleri dinlerken başını hayretle iki yana salladı. "Bu nasıl olur?" Biraz daha dinleyip içini çekti. "Tamam, bana haber verin. İçeri giriyoruz." Telefonu kapattı.

Sinskey, "Ne olmuş?" diye sordu.

Etrafa bakınan Brüder, "Gözlerinizi açık tutun," dedi. "Başkaları da olabilir." Bakışlarını yeniden Sinskey'ye çevirdi. "Galiba Sienna Brooks da İstanbul'daymış."

Langdon, adama baktı. Hem Sienna'nın Türkiye'ye gelmenin bir yolunu bulmuş olmasına, hem de Venedik'ten kaçabilmesine şaşırmıştı. Bertrand Zobrist'in planı gerçekleşsin diye yakalanmayı ve hatta ölmeyi göze alıyordu.

Onun kadar endişeli görünen Sinskey, Brüder'e daha fazla soru sormaya hazırlanıyormuş gibi derin bir nefes aldı ama yeniden düşününce vazgeçip, Langdon'a döndü. "Ne taraftan?"

Langdon binanın sol taraflarında kalan güneybatı köşesini gösterdi. "Şu tarafta," dedi.

Müzedeki bağlantılarıyla buluşma yeri, namazdan öncc Müslümanların aptes aldığı gösterişli bir şadırvandı.

Onlar yaklaşırken bir adam, "Profesör Langdon!" diye seslendi.

Çeşmenin üstünü örten sekizgen çatının altından çıkan Türk adam, gülümsüyordu. Kollarını heyecanla salladı. "Profesör, buradayım!"

Langdon ile diğerleri hemen yanına gittiler.

"Merhaba, ismim Mirsat," derken İngilizceyi aksanlı konuşan sesinden heves taşıyordu. Hafifçe dökülmüş saçları, öğretmen gözlükleri ve gri takım elbisesiyle ince bir adamdı. "Büyük şeref duydum."

Mirsat'ın elini sıkan Langdon, "O şeref bize ait," dedi. "Bu kadar kısa sürede böyle misafirperverlik gösterdiğiniz için teşekkürler."

"Evet, evet!"

Mirsat'ın elini sıkan Dr. Sinskey, "Ben Elizabeth Sinskey," dedi ve Brüder'i gösterdi. "Ve bu bey de Christoph Brüder. Profesör Langdon'a yardım etmek için buradayız. Uçağımız geciktiği için üzgünüm. Bizi ağırladığınız için çok naziksiniz."

"Lütfen! Lafı bile olmaz!" Mirsat coşkusunu belli ediyordu. "Profesör Langdon için her zaman özel bir tur rehberliği yapabilirim. Onun yazdığı *İslam Dünyasındaki Hıristiyan Sembolleri* kitabı, müzenin hediyelik eşya dükkânında en sevilen kitaplardan biri."

Langdon, *gerçekten de öyle mi,* diye düşündü. *Şimdi bu kitabın yeryüzünde bulunduğu bir yeri öğrenmiş oldum.*

"Başlayalım mı?" diye soran Mirsat, onlara peşinden gelmelerini işaret etti.

Küçük bir açık alandan ilerleyen grup, normal turist girişinden geçip binanın asıl ana girişine doğru ilerledi: devasa bronz kapıları olan üç kemerli geçit.

Silahlı iki güvenlik görevlisi onları bekliyordu. Mirsat'ı görünce kapılardan birini açtılar.

Langdon'ın aşina olduğu birkaç Türkçe sözden birini söyleyen Mirsat, "Sağ olun," dedi. Bu, kibar bir teşekkürdü.

Grup girince görevlilerin arkalarından kapattığı ağır kapıların sesi, içeride yankılandı.

Langdon ile diğerleri şimdi Ayasofya'nın narteksinde duruyorlardı. Burası, Hıristiyan kiliselerinde sıklıkla rastlanan ve ilahi olanla olmayan arasında tampon görevi gören dar bir bekleme odasıydı.

Langdon bunlara genellikle *dini hendek* derdi.

Grup karşı tarafta duran başka bir dizi kapıya doğru yürüdü ve Mirsat içlerinden birini açtı.

Langdon bu kapının arkasında, görmeyi beklediği mabet yerine ilkinden biraz daha büyük olan ikinci bir narteks gördü.

Ayasofya'nın dış dünyadan iki seviyede korunduğunu unutmuş olan Langdon, *eksonarteks,* diye düşündü.

Duvarları, zarif şamdanların ışığında parlayan cilalı taştan yapılmış olan eksonarteks, ziyaretçiyi göreceklerine hazırlar gibi, diğer narteksten daha gösterişliydi. Bu sakin yerin son bulduğu yerde, üzerinde harikulade mozaiklerin yer aldığı dört kapı vardı.

Langdon her zaman bu mozaiklerin hayranlık verici olduğunu düşünürdü.

Mirsat en geniş kapıya doğru yürüdü: bronz kaplı devasa bir giriş. Coşkuyla, "İmparator Kapısı," diye fısıldadı. "Bizans zamanında bu kapıyı sadece imparator kullanabiliyordu. Turistler genellikle buradan geçmez ama bu özel bir gece."

Mirsat kapıya uzandıktan sonra duraksadı. "Girmeden önce sormak istiyorum," diye fısıldadı. "İçeride görmek istediğiniz özel bir şey var mı?"

Langdon, Sinskey ve Brüder birbirlerine baktılar.

Langdon, "Evet," dedi. "Elbette görülecek çok şey var ama biz Enrico Dandolo'nun mezarıyla başlamak istiyoruz."

Mirsat sanki yanlış anlamış gibi başını yana eğdi. "Anlayamadım? Dandolo'nun mezarını mı görmek istiyorsunuz?"

"Evet öyle."

Mirsat kederlenmiş gibi baktı. "Ama bayım... Dandolo'nun mezarı çok yalındır. Ne sembol vardır ne de başka bir şey. Görülecek en güzel yer olduğunu söyleyemem."

Langdon kibarca, "Bunu biliyorum," dedi. "Yine de bizi oraya götürebilirseniz çok memnun olacağız."

Uzun bir süre Langdon'ı inceleyen Mirsat, bakışlarını kapının tam üstündeki mozaiğe kaldırdı. Mozaikte Pantokrator İsa'nın resmi vardı: sağ eliyle kutsarken sol elinde Yeni Ahit'i tutan İsa'nın ikonik görüntüsü.

Sonra, sanki birden aydınlanmış gibi Mirsat'ın dudakları bilmiş bir tebessümle kıvrıldı ve parmağını sallamaya başladı. "Akıllı adamsınız! Çok akıllı!"

Langdon bakakalmıştı. "Anlayamadım?"

"Endişelenmeyin profesör," dedi. "Kimseye *gerçekten* neden burada olduğunuzu söylemeyeceğim."

Sinskey ile Brüder, Langdon'a şaşkınlıkla baktılar.

Mirsat kapıyı açıp onları içeri alırken Langdon sadece omzunu silkebildi.

88. Bölüm

Kimileri buraya Dünyanın Sekizinci Harikası diyordu ve şu anda içeride bulunan Langdon bu değerlendirmeye karşı çıkacak değildi.

Grup, girişten muazzam ibadethaneye girerken Langdon, Ayasofya'nın oranlarının büyüklüğü ile ziyaretçilerini anında etkilediğini hatırladı.

İçerisi o kadar büyüktü ki, Avrupa'nın en büyük katedralleri bile yanında küçük kalıyorlardı. Langdon bu şok edici büyüklüğün kısmen bir yanılsama, Bizans kat planının dramatik bir yan etkisi olduğunu biliyordu. Tüm mekânı tek bir kare içine alan merkezdeki naos, kendinden sonra yapılan katedrallerde olduğu gibi bir haçın dört kolu boyunca uzanmıyordu.

Langdon, *bu yapı Notre-Dame'dan yedi yüz yıl önce yapılmış,* diye düşündü.

Langdon mekânın boyutlarını sindirmek için biraz bekledikten sonra bakışlarını kırk metre yukarıdaki altın kubbeye doğru kaldırdı. Merkez noktasından güneş ışınları gibi yayılan kırk kiriş, kırk kemerli pencereden oluşan daire şeklindeki kemer altına kadar uzanıyordu. Gündüz saatlerinde bu pencerelerden süzülen ışık, altın çinilerin içindeki cam parçalarından yansıyarak Ayasofya'nın ünlü "mistik ışığı"nı yaratıyordu.

Langdon mekânın altın renkli atmosferinin kusursuz bir şekilde yakalandığı o tek tabloyu görmüştü. John Singer Sargent.

Amerikalı ressam, ünlü *Ayasofya* tablosunu yaratırken paletini tek bir rengin tonlarıyla kısıtlamıştı.

Altın rengi.

"Cennetin Kubbesi" olarak bilinen parlak altın kubbeyi dört muazzam kemer taşıyordu. Bunların her biri, bir dizi yarım kubbe ve pencere alnıyla desteklenmişti. Bu destekleri aşağılarında bulunan daha küçük yarı kubbeler ve kemerler taşıyor, bu da cennetten yeryüzüne doğru akıyormuş gibi görünen bir mimari şekiller şelalesi izlenimi veriyordu.

Cennetten yeryüzüne doğru daha doğrusal bir rota çizerek kubbeden aşağı inen kablolar pırıl pırıl parlayan avizeler taşıyorlardı. Bu avizeler çok alçakta duruyormuş gibi göründükleri için uzun boylu ziyaretçilerde başlarını çarpacakları izlenimi uyandırıyordu. Gerçekte bu, mekânın büyüklüğünden kaynaklanan başka bir yanılsamaydı, çünkü avizeler yerden üç buçuk metre yukarıda duruyorlardı.

Bütün büyük tapınaklarda olduğu gibi Ayasofya'nın da olağanüstü büyüklüğü iki amaca hizmet ediyordu. İlki, insanın Tanrı'ya olan saygısını göstermek için ne kadar ileri gidebileceğini kanıtlıyordu. İkincisi, inananlar için bir şok terapisi vazifesi görüyordu. Burası o kadar görkemli bir mekândı ki; içeri girenler ne kadar küçük olduklarını hissediyor, egoları kayboluyor, fiziksel varlıklarının ve dünyadaki önemlerinin Tanrı'nın karşısında ufacık kaldığını... Yaradan'ın ellerinde bir atom parçası kadar küçüldüklerini hissediyorlardı.

Bir insan hiç olmadıkça, Tanrı ondan hiçbir şey yapamaz.

Martin Luther bu sözleri on altıncı yüzyılda söylemişti ama dini mimarinin erken örneklerinden beri mimarların zihniyetini oluşturan kavram bu olmuştu.

Langdon bakışlarını tepeden yere doğru indiren Brüder ve Sinskey'ye baktı.

Brüder, "Yüce İsa," dedi.

Mirsat heyecanla, "Evet," dedi. "Ve Allah ve Muhammed!"

Rehberleri Brüder'in bakışlarını, hat yazısıyla Arapça Allah ve Muhammed isimlerinin yazılı olduğu iki muazzam levha arasında yükselen İsa mozaiğinin bulunduğu ana mihraba doğru yönlendiririrken Langdon gülümsedi.

Mirsat, "Müze, ziyaretçilerine bu kutsal yerin farklı kullanımlarını hatırlatmak için hem Ayasofya'nın bazilika olduğu günlerden kalan Hıristiyan ikonografilerini, hem de cami olduğu zamanlardan kalan İslami ikonografi örneklerini sergiliyor," dedi ve gururlu bir ifadeyle gülümsedi. "Gerçek dünyada dinler arasındaki anlaşmazlığa rağmen biz sembollerinin bir arada çok güzel durduğunu düşünüyoruz. Aynı fikirde olduğunuzu biliyorum profesör."

Langdon yapının camiye dönüştürüldüğünde Hıristiyan ikonografilerinin üzerinin badanayla kapatıldığını hatırlayarak içten bir ifadeyle başını salladı. Müslüman sembollerinin yanında restore edilen Hıristiyan sembolleri, özellikle de iki ikonografinin stili ve hassasiyeti birbirlerine tamamıyla zıt olduğundan, büyüleyici bir etki yaratmıştı.

Langdon bir keresinde bu kavramı öğrencilerine anlatmaya çalıştığını hatırladı. "Örneğin; Müslüman bir Michelangelo, Tanrı'nın yüzünü asla Sistine Şapeli'nin tavanına çizmez, *ismini* yazardı. Tanrı'nın yüzünü çizmek saygısızlık olarak kabul edilirdi."

Langdon bunun sebebini anlatmaya devam etmişti.

Öğrencilerine, "Hıristiyanlıkta da, İslamiyette de mantık, merkezcildir," demişti. "Bu, her ikisinin de *Söz*'e odaklandığı anlamına gelir. Hıristiyanlık geleneğinde Söz, Yuhanna İncili'nde bedene bürünür; 'Ve Söz beden oldu ve aramızda yaşadı.' Bu yüzden Söz'ü insan formunda resmetmek onaylanır. İslam geleneğinde Söz bedene *bürünemez*, bu yüzden Söz'ün kelime... çoğunlukla da İslam dinindeki kutsal isimlerin yazıldığı hat sanatı şeklinde kalması gerekir."

Langdon'ın öğrencilerinden biri karmaşık tarihi, tam yerine oturan marjinal bir sözle özetlemişti. *"Hıristiyanlar yüzleri, Müslümanlar kelimeleri sever."*

Mirsat muhteşem mekânda ileriyi göstererek, "Tam önümüzde," diye devam etti. "Hıristiyanlıkla İslamiyetin eşsiz bir karışımını görüyorsunuz."

Dev yarım kubbedeki sembolleri gösterdi. En belirgin olanı mihraba doğru bakan Bakire Meryem ve Çocuk İsa'ydı. Mihrap, caminin içinde Mekke'nin yönünü gösteren yarım daire şeklindeki nişe verilen isimdi. Biraz ilerisinde, bir merdivenle vaaz kürsüsüne çıkılıyordu. Hıristiyan dininde, vaazların verildiği kürsüye benziyordu ama burası aslında imamın cuma hutbesini verdiği minberdi. Kiliselerde koronun oturduğu kısmı andıran çardak benzeri yapı ise müezzin mahfiliydi. Yerden yukarıda duran bu platformda müezzinler diz çöküp imamın duasına eşlik ederek ilahi okuyorlardı.

Mirsat, "Camiler ve katedraller şaşırtıcı derecede birbirine benzer," diye belirtti. "Doğu ile Batı'nın gelenekleri birbirlerinden tahmin ettiğiniz kadar farklı değildir."

Brüder sabırsız bir ses tonuyla, "Mirsat?" diye bastırdı. "Dandolo'nun mezarını artık görebilir miyiz?"

Brüder'in telaşını yapıya bir saygısızlık göstergesi gibi algılayan Mirsat biraz sinirlenmiş gibiydi.

Langdon, "Evet," dedi. "Acele ettirdiğimiz için özür dilerim ama programımız çok sıkışık."

Mirsat, "Peki o zaman," diyerek sağ taraftaki yüksek balkonu işaret etti. "Yukarı çıkıp mezarı *görelim.*"

Langdon şaşırarak, "Yukarı mı?" diye sordu. "Enrico Dandolo mahzende gömülü değil mi?" Langdon mezar taşını hatırlıyordu ama binanın tam olarak neresinde olduğunu çıkaramıyordu. Binanın yeraltındaki kısımlarında olduğunu düşünmüştü.

Mirsat soru karşısında şaşırmıştı. "Hayır profesör, Enrico Dandolo'nun mezarı kesinlikle yukarıda."

* * *

Mirsat, *burada neler dönüyor,* diye düşünüyordu.

Langdon, Dandolo'nun mezarını görmek isteyince, Mirsat bu ricasının bir yem olduğunu hissetmişti. *Kimse Dandolo'nun mezar taşını görmek istemez.* Mirsat, Langdon'ın gerçekten görmek istediği şeyin Dandolo'nun mezarının tam yanında duran esrarengiz hazine olduğunu farz etmişti. *Deisis Mozaiği,* Pantokrator İsa tartışmasız, binadaki en gizemli parçalardan biriydi.

Profesörün büyük ihtimalle Deisis hakkında bir yazı hazırladığını düşünen Mirsat, *Langdon mozaiği araştırıyor ama gizlemeye çalışıyor,* diye tahmin yürüttü.

Ne var ki Mirsat'ın aklı karışmıştı. Langdon, *Deisis Mozaiği'*nin ikinci katta olduğunu zaten biliyordu, peki neden şaşırmış gibi yapıyordu?

Yoksa, gerçekten de Dandolo'nun mezarını mı arıyor?

Mirsat onları merdivenlere doğru yönlendirirken, Ayasofya'nın meşhur mermer küplerinden birinin yanından geçti. Bunlar, Helenistik dönemde tek parça mermerden yapılmış, 1250 litre sıvı alabilen küplerdi.

Yanındakilerle birlikte sessizce merdivenleri çıkarken Mirsat kendini huzursuz hissetmeye başladı. Langdon'ın yanındakiler hiç de akademisyene benzemiyorlardı. Siyahlar içindeki kaslı, sert adam askere benziyordu. Ve gümüş rengi saçlı kadın... Mirsat onu daha önce bir yerde gördüğünü hissediyordu. *Belki de televizyonda?*

Bu ziyaretin amacının görünenden farklı olduğunu düşünmeye başlamıştı. *Burada bulunmalarının gerçek amacı ne?*

Merdiven sahanlığına vardıklarında Mirsat neşeyle, "Bir kat daha," dedi. "Yukarıda Enrico Dandolo'nun mezarını göreceğiz ve tabii ki..." duraksayıp Langdon'a baktı. "Ünlü *Deisis Mozaiği'*ni."

Langdon hiç tepki vermedi.

Anlaşılan, Langdon buraya gerçekten de *Deisis Mozaiği* için gelmemişti. O ve misafirleri tuhaf bir şekilde Dandolo'nun mezarına odaklanmışlardı.

89. Bölüm

Mirsat merdivenlerden yukarı yol gösterirken Langdon, Brüder ile Sinskey'nin endişelendiğini anlamıştı. Doğrusu, ikinci kata çıkmak mantıklı gelmiyordu. Langdon'ın zihninde sürekli Zobrist'in yeraltında çekilmiş görüntüleri ve Ayasofya'nın altındaki suya gömülmüş yerler hakkında çekilen belgesel canlanıyordu.

Aşağı inmemiz gerekiyor!

Buna rağmen, eğer burası Dandolo'nun mezarının bulunduğu yerse, Zobrist'in talimatlarını izlemekten başka çareleri yoktu. *Diz çök kutsal bilgeliğin yaldızlı mouseion'unda ve kulağını yere daya, dinle suyun şırıltısını.*

Sonunda ikinci kata geldiklerinde, Mirsat onları balkonun kenarından sağ tarafa götürdü; buradan aşağıdaki mabedin nefes kesici manzarası görülüyordu. Langdon dikkatini dağıtmadan yüzü ileri dönük durdu.

Mirsat yine *Deisis Mozaiği* hakkında konuşmaya başlamıştı ama Langdon onu susturdu.

Artık hedefini görebiliyordu.

Dandolo'nun Mmezarını.

Mezar, tam da Langdon'ın hatırladığı gibiydi: Beyaz mermerden dikdörtgen bir parça, cilalı taş zeminin içine yerleştirilmiş, etrafı kordonlarla çevrilmişti.

Hemen yanına koşan Langdon, üstüne kazınmış yazıyı inceledi.

HENRICUS DANDOLO

Diğerleri de peşinden gelince Langdon koruma kordonunun üzerinden ayağını aşırıp, mezar taşının tam önünde dikildi.

Mirsat yüksek sesle bunu yapmamasını söylese de Langdon devam etti ve sanki hain dükanın ayaklarının dibinde dua edecekmiş gibi diz çöktü.

Ardından, Mirsat'ın feryatlarının arasında avuç içlerini mezar taşına yaslayıp yere kapandı. Yüzünü yere yaklaştırırken, Mekke'ye doğru secdeye kapanıyormuş gibi göründüğünü düşündü. Bu hareket Mirsat'ı şaşırtmış olmalıydı ki bir süre sessiz kaldı ve tüm binaya birden sessizlik çöktü.

Derin bir nefes alan Langdon başını sağa çevirerek sol kulağını yere dayadı. Teninde taşın soğukluğunu hissetti.

Taşın altında yankılanan sesler gün gibi aşikârdı.

Tanrım.

Sanki Dante'nin *Cehennem*'inin son bölümü aşağıdan yankılanıyordu.

Langdon yavaşça başını çevirip Brüder ile Sinskey'ye baktı.

"Suyun şırıltısını duyuyorum," diye fısıldadı.

Kordonu yukarı kaldıran Brüder, çömelerek Langdon'ın yanına geldi. Dinledikten bir süre sonra başını sallamaya başladı. Artık suyun aşağı doğru aktığını duyduklarına göre, geriye bir soru kalmıştı. *Su nereye akıyor?*

Langdon'ın aklına, ürkütücü bir kırmızı ışıkla renklenmiş, kısmen suya gömülü mağaranın görüntüleri geldi... aşağıda bir yerlerdeydi.

Batık sarayın derinliklerine in,
orada, karanlığın içinde bekler khthonik canavar
kan kırmızısı sularına gömülmüştür lagünün
ki yansıtmaz yıldızları...

Langdon ayağa kalkıp kordonun üzerinden geçtikten sonra Mirsat, yüzünde evhamlı ve ihanete uğramış bir ifadeyle ona baktı.

Langdon açıklamaya çalıştı. "Mirsat, çok üzgünüm. Gördüğün gibi, alışılmadık bir durum yaşıyoruz. Açıklamaya vaktim yok ama bu bina hakkında sana sormam gereken çok önemli bir soru var."

Mirsat belli belirsiz başını salladı. "Tamam."

"Burada, Dandolo'nun mezarında, suyun taşın altından bir yere aktığını duyuyoruz. Bu suyun *nereye* aktığını öğrenmemiz lazım."

Mirsat başını iki yana salladı. "Anlamıyorum. Ayasofya'nın her yerinde aşağıdan su sesi duyulur."

Herkes ciddileşti.

Mirsat onlara, "Evet," dedi. "Özellikle de yağmur yağdığında. Ayasofya'da yağmur suyu yaklaşık dokuz bin üç yüz metrekarelik çatı alanına düşer ve biriken suyun akması genellikle günler alır. Sular akışı tam bitmeden genellikle yeniden yağmur yağar. Burada su şırıltısının duyulması sıradan bir şeydir. Belki Ayasofya'nın büyük sualtı mağaralarının üzerinde durduğunu biliyorsunuzdur. Hatta bir belgeselde..."

Langdon, "Evet evet," dedi. "Ama Dandolo'nun mezarından duyulan su, *belirli* bir yere akıyor olabilir mi?"

Mirsat, "Elbette," dedi. "Ayasofya'nın tüm su olukları birlikte aynı yere akar. Şehrin su sarnıcına."

Kordonun üzerinden adımını aşıran Brüder, "Hayır," dedi. "Biz sarnıç aramıyoruz. Yerin altındaki geniş bir alanı, belki de sütunları olan bir yeri arıyoruz."

Mirsat, "Evet," dedi. "Şehrin eski sarnıcı tam olarak böyle: sütunları bulunan geniş bir yeraltı mekânı. Doğrusu hayli etkileyicidir. Şehrin su ihtiyacını karşılamak için altıncı yüzyılda yapılmış. Günümüzde yalnızca bir metre kadar su bulunuyor ama..."

Brüder, "Nerede?" diye sorarken sesi boş koridorda yankılandı.

Korkmuş görünen Mirsat, "Sarnıç mı?" diye sordu. "Bir blok ötede. Bu binanın doğusunda kalıyor." Dışarıyı işaret etti. "İsmi Yerebatan Sarayı."

Langdon, *saray mı*, diye düşündü. *Topkapı Sarayı'nda olduğu gibi mi?* Topkapı Sarayı tabelaları her yerde vardı. "Ama... bildiğimiz gibi 'saray' demek değil mi?"

Mirsat başını salladı. "Evet. Eski sarnıcımızın ismi Yerebatan Sarayı. *Batık Saray* anlamına gelir."

90. BÖLÜM

Elizabeth Sinskey, Langdon, Brüder ve sersemlemiş rehberleri Mirsat'la birlikte Ayasofya'dan dışarı çıktıklarında bardaktan boşanırcasına yağmur yağıyordu.

Sinskey, *batık sarayın derinliklerine in*, diye düşündü.

Şehrin sarnıcı –Yerebatan Sarayı– anlaşıldığı kadarıyla Sultanahmet Camii'ne doğru ve biraz kuzeydeydi.

Mirsat yolu gösterdi.

Sinskey, Mirsat'a kim olduklarını ve batık sarayın içindeki olası bir sağlık krizini engellemeye çalıştıklarını anlatmak zorunda kalmıştı.

Mirsat onları karanlık parkın içinden geçirirken, "Bu taraftan!" diye seslendi. Ayasofya arkalarında kalmıştı ve Sultanahmet Camii'nin masalsı minareleri karşılarında pırıl pırıl parlıyordu.

Sinskey'nin yanında aceleyle ilerleyen Ajan Brüder telefonuna doğru bağırarak TTD ekibine son gelişmeleri bildiriyor ve kendileriyle sarnıcın girişinde buluşmalarını emrediyordu. Brüder nefes nefese, "Anlaşıldığı kadarıyla, Zobrist şehrin su kaynağını hedefliyor," dedi. "Sarnıca giren ve çıkan tüm boruhatlarının planına ihtiyacım olacak. İzolasyon ve önleme protokollerini uygulayacağız. Fiziksel ve kimyasal bariyerlere ihtiyacımız olacak, ayrıca vakum..."

Mirsat ona seslenerek, "Bir dakika," dedi. "Beni yanlış anladınız. Sarnıç, şehrin su kaynağı değil. Artık değil!"

Brüder telefonunu indirip dik dik rehbere baktı. "Ne?"

Mirsat, "Sarnıç, eski zamanlarda su kaynağı olarak kullanılıyordu," diye açıkladı. "Ama artık kullanılmıyor. Su kaynaklarımızı modernize ettik."

Brüder bir ağacın altında durunca diğerleri de ona katıldılar.

Sinskey, "Mirsat," dedi. "Sarnıçtan kimsenin su içmediğine emin misin?"

Mirsat, "Tanrım, hayır," dedi. "Su sadece orada duruyor... ve eninde sonunda toprağa karışıyor."

Sinskey, Langdon ve Brüder kuşkulu gözlerle birbirlerine baktılar. Sinskey rahatlamakla paniğe kapılmak arasında gidip geliyordu. Eğer kimse suyla temas etmiyorsa Zobrist neden suya mikrop karıştırsın ki?

Mirsat, "On yıllar önce su kaynaklarımızı modernize ettiğimizde," diye açıkladı. "Sarnıç kullanılmamaya başlandı ve yeraltındaki büyük bir havuz haline geldi." Omzunu silkti. "Artık sadece turistik bir yer."

Sinskey, Mirsat'a doğru döndü. *Turistik bir yer mi?* "Dur biraz... insanlar oraya inebiliyorlar mı? Sarnıca?"

Mirsat, "Tabii ki," dedi. "Her gün binlerce turist orayı ziyaret ediyor. Sarnıç büyüleyici bir yerdir. Suyun üzerinde gezinti platformları... ve hatta küçük bir kafe var. Havalandırma kısıtlı, bu yüzden hava oldukça rutubetli ama yine de çok popüler bir yer."

Sinskey, Brüder'e baktı. Kendisi ve eğitimli TTD ajanının aynı şeyi düşündüğünü biliyordu; durgun suyla dolu karanlık, rutubetli mağarada kuluçkaya yatmış bir patojen. Gün boyunca turistlerin üzerinde yürüdüğü gezinti platformları da kâbusu tamamlıyordu.

Brüder, "Bir biyoaerosol yaratmış," dedi.

Sinskey çökmüş bir ifadeyle başını salladı.

Langdon, "Yani?" diye sordu.

Brüder, "Yani," dedi. "Mikrop *havadan* bulaşabilir."

Langdon bir karşılık vermeyince Sinskey onun krizin büyüklüğünü kavramaya başladığını düşündü.

Havadan bulaşan patojen bir süredir Sinskey'nin aklında olan bir senaryoydu ve sarnıcın şehrin su kaynağı olduğunu düşündüğü sıralarda Zobrist'in suda yaşayan bir biyoform seçmiş olmasını umut etmişti. Suda yaşayan bakteriler güçlü ve hava koşullarına dayanıklıydılar ama aynı zamanda yavaş çoğalıyorlardı.

Havadan bulaşan patojenler hızlı yayılıyorlardı.

Çok hızlı.

Brüder, "Eğer havadan bulaşıyorsa," dedi. "Büyük ihtimalle virüstür."

Sinskey, *bir virüs,* diye düşündü. *Zobrist'in seçebileceği en hızlı yayılan patojen.*

Havadan yayılan bir virüsü suyun altında serbest bırakmak kuşkusuz sıra dışıydı ama yine de sıvının içinde kuluçkaya yatıp sonra yumurtlayarak havaya karışan birçok yaşam şekli vardı; sivrisinekler, küf sporları, lejyoner hastalığına neden olan bakteri, mikotoksin, kırmızı gelgit[1] ve hatta insanoğlu. Sinskey virüsün sarnıcın lagününde yayıldığını... ve sonra virüs bulaşmış mikrodamlacıkların nemli havaya yükseldiğini hayal etti.

Mirsat kaygılı bir ifadeyle trafik yüzünden sıkışan caddenin karşısına bakıyordu. Sinskey onun bakışlarını takip edince, kırmızı beyaz, alçak tuğla bir bina gördü. Kapısı açıktı ve içerideki merdiven sahanlığı gözüküyordu. İyi giyimli insanlar şemsiyeler altında dışarıda beklerken, bir kapı görevlisi merdivenlerden aşağı inen misafir akışını kontrol ediyordu.

Bir yeraltı dans kulübü mü?

Sinskey binanın üzerindeki altın renkli yazıyı görünce göğsünün sıkıştığını hissetti. Bu kulübün adı Sarnıç değilse ve MS 523 yılında yapılmadıysa, Mirsat'ın neden bu kadar endişeli göründüğü anlaşılıyordu.

---

(1) Fitoplanktonların artışıyla denizin kırmızı-kahverengi renk alması.

Mirsat, "Yerebatan Sarayı," diye kekeledi. "Anlaşılan... bu akşam bir konser var."

Sinskey kulaklarına inanamıyordu. "Sarnıçta konser mi?!"

Mirsat, "İçerisi çok büyük," diye cevap verdi. "Sık sık kültür merkezi olarak kullanılıyor."

Brüder yeteri kadar dinlemişti. Alemdar Caddesi'nin üzerindeki arapsaçına dönmüş trafiğin arasından geçerek hızla binaya doğru ilerledi. Sinskey ve diğerleri de ajanın peşinden gittiler.

Sarnıcın girişine vardıklarında, kapının önünde içeri alınmak için bekleyen konser seyircilerini gördüler; türbanlı kadınlar, el ele tutuşmuş turistler, smokinli bir adam.

Sinskey klasik müzik eserinin aşağıdan yükselen melodilerini duyabiliyordu. Kendine has orkestrasyondan yola çıkarak *Berlioz* olduğunu tahmin etti. Ne olursa olsun, İstanbul sokaklarına pek uygun kaçmıyordu.

Girişe yaklaşırlarken Sinskey merdivenlerden yükselen sıcak rüzgârı hissetti. Yerin altından yükselerek kapalı mekândan kaçıyordu. Rüzgâr yukarıya sadece keman seslerini değil, nemin ve insan kalabalığının belirgin kokusunu da taşıyordu.

Sinskey'nin içine de bir önsezi taşıdı.

Bir grup turist neşeyle sohbet ederek binadan çıkarken kapı görevlisi bir sonraki grubu içeri aldı.

Brüder içeri girmek için hamle yapınca kapı görevlisi kibarca elini sallayarak onu durdurdu. "Bir dakika efendim. Sarnıç kapasitesini doldurdu. Az sonra içeriden bir ziyaretçi çıkacaktır. Teşekkür ederim."

Brüder zorla içeri girmeye hazırlanıyorken Sinskey elini omzuna koyarak onu kenara çekti.

"Bekle," dedi. "Ekibin yolda ve burayı tek başına arayamazsın." Kapının yanındaki tabelayı gösterdi. "Sarnıç çok büyük."

Tabelada katedral büyüklüğündeki –yaklaşık iki futbol sahası uzunluğundaydı– yeraltı sarnıcının dokuz bin sekiz yüz metrekare olduğu ve 336 mermer sütunla desteklendiği yazıyordu.

Birkaç metre uzakta duran Langdon, "Şuna bakın," dedi. "Buna inanamayacaksınız."

Sinskey ona doğru döndü. Langdon duvardaki konser afişini gösteriyordu.

Ah, Tanrım.

DSÖ'nün direktörü müziğin romantik tarzını doğru belirlemişti ama içeride çalan müzik Berlioz'un eseri değildi. Başka bir romantik besteciye aitti; Franz Liszt.

O akşam, İstanbul Devlet Senfoni Orkestrası yeraltında Franz Liszt'in en ünlü eserlerinden birinin, tamamı Dante'nin cehennem yolculuğundan esinlenerek bestelenmiş *Dante Senfonisi*'nin konserini veriyorlardı.

Langdon afişin ufacık harfli yazılarına dikkatle bakarak, "Konser bir hafta sürüyor," dedi. "Ücretsiz. İsimsiz bir bağışçı sponsor olmuş."

Sinskey isimsiz bağışçının kim olduğunu tahmin edebiliyordu. Bertrand Zobrist'in drama merakı, burada acımasız ve işe yarar bir stratejiye dönüşmüştü. O haftaki ücretsiz konserler sarnıca her zamankinden daha çok turist çekecek ve onları kalabalık bir alana tıkıştıracaktı... Orada mikroplu havayı soluduktan sonra bu ülkedeki ya da yurtdışındaki evlerine gideceklerdi.

Kapı görevlisi Brüder'e, "Efendim," diye seslendi. "Birkaç kişilik yerimiz açıldı."

Brüder, Sinskey'ye döndü. "Yerel yetkililere haber verin. Orada bulacağımız şey için desteğe ihtiyacımız olacak. Ekibim geldiğinde, bana telsizle bilgi vermelerini söyleyin. Aşağı inip Zobrist'in bu şeyi nereye bağladığını bulmaya çalışacağım."

Sinskey, "Gaz maskesi olmadan mı?" diye sordu. "Solublon torbasının çözülmediğinden emin değiliz."

Brüder kapı eşiğinden yukarı esen sıcak rüzgâra karşı elini yukarı kaldırdı. "Bunu söylemek hiç hoşuma gitmiyor ama eğer virüs serbest kaldıysa, şehirdeki herkese çoktan bulaşmış demektir."

Sinskey de aynı şeyi düşünüyordu ama bunu Langdon ve Mirsat'ın yanında söylemek istememişti.

Brüder, "Ayrıca," dedi. "Ekibim hazmat giysileri içinde bir yere girdiğinde kalabalığın nasıl tepki verdiğini çok iyi biliyorum. Burada büyük bir panik ve izdiham yaşanır."

Sinskey, Brüder'e güvenmeye karar verdi. Ne de olsa o bir uzmandı ve bu gibi durumlarla daha önce de karşılaşmıştı.

Brüder açıklamaya devam etti. "Gerçekçi olan tek seçeneğimiz, hâlâ aşağıda sağlam bir şekilde durduğunu farz etmek ve bu durumu korumaya çalışmak."

Sinskey, "Anlaşıldı," dedi. "Öyle yap."

Langdon araya girerek, "Bir sorun daha var," dedi. "Sienna ne olacak?"

Brüder, "Ne olmuş ona?" diye sordu.

"İstanbul'a ne niyetle geldiğini bilmiyorum ama lisana büyük bir kabiliyeti var ve büyük ihtimalle Türkçe biliyordur."

"Yani?"

"Sienna şiirdeki 'batık saray' göndermesini biliyor," dedi. "Ve Türkçede 'batık saray' tam olarak burayı işaret ediyor..." diye devam etti kapının üzerindeki "Yerebatan Sarayı" tabelasını göstererek.

Sinskey bezgin bir ifadeyle, "Bu doğru," dedi. "Bunu çözmüş ve Ayasofya'ya hiç uğramadan buraya gelmiş olabilir."

Brüder kapıya bakarak alçak sesle küfretti. "Tamam, aşağıdaysa ve biz Solublon torbasını ele geçirmeden önce onu patlatmayı düşünüyorsa bile, uzun zamandır orada değildir. Aşağısı çok büyük ve büyük ihtimalle nereye bakması gerektiğini bilmiyordur. Ve etrafta bu kadar çok insan varken kimseye fark ettirmeden suya dalamaz."

"Efendim?" Kapı görevlisi tekrar Brüder'e seslendi. "İçeri girmek istiyor musunuz?"

Brüder sokağın karşısından yeni bir grup konser izleyicisinin yaklaştığını görebiliyordu. Başını evet anlamında sallayarak kapı görevlisine içeri gireceğini bildirdi.

Langdon arkasından gitti. "Ben de seninle geliyorum."

Brüder ona dönüp, "Kesinlikle olmaz," dedi.

Langdon sert bir ses tonuyla konuşmaya başladı. "Ajan Brüder, bu durumda olmamızın sebeplerinden biri de Sienna Brooks'un bütün gün benimle oyun oynamış olması. Ve söylediğin gibi, virüs çoktan hepimize bulaşmış olabilir. İstesen de, istemesen de sana yardım edeceğim."

Brüder bir süre ona baktıktan sonra pes etti.

Langdon kapıdan geçip Brüder'in arkasından dik merdivenleri inerken sarnıcın içinden yükselen sıcak rüzgârı hissetti. Nemli rüzgâr Liszt'in *Dante Senfonisi*'yle birlikte tanıdık ama tarifsiz bir kokuyu da yukarı taşıyordu... kapalı bir alana sıkışmış insan kalabalığı kokusunu.

Langdon hayali bir örtüyle üzerinin kaplandığını hissetti. Sanki görünmeyen bir elin uzun parmakları topraktan çıkarak etini tırmıklıyordu.

Müzik.

Yüz güçlü sesten oluşan senfoni korosu şimdi çok tanıdık bir pasajı, Dante'nin kasvetli metninin her hecesini vurgulayarak seslendiriyordu.

"Lasciate ogne speranza," diyorlardı. *"Voi ch'entrate."*

Dante'nin *Cehennem*'inin en ünlü dizesi olan bu altı kelime merdivenin dibinden ölümün meşum kokusu gibi yükseliyordu.

Koro, trompetler ve borular eşliğinde aynı uyarıyı bir kez daha seslendirdi. *"Lasciate ogne speranza voi ch'entrate!"*

İçeri girenler, dışarıda bırakın her umudu!

91. Bölüm

Kırmızı ışığa boğulmuş yeraltı mağarasında, cehennemden ilham almış müzik yankılanıyordu: inleyen sesler, uyumsuz telli çalgılar, yapay mağarada sismik sarsıntı gibi gümbürdeyen boğuk bir timpani sesi.

Langdon'ın görebildiği kadarıyla, bu yeraltı dünyasının zemini, donmuş bir New England göleti üzerindeki ince buz tabakası gibi koyu renkli, sabit, pürüzsüz bir sudan ibaretti.

Yıldızları yansıtmayan lagün.

Sonsuz gibi görünen sıralar halinde titizlikle dizilmiş yüzlerce kalın dorik sütun, sarnıcın kubbeli tavanını desteklemek için sudan çıkarak dokuz metre yükseliyordu. Aşağıdan kırmızı spotlarla aydınlatılmış sütunlar, bir çeşit ayna illüzyonu yaratır gibi, karanlıkta iç içe geçen ışıklandırılmış ağaç gövdelerinden gerçeküstü bir orman oluşturuyordu.

Langdon ile Brüder merdivenlerin altına gelince, önlerindeki hayali boşluğun eşiğinde bir anlığına durdular. Mağara kırmızımsı bir renkte parlıyordu; Langdon gördüklerine anlam vermeye çalışırken, mümkün olduğunca kısa nefesler aldığını fark etti.

Aşağıdaki hava tahmin ettiğinden daha ağırdı.

Sol taraftaki kalabalığı görebiliyordu. Yeraltında verilen konserin dinleyicisi, geniş bir platformda oturuyordu. Yüzlerce dinleyici, orkestranın etrafına yerleştirilmiş ortak merkezli çemberler halinde otururken, yüz kişi kadarı da ayakta duruyordu.

Aralarından bazıları yan taraftaki tahta gezinti platformunun üzerinde, sağlam korkuluklara yaslanmış, müziği dinlerken suya bakıyordu.

Langdon şekilsiz siluetlere bakarken gözleri Sienna'yı aradı. Görünür hiçbir yerde yoktu. Onun yerine turist kalabalığı içinde smokin, gece elbisesi, burka, erkek entarisi, şort ve eşofman üstü giyenler gördü. Kırmızı ışıkta toplanan bu insan çeşnisi (!) Langdon'a, okült bir ayin düzenleyen ruhbanlar gibi geldi.

Sienna buradaysa bile, onu fark etmek imkânsız, diye düşündü.

Bu sırada önlerinden geçen irikıyım bir adam, öksürerek merdivenlerden yukarı çıktı. Dönüp onun gidişini izleyen Brüder, adamı dikkatle inceledi. Langdon'ın da içine kurt düşmüştü ama kendi kendine hayal kurduğunu söyledi.

İskelenin üzerine tereddütle bir adım atan Brüder, farklı seçenekleri gözden geçirdi. Önlerindeki platform, Minotauros'un labirentine giren bir yola benziyordu. Bu tahta gezinti platformu üç kola ayrılıyor, her kolu yeniden başka kollara ayrılarak, kolonların arasına girip çıkan ve karanlığın içinde kıvrılarak suyun üzerinde duran bir labirent oluşturuyordu.

Dante'nin başyapıtının ilk kantosunu hatırlayan Langdon kendi kendine, *kendimi karanlık bir ormanda buldum, çünkü doğru yoldan ayrılmıştım,* diye düşündü.

Gezinti platformunun korkuluklarından suya baktı. Yaklaşık bir metre derinlikteydi ve şaşılacak kadar berraktı. İnce bir kumbalçık katmanıyla örtülmüş taş zemin seçilebiliyordu.

Aşağıya şöyle bir bakan Brüder, biraz homurdandıktan sonra yeniden gözlerini içeriye çevirdi. "Zobrist'in kaydındakilere benzer bir şey görüyor musunuz?"

Onları çevreleyen nemli, dik duvarları inceleyen Langdon, *her şey,* diye düşündü. Sağ tarafta, konser platformunun kalabalığından uzakta kalan en dip köşeyi gösterdi. "Orada bir yerde olduğunu düşünüyorum."

Brüder başını salladı. "Benim içgüdülerim de aynını söylüyor."

İkisi birlikte tahta gezinti platformunun sağ kolundan acele adımlarla geçip, batık sarayın en uzakta kalan köşesine yöneldiler.

Onlar yürürken Langdon burada kimse fark etmeden ne kadar kolay gecelenebileceğini düşündü. Zobrist sırf o görüntüleri çekebilmek için bunu yapmış olabilirdi. Elbette eğer hafta boyu süren bu konserlerin finansmanını üstlendiyse, sarnıçta tek başına biraz vakit geçirmeyi de talep etmiş olabilirdi.

Ama artık önemi yok.

Artık daha hızlı yürüyen Brüder, sanki adımlarını istem dışı, yarım tonlu duraklamalarla hızlanan senfoninin temposuna uyduruyordu.

Dante ile Vergilius'un cehenneme inişi.

Langdon sağ taraftaki dik, yosunlu duvarları dikkatle incelerken, seyrettikleri kayıtla benzerlikler yakalamaya çalıştı. Gezinti platformunun her ayrımında sağa dönerek kalabalıktan uzaklaştılar. Geriye bakan Langdon, kat ettikleri mesafeyi görünce hayrete düştü.

Etrafı dolaşan birkaç turistin yanından geçerken artık adeta koşuyorlardı. Sarnıcın en uzak köşelerine gittiklerinde, yok denecek kadar az insan olduğunu gördüler.

Brüder ile Langdon artık yalnızdı.

Brüder ümitsizce, "Bana her yer aynı gözüktü," dedi. "Nereden başlayacağız?"

Langdon da onun kadar hayal kırıklığı yaşıyordu. Görüntüleri çok net hatırlıyordu ama buradaki hiçbir şey ona tanıdık gelmiyordu.

Onlar ilerlerken Langdon, gezinti platformunun kenarlarındaki yumuşak ışıkla aydınlatılmış bilgi tabelalarını inceledi. İçlerinden biri, on binlerce tonluk kapasitesinden bahsediyordu. Bir başkası, yapım aşamasında başka bir binadan getirilen, uyumsuz bir sütunu gösteriyordu. Bir diğeriyse, sarnıcın yapımı sırasında ölen köleler için ağladığı söylenen Gözyaşı Sütunu'ydu.

Fakat Langdon'ın aniden durmasına sebep olan, üzerinde tek bir kelime yazılı tabelaydı.

Yüzünü dönen Brüder de durmuştu. "Ne oldu?"

Langdon eliyle işaret etti.

Bir okla yolu gösteren tabelada, korkunç bir dişi canavarın ismi yazılıydı.

MEDUSA →

Brüder tabelayı okuyup omuzlarını silkti. "Ne olmuş?"

Langdon'ın kalbi hızla çarpıyordu. Medusa'nın, kendine bakanları taşa çeviren yılan saçlı korkunç bir yaratık olmakla kalmayıp aynı zamanda Yunan yeraltı yaratıklarının önemli bir üyesi olduğunu biliyordu... khthonik canavarlar denilen özel bir kategoriye aitti.

Batık sarayın derinliklerine in...
orada, karanlığın içinde bekler khthonik canavar...

Yolu gösteriyor, diye düşünen Langdon gezinti platformunda koşmaya başladı. Medusa tabelalarını takip eden Langdon karanlığın içinde zikzaklar çizerken Brüder ona yetişmekte zorlanıyordu. Sonunda sarnıcın en sağdaki duvarına yakın küçük bir seyir platformuyla son bulan çıkmaza geldiler.

Karşısında akıl almaz bir tabela vardı.

Suyun içinden, oyma mermerden devasa bir blok çıkıyordu: Saçlarında kıvrılan yılanlarla Medusa'nın başı. Baş aşağı yerleştirilmiş olması, buradaki mevcudiyetini daha da garip kılıyordu.

Botticelli'nin *Cehennem Haritası*'nı hayalinde canlandıran ve Malebolge'ye yerleştirdiği günahkârları düşünen Langdon kendi kendine, *lanetlenenler gibi tepetakla çevrilmiş*, dedi.

Korkulukların başındaki Langdon'ın yanına nefes nefese varan Brüder, baş aşağı duran Medusa'ya hayretle baktı.

Artık sütunlardan birinin ayaklığı görevini gören bu oyma baş, olasılıkla başka bir yerden getirtilmiş ve bina yapımında maliyet gerektirmeyen bir malzeme olarak kullanılmıştı. Medusa'nın baş aşağı durması, ters çevrilince kötü güçlerinin etkisiz kalacağı batıl inancından kaynaklanmış olmalıydı. Buna rağmen Langdon, zihnine hücum eden can sıkıcı düşüncelerden kurtulamıyordu.

Dante'nin Cehennem'i. Final. Toprağın merkezi. Yerçekiminin tersine döndüğü yer. Yukarının aşağı olduğu yer.

Şimdi içine doğan şeyler yüzünden derisi karıncalanan Langdon, heykel başının etrafındaki kırmızımsı buğuya gözlerini kısarak baktı. Medusa'nın yılan dolu başının büyük kısmı suyun altında kalmıştı ama yukarıda duran gözleri, sol taraftaki lagüne dönmüştü.

Langdon korkarak korkuluklardan eğilip başını çevirdi ve heykelin, batık sarayın boş köşesine bakan gözlerini takip etti.

Bir anda anladı.

İşte burası orasıydı.

Zobrist'in sıfır noktası.

92. BÖLÜM

Ajan Brüder dikkat çekmemeye çalışarak eğilip parmaklığın altından göğüs hizasındaki suya atladı. Serin su giysilerinden geçip vücuduna temas ederken ürperdi. Botlarının altındaki sarnıç zemini kaygan ama sağlamdı. Bir süre hiç hareket etmeden vücudundan suya yayılan, şok dalgalarına benzeyen ortak merkezli halkaları seyretti.

Brüder bir süre nefes almadı. Kendi kendine, *yavaş hareket et,* dedi. *Akıntı yaratma.*

Üzerindeki platformda duran Langdon etraftaki gezinti platformlarını kontrol ediyordu.

Langdon, "Her şey yolunda," diye fısıldadı. "Kimse seni görmüyor."

Brüder arkasını dönünce ters duran büyük Medusa başıyla karşı karşıya geldi. Kırmızı bir projektör ışığıyla aydınlatılmıştı. Onunla aynı seviyeye inince baş aşağı duran canavar daha da büyümüştü. Langdon, "Medusa'nın bakışlarını lagünde takip et," diye fısıldadı. "Zobrist sembolizm ve sahne sanatlarından iyi anlıyormuş... Buluşunu, Medusa'nın öldürücü bakışlarının hizasına yerleştirdiyse hiç şaşırmam."

Büyük akıllar benzer düşünür. Brüder, Amerikalı profesörün aşağı kendisiyle birlikte inmek için ısrar etmiş olmasına minnettardı. Langdon'ın uzmanlığı sayesinde çok kısa bir sürede sarnıcın uzak köşesine varmışlardı.

Dante Senfonisi'nin melodileri uzakta yankılanırken Brüder su geçirmez Tovatec kalem fenerini çıkardı ve ışığını açıp suyun altına soktu. Parlak bir halojen ışığı suyu delip karşısında uzanan sarnıç zeminini aydınlattı.

Brüder kendine, *sakin ol,* diye hatırlattı. *Hiçbir şeye dokunma.*

Başka bir şey söylemeden lagündeki yolculuğuna başladı. Suyun içinde ağır çekimde ilerlerken fenerini sualtındaki bir mayın tarayıcı gibi ileri geri sallıyordu.

Parmaklıklarda duran Langdon'ın nefesi tıkanmaya başlamıştı. Rutubet ve küf kokan sarnıçta oksijensiz kaldığını hissetti. Brüder lagünde dikkatli bir şekilde ilerlerken, profesör kendine her şeyin yoluna gireceğini söylüyordu.

Tam zamanında geldik.

Her şey yolunda.

Brüder'in ekibi bu durumu kontrol altına alabilir.

Langdon yine de huzursuzdu. Klostrofobisi yüzünden burada her durumda tedirgin olacağını biliyordu. Yukarıda binlerce ton toprak var... ve çürüyen sütunlardan başka onları tutan hiçbir şey yok.

Bu fikri kafasından atarak arkasını döndü ve etrafta kendisini izleyen biri olup olmadığını kontrol etti.

Kimse yok.

Yakınlarda olanlar başka gezinti platformlarında durmuş ters tarafa, orkestranın bulunduğu yöne doğru bakıyorlardı. Kimse sarnıcın uzak köşesinde suda yavaş yavaş ilerleyen Brüder'i fark etmemişti.

Langdon suyun altındaki titrek halojen ışığı ürkütücü bir şekilde yolunu aydınlattığı TTD ekibi liderine baktı.

Langdon onu izlerken gözucuyla solunda bir hareket fark etti. Brüder'in ilerisinde, sudan ürkütücü siyah bir şekil çıkıyordu. Langdon sudan bir canavar çıkmasını bekler gibi dönüp karanlığın içine baktı.

Brüder de aniden durmuştu, belli ki *şekli* o da görmüştü.

Uzak köşede, titreyen siyah bir şekil duvarda yükseldi. Hayalete benzeyen siluet, Zobrist'in görüntülerindeki veba hekimine çok benziyordu.

Langdon, *bu bir gölge,* diye içinden geçirirken rahatlayarak nefesini bıraktı. *Brüder'in gölgesi.*

Brüder suyun içindeki bir projektör ışığının yanından geçerken gölgesi, tıpkı Zobrist'in görüntülerindeki gölgesi gibi duvara vurmuştu.

Langdon, Brüder'e, "Burası," diye seslendi. "Yaklaştın."

TTD lideri başını sallayıp lagünde yavaş yavaş ilerlemeye devam etti. Langdon parmaklıklar boyunca yürüyerek onunla aynı hizada kalmaya çalışıyordu. Ajan gittikçe uzaklaşırken Langdon onu kimsenin görmediğinden emin olmak için orkestraya doğru baktı.

Etrafta kimse yoktu.

Bakışlarını tekrar lagüne çevirince, gezinti platformunun üzerinde ayaklarının dibinde bir ışık yansıması gördü.

Dikkatli bakınca küçük kırmızı bir sıvı birikintisi olduğunu fark etti.

Kan.

Langdon tam üzerinde duruyordu.

Bir yerim mi kanıyor?

Langdon acı hissetmiyordu ama havadaki görünmeyen bir toksine reaksiyon veriyor olabileceğini düşünerek kendini yoklamaya başladı. Burnunu, tırnaklarını, kulaklarını kontrol etti.

Langdon kanın nereden gelmiş olabileceğini anlamak için etrafına baktı, tenha gezinti platformunda yalnız olduğundan emindi.

Yere tekrar bakınca gezinti platformu boyunca akarak ayaklarının ucunda toplanmış minik sızıntıyı fark etti. Kırmızı sıvı ileride bir yerden geliyordu ve damlayarak meyilli gezinti platformu boyunca ilerliyordu.

Langdon, *ileride yaralı biri var,* diye düşündü. Lagünün ortasına yaklaşmakta olan Brüder'e baktı.

Minik sızıntıyı takip ederek gezinti platformunda hızla ilerledi. Çıkmaz uca yaklaşırken sızıntı genişleyip akıntıya dönüştü. *Bu da ne?* Akıntı o noktada iyice genişlemiş ve yayılmıştı. Koşmaya başlayıp akan sıvıyı takip etti, ancak gezinti platformunun aniden sona erdiği duvarın önünde durmak zorunda kaldı.

Çıkmaza gelmişti.

Karanlığın içinde kıpkırmızı parlayan büyük bir gölcük bulmuştu. Sanki, birisi burada katledilmiş gibiydi.

Langdon kırmızı sıvının gezinti platformundan sarnıca damlayışını izlerken ilk değerlendirmesinde yanıldığını anladı.

Bu kan değil.

Geniş mekânın kırmızı aydınlatması, gezinti platformunun kırmızı tonuyla birleşince bir yanılsama yaratmış ve bu su damlacıklarına kırmızı-siyah bir renk vermişti.

Sadece su.

Ortaya çıkan bu gerçek onu rahatlatacağına ürküttü. Su göletine bakınca parmaklıklara sıçramış suları ve ayak izlerini gördü.

Birisi burada sudan çıkıp parmaklıkları tırmanmış.

Seslenmek için döndü ama Brüder çok uzaklaşmış; müzik, nefesliler ve davullarla iyice yükselmişti. Langdon aniden yanında birinin varlığını hissetti.

Burada yalnız değilim.

Yavaş yavaş gezinti platformunun bittiği duvara doğru döndü. Üç metre ileride, karanlığın içinde siyah pelerine sarınmış büyük bir taş gibi duran yuvarlak bir şekil gördü. Üzerinden sular akıtan şekil hareketsiz duruyordu.

Ve sonra hareket etti.

Şekil uzadı, iki kat eğik pozisyonundan kafasını uzatarak kalkmaya başladı.

Langdon, *siyah çarşaf giymiş bir insan,* diye düşündü.

Geleneksel İslami giysiden hiçbir şekilde ten görünmezdi ama peçeli kafa Langdon'a doğru dönünce koyu renk gözler ortaya çıktı. Çarşafın gözler için açılmış dar aralığından dikkatle Langdon'a bakıyorlardı.

Langdon hemen anladı.

Sienna Brooks saklandığı yerden fırlayıp hızla Langdon'a doğru koşmaya başladı. Onu, çarparak yere devirdikten sonra gezinti platformundan koşarak hızla uzaklaştı.

93. BÖLÜM

Lagündeki Ajan Brüder aniden durdu. Tovatech kalem fenerinin halojen ışığı, suya gömülmüş sarnıç zeminindeki metal bir cisme vurmuştu.

Güçlükle nefes alan Brüder, suda herhangi bir çalkantı yaratmamaya dikkat ederek bir adım daha yaklaştı. Bu şeffaf yüzeyin altında, zemine tutturulmuş titanyum bir dikdörtgeni seçebiliyordu.

Zobrist'in levhası.

Su o kadar berraktı ki, ertesi günün tarihini ve beraberindeki yazıyı okuyabiliyordu:

BURADA, BU TARİHTE,
DÜNYA SONSUZA DEK DEĞİŞTİ.

Güveni artan Brüder kendi kendine, *yeniden düşün,* dedi. *Bunu durdurmak için yarına kadar önümüzde saatler var.*

Zobrist'in görüntülerini hayalinde canlandıran Brüder, iple bağlanmış Solublon torbayı görebilmek için fenerinin ışığını yavaşça kaydırdı. Işık, karanlık suları aydınlatırken, aklı karışan Brüder gözlerini kıstı.

Torba yok.

Işığı sol tarafın biraz daha ilerisine, torbanın kayıtta göründüğü noktaya tuttu.

Hiçbir şey yoktu.

Ama... buradaydı!

İleri doğru bir adım daha atarken dişlerini sıkan Brüder, fener ışığını her yöne çevirdi.

Torba yoktu. Sadece levha vardı.

Ümit dolu kısa bir an için, belki de bu tehlikenin, gün boyunca karşılaştığı başka pek çok şey gibi bir yalandan ibaret olabileceğini düşündü.

Hepsi kandırmaca mıydı?!

Zobrist bizi yalnızca korkutmak mı istedi?!

Ama sonra gördü.

Levhanın solunda, ucu boş bir ip lagünün zemininde yatıyordu. Gevşek ip, sudaki cansız bir solucanı andırıyordu. İpin diğer ucunda minik bir plastik mandal vardı ve ucundan Solublon plastiğinin parçaları sallanıyordu.

Brüder şeffaf torbanın kalıntısına bakakaldı. Patlamış bir balonun düğüm yeri gibi ipin ucunda kalmıştı.

Gerçeği yavaşça kabullendi.

Çok geç kaldık.

Suyun altındaki torbanın çözündüğünü ve parçalandığını... ölümcül muhteviyatının suya yayıldığını... ve lagünün yüzeyine kabarcıklar halinde yükseldiğini hayal etti.

Fenerinin düğmesini titreyen parmağıyla kapatıp kendine gelmek için karanlıkta bir süre durdu.

Düşünceleri kısa sürede duaya dönüştü.

Tanrım bize yardım et.

Sarnıca inen merdivenlerin yarısına gelen Sinskey daha net duyabilmek için telsize, "Ajan Brüder tekrar edin!" diye bağırdı. "Anlamadım!"

Merdivenlerden, yukarıdaki açık kapıya doğru çıkarken sıcak bir esinti yüzünü yaladı. Dışarıda, TTD ekibi gelmiş, Brüder'in kararını beklerken, hazmat ekipmanını gözden uzak tutmaya çalışarak binanın arkasında hazırlanıyordu.

"... torba kopmuş..." Brüder'in sesi Sinskey'nin telsizinde cızırdadı. "... ve... karışmış."

Ne?! Sinskey merdivenlerden aşağı koşarken, yanlış anlamış olmak için dua etti. "Tekrar et!" derken, orkestra müziğinin yükseldiği merdivenlerin sonuna gelmişti.

Brüder'in sesi şimdi daha net duyuluyordu. "... tekrar ediyorum... bulaşıcı hastalık serbest kalmış!"

Öne doğru sendeleyen Sinskey, neredeyse merdivenlerin sonundaki sarnıç girişine düşüyordu. Bu nasıl olur?

Brüder, "Torba çözünmüş!" diye bağırdı. "Hastalık suya karışmış!"

Dr. Sinskey soğuk terler dökerken bakışlarını kaldırdı ve önünde duran yeraltı dünyasını anlamaya çalıştı. Kırmızımsı buğunun içinden, yüzlerce sütunun yükseldiği geniş bir su havzası gördü. Bundan başka, insanlar da vardı.

Yüzlerce.

Sinskey olan bitenden habersiz insanlara baktı; Zobrist'in tuzağına düşmüşlerdi. İçgüdüsel bir tepki verdi. "Ajan Brüder, hemen yukarı gelin. Burayı derhal boşaltıyoruz."

Brüder anında cevap verdi. "Kesinlikle olmaz! Kapıları kilitleyin! Kimse buradan çıkmıyor!"

Dünya Sağlık Örgütü'nün direktörü olan Elizabeth Sinskey, emirlerinin sorgulanmadan uygulanmasına alışkındı. Bir an için TTD ajanının sözlerini yanlış anladığını sandı. *Kapıları kilitleyin mi?!*

"Dr. Sinskey!" Brüder müziği bastıracak bir sesle bağırdı. "Beni duyuyor musunuz?! Lanet olası kapıları kapatın!"

Brüder emri yineledi ama boşunaydı. Sinskey onun haklı olduğunu biliyordu. Olası bir salgın durumunda, karantinaya almak tek güvenilir seçenekti.

Sinskey farkında olmadan uzanıp nazarlığını tuttu. *Çoğu kurtarmak için azı feda etmek.* Artan bir kararlılıkla telsizi dudaklarına götürdü. "Tamam Ajan Brüder. Kapıların kilitlenmesi için emir veriyorum."

Sinskey sarnıcın dehşetine arkasını dönüp, kapıların kilitlenmesi emrini verecekken kalabalığın aniden telaşlandığını gördü.

Biraz ileride, çarşaflı bir kadın gezinti yolunun üzerindeki kalabalığı yararak kendisine doğru ilerliyor, koşarken başkalarına çarpıyordu. Bu çarşaflı kadın sanki dosdoğru Sinskey'ye ve çıkışa yönelmişti.

Arkasından bir adamın koştuğunu gören Sinskey içinden, *kovalanıyor,* dedi.

Ama sonra donakaldı. *Bu Langdon!*

Sinskey'nin gözleri yeniden çarşaflı kadına döndü; gezinti yolunun üstündeki insanlara Türkçe bir şeyler seslenirken daha hızlı koşmaya başlamıştı. Sinskey Türkçe bilmiyordu ama insanların panik halinden anladığı kadarıyla kadının sözleri, kalabalık bir tiyatroda "Yangın var!" diye bağırmakla eşdeğerdi.

Panik tüm kalabalığa yayıldığında, merdivenlere koşan yalnızca çarşaflı kadınla Langdon değildi. Herkes koşmaya başlamıştı.

Yaklaşan izdihama arkasını dönen Sinskey, merdivenlerden yukarı, ekibine çaresizlik içinde bağırdı.

"Kapıları kilitleyin! Sarnıcı kapatın! HEMEN!"

Langdon merdivenlerin köşesinde kayarak dururken, Sinskey merdivenleri yarıya kadar çıkmış, yukarı doğru tırmanıyor, kapıların kapatılması için bağırıyordu. Tam ayağının dibindeki Sienna Brooks, ıslanmış çarşafıyla yukarı doğru çıkmaya çalışıyordu.

Hemen peşlerindeki Langdon, dehşete kapılan konser dinleyicisinin titreşim dalgasını hissetti.

Sinskey bir kez daha, "Çıkışı kilitleyin!" diye bağırdı.

Langdon'ın bacakları onu tek adımda üç basamak yukarı taşıyor, Sienna'ya yetişiyordu. Yukarıdaki çift kanatlı ağır kapının içeri doğru kapandığını gördü.

Çok yavaş.

Sinskey'yi omzundan tutan Sienna, önüne geçmek için ondan destek aldı ve çıkışa doğru var gücüyle tırmandı. Sinskey sendeleyip dizlerinin üstüne düşünce, çok sevdiği nazarlığı beton basamaklara çarparak ikiye ayrıldı.

Langdon durup, düşen kadına yardım etme içgüdüsüyle mücadele etti, sonra yanından koşarak geçti ve en üst basamağa sıçradı.

Sienna şimdi yalnızca birkaç metre ilerideydi; elini uzatsa yakalayacaktı ama o da düzlüğe çıkmıştı ve kapılar yeterince hızlı kapanmıyordu. Genç kadın hiç hızını kesmeden, dar aralıktan geçmek için ince bedenini yan çevirdi.

Tam kapıdan geçmek üzereyken çarşafı bir menteşeye takıldı ve özgürlüğe birkaç santim kala iki kanadın arasına sıkıştı. Kaçmak için kıvranırken Langdon uzanıp onu çarşafından yakaladı. Sıkışan çarşafı döndürerek onu geri çekmeye çalıştı ama Sienna çılgınca debelendi ve sonunda Langdon'ın elinde yalnızca ıslak bir kumaş yığını kaldı.

Kumaşın üzerine kapanan kapılar az daha Langdon'ın elini sıkıştırıyordu. Kapı arasına sıkışmış olan pamuklu kumaş, dışarıdakilerin kapıları tam kapatmasına müsaade etmiyordu.

Langdon dar aralıktan, Sienna Brooks'un sokak lambalarının altında parlayan çıplak başıyla, kalabalık caddede koşarak karşıya geçtiğini gördü. Gün boyunca giydiği süveter ve blucin üzerindeydi. Langdon birden ihanete uğradığı hissine kapılarak öfkelendi.

Bu his yalnızca bir an sürdü. Ani ve ezici bir ağırlık Langdon'ı kapıya yapıştırdı.

Arkasındaki güruh yetişmişti.

Merdivenler dehşet ve şaşkınlık dolu bağırışlarla yankılanırken, aşağıdaki orkestranın senfonisi karmakarışık bir kakofoniye dönüşmüştü. Kapıya biriken kalabalığın ağırlığı her saniye artıyor, arkasındaki insan kalabalığıyla önündeki ağır, ahşap kapıların arasına sıkışmış olan Langdon'ın göğüskafesi artık kendisine ağrı veriyordu.

Ardından, kapılar dışarı doğru patlar gibi açıldı ve Langdon şampanya şişesinden fırlayan bir mantar gibi sokağa atıldı. Kaldırımda sendelerken neredeyse caddeye düşüyordu. Arkasındaki insan güruhu, zehirlenmiş bir karınca yuvasından kaçan karıncalar gibi toprağın üzerine akın ediyordu.

Hengâmenin sesini duyan TTD ekibi şimdi binanın arkasından çıkmıştı. Hazmat giysileri ve gaz maskeleri paniği artırmaktan başka işe yaramadı.

Arkasını dönen Langdon gözleriyle caddenin karşı tarafında Sienna'yı aradı. Ama tüm görebildiği trafik, ışıklar ve kargaşadan ibaretti.

Sonra bir anlığına, caddenin solunda kalan tarafında, çıplak bir başın solgun derisi parladı. Kalabalık kaldırımda koşarak köşede gözden kayboldu.

Arkasından çaresizce bakan Langdon, Sinskey'yi, polisi veya kalın hazmat giysileri giymeyen TTD ajanını aradı.

Hiçbiri yoktu.

Tek başına kaldığını biliyordu.

Hiç tereddüt etmeden Sienna'nın peşinden koşmaya başladı.

Aşağılarda, sarnıcın iyice derinliklerinde Ajan Brüder beline kadar gelen suyun içinde tek başına ayakta duruyordu. Korku içindeki dinleyicilerle müzisyenler çıkışa doğru koşup, merdivenlerin yukarısında gözden kaybolurken, tüm bu hengâmenin sesleri karanlıkta yankılanıyordu.

Brüder korkuyla, *kapılar hiç kapatılmadı,* diye düşündü. *Karantinaya alamadık.*

94. Bölüm

Robert Langdon bir koşucu olmasa da yıllarca yüzmek bacaklarını güçlendirmişti ve adımları uzundu. Saniyeler içinde köşeyi döndü ve kendini daha geniş bir caddede buldu. Gözleriyle kaldırımları taradı.

Burada bir yerde olmalı!

Yağmur dinmişti, bulunduğu köşeden aydınlık sokağın tamamını görebiliyordu. Saklanacak hiçbir yer yoktu.

Sienna kayıplara karışmıştı.

Langdon durup ellerini kalçalarına koyarak nefes nefese ıslak sokağı inceledi. Görebildiği tek hareketlilik, elli metre ileride İstanbul'un modern otobüslerinden birinin hareket ederek caddeye çıkışıydı.

Sienna şehir otobüsüne mi bindi?

Bu çok riskliydi. Herkesin onu aradığını bile bile otobüse binerek kendini tehlikeye atar mıydı? Ama kimsenin onu köşeyi dönerken görmediğini düşünüyorsa ve otobüs tesadüfen mükemmel bir zamanlamayla tam o sırada oradan hareket ediyorsa...

Belki.

Otobüsün tepesindeki güzergâh tabelasına programlanabilir led ışıklarla bir kelime yazılmıştı: GALATA.

Langdon bir restoranın tentesi altında duran yaşlıca bir adama doğru hızla yürüdü.

Langdon adamın önünde durup nefes nefese, "Affedersiniz," dedi. "İngilizce biliyor musunuz?"

Langdon'ın sesindeki telaştan kuşkulanmış gibi görünen adam, "Tabii ki," dedi.

"Galata?! Bu bir yerin ismi mi?"

Adam, "Galata?" dedi. "Galata Köprüsü, Galata Kulesi? Galata Rıhtımı?"

Langdon kalkan otobüsü gösterdi. "Galata! Otobüsün gittiği yer!"

Yaşlı adam kalkan otobüsün arkasından bakıp, "Galata Köprüsü," diye cevapladı. "Eski şehirden ayrılıp, Haliç'in üzerinden geçer."

Langdon inler gibi bir ses çıkarıp gözleriyle tekrar sokağı taradı ama Sienna'ya ait bir işaret göremedi. Her yerde sirenler çalıyordu, acil durum müdahale araçları hızla yanlarından geçerek sarnıca doğru ilerlediler.

Telaşlanan adam, "Neler oluyor?" diye sordu. "Her şey yolunda mı?"

Langdon tekrar gitmekte olan otobüsün arkasından baktı. Bunun bir kumar olduğunu biliyordu ama başka şansı yoktu.

Langdon, "Hayır efendim," diye cevapladı. "Acil bir durum söz konusu ve yardımınıza ihtiyacım var." Bir valenin gümüş rengi gösterişli bir Bentley yanaştırdığı kaldırımı göstererek, "Bu sizin arabanız mı?" diye sordu.

"Evet ama..."

Langdon, "Bir şoföre ihtiyacım var," dedi. "Yeni tanıştığımızı biliyorum ama çok kötü bir şey oluyor. Bu bir ölüm kalım meselesi."

Yaşlı adam sanki içini okumaya çalışıyormuş gibi uzun bir süre profesörün gözlerinin içine baktı. Sonunda başını salladı. "O zaman, arabaya atlasan iyi edersin."

Bentley kükreyerek hareket ederken Langdon koltuğuna yapıştı. Adamın tecrübeli bir sürücü olduğu ve otobüsü yakalamak için trafikte zikzaklar çizmekten zevk aldığı belliydi.

Üç blok sonra Bentley otobüsün tam arkasındaydı. Langdon koltuğunda öne doğru uzanıp gözlerini kısarak aracın arka penceresine baktı. İçindeki ışık yetersizdi. Langdon yolcuların belli belirsiz siluetlerini görebiliyordu.

Langdon, "Otobüsü gözden kaybetmeyin, lütfen," dedi. "Telefonunuz var mı?"

Adam cebinden bir cep telefonu çıkarıp yolcusuna uzattı. Langdon ona tekrar tekrar teşekkür ettikten sonra kimi arayacağını bilmediğini fark etti. Sinskey ve Brüder'in iletişim numaraları onda yoktu ve DSÖ'nün İsviçre'deki ofisine ulaşmak çok uzun sürebilirdi.

Langdon, "Polisin numarası nedir?" diye sordu.

Adam, "155," diye cevapladı. "Tüm İstanbul için."

Langdon numarayı çevirip bekledi. Hat uzun süre çaldı. Sonunda, hatların yoğun olduğunu ve beklemeye devam etmesini bildiren Türkçe ve İngilizce bir kayıt mesajı cevap verdi. Langdon hatlardaki yoğunluğun sarnıçtaki krizle bir ilgisi olup olmadığını merak etti.

Batık sarayda büyük ihtimalle o sırada büyük bir kargaşa yaşanıyordu. Brüder'in orada ne bulmuş olabileceğini düşünürken içini bir korku kapladı.

Sienna ondan önce suya girmişti.

İleride, otobüsün fren lambaları yandı ve araç bir otobüs durağında durdu. Bentley'in sürücüsü Langdon'ın inip binen yolcuları görebilmesi için otobüsün yaklaşık bir buçuk metre arkasında durdu. Otobüsten sadece üç kişi indi; hepsi erkekti. Ama Sienna'nın kılık değiştirmekte çok başarılı olduğunu bilen Langdon yine de hepsini dikkatle inceledi.

Gözleri tekrar otobüsün arka penceresine kaydı. Aracın camları koyu renkti ama artık içerideki ışıkların hepsi yandığı için Langdon otobüsteki yolcuları daha net görebiliyordu. Boynunu uzatıp, yüzünü Bentley'in ön camına iyice yaklaştırarak Sienna'yı aradı.

Lütfen yanlış bir kumar oynamış olmayayım!

Sonra onu gördü.

Otobüsün en arkasında zayıf omuzların üzerinde yükselen tıraşlı bir kafa vardı.

Bu ancak Sienna olabilir.

Otobüs ilerlerken ışıklar tekrar söndü. Ama ışıklar sönmeden hemen önce kafası arkaya doğru dönüp arka pencereden dışarı bakmıştı.

Langdon, Bentley'in koltuğunda aşağı doğru kaydı. *Beni gördü mü?* Yaşlı sürücü otobüsün peşine takılmıştı bile.

Yol, denize doğru inmeye başlamıştı ve Langdon ileride, denizin üzerinde uzanan alçak köprünün ışıklarını görebiliyordu. Köprünün üstünde sıkışık bir trafik vardı. Aslında, köprü girişine yakın tüm bölge tıkanmış gibiydi.

Adam, "Mısır Çarşısı," dedi. "Yağmurlu günlerde çok popülerdir."

Adam, kıyının yakınındaki bir yapıyı gösterdi. İstanbul'un en muhteşem mimarilerinden biri olan Yeni Cami'nin –Langdon onu ünlü ikiz minarelerinden tanımıştı– gölgesinde kalan Mısır Çarşısı, Amerikan alışveriş merkezlerinden daha büyük görünüyordu. Langdon kemerli kapısından içeri girip çıkan insan selini görebiliyordu.

Arabanın içinde cılız bir, *"Alo?!"* sesi duyuldu. "Acil durum! Alo?!"

Langdon elindeki telefona baktı. *Polis.*

Langdon telefonu kulağına götürerek, "Evet, alo!" dedi. "Benim adım Robert Langdon. Dünya Sağlık Örgütü için çalışıyorum. Şehrin sarnıcında büyük bir kriz yaşanıyor ve bundan sorumlu olan kişiyi takip ediyorum. Mısır Çarşısı'na yakın bir otobüsün içinde ve şu anda..."

Santral görevlisi, "Bir dakika lütfen," dedi. "Sizi hemen bağlıyorum."

"Hayır, durun!" Ama Langdon yine beklemeye alınmıştı.

Bentley'in sürücüsü korku dolu bir ifadeyle dönüp ona baktı. "Sarnıçta kriz mi var?!"

Langdon tam açıklama yapmak üzereyken sürücünün yüzünün aniden kıpkırmızı parladığını gördü.

Fren lambaları!

Sürücü önüne döndü ve Bentley son anda otobüsün arkasında durdu. Otobüsün ışıkları tekrar yanınca Langdon, Sienna'yı net bir şekilde gördü. Arka kapıda durmuş, otobüsten inmek için kapıyı yumrukluyordu.

Langdon, *beni gördü,* diye düşündü. Sienna kuşkusuz Galata Köprüsü'nün üzerindeki trafiği de görmüş ve yakalanma riskine giremeyeceğini düşünmüştü.

Langdon anında Bentley'in kapısını açtı ama genç kadın çoktan otobüsten fırlayıp gecenin içine karışmıştı. Langdon cep telefonunu sahibine doğru fırlattı. "Polise olanları anlatın! Bölgeyi kuşatmalarını söyleyin!"

Yaşlı adam korku dolu gözlerle ona bakıyordu.

Langdon, "Teşekkür ederim!" diye seslendi. "Teşekkürler!"

Langdon bunu söyledikten sonra Mısır Çarşısı'nın etrafında dolanan kalabalığın arasına dalan Sienna'nın arkasından koşmaya başladı.

95. BÖLÜM

İstanbul'un üç yüz yıllık Mısır Çarşısı, dünyadaki en büyük kapalı alışveriş mekânlarından biridir. L şeklinde inşa edilmiş olan yapının, yüzlerce dükkâna bölünmüş seksen sekiz kemerli odası bulunur. Yerli esnaf burada tüm dünyadan getirilen envai çeşit yenilebilir lezzeti coşkuyla satar: baharatlar, meyveler, bitkiler ve İstanbul'un her yerinde bulunabilen bir tür şekerleme olan, Türk lokumu.

Gotik bir kemeri olan pazarın devasa taş girişi, Çiçek Pazarı Sokak'la Tahmis Sokak'ın köşesindeydi ve buradan, günde üç yüz binden fazla ziyaretçinin geçtiği söylenirdi.

Langdon kalabalık girişe yaklaşırken, bu akşam üç yüz bin kişinin de orada olduğunu hissetti. Gözlerini Sienna'dan ayırmadan hâlâ koşuyordu. Şimdi yalnızca yirmi metre ileride pazarın girişine doğru koşan Sienna, hiç duracakmış gibi gözükmüyordu.

Sienna kemerli kapıya vardığında kalabalıkla karşılaştı. İnsanların arasından kıvrılıp kendine elleriyle yol açtı. Eşikten geçtiği anda, geriye doğru şöyle bir baktı. Langdon onun gözlerinde korkuyla kaçan küçük bir kızın ürkekliğini gördü... Çaresiz ve çılgına dönmüş.

"Sienna!" diye seslendi.

Ne var ki Sienna insan denizine daldı ve gözden kayboldu.

Onun ardından kalabalığa dalan Langdon, onu pazarın batı koridorunda görünceye dek insanlara çarparak, iterek, boynunu uzatarak ilerledi.

Yolun iki yanına egzotik baharat fıçıları yerleştirilmişti: Hint körisi, İran safranı, Çin çiçek çayı. Baharatların göz kamaştırıcı renkleri sarı, kahverengi ve altın renginden bir tünel oluşturuyordu. Langdon attığı her adımda yeni bir koku duyuyordu: acı mantar, acı kökler, misk yağı. Dünyanın dört bir yanında konuşulan dillerden sağır edici bir koro oluşturuyorlardı. Tüm bunların sonucunda kişi, onca insanın arasında, tüm duyuları harekete geçiren bir istilaya uğruyordu.

Binlerce insan.

Langdon o an onu sıkıştıran bir klostrofobi hissetti; kendini zorlayıp pazarın içlerine girmeden önce az daha duruyordu. Sienna'nın ileride kalabalığı azimle yararak ilerlediğini görebiliyordu. Sonuna kadar bu yolu koşacağı belliydi... onu her nereye götürürse götürsün.

Langdon bir an onu neden kovaladığını düşündü.

Adalet için mi? Sienna'nın yaptıklarını düşününce, yakalandığında onu ne tür bir cezanın beklediğini kestiremiyordu.

Salgını önlemek için mi? Her ne olduysa zaten olmuştu.

Langdon yabancıları iterek kendine yol açarken, Sienna Brooks'u yakalamayı neden bu kadar çok istediğini birden fark etti.

Cevap istiyorum.

Yalnızca on metre ilerideki Sienna Brooks pazarın batı kanadının sonundaki çıkış kapısına yönelmişti. Yeniden şöyle bir arkasına bakıp da Langdon'ın yaklaştığını görünce endişeye kapıldı. Önünü döndüğünde ayağı takıldı.

Sienna'nın ileri doğru giden başı, önündeki kişinin omzuna çarptı. Adam yere düşerken, genç kadın düşmemek için sağ eliyle bir şeye tutunmaya çalıştı. Bulabildiği tek şey, bir kestane fıçısının kenarıydı. Çaresizlik içinde tutunup fıçıyı kendine doğru çekince, içindeki tüm kestaneler yere saçıldı.

Langdon üç adımda onun düştüğü yere ulaştı. Yere baktığında yalnızca devrilmiş fıçıyı ve kestaneleri gördü. Sienna yoktu.

Dükkân sahibi öfkeyle bağırıyordu.

Nereye gitti?

Langdon kendi etrafında döndü ama Sienna bir şekilde ortadan yok olmuştu. On beş metre ilerideki çıkışa baktığında, bu abartılı düşüşün kaza olmadığını anladı.

Çıkışa kadar koştu ve yine insanlarla dolu olan büyük bir meydana çıktı. Boş yere geniş alanı gözleriyle aradı.

Tam ilerideki çok şeritli yolun sonundaki Galata Köprüsü, Haliç'in suları üzerinden uzanıyordu. Yeni Cami'nin çift minaresi Langdon'ın sağında yükseliyor ve meydanın üzerinde parlıyordu. Solunda ise insanlarla dolu açık meydandan başka bir şey yoktu.

Araba kornalarının sesi Langdon'ın bakışlarını yeniden ileri, meydanı denizden ayıran yola çevirdi. Yüz metre ileride, hızla akan trafiğin içinde koşarken iki kamyon arasında kalmaktan son anda kurtulan Sienna'yı gördü. Denize doğru koşuyordu.

Langdon'ın solunda, Haliç kıyısındaki ulaşım merkezi motorlar, otobüsler, taksiler ve tur tekneleriyle doluydu.

Langdon meydandan yola doğru koşmaya başladı. Parmaklıklara geldiğinde, adımını araba farlarıyla doğru zamanlayarak çift şeritli yolun ilk şeridine zıpladı. On beş saniye kadar kör edici farlarla kızgın kornaların saldırısına uğradıktan sonra, deniz kıyısındaki son parmaklıklara varana kadar şeritten şeride ilerledi.

Onu hâlâ görebildiği halde, taksi durağından ve bekleyen otobüslerden uzak durarak doğruca rıhtıma ilerleyen Sienna, aradaki mesafeyi iyice açmıştı. Langdon turist motorları, deniz taksileri, balıkçı tekneleri ve sürat motorlarının girip çıktığı rıhtıma baktı. Denizin karşı tarafındaki şehir ışıkları Haliç'in batısında titreşiyordu. Sienna karşı tarafa geçerse, onu bir daha bulabilme şansının olmadığını biliyordu.

Sonunda deniz kıyısına vardığında sola döndü ve iskelede koşmaya başladı. Yaldız boyalı süsleri bulunan ve neon dekorları yanıp sönen gösterişli motorlara binmek için sıraya girmiş olan turistler ona şaşırarak baktı.

Yanlarından geçen Langdon, *Boğaziçi'nde Las Vegas,* diye düşündü.

İleride Sienna'yı gördü, artık koşmuyordu. Limanda özel teknelerin bağlı durduğu bir alanda durdurulmuştu ve tekne sahiplerinden birine yalvarıyordu.

Onu teknene alma!

Langdon arayı kapatırken Sienna'nın iskeleden ayrılmaya hazırlanan parlak bir teknenin dümenindeki bir gence kur yaptığını gördü. Adam gülümsüyor ama başını hayır anlamında sallıyordu. Sienna el kol hareketleriyle derdini anlatmaya devam etti ama adam onu son kez reddederek yeniden teknesindeki kumandaların başına geçti.

Langdon koşarak yaklaşırken Sienna ona çaresizlik dolu bir ifadeyle baktı. Aşağıdaki teknenin kıçtan takma motoru çalışıp suyu karıştırmaya ve aracı iskeleden uzaklaştırmaya başlamıştı.

Sienna aniden iskeleden denize doğru sıçradı. Teknenin fiberglas pupasına gürültüyle düştü. Sarsıntıyı hisseden kaptan, şaşkın bir ifadeyle arkasını döndü. Tornistan yapıp, iskeleden yirmi metre kadar uzaklaşmış teknenin motorunu durdurdu. Öfkeyle bağırarak, istenmeyen yolcusunun üstüne doğru yürümeye başladı.

Adam üstüne gelmeye devam ederken Sienna yana doğru çekildi, adamı bileğinden tuttu ve onu kendi hareketinin hızıyla kaldırıp, borda tirizinin üzerinden attı. Adam kafa üstü suya düştü. Birkaç saniye sonra yüzeye çıkmış, kollarıyla denizi dövüyor, ağzından fışkıran suların arasından hiç şüphesiz bir dizi Türkçe küfür sıralıyordu.

Sienna suya can yeleği atıp dümenin başına geçerken hiç umursuyormuş gibi görünmüyordu. Motoru yeniden ileri aldı.

Kıçtan takma motor gürültüyle tekneyi ileri taşımaya başladı.

İskelede duran Langdon, suyun üzerinde uzaklaşan ve gecenin karanlığında hayaletimsi bir gölgeye dönüşen beyaz gövdeye bakarken soluklandı. Gözlerini ufka çevirdiğinde, Sienna'nın artık hem karşı kıyıya varabileceğini hem de Karadeniz'i Akdeniz'e bağlayan boğazlardan geçebileceğini biliyordu.

Gitti.

Tekne sahibi yanından karaya çıktı. Ayağa kalkıp hemen polise koştu.

Langdon çalıntı teknenin ışıklarının giderek belirsizleşmesini izlerken kendini yapayalnız hissetti. Güçlü motor sesi de artık iyiden iyiye uzaklaşıyordu.

Sonra motorlar aniden sustu.

Langdon gözlerini kısarak karanlığa baktı. *Motoru mu durdurdu?*

Teknenin ışıkları artık uzaklaşmıyor, Haliç'in hafif dalgalarında aşağı yukarı salınıyordu. Sienna Brooks her nedense durmuştu.

Benzini mi bitti?

Elini kulağına götürüp dinledi; motorun rölanti sesini duyabiliyordu.

Benzini bitmediyse ne yapıyor?

Langdon bekledi.

On saniye. On beş saniye. Otuz saniye.

Ardından, motorlar önce biraz tekleyip sonra yeniden gürültüyle çalıştı. Teknenin ışıkları geniş bir daire çizerek dönmeye, pruvası Langdon'ın üzerine gelmeye başlamıştı.

Geri dönüyor.

Tekne yaklaşırken Langdon dümendeki Sienna'nın boş gözlerle ileri baktığını gördü. Motoru yavaşlatıp ayrıldığı otuz metre ötedeki aynı iskeleye tekneyi geri getirmişti. Sonra motoru kapattı.

Sessizlik.

Yukarıda duran Langdon, hayretle aşağı bakıyordu.

Sienna başını kaldırıp bakmadı.

Bunun yerine, yüzünü ellerinin arasına aldı. Omuzlarını yükseltip kamburunu çıkararak sarsılmaya başladı. Sonunda başını kaldırıp Langdon'a baktığında, gözleri yaşlarla dolmuştu.

Hıçkırırken, "Robert," dedi. "Artık kaçamam. Gidecek hiçbir yerim yok."

96. BÖLÜM

Virüs serbest.

Elizabeth Sinskey merdivenlerin dibinde durmuş, boşaltılmış sarnıca bakıyordu. Taktığı gaz maskesinin içinde nefes almakta zorlandığını hissediyordu. Burada bulunan patojene çoktan maruz kalmış olabileceği halde TTD ekibiyle birlikte boşaltılmış mekâna girerken hazmat kıyafeti giydiğine memnundu. Hava geçirmez kasklara kenetlenen kabarık beyaz tulumlarıyla bir uzay aracını istila eden astronotlar gibi görünüyorlardı.

Sinskey yüzlerce korkmuş konser izleyicisi ve müzisyenin yukarıda, sokakta toplanmış olduğunu ve izdihamda yaralananların tedavi edildiğini tahmin edebiliyordu. Diğerleri bölgeden çoktan kaçmışlardı. Bu kargaşadan zedelenmiş bir diz ve kırılmış bir nazarlıkla kurtulduğu için kendini şanslı hissediyordu.

Sinskey, *virüsten daha hızlı yayılan tek bir şey vardır,* diye düşündü. *Korku.*

Yukarıdaki kapılar kilitlenmiş, hava geçirmeyecek şekilde mühürlenmişti. Yerel yetkililer önlerinde nöbet tutuyorlardı. Sinskey yerel polisin gelişiyle bir restleşmeye şahit olacaklarını düşünmüştü ama polis, TTD ekibinin biyolojik tehlike ekipmanlarını görüp, Sinskey'den potansiyel bir salgın tehlikesi haberini aldıktan sonra muhtemel anlaşmazlıklar yaşanmamıştı.

Dünya Sağlık Örgütü'nün direktörü, lagüne yansıyan sütun ormanına bakarken, *bu işte yalnızız,* diye düşündü. *Kimse aşağıya inmek istemiyor.*

Arkasındaki iki ajan merdivenin aşağısına serdikleri büyük poliüretan tabakayı ısı tabancasıyla duvara sabitliyorlardı. Diğer ikisi platformun üzerinde açık bir alan bulmuş ve bir suç mahallini incelemeye hazırlanıyormuş gibi elektronik aletlerini hazırlamaya başlamışlardı.

Sinskey, *burası, tam olarak bu,* diye düşündü. *Bir suç mahalli.*

Sarnıçtan kaçan ıslak çarşaflı kadını düşündü. Sienna Brooks, DSÖ'nün salgın önleme çabalarını sabote etmek ve Zobrist'in sapkın amacını tamamlamak için kendi hayatını tehlikeye atmıştı. *Buraya indi ve Solublon torbasını patlattı...*

Langdon, Sienna'nın peşine düşüp gecenin karanlığına karışmıştı ve Sinskey henüz ikisiyle ilgili bir haber almamıştı.

Umarım, Profesör Langdon güvendedir, diye düşündü.

Üzerinden sular damlayan Ajan Brüder gezinti platformunun üzerinde durmuş boş gözlerle Medusa'nın ters duran kafasına bakarken nasıl ilerlemesi gerektiğini düşünüyordu.

Brüder, bir TTD ajanı olarak etik değerleri ve kişisel kaygıları bir tarafa bırakıp uzun vadede mümkün olduğunca çok hayat kurtarmaya odaklanmak üzere eğitilmişti. O ana kadar kendi sağlığının tehlikede olduğunu hiç düşünmemişti. Riskli hareketi için kendine kızarak, *bu işe ben bulaştım,* diye düşündü. *Derhal bir değerlendirme yapmamız gerekiyordu.*

Brüder elindeki işe odaklanmaya çalıştı: *B Planı'nı uygula.* Ne yazık ki, bir karantina krizinde B Planı her zaman aynı olurdu: *çapı genişlet.* Bulaşıcı bir hastalıkla savaşmak çoğu zaman bir orman yangınını söndürmeye benzerdi: Bazen savaşı kazanmak için geri çekilip muharebede yenik düşmek gerekirdi.

Bu noktada, Brüder hâlâ tam bir önlemin mümkün olduğu fikrinden vazgeçmiş değildi. Sienna Brooks büyük ihtimalle kalabalığın paniği ve tahliyesinden sadece birkaç dakika önce torbayı patlatmıştı. Eğer bu doğruysa, olay yerinden yüzlerce insan kaçmasına rağmen, hastalığın bulaşmasını önlemek için herkes kaynaktan uzak bir yere yerleştirilebilirdi.

Brüder, *Langdon ve Sienna dışında herkes*, diye düşündü. *İkisi de torbanın patladığı yerdeydiler ve şimdi şehirde bir yerdeler.*

Brüder'in başka bir endişesi daha vardı. Mantığındaki bir boşluk içini kemiriyordu. Suyun içindeyken patlamış Solublon torbasını bulamamıştı. Sienna torbayı tekmeleyerek, yırtarak ya da başka bir şekilde patlattıysa, hasarlı, sönük parçayı suyun üzerinde yüzerken mutlaka görmesi gerekirdi.

Ancak, hiçbir şey bulamamıştı. Torbanın kalıntıları sanki buhar olup uçmuştu. Brüder, Sienna'nın şimdiye kadar çoktan yapışkan, dağılan bir pislik haline gelecek Solublon torbasını yanında götürdüğünü de pek sanmıyordu.

Peki torba nereye gitti?

Brüder bir şeyi gözden kaçırdığını hissediyordu. Öyle bile olsa, kritik bir soruya cevap vermesini gerektiren yeni bir önleme stratejisine odaklanmıştı.

Virüsün şu anki yayılma alanı nedir?

Brüder bu sorunun birkaç dakika içinde cevaplanacağını biliyordu. Ekibi, gezinti platformlarının üzerine lagünden gittikçe artan uzaklıklarla bir dizi portatif virüs tespit aleti yerleştirmişti. PCR üniteleri olarak bilinen bu aletler bulaşıcı virüs varlığını tespit eden polimeraz zincir reaksiyonu kullanıyorlardı.

TTD ajanı umudunu koruyordu. Lagündeki su hareketsiz olduğu ve çok az zaman geçtiği için PCR aletlerinin çok küçük bir alanda virüs tespit edeceklerine, bunu kimyasallar ve vakumlamayla yok edeceklerine emindi.

Bir teknisyen megafondan, "Hazır mısınız?" diye seslendi.

Sarnıcın içinde konuşlanmış olan ajanlar başparmaklarını kaldırarak işaret verdiler.

Megafondan cızırtılı bir ses duyuldu. "Örneklerinizi alın."

Mağaranın içinde analistler eğilerek PCR makinelerini çalıştırdılar. Her alet operatörünün gezinti platformunda durduğu yerden bir örnek analiz etmeye başladı.

Herkes yeşil ışıkları görmek için dua ederek beklerken sarnıcın içine bir sessizlik çöktü.

Ve sonra oldu.

Brüder'e yakın makinede kırmızı virüs tespit ışığı yanmaya başladı. Ajan gerilerek bir sonraki makineye baktı.

O da kırmızı yanıp sönüyordu.

Hayır.

Mağaranın içinde şok mırıltıları yankılandı. Sarnıcın içinden girişe kadar uzanan PCR aletlerinin kırmızı ışıkları teker teker yanarken Brüder olanları dehşet içinde izledi.

Ah, Tanrım... diye düşündü. Yanıp sönen kırmızı tespit ışıkları kuşku götürmez bir tablo çiziyordu.

Virüsün dağılma alanı çok büyüktü.

Tüm sarnıç virüs kaynıyordu.

97. Bölüm

Robert Langdon çalıntı teknenin dümeninde bükülüp kalmış olan Sienna Brooks'a bakarken, az önce şahit olduklarına anlam vermeye çalıştı.

Sienna yaşlı gözlerle ona bakarak, "Eminim gözünden düşmüşümdür," dedi.

Langdon, "Gözümden düşmek mi?!" diye bağırdı. "*Kim* olduğun hakkında en ufak bir fikrim yok! Tek bildiğim bana yalan söylediğin!"

Sienna alçak bir sesle, "Biliyorum," dedi. "Üzgünüm. Doğru olanı yapmaya çalışıyordum."

"Salgını yayarak mı?"

"Hayır Robert, anlamıyorsun."

Langdon, "*Anlıyorum!*" diye karşılık verdi. "O Solublon torbayı patlatmak için suya girdiğini anladım! Kimse engel olmadan önce Zobrist'in virüsünü yaymak istedin!"

Sienna'nın bakışlarından Langdon'ın söylediklerine bir anlam veremediği anlaşılıyordu. "Solublon torba mı? Neden bahsettiğini bilmiyorum. Robert, Ben Bertrand'ın salgınını *dur*durmak için sarnıca gittim... onu *çalmak* ve sonsuza dek yok etmek için... Böylece, Dr. Sinskey ve DSÖ de dahil hiç kimse üzerinde çalışamayacaktı."

"Çalmak mı? Neden DSÖ'nün ele geçirmesini istemedin ki?"

Sienna derin bir nefes aldı. "Bilmediğin çok şey var ve bunlar uzun meseleler. Çok geç kaldık Robert. Fırsatımız olmadı."

"Tabii ki fırsatımız vardı! Virüs *yarına* kadar yayılmayacaktı! Zobrist'in seçtiği tarih buydu ve eğer sen suya girmemiş olsaydın..."

Sienna, "Robert, virüsü ben *yaymadım!*" diye haykırdı. "Torbayı bulmak için suya girdiğimde çok geç kalmıştım. Orada hiçbir şey yoktu."

Langdon," Sana inanmıyorum," dedi.

"İnanmadığını biliyorum. Ve seni suçlamıyorum." Elini cebine sokup ıslak bir kitapçık çıkardı. "Ama belki bunun bir yardımı olur." Kâğıdı Langdon'a fırlattı. "Bunu lagüne girmeden az önce buldum."

Langdon kâğıdı yakalayıp açtı. Sarnıçta yapılacak *Dante Senfonisi*'nin konser programıydı.

"Tarihlere bak."

Langdon tarihleri tekrar tekrar okurken, gördüklerine şaşırdı. Bir sebepten ötürü, bu gecenin gala gecesi olduğu izlenimine kapılmıştı. Hafta boyunca yedi gece konser verilecek ve insanlar hastalığın bulaştığı sarnıca geleceklerdi. Ama bu program farklı bir hikâye anlatıyordu.

Başını kâğıttan kaldıran Langdon, "Bu gece *kapanış* gecesi miymiş?" diye sordu. "Orkestra hafta boyunca konser mi vermiş?"

Sienna başını salladı. "Ben de senin kadar şaşırdım." Gözlerinde yaşlarla sustu. "Virüs çoktan yayılmış Robert. Bir haftadır bu durumdaymış."

Langdon, "Bu doğru olamaz," dedi. "Tarih *yarın*. Zobrist, yarının tarihini yazan bir levha bile hazırlamış."

"Evet, sudaki levhayı ben de gördüm."

"O halde, *yarının* yazdığını da görmüşsündür."

Sienna içini çekti. "Robert, ben Bertrand'ı iyi tanıyorum, sana söylediğimden çok daha yakından tanıyordum. O bir bilimadamıydı, sonuç odaklı biriydi. Şimdi anlıyorum ki, levhanın üzerinde yazan tarih virüsün *serbest bırakılacağı* günü göstermiyor. Başka bir şeyi, onun amacı için çok daha önemli olan bir şeyi gösteriyor."

"Peki bu ne olabilir?"

Sienna kederli gözlerini tekneden ayırdı. "Bu, hazırladığı virüsün dünyaya yayılmaya ve her bireyi etkilemeye başlayacağı tarihin matematiksel tahminiydi."

Bu tahmin Langdon'ın içinin titremesine neden oldu ama yine de Sienna'nın yalan söylediğini düşünmekten kendini alamıyordu. Anlattığı hikâye kusursuz gibi gelse de *çok iyi yalan söyleyebildiğini* daha önce kanıtlamıştı.

Ona bakarak, "Bir sorun daha var Sienna," dedi. "Bu salgın dünyaya çoktan yayıldıysa, insanlar neden hastalanmaya başlamadı?"

Onun gözlerine bakmaktan kaçınan Sienna, bakışlarını çevirdi.

Langdon, "Bu salgın yayılmaya başlayalı bir hafta olduysa, insanlar neden ölmüyor?" diye tekrar etti.

Sienna yavaşça ona döndü. "Çünkü..." diye başladı ama kelimeler boğazına takıldı. "Bertrand bir salgın hastalık üretmemişti." Gözleri yeniden yaşlarla doldu. "Çok daha tehlikeli bir şey üretmişti."

98. Bölüm

Elizabeth Sinskey gaz maskesinin içinde dolaşan oksijene rağmen başının döndüğünü hissediyordu. Brüder'in PCR aletlerinin korkunç gerçeği ortaya çıkarmasının üzerinden beş dakika geçmişti.

Hastalığı önleme şansımızı uzun süre önce kaybettik.

Solublon torbası anlaşıldığı kadarıyla geçen hafta bir gün, büyük ihtimalle de konserin gala gecesinde çözülmüştü ve Sinskey'nin bildiği kadarıyla konser yedi gece sürüyordu. Solublon torbasının ipe bağlı kalan birkaç parçasının ortadan kaybolmamasının nedeni ipin kancasına yapışkanla yapıştırılmış olmalarıydı.

Virüs bir haftadır serbest.

Artık patojeni izole etmek gibi bir şansları olmayan TTD ajanları sarnıcın sonradan yapılmış eğreti laboratuvarında örneklerin etrafında toplanmış, son çarelere başvuruyorlardı; analiz, sınıflandırma ve tehlike değerlendirmesi. Şimdiye kadar, PCR üniteleri sadece tek bir bilgi ortaya çıkarmış ve bu keşif kimseyi şaşırtmamıştı.

Virüs havadan bulaşıyordu.

Solublon torbasının içindekiler yüzeye çıkmış ve havaya virüs partikülleri yaymıştı. Sinskey, *fazlasına gerek kalmamıştır*, diye düşündü. *Özellikle de böyle kapalı bir alanda.*

Bir virüs, bakteri veya kimyasal patojenden farklı olarak, insanlar arasında inanılmaz bir hız ve nüfuz etkisiyle yayılabiliyordu. Asalak davranışı olan virüsler bir organizmaya girip adsorpsiyon denilen süreçte konak hücreye yapışıyorlardı. Sonra kendi DNA ve RNA'larını bu hücreye enjekte ederek istila edilen hücreyi kuvvetlendiriyor ve virüsün birden fazla organı etkileyen versiyonlarını türetmeye zorluyorlardı. Yeterli sayıda kopya var olduğunda, yeni virüs partikülleri hücreyi öldürüyor ve hücre duvarından geçerek saldıracak yeni konak hücreler bulmak için yayılıyor ve süreç tekrar ediyordu.

Hastalık bulaşmış birey nefes alıp vererek veya hapşırarak solunum yolu damlacıklarını vücudundan çıkarıyor; bu damlacıklar başka bir birey tarafından solunana kadar havada asılı kalıyor ve sonra süreç baştan başlıyordu.

Sinskey, Zobrist'in nüfus patlamasını gösteren grafiklerini hatırlayarak, *üstel büyüme,* diye içinden geçirdi. *Zobrist üstel nüfus büyümesiyle savaşmak için üstel virüs büyümesini kullanıyor.*

Ama cevap bekleyen soru şuydu: *Bu virüsün davranış şekli nedir?*

Konak hücreye nasıl saldıracak?

Ebola virüsü, kanın pıhtılaşma özelliğini bozarak durdurulmaz bir kanamaya neden oluyordu. Hanta virüsü ciğerlerin iflas etmesine neden oluyordu. Onkovirüsleri kansere neden oluyorlardı. Ve HIV virüsü bağışıklık sistemine saldırarak AIDS hastalığına neden oluyordu. HIV virüsü havadan bulaşıyor olsa soyumuzun tükeneceği tıp dünyasında bir sır değildi.

Peki, Zobrist'in virüsü ne yapıyor?

Her ne yapıyorsa, etkilerinin ortaya çıkmasının zaman aldığı anlaşılıyordu ve yakınlardaki hastanelerden sıra dışı semptomlarla başvuran hastalara dair bir rapor gelmemişti.

Cevapları öğrenmek için sabırsızlanan Sinskey, laboratuvara doğru ilerledi. Cep telefonuna zayıf bir sinyal bulmuş olan Brüder'in merdiven boşluğunda durduğunu gördü. Alçak sesle biriyle konuşuyordu.

Hızlı adımlarla ona doğru ilerlerken TTD ajanı görüşmesini bitirmek üzereydi.

Brüder yüzünde şok ve korku karışımı bir ifadeyle, "Tamam, anlaşıldı," dedi. "Ve bu durumun gizliliğini bir kez daha hatırlatmakta fayda görüyorum. Şimdilik sadece sen biliyorsun. Yeni bir şey öğrenirsen bana haber ver. Teşekkürler." Telefonu kapattı.

Sinskey, "Neler oluyor?" diye sordu.

Brüder yavaş yavaş nefes verdi. "Eski bir arkadaşımla konuştum, kendisi, Atlanta'daki CDC'de önemli bir virolog."

Sinskey öfkelendi. "Benim iznim olmadan CDC'ye haber mi verdin?"

"Bir karar vermem gerekiyordu," dedi. "Kontağım ağzını sıkı tutacak. Ayrıca, bu eğreti laboratuvarın sağlayabileceğinden daha fazla bilgiye ihtiyacımız olacak."

Sinskey su örnekleri alarak portatif cihazların başında toplanan bir avuç TTD ajanına baktı. *Haklı.*

Brüder, "CDC kontağım," diye devam etti. "Son derece donanımlı bir mikrobiyolojik laboratuvarda çalışıyor ve daha önce hiç görülmemiş, son derece bulaşıcı bir viral patojenin varlığını onayladı."

Sinskey, "Dur biraz!" diye araya girdi. "Ona örneği nasıl bu kadar çabuk ulaştırdın?"

Brüder gergin bir ifadeyle, "Ulaştırmadım," dedi. "Kendi kanını test etti."

Bunun ne anlama geldiğini sindirebilmek için Sinskey'nin yalnızca biraz zamana ihtiyacı vardı.

Çoktan dünyaya yayılmış.

99. Bölüm

Langdon ağır ağır yürürken, ruhu bedeninden ayrılmış gibi hissediyor, kendini sanki canlı bir kâbusun içindeymiş gibi hissediyordu. *Salgından daha tehlikeli ne olabilir?*

Sienna tekneden karaya çıkıp Langdon'a takip etmesini işaret ettiğinden beri başka bir şey söylememişti. Onu çakıltaşlı bir patikadan yürüterek denizden ve insanlardan uzaklaştırıyordu.

Sienna'nın gözyaşları kesildiği halde Langdon onun bir duygu seline kapıldığını hissedebiliyordu. Uzaktan gelen siren seslerini kendisi duysa da Sienna fark etmemiş görünüyordu. Gözlerini yere dikmiş, sanki ayaklarının altındaki çakıltaşının ritmik sesleriyle hipnotize oluyordu.

Küçük bir parka girdiklerinde Sienna onu gözlerden uzak kalabilecekleri sık ağaçların arasına doğru götürdü. Burada, suya bakan bir bankta oturdular. Karşı kıyıdaki tarihi Galata Kulesi, yamacı ışıklarıyla aydınlatan sessiz evlerin üzerinde yükseliyordu. Buradan bakınca dünya tuhaf bir biçimde huzurlu görünüyordu. Langdon, bu manzaranın sarnıçta meydana gelenlerden çok uzak olduğunu düşündü. Artık, Sinskey ile TTD ekibi, salgını durdurmakta çok geç kaldıklarını anlamış olmalıydı.

Yanında oturan Sienna denize bakıyordu. "Fazla vaktim yok Robert," dedi. "Yetkililer yakında yerimi bulacaklardır. Ama onlar beni yakalamadan, senin gerçeği duymanı istiyorum... hepsini."

Langdon sesini çıkarmadan başını salladı.

Sienna gözyaşlarını silip Langdon'ın yüzüne tam karşıdan bakabilmek için oturduğu bankta döndü. "Bertrand Zobrist..." diye başladı. "O benim ilk aşkımdı. Sonra akıl hocam oldu."

Langdon, "Bunları bana anlattılar Sienna," dedi.

Sienna ona şaşırarak baktı ama hevesini kaybetmekten korkar gibi anlatmaya devam etti. "Onunla kolay etki altında kalacağım bir yaşta tanıştım; fikirleri ve zekâsıyla beni büyüledi. Bertrand da benim gibi türümüzün yok olmak üzere olduğunu düşünüyordu... İnsanların kabul etme cesaretini gösterebileceğinden çok daha büyük bir hızla, korkunç bir sona doğru gidiyorduk."

Langdon hiç cevap vermedi.

Sienna, "Çocukluğum boyunca dünyayı kurtarmak istedim," dedi. "Ve bana tek söylenen, 'Dünyayı sen kurtaramazsın, o yüzden bunu yapmaya çalışarak kendi mutluluğunu engelleme,' oldu." Gözyaşlarına hâkim olmaya çalışarak sustu. "Sonra Bertrand'la tanıştım. Bana dünyayı kurtarmanın mümkün olduğunu anlatmakla kalmayıp, bunu yapmanın ahlaki bir zorunluluk olduğunu söyleyen yakışıklı, zeki bir adamdı. Beni, onun gibi düşünen aydınlarla, hayret verici yetenekleri ve zekâsı olan insanlarla... geleceği *değiştirebilecek* kişilerle tanıştırdı. Hayatımda ilk defa kendimi yalnız hissetmiyordum Robert."

Sözlerindeki acıyı hisseden Langdon hafifçe gülümsedi.

Sesi titremeye başlayan Sienna, "Hayatımda pek çok korkunç şeye katlandım," diye devam etti. "Üstesinden gelmekte çok zorlandığım şeyler yaşadım..." Bakışlarını ondan ayırdı ve elini çıplak başında gezindirdikten sonra kendini toparlayıp yeniden Langdon'a döndü. "Ve belki de devam etmemi sağlayan tek şey, olduğumuzdan daha iyisi olabileceğimize duyduğum inançtır... felaketle sonuçlanacak gelecekten kaçınmak için bir eyleme geçebileceğimize duyduğum inanç."

Langdon, "Peki Bertrand da mı buna inanıyordu?" diye sordu.

"Kesinlikle. Bertrand insanoğlu için sonsuz bir ümit besliyordu. Bir 'insan ötesi' çağının, gerçek bir başkalaşım çağının eşiğinde yaşadığımıza inanan bir transhümanistti. Onun fütürist bir zekâsı, çok az kişinin hayal bile edemeyeceği yolları görebilen gözleri vardı. Teknolojinin şaşırtıcı gücünü anlıyor, birkaç nesil sonra türümüzün tamamıyla başka bir hayvan türüne dönüşeceğine inanıyordu. Daha sağlıklı, daha akıllı, daha güçlü, hatta daha sevecen olacak şekilde genleri geliştirilmiş bir türe." Durdu. "Ama bir sorun vardı. Türümüzün bunu görebilecek kadar uzun yaşayabileceğini sanmıyordu."

Langdon, "Aşırı nüfus artışı yüzünden..." dedi.

Sienna başını salladı. "Malthus'un nüfus teorisi. Bertrand bana kendini, khthonik canavarın başını kesmeye çalışan Aziz Yorgi gibi hissettiğini söylerdi."

Langdon onun ne demeye çalıştığını anlamıyordu. "Medusa mı?"

"Mecazen evet. Medusa ile diğer tüm khthonik canavarlar yeraltında yaşar, çünkü Toprak Ana ile bağlantılıdırlar. Alegoride khthonikler daima bir şeyin sembolü olmuşlardır..."

"Bereketin," diyen Langdon, bu paralelliği daha önce fark etmemesine şaşırmıştı. *Verimlilik. Nüfus.*

Sienna, "Evet, doğurganlığın," diye yanıtladı. "Bertrand, doğurganlığın oluşturduğu tehlike için 'khthonik canavar' terimini kullanırdı. Aşırı doğum oranını, ufukta beliren bir canavar olarak tasvir ederdi... o bizi yok etmeden önce bizim acilen yok etmemiz gereken bir canavar olarak."

Langdon, *kendi doğurganlığımız peşimizden geliyor,* diye düşündü. *Khthonik bir canavar.* "Ve Bertrand bu canavarı yenmiş... peki ama nasıl?"

Kendini savunur gibi, "Lütfen anlamaya çalış, bunlar çözülmesi kolay sorunlar değil," dedi. "Tıptaki sıralandırma can sıkıcı bir işlemdir. Eğer çocuğu kangren olmaktan kurtaran bir doktor değilse... üç yaşındaki çocuğun bacağını kesen kişi korkunç bir canavardır. Bazen tek seçenek kötünün iyisidir." Gözleri yeniden yaşlarla dolmaya başlamıştı. "Bertrand'ın soylu bir amacı olduğuna inanıyorum... ama yöntemleri..." Tam ağlamak üzereyken başını çevirdi.

Langdon usulca, "Sienna," diye fısıldadı. "Bu anlattıklarını anlamam lazım. Bertrand'ın ne yaptığını bana anlatman gerek. Dünyaya yaydığı şey *ne?*"

Sienna yeniden ona döndüğünde, açık kahverengi gözlerinden korku okunuyordu. "Bir virüs yaydı," diye fısıldadı. "Özel bir tür virüs."

Langdon nefesini tutmuştu. *"Anlatır mısın?"*

"Bertrand, viral *vektör* denen bir şey üretmişti. Saldırdığı hücreye genetik bilgi aşılamak üzere tasarlanan bir virüstü." Sienna, anlattıklarını anlayabilmesi için biraz ara verdi. "Bir vektör virüs, girdiği hücreyi *öldürmek* yerine... o hücreye önceden belirlenmiş bir DNA parçası sokarak hücrenin genomunu *değiştirir.*"

Langdon anlamakta güçlük çekti. *Bu virüs DNA'mızı mı değiştiriyor?*

Sienna, "Sinsi özelliği sebebiyle bu virüsün bize bulaşıp bulaşmadığını bilemeyiz," diye devam etti. "Kimse hastalanmaz. Genetik yapımızı değiştirdiğine dair açık belirtiler görülmez."

Langdon damarlarında akan kanın basıncını hissedebiliyordu. "Peki bu nasıl *değişiklikler* yapar?"

Sienna kısa bir an için gözlerini kapattı. "Robert, bu virüs şehrin sarnıcında serbest kaldığı andan itibaren, zincirleme bir reaksiyon başladı," diye fısıldadı. "Sarnıçtan aşağı inen ve havayı teneffüs eden herkese bulaştı. Bu kişiler viral taşıyıcı oldular... Virüsü başkalarına geçiren bu habersiz suç ortakları, gezegene orman yangını gibi yayılacak olan hastalığı bulaştırmaya başladılar. Artık virüs, dünya nüfusuna yayılmaya başlamıştır. Sana, bana... ve *herkese*."

Oturduğu banktan ayağa kalkan Langdon, kendinden geçmişçesine adım atmaya başl*adı. "Peki bize ne yapıyor?"* diyerek sorusunu yineledi.

Sienna bir süre sessiz kaldı. "Virüsün insan vücudunu... *kısırlaştırma* özelliği var." Huzursuzca yerinde kıpırdandı. "Bertrand kısırlık salgını hazırlamıştı."

Söyledikleri karşısında Langdon adeta şok geçiriyordu. *Bizi kısırlaştıran bir virüs mü?* Langdon kısırlığa sebep olan virüslerin bulunduğunu biliyordu ama insanın genetiğini değiştiren, yüksek bulaşıcılığı olan ve hava yoluyla bulaşan bir patojen, sanki başka bir dünyaya aitmiş gibi geliyordu... adeta Orwel'in, gelecekte her şeyin kötü olacağı tahminleri doğrulanmış gibiydi.

Sienna alçak sesle devam etti. "Bertrand böyle bir virüs hakkında teoriler üretirdi, ama bahsettiği şeyi üreteceği... veya bunu başarabileceği aklıma hiç gelmemişti. Mektubu elime geçip de yaptıklarını öğrendiğimde şok oldum. Onu bulmaya çalıştım; ona ürettiği şeyi yok etmesi için yalvaracaktım. Ama çok geç kalmıştım."

Sonunda konuşabilen Langdon, "Biraz bekle," diyerek sözünü kesti. "Eğer bu virüs dünyadaki *herkesi* kısırlaştırıyorsa, yeni nesil olmayacak ve insan türü de şu andan itibaren yok olmaya başlayacak demektir."

"Doğru," diye cevap verirken sesi iyice alçalmıştı. "Ama Bertrand'ın asıl amacı türümüzün yok olması değildi; bunun tam tersini istiyordu. İşte bu yüzden rasgele aktive olan bir virüs üretmişti. Cehennem şu anda tüm insan DNA'larına bulaşmış olsa da, bunu bizden sonraki nesillere taşıyacak olsak da virüs yalnızca insanların belirli bir yüzdesinde 'aktive olacak'. Başka bir deyişle, virüsü şu anda yeryüzündeki herkes taşıyor ama sadece nüfusun rasgele seçilmiş bir kısmında kısırlığa sebep olacak."

"Hangi *kısmında?*" Kendi sesini duyan Langdon, böyle bir soruyu sorduğuna bile şaşırmıştı.

"Bildiğin gibi Bertrand, Kara Ölüm'e odaklanmıştı. Bu hastalık, Avrupa nüfusunun yaklaşık üçte birini öldürmüştü. O, doğanın kendini nasıl ayıklaması gerektiğini bildiğine inanıyordu. Bertrand kısırlık hesabını yaparken, hastalığın *üçte bir* ölüm oranının, insan nüfusunu idare edilebilir bir oranda elemeye başlamak için gereken oran olduğunu keşfedince keyfi yerine gelmişti."

Langdon, *bu korkunç,* diye düşündü.

"Kara Ölüm insan sayısını azaltmış ve Rönesans'ın yolunu açmıştı," dedi. "Bertrand da Cehennem'i, küresel bir yenilenme başlatacak olan çağdaş bir unsur olarak düşündü: Transhümanist Kara Ölüm. Aradaki fark şuydu: Hastalık öldürmeyecek, kısırlığa sebep olacaktı. Bertrand'ın virüsünün şu anda dünya nüfusunun üçte birini etkilediğini varsayacak olursak... bundan sonra nüfusun üçte biri sonsuza kadar kısır kalmaya devam edecek. Resesif genlerle aynı etkiyi gösterecektir... tüm çocuklara geçecek ama etkisini yalnızca küçük bir yüzdede gösterecektir."

Sienna konuşmaya devam ederken elleri titriyordu. "Bertrand bana yazdığı mektupta, kendiyle gurur duyuyormuş gibiydi. Cehennem'in bu soruna çok seçkin ve insancıl bir çözüm getirdiğini söylüyordu." Gözlerinde biriken yeni yaşları elleriyle sildi. Vebanın ölümcüllüğüyle kıyaslandığında, bu yaklaşımın daha merhametli olduğunu itiraf etmek zorundayım. Hastaneler hasta ve ölmek üzere olan insanlarla dolup taşmayacak; sokaklarda çürüyen cesetler olmayacak; sevdiklerinin arkasından ağlayan hayatta kalmış kişiler olmayacak. İnsanlar sadece eskisi kadar çok çocuk yapmayacaklar. Nüfus eğrisi tersine dönünceye ve toplam sayımız azalmaya başlayıncaya kadar doğum oranının sabit artışında bir düşüş olacak." Durdu. "Bunun sonucu salgın hastalıktan çok daha etkili; sayımızı azaltarak nüfus artışı grafiğinde geçici bir alçalmaya sebep oluyor. Bertrand, Cehennem ile uzun vadeli, kalıcı bir çözüm üretti... *Transhümanits* bir çözüm. O bir germline genetik mühendisiydi. Sorunları *kökünden* çözerdi."

Langdon, "Genetik terörizm..." diye fısıldadı. "En temel seviyede, şu anda kim olduğumuzu ve şimdiye dek kim olduğumuzu değiştiriyor."

"Bertrand olaya böyle bakmıyordu. İnsan evrimindeki ölümcül kusuru değiştirmeye çalıştı... Türümüz fazlasıyla doğurgandı. Orantısız zekâmıza karşın, kendi sayımızı denetleyemeyen organizmalarız. Ücretsiz doğum kontrol yöntemleri, eğitim veya hükümetin ikna etme çabaları bunu önlemeye yetmiyor. Bebek yapmaya devam ediyoruz... istesek de istemesek de. CDC'nin kısa süre önce, ABD'deki gebeliklerin yaklaşık yarısının planlanmamış gebelikler olduğunu açıkladığını biliyor muydun? Gelişmemiş ülkelerdeyse bu oran yüzde yetmişin üzerinde!"

Langdon bu istatistikleri daha önce görmüştü ama ne ifade ettiklerini şimdi anlıyordu. İnsan türü, bazı Pasifik adalarında ortaya çıkan ve kendi ekosistemini tüketip, sonunda kendi de tükeninceye kadar denetim dışı çoğalan tavşanlar gibiydi.

Bertrand Zobrist bizi kurtarmak gayesiyle... türümüzü yeniden tasarladı ve bizleri daha az verimli bir nüfus haline getirdi.

Langdon derin bir nefes alıp Boğaz'a bakarken, karşıdaki tekneler gibi boşlukta sallandığını hissetti. Limanın her yanından gelen siren sesleri iyice yaklaşmıştı. Fazla vakit kalmadığını anladı.

Sienna, "En korkuncu, Cehennem'in kısırlığa yol açması değil, bunu yapabilecek *imkâna* sahip olması," dedi. "Havayla bulaşan bir viral vektör, bir kuantum sıçramasıdır: kendi zamanının yıllarca önüne geçer. Bertrand bizi genetik mühendisliğinin karanlık çağlarından çıkarmış ve geleceğe taşımıştı. Evrim sürecinin kilidini açmış ve insanoğluna türünü yeniden belirleme imkânını vermişti. Pandora kutusundan çıkmıştı ve onu kutuya geri koymanın yolu yoktu. Bertrand, insan türünü değiştirmenin anahtarını yaratmıştı... ve eğer bu anahtar yanlış ellere düşerse, Tanrı yardımcımız olsun. Bu teknolojinin *asla* üretilmemesi gerekirdi. Bertrand'ın amacına nasıl ulaştığını anlatan mektubunu okuduğum anda onu yaktım. Daha sonra da bu virüsü bulup, tüm izlerini yok etmeye ant içtim."

Langdon öfke dolu bir sesle, "Anlamıyorum," dedi. "Virüsü yok etmek istediysen, neden Dr. Sinskey ve DSÖ ile işbirliği yapmadın? CDC'yi veya *başka birini* araman gerekirdi."

"Şaka mı yapıyorsun? Bu teknolojiyi yeryüzünde *en son* ele geçirmesi gereken yerler, hükümet kuruluşlarıdır! Bir düşün Robert. İnsanlık tarihi boyunca, bilimin keşfettiği tüm çığır açıcı teknolojiler, en basit ateşten nükleer enerjiye kadar, *silahlaştırılmıştır* ve bu, çoğunlukla da güçlü hükümetler tarafından yapılmıştır. Biyolojik silahların nereden geldiğini sanıyorsun? DSÖ ve CDC gibi yerlerde yapılan araştırmalar sonucu üretildiler. Bertrand'ın genetik vektör olarak kullanılan pandemik virüs teknolojisi, şimdiye dek türetilmiş en güçlü silahtı. *Hedef odaklı* biyolojik silahlar da dahil olmak üzere, henüz hayal bile edemeyeceğimiz türlü dehşetlere zemin oluşturabilir. Sadece belirli bazı etnik işaretler taşıyan genetik şifrelere saldıran bir patojen hayal et. Genetik seviyede, geniş çaplı bir etnik temizliğe yol açabilir."

"Endişeni anlıyorum Sienna. Gerçekten anlıyorum ama bu teknoloji aynı zamanda *iyi* amaçlar için de kullanılabilir, öyle değil mi? Bu buluş genetik ilaç olarak kullanılabilecek bir lütuf değil mi? Sözgelimi, yeni bir küresel aşılama yöntemi olarak kullanılamaz mı?"

"Olabilir ama maalesef, iktidar sahibi kişilerden en kötüsünü beklemek gerektiğini öğrendim."

Sienna huzursuzlanmıştı. Ayağa kalkıp, batıdaki Atatürk Köprüsü'ne bakarken, "Gitmem gerek," dedi. "Sanırım köprüyü yürüyerek geçebilirim ve oradan da..."

Langdon sert bir biçimde, "Gitmiyorsun Sienna," dedi.

"Robert, sana açıklama borçlu olduğumu düşündüğüm için geri geldim. Artık her şeyi duydun."

Langdon, "Hayır Sienna," dedi. "Geri geldin çünkü ömrün boyunca bir şeylerden kaçtın ve artık kaçamayacağını fark ettin."

Sienna sanki karşısında küçülmüştü. Helikopterin denizi arayan ışıklarına bakarken, "Başka şansım var mı?" diye sordu. "Beni buldukları anda hapse atacaklar."

"Sen yanlış bir şey yapmadın Sienna. Bu virüsü sen yaratmadın... serbest bırakan da sen değilsin."

"Evet ama Dünya Sağlık Örgütü'nün bulmaması için elimden geleni yaptım. Kendimi bir Türk hapishanesinde bulmazsam bile, biyolojik terörizm suçlamalarıyla uluslararası mahkemeye çıkarılırım."

Helikopterin gürültüsü artınca Langdon uzaktaki rıhtıma baktı. Arama ışığı tekneleri aydınlatan araç, pervanesinin rüzgârıyla suları çalkalarken olduğu yerde duruyordu.

Sienna her an kaçmaya hazırmış gibi duruyordu.

Sesini yumuşatan Langdon, "Lütfen dinle beni," dedi. "Çok şey yaşadığını ve korktuğunu biliyorum ama büyük resmi düşünmelisin. Virüsü Bertrand üretti. *Sen* durdurmaya çalıştın."

"Ama başaramadım."

"Evet ve şimdi virüs serbest kaldığına göre, bilim ve tıp camiası ne olduğunu anlamaya çalışacaktır. Bu konuda her şeyi bilen tek kişi sensin. Belki de etkisiz hale getirmenin veya virüse karşı hazırlıklı olmanın bir yolu vardır." Langdon'ın delici bakışları Sienna'nın içine işledi. "Sienna, dünyanın senin bildiklerini öğrenmeye *ihtiyacı* var. Öylece ortadan kaybolamazsın."

Sienna'nın ince vücudu şimdi, sanki içinde biriken üzüntü ve kararsızlıkla bir anda patlayacakmış gibi titremeye başlamıştı. "Robert, ben... ne yapacağımı bilemiyorum. Artık kim olduğumu bile bilmiyorum. Bana bir bak." Elini çıplak başına götürdü. "Bir canavara dönüştüm. Ben nasıl olur da..."

Langdon ileri doğru bir adım atıp kolunu genç kadına doladı. Onun titrediğini, göğsüne yaslanan vücudunun zayıflığını hissedebiliyordu. Kulağına usulca fısıldadı.

"Sienna, kaçmak istediğini biliyorum ama sana izin vermeyeceğim. Er ya da geç, *birisine* güvenmeye başlaman gerek."

"Yapamam..." Ağlıyordu. "Bunun nasıl yapıldığını bildiğimi sanmıyorum."

Langdon ona daha sıkı sarıldı. "Yavaş yavaş başlarsın. O ilk küçük adımı at. *Bana* güven."

100. Bölüm

Penceresiz C-130'un gövdesinde duyulan metale çarpan metal sesi Amir'in yerinden sıçramasına neden oldu. Dışarıda, birisi tabancasının dipçiğiyle uçağın kapısına vurarak içeri girmeyi talep ediyordu.

C-130 pilotu kapıya doğru ilerlerken, "Herkes yerinde kalsın," dedi. "Türk polisi. Arabayla uçağa geldiler."

Amir ve Ferris birbirlerine baktılar.

Uçaktaki DSÖ personelinin telaşlı konuşmalarından Amir hastalık önleme görevinin başarısız olduğunu sezmişti. *Zobrist planını uyguladı,* diye düşündü. *Ve bu benim şirketim sayesinde oldu.*

Kapının dışında otoriter Türkçe seslenişler duyuldu.

Amir ayağa fırladı. Pilota, "Kapıyı açmayın!" diye emretti.

Pilot olduğu yerde kalıp öfkeli gözlerle ona baktı. "Neden açmayacakmışız?"

Amir, "DSÖ uluslararası bir yardım kuruluşu," dedi. "Ve bu uçak bağımsız bir bölgede!"

Pilot başını iki yana salladı. "Efendim, bu uçak Türk havaalanında bulunuyor ve Türk hava sahasını terk edene kadar ülkenin kanunlarına tabi olmak zorunda." Pilot çıkışa doğru ilerleyip kapıyı açtı.

Üniformalı iki adam içeri girdi. Gözlerinde en ufak bir hoşgörü ifadesi yoktu. İçlerinden biri ağır bir aksanla, "Bu uçağın pilotu kim?" diye sordu.

Pilot, "Benim," diye cevap verdi.

Memur pilota iki kâğıt uzattı. "Tutuklama belgeleri. Bu iki yolcu bizimle gelmek zorunda."

Pilot sayfalara göz attıktan sonra Amir'le Ferris'e baktı.

Amir, pilota, "Dr. Sinskey'yi ara," diye emretti. "Uluslararası bir acil durum görevindeyiz."

Memurlardan biri Amir'e alaycı bir ifadeyle baktı. "Dr. *Elizabeth* Sinskey'yi mi? Dünya Sağlık Örgütü direktörünü mü? Sizi tutuklamamızı isteyen kişi *kendisi*."

Amir, "Olamaz," diye karşılık verdi. "Bay Ferris ve ben Türkiye'ye Dr. Sinskey'ye *yardım etmek* için geldik."

İkinci memur, "Demek ki işinizi çok iyi yapmıyorsunuz," dedi. "Dr. Sinskey bizimle iletişime geçip Türkiye toprakları üzerindeki bir biyolojik terör planının komplocuları olduğunuzu söyledi." Kelepçelerini çıkardı. "Sorgulama için bizimle birlikte merkeze geliyorsunuz."

Amir, "Avukat talep ediyorum!" diye bağırdı.

Otuz saniye sonra o ve Ferris kelepçelenmişlerdi. Koridordan çekiştirilerek uçaktan aşağı indirilmiş ve siyah bir sedanın arka koltuğuna tıkıştırılmışlardı. Sedan asfalt uçak pistinde hızla havaalanının uzak bir köşesine doğru ilerledi. Araba, kesilerek ortadan ikiye ayrılmış bir çitin arasından geçip bozuk havaalanı makinelerinin durduğu boş arazide sarsıntıyla ilerleyerek eski bir servis binasının yanında durdu.

İki üniformalı adam sedandan inip bölgeyi kontrol ettiler. İzlenmediklerinden emin olduktan sonra polis üniformalarını çıkarıp kenara fırlattılar. Sonra Ferris ve Amir'i arabadan indirip kelepçelerini çıkardılar.

Amir bileklerini ovuştururken esaret altında daha fazla dayanamayacağını düşündü.

Ajanlardan biri yakına park etmiş beyaz minibüsü göstererek, "Anahtarı paspasın altında," dedi. "İstediğiniz şeylerin içinde bulunduğu çanta arka koltukta. Seyahat belgeleri, kontörlü telefonlar, giysiler ve ihtiyacınız olabileceğini düşündüğümüz birkaç şey daha."

Amir, "Teşekkürler," dedi. "Siz iyi çocuklarsınız."

"Sadece iyi eğitildik efendim."

Daha sonra iki Türk, siyah sedana binip uzaklaştılar.

Amir kendi kendine, *Sinskey bu işten paçayı sıyırmama asla izin vermeyecekti,* diye düşündü. İstanbul'a uçarken bunu hisseden Amir, Konsorsiyum'un yerel şubesine bir e-posta göndererek kendisi ve Ferris'in kaçırılması gerekebileceğini yazmıştı.

Ferris, "Sence peşimize düşecek mi?" diye sordu.

"Sinskey mi?" Amir başını salladı. "Kesinlikle. Ama şu anda uğraşması gereken başka dertler var."

İki adam beyaz minibüse bindiler ve Amir spor çantasının içindekileri karıştırıp belgelerini sıraya soktu. Çantanın içinden bir beyzbol şapkası çıkarıp kafasına geçirdi. Şapkanın içinden küçük bir Highland Park viski şişesi çıkmıştı.

Bu çocuklar çok iyi.

Amir amber rengi sıvıya bakarken, kendine ertesi güne kadar beklemesi gerektiğini söyledi. Ama sonra, Zobrist'in Solublon torbasını hatırlayıp ertesi günün neye benzeyeceğini sorguladı.

Temel kuralımı bozdum, diye düşündü. *Müşterimi sattım.*

Amir aniden başının döndüğünü hissetti. İlerleyen günlerde dünyanın felaket haberleriyle sarsılacağını ve kendisinin de bunda önemli bir rol oynadığını düşündü. *Ben olmasaydım bunlar olmazdı.*

Hayatında ilk kez, bilgi eksikliği ona ahlaki bir üstünlük gibi gelmiyordu. Viski şişesinin üzerindeki mührü kırdı.

Tadını çıkar, diye düşündü. *Öyle ya da böyle, sayılı günün kaldı.*

Amir şişeden koca bir yudum alıp, boğazındaki sıcaklığın keyfini çıkardı.

Etrafları aniden far ve polis arabalarının yanıp sönen mavi ışıklarıyla aydınlandı.

Amir telaş içinde etrafına bakındı... ve sonra olduğu yerde kaldı.

Kaçış yoktu.

Silahlı Türk polisleri minibüse yaklaşırlarken Amir, Highland Park viskisinden son bir yudum alıp ellerini havaya kaldırarak teslim oldu.

Bu kez memurların onun adamı olmadığını biliyordu.

101. Bölüm

İstanbul'daki İsviçre Konsolosluğu'nun bulunduğu Levent Plaza, ince uzun, ültramodern bir binaydı. Binanın içbükey mavi cam cephesi, bu eski metropol manzarasında fütüristik bir dikilitaş gibi yükseliyordu.

Sinskey, konsolosluk ofisinde geçici bir kumanda merkezi kurmak üzere sarnıçtan ayrıldığından bu yana yaklaşık bir saat geçmişti. Yerel haber kanalları, sarnıçta verilen Liszt'in son *Dante Senfonisi* konserinde yaşanan korku dolu izdihamı anlatıyordu. Henüz ayrıntılar verilmiyordu ama hazmat kıyafetler giyen uluslararası bir tıp ekibinin varlığı, şüphe doğurmuştu.

Pencereden şehrin ışıklarına bakan Sinskey, kendini yapayalnız hissetti. Nazarlığına dokunmak için farkında olmadan elini boynuna götürdü ama tutacak bir şey yoktu. Kırık nazarlık, artık iki parçaya ayrılmış bir halde masasının üstünde duruyordu.

DSÖ direktörü, birkaç saat sonra Cenevre'de düzenlenecek olan bir dizi acil toplantıyı koordine etmeyi yeni bitirmişti. Çeşitli temsilciliklerin göndereceği uzmanlar yola çıkmışlardı bile. Sinskey, onlara işin tanımını yapmak için fazla vakit kaybetmeden orada olmayı istiyordu. Neyse ki, gece görevlilerinden biri, buharı tüten bir fincan Türk kahvesi getirmiş, Sinskey de çabucak içmişti.

Konsoloslukta çalışan genç bir adam kapı aralığından ona baktı. "Hanımefendi? Robert Langdon sizi görmeye gelmiş."

"Teşekkür ederim," diye cevap verdi. "İçeri gönderin."

Langdon yirmi dakika önce Sinskey'yi telefonla aramış ve Sienna Brooks'un kendisini atlattığını söylemişti. Sinskey bu haberi, alanı hâlâ aramakta olan yetkililerden almıştı; şimdiye dek bir şey bulamamışlardı.

Langdon kapıda belirdiğinde Sinskey onu tanımakta güçlük çekti. Takım elbisesi kirlenmiş, koyu renkli saçları karışmış ve gözleri çukura kaçmıştı.

Sinskey ayağa kalkarken, "Profesör, iyi misiniz?" diye sordu.

Langdon yorgun bir ifadeyle gülümsedi. "Daha rahat geçirdiğim akşamlar da olmuştu."

Sinskey bir sandalyeye oturmasını işaret etti. "Lütfen, oturun."

Langdon otururken doğrudan söze girerek, "Zobrist'in bulaşıcı hastalığı," dedi. "Sanırım bir hafta önce serbest bırakılmış."

Sinskey sabırla başını salladı. "Evet, biz de bu sonuca vardık. Henüz hiçbir belirti rapor edilmedi ama örnekler aldık ve kapsamlı bir araştırma yapmak için hazırlıklara başladık. Ne yazık ki, virüsün ne olduğunu ve ne yapabileceğini tamamıyla anlamak günler hatta haftalar alacak."

Langdon, "Bir vektör virüs," dedi.

Onun bu terimi duymuş olmasına şaşıran Sinskey başını yana eğdi. "Affedersiniz?"

"Zobrist, insan DNA'sını değiştirebilecek, hava yoluyla yayılan bir vektör virüs icat etti."

Aniden ayağa kalkan Sinskey, sandalyesini devirmişti. *Bu mümkün olamaz!* "Bunu iddia etmenizin sebebi ne?"

Langdon alçak bir sesle, "Sienna," diye cevap verdi. "Bana o anlattı. Yarım saat önce."

Ellerini masasının üstüne dayayan Sinskey, birden ona güvenmeyen gözlerle bakmaya başlamıştı. "Kaçmamış mıydı?"

"Kesinlikle kaçtı," diye cevap verdi. "Denize doğru açılan bir teknedeydi ve sonsuza dek ortadan kaybolabilirdi. Ama yeniden düşününce kendi isteğiyle geri döndü. Sienna bu krizin çözümüne yardım etmek istiyor."

Sinskey bir kahkaha patlattı. "Bayan Brooks'a, özellikle de böyle bir iddiada bulunduğunda *güvenemediğim* için beni affedin."

Langdon ses tonunu hiç değiştirmeden, "Ben ona inanıyorum," dedi. "Ve eğer bunun bir vektör virüs olduğunu iddia ediyorsa, onu ciddiye almanız gerektiğini düşünüyorum."

Langdon'ın söylediklerini yorumlamaya çalışan Sinskey birden yorulduğunu hissetti. Pencerenin yanına gidip dışarı baktı. *DNA'yı değiştiren bir viral vektör mü?* Bu ihtimal her ne kadar imkânsız ve dehşet verici gelse de ürkütücü bir mantığının da olduğunu kabul etmek zorundaydı. Ne de olsa Zobrist genetik mühendisiydi ve tek bir gende yapılan değişikliğin vücutta; kanser, iç organlarda fonksiyon bozukluğu ve kan hastalıkları gibi, feci etkileri olabileceğini *biliyordu.* Akciğerlerdeki sıvının koyulaşarak balgama dönüştüğü kistik fibroz gibi tiksindirici bir hastalık bile, yedi numaralı kromozomdaki düzenleyici gene minik bir müdahale ile oluşturulabiliyordu.

Uzmanlar artık bu genetik hastalıkları, hastaya doğrudan enjekte edilen vektör virüslerle tedavi etmeye başlamışlardı. Bu bulaşmayan virüsler, hastanın vücudunda ilerleyip hasarlı kısımları onaracak DNA'lar yerleştirmek üzere programlanıyordu. Bu yeni bilimin de her bilim türü gibi, kötü yanları vardı. Vektör virüsler, mühendisin niyetine bağlı olarak yapıcı da olabilirlerdi, yıkıcı da. Eğer virüs kötü niyetle, sağlıklı hücrelere bozuk DNA yerleştirmek üzere programlanırsa, sonuçları felaket olabilirdi. Bundan başka, eğer bu bozucu virüs, bir şekilde hava yoluyla bulaşmaya programlanırsa...

Bu ihtimal Sinskey'nin içini ürpertti. *Zobrist ne tür bir genetik vahşetin hayalini kuruyordu? İnsan türünü nasıl elemeyi düşünüyordu?*

Sinskey bu cevabı bulmanın haftalar alabileceğini biliyordu. İnsan genetik kodlaması, sonsuz bir kimyasal permutasyonlar labirentinden oluşuyordu. Zobrist'in yaptığı değişikliği bulmak için tüm bu labirenti aramak samanlıkta iğne aramaya benzeyecekti... hem de o samanlığın hangi gezegende bulunduğunu bilmeden.

"Elizabeth?" Langdon'ın derinden gelen sesi onu kendine getirdi.

Sinskey pencereye arkasını dönüp ona baktı.

Oturduğu yerde sakince duran Langdon, "Beni duydunuz mu?" dedi. "Sienna da o virüsü en az sizin kadar yok etmek istiyordu."

"Bundan pek emin değilim."

Ayağa kalkan Langdon nefesini bıraktı. "Beni dinlemeniz gerektiğini düşünüyorum. Zobrist ölmeden kısa süre önce Sienna'ya yazdığı mektupta ne yaptığını ona yazmış. Bu virüsün neye yol açacağını... bizi nasıl etkileyeceğini... amacına nasıl ulaşacağını kısaca anlamış."

Sinskey donakalmıştı. *Bir mektup mu varmış?!*

"Sienna, Zobrist'in ürettiği şeyi okuyunca dehşete düşmüş. Onu durdurmak istemiş. Bu virüsün o kadar tehlikeli olduğunu düşünmüş ki, Dünya Sağlık Örgütü de dahil, *kimsenin* eline geçmesini istememiş. Anlıyor musunuz? Virüsü *yok etmeye* çalışıyormuş, yaymaya değil."

Şimdi tek bir şeye odaklanan Sinskey, "Bir mektup mu varmış?" diye sordu. "Ayrıntılar mı yazılıymış?"

"Sienna bana böyle söyledi."

"O mektuba ihtiyacımız var! Bu şeyin ne olduğunu ve onunla nasıl başa çıkacağımızı öğrenmekte bu ayrıntılar bize aylar kazandırabilir."

Langdon başını iki yana salladı. "Anlamıyorsunuz. Sienna, Zobrist'in mektubunu okuyunca, *korkmuş*. Mektubu hemen yakmış. Kimsenin..."

Sinskey elini masasının üstüne sertçe indirdi. "Bu krizi çözmekte bize yardımcı olan tek şeyi de yok mu etmiş yani? Benim de ona güvenmemi mi istiyorsunuz?"

"Çok şey istediğimi biliyorum ama davranışlarını düşünecek olursanız, onu cezalandırmak yerine Sienna'nın eşsiz bir zekâya sahip olduğunu, özellikle de şaşırtıcı bir hatırlama yeteneği olduğunu akılda tutmak daha faydalı olabilir." Langdon durmuştu. "Ya size yardımcı olmaya yetecek kadar mektubunu hatırlayıp yeniden yazabilirse?"

Gözlerini kısan Sinskey yavaşça başını salladı. "Peki profesör, şu durumda ne yapmamı öneriyorsunuz?"

Langdon onun boş kahve fincanını gösterdi. "Biraz daha kahve söylemenizi öneririm... ve Sienna'nın rica ettiği tek şartı dinlemenizi."

Sinskey'nin nabzı hızlandı ve telefonuna göz attı. "Ona nasıl ulaşılacağını biliyor musunuz?"

"Biliyorum."

"Ne istediğini bana söyleyin."

Langdon söylediğinde Sinskey teklifi düşünerek sessizleşti.

Langdon, "Yapılması gereken şeyin bu olduğunu düşünüyorum," diye ekledi. "Ayrıca, kaybedecek neyiniz var?"

"Eğer anlattığınız her şey doğruysa, size söz veriyorum." Sinskey telefonu ona uzattı. "Lütfen arayın."

Langdon telefona aldırış etmeyince Sinskey şaşırdı. Bunun yerine ayağa kalkıp az sonra döneceğini söyleyerek kapıya yöneldi. Bu davranışa anlam veremeyen Sinskey koridora yürüdü; onun bekleme alanına doğru yürüdüğünü, cam kapıyı ittiğini ve arkadaki asansör kabinine doğru ilerlediğini gördü. Bir an için gittiğini sandı ama Langdon asansörü çağırmak yerine, usulca kadınlar tuvaletine girdi.

Hemen ardından, otuzlu yaşlarının başında görünen bir kadınla birlikte dışarı çıktı. Bu kadının Sienna Brooks olduğu gerçeğini kabul etmek Sinskey'nin biraz zamanını aldı. Günün başlangıcında o atkuyruklu güzel kadın tamamıyla değişmişti. Sanki başını tıraş etmiş gibi, kafası çırılçıplaktı.

İkisi birlikte odasına girip, hiç konuşmadan masasının karşısındaki koltuklara oturdular.

Sienna hemen, "Beni affedin," dedi. "Konuşmamız gereken çok şey olduğunu biliyorum ama öncelikle, söylemem gereken bir şeyi söylememe *fırsat tanımanızı istiyorum."*

Sinskey onun sesinden üzüldüğünü anlamıştı. "Elbette."

Titreyen sesiyle, "Hanımefendi," diye başladı. "Siz Dünya Sağlık Örgütü'nün direktörüsünüz. Türümüzün yok olmak üzere olduğunu, nüfusun denetim dışına çıktığını herkesten iyi biliyorsunuz. Bertrand Zobrist yıllarca sizin gibi nüfuz sahibi kişilerle bu büyüyen krizi tartışmaya çalıştı. Bir değişiklik yapabileceğine inandığı sayısız kuruluşu ziyaret etti: Dünya İzleme Enstitüsü,(1) Roma Kulübü,(2) Population Matters, Dış İlişkiler Konseyi. Ama gerçek çözüm üzerinde konuşabilmeye cesaret eden tek kişi bile bulamadı. Doğum kontrolü eğitimi, çekirdek aileler için vergi indirimleri, hatta Ay'da kolonileşmekten başka bir cevap vermediniz! Bertrand'ın aklını kaçırdığına şaşırmamak gerek."

Gözlerini ona dikmiş olan Sinskey tepki vermedi.

Sienna derin bir nefes aldı. "Dr. Sinskey, Bertrand sizinle görüşmeye geldi. Bir uçurumun eşiğinde olduğumuzu kabul etmeniz için size yalvardı... bir tür diyalog başlatmanız için size yalvardı. Ama onun fikirlerini dinlemek yerine, ona deli payesini yakıştırdınız, kara listeye aldınız ve yerin altına gönderdiniz." Sienna'nın sesi duyguları yüzünden boğuklaşmaya başlamıştı. "Sizin gibi insanlar, bu gibi felaket zamanlarında hoşa gitmeyen çözümler üretilmesi gerektiğini anlamak istemediği için Bertrand yapayalnız öldü. Bertrand'ın tek yaptığı gerçeği söylemekti... ve bu yüzden sürgün edildi." Sienna gözyaşlarını sildikten sonra, masanın arkasında oturan Sinskey'ye baktı. "İnanın bana, yalnız kalmanın nasıl bir his olduğunu bilirim. Dünyadaki en kötü yalnızlık, yanlış anlaşılmaktan ötürü yalnız bırakılmaktır. İnsanın gerçekle bağlarını koparabilir."

Sienna konuşmayı bırakınca bir sessizlik oldu.

"Tüm söylemek istediğim buydu," diye fısıldadı.

Sinskey bir süre onun yüzünü inceledikten sonra yerine oturdu. Elinden geldiğince sakin bir sesle, "Bayan Brooks," dedi. "Haklısınız. Daha önce dinlememiş olabilirim..." Ellerini masanın üzerinde birleştirdi ve Sienna'nın gözlerinin içine baktı. "Ama şimdi dinliyorum."

---

(1) Worldwatch Institute
(2) Club of Rome

102. Bölüm

İsviçre Konsolosluğu'nun lobisindeki saat, gece 01.00'i vuralı çok oluyordu.

Sinskey'nin masasındaki not defteri yazılar, sorular ve grafiklerden oluşmuş bir yama işini andırıyordu. Dünya Sağlık Örgütü'nün direktörü beş dakikadır ne kımıldıyor, ne konuşuyor, sadece pencerenin yanında durmuş geceye bakıyordu.

Arkasında, Langdon ve Sienna sessizce oturup beklerken Türk kahvelerini içiyorlardı. Çekilmiş çekirdeklerin yoğun kokusu odayı doldurmuştu.

Duyulan tek ses, tepedeki floresan ışıklarının vınlamasıydı.

Sienna nabız atışlarını hissederken gerçeğin tüm acımasız detaylarını dinlemiş olan Sinskey'nin ne düşündüğünü merak ediyordu. *Bertrand'ın virüsü bir kısırlık salgını yayacak. İnsan nüfusunun üçte biri kısır kalacak.*

Sienna açıklama sırasında Sinskey'nin ölçülü ama anlaşılır duygu değişimlerini izlemişti. İlkönce, Zobrist'in gerçekten de havadan bulaşan bir vektör virüsü yaratmış olduğu gerçeğini sersemlemiş bir ifadeyle kabullenmişti. Sonra, virüsün insanları öldürmek için yaratılmadığını öğrendiğinde yüzünde bir umut ifadesi belirmişti. Sonra... gerçeği kavrayıp dünya nüfusunun büyük çoğunluğunun kısır kalacağının farkına varırken dehşete kapılmıştı. Virüsün insan *fertilite*'sine saldırdığını öğrenen Sinskey'nin derinden etkilendiği çok belliydi.

Sienna ise rahatladığını hissediyordu. Bertrand'ın mektubunun tüm içeriğini DSÖ direktörüyle paylaşmıştı. *Başka sırrım kalmadı.*

Langdon, "Elizabeth?" diye seslendi.

Sinskey yavaş yavaş düşüncelerinden sıyrıldı. Onlara doğru döndüğünde *yüzünde bitkin bir ifade vardı.* Boğuk bir sesle, "Sienna," diye söze başladı. "Verdiğin bilgiler, bu krizle baş etmek için bir strateji belirlerken çok yardımcı olacak. Samimiyetini takdir ediyorum. Bildiğin gibi, evrensel vektör virüsleri, büyük nüfuslara bağışıklık kazandırmanın bir yolu olarak *teorik açıdan* tartışılıyor ama herkes teknolojinin bunun için henüz çok yetersiz olduğu kanısında." Sinskey masasına geri dönüp oturdu.

Başını iki yana sallayarak, "Beni affet," dedi. "Şu anda tüm bunlar bana bilimkurgu gibi geliyor."

Sienna, *hiç şaşırtıcı değil,* diye düşündü. Tıp alanındaki her kuantum sıçraması bu şekilde karşılanırdı; penisilin, anestezi, X-ışınları, insanoğlunun mikroskoptan ilk kez bakarak bir hücre bölünüşünü izleyişi.

Dr. Sinskey not defterine baktı. "Birkaç saat içinde, Cenevre' de soru yağmuruna tutulacağım. Eminim ki ilk soru, bu virüsü etkisiz hale getirmenin bir yolu olup olmadığı olacak."

Sienna ona hak verdi.

Sinskey, "Ve," diye devam etti. "İlk çözüm önerisinin, Bertrand'ın virüsünü analiz etmek, onu mümkün olduğu kadar iyi anlamak, sonra da ondan ikinci bir tür; DNA'larımızı eski haline dönüştürmek için *yeniden programlayacağımız* bir tür yaratmaya çalışmak olacağını tahmin edebiliyorum." Sinskey bakışlarını tekrar Sienna'ya çevirdiğinde iyimser görünmüyordu. "Karşıt bir virüs olup olmadığını zaman gösterecek, ama farazi konuşursak, bu yaklaşım hakkındaki fikirlerini duymak istiyorum."

Benim fikirlerimi mi? Sienna içgüdüsel olarak Langdon'a baktı. Profesör başını sallayarak ona açık bir mesaj verdi: *Bu kadar anlattın. Aklındakini söyle. Gerçeği gördüğün gibi söyle.*

Sienna öksürerek Sinskey'ye döndü ve net, güçlü bir sesle konuşmaya başladı. "Hanımefendi, genetik mühendisliği Bertrand ile yıllardır içinde bulunduğum bir dünya. Bildiğiniz gibi, insan genomu son derece hassas bir yapı... iskambil kâğıdından yapılmış bir eve benziyor. Ayarlamalar yaptıkça istemeden yanlış kartı oynatmamız ve hepsini birden yıkmamız mümkün. Kişisel fikrim, yapılmış olanı bozmaya çalışmanın tehlikeli olacağı yönünde. Bertrand üstün yetenekleri ve önsezileri olan bir genetik mühendisiydi. Meslektaşlarının birçok yıl ilerisindeydi. Şu anda, düzeltmek uğruna insan genini kurcalaması için kimseye güvenebileceğimi sanmıyorum. İşe yarayabilecek bir şey yaratsanız bile, bunu denemek tüm nüfusa yeni bir şey *bulaştırmayı* da beraberinde gerektirecek."

Duydukları karşısında hiç şaşırmayan Sinskey, "Çok doğru," dedi. "Ama tabii, daha büyük bir sorun var. Onu etkisizleştirmek *istemeyebiliriz.*"

Sözleri Sienna'yı hazırlıksız yakalamıştı. "Efendim?"

"Bayan Brooks, Bertrand'ın metotlarını onaylamıyor olabilirim ama dünyanın haliyle ilgili değerlendirmesi doğru. Bu gezegen aşırı nüfus artışıyla karşı karşıya. Bertrand'ın virüsünü uygun bir alternatif plan yapmadan etkisiz hale getirmeyi başarırsak... başa döneriz."

Sienna'nın şaşkınlığı o kadar belirgindi ki Sinskey yorgun bir ifadeyle gülümseyerek, "Benden duymayı beklemediğin bir bakış açısı mı?" diye ekledi.

Sienna başını iki yana salladı. "Sanırım, artık ne beklemem gerektiğini bilmiyorum."

Sinskey, "O zaman, belki seni tekrar şaşırtabilirim," dedi. "Daha önce de söylediğim gibi, dünyadaki önemli sağlık kuruluşlarının liderleri birkaç saat içinde bu krizi tartışmak ve bir eylem planı hazırlamak için Cenevre'de toplanacaklar. DSÖ'de geçirdiğim zaman boyunca bu büyüklükte bir toplantının daha yapıldığını hatırlamıyorum." Genç doktora baktı. "Sienna, masada *senin de* bulunmanı istiyorum."

Sienna, "Benim mi?" diye sordu. "Ben genetik mühendisi değilim. Size bildiğim her şeyi anlattım." Sinskey'nin not defterini gösterdi. "Verebileceğim tüm bilgiler notlarınızın arasında."

Langdon, "Tam olarak değil," diyerek araya girdi. "Sienna, bu virüsle ilgili anlamlı tartışmalar yapılabilmesi için bir *kaynağa* ihtiyaç olacak. Dr. Sinskey ve ekibi bu krize verecekleri tepkiyi belirlemek için etik bir çatı oluşturmak zorundalar. Dr. Sinskey bu diyaloğa katkıda bulunabilecek bir pozisyonda olduğuna inanıyor."

"Benim etik çatımın DSÖ'yü memnun edeceğini pek sanmıyorum."

Langdon, "Büyük ihtimalle etmeyecek," dedi. "Bu yüzden orada bulunmalısın. Sen yeni nesil filozoflardansın. Karşıt görüş sağlıyorsun. Bertrand gibi vizyon sahibi kişilerin; görüşleri çok kuvvetli olduğu için sorunları kendileri çözmeye çalışan zeki bireylerin zihniyetlerini anlamalarına yardımcı olabilirsin."

"Bertrand ilk değildi."

Sinskey araya girerek, "Hayır," dedi. "Ve son da olmayacak. Her ay Dünya Sağlık Örgütü, bilimadamlarının bilimin gri alanlarıyla amatörce uğraştıkları laboratuvarları ortaya çıkarıyor. İnsan kök hücrelerinin kullanımından doğada var olmayan karışık türlerin beslenmesine kadar birçok şeyle uğraşıyorlar. Çok rahatsız edici. Bilim o kadar hızlı ilerliyor ki, sınırların nerede çizildiğini artık kimse bilmiyor."

Sienna ona hak verdi. Kısa bir süre önce saygıdeğer iki virolog olan Fouchier ve Kawaoka son derece patojenik olan H5N1 virüsünü yaratmışlardı. Araştırmacıların niyeti tamamıyla akademik olmasına rağmen, yeni buluşun sahip olduğu belirli özellikler biyogüvenlik uzmanlarını alarma geçirmiş ve internette büyük bir ihtilaf yaratmıştı.

Sinskey, "Maalesef, işler daha da karışacak," dedi. "Aklımızın almadığı yeni teknolojilerin eşiğindeyiz."

Sienna, "Ve yeni felsefelerin," diye ekledi. "Transhümanizm hareketi karanlıktan çıkıp toplumun geneline yayılmak üzere.

Temel ilkelerinden biri; biz insanların kendi evrim sürecimize katılmak zorunda olduğu... Türleri geliştirmek, daha iyi insanlar; daha sağlıklı, daha güçlü, beyinleri daha iyi çalışan insanlar yaratmak için teknolojilerimizi kullanmak zorunda olduğumuz. Yakında her şey mümkün olacak."

"Bu tür inanışların evrim süreciyle çeliştiğini düşünmüyor musun?"

Sienna hiç tereddüt etmeden, "Hayır," dedi. "İnsanoğlu bin yıllık dönemde yeni teknolojiler yaratarak evrim geçirdi; ısınmak için çubukları birbirine sürterek, kendilerini beslemek için tarımı geliştirerek, hastalıklarla savaşmak için aşılar bularak ve şimdi de değişen dünyada hayatta kalabilmek için kendi vücutlarımızı geliştirmeye yarayacak genetik araçlar yaratarak." Bir an sustuktan sonra devam etti. "Genetik mühendisliğinin insanoğlunun ilerlemesi için başka bir adım olduğuna inanıyorum."

Sinskey düşüncelere dalmış, sessizleşmişti. "Yani, bu araçları kollarımızı açarak kucaklamamız gerektiğine inanıyorsun."

Sienna, "Onları kucaklamazsak," dedi. "O zaman ateş yakmaya korktuğu için donarak ölen mağara adamı gibi yaşamayı hak etmiyoruz demektir."

Sözleri bir süre odada asılı kaldı.

Sessizliği bozan Langdon oldu. "Eski kafalı biri gibi görünmek istemem ama, ben Darwin teorileriyle büyüdüm ve evrimin doğal sürecini hızlandırma ilmini sorgulamadan edemiyorum."

Sienna anlayışlı bir ifadeyle, "Robert," dedi. "Genetik mühendisliği, evrim sürecinin hızlandırılması değil. Olayların doğal akışı! Bertrand Zobrist'i yaratan şeyin evrim olduğunu unutuyorsun. Üstün zekâsı Darwin'in tarif ettiği sürecin bir ürünüydü... zaman içinde gerçekleşen evrim. Bertrand'ın genetikle ilgili sıra dışı önsezisi ilahi bir ilhamla gelmedi, insanoğlunun yıllar süren zihinsel gelişiminin bir ürünüydü.

Langdon sessiz kaldı. Bu kavramı anlamaya çalışıyordu.

"Ve bir Darwinci olarak," diye devam etti. "Doğanın insan nüfusunu kontrol altında tutmak için her zaman bir yol bulduğunu bilirsin; salgınlar, kıtlıklar, savaşlar, seller yoluyla. Ama sana şunu sormama izin ver: Doğa bu sefer farklı bir yol bulmuş olamaz mı? Belki de doğa bize korkunç felaketler ve sefaletler yollamak yerine... evrim süreciyle nüfusumuzu zaman içinde azaltacak farklı bir metot icat eden bir bilimadamı yaratmıştır. Salgın yok. Ölüm yok. Sadece çevresiyle daha uyum içerisinde olan bir tür var."

Sinskey, "Sienna," diye araya girdi. "Geç oldu. Gitmeliyiz. Ama gitmeden önce bir şeyi açıklığa kavuşturmak istiyorum. Bu akşam bana defalarca Bertrand'ın kötü bir adam olmadığını söyledin... İnsanlığı sevdiğini, türümüzü kurtarmayı çok istediği için bu kadar aşırı önlemler aldığını."

Sienna başını salladı. Floransalı ünlü siyasi teorisyen Machiavelli'den bir alıntı yaptı. "Amaca giden her yol mubahtır."

Sinskey açıklama bekler gibi sordu. "Söyler misin, sen amaca giden her yolun mubah olduğuna inanıyor musun? Bertrand'ın dünyayı kurtarma amacının bir virüs yaymasını mazur gösterecek kadar asil olduğuna inanıyor musun?"

Odaya gergin bir sessizlik çöktü.

Sienna masaya doğru eğilerek etkileyici bir ses tonuyla, "Dr. Sinskey, size söylediğim gibi, Bertrand'ın eylemlerinin düşüncesizce ve son derece tehlikeli olduğunu düşünüyorum. Eğer onu durdurabilecek olsaydım, bunu hiç düşünmeden yapardım. Bana inanmalısınız."

Elizabeth Sinskey masasından uzanarak nazikçe Sienna'nın omuzlarını tuttu. "Sana inanıyorum Sienna. Anlattıklarının her kelimesine inanıyorum."

103. Bölüm

Şafak sökmeden önce Atatürk Havalimanı soğuk ve sisliydi. Özel terminalin yakınlarındaki pistin üstüne hafif bir pus çökmüştü.

Arabayla gelen Langdon, Sienna ve Sinskey'yi dışarıda karşılayan DSÖ çalışanı, araçtan inmelerine yardımcı oldu.

Üçlüyü gösterişsiz bir terminal binasına yönlendiren adam, "Siz hazır olduğunuzda biz de hazırız hanımefendi," dedi.

Sinskey, " Bay Langdon için gerekli düzenlemeler yapıldı mı?" diye sordu.

"Floransa'ya özel bir uçak. Özel yolculuk evrakları uçağın içinde."

Sinskey memnuniyetle başını salladı. "Peki konuştuğumuz konu?"

"Yolda. Paket mümkün olan en kısa sürede teslim edilecek."

Sinskey teşekkür ettikten sonra, adam pistin üzerinden karşıdaki uçağa doğru yürüdü. Sinskey, Langdon'a döndü. "Bize katılmak istemediğinize emin misiniz?" Ona yorgun bir ifadeyle gülümsedi ve gümüş rengi saçlarını geriye itip kulağının arkasına aldı.

Langdon şakacı bir tavırla, "Durumu düşünecek olursak, bir sanat profesörünün pek faydasının dokunacağını sanmam," dedi.

Sinskey, "Yeterince faydanız dokundu," dedi. "Sandığınızdan çok daha fazla. Ve içlerinde en..." Sienna'yı gösterdi ama genç kadın artık yanlarında değildi. Yirmi metre gerideki büyük bir pencerenin önünde durmuş, derin düşüncelere dalmış bir ifadeyle bekleme halindeki C-130'a bakıyordu.

Langdon usulca, "Ona güvendiğiniz için teşekkür ederim," dedi. "Bu hissi daha önce tattığını sanmıyorum."

"Sienna Brooks ile birbirimizden öğrenecek çok şeyimiz olduğunu sanıyorum." Sinskey elini uzattı. "Yolunuz açık olsun profesör."

Langdon, "Sizin de," dedikten sonra el sıkıştılar. "Cenevre'de iyi şanslar."

"Buna ihtiyacımız olacak," deyip başıyla Sienna'yı işaret etti. "Size biraz zaman vereyim. Hazır olduğunuzda onu gönderirsiniz."

Sinskey terminale doğru giderken elini farkında olmadan cebine götürdü ve kırık nazarlığının iki yarısını çıkardı. Nazarlığını avucunun içinde iyice sıktı.

Langdon onun arkasından, "Asklepius'un Asası'ndan vazgeçmeyin," diye seslendi. "Tamir edilebilir."

Sinskey ona el sallarken, "Teşekkürler," dedi. "Umarım her şey tamir olur."

Pencerenin yanında tek başına duran Sienna Brooks, alçak siste ve bulutlu havada hayaletimsi bir görüntüye bürünen pistin ışıklarına bakıyordu. Uzaktaki kontrol kulesinin tepesindeki Türk bayrağı gururla dalgalanıyordu: Kırmızı bir zemin üzerine çizilmiş ay ve yıldız. Osmanlı İmparatorluğu'nun bu alameti, modern dünyada hâlâ gururla uçuşuyordu.

Arkasından gelen derin bir ses, "Ne düşünüyorsun?" diye sordu.

Sienna arkasını dönmedi. "Fırtına yaklaşıyor."

Langdon alçak bir sesle, "Biliyorum," dedi.

Sienna biraz zaman geçtikten sonra ona yüzünü döndü. "Keşke sen de Cenevre'ye gelseydin."

"Bunu söylemen büyük incelik," diye karşılık verdi Langdon. "Ama gelecek hakkında konuşmakla meşgul olacaksın. İhtiyacın olan son şey, eski moda bir üniversite öğretmeninin seni yavaşlatması."

Sienna ona şaşkın bir ifadeyle baktı. "Benim için çok yaşlı olduğunu düşünüyorsun, değil mi?"

Langdon yüksek sesle kahkaha patlattı. "Sienna, ben senin için *kesinlikle* çok yaşlıyım."

Sienna mahcup olunca huzursuzca kıpırdandı. "Tamam... ama en azından beni nerede bulacağını biliyorsun." Kızlara özgü bir tavırla omuzlarını silkti. "Yani... eğer beni bir daha görmek istersen."

Langdon ona gülümsedi. "Bundan keyif alırım."

Sienna moralinin biraz yükseldiğini hissetti. Bundan sonra aralarında uzayan sessizlikte her ikisi de nasıl vedalaşacağını bilemedi.

Sienna, Amerikalı profesöre bakarken, alışkın olmadığı bir hisse kapıldığını fark etti. Aniden parmaklarının ucuna yükseldi ve onu dudaklarından öptü. Daha sonra, ıslak gözlerle kendini geri çekti. "Seni özleyeceğim," diye fısıldadı.

Langdon şefkatle gülümseyip kollarını ona doladı. "Ben de seni özleyeceğim."

Bir süre öylece durup, ikisinin de sona erdirmek istemediği bir şekilde kucaklaştılar. Sonunda konuşan Langdon'dı. "Eski bir söz vardır... genellikle Dante'ye atfedilir..." Sustu. "Bu geceyi unutma... *çünkü sonsuzun başlangıcıdır.*"

"Teşekkür ederim Robert," dedi genç kadın ve gözleri yeniden doldu. "Artık gerçekten de bir amacım varmış gibi hissediyorum."

Langdon onu iyice kendine çekti. "Hep dünyayı kurtarmak istediğini söylemiştin Sienna. Bu senin için bir şans olabilir."

Sienna tek başına C-130'a doğru yürürken, tüm yaşananları aklından geçirdi... Hâlâ yaşanmakta olan... ve gelecekte yaşanması mümkün olan her şeyi.

Kendi kendine, *bu geceyi unutma, çünkü sonsuzun başlangıcıdır,* diye yineledi.

Uçağa binerken Dante'nin haklı olması için dua etti.

104. BÖLÜM

Soluk öğleden sonra güneşi Piazza del Duomo'nun üzerinde batarken, Giotto'nun Çan Kulesi'nin beyaz mermerlerini parlatarak Floransa'nın muhteşem Santa Maria del Fiore Katedrali'nin üzerinde uzun gölgeler yaratıyordu.

Robert Langdon katedrale girip bir sandalyeye oturduğunda Ignazio Busoni'nin cenaze töreni başlamak üzereydi. Ignazio'nun anısına burada, yıllarca göz kulak olduğu ebedi bazilikada bir tören düzenlendiği için çok memnundu.

Çarpıcı dış görünüşüne rağmen, katedralin içi sade, boş ve basitti. Bununla birlikte, sade ibadethanede o gün adeta bir kutlama havası yaşanıyordu. Devlet görevlileri, arkadaşlar ve sanat dünyasından meslektaşlar, *il Duomo* diye çağırdıkları babacan adamı anmak için İtalya'nın dört bir yanından kiliseye akmışlardı.

Medya, Busoni'nin Duomo'nun etrafında gece yürüyüşü yaparken vefat ettiğini yazmıştı.

Cenazenin havası şaşırtıcı bir şekilde neşeliydi. Arkadaşları ve ailesi esprili yorumlar yapıyor, bir meslektaşı Busoni'nin Rönesans sanatına duyduğu sevginin, kendisinin de kabul ettiği gibi ancak spagetti Bolognese ve karamel budino ile karşılaştırılabileceğini anlatıyordu.

Törenden sonra yas tutanlar kaynaşarak Ignazio'nun hayatından olaylar anlatırlarken Langdon, Duomo'nun içinde dolaşıp

Ignazio'nun çok sevdiği sanat eserlerini inceledi... Vasari'nin *Son Hüküm*'ü, Donatello ve Ghiberti'nin vitray pencereleri, Uccello'nun saati ve çoğu zaman gözden kaçan yerleri süsleyen mozaik döşemeler.

Bir ara Langdon kendisini tanıdık bir yüzün; Dante Alighieri'nin karşısında buldu. Michelino'nun efsanevi freskinde yer alan büyük şair elinde *İlahi Komedya* başyapıtıyla Araf Dağı'nın önünde duruyordu.

Langdon, yazdığı epik şiirin asla hayal edemeyeceği bir gelecekte, yüzyıllar sonra dünyada yaratacağı etkiyi bilseydi Dante'nin ne düşüneceğini merak etti.

Yunan filozofların şöhretle ilgili görüşlerini hatırlayarak, *ebedi yaşama kavuştu*, diye düşündü. *İnsanlar ismini andıkça, yaşamaya devam edeceksin.*

Langdon, Piazza Sant'Elisabetta'dan Floransa'nın lüks Brunelleschi Otel'ine vardığında akşam olmuştu. Odasında, kendisini bekleyen büyük paketi görünce rahatladı.

Sonunda gelmişti.

Sinskey'den istediğim paket.

Langdon aceleyle kutunun üzerindeki bandı kesip özenle paketlenip baloncuklu naylona sarılmış paketi çıkardı.

Kutunun içindeki ekstra eşyaları görünce şaşırdı. Elizabeth Sinskey belli ki, onun istediğinden fazlasını ele geçirmek için nüfuzunu kullanmıştı. Kutunun içinde Langdon'ın giysileri bulunuyordu; gömleği, haki pantolonu, yıpranmış Harris Tweet ceketi özenle temizlenmiş ve ütülenmişti. Güzelce boyanmış deri mokasenleri, pasaportu ve cüzdanı da kutunun içindeydi.

Ama gördüğü son eşya Langdon'ın kıkırdamasına neden oldu. Bu tepkisinin nedeni; kısmen eşyanın geri dönmüş olmasından duyduğu huzur... kısmen de onu bu kadar önemsediği için duyduğu mahcubiyetti.

Mickey Mouse saatim.

Langdon koleksiyoncular için üretilen saatini bileğine taktı. Tenine değen sıcak deri kendini tuhaf bir şekilde güvende hissetmesine neden oldu. Elbiselerini giyip ayağına kendi mokasenlerini geçirdiğinde tekrar kendisi gibi hissetmeye başlamıştı.

Langdon komiden aldığı Brunelleschi Otel'in alışveriş çantasına koyduğu korumalı paketle otelden çıktı. Alışılmadık derecede sıcak olan hava, Via dei Calzaiuoli'den Palazzo Vecchio'nun çan kulesine doğru yaptığı yürüyüşte etkisini artırıyordu.

Langdon içeri girince güvenlik ofisine gidip ismini listeden kontrol ettirdi; Marta Alvarez'i görecekti. Hâlâ turist kaynayan Beş Yüz Salonu'na yönlendirildi. Tam zamanında gelmiş olan Langdon, Marta'nın onu girişte karşılayacağını düşünüyordu ama Marta ortalıkta yoktu.

Yanından geçen bir rehbere, *"Scusi?"* diye seslendi. *"Dove passo trovare Marta Alvarez?"*[1]

Rehberin yüzü kocaman bir gülümsemeyle aydınlandı. *"Signora Alvarez?! Burada yok! Bebek oldu! Catalina! Molto belle!"*[2]

Marta'nın iyi haberlerini almak Langdon'ı çok mutlu etmişti. *"Ahh... che bello,"*[3] diye karşılık verdi. *"Stupendo!"*[4]

Rehber hızla uzaklaşırken, Langdon elindeki paketle ne yapacağını düşündü.

Hızlı bir karar vererek kalabalık Beş Yüz Salonu'ndan geçti. Güvenlik görevlilerine görünmemeye çalışarak Vasari'nin duvar resminin altından geçerek saray müzesine doğru ilerledi.

Sonunda, müzenin dar *andito* geçidine vardı. Karanlık ve güvenlik kordonuyla kapatılmış geçidin girişindeki tabelada; CHIUSO yazıyordu. *Kapalı.*

Langdon etrafı kontrol ettikten sonra kordonun altından geçip karanlık mekâna girdi. Alışveriş torbasının içinden korumalı paketi çıkarıp baloncuklu naylonu açtı.

---

(1) "Marta Alvarez burada mı?"
(2) "Çok güzel!"
(3) "Ne iyi."
(4) "Harika!"

Dante'nin maskesi tekrar karşısındaydı. Langdon'ın isteği üzerine Venedik tren istasyonundaki emanet dolabından alınan kırılgan alçı hâlâ orijinal Ziploc torbanın içinde duruyordu. Maske küçük bir istisna dışında mükemmel durumdaydı. Spiraller çizerek zarif bir şekilde yazılmış şiir arka tarafında duruyordu.

Langdon antika vitrine baktı. *Dante'nin ölüm maskesi yüzü görünecek şekilde sergileniyor... kimse arkadaki yazıları fark etmeyecektir.*

Maskeyi dikkatli bir şekilde Ziploc torbasından çıkardı. Sonra, çok nazik bir şekilde vitrinin içindeki çiviye astı. Maske tanıdık kırmızı kadife dekorunun üzerine yerleşti.

Langdon vitrinin kapağını kapatıp bir süre Dante'nin solgun yüzüne baktı. Karanlık odada hayali bir varlık gibiydi. *Sonunda, yuvasında.*

Odadan çıkmadan önce kapı girişinde duran güvenlik kordonlarını ve tabelayı kaldırdı. Galeriden geçerken genç bir kadın rehberin yanında durdu.

Langdon, "*Signorina?*" dedi. "Dante'nin ölüm maskesinin üzerindeki ışıkların açılması gerekiyor. Karanlıkta onu görmek çok zor."

Genç kadın açıklamaya çalıştı. "Çok üzgünüm ama sergi kapalı. Dante'nin ölüm maskesi artık orada değil."

Langdon şaşırmış gibi yaparak, "Çok garip," dedi. "Az önce ona bakıyordum."

Kadının yüzünden şaşkınlığı okunuyordu.

Genç kadın telaşla *andito*'ya doğru koşarken, Langdon sessizce müzeden çıktı.

SON SÖZ

Koyu renkli Biskay Körfezi'nin otuz dört bin fit üstündeki Alitalia, ay ışığının aydınlattığı gecede batıdaki Boston'a doğru ilerliyordu.

Uçaktaki Langdon, *İlahi Komedya*'nın karton ciltli bir baskına dalıp gitmişti. Şiirin hareketli örüşük uyağı[1] jet motorlarının gümbürtüsüyle birleşince onu adeta hipnotize etmişti. Dante'nin sözleri adeta sayfadan havalanıyor, sanki onun için şu an yazılmış gibi kalbinde yankılanıyordu.

Dante'nin şiirinin cehennemin gizeminden daha çok, durum her ne kadar yıldırıcı olsa da insan ruhunun mücadeleciliğiyle ilgili olduğunu şimdi hatırlıyordu.

Pencerenin dışındaki göz kamaştırıcı dolunay, diğer gökyüzü cisimlerini perdeliyordu. Boşluğa bakan Langdon, son birkaç gün içinde olanları düşünmeye daldı.

Cehennemin en karanlık yerleri, buhran zamanlarında tarafsız kalanlara ayrılmıştır. Langdon bu sözlerin ne anlama geldiğini şimdi çok net anlıyordu: *Tehlikeli zamanlarda, harekete geçmemekten daha büyük bir günah yoktur.*

Langdon kendisinin de dünyada yaşayan milyonlar kadar bu konuda suçlu olduğunu biliyordu. Söz konusu dünya meseleleri

---

(1) Terza rima.

olduğunda inkâr, küresel bir salgın haline gelmişti. Langdon bunu unutmamak için kendi kendine söz verdi.

Uçak batıya doğru ilerlerken, gelecek üzerine konuşmak ve değişen dünyanın sorunlarını araştırmak üzere toplantıya giden Cenevre'deki iki cesur kadını düşündü.

Pencerenin dışında, ufukta beliren bulutlar yavaşça yaklaşıyordu. Sonunda ayın önüne geçerek parlak ışığını kestiler.

Koltuğunda gevşeyen Robert Langdon uyumaya karar verdi.

Tepe ışığını kapatırken, gözlerini son kez gökyüzüne çevirdi. Dışarıda yeni çöken karanlığın içinde dünya değişmişti. Gökyüzü, adeta bir duvar halısı gibiydi, parlayan yıldızlardan.

SON